홍대용의 북경 여행기 〈을병연행록〉

산해관 잠긴 문을
한 손으로 밀치도다

홍대용 지음 / 김태준 · 박성순 옮김

돌베개

산해관 잠긴 문을 한 손으로 밀치도다
— 홍대용의 북경 여행기 〈을병연행록〉

2001년 8월 10일 초판 1쇄 발행
2017년 10월 12일 초판 8쇄 발행

지은이   홍대용
옮긴이   김태준·박성순
펴낸이   한철희

편 집   김수영·최세정·김윤정
표지디자인   박영선

주식회사 돌베개
등록   1979년 8월 25일 제406-2003-000018호
주소   (10881) 경기도 파주시 회동길 77-20 (문발동)
전화   (031) 955-5020
팩스   (031) 955-5050
홈페이지   www.dolbegae.co.kr
전자우편   book@dolbegae.co.kr

KDC   816.5
ISBN   89-7199-132-1 04810
ISBN   89-7199-133-X (세트)

청나라 선비 엄성이 그린 홍대용의 초상화 흰 모관을 쓴 단아한 얼굴에 콧수염과 턱수염이 단정
하며 손발까지 감싼 긴 도포 차림으로, 장년에 이른 30대 조선 선비의 모습을 엿볼 수 있다. 주문조
(朱文藻)가 엄성의 글과 그림을 모아 엮은 책인 『일하제금합집』(日下題襟合集)에 실려 있다.

엄성의 초상화 엄성이 죽고 난 뒤 그의 형 엄과(嚴果)가 만든 추모첩에 실려 있다. 이 초상화는 나감(羅龕)이 그린 것이고, 이 추모첩에는 여러 친지들의 추모시가 실려 있다.(사진 제공 유홍준)

『일하제금합집』에 실린 홍대용 일행의 초상화 위 왼쪽부터 시계 방향으로 부사(副使)의 군관 김재행, 상방 비장(裨將) 이기성, 서장관(書狀官) 홍억, 부사 김선행, 정사(正使) 이훤의 초상이다.

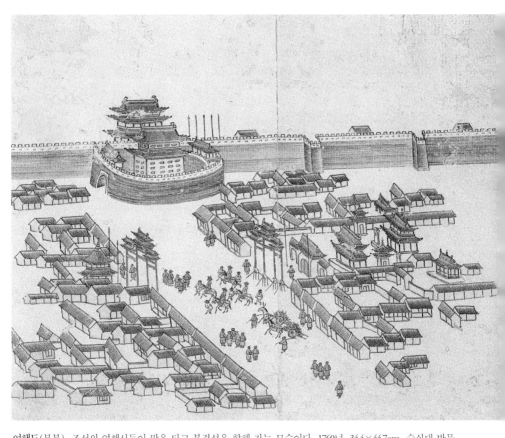

연행도(부분) 조선의 연행사들이 말을 타고 북경성을 향해 가는 모습이다. 1760년, 34.4×44.7cm, 숭실대 박물관 소장.

청대 건륭(乾隆) 연간(1735~1795)의 〈북경성도〉(北京城圖)

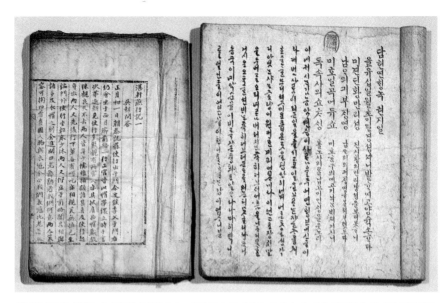

한글본 『을병연행록』과 한문본 『담헌연기』 한문본이 주제별로 편집된 데 비해 한글본은 우아한 궁서체로 날짜를 따라 써내려간 문학적 일기이다. 숭실대 박물관 소장.

청나라 선비 반정균이 홍대용에게 보낸 편지 숭실대 박물관 소장.

산해관 잠긴 문을 한 손으로 밀치도다

18세기 조선 지식인의 중국 여행

18세기는 근대로 이행하는 시대답게 변화하는 시대였고, 동서양 가릴 것 없이 문학에서 여행의 중요성이 특히 두드러진 시대였다. 흔히 이 시대를 '대항해시대'라고 부르는 데서 알 수 있듯이, 이 시대에 이르러 여행은 지구 전체로 활발해졌을 뿐만 아니라, 예술의 주제나 양식으로써도 주목할 만한 변화를 이끌었다. 이 시대의 여행자들이 당대 지성의 모험과 의지의 노력과 감성 세계의 경신을 자신들의 여행기에 고스란히 담고 있었던 만큼, 이를 대하는 독자들 역시 이러한 시대의 변화와 모험과 경신을 추체험할 수 있었다.

이런 18세기 조선의 대표적 여행기인 『을병연행록』은 북학파의 지도자 담헌(湛軒) 홍대용(洪大容, 1731~1783)의 북경 여행기이다. 이것은 당대에 한글로 씌어진 흔치 않은 기행문학이며 최장편의 연행 일기(燕行日記)로서, 우리 문학사에 돋보이는 귀중한 문학유산이다. 이 일기 속에는 개인적 여행의 체험은 물론, 동아시아 전체를 염두에 둔 역사와 이를 뛰어넘을 문명적 비전이 제시되고 있다.

'연행'(燕行)이란 조선시대에 나라의 외교 사절로 중국을 오가던 여행 제도를 말하며, 이 여행에 참가했던 연행사들의 일기 양식이 연행록록이다. 명나라 때까지는 중국 황제를 배알한다는 뜻으로 '조천'(朝天)이라 했지만, 청나라 때에는 북경을 연경(燕京)이라 부른 습관에서 '연행'이란 말로 바꾸어 대등 외교의 자신감을 나타냈다. 당시 중국 여행자들 대부분이 써서 남긴 연행록은 조천록류를 합하여 2백여 편이 보고되어 있다. 1832년에 씌어진 김경선(金景善)의 『연원직지』(燕轅直指)에서는 가장 널리 읽혀온 연행의 교과서로 이른바 '삼가'(三家)의 연행록을 들었는데, '삼가'란 노가재(老稼齋) 김창업(金昌業)과 담헌 홍대용과 연암(燕巖) 박지원(朴趾源)을 말한다.

　연행 사절은 공식적으로 매년 두 차례 이상 북경을 여행했고, 그 여행길에 오르는 여행자 수는 한 번에 5백여 명까지 이르렀다. 중국을 비롯한 동아시아 나라들이 쇄국정책을 쓰고 있던 15세기 이후에도 매년 천 명이 넘는 조선 사람이 북경 여행길에 올랐고, 문자 생활을 하는 거의 모든 여행자들이 여행기를 남겨 방대한 연행록 문학을 이룩했던 셈이다. 하지만 연행록의 대부분이 한문으로 기록되었으며, 한글로 된 연행록은 18세기에 씌어진 김창업의 『노가재 연행일기』와 서유문(徐有聞)의 『무오연행록』, 그리고 홍대용의 『을병연행록』 외에 약간의 연행가사가 알려져 있을 뿐이어서, 드물다기보다는 거의 없는 형편이다. 요사이 『노가재 연행일기』보다 70여 년 앞서 나왔다는 『죽천행록』이란 한글 연행록과 『열하일기』 번역본의 잔권이 발견되어 관심을 끈 바 있다. 그러나 홍대용의 『을병연행록』은 애초에 한문과 한글로 각각 씌어졌으며, 그 중 한글본은 2천 쪽이 훨씬 넘는 방대한 분량과 한글 독자층을 위해 저술되었다는 면에서 문학사적으로 가치가 높은 저작이다. 이런 귀한 책이면서도 고문 사본(寫本)으로 되어 있어서 일반 독자는 물론 학자들까지도 쉽게 대할 수 없었던 것이 그간의 아쉬움이었다. 이 책은 이를 쉽게 풀어 그간의 아쉬움을 메우고자 하는 데 그 의도의 일단이 있다.

을병연행록의 이중 구조

　한글본 『을병연행록』 가운데 한국정신문화연구원에 소장된 장서각본은 장장 20권 20책으로 되어 있다. 우아한 궁체로 내려쓴 이 한글 연행록은 약 2천6백 쪽에 이르는 방대한 기행문학으로, 현전하는 우리나라 기행문 가운데 가장 장편이다. 이를 저술한 작자의 집념에 감탄하는 바이지만, 숭실대학교에 전하는 또 다른 사본은 온 가족이 이를 베끼는 데 3년이나 걸렸다는 메모가 전한다.

모두 10권 10책으로 된 이 사본의 마지막 책 끝머리에는 이 귀중한 책이 다 헐어서 다시 한 벌 베낀다는 내용이 적혀 있어, 이 한글 연행록의 내력과 사본의 필사 연대를 알려주는 중요한 실마리가 된다. 우선 이것이 담헌 집안의 제일 첫번 필사본이라는 것과 장서각본과 비교하여 원본에 가까운 사본이라는 것은 여러 점에서 확실하다. 장서각본은 그 필사 연대가 내려오며, 또 어떤 이유에서인지 20권 20책으로 분책했다는 사실도 확인할 수 있다. 숭실대본은 거의 매권마다 책 끝에 필사 연대의 간기(刊記)를 썼고 제3권이 가장 나중 해에 씌어진 것으로 되어 있어, 이 연행록의 수용사를 가늠하게 한다.

『을병연행록』은 한글본 외에 한문본인 『담헌연기』(湛軒燕記)가 전하는데, 두 가지가 각각 의도를 달리하여 저작되었음을 알 수 있다. 그렇다면 아무래도 어머니와 부녀 등 여성 중심의 한글 독자층을 위해서 새롭게 이 한글본을 썼으리라 생각해도 무리가 없을 것이다. 이러한 집필 의도는 그 체재의 차이로도 확인되는데, 한문본이 완전히 주제별로 편집된 데 대하여 한글본은 애초부터 일기체로 되어 있다. 특히 한글 연행록 제1권의 처음 몇 쪽에 연행의 동기와 당시의 심경, 여러 사람들의 송별시 등을 기록한 것이 이채롭다. 이어서 압록강까지의 국내 여행 부분에 대한 자세한 일기도 30쪽 가까이 보여주고 있는데, 이 대목은 한문본에는 없는 것이다. 전체적으로 보아 한문본이 두 나라 선비들의 교우를 중심으로 한 학술적 보고서라면, 한글본은 문학적 일기라고 할 수 있다.

북학파의 선구자 홍대용의 북경 여행

담헌 홍대용은 18세기 조선조 북학파의 대표적 인물로, 혼천의(渾天儀)를 만든 뛰어난 과학자로 알려져 있을 뿐만 아니라, 『의산문답』(醫山問答)이라는 명저를 남긴 당대 동아시아를 대표하는 사상가이며, 『을병연행록』이라는 방대한 한글 일기를 남긴 보기 드문 문인이다. 또한 『주해수용』(籌解需用)을 저술한 수학자이고 당대 최고의 거문고 연주자였으며 백과전서적 실학자였다.

홍대용은 1731년에 태어났고 올해로 탄생 270년을 맞이한다. 최근 들어 그의 학문적·사상사적 평가가 갈수록 높아지고 있지만 그의 생애에 대한 전기적

연구는 그다지 진전이 없다. 다만 요사이 국내에서는 볼 수 없었던 그의 초상화가 북경에서 발굴되어 북경 여행 때의 모습을 한층 방불하게 확인할 수 있고, 또한 그의 초상화를 그려주었다는 중국 선비 엄성(嚴誠)의 초상화도 발견되어 그들의 교우사를 한층 실감할 수 있게 되었다.

엄성이 그린 담헌의 초상화를 보면, 먼저 흰 모관을 쓴 단아한 얼굴에 길지 않은 콧수염과 턱수염이 단정하여, 장년에 이른 30대 조선 선비의 모습을 확인할 수 있다. 또한 꿇어앉은 발까지 감싼 긴 도포와 손을 감춘 넓은 소매는 조선 선비의 정신을 한껏 풍겨준다. 그는 스스로를 경계하는 글(「自警說」)에서 학문하는 태도를 논했는데, 먼저 사당[神祠]에 있을 때처럼 엄숙히 앉아야 하고, 반드시 참된 믿음으로 친구를 사귀어야 한다고 강조하였다. 이 초상화에는 그의 이런 모습이 여실히 드러나 있다. 또 몸을 똑바로 세우고 눈동자를 일정하게 하면 마음도 반드시 공경하게 된다고 하였는데, 이처럼 공경하는 마음이 그의 얼굴에 역력히 나타나 있다.

홍대용의 고향은 충청남도 천원군 수신면 장산리 수촌(壽村) 마을인데, 열두 살에 남양주의 석실서원(石室書院)으로 김원행(金元行) 선생의 문하에 들어가기까지, 주로 고향과 서울 집을 오가며 어린 시절을 보낸 것으로 여겨진다. 이외에는 열한 살 때 평안도 삼화부사(三和府使)로 부임하는 할아버지를 따라 평양을 구경한 사적이 그의 연행 일기에 실려 있다. 또 석실서원에 들어갈 때에도 열두 살의 어린 나이에 과거를 포기하고 오직 고학(古學)에 뜻을 두었다고 할 만큼 생각이 깊었던 것으로 보인다. 석실서원에서 10여 년간 수학하면서 열여섯 살에 거문고를 배우기 시작하였고, 스승의 자제인 김이안(金履安)을 비롯하여 당대의 실학자 황윤석(黃胤錫) 등과 사귀었다. 그 뒤 스승과 학문론으로 관계가 소원해지면서부터 연암 박지원과의 역사적인 교우 관계를 맺게 된다. 20대 후반부터는 그의 아버지 홍역(洪櫟)이 목사(牧使)로 있던 나주(羅州)로 내려가 호남의 실학자 나경적(羅景績)과 3년에 걸친 공동연구 끝에 기계 시계와 두 대의 혼천의를 만들었고, 고향 수촌에 사설 천문 관측소인 농수각(籠水閣)을 세웠다.

서른다섯의 나이로 중국에 여행하게 될 때까지 홍대용은 늘 과거 시험에 불행했는데, 애초부터 고학에 뜻을 두었다는 그에게 그것은 어쩌면 당연한 일이었다. 그러나 『을병연행록』의 첫머리에 소개된 다음의 시 한 수를 보면, 과거 급제보다도 더 기다렸던 중국 여행에 대한 그의 동경과 기대를 짐작하고도 남음이 있다.

진시황의 만리장성을 보지 못하니
남아의 의기 쟁영함을 저버렸도다.
미호(渼湖) 한 굽이에 고기 낚는 배가 적으니
홀로 도롱이를 입고 이 인생을 웃노라.

이 시는 조선 중기의 이름난 학자이자 미호(渼湖) 김원행의 조부인 김창협(金昌協)이 연행하는 사람에게 준 것으로, 김원행이 담헌에게 주어 자기 조부의 뜻으로 전별한 것이라고 한다. 이 시에서는 중국 여행을 실현할 수 없는 조선 선비의 동경과 연행하는 이에 대한 부러운 마음을 읽을 수 있다. 담헌은 이 시를 인용하면서, "여름 버러지와 더불어 얼음을 말할 수 없다"는 장자(莊子)의 말을 덧붙여, 조선은 땅이 좁고 나라 안의 선비 또한 좁은 곳을 편안히 여겨 계교가 없음을 비유하였다. 좁은 곳을 편안히 여겨 계교가 없는 사람들과 더불어 넓음을 말할 수 없다고 생각한 담헌이었으므로, 그는 평생에 그 넓음을 보기 위해 역관에게 한어를 배우고, 그 나라 학문의 진보를 충실히 점검하고 있었다. 그런 담헌이기에 정작 만리장성을 구경하게 되었을 때, 이 시를 다시 읊어 조선 선비의 흉금을 헤쳤다.

18세기 중엽인 1765년(영조 41, 乙酉) 초겨울날 서른다섯의 나이로 드디어 압록강을 건너게 되었을 때, 얼음 위로 해 지는 저녁, 30년 평생 소원이었던 중원 땅을 밟는 마음은 비록 군복[戎服]을 걸쳤을망정 상쾌하고 강개한 것이었다 한다. 그는 말 위에서 두 팔을 걷어붙이는 흥분으로 한 곡조 노래를 지어 불렀다고 했다. 그 시의 첫머리에서 담헌은 하늘이 자기와 같은 궁생(窮生)을 내신 것은 중국 여행에라도 쓰려 하심이라고 하였다. 사실 그는 서른다섯의 나이가 되도록 흔한 과거도 못보는 불운의 독서인이었다. 이깃은 과거를 외면했던 연암과도 유사하다. 그러나 담헌은 이른바 육예(六藝)라고 일러온 예(禮)·악(樂)·사(射)·어(御)·서(書)·수(數)를 고루 닦고, 특히 수양과 후생 이용을 위한 학문에 두루 힘썼다. 여섯 살 아래인 연암과는 사제 간처럼, 친구처럼 평생 가까웠는데, 둘이 만나서는 과거 시험의 폐해를 걱정하고, 중국을 논하고, 연행한 이들의 일기를 평했다.

이러한 학문적 경륜은 그의 필생의 명저인 『의산문답』으로 집대성되었는데, 『을병연행록』 또한 그런 학문적 열기로 가득하다. 따라서 조선에서 외국과 지적 교류가 이루어질 수 있었던 유일한 통로인 연행 길은 조선 선비에게는 단기 해외 유학과 같은 것이었다.

홍대용의 북경 여행 중에서 가장 인상적인 대목들을 몇 가지 살펴본다면 우선, 만리장성과 강녀묘를 바라보며 중국 역사를 비판하는 장면과 천주당 서양 선교사들과의 만남, 그리고 평생 잊을 수 없었던 청나라 선비들과의 만남을 들 수 있을 것이다.

홍대용의 문명 비판적 자세

중국을 상징하는 역사적 유물인 만리장성과 함께 조선 연행사들이 빼지 않고 보는 곳으로 강녀(姜女)의 망부석이 있다. 촌부 허맹강(許孟江)은 만리장성이 시작하는 이곳 산해관 근처에 와서 부역하던 남편이 지쳐 죽었다는 사실을 알고는 진시황을 원망하며 울다가 죽어 한 조각 돌로 남았다. 그를 위해 세운 사당의 좌우 기둥에는 송나라 시인 문천상(文天祥)의 시가 새겨져 있었다. 담헌은 12월 19일 겨울날 산해관의 한 모퉁이에 선 이 망부석을 찾아 두 번 절하여 강녀의 정절을 흠모하고, 기둥에 새겨진 시를 거듭 읽어 역사를 조상했다. 그는 이 시에 새삼 커다란 관심을 나타내고, 그 심오한 뜻을 절절이 풀어 감상을 기록하였다. 수쪽에 걸치는 그의 감상문은 한문본에는 없는 대목으로 역사를 바라보는 그의 인문 정신을 실감할 수 있다. 그는 만리장성의 위엄을 심판하는 한 조각 소상 앞에서 역사의 행간을 읽는 문명 비판적 자세를 잃지 않았다. 중국 역사에 대한 그의 이러한 엄격성은 『의산문답』의 '역외춘추론'(域外春秋論) 등에서도 일관되게 나타나는 태도이다.

 개인의 애절한 비극을 통해서 거대한 중국 역사를 비판하는 그의 역사 인식은 바로 인문 정신의 표본이다. 이런 태도는 현 지배 왕조인 청조(淸朝)를 더러운 오랑캐라고 말해버려서는 안 된다는 곳에서도 누차 확인된다. 이는 중국을 지배한 그들이 백 년을 누려온 태평한 규모와 문화적 능력을 바로 보아야 한다는 것이다. 역사를 바라보는 눈에 선입관을 거부하는 것은 학문의 방법이나 도를 깨치는 방법으로서도 기본적인 자세라고 그는 말한다. 이러한 태도는 그의 「회우록」(會友錄) 서문에 보이는 박지원의 인용에서도 뚜렷이 나타난다.

 내 어찌 오늘의 중국이 옛날의 중화(中華)가 아니고, 그 사람의 옷이 선왕들의 법복(法服)이 아닌 것을 모르겠는가? 비록 그러나, 그 사람이 살고 있는 땅덩이가 어찌 요순(堯舜)과 공자 밟던 땅이 아니며, 그 사람이 사귀는 선비가 어찌 옛날의 널리 보고 멀리 놀던 선비가 아니며, 그 사람이 읽는 글이 어찌 삼대(三代) 이래 사방 여러 나라에 한없이 펼쳐간 서적이 아닐 수 있겠는가?

「회우록서」(會友錄序) 『담헌서』(湛軒書)

 이처럼 그는 청조를 전통적인 중국 문화의 연속선상에서 생각했으며, 자국과 관련해서도 현실적으로 대처하려 하였다. 이는 이 일기에 흐르는 북학사상의 핵심과 연결되며, 그의 후배들에게 이어진 문명관이자 역사관이었다고 할 수 있다.

서양 선교사들과의 만남

 담헌의 본격적인 북경 구경이 천주당에서 시작된다는 것은 18세기 조선의 여행자로서 참으로 당연한 일이다. 그는 북경의 첫번째 구경처로 남천주당을 택했고, 천주당 안에 들어가자 벽에 걸린 10여 명의 화상 가운데서 금새 아담

샬과 마테오 리치의 화상을 가려낼 수 있었다고 한다. 그리고 당시 남천주당의 선교사였던 유송령(劉松齡)과 포우관(鮑友官)의 과학적 수준에 대해서도 평가할 수 있을 정도로 조예가 깊었다. 그는 모두 네 차례 천주당을 방문했는데, 십자가가 높이 솟은 서양 건축과 천주당 입구 담벼락에 그려진 서양 그림들의 화법에 놀라고, 응접실 서쪽 벽의 천하지도와 동쪽 벽의 천문도와 마리아상 등에 정신을 팔기도 했다. 첫날은 본당에 설치된 파이프오르간〔風琴〕과 각종 자명종을 관찰하면서 하루를 보냈다.

특히 이날 그를 매혹시킨 것은 거대한 서양 악기 파이프오르간이었다. 천주당 안의 남쪽 벽을 의지하여 설치된 수십 개에 달하는 파이프의 장관부터가 그의 가슴을 뛰게 하였다. 그는 이 악기의 제도를 세밀히 관찰하고는 그 장엄하고 신비한 악기를 시험해보지 않고는 견딜 수 없었다. 드디어 그는 자국의 악기 제도를 본떠서 현악곡 일장을 타서 곡조를 이루었다. 한문본에 따르면, "이것이 동방의 음악입니다" 하고 담헌이 말했더니, 유송령이 잘한다고 치하의 말을 했다고 한다. 그리고 나서 담헌은 파이프오르간의 제작과 그 소리 나는 제도를 일일이 설명하여 주위를 놀라게 했다. 유송령은 이 분의 설명이 이렇게 선명한 것을 보면, 반드시 전에 와서 보고 갔던 사람일 것이라고 말했다.

담헌은 본래 거문고의 명수로 동양 음악 이론에도 정통한 사람이었다. 그러나 평생 처음 보는 서양의 건반 악기를 한 번 관찰하고 나서 연주하는 것은 물론 그 제도를 터득할 만큼 그의 과학적 안목은 명철했다. 담헌은 귀국하여 연암과 함께 『노가재 연행일기』를 내놓고 다시 읽으면서, 파이프오르간에 대한 그의 관찰이 피상적임을 같이 비판하고, 나라의 명령이 있으면 스스로 이 악기를 만들 수 있다고 하였다. 때는 마침 서양 바로크 음악의 후기시대, 저 유명한 바흐와 하이든이 독일 음악을 세계의 음악으로 일으켰던 시기였다.

중국 선비들과의 교우록

중국의 은근한 선비를 만나는 것이 담헌에게는 북경 여행의 가장 중요한 관심사였다. 『을병연행록』의 중요한 내용을 이루고 있는 것도 바로 중국 선비들과의 교우록이다. 그는 정말 하늘의 도움으로 평생에 잊을 수 없는 세 명의 선비를 만났는데, 이들과 필담한 내용이 북경 일기의 대부분을 차지하고 있다. 이들은 엄성(嚴誠), 육비(陸飛), 반정균(潘庭筠)으로, 멀리 6천 리 밖 항주(杭州)에서 과거를 보기 위해 올라와 북경에 머물고 있었던 사람들이다. 이들과는 두 달이 못되는 기간 동안 일곱 번 만났을 뿐이지만, 이들의 끈끈한 사귐은 담헌의 일기와 이들 사이에 오간 편지에 잘 드러난다. 이 사귐은 그들 모두에게 평생을 지배하는 삶의 전기를 마련해주었고, 이 만남의 기록은 한 인간의 일기를 넘어 문화사의 증언이 되었다.

특히 그들 사이에 오간 편지는 '한 번 읽고 세 번 감탄하는' 정겨운 것들이었고, 그것은 담헌의 말처럼, '종이는 짧고 정은 긴' 사연들이었다. 담헌은 이 만남을 가리켜 '평생의 기이한 모꼬지'라 말하고, 청나라 선비 육비는 웃을 일을 만나기 어려운 세상에 절로 기쁨을 금할 수 없다고 했다. 이 만남은 그들의 일생뿐 아니라 자손 삼대까지 계속되는 인연이었고, 박지원과 그의 제자들을 통해서 북학파로 이어졌다. 담헌은 고국에 돌아와 이 만남을 정리하여 「건정록후어」(乾淨錄後語)에 쓰기를, 한두 번 만나자 곧 옛 친구를 만난 듯이 마음을 기울이고 창자를 쏟아 호형호제하였다고 했다. 그는 또 친교를 맺어 진실한 맹세가 햇빛같이 밝았으며, 7일 동안의 만남은 거의 즐거워 죽을 지경이었다고 했다. 연암은 그들이 필담한 글을 다 읽고 나서 이런 말로 서문을 끝맺었으니, 실학파의 교우론(交友論)의 실마리가 여기에 있었다.

나는 다 읽고 나서 탄식하여 말하였다. 홍군은 벗 사귀는 도리를 통달하였도다! 내 이제야 벗 사귀는 도리를 알게 되었다. 그 벗삼는 바도 보았고, 그 벗되는 바도 보았으며, 또한 내가 벗하는 바를 그는 벗하지 않음도 보았도다.

「회우록서」『담헌서』

이상에서 살펴본 내용 외에도 이 일기에는 그의 자서전적 고백에서부터 역사와 문명 비판에 이르기까지 방대한 내용을 담고 있다. 담헌이 북학파의 사상적 지도자였던 것과 아울러, 『의산문답』 등으로 이어지는 그의 학문적 넓이는 바로 이곳에 그대로 요약되어 있다고 할 만하다. 이 일기에서 보여준 그의 지적 호기심은 학문론에서부터 역사, 주자학, 양명학, 시론, 화론(畵論), 천문학, 수학, 음악, 병법, 과거론, 인격론 등등 백과전서적인 편폭을 지녔다.

홍대용은 청나라 고증학의 비조라는 대진(戴震)이나 왕부지(王夫之), 혹은 일본의 자연철학자 미우라 바이엔(三浦梅圓)에 비교되기도 하고, 동시대 프랑스의 철학자 디드로(Diderot Denis)에 비교되기도 한다. 디드로는 『백과전서』를 편찬하여 18세기의 사상적 방향을 제시하였고, 프랑스혁명을 사상적으로 준비한 인물이었다. 담헌은 자신의 학문이 넓은 것만을 취하여 요긴한 곳이 적음을 스스로 고백하였는데, 우리는 아는 것이 곧 실행하는 것이어야 한다고 주장하는 그가 모든 학문적 도달점을 실학(實學)에 두고 있는 점에 주목해야 한다. 우리는 이 책을 통해 『을병연행록』의 시대적·문화사적 가치 역시 단지 문학사의 범위에 머물지 않는 폭을 가진 것임을 확인할 수 있을 것이다.

이 책은 동국대학교 대학원 고전산문교실에서 강독하면서 이룩한 원문의 입력 및 이본 대조와 현대역의 공동작업을 토대로, 김태준이 해제와 주석을, 박성순이 현대역을 분담하여 펴낸 것이다. 하지만 전체적으로 『을병연행록』의 방대한 분량을 한 책으로 다 소화해낼 수 없었던 점을 독자들과 함께 애석하게 생각한다. 그러나 이 방대한 분량을 돌베개 《참 우리 고전》 시리즈로 이만큼 정리함으로써, 말로만 듣던 우리의 고전이 누구나 읽을 수 있는 '참 우리의 고전'으로 다시 살아날 수 있게 되었다. 이 책이 나오기까지 세밀한 교정과 정확한 문제 해결과 격조 높은 편집을 진행해준 김혜형 편집장과 김수영 씨에게 고마운 인사를 표하는 바이다.

새천년 첫해 다시 광복절을 맞으며
김태준

일러두기

1. 이 책은 담헌(湛軒) 홍대용(洪大容)이 저술한 『을병연힝녹』을 현대어로 옮긴 것이다.

2. 『을병연행록』에는 숭실대본 『담헌연힝녹』과 한국정신문화연구원 장서각본 『을병연힝녹』이 있는데, 이 책은 장서각본을 대본으로 삼았다.

3. 원문의 탈자는 숭실대본을 참조하여 보충하였으며, 정확한 현대역과 해석을 위해 홍대용의 문집인 『담헌서』(湛軒書) 속의 한문본 『담헌연기』(湛軒燕記) 및 장서각본을 영인한 『을병연행록』(김태준, 명지대 출판부, 1983)과 숭실대본의 주해서인 『주해 을병연행록』(소재영 외, 태학사, 1997)을 참조하였다. 특히 장서각본을 영인하면서 누락된 한두 곳을 찾아 숭실대본을 토대로 기웠으며, 그 내용을 각주에 명기하였다.

4. 장서각본은 20권 20책의 미려한 궁체로 되어 있다. 전체 분량이 1,300장 2,600쪽에 이르므로 장에 따라서 부득이하게 중요한 부분을 발췌하였으며, 100여 장의 생략된 대목은 각주에 명기하였다.

5. 이 책은 원문의 권별 분류를 기준으로 20개의 장으로 나누었고, 이를 편의상 크게 5부로 묶었다. 각 부와 장에는 적당한 제목을 붙여주었고, 각 장의 소제목은 날짜와 행선지를 밝혀주는 원문의 소제목을 그대로 이용하였다.

6. 원문의 고어투를 살려 한글 문체의 미감을 드러내도록 노력하였으며, 불가피하게 한자어를 사용할 때는 간단한 경우는 간주(間註)로, 그 외의 것들은 각주(脚註)로 처리하였다.

7. 본문의 이해를 돕기 위하여 비교적 자세한 주를 붙였으며, 한번 주석을 달아준 사항이라도 독자의 편의를 위해 다시 달아준 경우도 있다.

8. 인명은 원칙적으로 주석에서 풀이하지 않고 「인명해설」을 부록으로 붙였다. 다만 필요하다고 판단되는 경우에는 주석에서 다루었다.

9. 이 책에 대한 당대인들의 인식을 보여주기 위해 국역 『담헌서』를 참조하여 박지원(朴趾源)의 「홍덕보 묘지명」(洪德保墓誌銘)과 「회우록서」(會友錄序), 이송(李淞)의 「담헌 홍덕보 묘표」(湛軒洪德保墓表)를 부록으로 실었다.

10. 서울에서 북경까지의 노정과 홍대용 연보 및 주요 저서를 부록으로 실었다.

차 례

제5부 의무려산에 오르다

부 록

제1부

압록강을 건너다

경성을 떠나다

을유년(1765) 11월 2일 경성을 출발하여 고양에 이르러 숙소를 정하다[1]

진시황의 만리장성을 보지 못하니
남아의 의기 쟁영(峥嶸)함을 저버렸도다.
미호(渼湖) 한 굽이에 고기 낚는 배가 적으니
홀로 도롱이를 입고 이 인생을 웃노라.[2]

이 네 구절의 시는 김농암(金農巖 : 김창협) 선생이 연행(燕行)하는 사람에게 주어 보낸 글이다. 대개 사람이 작은 일을 즐기고 큰 일을 모르는 것은 그 가슴속에 뛰어난 뜻이 적기 때문이고, 좁은 곳을 평안히 여기고 넓은 곳을 생각하지 않는 이는 그 도량(度量)에 원대한 뜻이 없기 때문이다. 이런 까닭으로 장주(莊周 : 장자)가 말하기를, "여름 버러지와 더불어 얼음을 말할 수 없고, 오곡(迂曲)한 선비와 더불어 큰 도(道)를 의논하지 못한다"[3]고 하였다.

---

1) 을유(乙酉) 1765년(영조 41년) 11월 2일의 일기로, 나라 안의 여정을 기록한 30여 쪽은 한글본에만 있는 대목이다.

2) 원문은 다음과 같다. "未見秦皇萬里城 男兒意氣負峥嶸 渼湖一曲漁舟小 獨束簑衣笑此生"

3) 『장자』(莊子) 「외편」(外篇)에 나오는 말로, 북해신(北海神) 약(若)이 수신(水神) 하백(河

그러므로 동국(東國)의 예악문물(禮樂文物)이 비록 '작은 중화'[小中華]로 일컬어지지만 백 리를 열린 들이 없고 천 리를 흐르는 강이 없으니, 상토가 좁으면서 산천이 막혀 중국의 한 고을에도 비교할 것이 못된다. 더군다나 사람들은 이런 가운데 살고 있으면서도 눈을 부릅뜨며 구차스럽게 영리를 도모하고, 거만하게 팔을 걷어붙이면서 사소한 득실을 다툰다. 그러면서 그 스스로 만족하게 여기는 기색이며 악착스러운 말과 글로 세상 밖에 큰 일이 있고 천하에 큰 땅이 있는 줄을 알지 못하니, 어찌 가련하지 않겠는가?

중국은 천하의 중심이며, 교화의 근본이 되는 나라이다. 의관 제도(衣冠制度)와 시서문헌(詩書文獻)이 사해(四海)의 기준이 되는 곳이지만, 삼대(三代)4) 이후로 성왕(聖王)이 나타나지 않아 풍속이 날로 쇠약해지고 예악(禮樂)이 날로 소멸하였다. 그리하여 변방 오랑캐가 군사의 강함을 믿고 중국이 어지러운 틈을 타 들어와 오랑캐의 말이 서울의 물을 마시고, 내부(內府)의 금등(金縢)5)이 몽고[漠北]와의 화친을 강론하고, 백성들이 창 끝과 화살촉에 걸리고 국가의 풍속이 어려움에 처하였다. 그리하여 대개 천여 년이 지나지 않아 오랑캐인 원나라[胡元]가 중국을 다스리는 지경에 이르렀으니, 신의 나라[神州 : 중국 사람들이 자기 나라를 높여 일컫는 말]에 액운이 극진하였다. 그러더니 대명(大明)이 일어나서 칼을 들어 오랑캐[戎狄]를 소탕하고 남북 양경(兩京 : 北京과 南京)의 천연적 험난한 요새를 차지하고 웅거하면서, 예악의관(禮樂衣冠)의 옛 제도를 하루아침에 회복하였으니, 영토의 넓음과 문치(文治)의 높음이 가히 한(漢)나라와 당(唐)나라보다 낫고 삼대에 비길 만하였다.

이때를 당하여 우리 동국에 또한 전조(前朝)인 고려[勝國]가 쇠하고 어지러움을 이어, 청명한 정교(政敎)와 어질고 후덕한 풍속이 중화의 제도를 숭상하며, 동이(東夷)의 오래 묵은 풍습을 씻어 성신(聖神)이 위로 이으시고 명현(明賢)이 아래로 일어나니, 중국이 또한 예의 있는 나라로 여겨 은혜를 베푸

伯)에게 한 말이다. 여기서 '오곡(迂曲)한 선비'란 바르지 못한 선비를 뜻한다.
4) 중국의 하(夏)·은(殷)·주(周)의 세 왕조를 말하며, 이때를 '중국의 도덕시대'라 일컫는다.
5) 금등(金縢)은 『주서』(周書)의 편명으로, 여기서는 '국전(國典)의 지중함'을 일컫는다.

는 것이 본국〔內服〕과 다름이 없었다. 중국의 사신과 벼슬아치들이 조선을 자주 오가며 끊이지 않아 서로 바라보고, 중국의 시편(詩篇)6)이 우리나라의 이목을 흔들어 대니, 슬프다! 사람이 불행하여 이같은 융성한 때를 만나 중국 관리의 엄숙한 차림새를 보지 못하고, 천계(天啓)7) 이후로는 간신이 조정을 흐리고 유적(流賊)8)이 천하를 어지럽혀서, 만여 리 금수산하를 단번에 청나라 오랑캐〔建虜〕9)의 기물(器物)로 만들어버렸다. 그리하여 삼대(三代)의 남은 백성과 성현이 끼친 자손이 다 머리털을 자르고 호복(胡服 : 만주복)을 입어 예악문물에 다시 상고(詳考)할 만한 곳이 없었다. 이러므로 지사와 호걸이 중국 백성들을 위하여 잠시의 아픔을 참고 마음을 삭일 뿐이었다.

그러나 문물이 비록 변했다고 해도 산천은 의구하고, 의관이 비록 변하나 인물은 고금(古今)에 다름이 없으니, 어찌 한번 몸을 일으켜 천하가 큼을 보고 천하 선비를 만나 천하 일을 의논할 뜻이 없겠는가? 또, 제 비록 더러운 오랑캐라 하더라도 중국에 웅거하여 백여 년의 태평을 누리니, 그 규모와 기상이 어찌 한번 볼 만하지 않겠는가? 만일 "오랑캐의 땅은 군자가 밟을 바가 아니요, 호복을 한 인물과는 함께 말을 못하리라" 한다면 이것은 편협한 소견이며, 인자한 사람의 마음이 아니다.

그러므로 내 평생에 한번 보기를 원하여 매일 근력(筋力)과 정도(正道)를 힘써 고치고, 역관(譯官)을 만나면 한음(漢音)과 한어(漢語)를 배워 기회를 만날 때 한번 쓰고자 생각하였다. 그런데 을유년 6월 도정(都政)10)에서 계부(季父)11)를 서장관(書狀官)12)으로 임명하시니, 이는 뜻있는 자의 일이 마침

---

6) 원문에는 '황화'(皇華)라고 했는데, 중국의 사신을 가리킨다. 중국 명나라의 사신과 조선의 접대관이 서로 주고받은 시문을 모아 엮은 책인 『황화집』(皇華集)이 전한다.
7) '천계'는 명나라 16대 황제 희종(熹宗)의 연호로, 1620~1627년을 일컫는다.
8) 중국 명나라 말기 농민 반란의 지도자였던 이자성(李自成, 1606~1645)을 가리킨다.
9) 건주(建州)에서 일어난 청나라 오랑캐를 가리킨다.
10) 백관(百官)의 차출(差出)을 결정하는 회의인 도목정사(都目政事)를 말한다.
11) 홍대용의 작은아버지 홍억(洪檍, 1722~1809)을 말한다.
12) 상사(上使)와 부사(副使)를 보필하며, 장계문서(狀啓文書)와 의식 절차의 임무를 맡는

내 이루어짐이다. 계부께서 또한 내 행색이 고단함을 염려하시어 데려가고자 하시고, 부모님이 아직 연로[13]하시지는 않았으니 이 기회를 잃기 어렵다. 이런 뜻을 아뢰어서 가기를 청하니, 부모님이 또한 평생의 고심이 있는 줄을 아시기 때문에 쾌히 허락하시고 어렵게 여기시는 기색이 없으셨다.

드디어 행계(行啓)[14]를 내정하고 10월 12일 수촌(壽村)[15]을 떠나서 15일 경성(京城)에 들어와 다음달 2일 배표(拜表)하여[16] 떠나니, 서장관의 자벽군관(自辟軍官)[17]으로 상사(上使)께서 임금님께 아뢰어 청하였다. 군관(軍官)의 치장을 하고, 호조(戶曹)에서 준 명주 두 필과 쌀 두 섬에 돈을 보태어 약간의 의복을 만들고, 세전(歲典) 양청(兩廳)[18]에서 노자로 주는 잡물을 더러는 흩어주고, 남은 것으로 청심환(淸心丸) 한 제를 지어갔다. 아침을 먹은 후에 가친(家親)을 모시고 홍제원(弘濟院)[19]에 이르니, 위아래로 나와 보내는 사람이 수십 명이나 되었다.

오후에 계부께서 배표를 마치고 먼저 나오셨다. 임금님께 하직할 때에 임금님께서 친히 어필(御筆)로 열여섯 자를 써서 연행 길을 위로하셨는데, 그 글에 다음과 같이 말씀하셨다.

> 시종 신하로서 저문 해에 연경(燕京)으로 떠나니
> 특별히 불러 음식을 주고 내 마음이 창연(悵然)하도다.[20]

직책이다.
13) 원문에는 '독로지경'(篤老之境)이라 했는데, 이는 연로한 나이 곧 일흔을 가리킨다.
14) 왕태후·왕후·왕세자들이 드나드는 일을 말한다.
15) 홍대용의 고향. 충청도 천원군(天原郡) 수신면(修身面) 장산리(長山里)에 속해 있는데, 지금은 행정 구역상 천안시 수신면 장산리로 되어 있다.
16) 조선시대에 사신이 국서(國書)를 받는 일을 말한다.
17) 사행 길에 따라가는 사신의 자제나 근친을 말하며, 사신이 임명하여 정부의 승인을 받는다. 자제군관(子弟軍官)이라고도 한다.
18) 사신의 세시 폐물을 공급하는 부서인 세폐색(歲幣色)과 외국 사신의 영접과 조공 등을 담당하는 전객사(典客司)를 아울러 이르는 말이다.
19) 중국 사신들이 서울 성 안에 들어오기 전에 임시로 묵던 공관(公館).

이는 희한한 은혜였다. 날이 저물어 가친께 하직하고 화중과 함께 먼저 고양(高陽)으로 향했다. 종 성번(城番)과 차충(次忠)은 떨어져 행차(行次)를 모시고 세주는 병이 있으므로 함께 먼저 떠나 초경(初更 : 오후 7~9시) 후에 고양에 이르러 잤다. 별장시문(別章詩文 : 헤어지는 정을 내용으로 하는 시문)이 약간 있지만 다 기록하지 못하고, 다만 가친께서 주신 글 일곱 수만 기록한다.

기 1

슬프다! 너 자식의 행역(行役)이여

어찌하여 연경 길이뇨?

남아의 사방(四方) 뜻이

숙석(宿昔 : 평생)에 품은 바 있구나.

창승(蒼蠅)이 기(驥)[21]의 꼬리에 붙으니

멀리 와 높이 때인즉 좋도다.

행(行)하여 다시 염려치 말라

내 나이 모로(耄老 : 늙음)하지 아니하였노라.[22]

기 2

괴이타! 네가 유문(儒門)의 무리로서

호반(虎班)의 의복으로 도리어 종사하는구나.[23]

막료(幕僚 : 부하)는 진실로 천함이 아니요

유부(儒夫)는 하물며 친히 극진하도다.

---

20) 원문은 다음과 같다. "以侍從臣暮年赴燕 特召饋饌余心悵然"

21) 창승(蒼蠅)은 쇠파리로, 쇠파리도 준마의 꼬리에 붙어 가면 천 리의 먼 길도 도달할 수 있다는 뜻이다. "蒼蠅附驥尾而致千里"에서 온 말이다.

22) 원문은 다음과 같다. "嗟爾子行役 胡爲燕京道 男兒四方志 宿昔有所抱 蒼蠅驥附尾 遠遊時則好 行宜勿復念 吾年未耄老"

23) 자제군관은 호반. 즉 무반의 벼슬이므로 유학자인 홍대용은 호반의 복장을 갖추어야 했다.

붙들어 호위함은 반드시 정성을 다할 것이요
돕고 기움은 또한 옳은 일이 있음이라.
노력하여 충성과 공경을 힘써
데려가는 뜻을 저버리지 말라.24)

기 3
너를 성문[白門]25) 밖에 나가 보내니
때는 오직 중동절(仲冬節)26)이로다.
막막(漠漠)히 산천이 가로 끼고
묘묘(杳杳)히 음신(音信 : 편지)이 끊어지는도다.
찬바람이 겹갓옷을 뚫으니
요동 들의 사나운 눈이 날리는도다.
만일 중도에 병듦이 없으면
어찌 해 지나는 이별을 아끼리오.27)

기 4
네 『시전』(詩傳)28) 읽음을 보았으니
응당 하천시(下泉詩)29)를 외우리라.

---

24) 원문은 다음과 같다. "怪爾儒門徒 鞅韋反從仕 幕僚良非賤 儒夫況親摯 扶護必殫誠 裨補亦
有義 努力勉忠敬 無孤帶去意"
25) 남조(南朝) 송대(宋代)의 궁문 밖에 있던 문.
26) 겨울의 한창 때인 음력 11월을 일컫는다.
27) 원문은 다음과 같다. "送爾白門外 時維仲冬節 漠漠山川間 杳杳音信絶 寒風透重裘 遼野飛
惡雪 如無中途炳 何惜隔年別"
28) 『시경』(詩經)의 내용을 알기 쉽게 풀이한 책으로, 원문의 '파경'(葩經)은 『시경』의 다른
이름이다.
29) 하천시는 『시경』(詩經) 「조풍」(曹風)의 편명이다. 이 시는 조(曹)나라 사람들이 주(周)
나라 왕도(王道)의 쇠잔함을 걱정하는 한편, 주왕을 도와 많은 공을 세운 순백(郇伯)을 찬
미한 것이다.

황조(皇朝)가 오랑캐 굴혈에 윤몰(淪沒)하니

열사가 깊은 슬픔을 품었도다.

아아(峨峨 : 장중함)한 대보단(大報壇)³⁰⁾이요

묵묵(默默)한 만동사(萬東祠)³¹⁾로다.

이 의리가 점점 민몰(泯沒)하니

슬프다! 사람이 알 이 적도다.³²⁾

기5

너를 경계하노니 연계 길에

은근히 기특한 선비를 찾으라.

이름을 장(醬) 파는 집에 감추고

자취를 개 다니는 저자에 흐리는도다.

끼친 풍속이 오히려 강개하거니와

응당 이발(理髮)의 부끄러움을 품으리라.

오랑캐와 한인이 비록 서로 잡하였으나

어찌 좋은 심장의 사람이 없으리오.³³⁾

기6

너를 경계하노니 방탕치 말라.

내 몸을 스스로 검칙하리로다.

---

30) 조선시대에 명(明)나라의 태조(太祖)·신종(神宗)·의종(毅宗)의 제사를 지내던 사우(祠
   宇)로서, 숙종 때 대궐 안에 세웠다.

31) 조선시대 숙종 때 청주 화양동(華陽洞)에 세운 사당으로, 임진왜란 때 도와준 명나라 신
   종과 의종의 제사를 지냈다.

32) 원문은 다음과 같다. "見爾讀葩經 應誦下泉詩 皇朝淪胡窟 烈士怉深悲 峨峨大報壇 穆穆萬
   東祠 斯義漸泯沒 痛矣人鮮知"

33) 원문은 다음과 같다. "勉爾燕薊路 慇懃訪士奇 藏名賣醬家 混迹屠狗市 遺風尙慷慨 應懷被
   髮恥 胡漢雖相雜 豈無好腸者"

마음을 풀어버리면 혹 지킨 것을 잃을 것이니
놀기를 탐하다가 험한 데를 지나기 쉬우리라.
어찌 홀로 네 아비의 근심뿐이리오.
유식한 사람의 폄론(貶論)함이 될까 저어하노라.
평생의 욕심을 이기던 공부를
거의 오늘날 징험(徵驗)하리로다.34)

기7
너를 생각하니 본래 병이 많은지라
이것이 내 근심을 펴지 못하노라.
길에 있으매 반찬을 더하고
관에 머물매 기거를 조심하여라.
어찌 기호(崎岵 : 험한 산)에 오름을 수고로이 하리오.
모름지기 문려(門閭 : 머무는 곳)에 의지함을 위로하라.
돌아올 기약에 스스로 한이 있으니
오직 평안한 편지를 기다리노라.35)

3일 고양을 출발하여 10일 평양에 이르다

서울에서부터 역마(驛馬)를 타고 가고 뒤에 마두(馬頭 : 역마 일을 맡아보는
이) 한 명이 따랐다. 하속(下屬)들이 '나으리'라 일컫고, 있는 곳을 비장청(裨
將聽)36)이라 하여 진지와 행차와 거취를 물으니 매우 우습지만 어쩔 수가 없

---

34) 원문은 다음과 같다. "戒爾勿放蕩 吾身宜自儉 弛心或失守 耽遊易涉險 奚獨乃父憂 恐爲識
者貶 平生克己功 庶幾今日驗"
35) 원문은 다음과 같다. "念爾素多病 是吾憂未舒 在道加飯餐 留館愼起居 何勞陟崎岵 須慰倚
門閭 歸期自有限 惟待平安書"

었다.

　부사(副使 : 김선행)의 얼육촌[서출(庶出) 육촌] 김재행(金在行)의 자(字)는 평중(平仲)인데, 아침에 와서 잠깐 보고 갔다. 화중은 여기서 떨어지고, 식후에 행차를 따라 파주(坡州)에 이르렀다. 고양부터는 참(站)37)에 들면 차담[茶啖] 한 상을 먼저 주는데 군관과 같이하고, 혹 자제군관이라 하여 곁상으로 주는 곳이 있었다. 먼 길에 밥을 잘 먹어야 폐단이 없을 것이고, 반찬의 고기를 많이 먹으면 비위가 쉽게 상할 듯하기에 차담으로 국수 국물을 마셔 추위에 언 몸을 녹였다. 반찬은 채소를 주로 먹어서 이로 인하여 길에서 음식 탈이나지 않았고 반찬이 어려운 줄을 모르고 왕래하였다.

　5일 송도(松都)에서 숙소하고 금천(金天)에서 중화(中火 : 점심)하니 이때날이 이상하게 더웠다. 역관들이 말하기를,

　"전부터 동지사행(冬至使行)38)이 대동강을 배로 건넌 적이 없었는데, 이번은 일기가 이러하여 강물이 양끝까지 얼어붙을 리가 없을 것입니다."

라고 하였다. 출발할 때 홀연히 구름이 끼고 비를 뿌리더니 인하여 큰 눈이 오고 오후에야 그쳤는데, 이어 큰바람이 일어나 극심히 추워졌다. 저녁에 평산(平山)에 이르니 풍한(風寒)이 점점 심해지고, 6일 총수(蔥秀)39)의 중화참에이르니 추위가 더욱 심하였다. 상하의 안색이 좋지 않아 역관들이 말하기를,

　"북경(北京) 추위가 여기보다 심합니다."

라고 하였다. 7일 봉산(鳳山)40)에 숙소하니 젊은 호반(虎班 : 무반)인 부사(府使) 이응혁이 밤에 나와 보고, 스물셋에 서장군관(書狀軍官 : 서장관의 자제군관)이 되어 북경을 들어가 구경하던 말을 대강 전하였다.

---

36) 조선시대에 감사(監司)·유수(留守)·병사(兵使)·수사(水使)·견외사신(遣外使臣)을 따라
　　다니던 무관인 비장(裨將)들의 관아.
37) 공무로 여행하는 사람이 역로(驛路)를 가다가 쉬던 곳을 말한다.
38) 겨울에 중국으로 가는 사신을 말하며, 동짓달에 떠났다.
39) 황해도 평산과 서흥 사이의 역명을 말한다.
40) 황해도 북쪽의 한 고을로, 봉산탈춤으로 이름난 고장이다.

"그때는 사은사(謝恩使 : 중국으로 가는 사신) 길로 여름을 당하여 행역(行役 : 여행의 괴로움)이 비로 어려웠습니다. 오룡정(五龍亭)의 연꽃이 만발히였는데 연꽃의 향기[荷香]가 10리에 풍기어 사행(使行 : 사신의 행차)에서 흔히 보지 못할 것이었습니다."

또 이르기를,

"책문(柵門 : 중국 국경에 세워진 관문)을 든 후에는 한어를 못하면 곳곳에서 남의 입을 빌리어 답답한 구석이 많고 구경도 잘할 길이 없으니 부디 미리 알면 좋을 것입니다. 길에 가며 온갖 기명(器皿)의 이름을 묻고 약간 아는 말로 수작하면 자연히 익혀지니, 자갸(자기를 조금 높여 이르는 말)는 돌아올 때 역관의 신세를 지지 않았습니다."

하면서 한어로 여러 말을 하였다.

8일 황주(黃州)[41]에 숙소를 정하였는데 추위가 조금은 가셨다.

9일에는 머물러 사대(査對)하였는데, 사대란 북경으로 가는 나라의 표문(表文 : 황제나 임금에게 올리는 글)에 혹 잘못된 일이 있을까 하여 황주·평양·안주(安州)·의주(義州) 네 곳에서 자세히 상고(詳考)하는 것이다.

식후에 일행 중 두어 사람과 더불어 월파루(月波樓 : 황해도 황주에 있는 누각)에 오르니, 남쪽 성 위에 누각이 지어져 있었다. 크기가 10여 칸으로, 제도가 웅장하며 단청이 영롱하였다. 성 밑으로 큰 내[川]를 끼고 눈 속에 작은 배가 하나 있어, 여름이면 물이 많은 줄을 알 수 있었다. 서남쪽으로 수십 리 들판이 펼쳐졌는데, 이때 쌓인 눈이 땅을 덮고 아침 햇빛이 빛나 설경의 장엄함이 평생 처음 보는 것이었지만 눈이 부셔 뜨지 못했다. 찬바람이 살을 베는 듯하여 오래 머물지 못하고 즉시 하처(下處)[42]로 돌아왔다.

10일 평양에 이르렀는데 10여 리를 못미처 수유나무 숲이 길 좌우로 강가에 이르렀고, 얼음이 육지와 같이 언 지 수일이었다. 분첩(粉堞 : 석회를 바른 성가퀴)이 강에 임하였고, 연광정(練光亭)과 대동문(大同門)[43] 등 어렴풋한 누각

---

41) 황해도 봉산과 중화 사이의 역명을 말한다.
42) 여행하면서 머무는 사사로운 여관집을 말한다.

이 즐비하였으며, 여염(閭閻) 밖으로 표연(飄然)히 서서 경물(景物)이 장려하였다. 열한 살 때인 신유년(辛酉年, 1741)에 조부(祖父)44)의 행차를 모시고 이곳에 와서 연광정에서 하룻밤을 유숙하였는데, 때는 비록 동하(冬夏)의 다름이 있으나 옛 전형이 의구하여, 옛일을 생각하니 창감(愴憾)함을 이길 수 없었다. 숙소에 이르니 읍중(邑中)에 아는 사람 여럿이 와서 보고 별장(別章)을 주는 이도 서넛 있었다.

11, 12일 평양서 묵다

평양은 옛 기자(箕子)의 도읍이다. 은(殷)나라가 망한 후에 기자가 주(周)나라의 신복(臣服)이 되지 않고, 무왕(武王)이 그 뜻을 굽히지 않아서 동으로 조선(朝鮮)에 봉하였으니, 기자가 옛 백성 2천여 명을 데리고 예악문물을 갖추어 평양에 도읍을 정했다. 여덟 가지 조목을 베풀어 풍속이 크게 변하였고, 제도와 문물이 성하고 빛나[彬彬] 실로 우리 동방 풍교(風敎)의 근본이 되었다. 이런 이유로 이곳은 강산이 장려하고 풍경이 절승(絶勝)할 뿐만 아니라, 기이한 고적(古蹟)이 나라 안에서 으뜸이어서 가히 보지 않을 수 없다. 그러나 연이어 극심한 추위를 무릅쓰고 말 위에서 수레를 몰아 빨리 달려왔기에 몸이 편치 못하여 문을 닫고 잠잠히 누웠다.

그런데 사행이 연광정에서 감사(監司)와 도사(都事)를 모았는데, 예로부터 사대(査對)를 파한 후에는 풍악을 베푼다. 이러므로 오후에 상사께서 사람을 보내 같이 놀기를 청하여서 마지못하여 말을 타고 가다가 길가의 애련당(愛蓮堂)을 찾아 먼저 들어가니, 물 가운데의 정자와 널빤지로 놓은 다리가 옛날 보던 모양으로 변치 않았다. 문 밖에서 말에서 내려 다리를 건너 정자에 앉으니

---

43) 연광정은 평양 대동강 가에 있는 정자이고, 대동문은 평양 동쪽에 있는 성문이다.

44) 신유년에 용강군 삼화부사(三和府使)가 되었던 할아버지 용조(龍祚, 1686~1741)를 말한다.

못물 얼음에 눈이 입혀져 본색(本色)이 없었다. 정자를 6면으로 지어 가운데 방을 드리고 방 밖을 돌아가며 마루를 놓고, 마루 밖에 분합문(分閤門)[45]과 난간을 매우 맑고 깨끗이 만들어 단청이 영롱하였으며, 6면에 풍경을 달아 바람이 불면 소리가 쟁쟁하게 서로 응하였다. 처한 곳은 비록 성시(城市) 가운데 있으나 요조(窈窕)한 풍치(風致)와 맑고 깨끗한 기상이 서로 어지럽게 얽혀 세상 뜻을 잊을 만한 곳이다. 이때 바람이 심히 차 오래 머물지 못하고 즉시 문을 나와 연광정으로 향하였다.

상사께서 내가 옴을 듣고 사람을 보내어 들어오라 해서 즉시 들어가 자리에 앉았다. 마루 삼면에 발을 내리고 뜸[46]을 둘러서, 비록 몹시 추운 겨울이지만 추위를 잊을 수 있었다. 좌우에 5, 60명의 분대(粉黛 : 기생)를 벌여 비단 의상에 눈이 부시고, 풍류(風流) 기계는 채색이 선명하여 다른 데서 보지 못하던 것인데, 이는 감사가 새로 고치고 더 넣은 것이다. 삼현(三絃 : 거문고·가야금·향비파)하는 공인(工人)은 다 관대(冠帶)를 입고 머리에 그림을 그린 복두(幞頭)[47]를 썼는데, 이는 서울 악공(樂工)을 모방한 것이다. 그 호화스런 기구며 화려한 거동이 일국에 유명하다는 것이 이상하지 않았다. 날이 저물어서 풍류를 채 보지 못하고 숙소로 돌아왔다.

12일 풍한이 매우 심하지만 다음날은 길을 전진할 것이요, 돌아올 때의 일은 예측하지 못할 것 같아 드디어 아침밥을 재촉하여 먹고, 외성(外城)에 사는 황진사 염조(念祚)가 이곳 고적을 익히 아는 까닭에 같이 떠났다. 동북쪽 장경문(長慶門)으로 나가니, 이 문은 연광정 북쪽으로 수백 보 되는 곳이다. 문 밖의 벼랑길이 겨우 두어 걸음이었고, 길 동쪽은 강이고 서쪽은 백 척(尺) 창벽(蒼壁)이 강에 인접하여 4, 5리를 깎은 듯이 둘러져 있었다. 그 위에 지형으로 말미암아 성의 치첩(雉堞 : 성 위에 낮게 쌓은 담, 성가퀴)이 웅장하니, 이

---

45) 대청 앞에 드리는 네 쪽 창살문을 말한다.
46) 짚·띠·부들 따위의 풀로 거적처럼 엮어 만든 물건으로, 비·바람·볕을 막는 데 쓴다.
47) 사모(紗帽)처럼 두 단으로 되고 뒤쪽 양편으로 날개가 달린 관(冠). 조선시대 과거에 합격한 사람이 홍패를 받을 때 썼다.

벽의 이름을 청류벽(淸流壁)이라 하였다.

벽을 의지하여 4, 5리를 행하자 부벽루(浮碧樓)[48]에 이르고, 평양성 북쪽으로 모란봉(牡丹峰)[49]이라는 높은 봉에 오르니 성 안을 굽어볼 수 있었다. 북쪽에 따로 성을 쌓아 모란봉 위로부터 강가를 둘러 본래의 성에 이었고, 영명사(永明寺)라는 절을 그 가운데 두고 통섭(統攝)으로 하여금 승군(僧軍)을 거느려 지키게 하는 것이었다. 부벽루는 그 성 동쪽에 강을 끼고 지은 집으로, 제도는 매우 초솔(草率 : 거칠고 엉성함)하며 안에 벽돌을 깔았을 뿐인데, 안계(眼界)의 광활함은 연광정과 다름이 없었다. 또 앞으로 능라도(綾羅島)[50]라는 섬이 물 가운데 가로놓여 있어 수목이 줄을 지어 벌려 섰고 약간의 인가가 있으니, 이는 연광정에 없는 경치이다. 또 성시(盛市)를 멀리하고 지경(地境)이 깊은 녹색[深碧]이어서 청탈(淸脫)한 기상과 표연(飄然)한 의사는 연광정에 미칠 바가 아니었다.

누각 북쪽에 조그만 정자가 있으니 이름을 함벽정(涵碧亭)이라 하였고, 앞으로 큰 누각이 있어 이름을 득월루(得月樓)라 하였다. 남쪽으로 성 굽이의 높은 곳은 사면이 네모 반듯하여 이름을 을밀대(乙密臺)[51]라 하였으니, 울창한 소나무 숲 사이로 표연히 반공(半空)에 쌓여 보기에 기이하였다. 절 뒤에 돌로 쌓은 우물이 하나 있으니, 이름이 기린굴(麒麟窟)이다. 전하는 말에 고구려 때 동명왕(東明王)이라는 임금이 병란을 만나 피할 곳이 없었는데 용마(龍馬)를 타고 이 굴로 들어가 난을 면하였다 한다. 그 말이 극히 허황(虛荒)하고 조그만 우물에 깊은 구멍을 보지 못하였으니 후대에 메워서 막힌 것이 아닌가 싶었다.

서쪽 문을 나오니 산에 가득 찬 소나무가 천일(天日)을 가리고, 눈이 길을 덮어 말을 타지 못할 지경이었다. 이에 말에서 내려 간신히 행하여 기자묘(箕

---

48) 대동강 모란대 밑 절벽 위에 있는 누각.
49) 평양 북부에 있는 산으로, 대동강에 임하여 절벽을 이루었다.
50) 평양 대동강 가운데 있는 경치 좋은 섬.
51) 평양 금수산 한 모퉁이에 모란대와 맞선 봉우리의 정자.

子墓)에 이르니, 분형(墳形)이 네모나며 사면에 낮은 담장[粉墻]을 두르고 앞에 각 한 쌍의 석인(石人)과 석양(石羊)을 세웠나. 가운데 작은 비(碑)를 세워 기자묘라 썼고 그 뒤에 옛 비를 세웠는데, 이는 임진왜란(壬辰倭亂) 적에 도적에 의해 깨어져 상해서 조각을 합하고 박철(縛鐵)52)로 묶은 것이다. 계절(階節 : 묘 앞에 쌓아놓은 축) 앞으로 한 길이나 되는 대(臺)를 만들었으며, 대 아래에 정자를 짓고 그 안에 상탁[床卓 : 제상(祭床)과 향탁(香卓)]을 감추었는데, 문이 잠겨 들어가보지 못하였다.

말을 타고 서남쪽으로 내려와 칠성문(七星門)으로 들어가니, 이 문은 임진왜란 때에 명나라 장수 이여송(李如松)이 군사를 거느리고 들어와 도적을 물리친 곳이다. 감영(監營) 서쪽 담 밖으로 행하여 장대(將臺)에 오르니, 장대라 하는 것은 난시(亂時)를 당하여 성을 지킬 때 대장이 올라앉아 깃발과 북으로 사면의 성을 지키는 군사를 호령하는 곳이다. 성 안에서 가장 높은 곳을 가려 대를 세우고 그 위에 집을 지었는데, 오르면 사방이 내려다보여 번성한 여염이 보이지 않는 곳이 없고, 동강 북쪽의 넓은 들과 점점(點點)한 산53)이 다 연광정의 경치를 가졌으니, 또한 볼 만한 곳이었다. 서쪽으로 내려 숭령전(崇靈殿)에 이르니, 이는 단군과 동명왕의 위판(位版 : 위패)을 봉안한 묘당(廟堂)으로, 단군은 동방에 처음으로 나온 임금이어서 참봉(參奉)이 여기서 지킨다고 하였다. 서쪽으로 숭인전(崇仁殿)에 이르니 이는 기자의 위판을 봉안한 곳이었다. 화상(畵像) 세 벌을 걸었는데, 의관은 전에 보지 못하던 제도였으니 필연 은나라의 의관인가 싶었다.

서문 안 무열사(武烈祠)에 이르니, 이는 대명 병부상서(兵部尙書) 석성(石星)54)의 위판을 봉안하고, 제독(提督) 이여송과 양원(楊元)·이여백(李如栢)·

---

52) 못을 박을 곳에 못 대신 겹쳐 대는 쇳조각.

53) 고려 문인 김황원(金黃元)이 "大野東頭點點山"이라 읊은 바 있다.

54) 임진왜란 때 조선에 구원병을 보내준 명나라 장수. 석성의 후실이 된 여인과 인연을 맺은 홍순언(洪純彦)의 이야기가 연암 박지원의 『열하일기』(熱河日記) 중 「옥갑야화」(玉匣夜話)에 실려 있다.

장세작(張世爵) 등 모든 장수를 배향(配享)한 곳이다. 석상서는 임진왜란 때 우리나라가 구병(救兵)을 청하자 군사를 징발할 의론을 힘써 아뢰어 전후의 나라를 구호한 일이 많았다. 그러다 마침내 참소(讒訴)에 걸려 우리나라의 일로 화를 면치 못하였으니, 그 은혜를 생각하여 사당을 세워 봄·가을로 제사를 받들게 했다. 석상서와 이여백은 화상이 있었다. 숭령전과 숭인전은 왕자의 사당이어서 감히 참배하지 못하였는데, 이곳은 참배를 허락하여 두 번 절하고 나왔다.

서문으로 나가 1, 2리를 행하여 충무사(忠武祠)에 이르니, 이는 고구려 장수 을지문덕(乙支文德)의 사당이다. 수(隋) 양제(煬帝) 때 천하 병력을 다하여 수백만 군사로 친히 고구려를 치니, 을지문덕은 이때 고구려 정승(政丞)이었다. 수천 군을 거느리고 살수(薩水)에서 맞아 두어 번 싸워 수나라 군사를 크게 물리치니, 수나라 군사는 겨우 천여 명이 살아남아 돌아갔다. 이로써 고구려는 망하지 않았는데, 평양은 그 도읍했던 땅이다. 이러므로 뒷사람이 생각하여 사당을 세웠다.

이곳을 지나 인현서원(仁賢書院)에 이르니, 이는 이 고을 사람들이 서원을 지어 기자 위판을 봉안하고 선비를 모아 글을 읽는 곳이다. 사우문(祠宇門)을 열고 참배하니 또 한 화상이 있었다. 밖으로 나와 강당에 앉았는데, 현판(懸板)에 '홍범당'(洪範堂)이라 하였다. 서원 하인이 "효종대왕(孝宗大王)의 수필(手筆)입니다" 하고, 소반에 책 한 권을 받들어 내어다 보이기에 공경하여 열어보았더니, 정축년(丁丑年, 1637)에 심양(瀋陽)에 들어가실 적[55]에 서원에 참배하시고 심원록(尋源錄 : 방명록)에 이름을 올리신[置簿] 것이다. 봉림대군(鳳林大君) 네 자를 쓰시었다.

남쪽으로 외성을 향하여 중성(中城)을 나가니 옛 성의 터만 남아 있었다. 이 바깥의 길이 넓고 좁고 한 것은 다 법도가 있는 듯하고, 거리마다 돌을 세워 표하였다. 큰 길 사이에 작은 길을 가로로 베어서 조금도 빗나간 곳이 없었

---

55) 병자호란 때 조선이 항복하고, 정축년에 소현세자와 봉림대군이 볼모가 되었던 일을 말한다.

고, 네 길 사이에 있는 밭의 모양이 정정방방(正正方方)하여 큰 돌이 다 한 가지 제양(制樣)이었으니, 이는 기자가 정전법(井田法)[56]을 베푸신 곳이다. 비록 햇수[年數]가 오래되었으나 오히려 정대(正大)한 제도가 이러하였으니, 성인의 정사(政事)가 어찌 이상하지 않겠는가? 길가에 조그만 단(壇)이 하나 있는데, 이는 기자께서 계시던 대궐 터였다. 단 위에 작은 비를 세웠는데 구주단(九疇壇) 세 자가 씌어져 있었다. 이 앞으로 남쪽을 향하니 우물이 하나 있었는데, 이는 기자정(箕子井)이라 하며 깊이가 8, 9장(丈)이고, 위에 둥근 구멍을 뚫어 벽돌[甓石]로 덮었다.

말을 돌려 중성에 들어가 일영지(日影池)라는 못을 보니 사방이 여러 걸음이 되었다. 가운데 조그만 섬이 있고 섬 위에 조그만 정자를 세웠는데, 이는 기자께서 해 그림자를 살피시던 곳이라 전한다. 못 북쪽에 한 서재가 있어 글 읽는 소리가 있었지만 날이 저물어 가보지 못하고 남문으로 들어가 숙소로 돌아왔다.[57]

22일부터 26일에 이르러 의주에 머물다

의주는 변방의 중요한 곳으로 지방은 그리 넓지 않으나 전답이 다 옥토이고, 나라에 공세(貢稅 : 조세)를 바치는 일이 없어 호수(戶數)와 재물이 극히 번성하였다. 책문(柵門)에서는 말 부리는 삯이 큰 생리(生利 : 이익을 냄)가 되는 까닭에 말을 세우지 않는 집이 적어 읍리만 헤아려도 천 필에 가까울 것이라 하였다. 역관들이 이곳에 이르러 다 사주인(私主人 : 민박)을 정하였으니 전후 10여 일 묵는 연가(煙價 : 여관의 밥값)로 50냥을 넘게 주는 이가 많고, 통인(通人 : 관아에 딸려 심부름하던 이속)들이 역관에게 정하여 가면 여남은 냥의 돈

---

56) 고대 중국의 하(夏)·은(殷)·주(周) 삼대에 걸쳐 실시된 토지 제도를 말한다.
57) 13일에 평양을 출발하여 안주(安州), 가산(嘉山), 정주(定州), 선천(宣川), 양책(良策), 의주(義州)에 이르는 550여 리의 여정이 생략되었다.

을 얻어먹는 것이다. 이러므로 통인들이 다 먼저 나와 역관에게 다투어 들어가 서로 시기와 싸움이 대단한데, 홀로 내게는 여남은 살 먹은 바리(마소의 등에 잔뜩 실은 짐)를 인 놈이 와서 심부름도 변변히 못하였으니, 극히 민망하지만 할 수가 없었다.

여기에는 위화도(威化島)라 하는 섬이 있으니, 부윤(府尹 : 종2품 벼슬인 부의 우두머리)이 겨울마다 그곳에서 산영(山營 : 사냥)하면 사슴과 꿩이 많이 잡히고, 군사가 세차게 돌진하는 거동이 가장 볼 만하다고 하였다. 이때 섬 속에 갈대가 가득하여 미처 베어내지 못하고, 온 고을의 군정(軍丁)을 징발하면 폐단이 많다고 하여, 읍내 별무사(別武士 : 조선시대 군영에 속한 하사관) 백여 기(騎)를 징발하여 23일에 나귀섬이라는 땅에서 산영을 시켰다. 식후에 계부를 모시고 남문을 나오니 상부사(上副使)께서 앞에 서 계셨다. 대기치(大旗幟)[58]와 군악(軍樂)을 앞에 벌이고 삼현(三絃)이 그 뒤에 서고, 기생 여남은 쌍이 다 말을 타고 군복에다 전립(戰笠)[59]을 각별히 선명하게 갖추고 두 줄로 늘어서 가고 있었다. 5리를 가서 한 언덕 위에 이르러 장막을 높이 치고 그 안에 자리를 마련하였기에 일행이 다 말에서 내려 자리를 정하였다. 앞으로 바라보니 압록강 한 가닥이 언덕 밑을 둘러 얼음이 육지와 같았고, 강 서쪽에는 섬이 있어 숲이 울연(蔚然 : 수목이 무성함)하였는데, 이것이 곧 나귀섬이다.

서남쪽 첩첩한 산은 다 오랑캐 땅으로, 두어 곳 산 위에 검은 내[川]의 기운이 장히 일어났는데, 이는 오랑캐들이 산영을 하는 곳이다. 장막 앞에 기치(旗幟 : 깃발)를 벌이고 군악 소리가 진동하더니, 이윽고 군악을 그치고 다른 기치를 다 물리고 방포(放砲)[60] 소리 하나에 붉은 기 하나를 언덕 위에서 휘둘렀다. 그러자 강 위에서 말 탄 군사들이 함성을 웅장하게 지르며 숲을 향하여 궁시(弓矢)와 창검(槍劍)을 휘두르고 일시에 말을 달려 들어갔다. 군사가 비록

---

58) 진중(陣中)에서 방위를 표시하는 깃발.
59) 조선시대 병자호란 이후에 무관이 쓰던 벙거지로, 붉은 털로 끈을 꼬아서 둘레에 두르고 상모·옥로 등을 달아 장식하였다. 안에는 남색의 운문대단(雲紋大緞)으로 꾸몄다.
60) 군중(軍中)의 호령으로 공포를 놓아 소리를 내는 것을 말한다.

적었으나 또한 쾌한 구경이었다. 다만 숲을 뒤졌는데도 짐승을 한 마리도 만나지 못하였고, 여러 사람이 매와 개를 데리고 두루 소리하고 다녔지만 종시 꿩 하나도 얻지 못하였기에 흥이 깨어졌다.

드디어 종이 울리고 기를 휘둘러 도로 물리고, 기 하나를 사장(沙場 : 모래톱)에 박아 마군(馬軍) 다섯씩 한 패를 지어 기 뺏기를 다투게 하였는데, 이는 예로부터 하던 일이다. 다섯 놈이 말머리를 거짓으로 꾸며〔假作〕 섰다가 대(臺) 위에서 북을 울리고 나발을 불면 다섯 놈이 일시에 소리 지르고 채를 쳐서 말을 달린다. 먼저 기를 뺏는 사람은 뺏은 기를 좌우로 휘두르고 소리를 크게 질러 용맹됨을 자랑하는데 또한 볼 만하였다. 군사 하나가 자원하여 기 다섯을 좌우에 세우고 동서로 말을 두루 쳐 한 번에 빼낸다고 했다. 즉시 기 다섯을 내려서 꽂은 후에 북을 치고 나발을 부니, 말을 급히 몰아 첫 기를 빼내고 이어서 말을 돌려 다른 기를 다 빼냈는데, 말 다루기는 다른 군사보다도 뛰어난 듯하였다. 부윤이 기를 빼낸 군사를 다 불러올려 돈과 삼승(三升 : 성기고 굵은 삼베)으로 상을 주었다. 이윽고 차담상이 나오고 저물어서야 숙소로 돌아왔다.

26일에 동문을 나와 구룡연(九龍淵)을 가보니, 이곳은 압록강 상류여서 강가 절벽이 천 척(尺)이 넘어 위에서 차마 아래를 볼 수가 없었다. 옛적에 한 통인이 관가 기생에 빠져 정신을 차리지 못하였는데, 별성(別星)[61]이 그 기생을 빼앗으려고 통인을 잡아 다스리려 하였다. 이에 그 기생이 통인과 함께 도망하여 여기에 이르러서 띠를 끌러 서로 동여매고 같이 강에 떨어져 죽었다고 한다. 언덕 위에 큰 소나무가 가득하고 그 가운데 묘당이 하나 있었는데, 이것은 용왕묘(龍王墓)였다. 이 묘당 동쪽으로 강을 끼고 단묘(端妙 : 단정하고 묘함)한 곳이 하나 있다. 옛 증조부께서 부윤으로 계실 때 이곳에 구룡정(九龍亭)이라는 정자를 지으셨는데,[62] 그후에 무너지고 터만 남아 있었다. 날이 추

---

61) 임금의 명에 따라 외국으로 가는 사신을 말하며, 봉명사신(奉命使臣)이라고도 한다.
62) 홍대용의 증조부 홍숙(洪潚, 1653~1714)이 임오년(1702)에 의주 부윤이 되었을 때 이곳에 구룡정을 지었다.

워 오래 머물지 못하고 돌아와 양상서원을 찾았다. 이곳에는 고구려의 어진 정승 을파소(乙巴素)[63]의 위판을 봉안하고, 청음(淸陰 : 김상헌) 김선생을 배향하였다. 참배한 후에 강당에 앉았더니 두어 선비가 있기에 잠깐 수작하고 돌아왔다.

27일 강을 건너 구련성에서 한둔(노숙)하다

이 날 아침 식사 뒤에 계부께서 먼저 강가에 수험(搜驗 : 수색하고 검사함)하러 나오시니, 나는 떨어져 행구(行具 : 행장)를 다 조검(調檢)하여 내보낸 후에 군복 위에 도포를 입고 나아갔다. 마두는 선천(宣川) 역노(驛奴) 덕유(德裕)이고, 말은 함경도 수성(愁城) 역마였다.

통군정(統軍亭)[64]에 올랐는데 이 집 또한 유명한 곳으로, 성 서북쪽 높은 곳에 있으며 앞으로 멀리 보이는 곳이다. 오랑캐 땅이 다 보이는데 산의 거동이 수절(秀絶 : 뛰어나고 훌륭함)하여 다 살기를 띤 듯하였고, 야영하는 연기가 곳곳에 일어나서 경색(景色)이 다른 누관(樓館)과 같지 않았다. 압록강 가로 이어서 파수막(把守幕)이 있어 군사가 언제나 지키고 있는데, 부윤이 혹 밤에 누각에 올라 천아성(天鵝聲 : 군사를 모으는 나팔 소리)을 불면 파수막에 일시에 불이 켜지고 응하여 소리하는데 지극한 장관이라 하였다. 북으로 바라보니 강가에 장막을 치고 사람이 구름같이 모여 있으며, 서북 두 문으로 나가는 짐이 서로 꼬리를 이어 있어 멀리서 바라보니 붓으로 두 줄을 그은 듯하다. 정자 서쪽 언덕으로 내려와 수성촌 청음 선생께서 머무시던 곳을 찾으니, 유적비를 세우고 뒤에 사적을 기록하였는데, 단암(丹巖) 민상공(민진원)의 글이었다.

서수문에 이르러 말을 타고 막차(幕次 : 임시로 막을 쳐서 수레가 머물던 곳)에 이르니 사행과 부윤이 다 모여 있었다. 다섯 곳으로 나눠 건너가는 인마(人馬)

---

63) 을파소(?~203)는 고구려 9대 고국천왕(故國川王, 재위 179~196) 때의 재상이다.
64) 관서팔경(關西八景)의 하나로, 선조가 임진왜란 때 이곳까지 피란하였다.

와 짐을 다 수험하였는데, 옷을 벗기며 상투 밑과 주머니와 바지를 다 뒤졌다. 역관들의 말은 안장 밑과 대련(大輦 : 큰 손수레)과 걸낭(큰 주머니)을 다 헤쳐 보이니, 자리관[紫笠冠]65)과 저고리의 설만(褻慢 : 지저분함)한 행구들이 사장(沙場)에 펼쳐져서 보기에 부끄럽고 분했다. 또 종 차충 또한 수험에 들었는데, 의복과 전립과 망건(網巾)66)을 다 벗기고 상투를 두루 저어 죄인 잡는 듯하여, 그 분을 내고 부끄러워하는 거동에 절도(絶倒)하였다.

상부사께서는 먼저 강을 건너시고, 계부께서는 부윤과 더불어 수험을 감독하신 후에 해가 거의 저물려고 할 때 행차를 떠나셨다. 여기서부터는 전배(前陪 : 벼슬아치의 행차 때 인도하는 하인)와 육각(六角)이 다 떨어지고 마두놈이 소리 높여 말하기를,

"삼방(三房 : 서장관의 거처) 아래를 차려라."

하니, 다만 좌차(座車) 하나에 하인 세 놈뿐이었다. 좌차라 하는 것은 의주에서 수레를 만들어 위를 가마 모양으로 꾸며 타고 가는 것이다. 이때 비로소 도포를 벗어 짐에 넣고 갓을 벗어 의주 사람에게 맡기고, 은(銀)징자67)에 공작우(孔雀羽)가 달린 총벙거지를 쓰니, 상하에 보는 이마다 웃지 않는 이가 없었다.

압록강이 이 앞에 이르러 세 가지로 나뉘었는데, 이는 삼강(三江)이라 이르는 곳이다. 이때 삼강이 다 얼어붙어 그 위에 눈이 쌓였고, 말을 타고 지나니 강인 줄을 깨닫지 못하였다. 삼강을 지나는데 좁은 길이 겨우 수레를 통할 만하고, 좌우의 갈대 숲이 길을 끼고 우거져 행색이 극히 수절(秀絶)하였다. 하물며 깊은 겨울의 석양이 산에 내리는 때를 당하여 친정(親庭 : 본가)을 떠나고국을 버리고 만리 연사(燕使)로 향하는 마음이 어찌 궂지 않을 것인가마는, 수십 년 평생의 원(願)이 하루아침의 꿈같이 이루어져 한낱 서생(書生)으로

---

65) 융복(戎服)을 입을 때 쓰던 붉은 대갓.
66) 상투를 틀 때 머리카락이 흘러내려오지 않도록 머리에 두르는 그물 모양의 물건.
67) 전립 위에 꼭지처럼 만든 꾸밈새를 말하며, 품계에 따라 금·은·옥·석의 구별이 있다. 증자(鏳子) 또는 정자(頂子)라고도 한다.

융복(戎服 : 군복)을 입고 말을 달려 이 땅에 이르렀으니, 상쾌한 의사와 강개(慷慨)한 기운으로 말 위에서 팔을 뽐냄을(팔을 걷어붙임을) 깨닫지 못하였다. 드디어 말 위에서 한 곡조 미친 노래를 지어 읊었다.

하늘이 사람을 내매 쓸 곳이 다 있도다.
나와 같은 궁생(窮生)은 무슨 일을 이뤘던가?
등불 아래에 글을 읽어 장문부(長門賦)[68]를 못 이루고
말 위에서 활을 익혀 오랑캐를 못 쏘는도다.
반생이 녹록(碌碌)하여 전사(田舍)에 잠겼으니
비수(匕首)를 옆에 끼고 역수(易水)를 못 건넌들
금등(金燈)이 앞에 서니 이것이 무슨 일인가?
간밤에 꿈을 꾸니 요동 들판을 날아 건너
산해관(山海關)[69] 잠긴 문을 한 손으로 밀치도다.
망해정(望海亭)[70] 제일층에 취후(醉後)에 높이 앉아
갈석(碣石 : 묘갈)을 발로 박차 발해(渤海)[71]를 마신 후에
진시황 미친 뜻을 칼 짚고 웃었더니
오늘날 초초 행색이 누구의 탓이라 하리오.

5리쯤 행하니 날이 어두워져서 의주 창군(槍軍) 10여 명이 횃불로 앞을 인도하였다. 10여 리를 행하니 곳곳에서 숲 사이로 불을 피우고 사람이 한 곳에 모였는데, 이는 짐을 실은 사마군(司馬軍)이 두루 흩어져 머무는 것이라 한다.

---

68) 『문선』(文選)의 「애상부」(哀傷部)에 실려 있는 글. 한(漢) 무제(武帝)의 진황후(陣皇后)가 총애를 잃어 장문궁에 별거하면서 사마상여(司馬相如)에게 부를 짓게 하여 다시 사랑을 얻었다는 글이다.

69) 중국 하북성 북동단의 요동만에 면한 도시. 만리장성 동쪽 끝의 '천하제일관'이라 하며 북경 제일의 요충지이다.

70) 산해관 남쪽에 있는 정자를 말한다.

71) 요동반도와 산동반도에 둘러싸인 바다를 말한다.

길가에 외로운 나무가 하나 있었는데, 북경에 가는 사람들이 다 종이에 밥을 싸서 그 가지에 걸고 두어 번 절하여 사망(事望 : 좋은 징조나 전망)이 일기를 빌고 가는 것이다. 온통 나무에 꽃이 핀 모양이었다.

이윽고 한 곳에 이르니 불빛〔火光〕이 숲을 두르고 무수한 인마가 사면으로 진을 친 듯하였는데, 이는 일행이 머무는 곳으로 이름은 구련성(九連城)이다. 사행이 머무는 곳은 의주에서 미리 군사를 보내어 큰 구덩이를 파서 그 위에 넓은 널을 깔고 널 위에 장막을 쳤다. 널 밑에는 숯불을 만들어 연하여 넣었는데 구들과 다름이 없었다. 상방(上房 : 상사의 거처)은 예로부터 쓰던 몽고 장막인데 그 형상이 노인(인경, 종)을 엎은 듯하며, 안은 한 칸이 넘고 앞에 널문을 내었는데 이는 몽고의 제도였다. 부방(副房 : 부사의 거처)과 삼방(三房)은 임시로 지은 집〔假家〕에 개가죽을 덮었으니 안이 매우 좁았다. 역관들은 한데 다 겹장막을 치고, 하졸(下卒)들은 곳곳에 모여 앉아 사면에 장작을 한 길이 되게 쌓고 불을 질러 발을 쬐면서 밤을 새웠는데, 만일 큰 풍설(風雪)을 당하면 얼어죽는 이가 많을 것 같았다. 계부를 모시고 장막에 누우니 매우 좁아 편하지 않았지만 어쩔 수가 없었다.

이 날부터 조석 음식을 상부방(上副房)에서 사흘씩 돌려 겪었다. 밤에 호환이 무서워 자주 천아성(天鵝聲)을 불어 여러 사람이 일시에 함성으로 서로 응하니, 이로 인하여 끝내 잠을 깊이 들지 못하였다.

28일 구련성을 출발하여 29일 책문에 들다

장막 밖에서 자던 성번과 차충이 동이 튼다고 하여 옷을 입고 밖으로 나와 앉으니, 화톳불에 의지한 무수한 하졸이 다 발을 불 밑으로 뻗치고 누워 코골고 자는 이가 반이 넘었고, 아주 추워하는 모양이 적어 서북(西北 : 평안도·황해도·함경도) 사람이 추위를 잘 견딘다는 말이 그르지 않았다. 불빛에 보니 내 옷에 눈이 두루 떨어져서 이상히 여겨 밤에 눈이 왔는가 물으니, 눈이 온 일이

없다고 하였다. 성번이 나의 전립을 가리키며 말하기를,

"여기 눈이 많이 있습니다."

하여 놀라 벗어보니, 한편에 두어 줌 눈이 허옇게 엉켜서 흔들어도 즉시 떨어지지 않는 것이다. 그제야 생각하니, 밤에 장막 속에 걸어두었는데 장막 틈으로 찬 기운이 들어와 더운 김과 서로 엉켜서 성에가 된 것이다.

날이 쾌히 새어 주방에서 흰죽을 주었는데 이후에는 계속해서 아침에 죽을 주었다. 역관들을 만나 밤 지낸 말을 묻고 서로 위로하니 사경(死境)을 지낸 듯하였다. 평중(平仲 : 김재행)이 와서 밤 경색을 서로 의논하고 장막 밖에 나가 두루 둘러보니, 토산(土山)이 높지 않았고 잡목이 사면에 삼대가 선 듯하였다. 언덕 너머 산이 두른 곳에 은연히 마을이 있어 닭과 개의 소리를 들을 듯하였다. 단묘(端妙)한 산봉우리가 명당을 만들고, 좌우 사각으로 균적(均適)하게 두른 곳에는 의연히 무덤이 있으며 석물(石物)⁷²⁾을 벌여놓은 듯했다. 평중이 더욱 혀를 차고 기특하다며 말하기를,

"만일 이 땅을 얻어 사람을 살게 하면 내가 먼저 들어올 것이다."

하니, 듣는 이들 모두 다 크게 웃었다. 대개 산천이 깊은 중에 명랑하고 은자(隱慈)하여 짐짓 살 만한 곳이었다.

해가 돋아서 출발하여 좌차의 뒤를 따라갔는데, 10여 리를 행하여 한 언덕 밑으로 나가니 길 아래 큰 냇물이 있었다. 산영(山營 : 사냥)하는 오랑캐 여남은 명이 얼음 위에서 개 두엇을 데리고 막대로 숲을 쑤시며 무슨 이상한 소리를 하는데, 말을 멈추고 마두로 하여금 무슨 말을 하는지 물으라고 하였더니, 두어 말을 묻고 저희 또한 대답하되 한 말도 알아듣지 못하였다. 마두에게 물어 "꿩을 몇이나 얻었느냐?" 하니 말하기를, "하나도 못 얻었습니다" 하였다. "고기를 잡았느냐?" 하니 없다고 했다 한다. 그들이 혹 조선말로 대답한다고 하였지만 다 알아들을 길이 없었다. 모두 머리에 헌 감투 같은 것을 쓰고 낡은 양가죽 동옷[胴衣 : 남자가 입는 저고리]을 털이 밖으로 나오게 입고, 무릎 아래

---

72) 무덤 앞에 돌로 만들어놓는 물건으로, 상석(象石)·석주(石柱)·석인(石人)·석수(石獸) 따위를 말한다.

는 가죽 다로기(털이 안으로 난 가죽신)를 신고 노끈으로 무릎 밑까지 동였다. 얼굴이 검고 더러워 사람의 형상이 없었으니 보기에 놀랍고 이상하였다.

금석산(金石山) 밑에 이르니 이곳은 중화(中火 : 점심)하는 곳이다. 말라죽은 풀을 베어 깔고 그 위에 장막을 쳐서 일행이 앉고, 냇가에 솥을 걸어 밥상을 차려왔다. 금석산은 의주에서 바라보이던 곳으로, 산봉우리가 동서로 벌어져 병풍을 베푼 듯하고 그 가운데 필연 볼 만한 곳이 있을 듯하였다. 식후에 먼저 떠나면서 여기서부터 사마치73)를 매니 풍한에 극히 유익하였다. 저녁에 총수산(蔥秀山)에 이르렀다. 이 땅이 물가에 있고 물 남쪽으로 절벽이 둘러져 은연히 우리나라의 총수와 같았으니 우리나라 사람이 이름을 지은 것이 아닌가 싶었다. 사자관(寫字官)74) 하나가 자문(咨文 : 중국과 왕래하는 외교 문서)을 모시고 마냥 앞서 길을 가는데, 이 날 비로소 보니 바리를 만들어 말에 싣고 누런 보로 덮은 뒤에 누런 깃발 하나를 그 위에 꽂았다. 이 날 밤은 바람이 불고 날이 더 추워서 일행이 아주 어렵게 지냈다.

29일 해가 난 후에 떠나 2, 3리를 행하니 역관 하나가 먼저 문에 가 사행이 오는 줄을 통하고 마중 와서 이르렀다. 또 10리를 행하여 책문 밖에 이르니, 먼저 온 인마들이 짐을 문 밖에 부리고 밥 짓는 내가 들을 덮었다. 책문을 보니, 두 산 사이에 한 길이나 되는 나무 살장75)을 늘어세우고 작은 나무를 가로로 매어 인마를 통하지 못하게 하며, 가운데 한 칸 집을 크게 세워 널문을 낸 것이다. 이 문은 봉황성장(鳳凰城將)이 나와 문대사(門對使 : 접대하는 사신)라는 관원과 함께 앉아 일행의 인마를 세어 들이는 곳이다. 사행이 다 문 밖에 장막을 치고 앉아 성장(城將)이 오기를 기다렸다. 마두를 데리고 살장 밑에 이르러 문틈을 열어보았더니, 인가는 열다섯이 넘지 못하는데 집 제도가 별양 크고 높아 우리나라 제도의 몇 배나 되었고, 다 새(띠·억새)로 이었으나 이은

---

73) 군복을 입고 말을 탈 때 두 다리를 가리던 아랫도리옷. 고습(袴褶)이라고도 한다.
74) 승문원(承文院)과 규장각(奎章閣)의 벼슬로, 문서를 정사(精寫)하는 일을 맡았다.
75) 광산의 동발(나무 기둥)과 떳장(좌우의 기둥 위에 가로로 걸쳐 얹는 나무) 사이에 끼워서 구덩이 천판과 좌우에서 흙과 돌이 떨어지지 못하게 하는 나무를 말한다.

법이 우리나라와 달라 바람이 불어도 걷어치워지지 않을 것 같았다.

문 안에 집이 하나 있는데 이는 성장이 있는 아문(衙門 : 관청)이다. 아문 앞에 두세 칸의 면장(面墻 : 집 정면에 쌓은 담)을 세웠는데, 다 벽장(甓墻 : 벽돌)으로 만들어 극히 정치(精緻 : 정교하고 치밀함)하였다. 문 안에는 호인(胡人)들이 무수히 왕래하였고 살장 틈에 와서 역관과 하인들과 더불어 서로 말하고 기롱(譏弄)하는 등 반가워하는 무리가 많았다. 이 사람들은 다 의복이 선명하여 길에서 보던 이와 엉동(서로 다름)하였다. 이곳은 변방의 황락(荒落)한 곳으로 여러 가지[凡百] 일컬을 만한 것이 없었지만 강을 건넌 후 처음 보는 바였다. 이 앞에 수천 리를 행하여 번화한 거동과 웅장한 제도를 난만(爛漫)히 보았는데, 종시 이 날의 기이한 일을 잊지 못할 것 같았다.

황력(皇曆) 역관(曆官)[76]이 북경으로부터 돌아와 문에 이르렀는데, 해마다 한 명씩의 역관이 북경에 들어가 책력(冊曆)[77]을 타온다. 역관이 문을 열고 밖에 나와 사행에게 보이고 용안(龍眼)[78]과 여지(荔枝 : 용안과 비슷한 열매)를 나누어 드리는 것이다. 이윽고 대여섯 오랑캐가 총을 가죽끈으로 매어 어깨에 메고 말에게 작은 수레를 메우고 들어오는데, 그 수레 위에 사슴과 토끼와 꿩을 가득 실었다. 한 명을 붙들어 마두로 하여금 말을 시켰더니 두어 말을 대답하고 빠져 달아났다. 이 지경(地境)에 사는 무리들은 성정이 한악(悍惡 : 사납고 악함)한 인물일 뿐 아니라, 조선이 가깝고 자주 보는 까닭에 조금도 반기는 기색이 없었고 업신여김이 여지없었다.

날이 저물어도 문을 열지 않아 사행이 당상역관(堂上譯官)들을 불러 주선을 잘못함을 여러 번 엄히 분부하니, 성장이 무슨 연고가 있어 내일 일찍 와 문을

---

76) 황력(皇曆)은 옛날 중국에서 보내주던 책력(冊曆)을 말하고, 역관(曆官)은 달력에 관한 일을 맡는 관리를 말한다.

77) 천체를 관측하여 해와 달의 운행 및 절기 따위를 적어놓은 책으로, 역서(曆書)·정삭(正朔)이라고도 한다.

78) 무환자과에 속하는 상록 교목으로, 용안륙(龍眼肉)이라 하여 날로도 먹고 말려서 먹기도 하며 약재로도 쓴다. 중국 남방이 원산지이다.

열어드리게 하였다고 했다. 그러나 여기서는 장막도 치지 못하고, 만일 한데 서 밤을 지내게 되면 큰 낭패가 될 일이었다. 역권들에게 시행이 번갈아가며 분부를 엄절히 하였더니, 해진 후에 성장은 나오지 않고 장경(張經)이라 하는 관원이 나와 사행만 들일 수 있다고 전하였다. 하지만 종시 문을 여는 일이 없 었으니, 사행이 다 쌍교(雙轎 : 쌍가마)와 좌차(座車)에 들어가 기다렸다.

어두워진 뒤에 문을 열어 사신과 비장(裨將), 역관만을 들여보낸다고 하였 다. 문이 겨우 열리자 의주 사마군들이 그 밖에 섰다가 4, 50명이 일시에 헤치 고 들어가 미처 막지 못하였다. 문을 지키는 관원이 크게 노하여 다시 문을 닫 고 사신도 들이려 하지 않으니, 이때 밤이 이미 깊었고 풍한이 점점 심하였으 니 일이 급하게 된 것이다. 이에 계부께 말씀드리자 계부께서 좌차를 이끌어 문 바로 밖에 머무시고 사마군 영장(領將)을 잡아들여 일변 수죄(受罪)를 엄 히 하며 문 안의 역관에게 분부하셨다.

"이렇게 다스리는 사정을 관원에게 전하여라."

또한 각각 곤장 다섯을 치는데, 검장(檢杖 : 매질하는 수를 셈함)하는 소리를 별양 웅장히 질러 문 안까지 진동하게 하였다. 인하여 군노(軍奴)와 영장에게 엄히 분부하시어 군관·역관과 삼행차(三行次 : 세 사신) 하인 외에는 일체 멀 리 물리쳐 각각 한둔(노숙)할 기구를 차리게 하였다. 그러자 문 안에 서 있는 갑군(甲軍)들이 매질하는 거동을 틈으로 엿보며 경동(驚動)하는 기색이 있었 다. 이윽고 문을 크게 열고 갑군 두어 명이 바삐 내달아 좌차의 앞채를 잡아당 기면서 저희 말로 창황(蒼黃 : 몹시 급함)히 말하기를,

"바삐 앞서 들어가십시오."

하였다. 그 놈이 비록 사납다 이르나 저희에게 당치 못할 곤장 다섯에 이같이 경동하니, 그 허위(虛位 : 허물없음)한 마음이 또한 기특하였다. 계부께서 만일 먼저 들어가셨으면 뒤에 잡란(雜亂)한 거조(擧措 : 행동 거지)가 있을 것이므 로 역관에게 그런 말을 이르게 하니 갑군이 채를 놓고 물러섰다. 상부사 행차 를 먼저 청하여 들어가게 하는데, 군노에게 곤장을 들려 문 좌우에 세워 잡인 을 엄히 금하였고 나중에 천천히 문을 들어가시니, 나는 마두를 데리고 문을

들어가 행하였다. 날이 어두워 다른 것은 보지 못하였는데 길 너비가 수십 보나 되는 듯하였고, 좌우에 집이 이어져 있으며 문들이 다 컸다.

숙소에 이르러 바깥문으로 들어가니 뜰이 아주 넓고 좌우에 집이 있으며 가운데 남향하여 큰 채를 지었는데 전면으로 다 창을 내었다. 가운데 조그만 널문이 있고 문 안으로 문렴자(門簾子)를 드리웠다. 문렴자라 하는 것은 문에 치는 발로, 삼승으로 만들며 크기는 문보다 조금 크게 하였다. 아래위와 가운데 세 곳에 안팎으로 주홍칠을 한 좁은 전반(널판자)을 마주 대고, 서너 곳에 주석(朱錫 : 놋쇠)·구화(국화 장식)·사북(못)을 박아 항상 드리워두는 것이다. 문렴자를 들고 문 안에 들어가니 그 안의 넓기가 대여섯 칸이 되었다. 아래는 다 벽장(벽돌)을 깔았고 양쪽에 벽을 의지하여 섬돌(계단)처럼 만들었는데 높이가 겨우 무릎에 지나고, 둘 사이에 한 칸은 비어 있었는데 이는 벽장을 깐 땅이다. 계부께서 그 위에 올라앉아 계시기에 나아가 뵙고 하인에게 방이 어디에 있는지를 물으니, 하인들이 다 웃으며 이르기를,

"앉으신 곳이 방입니다."

하였다. 비로소 북경의 캉(炕) 제양이 이러한 줄을 알았으니, 캉이라 하는 것은 한어로 불을 때는 구들이라는 말이다. 계부께서 주무시는 곳의 맞은편 캉은 휘장(揮帳)으로 막아 하졸들이 자게 하였으며, 동쪽으로 문이 있고 문 안에 또 작은 캉이 있어 건량역관(乾糧譯官)[79] 정호신(丁好信)과 같이 머물렀다.

주인의 성은 악가(岳哥)인데 의복이 극히 남루하여 가난한 모양이었다. 동쪽 문에 친 문렴자는 무늬 있는 비단으로 만들었고, 북쪽 바람벽에는 송학(松鶴)과 산수(山水)가 그려져 있다. 한편에 장(欌)과 뒤주와 상자를 놓았는데, 장은 높이가 한 길이 되었고 두 짝 널문을 크게 하여 닫고 가운데 좁은 설주를 세웠다. 두 문짝과 설주에 배목(문고리에 꿰는 쇠)이 있는데 다 구멍이 가로로 가게 박고 자물쇠를 채웠으며, 자물쇠 채우는 법은 온갖 기명이 다 한 모양이었다. 이런 까닭에 장 자물쇠의 사이가 다 넓은 것이다. 장의 밖은 문이 하나

---

79) 중국에 가는 사신이 갖고 가던 양식을 담당하는 건량관에 딸린 역관을 말한다.

이고 안은 2층으로 하였으며, 혹 3층인 것도 있었다. 뒤주에는 발은 있으나 모양은 궤의 세도였고, 위로 작은 말[斗 : 열 되들이 용기]만큼의 구멍을 뚫어 널을 덮고 앞으로 작은 나무를 꽂아 자빠지지 못하게 하였으며 밖으로 자물쇠를 채웠다. 상자는 우리나라의 반닫이함과 같은데 가죽으로 싸였으며 그림을 그리고 그 위에 황칠(黃漆)을 하였다. 만든 제양이 튼튼하고 성령이 극히 정하고 낏낏하여(깨끗하여) 하나도 추솔(麤率 : 거칠고 차분하지 못함)한 것이 없었다. 이곳이 오히려 이러하니 번화한 곳은 그 집물(什物 : 살림살이)의 정치(精緻)함을 가히 알 수 있었다.

작은 캉 앞에 솥을 걸었는데 크기가 가마 모양이었고 나무 두에(뚜껑)를 덮었으며, 한편에 독 두어 개를 세웠다. 이는 물을 길어 부은 뒤에 뚜껑으로 쓰는 것으로, 우리나라의 독과 같은데 다만 밑이 너무 좁아 조금만 움직이면 넘어질 듯하였다. 등경(燈檠 : 등잔걸이)을 등태라 하였는데, 길이가 거의 한 길이 되었고 캉 아래 놓아서 캉 위로 비추게 한 것이다. 캉 앞에 나무로 화로를 높게 만들고 그 위에 무쇠화로를 얹어 숯불을 많이 피우고는 그 곁에 교의(交椅 : 의자)를 놓았다. 젊은 주인이 더러운 의복을 입고 그 위에 걸터앉아 작은 담뱃대를 물었는데 얼굴이 극히 추악하였다. 하인이 내려오라고 꾸짖자 희미하게 웃으며 내려오는 척하더니 도로 앉았다. 발바리라 하는 개가 있었는데 작은 강아지 같았지만 소리가 크고 사납기가 큰 개보다 더하였다. 주인과 말을 수작하여 보고 싶었지만 입이 굳어 종시 나오지 않아 저희 하는 말을 유의하여 들으니 또한 구절을 쾌히 알아듣지 못하겠다. 하인들이 서로 수작하는 양을 보니 말 모양이 전에 알던 것과 많이 달라, 예삿말도 통할 가망이 없을 듯하여 매우 답답하고 통분하였다.

밤에 건량관과 같이 자는데 말을 알아듣지 못하는 사연을 말하니 건량관이 말하기를,

"첫번에는 원래 그러하니 날이 오래되면 차차 나을 것이고, 또 잘못함을 부끄러워하지 말고 만나는 곳마다 실없이 끝을 내면 자연히 익혀집니다."

라고 하였다. 이 날부터 건량관과 여러 가지 수작을 한어로 태반이나 하고, 매

일 곤하여 먼저 자고자 하는 때에 말을 그치지 않으니 매우 괴로이 여길 적이 많았다. 캉이 종시 서늘하여 밤에 매우 추웠고, 마두는 캉 아래에서 짚을 얻어 깔고 잤다.

30일 봉황에서 자다

아침에 일어나 소세를 마치고 문 밖에 나가니, 곁집에서 주인 여자가 무슨 그릇을 들고 나오다가 하인들을 보고 반겨 인사하며 웃고 들어갔다. 검은 삼승으로 만든 긴 옷을 입었는데 우리나라의 장옷 모양이고, 고름을 하지 않아 턱 밑부터 깃까지 단추를 끼웠고 버선 위에 바지 대님으로 붉은 헝겊을 매고 삼승 당혜(唐鞋 : 가죽신)를 신었다. 머리에는 상투〔髻〕를 하였는데 가난한 여자라서 꽃도 아니 꽂고 여러 날을 빗지 않아 언뜻 보면 우리나라의 사내가 상투 바람으로 있는 모양이었다. 예닐곱 살은 된 주인의 어린 자식이 담뱃대를 물고 앞으로 다니기에 하인에게 붙들어오라 하니, 눈을 부릅뜨고 뿌리치고 달아나 조금도 저투리는(두려워하는) 일이 없었다.

죽을 먹은 후에 건량관을 데리고 한 푸자〔舖廚 : 가게〕에 들어가니, 왼데〔外處〕 사람이 물화를 가지고 사신 행차를 따라와 이곳에서 의주 사람들과 매매를 하는 것이었다. 문에 들어서니 주인이 손을 들어 '하오아'(好啊)라고 하였는데, '하오아'란 '평안하냐'는 말이다. 나 또한 손을 들어 대답하고 캉 앞에 가 서자, 캉 위에 여러 역관들이 모여 앉아 밥을 먹다가 내가 오는 양을 보고 다 일어서 맞았다. 주인이 수상히 여겨 역관에게 묻는데 역관이 기롱하여 말하기를,

"이 사람이 북경을 여러 번 오고 그대와 익히 알더니 잊었느냐?"

라고 하였다. 주인이 다시 보고 웃으며 말하기를,

"생각지 못하였소."

하니, 역관이 또한 웃고 말하기를,

"삼대인(三大人)의 궁자(窮子)로 처음 들어오는 것이다."

라고 하였다. 삼대인은 서장관을 이른 말이고, 궁자는 자제(子弟)라는 말이다. 주인이 크게 웃으며 나를 향해 '칭조'(請坐)라고 하니, '칭조'란 '앉으십시오'라는 대접하는 말이다.

드디어 캉에 올라앉으니 즉시 차 한 그릇을 내와 대접하고 귀한 사람이라 하였다. 좌우에 여러 층의 시렁이 있는데 그 위에 황모(黃毛)·서피(黍皮)·양가죽과 잡물화를 많이 쌓고, 탁자 위에 천칭(天秤)이라 하는 저울을 놓았으니 이는 은을 다는 것이다. 가운데에 줏대를 세우고 저울대 한 판을 줏대에 얹어 양쪽 경중이 같게 하고, 양끝에 주석 바탕을 드리워 한쪽 바탕에는 다는 은을 얹고 다른 한쪽 바탕에는 약과 모양 같은 네모 반듯한 주석을 얹는데, 그 위에 근량(斤量)을 표한 것이었다. 저울대를 바로 해서 은 근량이 주석 무게와 같음을 알게 하는 것으로, 제양이 극히 정묘(精妙 : 섬세하고 교묘함)하였다. 주인은 비단 옷을 입었는데 극히 화려하고, 머리에 돼지가죽 마으락이(방한모)를 쓰고, 마으락이 위에는 다 홍실로 수놓은 띠를 가늘게 꼬아 덮어 드리웠다. 옷소매는 겨우 팔을 용납하게 만들었고, 수구(袖口 : 소맷부리)는 한쪽이 둥글게 길어 말굽 모양 같은 까닭에 마제(馬蹄 : 말굽) 수구라 하니, 평상시는 걷어 얹고 높은 사람을 보면 풀어 손등을 덮었다. 역관들과 서로 웃고 말하며 기롱하는 거동이 매우 관곡(款曲 : 정답고 친절함)하고 허위(虛位 : 허물없음)하였다. 역관들이 내가 약간 말을 하는 줄을 아는 까닭에 다 권하여 수작을 해보라 하는데, 역관들이 여럿이 있으므로 종시 한 말도 나오지 않았다.

드디어 덕유와 더불어 부사의 숙소로 가니 계부와 함께 앉아 계시었다. 부사께서 나에게 말씀하시기를,

"우리는 체면에 거리껴 두루 보지 못하나 그대는 허물이 없으니 두루 자세히 보고 좋은 말을 더러 듣게 하라."

하였다. 평중이 또한 같이 가기를 청하기에 평중을 데리고 가는데, 문을 나와 남쪽 냇가로 향하였더니 말 탄 갑군 여남은 쌍이 두 줄로 정제히 오고 있었다. 덕유가 말하기를,

"봉황성장이 이제야 문을 열어 나옵니다."

하기에 길가에 머물러 섰더니 갑군 뒤에 장중하게 태평차(太平車 : 말 한 마리가 끄는 마차) 하나가 오는데 성장이 탄 수레였다. 한 집으로 수레를 내려 들어가니 여러 갑군이 다 말에서 내려 고삐를 이끌고 들어갔다. 덕유로 하여금 들어가 성장 보기를 청하라 하였다. 갑군이 듣고 들어가더니 이윽고 도로 나와 무엇이라 하였지만, 그 말을 알아들을 길이 없어 덕유에게 물으니 들어가지 못한다고 하였다. 드디어 큰 길로 나와 두루 거니니 눈에 보이는 것이 다 첫 소견이었으나, 그 기특하고 이상함을 다 기록하지 못하였다.[80]

숙소에 돌아와 아침밥을 먹으니, 그제야 문을 열어 문 밖에서 지내던 인마들이 모두 들어왔다. 수역(首譯 : 수석 역관)이 태평차 하나를 보냈다. 북경까지 타고 왕래하는 데 은 45냥을 주는데, 이번에는 일곱이 나왔으므로 여러 역관들이 다투어 얻어 탔다. 내게 보내온 수레는 낭자산(狼子山)에 사는 왕가(王哥)의 수레로, 수레를 모는 사람은 왕가의 아들 왕문거(王文擧)이다. 나이가 어리고 인물이 밉지 않다고 하여 내게로 보냈다고 한다. 수레의 제도는 우리나라 수레와 대체로 같지만 극진히 단단하고 바르게 만들어 가히 앉을 만하였다. 위는 가마 모양으로 꾸미고 검은 삼승으로 겹장(겹으로 만든 휘장)을 만들어 내리씌웠다. 앞에는 문렴자를 드리웠으며, 앞과 양옆에 말[斗]만큼 모지게 구멍을 내고 딴 더데(두둑하게 덧붙인 것)를 덮고 단추를 끼워놓았다. 쌍교(雙轎) 안은 웬만히 넓어 충분히 누울 만하였다. 밖에서 보면 위는 둥글고 길어 천연(天然)히 우리나라의 소금장(小錦帳 : 작은 비단 장막) 모양 같았다. 말 둘을 매었는데 하나는 가운데 매어 두 편채[81] 끝에 밑으로 말뚝을 박고 조그만 길마[82]에 걸피[83]를 걸어 쌍교 메듯 하였으며, 걸피에 가죽을 매어 말 가슴에 끼워 벗어지지 않게 하였다. 다른 말 하나는 옆으로 매었는데, 양쪽에 큰 바를 걸어 수레에 매었다. 바닥에 요를 깔고 이불과 의복과 약간의 행장을 보

---

80) 아침 식전에 봉황성 내의 거리와 푸자를 돌아보았던 내용이 생략되었다.
81) 수레 따위의 앞쪽 양옆에 대는 긴 장치.
82) 수레를 끌 때 마소의 등에 안장처럼 얹는 기구.
83) 걸채. 마소의 길마 위에 얹어 늘어뜨려 짐을 싣는 바구니처럼 생긴 기구.

자기에 동여 뒤로 놓고 앞쪽으로 앉으니 매우 편하였고, 말 탄 사람과 함께 도착하였다.

　계부의 행차를 뒤따라 천천히 몰아가다가 마을을 지나자, 왕가가 또한 수레의 문 앞에 올라앉아 채를 들고 말을 몰았는데, 이는 저희들의 법도이다.[84]

---

84) 12월 초1일에 송참(松站)의 저잣거리와 용봉사(龍鳳寺) 등을 구경한 내용이 생략되었다.

요동벌을 지나다

12월 7일 신요동을 떠나 8일 심양에 이르다[85]

숙소 앞에 자항사라는 절이 있는데, 몇 년 전에 종실(宗室) 해흥군(海興君)[86]이 상사(上使)로 들어와 죽은 곳이다. 밖에서 바라보니 층층한 누각이 매우 웅장하여 아침에 들어가보고자 하였으나, 왕가가 늦게 오고 행차가 이미 떠났기에 미처 들어갈 수가 없었다. 동행 역관들이 모두 말하기를,

"이 절이 밖은 비록 웅장하나 속은 무너지고 떨어져 볼 것이 없고, 또 이런 절에는 때때로 주인 없는 주검이 있기도 하니 어찌 들어갈 수 있겠습니까?"

하였다. 마을을 지나는데 긴 담이 둘러져 있고 그 안에 수목이 많이 서 있어 집을 보지 못하였다. 왕가가 말하기를,

"높은 벼슬을 한 사람의 무덤입니다."

라고 하였다. 책문에 들어서부터 큰 길 좌우로 버들을 심었는데 끊어진 곳이 많더니, 요동서부터는 더욱 많이 심어 북경까지 끊어지지 않는다 하므로 나라 법령이 성함을 알 수 있었다. 여름 길에 큰 물이 들어 들을 덮으면 이 나무 사

---

85) 초2일 송참에서 출발하여 초4일에 첨수참(甛水站), 초5일에 낭자산(狼子山), 초6일에 신요동(新遼東)에 이르는 270여 리의 여정이 생략되었다.

86) 이름은 강(橿). 종실로 여러 번 중국에 사신으로 갔으며 신사년(辛巳年, 1761)에 사신으로 가서 죽었다.

이로 표를 하여 길을 찾는다고 했다.

난니포(爛泥浦)87)에 이르러 아침밥을 먹고 떠나는데, 눈이 날리고 바람이 심하게 일어나서 수레 문을 종일 막았더니 매우 답답하였다. 역관들이 제 수레를 모는 사람들에게 다 풍차(風遮 : 방한용 두건)를 주어 머리에 쓰게 하였다. 왕가 또한 두건을 얻고자 여러 번 귀가 시리다는 말을 하기에 내가 말하기를,

"역관들은 휘항(揮項 : 방한용 모자. 휘양)이 여럿이어서 여벌을 씌우지만, 나는 가난한 선비여서 단벌을 가졌을 뿐이니 네 추위를 구할 도리가 없구나. 심양에 이르러서 좋은 마으락이를 사서 쓰면 내가 값이 많고 적음을 헤아리지 않을 것이다."

하니, 왕가가 고마워하였다.

십리포(十里浦)88)에 있는 숙소에 이르니 마을 어귀에 관왕(關王)의 묘당(廟堂)89)이 있는데, 새로 지어 단청이 눈부시게 찬란하였다. 수레에서 내려 일행을 먼저 숙소로 보내고 덕유를 데리고 들어가려 하였지만 앞문이 잠겨 있었다. 묘당 지키는 사람을 찾으니 동쪽 집에서 한 사람이 나와 말하기를,

"구경하려거든 이리 오십시오."

라고 하였다. 그 사람의 뒤를 따라 동쪽 작은 문으로 들어가니, 집 규모는 비록 크지 않았지만 소상(塑像)과 단청을 모두 새로 고쳐 지어 매우 볼 만하였다. 가운데 관왕의 소상을 앉혔는데 키는 두 길이 넘고 얼굴에는 금칠을 하였다. 탁자 앞에 또 작은 소상 하나를 앉혔는데, 모양은 큰 소상과 다름이 없으나 길이는 한 자가 못 되었다. 내가 지키는 사람에게 말하기를,

"내가 절을 하고 싶은데 어떻겠는가?"

하니, 그 사람이 이렇게 말하였다.

"관왕에게 절하는 것을 누가 그르다고 하겠습니까?"

내가 드디어 군복 차림으로 자리에 나아가 두 번을 절하니, 그 사람이 탁자

---

87) 신요동(新遼東)에서 북경 쪽으로 30리 거리에 있는 지명으로, 삼도파(三道把)라고도 한다.
88) 난리포에서 북경 쪽으로 30리 거리에 있는 지명.
89) 관우(關羽)의 영(靈)을 모신 사당으로, 관제묘(關帝廟) 혹은 무묘(武廟)라고도 한다.

앞에 나아가 채를 들고 종을 치는데, 한 번 절할 때마다 한 번씩 치고 나중에는 거듭 두 번을 치고 물러갔다. 종을 탁자 위에 받쳐놓아 땅에 닿지 않게 해놓았다.

왼쪽에는 소상이 셋 있는데 다 여자의 상이다. 이것은 낭랑(娘娘)이라 일컫는 것으로, 사람의 생산을 맡은 신령이라고 한다. 그중에 하나는 두 손으로 사람의 눈 하나를 받들고 있기에 지키는 사람에게 물어보았더니,

"이것은 안광(眼光) 낭랑입니다."

라고 하였다. 아마도 눈을 생기게 하는 귀신이라는 말인가 싶었다.

문을 나와 숙소를 찾는데 한 집 안에서 소고(小鼓) 치는 소리가 나서 덕유에게 물었더니 면화(綿花)를 타는 소리라고 했다. 들어가보고자 하였으나 주인이 문을 굳게 닫고 열어주지 않았다. 덕유가 말하기를,

"심양에 가면 길가에 무수히 있으니 흔하게 볼 수 있습니다."

라고 하였다. 그냥 지나치고 상사의 숙소로 가니, 이곳은 문이 크고 집이 넓었는데 유명한 부잣집이라 했다. 들어가니 계부께서 먼저 와 계셨다. 창호마다 다 아로새겨 채색으로 메웠고 집 안에 온갖 집물들이 극히 사치하였는데, 강을 건넌 후에 처음 있는 일이다. 주인의 나이는 쉰아홉으로, 몸이 장대하고 상(相)이 풍후(豊厚)하여 짐짓 부자의 모습이었다. 자식이 셋이 있는데 다 부유하고, 집이 좋은 까닭으로 둘째의 집은 부사의 숙소였고, 셋째의 집은 서장관의 숙소였다. 그들의 어머니는 나이가 팔십이어서 둘째의 집에 머문다고 하였다. 집을 둘러보고 서쪽 건물에 이르러 문렴자를 들어서 보니, 주인 여자들이 바야흐로 한 탁자를 놓고 같이 밥을 먹고 있었다. 그 가운데 젊은 여자가 있는데 모두 웃으며 말하고 이상히 여기는 기색이 없었다.

계부를 모시고 숙소로 향하여 문을 나서니, 한 푸자가 있어 모시고 들어가 온갖 물화를 구경하였다. 푸자 안에는 지포(紙砲 : 딱총)라고 하는 것이 무수히 쌓여 있었다. 그것은 종이를 두껍게 말아 속에 화약을 넣어 소리 나게 하는 것으로, 세시(歲時)가 되면 집집마다 무수히 놓아 귀신을 쫓는다고 하였다. 소전(小錢) 5푼을 주고 한 개를 사서 불을 놓아 그 소리를 듣고 싶다고 하였더

니, 주인이 향 한 가지에 불을 붙인 후 처마 아래에 나아가 그 통에 불을 질러 공중을 향하여 던졌다. 땅에 미처 떨어지지 못하여 방포(放砲) 소리가 웅장하고, 통과 종이가 다 날아가 떨어졌다.

숙소에 이르러 주인의 노모를 청하여 오라고 하니, 이윽고 노파가 막대를 짚고 들어왔다. 계부께서 캉 위에 청하여 앉히니, 비록 늙었지만 거동이 극히 정정하고 의복과 수식(首飾)이 모두 조촐하였다. 머리에 조화[假花]를 꽂았기에 계부께서 건량관을 시켜 말씀하시기를,

"나이가 많고 홀로 있으니 비록 꽃을 꽂은들 누가 곱다고 하겠는가?"
라고 하니, 노파가 웃으며 말하기를,

"사람은 늙어도 꽃은 늙지 아니합니다."
하였다. 그 자손이 몇 명인지를 물으니, 아들이 넷이고 성손(盛孫)이 16명이며 집안에 거느린 자손이 3, 40명이 된다고 하니, 진실로 유복한 늙은이었다. 캉 아래에 서너 명의 여자들이 따라와 서 있는데, 한 명은 며느리이고 다른 한 명은 손부(孫婦)이며 또 한 명은 처녀 손녀였다. 사내아이 두어 명이 또 서 있는데, 하나는 손자이고 나머지는 증손이었다. 계부께서 찬합을 내어 약과와 광어, 전복을 권하시자 약간 먹고 며느리에게 그릇째 주며 말하기를,

"안심치 않구나(미안하구나)."
하고, 손수 담배를 피워서 계부께 권하였다. 이윽히 말을 주고받다가 노파가 내려가려 하니, 며느리가 가만히 말하기를,

"청심환을 구하세요."
라고 하였다. 노파가 그 말을 듣고 머뭇거리며 말하기를 어려워하자, 주인이 아래에 서 있다가 건량관에게 말하기를,

"어머니께서 노병(老病)이 있어 청심환을 얻고자 합니다."
하였다. 이에 계부께서 들으시고 즉시 한 환을 내어 노파에게 주시니, 노파가 손에 쥐고 크게 기뻐하였다.

주인은 나이가 사십을 갓 넘었고 사람이 극히 양순하였다. 그 아들과 며느리가 다 내 캉으로 와서 청심환을 구하는데, 진짜를 달라고 하여 작은 것을 주

어도 받지 아니하니 매우 괴로웠다.[90] 그 며느리는 나이가 스물이 갓 넘은 여자로, 의복과 수식이 아주 선명하였지만 다만 눈이 크고 착하게 보이지는 않았다. 세 살 먹은 자식을 등에 업고 들어와 청심환을 달라고 심하게 보채기에 내가 말하기를,

"청심환은 진짜를 하나 내주겠지만, 나 또한 청할 일이 있어도 불안해서 못하겠구나."

라고 하였더니, 그 여자가 말하였다.

"무슨 일인지요? 말씀하세요."

"그대 머리에 꽂은 수식과 상투의 제도를 보고 싶은데, 남녀가 다른 까닭에 감히 가까이 가서 자세히 보지 못하니 안타깝구나."

"무엇이 어렵겠습니까?"

그 여자가 자식을 제 남편에게 맡기고 머리에서 여러 가지 비녀를 다 빼어 보이고, 두 손으로 캉 앞을 짚고 머리를 내 앞으로 숙여 좌우로 돌리며 자세히 보시라고 하니 매우 우스웠다.

상투의 제도를 보니, 머리털을 사내의 상투 모양으로 모아서 접은 헝겊으로 모두어 매었는데, 상투보다 뒤로 한 주먹이 놓일 만큼 물려서 매고, 앞으로 한 번을 꺾어 놓고 둥글게 굽혀 높이가 반 뼘 남짓 되었다. 위로 간구[巾幗 : 부인의 머리 꾸미개]를 붙이는 사이를 비우고 털을 넓게 다듬어 치포건(緇布巾 : 검은색 베로 만든 수건)과 모양이 거의 방불하였다. 머리 지경(묶은 줄기)을 굽혀온 굽이를 한데로 다해서 남은 머리털을 꼬아 그 밖으로 차차 둘러 방석을 틀 듯이 하고, 작은 비녀를 여러 개 꽂아 풀어지지 않게 한 뒤에 그 위로 비단 조화를 여러 개 꽂았다. 처녀의 머리 모양은 다른 것은 다 같고, 앞으로 한 치(한 자의 십분의 일, 3.03cm)의 가르마를 갈라서 두 가닥을 좌우로 올려 모은 털

---

90) 중국인들이 조선 청심환을 매우 좋아하므로 연행사와 역관들은 조선을 떠날 때 이것을 반드시 챙겼다고 한다. 중국인들이 청심환을 좋아하는 바는 '청심환 외교'라고 하는 말이나 '가짜 청심환'이 유통되었다고 하는 사정에서도 짐작할 만하다. 이 글은 이러한 가짜 청심환을 염려하는 대목이다.

을 한데 매었다. 한족 여자는 그 위에 여러 가지 관을 각각 쓰고, 혹 복건(幞巾) 같은 깃도 썼는데, 민주족 여자는 쓰지 않는가 싶었다.

북경의 무식한 말로 딸을 '창다오'(娼道)라 하는데, 이 말은 '불한당(不汗黨) 같은 도적'을 이르는 말이다. 그 여자가 나에게 묻기를,

"노야(老爺 : 남을 높여 이르는 말)는 창다오가 몇이나 있습니까?"

하니, 내가 짐짓 말하였다.

"사람의 집에 왜 창다오를 두겠느냐?"

그 여자가 다시 말하기를,

"노야는 그 말을 모르시는 것 같습니다. 그것은 딸을 이르는 말입니다."

하였다. 내가 다시 말하기를,

"딸을 어찌하여 창다오라 하느냐?"

하니, 그 여자가 웃으며 말하였다.

"딸을 시집 보낼 때는 의복과 집물 등의 재물을 많이 허비하게 되니, 어찌 창다오와 다르겠습니까?"

내가 말하기를,

"그러하면 나이나이(奶奶)도 창다오를 면치 못하겠구나."

하니, 나이나이란 여자를 높이는 말이다. 그 여자가 웃고 말하였다.

"창다오는 조선 사람의 말이니 조선 사람에게 해당하는 것이고, 우리는 '구냥'(姑娘)이라 하고 창다오라는 말은 없습니다."

그 여자의 성을 물으니 장가(張哥)라 하기에, 내가 말하기를,

"아까 남편의 성을 물으니 장가라 했는데, 아주머니 또한 성이 장이면 동성(同姓)끼리 서로 혼인할 수 있는가?"

라고 하니 그 여자가 말하기를,

"성은 비록 같으나 친척이 아니면 서로 혼인할 수 있습니다. 조선은 성만 같아도 혼인을 하지 않습니까?"

하기에 내가 말하기를,

"성이 이미 같으면 당초에 한 근본이 아닌 줄을 누가 알 수 있겠는가? 그래

서 우리는 동성이면 혼인을 하지 않아요."

하고는 청심환 하나를 내주었더니, 그 여자가 손으로 받으려 하였다. 내가 머리를 흔들어 그렇게 하지 말라 하고 땅에 놓아 집어가라 하였더니, 즉시 집어 제 아들의 손에 쥐어주고 감사하다고 하며 나갔다.

8일 일찍 길을 떠나 야리강에 이르러서 순식간에 강을 건너 백탑보(白塔堡)[91]에 도착하였다. 마을 동쪽에 있는 백탑(白塔)은 7, 8층이나 되는데, 날씨가 춥고 눈이 날려 가보지 못하였다.[92]

---

91) 심양 못미처 24리에 있는 지명으로, 국경의 책문에서 백탑보까지를 동팔참(東八站)이라 한다.

92) 8일에 황예원당(皇裔願堂)을 지키는 라마승을 만난 일. 9일에 심양 저자의 물화와 숭정전(崇禎殿), 신우궁(神祐宮) 등을 구경한 내용이 생략되었다.

산해관에서 정녀묘를 보다

19일 양수하에서 출발하여 20일 유관93)에서 자다94)

동틀 무렵[平明]에 양수하(兩水河)95)에서 길을 나섰다. 날씨는 그리 차지 않지만 바람이 불고 모래가 일어나 지척을 분별하지 못하고, 잠깐 사이에 사람의 의복과 낯이 먼지로 누렇게 되어 동행들이 서로 보아도 누구인 줄을 거의 분별하지 못할 정도였다. 왕가가 그의 휘항을 안날(바로 전날)에야 평중에게 주고 값을 달라는 말을 하지 않는다고 하기에,96) 이 날 내가 왕가에게 일러 말하기를,

"그 휘항은 내 것이 아니고 휘항의 임자 또한 나의 친척이 아니다. 그 득실이 나와 관계없는 줄을 네가 아느냐?"

하니, 왕가가 알고 있다고 하기에 내가 말하기를,

"네가 그 휘항을 얻어 공연한 값을 받아도 내게는 조금도 해로운 일이 없는

---

93) 유관(楡關)은 산해관에서 북경을 향해 100리에 있는 곳이다.
94) 10일 심양에서 출발하여 12일에 소흑산(小黑山), 14일에 십삼산(十三山), 16일에 영원(寧遠), 18일에 양수하에 이르는 710여 리의 여정이 생략되었다.
95) 산해관 못미처 80리에 있는 곳이다.
96) 17일에 영원에서 출발하여 양수하로 가는 도중에 평중이 졸다가 휘항을 떨어뜨렸는데, 왕가가 이를 줍고는 휘항 값을 받으려고 해서 홍대용이 이를 꾸짖은 적이 있었다.

줄을 너는 또한 아느냐?"

하니, 왕가가 또한 알고 있다고 하기에 내가 다시 말하였다.

"그러하면 내가 너를 여러 번 꾸짖어 값을 받으려는 계교(計巧)를 말리는 것은 무슨 마음으로 그러하겠느냐? 너는 생각해보거라."

"제가 어찌 노야의 뜻을 모르겠습니까? 그것은 노야께서 저를 사랑하여 잘못된 곳에 빠지지 않게 하기 위함입니다."

"내 말(중국어)이 비록 분명하지는 않으나 너는 자세히 듣거라. 길 가는 사람이 그른 일이 있으면 웃고 더럽게 여길 따름이지 마음에 거리끼지 아니함은 다름이 아니라 정분이 없어 푸대접[外待]하기 때문이다. 그러나 친한 벗이 허물이 있으면 노하여 꾸짖어 고친 후에야 비로소 그치는 것은 다름이 아니라 아끼고 사랑하기 때문이다. 내가 너와 근본은 비록 같지 않은 사람이나 수천 리 길에 고초를 같이하였고, 또 일찍이 네 집에 이르러 너의 부친의 후한 대접을 받았으니, 내 어찌 너를 사랑하여 옳은 일로 인도하지 않으리오. 네가 이미 내 뜻을 알았다면 내가 애당초 너를 과히 꾸짖은 일에 노하지 말고, 이 일로 인연하여 앞으로 더욱 조심하는 것이 어떠하겠느냐?"

"제가 어찌 감히 화를 내겠습니까? 노야의 사랑하는 뜻을 감사히 여깁니다."

중전소(中前所)라는 곳에 이르러 조반을 마친 후에 당장 망부석(望夫石)[97]을 보고자 하였다. 먼저 떠났으나 바람이 점점 심하게 불어 왕가가 다른 길로 가는 것을 매우 어려워하였는데, 내 노여움을 갓 풀었기에 감히 어기지 못하였다.

수십 리를 행하여 남쪽 작은 길로 들어가 망부석 정녀묘(貞女廟 : 강녀묘)에 이르렀다. 망부석이라는 말은 '지아비를 기다리는 돌'이란 뜻이고, 정녀묘라는 말은 '정렬(貞烈)한 여자의 묘당'이라는 뜻이다.

진시황 때에 천하 백성을 동원하여 만리장성을 쌓았는데, 10여 년에 마치지 못하니 주검이 새하(塞下 : 변방 요새의 밑)에 쌓이고 원망이 사해(四海)에 미치었다. 이때 강씨(姜氏)라는 여자가 있었으니, 그 지아비 또한 동원되었던

---

97) 만리장성이 시작되는 곳에 세워진 유명한 강녀묘(姜女墓)를 말한다.

사람들 가운데 들어 있어서, 집을 떠난 지 10년이 넘었으나 소식이 끊어진 지 오래였다. 강씨는 지아비가 돌아올 기약이 없음을 슬퍼히여 어린 지식을 이끌고 수천 리 고초를 돌아보지 않고 이곳에 이르러 지아비를 찾았다. 그러나 그 지아비는 이미 죽어 있었다. 강씨는 설움을 이기지 못하여 이 돌 위에 올라 밤낮으로 울더니 홀연히 몸이 변하여 돌이 되었다고 한다. 그 말이 황당하여 믿기 어렵지만 대강 정렬한 여자의 사적이 있는 곳이어서, 이러한 인연으로 그 돌 앞에 묘당을 지어 강씨의 정절을 표한 것이다.

들 가운데 조그만 뫼가 울연(蔚然)히 일어나고, 그 곳에 그 돌이 놓였는데, 높이가 한 길이고 너비는 두세 칸이었다. 돌 빛이 검고 윤택하며 모양이 기이하여 강씨의 정렬한 전형(全形)이 있는 듯하고, 한편에 사람의 발자취같이 서너 곳 파인 데가 있는데, 이는 강씨가 섰던 자취라고 전해진다. 그 위에 '망부석' 세 자를 새기고 또 칠언율시(七言律詩) 하나를 새겼는데, 다 강씨를 찬양하는 말이며 건륭황제(乾隆皇帝)98)의 글과 글씨였다. 앞에는 묘당을 세웠는데, 제도는 비록 작으나 매우 정쇄(精灑 : 맑고 깨끗함)하며, 뜰과 언덕에는 전부 바위가 깔려 있었다. 오르내리는 길의 수십 층 섬돌을 모두 벽돌로 만들고, 좌우의 난간을 돌로 기이하게 꾸몄다.

강씨의 소상(塑像)은 고운 여자이며, 옆에 동자 하나를 세웠는데 이는 그이가 데려온 자식이었다. 한편에 우산을 든 사람 하나를 세웠는데, 이는 길을 따라오던 종인가 싶었다. 소상 뒤로 양쪽 기둥에 각각 긴 패(牌)를 붙이고 글을 새겼으니, 이는 송(宋)나라의 유명한 충신 문천상(文天祥)의 글이었다.

진시황은 어디 있는가?
만리장성이 원망을 쌓았을 따름이오.
강녀는 죽지 아니하였도다.
일천 년 한 조각 돌에 정절이 머물렀느니라.99)

---

98) '건륭'은 청나라 6대 황제 고종(高宗)의 연호로, 1735~1795년을 일컫는다.
99) 원문은 다음과 같다. "秦皇安在哉 萬里長城築怨 姜女不死也 千年片石留貞"

대개 신하가 임금을 섬김은 여자가 지아비를 섬김과 다름이 없는 것이다. 의(義)로써 합하여 골육을 친히 모시고 하나를 지켜 죽어도 고치지 않으니, 이러므로 군신(君臣)과 부처(夫妻)를 부자(夫子)와 나란히 삼강(三綱)이라 이르는 것이다. 문천상은 나라가 어지러운 때를 당하여 평생 강개(慷慨)한 마음으로 몸을 버려 나라를 지킬 뜻을 품었기에, 이곳에 이르러 강씨의 정절을 생각하고 천고(千古)에 성명을 흠모하여 이 글을 지어 쓴 것이다.

그 글의 의사(意思)를 풀어 말하면, 진시황이 천자의 높은 자리에 웅거하고 천하의 풍요로움을 누려 번화함과 부귀함을 평생 이목의 욕심〔耳目之慾 : 여러 가지 욕망〕으로 궁극(窮極)히 하였는데, 만세에 더러운 이름을 무릅써 몸이 죽어서 조금도 착한 사적을 머물지 못하였으니, 이것이 '진황안재재'(秦皇安在哉)라는 것이다.

자손을 위하여 만세를 보전하고자 하여 장성(長城)을 일으켜 오랑캐를 막았으나, 주검을 찾지 못한 채 나라가 망하고 자손이 끊어져 부질없는 역사(役事)로 천하 백성을 보챈 것은 성을 쌓음이 아니라 원망을 쌓음이니, 이것이 '만리장성축원'(萬里長城築怨)이라는 것이다.

강씨는 한낱 여자여서 벌레 같은(하잘것없는) 몸이고, 평생에 괴로운 운수를 만나 한없는 설움을 품어서 젊은 나이에 규방의 즐거움을 버리고 백골이 변방의 진토(塵土)에 버려졌다. 그러나 높은 절의와 아름다운 이름이 만세를 흐르고 후세에 비치어 일신의 혈육은 비록 사라졌으나, 방촌(方寸 : 사방 한 치)의 외로운 마음이 지금까지 사람의 이목을 움직이게〔聳動〕하니, 이것을 '강녀불사야'(姜女不死也)라 이른다.

거친 언덕에 한 조각 돌이 강씨의 정신을 전하고, 정녀의 그림자가 머물러 있어 바람이 바다를 흔들어도 이 돌을 움직이지 못하며, 상설(霜雪)이 초목을 즛쳐도(몹시 쳐도) 이 돌은 썩지 않는다. 그리하여 망부석의 이름이 천추만세(千秋萬歲)에 천지(天地)와 더불어 함께 늙고 일월(日月)과 더불어 빛을 다툴 것이니, 이것을 '천년편석류정'(千年片石留貞)이라 이르는 것이다. 이로써 강씨의 만고정절(萬古貞節)과 문천상의 두 구절 시의 필적이 천하만세에 아내

된 여자와 신하 된 남자의 거울이 되는 듯하였다.

내가 소상 앞에 나아가 두 번 절하고 물러나니, 왕가가 또한 들어와 돈 한 쟈오[一角 : 10전]를 탁자 위에 놓고 여러 번 절하였다. 왕가는 무식한 인물이어서 정녀의 사적을 알지 못하고 다만 사망(事望 : 좋은 징조나 전망)이 일기를 구하니 매우 우스웠다. 중 두어 명이 있었는데, 그 가운데 어른 중 하나가 두루 인도하며 가리켜 사적을 일러주고, 제 방으로 들어가자 해서 들어가니 그 안이 또한 정쇄(精灑)하였다. 교의에 앉으니 차를 권하고 대접이 매우 관곡(款曲)하였다. 동쪽 벽 위에 관음화상(觀音畵像)이 걸려 있고, 그 앞에 높은 탁자를 놓아 그 위에 향로와 꽃 꽂는 화병 한 쌍과 차를 넣은 항아리 한 쌍을 얹었다.

청심환 둘을 내어 그 중에게 주고 문을 나와 북쪽으로 수리를 행하여 장대(將臺)에 이르렀다. 전하여 이르는데, 오랑캐가 산해관을 칠 때에 하루 만에 이 대를 무어(쌓아) 성 안을 굽어보게 하였다 한다. 이름은 비록 장대이나 실은 작은 성이었다. 사면이 백여 보나 되고 높이가 열 길을 넘었으니, 단단하고 웅장함이 짐짓 금성철벽(金城鐵壁 : 매우 튼튼한 성)이다. 남쪽 성 밑으로 조그만 문이 있었는데, 수레와 말은 통행하지 못하게 하고 사람이 겨우 드나들게 하였다. 그 안으로 들어가니 성 두께는 10여 보이며 안의 네모진 바닥은 멍석을 편 듯하고, 사면에 성이 둘러져 있어 은연히 우물 속에 들어가 하늘을 보는 것 같았다. 사면에 성 두께의 반을 뚫어 성문 모양을 만들었는데 그 안의 넓이는 4, 50명의 군사를 족히 감출 만하였고, 한편에 다섯씩 만들었는데 이는 군사를 쉬게 하는 곳이라 하였다. 네 편 구석에 성 위로 오르는 섬돌을 내었는데 4, 50층이나 되고, 벽장(벽돌)이 많이 깨져 있어 오르기가 매우 위태로웠다. 그 위에 오르니 과연 성 안의 대강이 바라보이고, 사면으로 굽어보니 웅장한 제도와 준절(峻節 : 높고 고상한 정조)한 형세가 실로 상상에 미칠 곳이 아니었다. 만일 사람과 양식이 있으면, 비록 천만 군사가 있어도 범할 길이 없을 것 같았다.

남쪽으로 바라보니 행차가 이제야 지나가는 것이다. 즉시 내려가 뒤를 따라 이리점(二里店)에 이르니, 이 마을은 성에서 2리 되는 곳이다. 산해관은 북경의 제일 요긴한 관약(關鑰 : 궁문이나 성문의 자물쇠)이다. 드나드는 인마와 물화를 다 조사하여 금물(禁物)을 엄하게 살피고, 우리나라의 사신은 심양장군(瀋陽將軍)의 표문(表文)을 바친 후에야 문을 열어 들어오게 하였다. 그런데 이때 영송관(迎送官 : 외국 사신을 영접하는 관리)이 표문을 가지고 뒤에 떨어졌다. 날이 저물면 문을 여는 일이 없으니, 사행이 당상역관을 불러 영송관이 떨어지게 한 일을 꾸짖고 바삐 문을 열게 하라 하였다. 여러 역관들이 산해관 아문에 이 사연으로 정문(呈文 : 공문)을 전하여 해가 진 후에 표문을 보지 않고 문을 연다고 해서, 일행이 다 문 밖에 나가니 아문의 관원이 미처 이르지 못하였다. 문 밖에 수레를 세우고 기다리는데, 이때는 어두워진 지 오래였다. 성지(城地)와 여염을 자세히 보지 못하였지만, 희미한 가운데 10여 장(丈)의 성첩(城堞 : 성 위에 낮게 쌓은 담)이 공중에 비껴 있어 소견에 아주 웅장하였다. 길가 푸자에 현자(弦子 : 거문고) 소리가 한가하게 들리고, 두어 사람이 서로 노래 부르며 웃고 말하는 소리가 가까이 들렸다. 덕유를 불러 그곳을 찾아보라 하였으나, 이윽고 문이 열리며 일행의 수레와 말이 먼저 들어가기를 다투어 가히 머물 도리가 없었다.

드디어 문을 들어가니 첫 문은 장성문(長城門)이다. 이 문으로 들어가 수백 보를 행하여 관성문(關城門)으로 들어가니, 문 옆에서 갑군이 '이거 양거'(一個兩個) 한다. '이거 양거'라는 것은 '하나·둘'이라는 말로, 우리나라 사람의 수를 세서 들여보내는 것이다. 10여 보를 행하니 갑군 수십이 두 줄로 늘어서서 소리를 크게 지르며, '내리라' 하니, 이는 아문 앞이라. 마지못하여 수레에서 내려 걸어서 아문 앞을 지나가고, 그런 후에 수레를 가져오라고 하였다. 왕가가 아문에 들어가 제 거주와 성명을 기록하고 표문을 맡아 가지고 간다고 해서 드디어 말을 타고 갈 수 있었지만, 행차는 이미 지나가 버렸다. 벌써 어두워져서 지적을 분간하지 못하였고, 길가의 수레 자국이 때때로 무릎에 차서 지나는데 말이 여러 번 서슴거려(머뭇거려) 매우 무서웠으나, 불을 얻을 길이 없어 어쩔 수가 없었다. 길가에 허옇고 높은 기둥이 마주 서 있어 이상히 여겨 가까이 가보니, 돌로 사자를 만들어 세운 것이다. 그 안에 넓고 높은 문이 희미하게 보이는데, 이것은 호부아문(戶部衙門)이다.

숙소에 이르니 문창궁(文昌宮)이라 하는 절이다. 큰 집으로 들어가 두어 굽이를 돌아 계부께서 계신 곳에 이르렀다. 사면의 도벽(塗壁)을 맑고 깨끗하게 한데다 벌인 집물이 기이한 것이 많아, 필연 의젓한 중이 거처하는 곳인가 싶었다. 하인에게 일러 주인 중을 찾아오라 하니 하인이 말하기를,

"곁방에 여러 중이 있는데 다 모양이 용렬(庸劣)합니다."

라고 했다. 들어가보니 젊은 중 둘이 방에 누웠다가 일어나 인사하는데, 거동이 다 허랑(虛浪 : 허황되고 실없음)하였다. 내가 묻기를,

"너희의 어른 화상(和尙)은 어디 갔느냐?"

하니, 그 중들이 말하기를,

"일이 있어 멀리 갔습니다."

하기에, 그 중들은 말할 인물이 아니어서 즉시 나왔다. 문 밖에서 두어 사람이 철사로 얽은 초롱을 들고 들어오는데, 그 얼굴이 다 준수하여 불러보고자 하였으나 하인들이 말하기를,

"이는 다 매매를 구하는 사람들입니다. 글을 하는 유식한 선비는 오는 일이 없습니다."

하고, 다 꾸짖어 도로 보냈다. 대개 사행의 선비가 갓 오면 건량청 지전(紙錢)을 허비하는 일이 있으므로 반드시 방차(防遮 : 막아서 가림)하여 쫓으니 원통하고 분하였다.

내가 자는 방은 문이 다 떨어져 매우 서늘하였다. 방 맞은편에 잠긴 곳이 하나 있는데 건량관이 말하기를,

"이곳은 사람이 죽으면 관을 절에 두는데, 저 캉이 아마도 수상하니 열어보기 전에는 여기서 머물지 못할 것입니다."

하였다. 나 또한 의심하였으나 발설하지 않았다. 대개 집 모양은 오랫동안 닫아놓아 사람이 거처하던 곳이 아니었다. 매우 우중충하여 소견이 별달랐으므로 주인 중을 불러 그 문을 열라고 하였다. 처음에는 열어주지 않아 더욱 의심

하여 여러 번 말하기를,

"너희가 사람의 주검을 여기에 감추고, 감히 값을 탐내어 행인을 이곳에 재우려고 하느냐?"

하였더니, 그 중이 듣고 즉시 문을 열어보이는 것이다. 덕유에게 들어가보라 하니, 아무것도 없고 약간의 세간을 감추었을 뿐이다. 여럿이 다 웃고는 이내 자기로 정하였다.

이윽고 한 사람이 들어오는데 의복이 선명하고 인물이 준수하였는데, 이는 조선에 매매하는 상고(商賈 : 장사치)였다. 방균(邦均)100) 땅에 살고 성이 항가(項哥)이며 예전 건량관과 친할 뿐 아니라, 건량관이 나라 무역을 하고 가져오는 은이 많은 까닭에 들어와서 반겨하니 거동이 매우 관곡하였다. 나를 가리켜 말하기를,

"제궁자(弟宮子 : 자제군관)로 온 사람입니까?"

하자, 건량관이 그렇다고 하였다. 이로써 내가 더불어 약간 수작을 하였다. 그는 조선 사람을 익히 겪어서 그 말을 알아듣기 어렵지 않다고 하였다. 항가가 나간 후 여러 사람이 들어와 건량관을 찾았는데 다 흥정을 맞추고자 하는 이들이었다. 한 명이 나를 향하여 매우 관곡히 이르기를,

"궁자의 물화 매매는 다 제가 맡아서 하겠습니다."

라고 하니, 내가 말하기를,

"나는 가난한 사람이라 한 푼의 은조차 가져온 것이 없으니 무슨 매매를 하겠는가?"

하니, 그 사람이 다시 말하기를,

"궁자가 되었으니 어찌 매매가 없겠습니까? 그것은 핑계〔稱託〕일 뿐입니다."

라고 하자, 건량관이 말하기를,

"궁자는 구경을 하기 위한 사람이지 이익을 구하는 사람이 아니니, 실로 매

---

100) 삼하(三河)와 계주(薊州) 사이의 지역을 말한다.

매할 것이 없어요."

라고 하였으나, 그 사람이 끝내 믿지 않는 기색이었다. 내새 북경은 사람이 번
성하여 상인을 별나게 숭상한다. 우리나라와의 매매는 이익이 되는 것이 많기
때문에 몇 년 전에는 불과 5, 6명이 담당하였으나, 해마다 번성하여 요사이는
30여 명이 와서 단골을 정하고 미리 은을 얻고자 다투었다. 그러므로 앞참(다
음에 머무를 곳)에 마중 나와 온갖 음식으로 대접하는 법이 매우 관곡하여 심양
부터는 거의 참참이 왔는데, 북경 사람의 생리(生利)도 어려운가 싶었다. 캉
이 매우 서늘하여 자기가 어려워서 주인 중을 불러 불을 더 넣어달라 하자, 그
중이 말하기를,

"청심환을 주면 불을 넣어 드리겠습니다."

하였다. 작은 것 두어 개를 주자 그 중이 나무를 가져오겠다고 하고 나가서는
간 곳이 없어 찾지를 못하니 절통(切痛)하였다.[101]

---

101) 20일 동틀 무렵에 떠나 망해정(望海亭)을 둘러본 일과 봉황점(鳳凰店), 유관(楡關)에
    이르는 여정이 생략되었다.

제2부

드디어 북경에 들다

북경에 들어가다

27일 북경에 들어가다[1]

방균점(邦均店)[2]에서 계주(薊州)·통주(通州)를 지나 황성(皇城)으로 들어가니, 참수(站數 : 쉬는 번수)를 정하는 큰 길이 나왔다. 사행이 매양 들어갈 때는 날짜가 급한 까닭에 연교포(烟郊舖)로 길을 정하였더니 한참을 지체한다고 하였다. 동틀 무렵에 길을 떠났는데 바람이 일고 아침에 매우 찼다.

20리를 가서 남쪽으로 통주성을 바라보니 성첩과 여염이 매우 번성하였고 성 밖으로 무수한 돛대가 수풀이 서 있는 듯하였다. 『김가재 일기』(金稼齋日記)[3]에 통주의 범장(帆檣 : 돛대)이 장관이라고 일컬었는데, 길이 다르기 때문에 가까이 가보지 못하여 답답하였다. 큰 물을 건너기에 그 이름을 물으니, 왕가가 말하기를 통하(通河)[4]라고 하였다. 물이 두 가닥으로 갈려 있었고, 수십 척 배를 가로로 이어 다리를 만들었다. 배 양끝에 큰 나무로 말뚝을 박고 고리

---

1) 21일 유관에서 출발하여 22일에 사하역(沙河驛), 24일에 옥전현(玉田縣), 26일에 연교포(烟郊舖)에 이르는 520여 리의 여정이 생략되었다.

2) 계주로부터 30리 거리에 있는 역참(驛站).

3) 이 책의 저자는 노가재(老稼齋) 김창업(金昌業)이고, 원제는 『노가재 연행일기』(老稼齋燕行日記)이다. 하지만 홍대용은 『김가재 일기』 또는 『노가재 일기』로 칭하였다.

4) 통주를 흐르는 큰 강. 이곳으로부터 갑문을 열고 배들이 북경으로 들어갔다.

로 서로 얽어 요동치지 않게 하였다. 그 위엔 바조5) 같은 것을 깔고 흙을 덮었는데, 튼튼하기기 돌다리에 못지 않았다. 그러므로 짐을 실은 수레라도 염려 없이 다녔다.

팔리교(八里橋)에 이르렀는데, 이 다리는 통주에서 황성으로 통하는 큰 길이다. 다리를 고친 지가 오래지 않았고, 10여 칸 너비에 5백여 보 길이다. 길 남쪽 난간에 각각 물상을 기이하게 새겼는데, 희고 윤택해서 멀리서 바라보면 예사 돌이 아닌 것 같았다. 다리 서쪽에 마을이 있는데 이름을 팔리포(八里舖)라 하였다. 통주에서 8리가 되는 곳이라서 이렇게 이르는 것이다. 이곳에 이르면 수레와 말, 행인이 길을 메웠고, 그중 준수한 인물과 화려한 의복, 사치스런 안마(鞍馬 : 안장을 얹은 말)의 번화한 거동과 호한(浩瀚 : 넓고 커서 질펀함)한 기상이 이미 다른 곳과 현연(顯然)히 달랐다. 스스로 행색을 생각하니, 은연(隱然)한 외방(外方)의 곤궁한 서생〔窮生〕과 두메의 어리석은 백성이 피폐한 행장으로 한강을 건너 도성을 향하는 모양이었다. 팔리교부터 큰 길 가운데는 전부 숙석(熟石 : 다듬어놓은 돌)으로 이를 맞추어 깔았다. 너비가 여남은 걸음이고 길이는 황성 30여 리를 이었으니, 웅장한 기구는 이를 것이 없었다. 그 위로 수레 구르는 소리가 우레 같아서 지척에서 말을 소통하기가 어려웠고 정신이 현란하였다.

팔리포에 들어 조반을 마치니 바람이 점점 일어났지만 구경을 위해 길가에 수레를 버리고 말을 타고 가는데, 길 좌우로 수풀이 들을 덮고 수풀 사이로 첩첩이 분장(墳墻 : 무덤의 담)이 둘러져 있었다. 높은 문과 큰 집이 멀리 서로 바라보고 있으니, 이는 북경 재상 사태우(사대부의 옛말)의 분원(墳園 : 무덤)이었다. 분상(墳上 : 무덤의 봉긋한 부분) 모양은 둥글고 높았는데 다 흙으로 쌓았을 따름이었고, 사초(莎草 : 잔디)를 덮은 곳은 보지 못하였다. 혹 아래로 한 자 남짓한 병풍석(屛風石)6)을 둘렀고 분상 앞으로 여러 채 집이 있으니, 우리나라 원릉〔陵園〕7)의 정자각(丁字閣)8) 제도였다. 그밖에 수풀 속에 있는 무수

---

5) 대·갈대·수수깡·싸리 따위로 발처럼 엮어 울타리를 만드는 데 쓰는 바자를 말한다.
6) 무덤 둘레에 병풍처럼 둘러 세운 돌을 말한다.

한 무덤 사이에 빈틈이 적었는데, 이는 백성의 무덤이었다.

10여 리를 가서 체마소(遞馬所 : 말을 갈아타는 역)에 이르니 여염이 점점 융성하였고, 좌우에 주식(酒食)을 파는 가게가 무수하였다. 집 앞으로 높은 나무를 세워 여러 칸의 샷집(갈대를 엮어 지은 집)을 만들었는데, 그 안이 깊고 넓었다. 줄줄이 반등(긴 걸상)을 놓아 사람을 앉히니 주식과 고기가 다투어 나왔다. 처마 밖으로 수레와 말을 매었는데, 개개가 화려하여 길 위에서 서로 빛났다.

길 양쪽에 개천이 있는데, 너비가 두어 칸이 되었다. 북쪽에 돌로 무지개다리를 정치(精緻 : 정교하고 치밀함)하게 놓았고 다리에 인접하여 큰 문이 있었다. 담 밖으로 굵은 분원이 여럿 있어 문 앞에 이르러 안을 엿보니, 그 안에 셋집을 여러 칸 짓고 사람들이 여럿 있어서 무슨 역사(役事)를 하는 모양이었다. 역관 하나가 말하기를,

"사람을 영장(永葬 : 장사)하는 곳입니다."

라고 하였다. 그 거동을 들어가서 보자고 하였더니, 안에서 한 아이가 나왔는데 나이가 열예닐곱 즈음이었고 인물이 매우 단정하였다. 내가 말하기를,

"너희 집에서 영장을 하는 것 같아 우리가 잠깐 들어가 구경하고 싶으니 네가 먼저 들어가 말을 전하여라."

하였더니, 그 아이가 말을 자세히 알아듣지 못하고 다만 말하기를,

"일이 있으니 못 들어가십니다."

하였다. 여럿이 말하기를,

"우리는 정말로 그 일이 있음을 알고 있으니 구경하고자 하노라."

하고, 여러 번 이르자, 그 아이는 매우 부끄러워하는 거동으로 다시 대답하지 않았다. 그 아이는 돼지가죽으로 꾸민 새 마으락이를 썼는데 주홍 영자(纓子)9)를 선명히 드리웠고, 온몸의 의복을 다 겹겹이 무늬 있는 비단[紋鍛]으로

---

7) 임금과 왕후의 무덤인 능(陵)과 왕족 및 왕의 사친(私親)의 산소인 원소(園所)를 말한다.

8) 제사를 지내기 위해 묘 앞쪽의 홍살문 안에 '丁' 자 모양으로 지은 집을 말한다.

9) 구영자(鉤纓子)의 준말로, 벼슬아치의 갓끈을 다는 고리이다. 보통은 은(銀)으로 만들었고, 종2품 이상은 도금하여 만들었다.

하였다. 여럿이 그 의복을 들어보고 말하기를,

"네 집이 이찌 부유해서 의복을 이리도 시치히게 히였느냐?"

하자, 그 아이는 대답하지 않고 매우 괴로워하는 기색이었다. 안에서 두어 사람이 나오자 그 아이가 무엇이라고 이르니, 그 사람들이 말하기를,

"이 집이 오늘 혼인하여 신부를 맞는 날이니 들어가지 못합니다."

하였다. 그제야 영장하는 집이 아니고, 새 의복을 입은 아이가 오늘 혼인하는 신랑인 것을 알고 모두 크게 웃었다. 그 아이에게 말하기를,

"너는 어찌하여 일찍 그 말을 하지 않았는가?"

하였으나, 그 아이는 끝내 부끄러워하는 기색으로 대답하지 않으니, 이런 소소(疏疏 : 화려함)한 풍습이 또한 천하가 매한가지였다. 모두 웃으며 다리를 건너 말을 타려고 했는데, 그 집 안에서 예닐곱 여자가 몰려나와 문을 의지하여 구경하였다. 늙은 여자는 앞으로 섰고 젊은 여자 서넛은 뒤로 섰는데, 모두 의복과 단장이 찬란하였다. 일행이 다 칭찬하고 구경하였는데, 평중은 그 여자들을 미처 보지 못하여 말을 타려고 전립을 숙인 채 다리 위로 창황히 올라가자, 여자들이 그것을 보고 크게 놀라 소리 지르며 흩어져 들어갔다. 일행이 크게 웃으며 평중의 눈치 없음을 조롱하였더니, 평중이 그제야 듣고 애달파 하는 거동이 우스웠다.

북경은 들이 넓고 산이 적어 비록 부귀한 집이라도 분원들이 다 평지에 있다. 이 즈음에 이르러는 좌우에 아로새긴 담과 단청한 높은 문이 융성하였고, 혹 묘지 뒤에 대여섯 길의 조산(造山 : 인공산)을 만들어 여남은 산봉우리[峰巒]가 병풍을 친 듯하였고, 수목을 무수히 심어 천일(天日)이 어두울 듯하였다. 그중 측백나무가 특별히 많았는데, 푸른 잎이 땅을 덮어 겨울인 줄을 깨닫지 못할 정도였다. 문 앞으로 개천이 인접한 곳에는 낱낱이 높은 다리를 놓았는데, 무지개다리를 만들고 좌우 난간이 특별히 정교하였다. 그중에 이따금씩 담이 무너지고 집이 퇴락하여 분상과 석물의 형용만 남은 곳은 필연 대명(大明) 시절 재상의 분원이리라. 형세를 잃고 자손이 누락(漏落)하여 고쳐 지을 사람이 없는가 싶은 생각에 이르자 마음이 처연(凄然)하여 눈물을 금치 못할

듯하였다.

길 북쪽에 2층의 높은 집이 서 있는데, 위는 누런 기와로 이었고 그 안에 서너 길의 큰 비를 세웠다. 역관들이 말하기를,

"이는 황제의 글인데, 이 길에 박석(薄石 : 얇고 넓적한 돌)을 고쳐놓고 그 사적을 기록한 것입니다."

라고 하였다. 이 비각을 지나자 북쪽에 한 분원이 있는데, 큰 문 안에 첩첩한 누각을 전부 청기와로 덮었고, 문 앞으로 세 칸 패루(牌樓)10)를 세웠다. 길이가 세 길 남짓한데 모두 돌로 만들고 나무를 들이지 않았다. 그 신교(神巧)한 제작이 영원위(寧遠衛) 조가(祖哥 : 조대수)11)의 패루와 다름이 없는데, 이것은 황제 아우의 분원이라 하였다.

황성이 점점 가까워오자 수레와 말과 여염이 점점 번성하였고, 가벼운 가죽옷에 살찐 말을 탄 호한(豪悍 : 호방하고 사나움)한 인물들이 말을 완완히(천천히) 몰아 우리 일행을 구경하고 서로 가리키며 웃고 말하는데, 우리나라 사람이 말을 타고 뒤를 싸매는 거동을 보면서 모두 크게 웃으며 조롱하였다. 대개 오랑캐 의복이 다 뒤를 트고 자락을 걷어 단추를 끼웠으니 안장에 앉아도 뒤를 쌀 것이 없고, 말을 탈 때에도 손수 고삐를 이끌어 평지 위에서 대수롭지 않게 올라앉아 고삐와 등자(鐙子)를 붙드는 법이 없다. 이러므로 우리나라 사람의 똑똑하고 날래지 못함을 비웃는 것이다.

일행 중에 두어 명 키가 작은 역관이 있는데, 대련(걸낭)에 행구를 두껍게 넣었다. 말을 탈 때면 마두의 등을 딛고 차차 기어올라 모양이 극히 우스웠고, 오랑캐의 조롱과 업신여김을 받음이 마땅하였다. 두어 사람이 말을 타고 나와 나란히 가며 서로 말하였다.

"이는 무슨 벼슬인가?"

"입은 의복이 호반(虎班)의 벼슬인가 싶다."

---

10) 무덤, 공원 따위의 어귀에 세우던 기념문.

11) 조대수(祖大壽)는 명나라 말기의 명장이다. 영원(寧遠) 사람으로 동생 조대락(祖大樂)과 함께 형제의 기념비가 조가패루(祖家牌樓)에 남아 있고, 이곳에 묘원이 있다.

"은징자를 달았으니 무슨 품인가?"

"공작우를 달았으니 종4품 벼슬인가 싶다."

"모양이 매우 청수(淸秀 : 깨끗하고 빼어남)하며 무던하다."

우리나라 사람이 저희들의 말을 모른다고 하여 서로 수작하는 것을 말 위에서 들으니 매우 우스웠다.

내가 탄 말은 몸집이 매우 작으나 성정(性息)이 사납고 또 차기를 잘하였다. 그중 호마(胡馬 : 만주 말)를 보면 더욱 날뛰어 반드시 차려고 하였다. 이때 덕유가 뒤에 오다가 그 사람들에게 일러 말하기를, "우리 말이 사나우니 너희가 가까이 다가가다가는 필연 말에게 차일 것이다"라고 하였다. 그중 한 사람이 말하기를, "어느 말이 찬단 말인가?" 하여, 덕유가 "우리 말이 찰 것이라는 말이다"라고 하자, 그 사람들이 서로 말하며 희미하게 웃고 피하여 가지 않으니, 우리나라 말이 작은 것을 보고 찬다는 말을 가소롭게 여기는 거동이었다. 수십 보를 가다가 내 말이 과연 소리를 지르며 옆에 가는 말을 한 번 찼다. 그 말의 크기는 내 말의 거의 두 배가 되었으니 만일 성내어 내 말을 차면 필연 거꾸러질 것이다. 차는 말굽이 내 몸 위에 오를 듯 싶으니, 모두들 꾸짖어 한편으로 몰라고 하였다. 그러나 그 말이 한 번 차인 후에 특별히 겁내는 거동도 없고 노하는 거동도 없어 대수롭지 않게 피하여 갔다. 사람들이 그 거동을 보고 크게 웃고 일시에 채를 휘두르니, 서너 말이 일시에 굽을 들어 저 앞으로 나가 백여 보를 행하였다. 잠깐 몸을 굽혀 채를 두어 번 얹으니 말이 네 굽을 모아 일시에 뛰어 경각(頃刻 : 짧은 시간) 사이에 간 곳이 없었다. 그 거동이 극히 상쾌하여 우리나라에 미칠 바가 아니었다.

짐승의 성정을 보아도 우리나라 말은 제 몸이 작음과 힘이 약함을 잊고 한갓 교만한 마음을 이기지 못하여 당치 못할 호마를 굳이 차고자 하였고, 호마는 제 힘과 기운이 족히 우리나라 말을 제어할 수 있었는데도 족가(足枷 : 고랑틀, 차꼬)를 하여 겨루지 않으니, 가소롭게 여기는 일이었다. 국량(局量 : 도량)의 대소와 기품의 얕고 깊음을 짐승으로 보아 짐작할 수 있었다. 스스로 생각하여 애달프고 부끄러운 마음을 이기지 못하였다.

길가에 한 젊은 사람이 걸어가며 활을 쏘고 있었는데, 화살 밑이 매우 커서 우리나라의 고도리(작은 새를 잡는 데 쓰는 화살) 같았다. 한 번 쏘니 수십 보를 가고 휘파람 같은 소리가 났다. 덕유를 시켜 그 화살을 보고 싶다는 뜻을 청하라고 하자, 그 사람이 어렵게 여기지 않고 말 앞에 와서 화살을 주었다. 보기를 다한 후에 내가 도로 그 사람을 주면서 말하기를,

"또 한 번을 쏘아서 내가 볼 수 있게 하라."

하자, 그 사람이 웃고 즉시 한 번을 쏘았다. 그 화살은 나무로 만든 것이고 끝에 쇠뿔 고도리를 박았는데, 속이 비었고 여섯 구멍을 뚫어 소리를 나게 하였으며 이름을 '향북두'라 하였다.

성 안에서 나오는 수레에 이따금씩 10여 사람을 실었다. 휘장 뒤를 헤치고 앞뒤에 그득히 앉았고 또한 두련채[12]에 걸터앉았는데, 다 의복이 더럽고 비천한 거동이었다. 덕유에게 물으니, 이는 성 안에서 삯을 받는 수레로, 행인을 여럿 모아 태우고 각각 값을 적게 받으나 기구(箕裘 : 좋은 집안)에 있는 이는 이 수레에 함께 타는 일이 없다고 하였다. 여러 사람이 앉았는데 매인 말은 다만 하나이고, 혹 조그만 나귀를 매었는데 수레가 구르는 것은 다름이 없으니, 길이 편하고 수레를 정교하게 만든 것이다. 바퀴 돌아가는 것이 저절로 구르는 듯하고, 짐을 실어도 말 등에 싣는 것과 달랐다. 비록 점점 무거워지나 뚜렷이 깨닫지 못하는가 싶었다.

한 사람이 수레 위에서 조그만 소고를 쳤는데, 모양은 우리나라 동냥하는 거사(居士 : 탁발승)의 소고와 같아서 물어보았더니 북경 아이들이 가지고 노는 것이라 하였다. 붙인 것은 가죽이 아니고 우리나라의 장지(壯紙 : 두껍고 질긴 종이)라고 하였다. 『김가재 일기』를 상고하면, 이 날 분원(墳園)에 다니는 여자가 많다고 하였는데 길에서 흔히 볼 수 없었으니 그 사이에 풍속이 변했는가 싶었다. 여자 여럿이 모두 소복을 입고 혹 수레에서 내려 음식 가게 뒤로 늘어앉았다. 모두가 머리에 흰 수건 같은 것을 둘러 뒤로 매었으니, 이는 상복

---

12) 짐 싣는 수레인 두련차의 양옆으로 길게 댄 나무를 말한다.

입은 여자의 제도였다. 사내는 가게에 들어가 음식을 사먹지만 여자는 들어가는 일이 없었다. 혹 음식을 가져다가 뒤에 가서 여자를 주어 먹였는데, 여자가 가게에 들어가지 않음은 또한 좋은 풍속이었다.

이 즈음에 이르러는 행인이 다 길을 덮어 간신히 길을 뚫어 갔다. 서문에 거의 이르니 길에 세 패루가 세워져 있는데, 제도가 웅장하고 단청이 휘황(輝煌)하였다. 그 안으로 들어갔더니 사람이 어깨를 겨뤄 좌우로 끼고 층층한 누각의 영롱한 채색에 눈이 부시고 정신이 현란하여, 비로소 중국이 크고 인물이 번성함을 쾌히 알 수 있었다. 도리어 심양을 생각하여 이곳에 비하니 또한 작은 지방이었고 소조(蕭條 : 호젓하고 쓸쓸함)한 경색이었다. 한편으로 2층 높은 문이 있는데 아래위에 금벽(金璧)이 매우 빛나니 이는 동악묘(東嶽廟)[13]라 하는 묘당으로, 예로부터 사신이 잠깐 머물러 옷을 갈아입는 곳이다. 큰 문으로 들어가 말에서 내렸으나 구경하는 사람이 문 안팎을 메워서 어디로 들어가야 할지 몰랐다.

큰 문 안의 양쪽에 두 기간(旗竿 : 깃대)을 세웠는데 우리나라의 돛대 모양과 같았다. 높이가 수십 장이고 중간에 각각 박철(縛鐵)한 곳이 있으니, 나무를 이은 곳인가 싶었다. 전부 붉은 칠을 하였고 사면에 대여섯 길 나무를 받쳐서 넘어지지 않게 하였는데, 묘당에서 제사 지낼 때 여기에 기를 달고 등을 켜는 것이 아닌가 싶었다. 연로(沿路 : 연도)에 큰 묘당을 세운 곳이 많았지만 이런 웅장한 것은 처음 보았다.

또 두 개의 큰 문으로 들어가니 남향하여 2층 정전(正殿)이 있었다. 뜰 넓이가 사방 백여 보가 될 듯하고, 가운데에 노도(路道)를 내어 정전으로 들어가는 길을 만들었는데 높이가 한 길이 되었다. 정전 앞으로 큰 쇠향로 하나를 놓았는데 높이가 두어 길이고, 몸피(몸통의 굵기)가 두어 발(양팔을 벌린 길이)이 되었으며, 푸른빛의 온갖 정교한 새김이 신통하였다. 정전을 들어가니 서너 길의 웅장한 소상을 앉혔는데, 면류관(冕旒冠)과 곤의(衮衣 : 천자가 입는

---

13) 동악묘는 중국 북경의 조양문(朝陽門)에서 1리에 있는 사당으로, 동악신상을 모신 곳이다. 조선 사신은 역대로 이곳에서 옷을 갈아입고 북경에 입성했다.

옷)로 왕자의 제도를 갖추었다. 좌우에 관복을 입은 선관(仙官)을 여럿 모셨는데, 모두 의관이 정제하고 위의(威儀 : 위엄 있는 태도와 차림새)가 엄숙하여 짐짓 제왕가(帝王家)의 기상이 있으니, 이는 태산(泰山)의 신령을 위한 것이다. 중국에 큰 산 다섯이 있어 이름을 오악(五嶽)이라 하는데 동쪽은 태산, 서쪽은 화산(華山), 남쪽은 형산(衡山), 북쪽은 항산(恒山), 중간은 숭산(嵩山)이다. 태산은 옛 노(魯)나라 근처에 있으니 이곳에서 천여 리 밖이지만, 방소(方所 : 방위)를 의논하면 북경이 또한 중국의 동쪽이고 태산에 속한 지방이다. 이러한 까닭에 황성 동쪽에 이 묘당을 세운 것이다.

소상 앞에 각색 음식을 기이한 화기(畵器)에 높이 괴어 무수히 벌였고, 꽃을 꽂은 화병과 온갖 집물이 하나하나 정묘(精妙)하여 이루 다 기록하지 못하였다. 탁자 밖으로는 각색 비단을 줄줄이 드리우고 온갖 구슬로 그 끝을 꾸몄으니 소견이 찬란하였다. 앞에 큰 가마 하나를 놓았는데 안에 두어 섬 곡식을 용납할 수 있었다. 기름을 가득히 부었고 위에는 철망을 얽어 두에(뚜껑)를 덮었으며, 가운데에 기둥을 세우고 큰 심지에 불을 켰다. 역관이 이르기를,

"속에 든 것은 기름이 아니고 옻(옻나무에서 나오는 진)을 넣은 것입니다."

하니, 가히 들은 말인가 싶었다. 반자[14]에 향 피우는 틀을 달았는데, 나무 바탕에 가운데 기둥을 세웠고 사면에 철사로 벌이줄[15]을 늘였다. 피우는 향을 철사 모양으로 길게 만들어 그 위로 돌려 감아 서로 닿지 않게 틈이 있었는데, 에음(둘레)이 크고 무수히 감겼다. 한끝에 불을 피우니 실 같은 푸른 연기에 희미한 향기가 난다. 쉽게 타도 한 열흘은 그치지 않는다고 하였다. 소상 앞의 탁자 아래에 당혜(唐鞋) 네 짝이 놓여 있었다. 비단으로 만들고 낡은 것이어서 지키는 사람에게 물으니 불을 키러 온 사람이 공양한 것이라고 하였다. 신던 신을 신령 앞에 놓게 하는 것이 매우 설만(褻慢 : 거만하고 무례함)하고 이상하였지만 그 뜻을 알지 못하였다.

정전 뒤 작은 문으로 들어가 북으로 수십 보를 나아가니 이층집이 있는데,

---

14) 방이나 마루의 천장에 평평하게 만들어놓은 시설.
15) 물건을 버틸 수 있도록 이리저리 얽어매는 줄.

위층에 누(樓)를 만들어 밑으로 사다리를 놓았기에 그 위에 오르니 현판에 옥소궁(玉霄宮)이라 하였다. 가운데에 옥황상제의 소상을 앉혔는데 정선의 소상에 비하면 아주 작고, 벌인 집물이 또한 반에도 미치지 못하였다. 남쪽 문을 여니 문 밖에 툇마루를 놓고 마루의 가장자리는 다 채색한 난간이었다. 난간에 의지하여 좌우로 굽어보니 옥소궁 양쪽에 한 층을 낮추고 또 누를 지어 난간을 베풀었는데 합하여 수십 칸이었다. 누 양쪽에 각각 월랑(月廊 : 행랑)을 지어 동서로 꺾어 정전문에 이어졌으니, 합하면 백여 칸이 될 듯하였다. 그 웅장한 제도와 휘황한 단청을 이루 말로 전할 길이 없었다. 은연히 구천에 솟아올라 옥황상제께 조회(朝會)하매, 주궁패궐(珠宮貝闕 : 찬란한 궁궐)에 상운(祥雲)이 어리고, 옥대금전(玉臺錦殿 : 천제가 있다고 하는 옥대와 금전)에 서일(瑞日)이 비친 듯하여 진실로 몸이 인간 세상에 있음을 깨닫지 못할 듯하였다. 옥황상제의 소상 옆에 한 소상이 있는데, 여자의 모양이며 이는 낭랑(娘娘)을 위한 것인가 싶었다.

누에서 내려오니 누 밑에 또한 칸칸이 온갖 소상이 있었는데 이루 볼 길이 없었다. 옥소궁 앞으로 정전에 못미처 또 큰 집이 있고 그 안에 남녀 소상을 가로 앉혔다. 상탁과 기물이 비록 정전에 미치지 못하였으나 또한 매우 사려(奢麗 : 사치스럽고 화려함)하였고, 현판에 '육덕지전'(六德之殿) 네 자가 씌어 있었다. 이 집 좌우로 행랑을 지어 동서 행랑이 이어졌으며, 칸칸이 신령의 벼슬 이름을 패에 쓰고 맡은 직책을 알게 하였다. 소상 앞으로는 각각 작은 상을 만들어 다스리는 모습을 하였으나 이를 구경할 길이 없었다. 동쪽 행랑으로 돌아 대강 보니, 그 모습을 이루 다 기록하지 못하나 대저 온갖 죄인을 다스리는 모양이다. 전부 흉녕(凶獰)한 귀졸(鬼卒 : 온갖 귀신)을 칼(죄인의 목에 씌우던 형구)과 철쇄(쇠사슬)를 가지고 결박하여 꿇리고 혹 칼로 사지를 베며 배를 갈라 온갖 혹독한 형벌을 갖추었다. 혹 얼굴을 변하게 하여 온갖 짐승이 되게 하였으니, 온몸의 반은 짐승 모양이 되었으며, 미처 변하지 않는 이는 옆에서 그 거동을 보고 울며 근심하는 모양이 천연하여 매우 아니꼬웠다.

신령의 소상은 다 상을 찡그리고 눈을 부릅떠 위엄을 보이는 모양이고, 죄인의 거동은 다 겁내고 서러워하여 애긍(哀矜)히 비는 형상이다. 다 눈에 유리를 박아 산 사람의 정신이 있었는데 인력의 공교(工巧 : 재치 있고 교묘함)함이 또한 이상하였다. 그중 세상의 음란한 죄인을 다스리는 곳에서는 사나이와 계집을 양쪽에 매어 앉혔는데, 상하 의복을 다 벗기고 여러 귀졸이 온갖 흉독한 형벌을 베풀어 못 견뎌 하는 모습은 차마 볼 수 없었다. 이것은 천만 죄악 중에 음풍(淫風)이 으뜸으로, 사람이 제일 경계할 일을 알게 하기 위하여 각별히 흉하게 만든 것이다. 그 모습을 보니 비록 거짓인 줄을 짐작하나 마음이 절로 송연(竦然 : 두려워 몸을 웅크림)하여 사나운 염려를 감히 망령되이 행동치 못할 듯하니, 어린(어리석은) 백성이 두려워하게 하여 또한 교화에 도움이 될 듯하였다.

정전 좌우로 뜰에 큰 비를 무수히 세웠고, 그중 누런 기와를 이은 집에는 황제의 글이 있다 하였다. 전문(殿門) 안에 서너 관원의 의복이 선명하였다. 가슴에 흉배(胸背)를 붙이고 혹 목에 염주를 걸었는데, 이는 우리나라를 접대하는 관원이었다. 역관들이 그 앞에 나아가 허리를 굽혀 절하고 매우 공순히 굴었다. 통관(通官)이 들어가기를 재촉하여 일행이 다 떠나는데, 여기서부터는 사행이 나발16)과 일산(日傘)17)을 물리치고 사모관대(紗帽冠帶)를 갖추어 안마(鞍馬)에 올라가는 것이었다. 사행의 관복은 다 비단이었고 낡지 않은 것이라 오히려 첨시(瞻視 : 눈을 휘둘러 봄)의 빛이 있었지만, 그 남은 군관 아전의 옷은 다 길에서 입고 오던 것이어서 수천 리 풍사(風沙)에 더럽기 그지없었다. 또 역관들은 길에서 의복이 상한다 하여 다 떨어진 여벌을 입었으니, 이곳에 이르러 그 제도는 비록 배로 귀하였으나 추루한 행장과 잔열(孱劣 : 잔약하고 용렬함)한 거동이 실로 부끄러웠다. 자문(咨文) 바리에는 누런 기를 꽂아 앞에 모셨고, 그 뒤에 통관들이 쌍쌍이 섰으니 저희 나라의 법도인가 싶었다.

묘의 문을 나와 서쪽 패루로 들어가니 조양문(朝陽門 : 북경 고궁의 정문)의 3층 누각이 반공에 표묘(縹緲 : 한없이 크고 넓어 어렴풋함)하였다. 그 남쪽에 붉

---

16) 옛 관악기의 하나로, 놋쇠로 길게 대롱처럼 만들었고 위는 가늘고 끝이 퍼진 모양이다.

17) 볕을 가리기 위하여 세우는 우산처럼 생긴 물건.

은 칠을 한 담이 길게 둘려 있었으며 그 안에 첩첩한 누각이 또한 융성하였으나 그 이름을 미처 묻지 못하였다. 성 밖 해자(垓子 : 성 밖으로 둘러 판 못)에 이르니 다리와 난간이 매우 웅장하였다. 문 밖에 이르자 구경하는 사람이 배나 많아 겨우 가운데 한 가닥 길을 통하였는데, 좌우로 묶여 선 사람이 빈틈이 없는 듯하니 인민의 번성함을 가히 볼 수 있었다. 이 즈음은 예로부터 도적질하는 놈이 많아 행구를 자주 잃고, 안장 고들개(안장의 가슴걸이에 다는 방울)를 베어가는 까닭에 일행이 서로 단단히 일러 신칙(申飭 : 타일러 경계함)하며 살피었다.

조양문 제도는 3층으로 청기와로 이었고, 앞으로 옹성(甕城)을 둘렀다. 그 안은 둥글어 사면이 백여 보이며, 북쪽에 큰 문을 내고 남쪽으로 성문을 대하여 적루(敵樓 : 적을 막는 누각)를 지었는데, 높이는 거의 성문과 다름이 없었다. 연하여 벽돌을 쌓아 올리고 층층이 작은 문을 내어 문짝마다 세 구멍을 내었으니, 활 쏘고 총을 놓아 도적을 막게 하기 위함이다. 성 두께는 10여 보였고 높이가 8, 9장이다. 그 웅장한 제양은 심양과 산해관이 감히 비하지 못하였다. 문으로 들어가니 서쪽으로 다섯 봉우리가 있고 그 위에 각각 층층한 집이 있으니 만세산(萬歲山 : 조양문에서 서쪽으로 있는 동산)인가 싶었다.

수리를 행하여 네거리에 이르니 사면에 각각 패루를 세웠는데, 이는 사패루(四牌樓)라 이르는 곳이다. 이 즈음에 이르니 시사(市肆 : 시전)가 더욱 번성하였다. 남쪽 패루로 나와 남으로 향하니 길 가운데 또한 장막과 집을 임시로 지어 온갖 물화를 벌이고 온갖 술업(術業)하는 사람(점쟁이)이 앉았으나, 이루 다 기록하지 못하였다. 좌우에 구경하는 사람이 '운지'(文擧), '우지'(武擧)하는 소리가 끊어지지 않으니, '운지'는 문관을 이름이고 '우지'는 무관을 이르는 것으로, 우리 일행을 각각 가리켜 서로 이르는 것이다. 나는 군복을 입고 공작우를 달았기에 다 '우지'라 일컬으니 우스웠다.

길에서 사람들의 말을 들으면 아이와 무식한 사람들은 다 웃으며 말하기를, "저것이 무슨 모양인가?" 하였고, 약간 견식(見識)이 있는 사람들은 "이것이 옛날 의관이다" 하였다. 남쪽의 큰 성문을 바라보니 이는 동남쪽 문이었고, 이름은 숭문문(崇文門)이며 혹 하다문(下多門)이라 일컬었다. 문에서 백여 보를 못미처 서쪽으로 꺾어 큰 다리를 건너니 이름은 옥하교(玉河橋)였다. 이 다리에 이르러 북쪽을 바라보자 또 난간이 있는 큰 다리가 있다. 그 다리 북쪽에 수문을 웅장히 냈으며 그 위에 붉은 칠을 한 담을 둘러 누런 기와로 이었으니, 이는 궁장(宮墻)인가 싶었다.

관에 이르니 남쪽 성 밑이어서 문이 성을 대하였다. 문 밖에서 말에서 내려 들어가자 문 안에 정당(正堂)이 있어 자문을 모셨다. 정당 뒤에 세 겹으로 집이 있는데 모두 가운데로 문을 내었다. 정당 바로 뒤는 상사의 숙소이고, 그 뒤는 부사의 숙소이며, 그 뒤는 계부께서 머무시는 곳이다. 4, 5일 전에 행차의 서자(書者 : 아전)들이 먼저 들어와 방을 소쇄(掃灑 : 청소)하였다. 앞으로 대를 세우고 안팎으로 종이를 발라 바람을 막고 가운데로 문을 내어 문렴자를 드리웠으며, 위는 수숫대로 반자를 만들고 한편에 칸을 막아 협방(夾房 : 곁방)을 만들었는데 매우 깨끗하였다. 계부의 숙소 맞은편에 벽 하나를 사이에 두고 방 하나가 있는데 이는 내가 머물 곳이다. 또한 정결히 꾸며 계부의 숙소와 거의 다름이 없었다. 종려나무로 횃대를 만들고 앞으로 채녀(采女 : 궁녀)의 그림 한 장을 붙였다. 문렴자를 드리우고 방에 올라앉으니, 매우 조용하고 정결하여 우리나라의 방사(房舍 : 집 제도)와 다름이 없었다.

조참에 따라가 황제의 행차를 보다

28일 예부에 자문을 바치는 데 따라가다

안날(바로 전날) 수역(首譯)이 들어와 아문의 말을 전하여 말하기를,

"내일 예부(禮部)의 관원이 일찍 자문(咨文)을 받을 것이니, 해 돋기 전에 사행은 예부로 나오시라고 합니다."

하였다. 이 날 해 뜰 무렵에 사행이 관복을 갖추고 예부로 나아가는데, 당상역관과 두상(頭上) 통사(通事)와 상부방(上副房) 건량역관이 따라왔다.

나는 비록 직책이 없으나 구경을 위하여 이미 들어왔으므로 온갖 것이 구경 아닌 것이 없고, 또 연고 없이는 아문을 열어 내놓지 않기에 드디어 군복을 입고 따라가게 되었다. 문을 나와 성 밑을 따라 서쪽으로 수백 보를 행하였다. 길 어귀에 두 기둥의 나무를 높이 가로 얹어 문을 만들었는데 붉은 칠을 하여 우리나라의 홍살문(紅箭門)[18] 모양이었으니, 이것이 이문(里門 : 동네 어귀에 세운 문, 里閭)인가 싶었다. 앞으로 나아가자, 큰 길이 있고 남쪽의 3층 성문이 특별히 웅장하였다.

안에는 좌우로 시소(試所 : 과거를 치르는 장소)가 벌여져 있고 거마(車馬)와 행인이 매우 성하였는데, 이것이 황성의 남쪽 가운데에 있는 정양문(正陽門)

---

18) 능(陵) · 원(園) · 묘(廟) · 궁전 등의 정면에 세우던 붉은 칠을 한 문으로, 둥근 기둥 두 개를 세우고 지붕이 없이 붉은 살을 박았다.

이다. 아문 안에서 북쪽으로 백여 보를 들어가면 이 문을 마주하여 또 큰 문이 있는데 이름을 태청문(太淸門)이라 하였다. 이층집을 누런 기와로 이었고, 세 문을 다 무지개 모양으로 둥글게 만들었으며 이 문 앞쪽 좌우로 높이가 두 길이나 되는 석사자 둘을 앉혔다. 석사자 남쪽에 주홍칠을 한 목책(木柵)을 세웠는데 그 빛이 찬란하였고, 목책 끝을 이어서 옥 같은 돌로 난간을 세웠는데 양쪽 길을 막아 남쪽으로 꺾어 양끝이 서로 향하게 하였다. 난간과 책문 안이 남북으로 수십 보이고 동서로 5, 60보였다.

두 문 사이로 10여 보 길을 통하게 하였으나, 태청문은 대궐문이어서 세 문을 다 닫는 까닭에 난간 안은 행인이 다니는 일이 없으며, 목책의 북쪽 석사자 밑으로 동서로 통하는 길이 있어 걸어 다니게 하고 수레와 말은 금하였다. 난간 밖으로 양쪽에 각각 큰 길이 있는데, 이곳은 행인이 통행하게 하였다. 태청문 좌우로 붉은 담을 높이 쌓고 또한 누런 기와로 이어서 북쪽으로 벌여져 있으니, 이것이 궁장(宮墻)이다.

드디어 동쪽 난간 밖으로 나가니 동쪽으로 큰 길이 있고 길 어귀에 큰 패루가 세워져 있는데, 위에 현판을 붙여 골목의 이름을 새기고 금으로 메웠다. 말을 타고 이곳에 이르러 사면으로 돌아보니 눈이 어지럽고 마음이 놀라웠다. 북경의 번성함은 전에 익히 들었고 『김가재 일기』를 보아도 거의 짐작할 듯하였는데, 진실로 귀로 듣는 것이 눈으로 보는 것만 같지 못하니 어찌 이 지경에 이를 줄을 생각하지 못하였는가?

패루로 들어가 동쪽으로 백여 보를 지나 북쪽으로 꺾어서 한참을 더 가니, 길 동쪽에 삼문(三門)[19]을 웅장히 세웠고 양쪽에 검고 둥근 나무발을 여러 개 박아서 가로누여 놓았는데, 이것은 예부의 안문이다. 자문(咨文)을 실은 말은 정문(正門 : 삼문 중 가운데 문)으로 들어가 가운데 노도(路道)를 통해 바로 정당의 대청에 올라 짐을 부리고, 사행은 남쪽 협문(夾門 : 삼문 좌우에 달린 작은 문)으로 들어가 말에서 내려 나아갔다. 관원이 아직 오지 않아서 드디어 정당

---

19) 대궐이나 관청·사당 등의 건물 앞에 세운 세 문으로 정문(正門)·동협문(東夾門)·서협문(西夾門)을 말한다.

에 올라 집 제도를 구경하였다.

큰 문 안에 한 칸 문이 있는데 두 기둥이 패루의 모양이나. 정당은 장광(長廣 : 길이와 넓이)이 수십 칸이고, 제도는 굉걸(宏傑 : 크고 훌륭함)하나 바닥에는 벽돌을 깔았을 뿐 단청을 하지 않았으니, 묘당의 사치함에 비하면 극히 소루(疏漏)하였다. 가운데 현판에 금자(金字)로 '인청찬화'(寅淸贊化)라 새겼는데 옹정황제(雍正皇帝)[20]의 어필(御筆)이라 하였고, 주벽(主壁 : 방문 정면의 벽) 양쪽 기둥에 긴 패(牌)를 붙이고 각각 10여 자를 썼는데 다 예부 관원을 경계하여 타이른 말이었다. 뜰 앞에 좌우로 행랑을 이어 전문(殿門)에 연하였는데 각각 수십 칸이다. 칸칸이 문렴자를 드리우고 문 위에 현판을 붙여 소당(小堂)이라 표했으니, 이는 예부낭청(禮部郞廳)들이 머무는 곳이다.

이 날 아침에 심히 추웠는데 관원이 (일찍이) 온다고 해서 일행이 다 식전에 떠났다. 사행이 당상역관을 불러 그 거행(擧行)이 잘못되었다고 꾸짖으니, 역관들이 민망히 여겨 정당 북쪽에 빈 집을 빌려 사행을 쉬게 하였다. 그 집은 현판에 사무청(司務廳)이라 하였는데, 비록 앞에 문이 있어 바람을 적이 면할 수 있었으나 그 안이 극히 황폐하고 쓸쓸하여 머물 곳이 아닌데도 할 수 없이 일행이 그 안에서 기다렸다.

잡사람들 여럿이 문 앞에 이르러 서로 말하며 구경하고 있어서 내가 더불어 말을 수작하였는데, 하나가 사행의 벼슬을 묻고는 부사의 돼지가죽·이엄(耳掩)[21]·사모(紗帽)[22]를 가리켜 여러 번 칭찬하였다. 이들은 다 나이가 젊고 무식한 사람들이다. 한 사람이 역관에게 물었다.

"누빈 명주를 가지고 계시면 사고 싶습니다."

역관이 대답하기를,

"우리는 관원이라 이런 매매를 모르니 우리 하인들에게 묻거라."

---

20) '옹정'은 청나라 5대 황제 세종(世宗)의 연호로, 1723~1735년을 일컫는다.
21) 관복을 입을 때 사모 밑에 쓰는 방한구로, 모피로 만들었다.
22) 관복을 입을 때 쓰던 검은 사(紗)로 만든 예모(禮帽)를 말하며, 지금은 흔히 전통 혼례 때 신랑이 쓰는 모자를 지칭한다.

하였다. 그중 한 사람의 됨됨이가 매우 조촐하였는데 곁의 사람이 가리켜 말하기를,

"이 사람은 벼슬이 있는 분입니다."

라고 하였다. 내가 말하기를,

"벼슬이 있으면 어찌하여 징자를 붙이지 않았겠는가?"

라고 하자 그 사람이 말하기를,

"지금은 안 붙였으나 관대(冠帶)를 입으면 긴 징자를 붙입니다."

라고 하였다. 그의 벼슬 이름을 물으니 홍로시(鴻臚寺 : 외국에 관한 사무, 조공 등을 맡아보던 관청) 관원이라 하였는데, 아마 우리나라의 인의(引儀 : 통례원의 종6품 문관) 벼슬인가 싶었다.

이윽고 예부 대인(禮部大人)이 온다고 하여 그 사람들이 다 치우고 가는 것이었다. 대인은 예부 좌시랑(左侍郎)으로, 성은 정(程 : 程嚴)이고 한인(漢人)이라 하였다. 정당까지 교자(轎子)를 타고 들어오는데, 교자에 장막을 드리워 얼굴이 보이지 않았지만 삼면에 큰 유리를 붙여서 밖을 보게 하였다.

교자의 모양은 우리나라의 가마 모양이었다. 채(긴 막대기)를 중간에 매어서 몸이 낮아 조금은 답답한 듯하지만, 교군(轎軍 : 가마꾼)이 설사 실족(失足)하는 일이 있어도 땅에 놓일 따름이지 거꾸러질 염려는 없었다. 메는 법은 양쪽의 채 끝에 짧은 연초[23]를 가로지르고 연초 가운데에 줄을 매어놓은 다음 긴 연초 하나를 두 사람이 어깨에 각각 메었는데, 하나는 작은 연초 안으로 들어서고 다른 하나는 그 밖으로 서서 앞뒤를 합하여 사람 넷이 다 가운데 한 줄로 메는 것이었다. 이런 이유로 좁은 길이라도 다니기 어렵지 않으며, 긴 연초를 휘돌게 만들고 사이에 또 줄이 들어 있기 때문에 교자 안이 매우 편하여 크게 요동하는 일이 없었다. 교자 앞에 두 사람이 가로서서 무슨 소리를 높이 외치니, 우리나라 대간(臺諫)[24]의 알도(喝道)[25] 소리 같았다. 둘이 가면서 서로

---

23) 연춧대. 연(輦)이나 상여 등을 멜 때 멍에에 가로 대는 나무를 말한다.

24) 대관(臺官)과 간관(諫官). 사헌부(司憲府)와 사간원(司諫院) 벼슬의 총칭.

25) 지체 높은 사람이 행차할 때 길을 인도하는 하인이 소리를 질러 일반인의 통행을 금하던

외치니 소리가 끊어지지 않았다.

　시랑(侍郞)이 바로 징딩 뒷문으로 들어가 옷을 갈아입은 후에 나온다 히더니, 이윽고 역관들이 들어와 사행을 정당으로 모셨다. 그 뒤를 따라 들어가보니 정당 가운데 큰 탁자 하나를 놓아 그 위에 누런 보를 덮고, 큰 탁자 앞으로 두어 걸음을 물러서 작은 탁자를 놓아 그 위에 자문궤(咨文櫃)를 여럿 놓았다. 사행이 작은 탁자 앞에 나아가 기다리는데 뒷문에서 알도 소리가 들리니, 시랑이 걸어나와 왼쪽의 탁자를 향해 섰다. 그 아래에 또 한 관원이 섰는데 적이 뒤로 물러섰으니 이는 예부낭중(禮部郞中)이고, 그 아래에 선 자는 찬례(贊禮)[26) 벼슬로 아까 홍로시 관원이라 하던 사람이다. 셋이 다 조복(朝服 : 관원의 예복)을 갖추었는데, 마으락이는 다르지 않으나 다만 위에 드리운 영자(纓子)의 두께가 한 치나 되었다. 또한 징자는 평상시에 다는 것과 달라 높이가 반 뼘이 되며 층층이 괴상하게 새기고 도금을 하였다. 시랑은 그 위에 검은 구슬을 박아 썼는데 2품 벼슬이고, 그 나머지는 도금만 한 것을 썼으며 8, 9품 벼슬이다. 의복이 또한 평상시 입은 것과 다르지 않았고, 앞뒤에 각각 흉배를 붙였는데 우리나라 제도에 비하면 넓이가 다소 좁았다. 목에는 접견(接見)이라는 것을 썼는데, 가장자리는 연꽃잎 모양이며 가로로 길고 가운데 구멍을 뚫어 내려서 쓰니, 양쪽 어깨를 덮어 천연히 칼을 쓴 모양과 같아 소견이 괴상하였다. 이밖에는 목에 염주를 걸고 마제 수구(袖口 : 소맷부리)를 풀어 손등을 덮었을 뿐 다 평상시 모양이어서, 오랑캐의 제도는 모두가 간편함을 취한다 하였다.

　상사(上使)께서 작은 탁자 앞에 나아가 꿇어앉으시니, 상통사(上通事) 역관들이 탁자 좌우에 섰다가 궤 하나를 마주 들어 상사께 드리고, 상사께서는 두 손으로 붙들어 위로 향하여 한 번을 밀어 올린다. 상통사가 들어 통관을 주면 통관이 받아 탁자의 누런 보자기 위에 놓고 버거(다음)로 부사께 드린다. 부사께서 상사가 하던 대로 밀어 올리고 버거로 계부께 드리면 계부께서 다시 밀어

　　일을 말하는 것으로, 원래는 갈도(喝道)라 하였다.

　26) 제향(祭享) 때 임금을 앞에서 인도하여 제를 지내게 하던 일 또는 그 벼슬아치를 말한다.

올린다. 자문이 여러 가지 제도이고, 이 길에 사은(謝恩) 자문이 여러 개이니, 황제와 황태후·황후에게 각각 하였다.

삼사(三使)께서 차차 돌려서 올리기를 마치시면 찬례(贊禮) 소리를 높여 "고두(叩頭 : 머리를 조아림)하라" 하는데, 말은 만주의 말이고 소리는 우리나라 사람이 창(唱)하는 소리와 같았다. 한 번 소리를 마치니 통관과 역관이 옆에서 "고두하오" 하고, 삼사신(三使臣)이 동시에 앉은 채로 엎드려 머리를 땅에 닿은 후에 도로 일어나 앉았다. 이렇게 세 번 하여 삼고두례(三叩頭禮)를 이루니, 후에 찬례가 또 소리하여 "일어나라" 하고, 일어선 후에는 소리하여 "물러가라" 하였다. 시랑과 낭중은 다만 소매를 내리치고 섰다가 찬례의 소리가 끝나자 즉시 몸을 돌려서 뒷문으로 들어가니, 거동이 심히 공순하여 어려워하는 모양이었으며 조금도 뽐내는 기상이 없었다.

일행이 다 문을 나와서 관으로 돌아오니, 처음 들어오는 것이라서 문을 열자 밖에 사람이 마음대로 들어왔다. 매매하는 상고들이 흥정을 맞추고자 하여 각 방에 무수히 출입하고, 내 방에도 여러 명이 들어와 성을 묻고 '노야'라 일컬으며 매우 관곡히 구는 사람이 많으니 우스웠다. 상고 하나가 들어와 건량관과 더불어 여러 말을 하기에 물으니, 성은 오가(吳哥)이고 대통관(大通官 : 통역 당상관) 오림포(吳林哺)의 아우이자 길에 함께 오던 통관 쌍림(雙林)의 아자비(아저씨)였다. 건량관이 말하기를,

"이 사람은 조선말을 더러는 알고 있으며 인물이 극히 허위(虛位 : 허물없음)하니 그리 알고 말을 하십시오."

라고 했다. 그래서 내가 우리말로 성과 나이를 물으니 비록 분명하지는 않았지만 알아듣게 말하였다. 북경 통관은 다 조선의 피를 가진 사람의 자손을 시켰다. 오림포의 집은 근본 성이 고가(高哥)이지만 자손이 만주의 법을 좇아 칭호를 삼았다. 이러므로 이번 길에 고가 역관이 하나 있었는데, 길에 올 때 쌍림이 제 동생이라 하여 극히 관곡히 대접하니, 그 역관은 심히 부끄러워하였고 다른 역관이 다 조롱하여 보채니 우스웠다.

내가 오가에게 일러 말하기를,

"그대는 근본이 우리와 한가지니 우리를 만나 필연 배로 반가웠을 것이다."

라고 하자, 오가가 말하기를,

"나는 조선 사람을 보면 아비를 본 듯합니다."

라고 하였다. 내가 말하기를,

"몸은 대국(大國 : 중국)의 사람이 되었으니 체면이 높아 우리에게 비하지 못할 것이다."

라고 하자, 오가가 머리를 가리켜 말하기를,

"이리 되었으니 서럽습니다."

라고 하였다. 오후에 일행의 식물(食物 : 먹을거리)이 들어오니, 상사에게 매일 주는 것은 고기 닷 근, 닭 세 마리, 계유(거위) 한 쌍, 강어(생선) 세 마리, 타락(駝酪 : 우유) 한 그릇, 두부 세 근, 백면(白麪) 두 근, 딤채(김치) 세 근, 술 여섯 병, 청차(淸茶) 넉 냥, 화초(花椒 : 산초나무 열매) 한 돈, 장과(醬瓜 : 장아찌) 넉 냥, 청장(淸醬 : 진하지 않은 간장) 엿 냥, 반장(盤醬) 여덟 냥, 초 열 냥, 참기름 한 냥, 들기름 세 종, 황초(黃蠟 : 밀) 세 짝, 생강 닷 냥, 큰 마늘 엿 밋, 소주(燒酒) 한 병, 수유(버터) 석 냥, 세분(細粉) 한 근 반, 마른 대추 한 근, 포도 한 근, 빈과(蘋果 : 능금) 열다섯 개, 감 열다섯 개, 배 열다섯 개, 사과 열다섯 개, 소금 두 냥, 쌀 두 되, 땔나무 서른 근이다.

부사에게 주는 것은 매일 고기 한 근 반, 닭 한 마리, 거위 한 마리, 생선 한 마리, 백면 한 근, 두부 두 근, 딤채 세 근, 청차 한 냥, 화초 한 돈, 장과 넉 냥, 초 열 냥, 술 여섯 병, 참기름 한 냥, 들기름 한 종지, 소금 한 냥, 쌀 두 되, 땔나무 열일곱 근이다.

서장관은 부사와 같지만 나무 두 근이 덜하였다. 삼사신을 합하여 매일 한 양(漢羊) 하나, 상사에게는 매일 몽고양(蒙古羊) 하나, 부사·서장관을 합하여 매일 타락 한 그릇을 주었고, 또 5일마다 각 방에 마른 대추 닷 근, 포도 닷 근, 빈과 쉰 개, 배 쉰 개, 사과 일흔다섯 개를 합하여 주는 것이 각 방에 돌려 찾아오니, 이는 행중(行中) 전례였다.

정관(正官) 27원(員)에게 매일 각각 주는 것은 고기 두 근, 닭 한 마리, 딤채 한 근, 술 한 병, 두부 한 근, 화초 오 푼, 찻잎 닷 돈, 반장 넉 냥, 청장 두 냥, 등유(燈油) 한 종, 참기름 너 돈, 백면 한 근, 소금 한 냥, 쌀 한 되, 땔나무 열 근이다.

상(賞) 주는 종인(從人) 30명에게 매일 각각 주는 것은 고기 한 근 반, 백면 반 근, 딤채 두 냥, 소금 한 냥, 쌀 한 되, 나무 네 근이며, 매일 합하여 같이 주는 것은 술 여섯 병, 등유 여섯 종이다. 상 없는 종인 274명에게 매일 각각 주는 것은 고기 반 근, 딤채 넉 냥, 반장 두 냥, 소금 한 냥, 쌀 한 되, 땔나무 네 근이다.

북경에서는 우리나라의 사행 관원을 예로부터 30명으로 정하였다. 정관이라 하는 것은 삼사신에게 역관과 군관을 다 메우게 하는 것으로, 정관에 들면 상은(賞銀) 외에 상사단(賞賜單 : 상으로 내리는 예단)을 얻는다. 정관에 들지 못하면 상은을 모아주는 것이 있어 든 사람과 다름이 없으나, 상사단을 주는 일이 없기 때문에 역관을 다 메운 후에 군관 중에 가장 높은 사람으로 수를 채운다. 그밖에 관상감(觀象監)[27]·사자관(寫字官)·의원(醫員)·화원(畵員)은 비록 가자(加資)[28]가 있으나 그중에는 들지 못하는데, 역관의 형세와 군관의 안정을 당하지 못하므로 예로부터 칭원(稱寃 : 원통함을 호소함)이 있다고 한다. 상 주는 종인이란 말은 정관 30명에게 종인 한 명씩을 상 주는 명목을 말하고, 그밖은 일행 상하를 합하여 상 없는 종인이라고 이르는 것이니, 닷새마다 한 번씩 닷새의 것을 모두 들이는 것이다.

덕유가 닭 세 마리와 제육·양육과 기름과 숯을 타왔는데, 이것은 역관들에게서 받아온 것이다. 덕유와 마부를 주어 나누어 먹으라 하고 이후에는 다시 와서 아뢰지 말라고 하였다. 『김가재 일기』에 상은과 상사단에 관해 구차한 말이 있고 근래에는 자제군관을 다 정관으로 넣어왔던 까닭에, 이번에는 의주에서부터 수역(首譯)에게 정관에 들지 않고 상은을 쓰지 않겠다고 일렀다. 이날 정관을 나누어 정하는데, 내 이름이 빠졌다고 건량관이 심히 불평하여 수역

---

27) 조선시대에 천문·지리·역수(曆數)·기후·각루(刻漏) 등을 맡아보던 관청을 말한다.

28) 조선시대에 관원들의 임기가 찼거나 근무 성적이 좋은 경우 품계를 올려주던 일.

에게 그르다 하기에 내가 말하기를,

"상은도 내 쓰지 않기로 정하였는데 정관에 들어 상사단 얻기를 내 어찌 구하겠는가? 비록 정관에 넣어도 나는 결단코 들지 않을 것이니, 수역이 나의 의향을 알아 넣지 않은 것은 나를 대접하는 것이다."

라고 하였다. 그런데도 건량관이 믿지 않고 화를 내니 우스웠다. 삼사신의 찬물(饌物 : 반찬)은 각 방 서자들이 찾아 약간씩 떼어먹는 것이 있고, 역관과 군관과 하인의 양찬(糧饌 : 양식과 반찬)은 군노(軍奴) 두 놈이 받아 약간씩 나눠 주고 나머지는 제 낭탁(囊橐 : 자기가 차지한 물건)으로 삼았으나, 군노의 구실이 극히 고된 까닭에 역관들도 전부터 이심(已甚 : 지나치게 심함)히 찾지 않는다 하였다.[29]

병술년(1766) 정월 초1일에 조참(朝參)[30]에 따라가다

사경(四更 : 새벽 2~4시) 초에 일어나 소세를 마친 후에 아문의 재촉이 성화같았다. 일행을 쫓아 들어가는 길에 갓옷(가죽옷) 하나를 빌려왔는데 추위가 심하지는 않았다. 다만 면자(棉子 : 무명) 옷을 입고 왔더니 이 날 날씨가 족히 추울 뿐만 아니라 한데에서 밤을 지새운다 하기에, 건량관의 갓옷과 돼지가죽 휘항을 빌려 입고 갔다. 말 앞에서 덕유로 하여금 초롱을 들어 인도하게 하였다. 이곳 초롱은 다 철사로 둥글게 우리를 얽어 안으로 장지(壯紙) 한 벌을 바르고, 쇠로 딴 바탕을 만들어 육초(쇠기름으로 만든 초)를 켠다. 바탕 위에 두 기둥을 세워 위에 잡을 수 있는 대를 만들고 철사 우리를 내려 씌워 매우 튼튼하고 간편하였다.

정양문 안 서쪽으로 큰 길을 쫓아가는데 성 안에 지포(紙砲 : 딱총) 놓는 소

---

29) 29일에 홍로시 연의(演義)에 가서 조참하는 예절을 미리 익히는 내용이 생략되었다.

30) 한 달에 네 번 정전에 친림(親臨)한 임금 앞에서 모든 조신(朝臣) 및 외국 사신들이 문안을 드리고 정사를 아뢰던 일을 말한다.

리가 진동한다. 때때로 길가 집에서 지포에 불을 질러 문 밖으로 던져서 소리가 벽력 같아 말이 놀라고 불빛이 번개 같았다. 곳곳마다 붉은 종이로 바른 등에 불을 켜서 높이 걸었는데, 이는 묘당의 기간(旗竿 : 깃대)에 달린 등이다. 보름 전에는 밤마다 켠다고 하니, 우리나라에서 사월 초파일에 대례(大禮) 등을 켜는 법이 이렇게 하여 생겼는가 싶었다. 길에 수레와 말이 아주 많았는데, 앞에 초롱을 달았고 초롱에 각각 벼슬 이름을 크게 썼으니, 다 조참에 들어가는 관원인가 싶었다.

수리를 가서 한 문을 들어가니, 이는 서장안문(西長安門)이다. 문의 제도는 외기둥에 나무를 가로 얹은 이문(里門) 모양이었다. 이 문으로 들어가 동으로 백여 보를 더 가니까 큰 문이 있는데, 비록 한 층이지만 단청과 제도가 웅장하니, 이것이 곧 서화문(西和門)이다. 이 문 밖에는 사람이 가득 차고 초롱이 현황(眩慌 : 어지럽고 황홀함)하였는데, 다 관원과 의장 군병이었다. 덕유가 문 앞에 코끼리가 섰다고 하기에, 말에서 내려 나아가보니 빛이 검고 크기가 집채 같았다. 괴상한 생각이 들었지만 불빛에 자세히 보지 못하고, 여러 통관들이 문에 서서 사행을 기다리다가 들어오는 것을 보고 들어가기를 재촉하여 오래 머물지 못하였다. 여기부터는 일행이 다 말에서 내려 들어갔다.

문으로 들어가 동북으로 바라보니 인적이 대단히 없고 밤이라 어두워 좌우의 집 제도를 보지 못하였는데, 다만 매우 넓고 문 안부터는 바닥에 다 벽장(벽돌)을 깔았다. 북쪽으로 향하여 백여 보를 가서 한 다리를 건넜는데, 좌우 돌난간의 높이가 어깨에 가까웠다. 불빛에 보니 희기가 백옥 같고 새김이 기이하였지만 바빠서 머물지 못하였다. 또 수십 보를 가서 큰 문을 들어가니, 이 문이 천안문(天安門)이다. 문 안으로 들어가니 위는 둥근 무지개 모양으로 누런 흙을 다 발랐고, 깊이와 넓이가 은연한 큰 굴속과 같아서 그 웅장한 제도를 상상할 만하였다. 하인을 시켜서 두께를 밟아보니 스물일곱 발이었다.

한참을 가다 보니 길가에 큰 돌기둥이 섰는데, 이름이 경천주(擎天柱)라 하였다. 제양과 새김이 기교하고 굉려(宏麗 : 크고 화려함)하였으나 어두워서 자세히 보지 못하였다. 9백 보를 가서 또 큰 문을 들어가니, 이것은 단문(端門 : 궁전의 정문)으로 제도가 천안문과 같았다. 이 문을 들어가니 뜰 동쪽에서 풍류 소리기 있었는데, 종과 생황(笙簧)의 소리가 극히 청신(淸新 : 깨끗하고 참신함)하였으나 어두워서 그 모습을 보지 못하여 더욱 기이하게 느껴졌다. 그 소리가 점점 안으로 들어가기에 역관에게 물었더니, 황제 앞에서 연주하는 풍류인데 연습하며 들어가는 모양이라고 하였다. 천천히 걸어가며 그 소리를 자세히 들으니, 음률(音律)은 우리나라의 우조(羽調)[31]에 가깝고, 맑고 높아서 인간의 소리 같지 않았다. 다만 곡절(曲節)이 번촉(煩促 : 번다하고 빠름)하여 유원(幽遠)한 기상이 없고, 조격(調格)이 천조(賤調)하여 혼후(渾厚 : 화기가 있고 인정이 두터움)한 맛이 적었다. 북방의 초쇄(憔瑣 : 파리하고 비천함)한 소리이고 중국의 고악(古樂)이 아닌가 싶었다.

이곳에 이르니 뜰 좌우에 각각 5, 60칸의 행랑이 있고 처마 아래 칸칸에 초롱을 달았는데 모두 관원이 머무는 곳인가 싶었다. 역관과 하인이 먼저 들어와 서쪽의 행랑 한 칸을 빌려 사행이 앉으시게 하니, 서쪽 벽 밑에 캉이 있어 사행이 자리하셨다. 그 나머지는 캉 아래에 머물거나 혹 문 밖 처마 밑에 앉아 황제가 나오기를 기다렸다. 양쪽에 다 큰 문이 있어 곁칸과 통하였는데 칸칸마다 다 관원이 가득 차서 여럿이 들어와 일행을 구경하였다. 이곳은 서쪽 행랑이어서 다 호반(虎班) 벼슬인가 싶었다. 한 관원이 들어와 삼사신의 벼슬을 묻기에 내가 대답하고, 저희 벼슬을 물으니 인무장경이라 했다. 또 나에게 말하기를,

"그대 사신의 의관이 짐짓 옛 제도이니, 그대의 나라는 예(禮)의 지방입니다."

하고, 대단히 경탄하는 거동이었다. 내가 그 사람의 만한(滿漢 : 만주족인지 한족인지)을 분별하고자 하여 그 성을 물었는데, 한인(漢人)의 성이다. 내가 말하기를,

"노야께서는 필연 한인이십니다."

---

31) 오음(五音) 가운데 하나인 우성(羽聲)의 곡조를 말하며, 다른 곡조보다 맑고 씩씩하다.

라고 하자, 그 사람이 말하기를,

"천하가 한가지니 어찌 만한에 다름이 있겠습니까?"

라고 하였다. 부사께서 말씀하시기를,

"필연 한군(漢軍)인가 싶다."

하니, 그 사람이 알아듣고 말하기를,

"노야께서는 아십니다."

라고 하였다. 한 젊은 관원이 들어왔는데, 나이가 10여 세이고 검은 징자를 붙였으니 품수(品數)가 높았다. 그 성을 물으니 만주 사람이고, 벼슬은 공신(功臣)의 자손으로 승습(承襲 : 세습)하는 품직(品職)인가 싶었다. 얼굴이 희고 단아해서 선비 같기에 내가 묻기를,

"그대의 상이 저리 청수(淸秀)하니 필연 문장이 높을 테지요."

라고 하자, 그 사람이 웃고 말하기를,

"활을 쏘고 말 달리기를 익히니 문장을 어이 알겠습니까?"

하였다. 곁칸에 한 사람이 들어와 나에게 사신의 작품(爵品 : 벼슬)을 물어서 내가 대답하자, 그 사람이 놀라 말하기를,

"작품이 다르면 어찌 한 캉 위에 앉아 분별이 없습니까? 대국(중국)은 이런 일이 없습니다."

라고 하였다. 내가 대답하기를,

"캉이 좁고 본국의 조장(朝章 : 조정의 제도와 의식)과 다르기 때문에 위의(威儀)를 차리지 못합니다."

라고 하였지만, 우리나라의 체모 없음이 도처[觸處]의 웃음이 되니 부끄러웠다. 통관이 여러 번 들어와 말하기를,

"황제가 출궁할 때는 정관 외에는 나가지 마십시오."

하고, 하인들 중에 백의(白衣)를 더욱 경계하여 역관들이 무수히 신칙(申飭 : 타일러 경계함)하였다. 우리나라 사람이 조심함이 전혀 없고 남의 말을 곧이들어 믿지 않는 것을 민망히 여기는 거동이다. 나는 검은 군복을 입었으니 응당 허물이 없는 듯하지만, 오히려 중국의 뜻을 모르니 혹 욕된 일이 있을까 하여

당상역관을 불러 통관에게 말하라고 하였다. 그러자 역관이 말하기를,

"동관에게 이미 일렀으니 염려하시 마십시오."

하였다. 행랑 북쪽에 큰 문이 있는데, 이것은 오문(午門)으로 혹 오봉문(五鳳門)이라 일컬었다. 이윽고 오문 안에서 큰 종을 울렸는데 우리나라의 인정(人定 : 통행금지 종) 소리 같았다. 처음에는 드물게 치더니 차차 자주 쳤고, 오문 안에서 큰 등불이 쌍쌍이 나오는데 사이를 두어 칸씩 떠어 다 땅에 놓기에 역관에게 물었더니,

"이것은 양각등(羊角燈)32)이어서 어로(御路) 좌우로 늘어놓습니다."

라고 하였다. 양각등은 양의 뿔을 다듬어 만든 것으로 멀리서 보니 유리로 만든 것 같았다. 수십 쌍이 흘러나오더니 종소리가 점점 빨라졌다. 통관이 들어와 사행을 인도하여 행랑 앞으로 10여 보를 나아가 한 줄로 앉혔다. 원래 대국(중국) 법은 박석(薄石)에만 앉고 자리를 깔지 못하게 되어 있는데, 역관들이 통관에게 일렀기 때문에 각각 도듬(다담이 : 화류나무로 테를 한 깔개)을 깐 것이다. 통관이 앞에 나와 둘러보고 관대 자락으로 둘러서 다담이 끝을 덮어 흔적을 감추라고 하였다. 그리고 역관에게 이르기를,

"대국 각로(閣老)도 못하는 일을 사신이 하신다."

하고, 현연히 생색[生光]을 보였다.

사신의 뒤로 스물일곱 정관이 세 줄로 늘어앉고, 검은 옷을 입은 하졸들은 그 뒤로 섰다. 나도 사신의 뒤에 몸을 감추어 앉고 좌우로 바라보니 관원과 군병이 많이 있는 듯하였지만, 어두워서 보이는 것이 없고 또한 사면이 적적하여 숨소리도 들을 수 없었다. 우리나라 사람이 혹 서로 말하는 소리가 있으면 통관이 손을 저어 말릴 따름이고, 또한 소리를 내지 못하니 법령의 엄숙하기가 이러하였다.

종을 자주 치기를 극진히 한 후에 다시 드물게 두어 번을 치고 소리를 마치자 어로 좌우에 수십 쌍의 양각등이 일시에 공중에 높이 달리는데, 그 다는 제

---

32) 양의 뿔을 고아서 만든 투명하고 얇은 껍질로 씌운 등을 일컫는다.

도는 어두워서 볼 길이 없었다. 이 등이 달리자 좌우 행랑에 달린 등이 일시에 꺼지니, 조금도 고르지 않는 일이 없어 한 사람의 손으로 덮치는 듯하였다.

통관이 나와 손만 둘러 보이고 말을 하지 않으니, 황제가 출궁함을 짐작할 수 있었다. 그 거동을 보니 절로 마음이 송연(竦然 : 두려워 몸을 웅크림)하여 숨을 또한 크게 쉬지 못하였다. 앉은 곳은 행랑에서 10여 보를 들어온 곳인데, 양각등 달린 곳이 오히려 4, 50보 밖이어서 사면이 침침하여 보이는 것이 없었다. 이윽고 오문 안에서 박석에 말굽 소리 어지럽게 일어나나 그 모양을 보지 못하고, 다만 양각등 사이로 여러 말이 늘어서서 달려가는 거동을 희미하게 알 수 있었다. 이때 사신과 일행이 다 몸을 굽히고 머리만 들어 황제가 나가는 양을 보고자 하였지만, 뜰에 말굽 소리만 가득할 뿐이고, 검은 그림자에 다만 말 다리를 분별할 수 있을 뿐이다. 문 안에서 홍사초롱 한 쌍이 어로 가운데로 때때로 나오는데, 내 뒤에 엎드린 역관이 뒤에서 손으로 밀며 가만히 말하기를, 황제가 간다고 하였다. 초롱 뒤를 자세히 바라보니, 채색 교자에 비단 장막을 드리우고 여덟 사람이 메었는데, 황제가 탄 것인가 싶었다. 교자가 지나갈 때는 말굽 소리가 배로 많을 뿐 아무 소리도 없고, 황제 전후에 시위(侍衛)하여 가는 군병이 수백을 넘지 못한 듯하니 극히 간략하였다.

홍사초롱이 단문(端門) 밖에 나오자 오래지 않아 말굽 소리가 그치고, 달았던 양각등이 일시에 땅에 놓이는 것이다. 통관이 일어나 사신과 일행에게 다 들어가 쉬라고 하여 사신을 따라 행랑 안에 다시 들어가 쉬는데, 상부방 건량청에서 의이(薏苡 : 율무) 한 그릇과 열구자탕(悅口子湯)[33]을 차려와 먹었다. 먹기를 마친 후에 보니, 곁캉에 관원 두어 명이 앉아 있고 캉 아래에 종인이 차를 데우고 있었다. 하인을 불러 차 한 그릇을 얻어오라 하자 그 사람이 어렵게 여기지 않고 여러 그릇을 내어 사신께 드리고, 다음으로 나를 먹이며 말하기를,

"이것은 황제 어공(御供 : 왕실에 물건을 바침)에 쓰는 단물로 다린 것이니 예

---

33) 신선로에 여러 가지 어육과 채소를 넣고 석이버섯, 호두, 은행, 황밤, 실고추 따위를 얹은 다음에 장국을 붓고 끓이면서 먹는 음식을 말한다.

사 물이 아닙니다."

하였다. 내개 황성 안의 물맛이 다 싸고 구려 먹지 못할 것인네, 내궐 안에 어공에 쓰는 우물이 있어 맛이 청렬(淸洌 : 산뜻하고 시원함)하다 하였다.

유구국(琉球國 : 일본 오키나와의 옛 이름) 사신이 가까이 앉아 있다고 해서 부사께서 역관에게 한 분을 데려오라 하니, 이윽고 종인 하나가 더불어 왔다. 부사께서 필묵(筆墨)을 얻어 써서 말씀하셨다.

"언제 나라를 떠났으며, 어디서 배를 내려 북경에 언제 들어왔는가?"

그 사람이 또한 써서 말하기를,

"저희들은 복건성(福建省 : 중국 남동부에 있는 성)에 이르러 육지에 내려 육로로 북경에 이르렀습니다."

라고 하였다. 황상(皇上)이 돌아온다고 해서 다음 말을 미처 쓰지 못하고, 통관이 문에 이르러 사신에게 나옴을 재촉하니, 부사께서 그 말을 듣고 다시 청하지 않았다. 통관 서종현(徐宗顯)이 나이가 젊은 까닭에 그 거동을 보고 급히 들어와 유구국 사람을 발로 차며 말하기를,

"나를 죽이고자 하는가?"

하니, 그 사람이 붓을 던지고 황황(遑遑)히 달아났다. 부사께서 심히 통분해 하셨으나 어쩔 수가 없었다.

일행이 행랑 문을 나와 이전에 앉았던 곳에 전처럼 앉았더니, 양각등이 일시에 달리고 단문 밖에서 군악 소리가 점점 가까워졌다. 북과 나발이 극히 웅장하여 땅이 움직일 듯하고, 태평소와 바라 소리가 의연히 우리나라의 군악 같았다. 이때 동이 미처 트지 않아서 어두운 가운데 아무것도 분별하지 못하고 다만 붉은 원선(圓扇 : 둥근 부채)이 무수히 늘어서 천천히 들어가니, 이는 좌우의 내관(內官)인가 싶었다. 홍사초롱이 단문으로 들어오더니, 군악 소리가 일시에 그치고 말굽 소리가 어지럽게 나며, 종과 생황으로 아악(雅樂)을 전후에 연주하는데, 그 곡조는 들어올 때 듣던 소리였다. 홍사초롱이 오문 안으로 들어가니 양각등이 일시에 꺼지고 행랑에 등불이 다시 각각 달리니 이는 이곳 법령인가 싶은데, 출입의 좌우에 불을 밝히지 않는 뜻은 알 수가 없었다. 일행

이 다 물러나와 행랑으로 들어오니 대개 처음은 황제의 나감을 지송(祗送)[34]하는 것이고, 나중은 황제가 들어옴을 지영(祗迎)[35]하는 것이다.

식경(食頃 : 한 끼 밥을 먹을 만한 시간. 잠깐)이 지나니 동이 텄다고 했다. 문을 나가 두루 보니 뜰의 동서 행랑 사이는 백여 보이고, 오문과 단문 사이는 2백여 보였다. 바닥에는 모두 벽장(벽돌)을 깔았으며 다 옆으로 세웠는데, 이러므로 깨진 벽돌이 없고 다만 닳을 뿐이다. 가운데 어로 좌우로 군악 기구를 벌여놓았는데, 대개 그 수가 30쌍이고 그중 북이 여남은 쌍으로 다 은을 칠한 틀에 얹혀 있었다. 나발과 태평소와 홍사초롱 등 온갖 군악이 있는데, 맡은 군사는 다 금빛 같은 누런 무늬를 굵게 수놓은 붉은 옷에 붉은 전립을 머리에 쓰고 그 위에 누런 깃을 꽂았다.

오문 밖에 좌우로 오색의 수레 다섯을 놓았는데, 그 제양은 모두 같고 다만 두에(뚜껑)와 휘장을 각각 오방(五方) 빛으로 응하였다. 흰빛과 검은빛은 서쪽에 놓고 푸른빛과 붉은빛과 누런빛은 동쪽에 놓았다. 가까이 나아가 그 제양을 보니, 수레의 높이는 반 길 남짓하고 좌우에 주홍칠을 한 사다리를 놓아 사람이 오르내리게 하였다. 그 위에 돌아가며 두어 자 난간을 세웠는데 새김과 채색이 특별히 빛났다. 가운데는 가마 모양으로 꾸몄는데 크기는 한 칸 남짓하고, 두에와 사면을 온갖 구슬과 금옥으로 꾸미고 뒤로 큰 기 한 쌍을 비껴 꽂았으며, 바탕 빛은 다 수레 빛과 같이하고 기마다 수(繡)로 용호(龍虎)를 그렸다.

한 수레에 코끼리 하나씩을 매었는데, 코끼리 모양은 밝은 후에야 비로소 자세히 볼 수 있었다. 높이가 거의 세 길이 되고 형체가 방박하여(야무져) 돼지 모양 같고, 온몸이 순전히 잿빛이며, 털이 심히 작아 멀리서 보면 털 같지 않았다. 큰 귀는 키 모양처럼 아래로 드리우고, 굽은 눈이 작지는 않지만 형체에 비하면 매우 작아 보였다. 입의 좌우로 뻗은 어금니의 길이가 네다섯 자이고, 긴 코는 땅에 닿으니 거의 두 발(양팔을 벌린 길이)이 될 것이며, 코끝은 새

---

34) 백관(百官)이 임금의 거가(車駕)를 공경하여 보내는 것을 이른다.
35) 백관이 임금의 환행(還幸)을 공경하여 맞이하는 것을 이른다.

부리 같고 꼬리는 총이 없어 쥐꼬리 같은데 또한 땅에 드리웠다. 발은 둥글고 다리에 비해서 매우 크지 않으니, 대의 마디를 벌려 세운 모양 같았다.

대개 천하에 제일 큰 짐승이어서 한 곳에 서면 정히 움직이지 않고, 형상이 심히 질둔(質鈍 : 행동이 느리고 굼뜸)하여 소견에 특별히 맹렬한 기운이 없으나, 사나운 호표(虎豹)를 능히 제어하니 이상한 일이다. 코가 아주 길어서 우리나라 사람이 코끼리라고 이름을 지었는데, 코를 둘러 사람을 한 번 치면 골육이 썩어서 문드러지고, 호표를 또한 코로 제어한다고 하였다. 이러므로 낯익은 사람 외에는 가까이 나아가지 못하게 하였다. 전에 들으니 코끼리는 남방에서 나는 짐승으로, 함정을 놓아 잡아넣은 후에 황제의 조서(詔書 : 임금의 명령을 적은 문서)를 읽어서 머리를 숙이고 순하게 듣는 것은 즉시 함정 밖으로 내어도 조금도 거스르는 일이 없고, 조서를 듣고도 머리를 숙이지 않으면 이는 기르지 못할 것이라 하여 즉시 죽인다고 하였다.

짐승 또한 마음이 극히 영(靈)한 것이니, 옛적 당 명황(明皇, 685~762)이 여러 코끼리에게 춤추기를 가르쳐 매양 잔치할 적이면 문뜩 뜰에 쌍쌍이 세워 풍류 곡조를 따라 춤추게 하였다. 후에 안녹산(安祿山)의 난으로 명황이 쫓기어 촉(蜀)으로 들어가고, 녹산이 경성(京城 : 당의 수도인 장안)을 웅거하여 참람(僭濫 : 분수에 넘치게 지나침)히 황제라 일컫고는 후원에 모든 장수를 모아 큰 잔치를 벌였는데, 춤추는 코끼리를 뜰에 세우고 풍류를 연주하여 춤을 추게 하였다. 그런데 여러 코끼리가 몸을 움직이지 않고 다만 눈물을 비 오듯 흘리며 소리를 길게 하여 슬피 우는 것이다. 녹산이 크게 노하여 여러 코끼리를 일시에 찢어 죽이니, 난세를 당하여 충절을 고치지 않으니 또한 범상치 않은 짐승이다.

좌우에 붉은 옷을 입고 머리에 누런 깃을 꽂은 여러 사람이 있었는데, 이는 맡아 기르는 사람으로 이름을 상노(象奴)라 하였다. 상노가 짚 한 줌에 소금을 넣어 조그만 꾸러미를 만들어 멀리서 던지면 코끼리가 코를 둘러 꾸러미를 받아먹는데, 부리를 안으로 굽혀 손으로 쥐는 듯하여 휘어서 입에 넣으니 소견에 우스웠다. 두어 사람이 큰 궤 하나를 메어다가 그 앞에 놓고 열었는데, 나아가보니 다 안장 모양으로 매우 크게 만들어 코끼리 형체에 맞게 하고, 삼거리[36]에 온갖 구슬을 무수히 얽었으니 극히 찬란하였다.

　한 사람이 코끼리의 오른쪽 앞다리를 손으로 치며 무슨 소리를 두어 마디 하였더니, 코끼리가 몸을 진중히 움직여 오른쪽 다리 마디를 굽혀 다소 내미는 것이다. 그 사람이 큰 홍사줄을 코끼리 등 너머로 쳐서 두어 사람에게 잡히고, 그 다리 마디에 올라 홍사줄을 붙들고 등으로 기어올라가 걸터앉으니, 큰 집 위에 아이가 올라앉은 모양 같아 그 크고 높은 줄을 이로써 알 수 있었다. 또 한 사람이 다리에 올라서고 다른 사람이 아래에서 안장 기구를 받들면 차차 받아올려 전후로 얽었는데, 푸른 무명으로 귀를 덮었으며 안장 가운데 금 꼭지를 세워 모양이 가마 꼭지 같고 길이는 한 길이 넘었다. 이 꼭지를 올릴 때는 예닐곱 사람이 줄로 달래어 몹시 애쓰며 올리는데 매우 무거운가 싶었다. 이것은 수레 줄을 매는 것으로 우리나라 쌍교의 솥뚜껑 제도와 같은 것이다. 안장 기구를 다 마친 뒤에 수레 좌우의 큰 홍사줄 두 가닥을 꼭지와 가슴에 매니, 다섯 수레를 다 한 제도로 메워 세운 것이다.

　여러 관원들이 어지럽게 뜰을 거닐며 서로 만나는데, 혹 손목을 잡고 떨어 은근한 거동을 보이고, 혹 물러섰다가 웃으며 다시 두 손을 잡고 떠는 모양이 은연히 닭싸움을 하는 듯하여 우스웠다. 유구국 사람 하나가 나와 구경하고 있어서 역관을 시켜 무슨 말을 물어보라고 하니, 그 사람이 비록 통관은 아니나 복건성에 하륙(下陸)하여 7천 리를 들어왔기에 약간의 한어를 통하였지만 자세히 알아듣지 못하였다. 그 임금의 성은 상가(尙哥)라 하고, 중국의 온갖 서적이 다 있으나 자음(字音)은 중국과 다르다 하였다. 한 관원이 역관 변한기(邊漢基)를 보고 반가워하는 거동이 있었으나 말을 하지 못하였다. 물으니 회자국(回子國 : 이슬람) 오랑캐로 사로잡혀 들어와 벼슬을 주었는데 지금도 한어를 하지 못하고, 몇 년 전 들어올 적에 그 얼굴을 보았더니 알아보고 반가워한다 하였다.

---

36) 말 안장을 꾸민 가슴걸이와 그에 딸린 부속품을 말하며 갖은삼거리라고도 한다.

해가 높은 후에 통관이 일행을 인도하여 어로 서쪽에 북향하여 앉혔다. 오문 밖으로 좌우에 어로를 끼고 부수한 관원이 반열을 정제하여 늘어앉고, 유구국 사신이 우리나라 사신의 뒤로 앉았다. 이윽고 일시에 세 번 절하고 아홉 번 고두하니 역관이 말하기를,

"이것은 황제가 천관(千官)과 외국 사신을 거느리고 황태후에게 조알(朝謁 : 찾아뵘)하는 것입니다."

라고 하였다. 이 예를 마치자 오문 누각 위에서 북 소리가 웅장히 났다. 좌우 천관이 동·서반(東西班)을 나눠 양쪽 협문으로 들어가니, 동쪽은 좌액문(左掖門)이고 서쪽은 우액문(右掖門)이다. 사행이 그 뒤를 따라 우액문으로 들어갔지만 나는 그 문 밖에 이르러 떨어졌다. 이때 나는 들어가지 못하는 것이 심히 답답하였다. 중국 법은 관원이 오문 안으로 들어갈 때는 비록 재상이라도 다 손수 방석을 들고 들어가니, 우리나라 사행은 역관들이 다담이를 들고 들어갔다. 일행이 다 들어간 후에 문 옆에 의지하여 안을 바라보니 문이 깊어 보지 못하고 다만 옥 같은 돌난간이 첩첩하였다. 갑군이 소리치며 금하기에 물러나와 두루 거니는데, 다섯 수레 앞에 각각 한 관원이 품복(品服)을 갖추고 엄숙히 섰으니, 이는 수레를 관리하는 관원이다. 혹 수레 근처에 가까이 가면 갑군을 불러 금하라 하니 혹 다칠까 염려함이었다.

서쪽에 큰 문이 있어 그 문으로 나가니, 문 밖에 지키는 갑군들이 여러 명 있는데, 다 옷걸이 같은 틀을 세우고 그 위에 창을 꽂고 궁시(弓矢)를 동개[37]에 넣어 걸었다. 이 문 서쪽으로 수십 보를 나아가니 또 큰 문이 잠겨 있고 그 안에 수목이 아주 많은데, 이것을 사직(社稷)[38]이라 하였다. 이 문 북쪽에 담을 의지하여 큰 비를 세웠는데, "대소 관원이 하마(下馬)하라"고 씌어 있고,[39]

---

37) 활과 화살을 꽂아넣어 등에 지는 물건. 가죽으로 만들며, 활은 반만 들어가고 화살은 아랫도리만 들어가게 되어 있다.
38) 나라에서 제사를 지내던 곳으로 토지의 신과 곡식의 신을 모신다.
39) '하마비'(下馬碑)를 말하며, 누구든지 그 앞을 지날 때는 말에서 내리라는 뜻을 새긴 돌비석이다. "大小人員皆下馬"라 새겨져 있다.

그 옆에 청서(淸書 : 만주 글자)와 몽고서(蒙古書)로 번역하였다. 비 밖으로 안마(鞍馬)와 태평차 여러 개가 있고 다 휘황하게 꾸몄는데, 관원이 타고 온 것인가 싶었다. 이 뒤에 담이 매우 낮아서 나아가보니, 담 안에 큰 물이 있는데 너비가 50여 보이고 길이가 4, 5백 보나 되었다. 사면을 다 숙석(熟石 : 다듬은 돌)으로 쌓았는데, 이는 궁성 해자(垓子)인가 싶었다. 해자 북쪽에는 길이 있고 길 북쪽에는 궁성이 웅장히 둘러 있으며, 성 위에 삼층집이 있는데 마루가 다섯이고 제도가 신교(神巧)하였다. 가운데 마루에 누런 꼭지를 얹어 빛이 특별히 찬란하니, 이는 풍마동(風磨銅)[40]이다. 풍마동은 외국 소산(所産)으로 구리 같은 쇠이니, 바람을 쏘이면 빛이 점점 찬란하다 하였다.

도로 문으로 들어가 기다리니 오문 안에서 종소리가 나며 의장(儀仗)과 군악 기구를 한꺼번에 물리고 코끼리 안장을 또한 끌러 궤 속에 넣었다. 상노 하나가 코끼리의 목에 올라앉아 두어 자 요구쇠[41]로 목을 찍어 달래며 무슨 소리를 하자 코끼리가 몸을 움직여 단문을 향하여 나가는데, 극히 천천히 걷는데도 수레바퀴는 매우 급하게 굴러 쉽게 가는 줄 알았다. 요구쇠로 목을 찍어 피가 흐르는데 볕을 보면 즉시 아무니, 이리 곧 하지 않으면 제어할 길이 없는가 싶었다. 수레 셋은 코끼리로 인하여 메여 나가고, 둘은 말 여섯에 메여 나가는데, 말이 코끼리를 겨우 따라가니 코끼리의 힘을 짐작할 만하였다.

오문 밖에 나아가 사행을 맞아 나올 때 무수한 관원이 다 물러나왔다. 추종(騶從)이 없이 손수 방석을 들고 나오는 거동이 극히 체모 없어 보이나, 법도가 간략하고 또한 조정이 엄숙하여 도리가 없었다. 오문 안은 태화전(太和殿)으로, 황제가 앉는 정전(正殿)이다. 조참(朝參)할 때면 여러 문을 다 열었는데 문이 줄로 친 듯하여 감히 그 길을 건너지 못하더니, 조참을 파한 후에 정문을 닫았다. 일행이 어로를 건너 단문(端門) 동쪽의 협문으로 나가니, 길가에 또 경천주(擎天柱)가 있었는데 밤에 보던 것과 함께 좌우에 세워 한 쌍이 되는 것이다. 그 모양을 자세히 보니 높이가 세 길 남짓하고 온전한 돌로 하나

---

40) 풍마구리. 바람이 잘 통하는 곳에 두면 광택이 불처럼 이글거린다는 구리를 말한다.
41) 코끼리를 조정하기 위해 사용하는 채찍 같은 도구.

의 기둥을 만들어 세웠으며, 돌 빛이 희고 윤택하기가 옥 같았다. 아래위에 용을 돋우어 새겼는데 비늘과 발톱에 생기가 비동하여 가까이 가지 못하였다.

천안문을 나와 사행이 초상(軺床 : 앉을 수 있는 작은 수레)을 놓고 잠깐 쉬었다. 동서 협문에서 관원이 말을 타고 나와 왼쪽에 견마를 이끌고 여러 명의 추종이 뒤에서 호위하여 가니, 하나는 늙고 하나는 젊었다. 둘이 다 친왕(親王 : 황제의 아들이나 형제)인가 싶었다. 천안문 밖으로 10여 보를 물러나 돌사자를 세우고 사자 밖으로 문을 응하여 다리 다섯을 만들었다. 밑으로 각각 세 개의 무지개문을 내고 위에는 각각 돌난간을 세웠는데, 매우 정결하니 작년에 고쳐 세운 것이라 하였다.

오문 밖의 두 젊은 관원이 사행 앞에 와서 서로 말하며 익히 보더니, 이곳까지 따라와 서서 가지 않았다. 하인이 모르고 가라 하여도 두 사람이 웃고 노하는 기색이 없었다. 그 얼굴이 다 단정하여 매우 사랑스러웠기에 내가 나아가 말하기를,

"노야께서는 무슨 벼슬이십니까?"

하였더니, 두 사람이 내 말을 듣고 크게 기뻐하여 벼슬 이름을 이르니 다 문신 한림(翰林)이다. 두 사람이 또한 사신의 벼슬을 물어서 내가 대답하고 그 성을 물으니, 하나는 오가(吳哥)이고 하나는 팽가(彭哥)였다. 모두 한인으로 오가는 산동(山東) 사람이고, 팽가는 하남(河南) 사람이라 하였다.

내가 말하기를, "노야께서 오래 머물러 가지 않는 것은 무슨 뜻입니까?"라고 하자, 두 사람이 말하기를, "그대의 의관을 구경하고자 합니다"라고 하였다. 내가 다시 말하기를, "우리 의관은 감히 중국의 것과 비교하지 못할 것인데 노야께서는 무슨 구경할 것이 있겠습니까?" 하니, 두 사람이 서로 보며 웃고 대답하지 않았다. 바야흐로 무슨 말을 수작하고자 하는데 사행이 일어나시는 것이다. 홀로 떨어지지 못하여 내가 말하기를,

"바빠서 말을 못하니 후에 노야의 집으로 찾아가겠습니다."

하였더니, 두 사람이 다 희색이 있어 말하기를,

"안심치 않습니다(미안합니다)."

하였다. 동으로 큰 문을 나가니 이것은 동화문(東華門)이다. 문 밖에 수레와 안마(鞍馬)가 무수히 섰는데 이는 다 관원들이 타고 온 것이다. 말을 타고 관에 돌아올 때 동장안문(東長安門)으로 나오니, 문 제도는 서장안문(西長安門)과 같았다. 길에 흰 종이 조각이 덮여 있는데, 다 밤에 지총(紙銃)을 놓은 것이라 한다.

식후에 상방에서 세찬(歲饌 : 세배하러 온 사람에게 대접하는 음식) 두 상을 해서 보냈는데 대단히 풍비(豐備)하였다. 삼방에 배행(陪行 : 윗사람을 모시고 따라감)하여 오던 역관을 다 청하여 같이 먹었다. 이 날 거문고 궤를 열어보니 약간 상한 곳이 있었다. 초초(草草 : 간략한 모양)하게 보수해서 밤에 두어 곡조를 희롱하여 객회(客懷 : 나그네의 설움)를 위로하니, 평중과 건량관이 들어와 노래를 불러 서로 화답하고 밤이 깊은 후에 파하였다.

초2일 관에 머물다

이 날부터는 군복을 벗고 누비 중치막[中赤莫 : 벼슬하지 않은 선비가 입던 웃옷]에 혁대를 차고 머리에 흰 모관(帽冠 : 모자)을 썼는데, 이곳은 상복을 입은 사람 외에는 흰 관과 흰 옷을 입은 사람이 없었다. 우리나라 일을 모르는 이는 혹 들어와 보고 수상히 여겼으니, 대개 북경에 들어가는 사람은 백의(白衣)를 더욱 금한다 하였다.[42]

---

42) 초2일 관에 머물며 장사치들과 한담한 일과 초3일 아문이 막아 면피를 주고 북경성을 구경한 내용이 생략되었다.

성양문 밖에서 희자 놀음을 보다

초4일 정양문 밖으로 가서 희자 놀음을 보다

식전에 지선(紙扇)과 먹과 청심환을 봉하여 이익(李瀷)을 시켜 아문의 대사(大使)에게 전하라 하였더니, 이익이 전하고 들어와 말하기를,

"대사가 여러 가지를 받고 심히 좋아하는 기색이므로 수일 뒤면 출입을 막지 않을 것입니다."

라고 하였다. 내가 말하기를,

"내가 면피(免避 : 선물)를 주는 뜻은 오늘이나 내일 출입을 허락해달라는 것인데, 수일 후까지 어찌 기다리겠는가?"

하니, 이익이 말하기를,

"이것은 전에 없는 일이므로 대사 또한 마음대로 허락하지 않을 것입니다."

하고 나갔다. 건량 마두(乾糧馬頭)인 덕형(德亨)은 북경을 여러 번 다니고 아문에 권력이 있는 사람이어서 이때 들어와 말하기를,

"오늘 정양문 밖에서 희자(戲子) 놀음이 여러 곳에 있는데 매우 볼 만합니다. 아까 아문의 대사에게 구경하겠다는 말을 했더니, 대사가 이미 면피를 받았으므로 쾌히 허락하였습니다. 그러니 일찍 나가는 것이 해롭지 않을 것입니다."

라고 하였다. 그러나 하인의 말이라 믿기 어려웠고, 대사가 어제 갑군을 정해

주겠다고 했는데 만일 내가 하인만 데리고 나가서 대사가 혹 자기 말을 기다리지 않고 가만히 나갔는가 의심하면, 행색이 서로 괴리(乖離)될 뿐 아니라 혹 욕된 일이 있을까 하여 머뭇거렸다. 이익이 다시 들어왔기에 내가 덕형의 말을 하면서 아문을 다시 탐지해보라 하니, 이익이 듣고 매우 불평하고 나갔다.

이윽고 덕형이 들어와 말하기를,

"아문은 쾌히 허락하여 조금도 걸릴 일이 없고, 또 대사가 말하기를 궁자가 구경을 하려 하면 자기가 이미 알고 있으니 사람을 여러 명 데리고 가지 말고 임의대로 나가도 되고 구태여 아문에 다시 가지 말라고 하였습니다. 만일 역관을 시켜 다시 누누이 청하면 일이 도로 커집니다. 대사가 심상(尋常)하게 출입하는 것은 예로부터 금령(禁令)이었기에 아문이 또한 현연히 허락하기를 어렵게 여깁니다."

라고 하니, 그 말이 매우 일리가 있었으나 이미 이익에게 말해서 어쩔 수가 없었다. 덕형이 또 말하기를,

"전부터 자제군관이 구경하는 일로 인하여 생사(生事 : 일이 생김)한 적이 잦았습니다. 이러므로 그 출입하는 일을 역관들이 심히 민망히 여기니, 만일 역관을 오로지 믿으면 출입이 막힐 적이 많습니다."

라고 하였다. 그리고 또 말하기를 아까 당상역관들이 자신을 불러서 임의로 아문에 말을 통하고 구경할 길을 일찍이 열어 생사하기를 염려하지 않는다고 대단히 꾸짖어 극히 민망하였다고 했다. 이렇게 역관의 일이 또한 괴이하지 않지만 구경에 대하여 오로지 역관이 주선해주기를 믿었는데, 도리어 역관의 조롱함을 입어 극히 통분하였다.

이윽고 이익이 다시 들어와 말하기를, 아문에 누누이 청하여 허락을 받았으니 염려 없다고 하며 천연히 은혜를 베풂을 자랑하니 우스웠다. 내가 이익에게 말하였다.

"대사가 어제 이르기로는 출입할 때 갑군 하나를 정해주리라고 하더니 하지 않음은 무슨 뜻인가?"

이익이 말하기를,

"어제 한 말은 대사가 구경을 임의대로 못하게 하기 위함이고, 갑군을 데리고 가면 왕래에 여러 가지로 구애(拘礙)를 빚을 깃인데 무슨 구경을 마음대로 하겠습니까? 갑군을 주지 않은 것은 대사의 좋은 뜻입니다."

라고 하였다. 식후에 군복을 입고 세팔(世八)과 덕유와 덕형을 데리고 나가면서 계부께 나가는 사연을 여쭈었더니, 부디 일찍 돌아와 아문에 욕이 없게 하라고 하셨다. 평중이 또한 그 마두를 데리고 같이 갔다. 아문에 이르렀더니, 대사가 계단 위에 서 있기에 나아가 인사하자, 대사가 웃는 낯으로 각별히 관곡하게 대접하며 말하였다.

"구경을 하고자 하면 내가 이미 알고 있으니 다른 염려 말고, 다시 역관에게 번거롭게 말하지 마시지요."

어제 볼 때는 아주 인정이 없었는데 하룻밤 사이에 이렇게 관곡하고 허락이 십분 쾌한 것을 보니, 속담에 '돈이 있으면 가히 귀신이라도 부린다'고 하는 말이 틀리지 않았다. 문을 나오는데 성번(城番)이 벌써 쫓아나와 굳이 따라가겠다고 하였다. 여러 사람이 어려워하며 떨어뜨리지 못해서 같이 가고, 평중은 들어올 때부터 같이 다니는 것을 허락하였기에 말리지 못하였다.

약대(낙타) 예닐곱이 관(館) 앞으로 지나가기에 그 모양을 자세히 보았더니, 높이는 사람의 길(사람의 키 정도)로 길 반이 되고, 다리가 극히 길고 몸은 매우 가늘어 호박 모양 같았다. 꼬리와 발은 소 같고, 목은 오리의 목 같으며, 머리는 아주 작고 부리는 뾰족하여 뱀의 머리 같았다. 그 모양은 매우 섬세하여 보였지만 힘이 세서 짐을 많이 싣고, 다리가 길어 하루에 수리를 가는가 싶었다. 등의 앞뒤에 두드러진 떼살이 있는데, 이것은 저절로 생긴 길마(안장) 모양이었다. 또 길마를 짓지 않고 제 길마에 반을 걸어 짐을 실으니 이상한 짐승이고, 또 소금을 먹이지 않으면 그 떼살이 없어져 짐을 싣지 못하므로 부리려고 하면 미리 소금을 먹인다고 하였다. 이 짐승은 북방 소산(所産)으로 몰고 가는 사람이 다 추악하며, 뒤에 하나는 맨등에 타고 가는데 다 몽고 사람이었다.

길 가운데 티끌을 까불어 무엇을 줍는 사람이 많은데, 이것은 혹 더러운 돈

잎을 얻음이었다. 『노가재 일기』에서 이 말을 보았는데 과연 거짓말이 아니었다. 사람의 생계가 어려운 줄은 알겠지만 조그만 재물도 헛되게 버리는 것이 없으니, 대국의 주밀(周密 : 빈틈없고 찬찬함)한 풍속이 또한 귀중하였다.

정양문에 이르자 수레와 인마가 길을 메우고 있었다. 서로 먼저 가기를 다투는 일이 없고 잡되게 소리치는 일이 없어, 온후 안중(安重)한 기상이 우리나라에 비할 바가 아니었다. 수레에는 비단 장막을 두르고, 말에는 수안장(繡鞍裝)을 드리워 화려한 채색이 눈부시며, 또 새해를 맞이하여 세배하는 사람이 많은데 다 금수(錦繡) 의복의 치장이 매우 선명하였다. 문 안에 오래 머물며 그 물색을 구경하니, 남으로 3층 문루가 하늘에 닿을 듯하고, 북으로 태청문(太淸門)의 웅장한 제도와 붉은 칠한 궁장(宮墻)이 좌우로 둘려 있었다. 문 앞으로 붉은 목책과 옥 같은 돌난간이 서로 빛을 다투고 있었고, 길 양쪽 정제한 시사의 현판과 그림의 온갖 채색이 극히 어지러웠다. 이 가운데로 무수한 수레와 말들이 서로 왕래하여 박석(薄石)에 바퀴 구르는 소리가 벽력 같았고, 지척의 말을 분별하지 못하니 실로 천하에 장관이었다.

이곳에 앉아 우리나라의 기상을 생각하니 소조(蕭條)하고 가련하여 절로 탄식이 나는 줄을 깨닫지 못하겠고, 심양의 번화함도 여기에 비하면 또한 쇠잔하기가 여지없었다. 슬프다! 이런 번화한 기물을 오랑캐에 맡기고 백 년이 넘도록 능히 회복할 모책(謀策)이 없으니, 만여 리 중국 가운데 어찌 사람이 있다 하겠는가!

문을 나서니 문 밖이 둥그랬는데, 넓이는 사면이 5, 60보였고, 남쪽에는 적루(敵樓)가 있어 조양문 제도와 같았다. 다만 밑으로 큰 문을 내어 굳게 닫았으니 황제가 드나들게 한 곳인가 싶었고, 다른 문에는 없는 제도이니 남쪽은 특별히 달리하였는가 싶었다. 동서로 다 협문이 있어 수레와 말을 통하게 하니 매우 복잡하여 아주 간신히 지나갔는데, 세시에 사람이 더욱 많은가 싶었다. 동쪽 협문으로 나가니 문 안에 삿집을 짓고 앞에 작은 기를 세워 '팔자(八字) 보는 곳'이라 썼기에 들어가보았다. 한 사람이 교의에 앉고 그 앞에 탁자가 놓여 있었다. 탁자 위에 수통(水桶)과 필묵을 놓았으니 추수(推數 : 운수를 미리 헤아림)하여 값을 받는 사람인가 싶었는데, 총총(悤悤 : 몹시 바쁨)하여 즉시 나왔다.

문을 나와 동으로 10여 보를 행하니 남쪽으로 조그만 골목이 있는데 우리나라 행랑의 뒷골목과 같았다. 그리로 들어가니 길이 두어 칸 너비로 매우 좁고, 좌우에 아로새긴 창호와 기이한 채색에 눈을 뜨지 못할 듯하였다. 온갖 물화를 총총(叢叢)히 벌여놓은 잡물화 파는 시사였는데, 그 사치한 거동이 문 안 저자에 비하면 또한 열 배나 더하였다.

한 푸자에 두어 사람이 앉았는데, 마으락이 모양이 앞뒤로 길고 위는 붉은 가죽으로 우리나라 전립의 운두(신이나 그릇 같은 물건의 둘레의 높이) 모양으로 만들었다. 들어가보니 상이 극히 흉험하고 눈이 별양 깊었는데, 이는 회자국(回子國) 사람이다. 옆에 한 갑군이 환도(環刀)를 차고 섰으니, 회자국 사람이 극히 사나워서 출입하는 데 갑군이 호위하여 다닌다고 하였다. 그 푸자의 탁자에 조그만 짐승이 앉아 있어 그 이름을 물으니 '괴'라 하는데, 모양은 비록 고양이 같으나 털이 매우 길어 삽살개 같으니 다른 종류인가 싶었다. 시사 처마에 나무로 우리를 아주 정쇄(精灑)하게 만들어 달고 그 안에 여러 가지 새를 넣었는데, 양쪽에서 지저귀는 소리에 은연히 수풀 가운데 있는 듯하였다. 한 푸자의 바람벽에 현반(懸盤 : 선반)을 그리고 그 위에 책과 온갖 기명을 놓았는데, 다 따로 놓인 듯하기에 내가 평중을 가리켜 보라고 하였다. 평중이 보고 나서 기명이 이상하다고 하며 그림인 줄을 모르기에 내가 말하기를, "그것이 그림인 줄을 모르는군요"라고 하자, 평중이 여러 번 보고 끝내 믿지 않으니 우스웠다. 그 안에 앉은 상고들이 또한 우리 거동을 보고 그 수작함을 짐작하여 다 웃고, 한 명이 기롱하여 말하기를,

"진짜를 보고 그림으로 아는가 싶습니다."

라고 하였다. 길가에 이따금씩 이층집이 있어 문이 열린 곳을 바라보니, 사람이 마주 앉아 술병을 여러 개 벌여놓고 혹 풍류 소리가 나는데, 주루(酒樓)에서 노는 사람인가 싶었다. 한 집에 이르니 이 집은 전부터 회자(戱子) 노는 집이다. 세팔이 들어가 보고서는 아직 시작하지 않았다고 해서 또 10여 보를 내

려가 한 집으로 들어가니 바야흐로 시작하는 것이다. 세팔을 따라 한 문으로 같이 들어가니 그 안에 1층 누(樓)가 있고 누에 사다리가 놓여 있었다. 그 위에 오르니 수백 명의 사람이 모여 있으나 희자는 아직 시작하지 않았다. 동쪽으로 한 사람이 교의에 앉았는데 금징자를 달았고, 인물이 가장 단아해서 그 옆에 나아가 마주 앉아 말하기를,

"노야께서는 무슨 벼슬이십니까?"

라고 물으니, 그 사람이 말을 듣고 크게 기뻐 대답하였으나 알아듣지 못하였다. 탁자에 써 보이라고 하자, 국자감(國子監 : 태학)[43]이 업(業)이라고 썼다. 그 성을 물으니 은가(殷哥)라 하고 거동이 극히 조용하고 품위가 있어 글을 하는 모양이었다. 당창(애초에) 더불어 수작을 하고자 했더니, 주인이 내 앞에 와서 나에게 다른 데로 가라고 하였다. 내가 뿌리치고 앉아 그 사람과 말을 시작하니, 주인은 내가 가지 않는 것에 노하여 은가를 꾸짖는데, 그 주인은 크게 취해 있었다. 주인이 말하기를,

"어찌하여 만류(挽留)하는가?"

하니, 은가가 듣고 크게 노하여 말하였다.

"너는 어인 놈인가? 그 사람이 나에게 말을 물어서 내가 대답할 뿐이고 만류하지 않았는데, 네 어이하여 내 탓을 하는가?"

하고, 서로 대단히 다투었다. 내가 곧 일어나 주인을 이끌고 갈 곳을 이르며 다투지 말라 하니, 주인이 즉시 서쪽 누 위에 빈 교의를 가리켜 앉으라고 하였다. 내가 앉은 후에 세팔을 불러 말하기를,

"은가를 청하여 오라."

하였다. 세팔이 가더니 돌아와 말하기를,

"각각 자리를 정하였고, 주인의 욕설이 있으니 오지 못합니다."

라고 하였다. 이곳 법이 한 자리를 정하면 연고 없이 옮기는 일이 없고, 남의 자리에 어지럽게 앉는 일이 없었다. 주인 놈이 욕설을 퍼붓던 일이 통분하였

---

43) 중국의 고대로부터 송대(宋代)까지 국가가 중앙에 베푼 최고 학부.

고, 또 놀음이 아직 시작하지 않아서 앉아 기다리기가 극히 굼굼(답답)하였다.

덕형이 말하기를, 이곳은 다 아이들을 보아 놀음을 시키는데, 물색과 설차가 대단하지 않으니 다른 데로 가자고 하였다. 이에 일어나 누각을 내려오면서 덕유를 보내어 은가의 집을 묻고 다시 만나기를 청하라고 했다. 덕유가 돌아와 말하기를, 집은 하대문(下大門) 밖이니 다시 보자고 한다 하였으나, 덕유가 말을 분명히 알지 못하여서 그 말을 믿지 못하였다.

문을 나와 두어 골목을 돌아 한 집에 이르자, 안에서 풍류 소리가 진동하며 바야흐로 놀음을 베푸는 것이다. 큰 문 안에 대여섯 사람이 교의에 앉았고, 앞에 긴 탁자를 놓아 돈과 셈판(주판)과 발기책(사람이나 물건의 이름을 적은 책)을 놓았다. 모두 의복이 선명하고 인물이 준수하니 이는 희자의 주인이었다. 대개 희자(戲子)라 하는 것은 우리나라의 산대(山臺) 놀음[44]과 같다. 소설 중에서 옛날 좋은 사적을 모방하여 거짓 의관으로 거짓 사람의 모양을 각각 만들어 그 거동을 하니, 그 사적을 아는 이는 짐짓 그 거동을 보는 듯하였다. 이러므로 사람의 이목을 극진히 혹하게 하여 중국에 이 희롱이 생긴 지 오래되었고 대명 적에 극히 성행하였다. 여항(閭巷 : 여염)에서 할 뿐만 아니라, 궁중이 마을(관청)에 베풀어 주야로 익혀 천자(天子)의 놀음으로 삼았다. 그때 여러 명신(名臣)들이 간(諫)하였지만 종시 없애지 못하였으니, 사람을 혹하게 하는 줄을 알 것이다.

또 전에 들으니, 이 오랑캐가 처음으로 중국을 통일할 때의 국왕(누르하치)은 황제(청 태종)의 아버지이고 천하 영웅이었다. 제 손으로 천하를 평정하였지만 황제의 자리를 취하지 않고 애초에 물러가려 하였다. 그때 국왕이 천하의 유명한 희자를 다 모아 수일 동안 크게 놀게 하고, 수십 척 배에 사람과 기물을 실어 거짓으로 놀러 가노라 하였다. 그리고는 밤에 물 가운데로 들어가 사람으로 하여금 가만히 여러 배에 구멍을 뚫어 일시에 사람과 기물이 다 물에

---

44) 고려·조선시대를 통하여 유행했던 가면극의 하나로, 탈을 쓰고 음악에 맞춰 춤추며 노래와 재담을 곁들인 것을 말한다. 양반 계급과 파계승에 대한 풍자와 남녀의 삼각 관계 따위가 내용의 주류를 이룬다. 산대극, 산대 도감극, 산대 잡극이라 하기도 한다.

잠기게 하였다. 이것은 백성의 부질없는 허비를 금하고 황제의 어지러운 놀음을 막고자 한 일이라 하였다. 그러나 종시에 끊어지지 않아서 근간에 더욱 성하고 황제가 놀음을 또한 자주 베푼다 하였다.

이 놀음에는 다 주관하는 사람이 있어 물력(物力)을 내어 집을 먼저 장만하고, 온갖 기명과 집물을 갖추어 주야에 놀음을 베풀고 구경하는 사람들에게 돈과 은을 받아 그것으로 생리(生理 : 생계)를 삼는다. 작게 해도 은 6, 7만 냥이 들고, 크게 차리려고 하면 십여만 냥이 든다 하였다. 세팔이 들어가 주인에게 구경하기를 청하니 주인이 말하기를, "구경하는 사람이 다 예약〔前期〕하여 맞추었으므로 오늘은 앉을 곳이 없어 못 볼 것이다"라고 하였다. 세팔이 여러 번 간청하니, 주인이 안에 있는 사람을 불러 무슨 말을 하고 세팔에게 말하기를, "굳이 보고자 하거든 너희 노야 한 명만 들어가되 값을 먼저 낸 후에야 들어갈 수 있다"고 하였는데, 한 사람이 종일 보는 값이 소전(小錢) 닷 돈이었다. 즉시 닷 돈을 내어 탁자에 놓자, 주인이 발기책에 기록하고 작고 붉은 종이 한 조각을 내어 두어 자를 써주어 보니, '사람 하나에 닷 돈씩 받았으니 구경을 허락해라' 하는 말이다. 여러 글자를 판에 새겨 박은 것이고, 사람 수와 돈 수만을 임시로 메우게 한 것이었다. 그 홍지(紅紙)를 가지고 안문으로 들어가니 또 한 교의에 사람이 앉아 홍지를 내라고 해서 내어주자, 그 사람이 보고 사다리로 올라가며 따라오라고 하였다.

그 뒤를 따라 올라가면서 먼저 그 차린 제도와 구경하는 절차를 보니, 집 제도는 열세 길이고 사면이 열대여섯 칸이다. 동쪽 벽을 의지하여 희대(戲臺 : 연극 무대)를 만들고 서너 칸 장막을 꾸몄으며 삼면에 비단 장막을 드리워 막았으니, 이는 몸을 감추어 온갖 단장을 꾸미고 나오는 곳이다. 장막 좌우로 문을 내고 문에 비단 발을 드리웠는데, 이것은 희자(戲子 : 배우)들이 드나드는 문이다. 장막을 의지하여 그 밖으로 두어 칸 탁자를 높이 꾸미고 그 위에 여러명 사람이 늘어앉았는데, 이는 풍류하는 사람을 앉히는 곳이다. 생황과 현자(弦子 : 거문고)와 저45)와 호금(胡琴)46)과 작은 북과 큰 징과 검은 아박(牙拍)47)은 다 풍류하는 기계였다. 탁자 아래는 넓이가 예닐곱 칸으로, 삼면에 기교하게 새긴 난간을 둘렀고, 그 안에 비단 자리를 깔고 온갖 기물을 벌였으니, 이는 희자를 놀리는 곳이다. 장막 앞으로 두 현판을 붙여 채색을 기이하게 꾸미고 금자(金字)로 각각 네 자를 썼는데, 하나는 '옥색금성'(玉色金聲)이라 하고 다른 하나는 '윤색태평'(潤色太平)이라 하였다.

희대 가장자리에 돌아가며 각색의 기이한 등을 걸었다. 유리등은 혹 둥글고 혹 길어 각각 빛이 다르고, 양각등은 온갖 화초를 진채(眞彩)로 영롱히 그렸다. 사등(紗燈 : 비단으로 거죽을 바른 등)은 화류(樺榴)48)로 우리를 만들고 가는 깁(명주실로 조금 거칠게 짠 비단)을 바른 것으로, 그 위에 담채(淡彩)를 조촐히 써서 산수와 인물을 그렸다. 여러 가지 등에 오색실로 총총히 유소(流蘇 : 깃발이나 승교 따위에 다는 술)를 매어 줄줄이 드리웠으니, 이는 다 기구를 갖추어 사람의 눈을 혼란하게 함이었다.

희대 앞으로 대여섯 걸음을 물려서 난간을 세우고 그 안에 여러 줄의 반등을 벌였다. 위층에는 삼면으로 다락을 만들고 또한 난간을 둘렀으니, 합하여 수십 칸이 되었다. 또한 총총히 반등을 놓았는데, 이는 다 구경하는 사람을 앉게 한 곳이다. 앞에는 반등을 낮게 놓고 뒤로 차차 좌판을 돋우어 층층이 높게 만들었는데, 이는 사람이 겹겹이 앉아도 앞이 막히지 않게 함이었다. 세 반등씩 귀를 맞추어 한 반등에 세 사람이 앉게 하고, 가운데 탁자 하나를 놓아 아홉 사람이 한 탁자를 같이 쓰니, 이는 몸을 의지하여 쉬도록 함이었다. 탁자의 삼면에 각각 세 개의 홍띠를 붙였는데, 이는 밖에서 맡아온 것으로 각각 사람의 자리를 표하는 것이다. 홍띠를 붙이고 자리를 비워도 사람이 앉지 않는 곳이 있으니, 이것은 남이 정한 곳을 잡되게 앉지 않고 자리를 비워 임자를 기다리는 것이고, 탁자 위 작은 접시에 풀을 담아놓았는데 이는 홍띠를 붙이기 위한

---

45) 가로로 부는 관악기의 통칭으로, 적(笛)·횡적(橫笛)이라 한다.
46) 당악(唐樂)을 연주하는 현악기의 하나. 대로 만들어 뱀껍질을 입혔으며 현은 두 개이고, 호궁이라 부르기도 한다.
47) 타악기의 하나로, 상아나 고래뼈·소뼈·사슴뼈로 만든 작은 박(拍)을 말한다.
48) 결이 곱고 단단한 자단(紫檀)의 목재를 말한다.

것이다.

큰 접시에 검은 수박씨를 가득히 담았는데, 이것은 여러 사람이 같이 먹게 하기 위함이다. 차 보아(작은 사발)를 각각 놓아 찻잎을 담고 두어 사람이 차관〔茶罐 : 찻물을 달이는 그릇〕에 물을 끓여 돌아가며 빈 보아마다 끊어지지 않게 연하여 부어놓으니, 이는 구경하는 사람에게 차를 권하는 것이다. 나무 바탕 가운데에 가는 기둥을 세우고 철사로 세 벌의 줄을 매어 그 위에 실 같은 향을 가득히 감고, 한끝에 불을 붙여 저물도록 끊어지지 않게 하였으니, 이는 사람의 담뱃불을 예비하기 위한 것이다. 사람이 천 명에 가까웠는데, 사면이 적요(寂寥)하여 희자(배우)의 노래와 말하는 소리가 역력히 들리니, 이는 풍속이 간정(簡淨 : 간단하고 깨끗함)하여 훤화(喧譁 : 지껄여 떠듦)를 즐기지 않기 때문이다.

누 위에 삼면으로 광창(光窓 : 채광을 위한 창)을 내어 햇빛을 통하게 하였는데, 이는 안이 어둡지 않게 하기 위함이다. 2층 삼면에 다 붉은 장막을 덮은 듯하여 눈이 부셔 뜨기 어려웠는데, 이것은 뭇사람의 머리 위에 드리운 붉은 실의 영자(纓子 : 붉은빛의 가슴걸이)였다. 간간이 각색 징자를 붙인 사람이 있었으니, 이것으로 벼슬이 있는 사람이 구경을 부끄러워하지 않음을 알 수 있었다. 희자의 거동이 극히 우스운 장면에 이르자 홀연히 벽력이 울려 집이 무너지는 듯하였는데, 이는 뭇사람이 일시에 웃는 소리였다.

그 사람이 홍띠를 가지고 두루 살피는데 한 곳도 빈 데가 없는 것이다. 홍띠를 도로 주며 말하기를, "앉을 데가 없으니 훗날 오십시오"라고 하였다. 어쩔 수 없이 반등 뒤로 섰는데, 평중과 여러 하인이 다 위격으로(억지로) 올라앉는 것이었다. 내 앞에 빈자리 하나가 있고 탁자 위에 홍띠만 붙어 있어서 세팔을 불러 그 자리를 빌려보라 하였다. 세팔이 나아가 그 옆에 앉은 사람에게 말하기를,

"우리 노야께서는 처음 들어온 사람이기에 이곳을 구경코자 하여 왔더니 자리를 얻을 길이 없어 보지 못하십니다. 이 빈자리를 잠깐 빌려 앉았다가 맡은 사람이 오거든 즉시 비워드림이 어떠하겠습니까?"

라고 하니, 그 사람이 자기가 알 바 아니니 아무렇게나 하라고 하였다. 극히 구차하였지만 할 수 없어 잠깐 늘어가 앉으니, 옆에 앉은 사람이 다 싫어하는 기색이 있어 외국 사람과 한데 앉는 것을 괴롭게 여기는가 싶었다.

접시에 담긴 수박씨를 서로 까며 집어 먹기에 나도 또한 두어 개를 집어 먹으며 그 노는 거동을 아래로 바라보았다. 한 사람이 여자의 모양을 꾸몄는데, 의복과 수식이 찬란할 뿐 아니라 자색(姿色)이 또한 절승하였다. 난간 안으로 다니며 공중을 향하여 손을 저으며 무슨 사설(辭說)을 무수히 하는데 원망하는 기색을 띠었으니, 하는 말이 서러운 사연인가 싶었다. 몸을 두루 틀며 때때로 턱을 받치고 머리를 기울여 온갖 요사스런 태도를 부리니, 분명 음란한 여자가 지아비에게 뜻을 얻지 못하여 원망하는가 싶었다. 이윽히 말을 하다가 소리를 높여 노래를 부르는데, 탁자 위의 여러 가지 풍류 기계를 일시에 연주하여 그 곡조를 맞춘다. 노래가 그치자 풍류 또한 그쳤는데 노는 법이 그러한가 싶었다.

이윽고 한 사람이 안에서 나오는데, 나올 때면 종을 여러 번 요란히 빠르게 쳤으니, 이것이 또한 법이었다. 그 사람은 얼굴에 먹으로 광대처럼 흉하게 그리고 좌우로 뛰놀며 그 여자를 어루었지만, 그 여자는 본체를 안하고 무슨 말을 일양(一樣) 해대었다. 안에서 어떤 사람이 나오는데 관원의 모양이었다. 머리에 망건을 쓰고 사모관대를 갖춘 모양이 은연한 우리나라의 의관이었는데, 이것은 대명 때의 제도인가 싶었다. 이곳 사람이 걸음을 지에하는(뛰는) 일이 없었는데, 이 관대 입고 사모 쓴 사람은 문을 나가며 어깨를 높이고 배를 내밀어 극히 진중히 걸었다. 이것으로 보면 희자 놀음이 비록 잡된 희롱이나 한관(漢官)의 위의(威儀)를 징험(徵驗)할 만하여 기특한 일이었다. 그 사람은 나이가 젊고 얼굴이 동탁(童濯 : 씻은 것같이 깨끗함)하였으며, 털로 수염을 만들어 턱에 끼워 극히 우스웠다. 그 사람이 나오는데 뒤에 여러 추종 같은 사람이 따라와 교의를 내다가 올려 앉히니, 여자가 그 관원을 보며 더욱 원망하는 기색이 있고 무슨 말을 연하여 하는 것이다.

내 곁에 앉은 사람이 말하기를, "당신의 나라에서도 이 놀음이 있습니까?"라고 하기에, 내가 말하기를, "있으나 법이 다르다"고 하였다. 그 사람이 말하기를, "저 여자가 어떠합니까?" 하기에, 내가 "얼굴은 아주 자비로우나 진짜 여자가 아니니 볼 것이 어이 있겠는가"라고 하였다. 그 사람이 머리를 흔들면서 "진짜 여자이지, 남자는 아닙니다"라고 하였는데, 이것은 내가 외국 사람이라 하여 업신여겨 속이려고 하는 뜻이었다.

이윽고 그 관원이 교의에 누워 자는 모양을 하자, 비단 휘장을 앞으로 가리고 여러 사람이 장막 밖으로 모시었다. 드디어 장막을 헤치고 관원이 일어나 앉았는데 심히 분노한 기색이다. 이때는 그 여자가 들어가고 안에서 깃발과 군악 기구를 들고 제제(濟濟 : 많고 성한 모양)히 나와 관원의 앞에 늘어섰는데, 무슨 일인지를 알지 못하니 매우 무미하고 말도 노래도 알아들을 길이 없었다. 곁의 사람에게 물으니, 대명 정덕황제(正德皇帝)⁴⁹⁾의 비취원(翡翠園)⁵⁰⁾ 고적이며, 그 관원은 찰원(察院 : 지방의 公站) 벼슬이라 하였다.

이윽고 자리의 임자가 들어와서 내 즉시 일어나 자리를 주고 그 밖으로 끼어 섰는데 극히 피곤하고, 기괴한 거동이 색색이 나오나 사실을 알 길이 없으니 또한 볼 것이 없었다. 곧 여러 사람을 데리고 누를 내려오니, 그 아래는 적이 빈 곳이 있었다. 여럿이 머물러 보았지만 종시 무미해서 돌아오려 하는데, 차관을 든 사람이 차 값을 내고 가라 하였다. 차를 먹은 일이 없기에 내가 말하기를,

"너는 차를 주지 않고 공연히 값을 받고자 하느냐? 한 그릇을 가져오면 내 먹고 값을 주리라."

하니, 좌우에 듣는 사람이 다 웃었다. 그 사람이 차를 부어 와서 먹은 후에 소전 한 푼을 주고 문을 나와 큰 길을 쫓아왔다. 정양문에 못미처 큰 길을 비껴 다섯 칸의 패루를 세웠는데, 제도와 단청이 매우 굉려(宏麗 : 크고 화려함)하였다. 패루 안으로 돌다리를 놓고 좌우로 돌난간을 세웠으며 물상을 기이하게 새

---

49) '정덕'(正德)은 명나라 무종(武宗)의 연호로, 1506∼1521년을 일컫는다.
50) 청나라 때 희곡의 이름. 가난하면서도 재물을 가볍게 여겼던 여주인공 서해부(舒海簿)가 사람들을 자주 도와준 응보로 행복을 누렸다는 내용을 담고 있다.

겨 수십 칸을 벌였는데, 이것이 해자 다리[濠橋]였다. 이 다리를 건너 서쪽 작은 골목으로 들어가 북으로 향하였는데, 길가에 음식 파는 가게가 있어 늘어가 '위앤싸오'(元宵餅) 한 그릇을 사 먹었다. '위앤싸오'라 하는 것은 정월 대보름에 먹는 음식이다. 우리나라의 새알심 모양으로 만들어 속에 설탕을 넣고 물에 삶아 그릇에 더운물을 떠서 여러 개씩 넣어주니, 가장 먹을 만한 음식이다.

교의에 앉아 먹는데 한 사람이 쫓아 들어와 음식을 사 먹기에 그 성을 물으니, 산동 사람 송가(宋哥)라고 했다. 내가 묻기를, "산동은 옛 제(齊)·노(魯) 두 나라 땅인데, 어느 지방인가?"라고 하자, 송가가 말하기를, 노나라 지방이라고 하였다. 내가 말하기를, "그러하면 공부자(孔夫子)가 사셨던 궐리(闕里)[51]에서 얼마나 되는가?" 하니, 송가가 말하기를, "90리입니다"라고 하였다. 내가 다시 그곳에 부자(夫子)의 자손이 몇 집이 있느냐고 묻자, 송가가 말하기를, 극히 번성하여 천 집이 넘는다고 하였다. 내가 조정에 벼슬하는 사람도 있느냐고 묻자, 송가가 말하기를, 대대로 세급(世給)하는 벼슬도 있고 그밖에 벼슬하는 사람이 여러 명 있다고 하였다. 내가 북경에 머무는 사람도 있느냐고 물으니, 송가가 또한 여럿이 있다고 하였다. 내가 말하기를,

"우리는 비록 외국 사람이나 나라의 풍속이 공부자를 매우 존숭하여 그 자손을 한번 보고자 하는 바람이 있으니, 나를 위하여 한 명 보게 하는 것이 어떠하겠는가?"

라고 하자, 송가가 제 머리를 가리켜 말하기를,

"다 이 모양이니 볼 것이 어이 있겠습니까?"

라고 하니, 대개 머리를 깎아 오랑캐 제도를 좇음을 이르는 것이다. 그 말을 들으니 마음이 극히 참연(慘然 : 슬프고 참혹함)하며, 그 사람의 말이 또한 용속(庸俗 : 용렬하고 속됨)하지 않았다. 내가 또 말하기를,

"그대의 머리에 징자를 붙였으니, 무슨 벼슬이며 서울에는 무슨 일로 왔는가?"

---

51) 공자가 살던 노나라 산둥성 땅으로. 공자의 고향이다.

라고 하자, 송가가 말하기를,

"저는 벼슬이 없고 거인(舉人 : 과거 보는 선비)으로 과거를 보러 왔습니다."
라고 하였다. 거인이란 말은 향시(鄕試)[52]를 한 사람의 칭호인데, 옛적 향공
진사(鄕貢進士 : 지방 과거의 진사 벼슬)였다.

바야흐로 여러 말을 하는데 주인이 들어와 무슨 말을 지저귀며 꾸짖는 거동
이다. 송가가 총총히 일어나 다시 보자 하고 즉시 나가니, 내가 미처 만류하지
못하여 극히 창연(愴然)하였다. 세팔에게 물으니, 주인놈이 부질없이 오래 앉
아 자기의 매매를 해롭게 한다며 꾸짖자, 그 선비가 불안하여 즉시 일어나 가
는 것이라 하였다. 내가 또한 일어나 그 사람을 따르고자 하여 문을 나갔으나
간 곳이 없었다.

정양문에 들어가 길가 가게에 앉아 쉬며 행인을 구경하였다. 한 사람이 새
의복을 선명히 입고 걸어가는데, 수레 모는 사람이 바삐 달려 그 사람을 시궁
창으로 내치니 선명한 의복이 대단히 더러워진 것이다. 우리나라 사람 같으면
필연 크게 노하여 큰 욕설이 있을 듯하였는데, 즉시 일어나 희미하게 웃고는
흙을 털고 완완히(천천히) 행하고 조금도 노하는 기색이 없으니, 중국 사람의
넓은 국량(局量 : 도량)을 종시 당하기 어려웠다.

아문에 이르니 대사와 여러 통관이 앉아 있었다. 서종현이 일어나 맞으며
웃어 말하기를, "어디를 갔다오셨는가?" 하는 것이다. 내가 구경하고 온다고
하였더니, 내가 한어로 말하는 것을 여러 통관이 다 크게 웃었다. 계부께서 부
방(副房)에 앉아 계신다고 해서 바로 부방으로 들어가니, 상사 또한 앉아 계
셨다. 구경했던 일을 대강 말하니, 부사께서 듣고 역관을 불러 사행이 희자 놀
음을 한 번 나가보고자 하는 뜻을 아문에 의논해보라 하셨다. 이 날은 첫번 출
입이어서 혹 아문에 말이 있을까 하여 해 지기 전에 돌아온 것이다.

---

52) 지방에서 실시하던 과거의 하나. 각 도에서 그 도 안의 유생에게 보이던 초시(初試)를
말한다.

초5일 태학·부학·문승상묘·옹화궁 네 곳을 보다

어제 들어올 때 여러 통관을 다 보았고, 면피를 골고루 주지 않으면 일이 불공정할 뿐 아니라 혹 작희(作戲 : 방해)하는 일이 있을 듯하였다. 그중 박보수(朴寶樹)는 인물이 극히 사나워 역관들이 다 괴로이 여기니 더욱 아니 줄 수 없었다. 식전에 면피 다섯 가지를 전대(纏帶 : 자루)로 봉하여, 오림포와 박보수와 보수의 형인 보옥(寶玉)과 양가에게 다 보냈다.

역관들이 들어와 제독 대인(提督大人 : 청나라 군대의 대관)의 의사를 부사께 고하는데, "희자 놀음은 다 잡된 거동이어서 대인이 볼 만한 것이 아니고, 또 그곳에 사람이 많이 모여 인사(人事)도 모르는 사람과 취한 사람이 이따금씩 있을 것이니 생사(生事)할 염려가 있다. 또 혹 한 놈이라도 취하여 사행의 갓을 벗겨 가지고 달아나면 필연 나에게 찾아달라 할 것이니, 내가 어디 가서 찾아주겠는가? 아마도 위태로운 곳이니 가지 못하리라"했다 한다. 이것은 제독의 염려가 과한 것이고 탁사(託辭 : 핑계)하는 말이지만, 잡된 놀음이라는 말이 극히 정대(正大)하여 다시 세우지 못하였다. 부사께서 또한 그 탁사하는 바를 통분히 여기셨으나 할 수 없었다. 대개 사신으로 이곳에 들어오면 온갖 일이 체면에 거리껴 출입을 마음대로 하지 못하니 구경을 널리 할 길이 없었다. 역관 하나가 말하기를,

"정양문 밖에 희자 노는 곳이 많고 그중 큰 곳이 하나 있는데, 이는 황제가 장만하여 준 곳입니다. 해마다 그 세(稅)를 받아 쓰는 까닭에 기물과 음식이 매우 사치하므로, 그곳은 다 형세가 좋고 부유한 사람이 모이고 가난한 사람들은 감히 참여〔參預〕하지 못합니다. 하루 노는 데 한 사람의 음식 값으로 은 6, 7냥을 받는데, 그 음식이 또한 극히 풍비하여 도저히 먹지 못합니다."

라고 하였다. 세팔을 불러 오늘 나갈 길을 의논하니 세팔이 말하기를,

"아문에 이미 면피를 주었으니 출입을 막지 않을 것이므로, 아무 데나 가려 하여도 걱정이 없습니다. 다만, 이곳의 제일 구경이 서산(西山)이고 그곳은 황제가 노는 곳이어서 마음대로 다니지 못하는 곳이니, 아문이 매일 이곳을 염

려하여 말을 타고 가는 것을 보면 필연 의심이 있을 것입니다. 또 말 가진 역졸 개개가 무식하고 사나워서 전부터 혹 작란(作亂)하는 폐(弊)가 있으므로, 아문이 더욱 이것을 염려합니다. 말을 가지고 가지 말고 수레를 세내어 타면, 하루 삯이 잔돈 석 냥을 넘지 않습니다."

라고 하였다. 드디어 덕유에게 은 두어 냥을 주어 잔돈으로 바꾸어 출입에 쓰게 하였는데, 황성에서는 은 한 냥을 소전 여덟 냥으로 바꿀 수 있었다.

황성 안은 구경할 곳이 많지만 그중 태학(太學)이 먼저 볼 만하였다. 또 전에 들으니 그 안에 13경(經) 글 잘하는 선비를 많이 모아놓고 글을 읽는다 하니, 만일 그러하면 의젓한 선비를 혹 얻어볼 길이 있을 듯 싶었다. 이 날 태학으로 먼저 가기를 정하니, 역관 홍명복(洪命福)이 듣고 같이 가기를 청하였다. 홍명복은 젊은 역관 중에 한어를 가장 잘하였다. 드디어 밥을 먹은 후에 같이 문을 나가는데, 성번과 세팔과 덕유를 데리고 갔다. 아문에 이르자 여러 통관이 웃으며 대접이 극히 관곡하니 우스웠다.

큰 문을 나와 동으로 백여 보를 가서 옥하교에 이르러 다리 가에 머물고, 세팔과 덕유를 보내어 수레를 얻어오라 하였다. 옥하교는 우리나라의 오간수문(五間水門)[53]과 같은 곳으로, 다리의 남쪽은 성이고 성 밑에 또한 여러 수문을 내었는데, 다 쇠로 살문을 웅장히 만들어 굳게 잠갔다. 성 안의 물이 다 이 다리로 모여 나가고 공세(貢稅)를 실은 조선(漕船 : 물건을 실어 나르는 배)이 이 수문을 열고 성 안으로 통하여 들어온다고 하였다.

이윽고 수레 하나를 세내어 왔는데 하루종일에 소전 석 냥이었다. 휘장이 조금은 낡아 비록 선명치 못하나 족히 앉을 만하였고 노새 하나를 매었다. 이 날은 태학에 가는 것이어서 군복으로 가는 것이 극히 가당치 않아 무명 도포를 입고 갓을 썼는데, 수레 안은 갓을 더욱 용납하지 못하였다. 갓을 벗어 덕유에게 들리고 들어가 앉는데, 홍명복을 안으로 앉히고 나는 앞으로 나앉고 성번은 문 앞으로 앉혔다. 북으로 수십 보를 가니 서쪽으로 큰 길이 있는데, 이것은

---

53) 서울의 동대문과 수구문(水口門)의 성벽 사이를 뚫어 쇠창살을 박은 다섯 개의 구멍을 말한다.

정양문으로 통하는 길이다. 서쪽을 바라보니 길가에 큰 문이 있고 그 안에 둥근 딥이 있어 물으니, 세필이 말하기를,

"이것이 옥하관(玉河舘)으로 예로부터 조선 사신이 드는 곳이었으나, 중년(中年 : 막연히 지난 기간)에 아라사(俄羅斯 : 러시아)에게 빼앗겼다고 합니다. 아라사는 북방 오랑캐로 코가 매우 크고 극히 흉악한 인물이어서 '대비달자'(大鼻㺚子 : 코 큰 오랑캐)라 일컬으니, 우리나라에서 나오는 서피(鼠皮)와 좋은 석경(石鏡 : 유리 거울)이 다 아라사의 소산입니다."

라고 하였다. 홍명복이 말하기를,

"아라사는 성정이 영악하여 황제도 매우 괴롭게 여깁니다. 조공을 해마다 하지 않는데 군사가 극히 강포(强暴)해서, 변방의 작란을 염려하여 중국의 출입을 허락하고 물화 매매를 통하게 하였습니다. 그러나 문 밖에 나가면 억지로 매매하는 것이 많고 혹 사람을 상하게 하거나 여자를 겁탈하였으며, 몇 해 전에는 여러 놈이 길가에 나와 사람을 쳐죽이고 재물을 겁탈했답니다. 황제가 듣고 크게 노하여 태청문에 친히 앉아 군사를 크게 모아 위의(威儀)를 성하게 차리고 두어 놈의 목을 베니, 이후에는 작란이 많지 않습니다."

라고 하였다. 백여 보를 가니 길 서쪽에 큰 문이 있다. 문 밖에 환도를 찬 갑군 두어 명이 지키고 징자를 붙인 사람이 앉았으니, 이것은 왕의 집이었다. 문 안에는 뜰이 극히 넓고 북으로 꺾으면 또 큰 문이 있는데, 문 밖에 돌사자 한 쌍을 세우고 준마(駿馬)에 수안장(繡鞍裝)을 지우고 여러 필을 매었다. 이 집을 지나 수십 보를 가니 또 너비가 5, 60보인 길이 있는데, 이것은 동장안문으로 통하는 길이다. 동으로 큰 다리를 건너는데 수레 모는 사람을 불러 다리의 이름을 물으니, 북옥하교(北玉河橋)라 하였다. 이 다리를 건너 북쪽 골목으로 들어가니 골목 서쪽은 궁장(宮墻)이다. 궁장이라 하는 것은 대궐에 궁성이 있고 궁성 사면에 수백 보를 물려서 담을 쌓아 둘러놓은 것을 말한다. 궁장 안에는 온갖 마을이 있고 또한 여염과 시사가 번성한데, 잡사람들이 마음대로 출입하는 곳이다. 담 높이는 네다섯 길이고 벽장(벽돌)으로 쌓고 붉은 흙을 발랐는데, 빛이 극히 찬란하며 그 위에는 누런 기와로 이었다. 북으로 4, 5리를 뻗었

는데 바르기가 화살대와 같다. 길 동쪽은 모두 마을 집으로, 문이 다 낮고 제양이 소조(蕭條)한 것이 소민(小民)들이 사는 곳인가 싶었다.

궁장을 쫓아 북쪽 가로 가서 동으로 꺾어 수백 보를 나아가니 남북으로 또 큰 길이 있는데, 남으로는 하대문이고 북으로는 안정문(安正門)이었다. 두 문 사이는 10여 리가 되는데 바라보니 줄로 친 듯했다. 대개 황성 안은 크고 작은 골목에 굽은 길이 없고 넓이가 균적(均適)하여 한 곳도 굽은 곳이 없으니, 대국의 엄정한 규모를 여기서도 알 것 같았다. 이 길을 나가니 좌우에 시사가 매우 번성하였지만 정양문 밖에 비하면 또한 미치지 못하였다. 홍명복이 말하기를,

"정양문 밖에 황제가 장만하여 세받는 푸자가 많고, 또 물화를 성 안으로 들이면 또 세를 물리기에 성 밖이 배로 성합니다."

라고 하였다. 길 가운데로 또한 장막을 치고 온갖 물화를 벌였으며, 곳곳에서 장막 안의 탁자 위에 수통과 서책을 놓고 교의에 외롭게 앉은 사람은 다 추수 (推數 : 운수를 미리 헤아림)하는 사람이다. 때때로 장막 안에서 징을 치며 이상한 소리를 내는 사람은 우리나라 광대의 모양 같았는데, 이것은 행인을 달래어 돈을 비는 사람이었다. 상여 기구가 곳곳에 놓인 곳도 있었는데, 우리나라의 상포(喪布 : 초상 때 쓰는 포목) 도가(都家 : 도매상) 같은 곳이다. 상여는 대체로 매우 웅장하여 길이가 일곱에서 여덟 발이고, 몸피(몸통의 굵기)가 두어 우 훔(움큼)이었다. 다 주홍칠을 찬란히 하여 소견에 극히 혼란하였으며, 북틀 모양으로 만들었다. 또한 크기가 한 칸에 가득하며 주홍칠을 영롱히 하고 주석에 도금하여 두루 장식을 박은 것이 있는데, 이는 명정(銘旌)[54]을 세우는 틀이다. 대개 북경의 온갖 것이 다 간편하였는데, 홀로 상여 기구만 이렇게 장대한 것이 이상하였다.

때때로 길가 단청한 집의 문 앞으로 높은 대에 작은 기를 달고, 기에 '결정모방'(潔淨毛房) 네 자를 썼는데, 이것은 조촐한 뒷간이란 말이다. 길가에 뒷간을 지어 행인의 뒤를 보는 곳으로 삼아 돈을 받고, 또 거름을 모아 수레에

---

54) 죽은 사람의 관직과 성씨 등을 기록하여 상여 앞에 들고 다니는 기다란 기를 말한다.

실어 농장으로 내가니 북경 사람의 주밀(周密)하기가 이러하였다. 집 처마에 교의 모양 같은 것을 놓았는데, 주홍칠을 찬란히 하고 가는 나무를 여러 개 얹었으며 나무를 잘게 돌려서 틈마다 손바닥만한 종이를 접어 무수히 세웠다. 이것은 우리나라의 측목(廁木 : 밑씻개로 쓰이는 나뭇가지나 나뭇잎) 대신에 쓰는 것이다.

시사에서 파는 집물은 이따금씩 쓸데없는 것이 많았다. 종이나 나무로 조그만 수레와 온갖 짐승과 인물을 만들었는데, 다 아이들이 가지고 놀게 하는 것인가 싶었다. 혹 원숭이를 만들어서 대 끝에 얹어 들고 가는데, 원숭이가 두 팔을 둘러 춤추는 모양을 하고 있어 극히 우스웠다. 세팔이 말하기를, 매매하는 사람이 이것을 가지고 행인을 많이 모이게 해서 제 매매에 유익하게 하기 위한 것이라고 하였다.

북으로 안정문을 향하여 수백 보를 가니, 동쪽에 큰 패루가 있는데 '육현방'(育賢房) 세 자가 씌어 있었다. 이것은 '어진 이를 기른다'는 말이다. 이 골목 안에 부학(府學)이 있는데 선비들을 가르치는 곳이다. 패루에 들어가 동으로 수십 보를 가니 부학이 있는데, 황성 안을 두 고을로 나눠 동쪽은 대흥현(大興縣)이고 서쪽은 완정현으로, 두 고을이 다 순천부(順天府)에 속하였다. 순천부는 우리나라의 한성부(漢城府)[55]와 같아서 성 안 백성을 다스리고 선비를 가르치게 하였으니, 이것이 순천부학(順天府學)이다. 그 안에 성현의 위판(位版)을 봉안하고 선비의 과거를 관리하는 집이 있는데, 우리나라의 향교(鄕校)와 같은 곳이다.

부학 동쪽에 문승상(文丞相)의 묘당이 있는데 전부터 사행이 보던 곳이다. 큰 문 밖에서 말에서 내려 들어가는데 한 사람이 나와 인도하여 들어가니 지키는 사람인가 싶었다. 사당집은 겨우 서너 칸이며 단청이 다 퇴락하고 사면이 무너져 없어지게 되었고, 티끌이 상탁(床卓)에 가득하였으니 소견이 참연(慘然)하였다. 문승상은 송나라 정승 문천상(文天祥)으로, 충절이 천고에 유명한

---

55) 조선시대 삼법사(三法司)의 하나로, 서울의 행정과 사법을 맡은 곳이다.

사람이다. 송나라가 위급한 때를 당하여 빈손으로 사직을 붙들고자 하다가 종내 시운(時運)을 이기지 못하여 나라가 망하고 몸이 사로잡혔다. 그러나 원나라 군신이 그 충절을 착하게 여겨 굳이 항복을 받고자 하여 백 가지로 달래었지만 종시 듣지 않았다. 그리하여 용뇌(龍腦)56)를 삼키고 이레를 굶어 죽기를 도모하였으나, 원 세조(世祖) 홀필렬(忽必烈 : 쿠빌라이)이 그 뜻을 빼앗지 못할 줄을 알고 모래 가운데서 목을 베었다. 이 날 바람이 크게 일어나고 낮인데도 어두워져 기상이 매우 처참하였다. 원 세조가 뉘우치고 무서워하여 벼슬을 추증(追贈)하고, 신주(神主)를 베풀어 스스로 단을 쌓았고 제전(祭奠)을 벌여 영혼을 위로하였다. 그러자 바람과 우레가 더욱 진동하여 신주를 넘어뜨렸다. 원 세조가 더욱 경동(驚動)하여 급히 벼슬을 고쳐 송나라의 본 벼슬 이름을 쓰자, 즉시 하늘이 맑고 바람이 그쳤다. 분울(憤鬱 : 분하고 억울함)한 혼백이 즉시 흩어지지 않고, 또 죽은 후라도 원나라의 벼슬을 더한 것에 노한 때문이었다.

이곳은 본래 원(元) 때의 도읍이다. 이러므로 대명 홍무(洪武)57) 연간에 비로소 부학 근처에 사당을 세워 충절을 정표(旌表 : 착한 행실을 칭송하고 세상에 널리 알림)하고, 훗사람이 흥기(興起)하게 하였다. 탁자 앞에 나아가 두 번 절하고 소상을 우러러보니 모대(帽帶 : 사모와 각띠)를 갖추고 홀(笏 : 조복에 갖추어 손에 쥐는 물건)을 잡았으며, 얼굴이 또한 매우 단아하여 아름다운 선비의 기상이었다. 이곳은 곳곳에 묘당을 숭상하여 요긴하지 않은 소상에도 사치를 지극히 하였지만, 만고충절을 귀히 여길 줄 전혀 모르니 애달픈 일이다. 안으로 현판을 붙이고 '만고강상'(萬古綱常 : 만고에 본받을 도리) 네 자를 썼는데, 강희황제(康熙皇帝)58)의 어필이라 하였다. 탁자 뒤로 벽 가운데에 깨진 옛 비를 둥글게 다듬어 끼웠는데, 옛 운휘장군(雲麾將軍 : 이사훈)의 비였다. '이옹

---

56) 용뇌향. 용뇌수로부터 채취한 무색 투명의 판상(板狀) 결정. 구강제·방충제·훈향(薰香) 따위에 쓰는 것으로, 빙편(氷片)이라 하기도 한다.

57) '홍무'는 명 태조(太祖)의 연호로, 1368~1398년을 일컫는다.

58) '강희'는 청나라 4대 황제 성조(聖祖)의 연호로, 1662~1722년을 일컫는다.

(李邕)이 썼다'고 하였으나 박락(剝落 : 깎이고 떨어짐)하여 글자를 분명히 알수 없고, 운휘장군이 언제 때의 사람인 줄도 알 수 없었다.

문을 나와 부학으로 들어가니 대성전(大聖殿 : 공자의 위패를 모신 전각)이 남향하여 있고 가운데에 공자의 위판을 모셨는데 '지성선사공자지위'(至聖先師孔子之位)라 썼다. 위판 앞으로 탁자를 놓고 탁자 앞으로 좌우에 각각 두 위판을 모셨는데, 안자(顔子)와 증자(曾子)와 자사(子思)와 맹자(孟子)의 것이었다. 동서 벽 밑으로 각각 다섯 위판을 모셨는데, 공자의 문인 중에서 덕행이 높은 사람이다. 정전 밖으로 뜰 좌우에 각각 행랑이 있어, 공자의 문인과 역대 공덕이 있는 유현(儒賢)을 배향하였다. 동쪽으로 세 칸 집이 있어 여러 위판이 있고 현판에 명환사(名宦祠)59)라 하였는데, 이것은 순천부 역대에 이름난 사람을 위하여 만든 우리나라의 향현(鄕賢 : 지방 서원에 명현을 모시는 사당) 같은 것인가 싶었다. 중문 밖에 조그만 못이 있는데 반달 형상으로, 주(周)나라의 반수(泮水)60) 제도였다. 못 위에 다리 셋을 놓고 다리 위에 각각 돌난간을 세웠으며, 다리를 건너 큰 문이 있으니 영성문(欞星門)이라 하였다. 정전 안에는 동경(銅鏡)틀과 북틀이 있는데, 태상시(太常寺 : 예악과 제사를 맡은 관청)에 악기를 다 감추어놓았다가 제향(祭享)할 때면 가져온다고 하였다. 명륜당(明倫堂)에 여러 비를 세웠는데, 대명 때의 어필과 유명한 필법이 혹 있었으나 바빠서 보지 못하였다. 대저 집이 두루 박락(剝落)하고 내외에 뜻 글이 가득하였으며, 머무르는 선비가 하나도 없어 소견에 한심하였다.

도로 패루 밖으로 나와 큰 길을 쫓아 북으로 수십 보를 나아가자 동쪽에 패루가 있어 대흥현(大興縣)이라 하였는데, 마을이 그 안에 있는가 싶었다. 다시 수백 보를 가자 또 패루가 있어 숭교방(崇敎房)이라 하였는데, 사람의 가르침을 숭상한다는 말이다. 이 패루에 들어가 동으로 백여 보를 나아가니 다시 큰 패루가 있는데, 제도와 채색이 매우 빛났다. 동쪽으로 7, 80보에 또 패루가

---

59) 현귀(顯貴)하고 요로(要路)에 있는 벼슬 내지는 명성이 높은 벼슬아치의 사당을 말한다.
60) 주대(周代)에 제후의 나라에 설립한 대학인 반궁(泮宮)의 동서쪽 문의 남쪽으로 호(濠)를 파 빙 둘린 물을 말한다.

있는데 국자감(國子監)이라 썼고, 옆에 청서(淸書)로 번역하여 썼다. 국자감은 태학(太學)을 이르는 것으로, 천자(天子)의 학(學)을 말한다. 현판에 청서로 쓴 것은 '천자의 학'을 표한 것인데, 성인의 위판을 모신 곳을 오히려 오랑캐의 글자로 더럽혔으니 통분하였다.

두 패루 사이에 정문이 있으며 문 밖으로 면장(面墻)을 쌓았는데 청기와로 이었다. 담 안에는 좌우로 붉은 목책을 두르고 목책 밖 양쪽에 갑군 서넛이 있어 틀에 창과 궁시(弓矢)를 걸었다. 길 남쪽으로 긴 담이 있고 작은 문을 내었기에 물어보니, 선비들이 머무는 곳이라 하였다. 문 밖에 수레를 머물게 하고 세팔을 들여보내 먼저 통하라 하였더니 돌아와 말하기를, 안문이 잠겨 있고 사람이 없는데 새해 보름 전에는 예로부터 머무는 이가 없다고 하였다. 태학을 먼저 찾은 것은 선비를 찾기 위함이었는데 이런 줄을 미처 알지 못하였으니, 애달프지만 어쩔 수 없어 정전(正殿) 제도를 구경하고자 하였다.

서쪽 협문으로 들어가 동쪽으로 한 문 앞에 이르니 현판에 지경문(知經門)이라 하였는데, 이 문 안은 대성전 뜰이다. 문이 잠겨 있어 세팔이 지키는 사람을 찾아 열쇠를 가지고 왔으나, 먼저 면피를 내라고 하며 좋은 종이와 부채를 달라고 하는 것이다. 마침 가져온 것이 없을 뿐 아니라, 이곳은 다른 데와 달라 성현의 위판을 모신 곳이어서 회뢰(賄賂 : 뇌물)를 주어 들어가보기를 구함이 더욱 맞지 아니하였다. 한참을 다투다가 종시 듣지 않아서 드디어 물러나왔다. 서쪽에 큰 집들이 있기에 두루 다니며 구경하는데, 큰 버들이 무수히 있어 이 때문에 볼 길이 없었다. 대성전 집 마루가 담 위로 표묘(縹緲)히 보이고 그 앞으로 여러 집이 있었다. 누런 기와와 푸른 기와로 첩첩이 이었으나 들어가보지 못하니 통분하였다.

세팔이 말하기를, 북쪽에 한 집이 있는데 전에 보니 유구국 사신이 머물러 글을 읽던 곳이므로, 만일 그대로 있다면 또한 구경할 만하리라고 하였다. 지경문 앞으로 북향하여 가는데 사내와 계집이 따라오며 청심환을 달라고 해서 극히 괴로웠다. 세팔이 앞서가더니 돌아와 말하기를, 그 집은 있지만 사람이 없으니 이상하다고 했다. 길가에 작은 집이 있고 그 안에 서너 사람이 있기에 들어가보니 모두 다 태학의 서반(書班)들로, 우리나라의 서리(書吏)⁶¹⁾ 같은 것이다. 무슨 문서들을 쓰기에 유구국 선비의 거처를 물으니, 몇 년 전에 다 돌아가고 없다고 하였다.

이 집 서쪽에 큰 문이 있기에 세팔이 청심환 두어 개를 주고 문을 열어 들어가보았다. 정당은 매우 웅위(雄偉)하고 앞으로 다 분합(分閤 : 대청 앞쪽 전체에 드리는 긴 창살)을 만들어 달았기에 들어가보니 아무것도 없었다. 다만 큰 현판 하나가 있어 '친군사'(親君師) 세 자를 전자(篆字 : 전서)로 새겼는데, 어버이와 임금과 스승이란 말이었다. 앞뜰의 넓이가 백여 칸이고, 서쪽에는 수십 칸의 행랑이 있어 규모가 또한 굉려(宏麗 : 크고 화려함)하였다. 세팔이 말하기를, 전에 들으니 과거 보는 곳이라고 하였으나 자세하지는 않았다. 행랑 첫 칸에 현판이 있어 '박사청'(博士廳)이라 하였는데, 문틈으로 그 안을 보니 약간의 상탁이 있을 뿐 빈 곳이었다. 뜰 가운데 죽은 나무가 하나 있었는데 크기가 두어 아름이고, 죽은 지 오래되어 반 넘게 썩었으니 무슨 나무인 줄을 알 길이 없었다. 또 사면으로 높이 대를 쌓고 대 위에 주홍색 난간을 둘렀는데 필연 천년 고목인 것 같았다. 무슨 사적이 있나 싶었지만 알 길이 없었다. 세팔이 말하기를, 몇 년 전에 서장관이 이 나무를 대수로이 찾아보며 옛 일기에 이 나무가 들어 있다고 했다 하기에, 『김가재 일기』를 상고하니 지경문 북쪽에는 족적(足迹)이 이르지 않았으므로 누구의 일기에 있는 줄을 알지 못하였다. 도로 문을 나오니 이 안은 다 태학의 대문 안인데, 혹 여염집이 있어 여자와 아이들이 많이 따라오며 구경하였다. 수레를 타고 지경문 앞으로 지나가는데, 또 사람 하나가 있어 진짜 청심환 하나를 주면 문을 열어 보여주겠다고 하니, 정상(情想 : 감정과 생각)이 통분하여 물리치고 나왔다.

동으로 백여 보를 나아가자 또 남북으로 큰 길이 있다. 이 길을 건너니 남쪽으로 붉은 담이 천여 보를 뻗치고 담 안으로 첩첩한 누각의 굉걸(宏傑 : 크고 훌륭함)하기가 비할 데 없었다. 이것이 옹화궁(雍和宮)⁶²⁾인데, 옹정황제(雍正

---

61) 경아전(京衙前)의 하나로, 주로 서책 보관의 업무를 맡았다.

62) 북경 동북부에 있는 라마교(喇嘛敎)의 큰 사찰로, 본래 청나라 세종(世宗)이 임금이 되

皇帝)의 원당(願堂 : 왕실의 명복과 소원을 비는 법당)이다. 옹정은 지금 황제의 아버지이고 강희황제의 넷째 아들로, 강희가 죽은 후에 옹정이 친왕으로서 황제의 위를 이었다. 옹정이 죽은 후에 그가 친왕이었을 때 있던 집을 인연하여 원당으로 만들고, 몽고의 중 수천 명에게 다 송의 제도를 모방하여 지키게 하였는데, 지은 지 오래되지 않았고 사치를 지극히 한 곳이다. 남향한 2층 문이 극히 굉걸(宏傑)하며, 남쪽으로 수십 보를 물려 문을 대하여 10여 칸의 누각을 지었는데 단청이 영롱했다. 이것은 희자(戲子)를 놀리는 집인가 싶었다. 대개 큰 묘당 앞에는 다 희대(戲臺)를 지었는데 그 의사를 알 수 없었다.

동서로 한 쌍의 패루를 지었는데 기교(奇巧)하기가 그지없었다. 서쪽으로 길을 따라 붉은 목책을 세워 가로막고 문을 내었는데, 문 밖에 갑군 일곱이 창검과 궁시를 세우고 엄히 지키어 사람을 들이지 않았다. 문 옆에 갑군들이 머무는 집이 있어서 들어가 앉았더니, 세팔이 갑군에게 각각 청심환을 주고 이윽히 달래어 겨우 바깥문으로 들어가 패루를 지나 큰 문 앞에 이르렀다. 큰 문을 엄히 봉한 것으로 보아 황제가 출입하는 문인가 싶었다. 서쪽으로 작은 문이 있어 사람이 다니기에 그 문을 들어가고자 하였지만, 그 안에 또 갑군이 있어 막고 들이지 않아 세팔도 어쩔 수가 없었다. 서쪽 패루 밑에 라마승(喇嘛僧) 하나가 섰는데, 누런 비단옷을 입고 누런 마으락이를 썼으며 인물이 극히 준수하여 품직(品職)이 있는 중인가 싶었다. 홍명복에게 나아가 달래보라 하니, 홍명복이 그 앞에 가 인사를 공손히 하고 말하기를,

"우리는 외국 사람입니다. 이곳을 구경하고자 해서 왔는데 문 지키는 사람이 허락하지 않으니 매우 낙막(落寞 : 마음이 쓸쓸함)합니다. 노야의 주선함을 바랍니다."

라고 하니, 그 중이 기색이 매우 온화하여 말하기를,

"어찌하여 그렇게 하겠습니까? 그대의 무리는 해마다 들어와 이곳을 여러 번 구경하였는데, 외국 사람이라 하여 전부터 막는 일이 없으니 어찌 그러하겠

기 전에 살던 집이었다.

습니까?"

하고, 바야흐로 사람을 불러 이르고자 하였다. 그런데 책문 밖에서 한 사람이 수레에서 내려 들어오는데 홍성성전(興盛盛典 : 매우 번성한 예식)의 옷만을 입었으니, 빛이 찬란하여 눈이 부시고 모양 또한 품직이 있는 사람이었다. 누런 옷을 입은 중이 그 사람을 보고 이 사연을 이르자, 그 사람이 듣고 희미하게 웃으며 우리를 가리켜 들어오라고 하니, 즉시 그 뒤를 따라 문을 들었다. 문 안이 또한 광활하고 좌우에 다 집이 연하였는데, 중들이 머무는 곳이었다. 붉은 옷을 입은 사람이 동쪽 집으로 들어가서 어디로 간 줄을 알 수 없었는데, 다만 막힘을 염려하여 세팔에게 그 사람을 찾아보라 하였다. 그러자 세팔이 말하기를, 이 문을 든 후에는 염려 없다고 하였다.

세팔을 앞세워 인도하라 하고 백여 보를 나아가니 또 한 문이 있는데, 현판에 '옹화궁'(雍和宮)이라 쓰고 앞에 청서(淸書)와 몽고서(蒙古書)를 또 썼다. 동쪽 협문으로 들어가자 그 안이 극히 넓고, 좌우에 또한 깃대 한 쌍을 세웠는데 높이가 수십 장이 되었다. 그 끝을 보지 못할 듯하고 양쪽에 이층집을 각각 표묘(縹緲)히 지었는데, 한편은 종을 달고 한편은 북을 달았다. 남향하여 정전이 있는데 현판을 '옹화궁'이라 하였으며, 집 지은 제도의 지극한 사치가 이를 것이 없었다. 또 계단에 쌓은 벽장에 각색으로 유리 빛을 만들어 기이한 빛에 눈이 놀래니, 이 한 가지를 보면 다른 것은 거의 짐작할 수 있었다.

정전 동쪽에 협문이 있기에 그 문으로 들어가니 또 한 전(殿)이 있다. 전 앞에 10여 보를 물려서 계단 위로 청동 향로(香爐) 하나를 놓았는데, 높이는 두 길 반이고 아래위에 온갖 짐승과 화초를 아로새겨 그 제작이 극히 신교(神巧)하였다. 또 서쪽 협문으로 들어가니 가운데 삼층집이 구름을 연한 듯하고, 좌우로 각각 이층집이 있었다. 위층으로 공중에 누각을 지어 서로 길을 통하였는데, 누 밑이 땅이어서 여러 길이 되었다. 아래에서 바라보니 인력으로 만든 것 같지 않고 세간에 있는 제양이 아닌 듯하였다. 비록 진시황의 아방궁(阿房宮)과 한 무제(武帝)의 건장궁(建章宮)[63]이라도 필연 이보다 나을 것이 없었다. 또한 천하 재물과 백성의 근력을 부질없는 곳에 헛되이 허비하니, 황제의 기조

(基調)는 극히 허랑(虛浪 : 허황되고 실없음)하거니와, 중국의 넓은 역량을 족히 짐작할 수 있었다. 여러 전(殿)의 문을 다 잠갔으므로 라마승 여럿이 따라 들어왔는데 다만 청심환을 달라 하고, 문을 열라고 하면 황상이 내일 이곳에 거동하는 까닭에 열지 못한다 하니, 여러 번 달래어 말했지만 종시 듣지 않았다. 할 수 없이 도로 정전 앞으로 나왔다. 세팔이 말하기를,

"이곳에 궁을 지키는 고자(鼓子 : 환관)가 하나 있는데, 전에 두어 번 보아 면분(面分 : 사귐)이 있으니 찾아보겠습니다."

하고 가더니 이윽고 돌아와 말하기를, 그 고자를 찾았으니 그가 있는 곳으로 가자고 하기에 정전 동쪽으로 갔다. 한 사람이 뜰에 나와 섰는데 몸이 두어 아름이나 되고 구각(軀殼 : 몸의 윤곽)이 매우 웅장하였다. 우리를 보고 웃으며 뜻이 극히 관곡하였고, 교의를 내오라 하여 마주 앉아 성과 나이를 물었다. 내가 또한 그 성과 벼슬을 물으니,

"성은 백가(白哥)이고, 6품 벼슬이니 수궁(守宮) 태감(太監)입니다."

하였다. 내가 말하기를,

"우리는 외국의 작은 사람인데 노야는 대접을 어찌 이리 관곡히 하십니까?"

라고 하자, 태감이 웃으며 말하기를,

"외국 사람을 어찌 만홀(漫忽 : 소홀함)히 하겠습니까?"

라고 하였다. 각각 차를 권하여서 먹으며 여러 말을 수작하였는데, 세팔이 구경하고자 하는 뜻을 이르자, 태감이 즉시 젊은 태감 하나를 불러 무슨 말을 일렀다. 이윽고 열쇠를 가지고 와 들어가기를 청하였다. 내가 태감에게 손을 들어 치사(致謝)하고 젊은 태감의 성을 묻자 풍가(馮哥)라고 하였는데, 인물이 극히 순근(醇謹 : 성품이 순박하고 조심스러움)하였다.

도로 동쪽의 협문으로 들어가 정문을 여니 분합의 높이가 두어 길이고, 온갖 화초를 새겨 바른 종이는 다 우리나라의 백면지(白面紙 : 품질이 매우 좋은 백지)였다. 그 안의 규모는 대강 우리나라의 법당 모양이었다. 탁자 위에 부처

---

63) 아방궁과 건장궁은 각각 진시황과 한 무제의 호화로운 궁전을 가리킨다.

셋을 앉혔는데 높이가 서너 길이었으며, 부처의 전형(典型)은 우리나라와 같았다. 바닥의 넓이가 열두어 칸이고 한 장 담(毯 : 양탄자)을 가득히 깔았는데, 기이하게 용호(龍虎) 무늬를 놓아서 신을 벗었지만 혼란한 채색에 차마 들어가지 못하였다. 부처 앞으로 긴 탁자를 놓고 그 위에 향로와 향합(香盒 : 향을 담는 합)과 촛대와 꽃 꽂는 병과 여러 가지 기완(器玩 : 감상하기 위한 기구나 골동품)을 벌였는데, 그 찬란함을 이루 형용할 수 없었다. 꽃 꽂은 병은 네다섯 쌍으로, 다 서양국의 소산이다. 다 구리로 만들고 겉에 사기를 입혀 온갖 채색으로 무늬를 놓았으니, 영롱(玲瓏)하고 공교(工巧)하여 이상한 제작이다. 온갖 기이한 꽃을 다 비단으로 만들었으며 그중에 산호 가지를 두어 자 꽂았는데, 모양이 기이하여 여러 번 가리켜 중국의 기구(器具)라 일컬었다. 풍가가 말하기를, 이는 진짜가 아니라고 하기에 앞에 나아가 자세히 보니 과연 진짜가 아니었다. 천하의 기구를 사치스럽게 하였지만, 오히려 산호를 얻지 못하여 거짓 것을 꽂았으니 이상한 일이다. 또 풍가의 진실한 마음이 외국 사람을 속이지 않으니, 중국의 풍속이 실로 기특하였다.

한편에 두어 자 산 모양을 만들어놓았는데, 수풀과 성지(城池)와 인물을 다 새겼기에 풍가에게 물으니, 수미산(須彌山)[64] 제도를 모방한 것이라고 하였다. 탁자 아래에 절하는 자리를 놓았는데 누런 보를 덮은 곳은 황상이 절하는 곳이고, 뒤로 붉은 자리를 놓은 곳은 모든 왕들이 절하는 곳이라 하였다. 동서로 여러 불상을 앉히고 탁자 앞에 다 절하는 자리를 놓았다.

초초히(서둘러) 본 후에 문을 나와 뜰로 내려가 동쪽 행랑문을 열어 들어가 보니 넓이가 10여 칸이었다. 탁자 위에 일여덟 소상을 앉혔는데 다 상이 흉험(凶險)하여 사람의 모양 같지 않았다. 풍가에게 물으니 풍가 또한 그 이름을 모른다고 하였다. 탁자 앞으로 좌우에 두 소상을 세웠는데, 다 갑주(甲冑 : 갑옷과 투구)를 한 장군의 모양으로, 긴 창을 들고 눈을 부릅떠 소견에 늠름하였다. 문 좌우로 각각 큰 곰을 세웠는데 털과 눈청(눈망울)이 살아있는 듯하며

---

64) 불교의 세계설(世界說)에서 세계의 중심에 솟아 있다고 하는 매우 높은 산을 이른다.

처음 보니 극히 놀랍고, 나아가 자세히 보니 목에 상아(象牙)로 패를 만들어 걸었다. 들어서 보니 패 위에 쓰기를, "아무 해에 황제가 성경(盛京 : 심양)에 거동하여 산영(山營 : 사냥)하고 친히 쏘아 잡은 것이다"라고 하였다. 대개 곰을 잡은 후에 통째로 껍질을 벗겨다가 그 속에 무엇으로 메우고, 눈청을 검은 유리로 만들어 세운 것이다. 높이는 어깨에 가득하고 길이는 거의 세 발이 되는데, 둘을 가로로 세웠다. 곰의 뒤로 한편은 갈범(칡범)을 세우고 한편은 표범을 세웠는데, 다 상아 패를 달아 황제가 친히 잡은 것임을 기록하였으니, 대개 그 재주와 위엄을 자랑한 의사인가 싶었다. 소상마다 앞에 여러 발을 드리웠는데, 다 범과 사슴과 곰의 가죽으로 가장자리를 꾸미고 각색 그림을 갖추어 드리웠다. 풍가가 말하기를, 모두 다 황제가 손수 잡은 것이라고 하였다.

소상 앞으로 틀을 놓고 여러 개의 이상한 병기를 꽂았으며 상아 패를 모두 달아 그 출처를 기록하였는데, 모두가 외국에서 진공(進貢 : 공물을 바침)한 기물이었다. 그중 하나가 조총(鳥銃) 모양으로, 위에 창 모양을 만들고 두 가닥이 있어 도리깨 제도 같은데 매우 이상한 병기였다. 패에 그 무기의 근수와 화약 넣는 수와 철환(鐵丸 : 탄알)의 대소를 썼으나, 다 기록하지 못하였다. 북쪽 벽 밑으로 낮은 탁자 위에 교의 모양으로 두어 자 높이를 꾸며 놓았는데, 온갖 채색으로 화초와 새와 짐승을 새겼다. 특별히 혼란해서 풍가에게 물으니, 양의 기름으로 만든 것이라고 했다.

그 안에 온갖 음식과 실과를 기이한 그릇에 담아놓고, 당중(當中 : 가운데)하여 큰 조개 껍데기 같은 그릇에 굽을 받쳐놓고 금빛 같은 술을 가득 부어놓았다. 이에 풍가에게 그 이름을 물었더니, 풍가가 제 머리를 가리켜 말하기를, 천령개(天靈蓋)라 하니, 사람의 머리뼈를 말하는 것이다. 내가 놀라 말하기를,

"사람의 머리뼈로 어이하여 술 그릇을 만듭니까?"

라고 하자, 풍가가 말하기를,

"이것은 달자(㺚子 : 오랑캐)의 천령개인데, 몇 년 전에 북방을 도적질하여 변방을 크게 어지럽혔으므로, 황상이 친히 군사를 거느려서 평정하고 그 괴수의 머리를 깨쳐 이 그릇을 만들었습니다."

라고 하였다. 대개 이것은 옛 조양자(趙襄子)가 지백(智伯)의 머리뼈로 마시는 그릇을 만든 것[65]을 뜻하며, 또한 그 도적을 멸한 공을 나타냄이다. 풍가가 또 말하기를,

"그 달자의 다리뼈로는 주라(朱喇 : 붉은 칠을 한 소라 껍데기로 만든 대각)를 만들어 군중이 불게 합니다."

라고 하였는데, 이것은 듣지 못하던 법이고 대저 흉악한 도적인가 싶었다. 사면으로 돌아보니 다 괴이한 귀신과 영악한 짐승과 맹렬한 병기와 음참(陰慘 : 음산하고 참혹함)한 기물이 벌여져 있어서 오래 머물 곳이 아니었다.

즉시 문을 나와 또 협문으로 들어가 3층 전(殿)을 열고 들어가보니 안으로는 3층이 다 통하였다. 그 높이에는 이를 것이 없고, 전면에 온갖 기이한 비단으로 주렴(珠簾 : 구슬을 꿰어 만든 발)을 만들어 여러 문에 드리웠다. 진주 보패(寶佩)로 가장자리를 꾸미고, 각색 실로 유소(流蘇)를 매어 가장자리에 줄줄이 걸었다. 한끝을 치니 여러 발이 흔들려 구슬이 서로 부딪치는 소리가 패옥(佩玉 : 예복에 차던 옥) 같아 그 사치한 거동을 짐작할 수 있었다. 발을 들고 위를 바라보니 중앙에 금부처 하나를 세웠다. 둘레는 예닐곱 칸에 가득하고, 길이는 수십 장 높은 집의 반자에 닿았으니, 그 웅장한 제도를 상상할 수 있었다. 우리나라에 또한 두어 곳 큰 불상이 있으나 여기에 비하면 조그만 동자라 이를 것이다. 목에 백팔 염주를 걸었는데, 한 알이 거의 말[斗 : 열 되들이 용기]만하였다. 빛이 혼란하여 금패(金牌) 같기에 풍가에게 물으니, 또한 진짜가 아니라고 하였다. 비록 조것(가짜)이라도 중국 기구가 아니면 이룰 수 없는 일이다.

안쪽 줄에는 여러 가지 등을 걸었는데, 다 각색 구슬로 두루 얽어매어 그 찬란한 거동을 붓으로 기록하지 못하였다. 집 안에는 벽을 의지하여 층층이 난간을 두르고 다 오르내리는 사다리를 놓았다. 위층에 사람 하나가 올라가 난간을

---

65) 『사기열전』(史記列傳) 「자객열전」(刺客列傳)에는 지백이 조양자를 치자, 조양자가 한(韓)·위(魏)나라와 힘을 합하여 지백을 물리치고 그의 두개골에 칠(漆)을 하여 술 그릇으로 삼았다는 이야기가 전한다.

의지하여 굽어보는데, 아래에서 바라보니 조그만 아이 형상이다. 그 위에 오르면 더욱 장관이 될 것 같아 풍가에게 올라보기를 청했으나, 풍가가 머리를 돌려 못 오른다 하고, 날이 또한 늦어 돌아갈 길이 바빴다.[66]

초6일 관에 머물다

이 날은 바람이 매우 사납게 불어 길에 티끌이 가득하여 다니기 어려울 것이고, 또 계속하여 구경을 다니면 혹 아문에서 말이 있을 듯하기에 종일 관중(館中)에서 발을 내리고 지냈다. 어제 보니 큰 길에 좌우로 수레길을 내어 짐수레와 벼슬 없는 사람이 태평차를 타고 다니게 하고, 가운데는 인마와 재상 대인의 수레를 다니게 하였다. 그런데 양쪽 길은 수레 자국이 깊고 곳곳에 구렁이 있어 매우 편하지 않았고, 혹 가운데로 들어가면 길가에 갑군이 엄금(嚴禁)하여 못 가게 하였다. 대개 큰 길에는 수백 보를 띄어 연하여 군포(軍鋪 : 순라군이 머물러 있는 곳)를 짓고 갑군이 지키게 하였다. 군포의 제도는 세 칸 집으로, 그 안에 캉을 놓고 문 앞에 네모진 주장(柱杖 : 붉은 칠을 한 몽둥이)을 셋씩 묶어 세웠으며, 그 위에 환도를 걸었다.

북경의 흙 빛은 잿빛 같고 수레와 인마에 갈리어 길 위에 깔린 것이 다 가로(街路)의 것과 같다. 이러므로 바람이 약간 일면 먼지가 하늘을 덮고 행인이 눈을 뜨지 못했는데, 큰 길 가운데로 붉은 칠을 한 바자통[67]을 곳곳에 늘어놓고 물을 길에 부으며, 때때로 넓은 길에 물을 뿌려 먼지를 재웠다. 길가의 집 물을 벌인 저자에는 다 닭의 깃을 대 끝에 묶어 둑[68] 모양같이 만든 비를 가지고 저물도록 먼지를 쓰니 이상한 땅이다.

---

66) 관으로 돌아가는 길에 사패루(四牌樓)와 융복사(隆福寺) 등을 구경한 일이 생략되었다.

67) 울타리 옆에 놓아 물을 담아두던 통을 말한다.

68) 임금이 타고 가던 가마나 군대의 대장 앞에 세우던 기의 한 종류로, 큰 삼지창에 삭모(槊毛)를 많이 달았다.

의복을 파는 저자에는 재상 대인이 입는 망룡옷(蟒龍衣 : 용 무늬의 관복)과 온갖 선명한 의복을 다 처마 안으로 줄줄이 걸어놓아 소견에 찬란하였다. 그밖에 늙은(낡은) 의복은 처마 밖으로 샅집을 짓고 산같이 쌓았는데, 여러 사람이 가운데 들어서서 종일 서로 옮겨 쌓으면서 두 손으로 같이 들고 목소리를 높여 노래 부르고, 다시 무슨 말을 무수히 읊은 후에 쌓는 편으로 던지면 다른 사람이 그 옷을 받아 쌓는다. 그 소리는 자세히 알 길이 없으나, 대강 이 옷이 품수는 높고 값은 적으니 부디 사들여 입으라고 하는 말에 곡조를 만들어, 어깨를 움직이며 엇보인(어수룩한) 거동을 갖가지로 하여 사람을 우습도록 한다. 이러므로 그 소리를 특별히 듣그럽게(시끄럽게) 하여 행인이 무수히 둘러서고, 사람이 많이 모이면 더욱 즛(모양)을 내어 소리를 높인다. 혹 목이 쉬어 소리를 이루지 못하는 이도 있고, 혹 소리를 잘하지 못하여 사람이 보지 않고 남의 푸자에 많이 모이면 열없어(겸연쩍고 부끄러워) 하는 거동이 더욱 가소로웠다. 대개 이렇게 하여 사람을 모으면 흥정이 잘 되는가 싶었다.

조참(朝參)하던 날에 만나본 두 한림을 찾아보려 하였지만, 그 집을 자세히 묻지 못하였기에 의거하여 찾을 길이 없었다. 사관 집의 서쪽으로 이웃한 곳이 한림들이 모이는 마을이어서, 세팔을 보내 한림들이 모이는 날을 물어보라 하니, 세팔이 돌아와 말하기를,

"이 마을은 한림원 서길사(庶吉士 : 진사에 합격한 선비)라 하는 관원이 모이는 곳(서길사관)이고, 한림은 오는 일이 없다고 합니다."

라고 하여 어쩔 수가 없었다. 마침 수역(首譯)이 진신관안(縉紳官案 : 벼슬아치의 이름을 적은 책) 한 벌을 얻어 계부께 들여보냈는데, 이것은 대소 관원의 성명과 거주를 다 기록한 것이다. 드디어 그 관안을 상고하니 두 사람이 다 한림 검토관(檢討官) 벼슬이며, 오가(吳哥)는 이름이 상(湘)이고, 팽가(彭哥)는 이름이 관(冠)이었다. 이 날 두 사람의 성명과 거주를 적어 세팔에게 다시 그곳에 가서 물어보라 하였더니 돌아와 말하기를,

"두 사람이 과연 있고, 집을 자세히 물었더니 열이튿날 오면 자세히 알아 가르쳐 드리겠다고 하니, 필경 찾을 도리가 있겠습니다."

라고 하였다. 서반(西班 : 무관의 반열) 하나가 들어왔기에 청하여 캉 위에 앉
히고 여러 말을 수작했다. 이 서반은 예부(禮部) 서반인데, 조선 사행이 오면
예부에서 여덟 서반을 정하여 아문의 대소 문서를 거행하게 했다. 서반은 다
남방에서 정하여 올리는데, 이러므로 형세가 가난하여 생리(生理)가 극히 어
려웠다. 근년(近年)에는 조선의 흥정 중에 서책과 서화와 종이와 향과 필묵은
선비에게 속하고 좋은 집물이라 하여, 다 서반이 담당하여 매매를 붙이고 약간
의 이익을 떼어먹는다. 그러므로 이로부터 집물이 점점 귀해지고 서반 외에 가
만히 매매하는 일이 있으니, 크게 놀라 우리나라의 난전(亂廛)[69] 잡죄듯(아주
엄하게 다잡듯) 하였다. 이 서반은 성이 부가(夫哥)이고, 나이를 물으니 나와
동갑이어서 각별히 관곡하게 대접했는데, 저도 매우 귀하게 하느라 했다. 다
만 남방 사람이라서 북방의 허위(虛威)한 풍습이 없고, 우리나라 사람의 악착
한 심사를 익히 겪었기에 종시 진실한 거동이 없었다. 내가 부가에게 묻기를,
　"지금 중국에 조공하는 나라는 몇이나 됩니까?"
하니, 부가가 말하기를,
　"조선과 유구국(琉球國)과 안남국(安南國)[70]과 남장국(南掌國)[71]과 홍모국
(紅毛國 : 화란)으로 대개 다섯 나라이고, 조선 말고는 혹 3년에 한 차례 조공
하거나 5년에 한 차례 합니다. 유구국은 금년에 왔으니 5년 후에 다시 오게 됩
니다."
하며 부가가 또 말하기를,
　"유구국은 조선과 가까울 것이니 서로 통하여 다닙니까?"
하자, 내가 말하기를,
　"전에는 통하더니 근년에는 통치 않습니다."
라고 하였다. 부가가 그 곡절을 묻기에, 그 곡절은 우리나라의 부끄러운 일이
라 말하지 못하고 모른다고 하니, 부가가 고개를 끄덕이고 나갔다.

---

69) 조선시대 육주비전(六注比廛)에서 파는 물건을 몰래 팔던 가게.
70) 인도차이나 반도 안남 지방의 나라로, 남방계 몽고족의 한 분파이다.
71) 지금의 라오스를 말하며, 10년에 한 번씩 중국에 조공하였다.

유구국은 바다 가운데 있는 나라로 보배와 재물이 많은 곳이고, 우리나라 전리도 땅에서 멀지 않아서 초년(初年)에는 서로 신사(信使 : 사절)를 통하였다. 중년(中年)에 유구국 왕이 바다에 표풍(漂風 : 표류)하여 왜국에 사로잡히게 되었는데, 그 세자(世子)가 기이한 보패(寶佩)를 큰 배에 가득히 싣고 왜국으로 들어가 회뢰(賄賂 : 뇌물)를 주어 그 아비를 살려 나오고자 하였다. 그러나 또한 바다에 표류하여 제주에 닿았는데, 이때 제주목사는 욕심이 많고 인심이 없는 사람이어서 그 보화를 탐하여 세자를 죽이려 하였다. 세자가 그 사연을 일러 애긍(哀矜)히 빌었으나 끝내 듣지 않았다. 세자가 크게 분노하여 온갖 보패를 바다에 잠기게 하고 글을 지어 이렇게 말했다.

착한 말을 걸(桀)의 옷 입은 몸에 밝히기 어려우니
형벌을 임하여 무슨 겨를에 푸른 하늘에 호소하리오.
세 어진 이[72] 구멍에 들매 사람이 뉘 속(贖)하리오
두 사람[73]이 배에 오르매 도적이 어질지 아니하도다.
뼈는 사장에 들어나매 풀에 감겨 있고
혼은 고국에 돌아가매 조상할 이 없도다.
죽서루 아래 물은 도도한데
끼친 한이 분명히 일만 해를 오열하리라.[74]

마침내 목사가 죽인 바 되니, 이로 인하여 우리나라의 신사를 끊고 혹 제주 사람을 만나면 잡아 죽여 그 원수를 갚고자 하였다. 이러므로 제주 백성이 배를 타면 표류를 염려하여 다 강진(康津)·해남(海南) 백성의 호패(號牌)를 만

---

72) 진목공(秦穆公)이 죽은 뒤에 엄식(奄息), 중행(仲行), 침호(針虎)라는 세 어진 이를 순장시켰다는 고사가 『사기열전』(史記列傳) 「몽염열전」(蒙恬列傳)편에 전한다.
73) 유구국의 두 왕자를 말한다.
74) 원문은 다음과 같다. "堯語難明桀服身 臨刑何暇訴蒼旻 三良入穴人誰贖 二子乘舟賊不仁 骨暴沙場纏有草 魂歸故國吊無親 竹西樓下滔滔水 遺恨分明咽萬春"

들어 차고 다닌다 하였다.[75]

저녁 식후에 부방에 갔더니 부사께서 화초분(花草盆) 셋을 얻어놓았는데, 하나는 도화이고, 하나는 해당이며, 하나는 수선화였다. 도화는 나무가 극히 작으나 꽃이 가득히 피고, 해당은 우리나라의 단화(丹花) 같은데 다만 빛이 붉고 꽃잎이 약간 컸다. 수선화는 뿌리는 마늘 같고 줄기는 파 같고 흰 꽃이 훤초(萱草)[76] 같았다. 약간 향기가 있고 봉오리는 고개 숙여 아래로 드리웠다가 피려 하면 잠깐 사이에 꼿꼿이 일어서는데, 또한 이상한 물성(物性)이었다.

북경은 매우 숭상하고 극히 번성하였다. 사행이 역관에게 분부하여 환술(幻術 : 마술)하는 사람을 불러오라 하니, 역관들이 들어와 아뢰기를,

"보름 전에 온갖 아문에 인(印)을 봉하고 공사를 폐하니, 재상 대인들이 할 일이 없어 이것을 두루 불러 놀이를 하는 까닭에 얻을 길이 없습니다."

라고 하였다.

---

75) 이 기록은 박지원(朴趾源)의 『열하일기』(熱河日記) 「피서록」(避暑錄)에도 전하며, 김려 (金鑢)의 『담옹유고』(潭翁遺稿)에는 「유구왕세자외전」(琉球往世子外傳)으로 전한다.

76) 백합과 비슷한 난과의 다년초로, 원추리 혹은 망우초(忘憂草)라고 한다.

관에서 환술을 보며 즐기다

초7일 관에 머물다

식전에 세팔을 불러 천주당(天主堂) 보는 일을 의논하니 세팔이 말하기를,
"몇 년 전에는 천주당 사람이 조선 사람을 각별히 대접하고 구경 가는 사람
을 막는 일이 없었습니다. 그런데 근래에는 구경 가는 사람이 혹 잡되게 보채
고 자리와 그림을 더럽히는 까닭에 매우 괴로이 여겨서 막고 들이지 않는다 하
니, 미리 통하지 않으면 들어가기를 믿지 못할 것입니다."
하기에, 드디어 세팔로 하여금 먼저 나아가 내일 가고자 하는 뜻을 전하라 하
였다.

천주당은 서양국 사람이 머무는 곳으로, 서양국은 서쪽 바다 가운데 있는
나라이고 중국에서 수만 리 밖이다. 옛날에는 중국을 통하는 일이 없었는데,
대명 만력(萬曆)[77] 연간에 이마두(利瑪竇 : Matteo Ricci)라 하는 사람이 비로
소 중국에 들어오니, 이마두는 천하에 이상한 사람이었다. 스스로 말하기를,
20여 세에 천하를 구경하고자 하는 뜻이 있어 나라를 떠나 천하를 두루 보고,
땅 밑으로 돌아 중국에 들어왔다고 하였다. 그 말이 비록 믿어지지 않았으나
대개 천문성상(天文星象 : 천체와 별을 연구하는 학문)과 산수(算數)·역법(曆

---

77) '만력'은 명 신종(神宗)의 연호로, 1573~1619년을 일컫는다.

法)78)을 모르는 것이 없고, 다 근본을 속속들이 살피고 증거를 밝혀서 하나도 억측의 말이 없으니, 대개 천고에 기이한 재주였다. 또 저희 학문을 중국에 전하였는데, 그 학문의 대강은 하늘을 존숭하여 하늘 섬기기를 불도의 부처 섬기듯이 하고, 사람을 권하여 조석으로 예배하고 착한 일을 힘써 복을 구하라고 하니, 대개 중국 성인(聖人)의 도(儒家의 道)와 다르고 이적(夷狄 : 오랑캐)의 교회여서 족히 말할 것이 없다. 그렇지만 천지(天地)의 도수(度數)79)와 책력(冊曆)의 근본을 낱낱이 의논하여 세월의 절후(節侯 : 절기)를 틀리지 않게 함은, 또한 옛사람이 미치지 못할 것이다.

또 그 나라의 풍속이 공교(工巧)하고 이상하여 온갖 기계를 매우 정묘(精妙)하게 만든다. 이러므로 이마두가 죽은 후에 그 나라 사람이 이어서 중국에 통하여 끊어지지 않았고, 근래에는 작품(爵品)을 주고 후한 녹봉을 주어 책력 만드는 것을 완전히 맡겼다. 그 사람들이 한번 나오면 돌아가는 일이 없어서 각각 집을 지어 따로 거처를 정하고 중국 사람들과 섞이지 않았는데, 동서남북 네 집이 있어 이름을 천주당이라 하였다. 이는 하늘을 주(主)로 한다는 말이다. 그중 서천주당(남천주당의 잘못)의 집과 기물이 더 이상하였다. 두 사람이 있었는데 한 명은 유송령(劉松齡 : A. Von Hallerstein)이고, 다른 한 명은 포우관(鮑友官 : A. Gogeisl)80)으로, 두 사람 다 나이가 많고 소견이 높았다. 이곳은 전부터 우리나라 사람이 출입하는 곳이었다. 이윽고 세팔이 들어와 말하기를,

"큰 서통관이 아문에 들어와 문을 엄히 막아 출입을 통치 않습니다."
하니, 큰 서통관의 이름은 종맹(宗孟)으로, 서종현의 사촌형이다. 종맹의 형인 서종순(徐宗順)은 대통관으로 부임하여 권력이 양국(兩國 : 중국과 조선)에 진동하였다. 종순이 죽은 후에 종맹이 그 대를 이어 또한 권세를 부리는데, 우

---

78) 천체의 주기적 현상을 기준하여 시간을 구분하고 날짜와 순서를 매기는 방법을 말한다.

79) 각도·온도·광도 등의 크기를 나타내는 수를 말한다.

80) 유송령은 당시 나이 62세로 흠천정감(欽天正監)이었고, 포우관은 당시 64세로 흠천부감(欽天副監)이었다. 흠천감(欽天監)은 명·청 때 설치된 국립천문대이다.

리나라 말을 능히 하고 성정이 교활하여 여러 칙사(勅使)를 데리고 우리나라에 다니니, 다소(多少)의 일이 다 종맹의 손에서 결단되었다. 또 욕심이 무궁하고 위인(爲人 : 사람의 됨됨이)이 불량하니, 우리나라 역관들이 감히 그 뜻을 어기지 못하고 극히 두려워하였다.

종맹이 사는 곳이 황성에서 40리 밖이어서 병이 있어 들어오지 못하다가 이날 아침에 들어왔는데, 마침 통관 오림포가 제 집에서 음식을 갖추고 일행 역관을 청하여 노는 것이다. 이러므로 서종맹이 들어와도 역관들이 나아가 대접하지 못하였다. 이에 종맹이 크게 노하여 문을 엄히 막았는데, 이는 우리나라 사람을 가두어 곤욕을 치르게 하려는 의사였다. 갑군이 문을 엄히 지켜 안팎이 서로 말을 통하지 못하게 하였으며, 물 긷는 사마군 또한 전립을 벗어 갑군에게 맡기고 즉시 들어온 뜻을 보이게 하였고, 수를 헤아려 부질없는 사람을 내보내지 않으니 구경할 일이 극히 낭패였다. 역관들이 들어와 그 연고를 물으니, 다 기색이 좋지 않아 기운을 펴지 못하고 다만 서로 말하기를, 종맹이 죽지 않으면 북경을 다니기 어렵겠다고 하며 혹 말하기를,

"비록 그러하나 사나운 가운데 슬기로운 것이 있는 것이다. 변통하기 어려운 일을 능히 주선하는 이가 없기는 어려운 것이다."

하였다. 구경할 일을 의논하는데, 모두 말하기를 4, 5일 안은 변통할 길이 없으니 조금 진정하기를 기다리자고 하니, 대개 종맹의 성정〔性息〕을 두려워하여 말하기를 다 어렵게 여기는 거동이었다. 역관들이 나가기에 세팔과 덕형을 불러 의논하니 세팔이 말하기를,

"서통관이 비록 성정이 불량하고 허위(虛威)한 곳이 있으나, 만일 먼저 사람을 보내 말을 잘하여 온화하고 공손한 뜻을 보이며, 이 다음에 나가기를 청하면 필연 허락할 법이 있겠습니다."

하였다. 덕형이 말하기를,

"오늘 일은 역관 때문에 노한 것일 뿐만 아니라 전부터 이곳 상고들이 아문에 먼저 세를 바치면 아문이 방을 붙여 온갖 매매를 허락하였으니, 이러므로 조선 사람을 막을 뿐 아니라 이곳 상고의 출입을 막아 그 세 바치기를 재촉하

는 뜻입니다. 만일 말을 잘하여 달래면 오래 막히는 것을 걱정하지 않아도 될 것입니다."

라고 하였다. 세팔이 말하기를,

"덕형은 전부터 매매하는 것이 많은 까닭에 아문에 권력이 있고, 서통관이 또한 사랑하므로 만일 덕형을 보내면 일이 쉬울 것입니다."

라고 하기에, 드디어 덕형을 바삐 내보냈다. 그랬더니 이윽고 돌아와 말하기를, 아문에 나아가 이 사연을 이르는데 서통관이 대사와 다른 통관의 말을 들었기에 쾌히 허락하며, "궁자의 구경하는 뜻을 내가 이미 알았으니, 사람을 적게 데리고 임의대로 다녀라" 하고 또 두려워하여 내게 문안 전갈을 보내더라고 했다. 그리고 우리나라 사연으로 전갈의 말을 전하기에 내가 말하기를,

"저희가 이미 전갈을 보냈으니 내가 대답하지 않으면 필연 무례하게 여길 것이므로, 즉시 사람을 보내어 안부를 묻고 구경하도록 허락함을 치사하는 것이 어떠하겠는가?"

하였다. 세팔과 덕형이 다 말하기를, 만일 그렇게 하면 크게 감사해할 것이라고 하였다. 이에 덕유를 시켜 아문에 나가 말씀을 공손히 하라 하였더니, 돌아와 말하기를,

"서통관이 전갈을 듣고 웃으며 극히 좋아했습니다. 전에도 수역(首譯)을 따라와 여러 번 전갈을 듣고 다녔지만 다만 안부를 알고자 한다고 하며 그 사연이 매우 거만하였는데, 이번에는 문안을 못내 아뢴다고 하니 조선 일을 익히 알고 대답이 서로 다른 줄을 안 것입니다."

하니 우스웠다. 천주당 일이 심히 바빠서 덕유를 다시 불러 세팔을 데리고 내보내기를 청하라 하니, 과연 즉시 내보냈다. 세팔이 천주당에 다녀와서 말하기를,

"두 사람은 보지 못하였고, 문 지키는 갑군에게 청심환을 주며 여러 번 달래자, 두어 번 들어갔다 나와 말하기를, '20일에 서로 볼 날이 있겠지만 그 전에는 계속해서 나라 일이 있어 틈이 없노라' 하니, 기다릴 밖에는 할 일이 없겠습니다."

하였다. 이곳은 온갖 구경을 하거나 아무 사람을 만나도 청심환이 없으면 안정(顔情 : 여러 차례 만나면서 일어나는 정)을 낼 길이 없었다. 진짜로는 이을 길이 없어서 하인들이 파는 작은 청심환 2백 환을 은 닷 돈을 주고 사다가 세팔에게 맡겨놓고, 이 앞에 구경을 하게 되면 쓰라고 하였다.[81]

이익이 당금(唐琴) 하나와 생황 하나를 얻어왔다. 푸른 옥과 수정으로 당금을 꾸몄고 바탕을 파초(芭蕉) 잎 모양으로 만들었는데, 제작이 기이하였다. 그 소리를 들으니 아담하고 청원(淸遠)하여 짐짓 성인의 기물이었다. 이번 길에 나라에서 장악원(掌樂院)[82] 악사(樂士)를 들여보내 당금과 생황을 사오게 하고 겸하여 그 곡조를 배워오라고 하였다. 이러므로 이익이 악사를 데리고 두 가지 곡조를 배우도록 도모하여 당금을 타는 이를 두루 찾아보았는데, 정양문 밖에 타는 사람이 있다고 하므로 내일 가만히 문을 나와 찾아보고자 한다고 하였다. 당금과 생황은 다 팔려는 것인데, 당금은 값이 천은(天銀 : 좋은 은) 150 냥이라 사지 못한다고 하였다.

초8일 관에 머물고 환술을 보다

이 날은 출입에 걱정이 없었으나 환술하는 사람이 들어온다고 하므로 이것이 또한 이상한 구경이라서 나가지 못하였다. 이번에 관상감(觀象監) 관원이 들어왔는데, 성명은 이덕성(李德星)이다. 책력 만드는 법을 질정(質正 : 묻거나 따져 밝힘)하러 왔으나, 천주당을 마음대로 출입하지 못하니 매우 민망해하였다. 이 날 이덕성을 청해서 같이 다니기를 언약하고 내가 말하기를,

"이곳 구경이 천주당을 으뜸으로 이를 뿐 아니라, 그대는 경영하는 일이 있으니 어찌 20일 후를 기다리겠는가? 이곳 일이 면피가 없으면 곧 되는 일이

---

81) 통관 서종맹과의 대화 내용이 생략되었다.
82) 조선시대 음악에 관한 일을 맡아보던 관아. 정(正) 1인, 첨정(僉正) 1인, 주부(主簿) 2인, 직장(直長) 1인과 여러 명의 잡직(雜職)들이 있다.

없으니 먼저 면피를 만들어보고자 하는 뜻을 간절히 이르고, 약간의 면피를 보내어 나의 성의를 보이고 저희의 뜻을 감통(感通)하게 함이 어떠하겠는가?" 하였다. 이덕성이 듣고 좋다고 해서, 드디어 장지(壯紙) 두 권과 부채 세 병(柄 : 자루)과 먹 석 장과 청심환 세 환으로 폐백(幣帛)을 삼고, 편지를 만들어 홍명복을 불러서 쓰게 하니, 그 글이 이러하였다.

엎드려 생각건대, 신원(新元 : 설날)에 큰 복을 받으셨으리라 믿습니다. 우리는 사는 곳이 궁벽(窮僻)하고 소견이 고루해서 하늘의 도수(度數)와 의기(儀器 : 천문 기계)의 제양을 진실로 알 만한 재주가 아닌데, 망령스럽게 스스로 헤아리지 아니하여 배우기를 원하는 뜻이 평생에 맺혔습니다. 그윽이 들으니 두 분 선생의 학문이 하늘의 근원을 궁구(窮究 : 깊이 연구함)하고 식견이 역리(易理)의 기묘함에 사무쳐, 그 궁극(窮極)히 높고 극진히 깊음에 대개 천백 세를 세어도 미칠 이가 없을 것입니다. 우리는 몸이 바닷가에 엎드렸고 마음이 천당에 달렸는데, 오직 지경(地境)에 한정이 있어 한갓 우러르는 마음을 품었더니, 다행히 사신을 따라 몸이 이곳에 이르러 한 번 높은 덕을 첨앙(瞻仰 : 우러러 사모함)하여 거의 숙원(宿願)을 갚을 것입니다. 다만 두려워하는 것은 외국의 천한 자취이니, 문 지키는 자의 꺼림을 염려하여 날이 오래되도록 자제하여 감히 나아가지 못하고, 망령됨을 피하지 않고 두어 줄 글로 대강 정성을 펴고자 합니다. 두어 가지 토산(土産)은 비록 쓸 만하지 않으나 옛사람이 서로 만날 때 폐백을 잡음을 본받은 것이니, 오직 선생의 헤아려 살피심을 바랍니다.

이봉(裏封 : 속표지)에 '유선생·포선생 첨 좌전'(劉先生 鮑先生 僉 座前)이라 하고, 세팔에게 주어 답장을 받아오라고 하였다. 이익이 악사(樂士)를 데리고 정양문 밖에 다녀왔다 하기에, 불러 그 타는 법과 곡조의 호부(好否 : 좋고 나쁨)를 물으니, 대단히 칭찬하며 우리나라의 소리에 비하지 못한다 하였다.
세팔이 답장을 받아왔는데, 붉은 종이 두 장에 하나는 "연가권제(年家眷弟) 유송령은 돈수배(頓首拜)[83]하노라" 쓰고, 다른 하나는 "연가권제 포우관은 돈수배하노라"고 썼을 뿐이었다. 또 작은 홍지(紅紙) 두 장에 각각 '영사'(領謝) 두 자를 썼는데, 이것은 수는 것을 받아 사례한다는 말이다. '연가권제'라는 말은 동년(同年)[84]의 집에 사랑하는 아이라는 말이다. 중국의 옛적 풍속에 과거에 동방(同榜)한 사람과 서로 각별히 사귀고 자손까지 서로 끊어지지 않으므로 두 집 자손을 서로 '연가권제'라 일컬으니, 동년은 과거의 동방을 이르는 것이다. 후세에 이런 뜻으로 인연하여 연고가 아닌 것에도 통용하여 썼다. 수만 리 밖의 당치 않은 사람에게 문득 이런 칭호를 일컬으니 극히 우스웠다. 편지 사연에 대답하지 않은 것은 서양국이 중국 진서(眞書 : 한문)를 모르기 때문이며, 두 사람이 중국에 들어와 진서를 약간 배웠으나 능히 쓰지 못하므로, 20여 자 글도 또한 남을 빌려 쓴다고 했다. 내일 오라 하는데 또한 말로 전하여 알게 하였다.

환술하는 사람이 들어왔는데, 부방의 캉 앞에 교의를 놓고 3, 4명이 앉았으며 일행이 모여 보았다. 대개 세 사람이 다 높은 탁자 하나를 가운데 놓고 그 위에 홍전(紅氈 : 붉은 빛깔의 모직) 한 장을 폈는데, 한 사람이 탁자 앞에 나와 탁자를 고쳐 쓸고 홍전을 여러 번 털어 다시 펴놓았다. 그런 뒤에 우리나라 사람 둘을 정해달라 하기에 사마군 둘을 시키니, 탁자 좌우에 세우고 무슨 말을 무수히 하는데 알아들을 길이 없고, 대강 제 재주의 신이함을 자랑하고 부채와 종이를 많이 달라는 말이었다. 이윽고 마으락이를 벗어 두루 털어 다시 쓰고, 입은 옷을 위의 것부터 차차 벗으며 연하여 무슨 사설을 하여 양쪽에 섰던 사람에게 이르니, 대강 몸에 아무것도 감춘 것이 없음을 밝히는 말이다. 나중에 벌건 살을 드러내어 두루 보이며 웃어 말하기를,

"약간의 재주를 자랑하려다가 이런 추위에 얼어죽기 쉽게 만들었군."

하고, 다시 입으니 좌우가 크게 웃었다.

---

83) '돈수재배'(頓首再拜)의 준말로, 머리가 땅에 닿도록 두 번 절하는 것을 말한다. 보통 경의를 표하는 뜻으로 편지 머리나 끝에 쓰는 말이다.

84) 같은 과거에 함께 급제하여 방목(榜目)에 같이 적히는 것을 말하며, 동방(同榜)이라고도 한다.

대개 그 말하는 거동은 오직 사람 웃기기를 주로 하는 광대의 모양이다. 옷을 입은 후에 바지의 대님을 끌러 양쪽으로 무수히 털고, 바지 위로 다리를 주무르며 볼기를 두드려 감춘 것이 없음을 보였다. 대개 한 몸의 의복을 거의 다 여지없이 벗어 보였고, 바지는 삼승 겹바지 한 벌을 입어 감춘 것이 없다는 것이 적실(適實)하였다. 탁자 위의 홍전을 다시 털어 앞뒤의 두 사람으로 하여금 홍전 위를 두 손으로 여러 번 문질러 홍전 아래위에 아무것도 없음을 보였다. 좌우 수백 사람의 눈을 모이게 해서 그곳을 보게 하니, 비록 바늘이라도 가히 감추지 못할 지경이었다. 아무리 보아도 있는 것이 없음을 수백 사람이 아는 바였다. 이때는 무슨 말을 연이어 하고 조그맣고 검은 삼승포(三升布)를 두 사람에게 주어 무수히 털어 담 위에 펼친 후에, 손으로 공중을 가리키며 무슨 사설을 연이어 하고 빈손으로 공중을 향하여 무엇을 쥐어 검은 보 안으로 넣는 모양을 하는데, 허공에 쥘 것이 어이 있겠으며 검은 보와 홍전이 편히 깔리어 조금도 다름이 없었다. 계속해서 말을 하며 검은 보 가운데를 손으로 모아 쥐어 차차 위로 당기는데, 들락날락하며 조롱을 무수히 하다가 홀연 위로 번개같이 들치자, 홍전 위에 큰 대접이 놓이고 대접 위에 여러 가지 실과 서너 되가 정제히 괴여 있었다. 그리고는 실과 가운데서 참새 다섯이 놀라 일어나며 혹 집 위에 앉고 혹 공중으로 날아가니, 좌우에 보는 사람이 다 일시에 혀를 차며 웃었다. 그 사람이 또한 웃으며 좌우를 돌아보고 술업(術業)을 자랑하는 기색이었다. 그 실과 가운데 밤 두어 개를 집어 두 사람을 먹였는데, 진짜 밤이고 거짓이 아니었다. 제 동무 한 사람이 그 대접을 들고 문으로 내갔는데, 감추는 기술까지는 못하는가 싶었다. 다시 홍전을 털어 펴고 검은 보를 전처럼 놓은 후에 또 한 번을 도로 치자 큰 푼주(아가리가 넓고 밑이 좁은 사기 그릇) 하나가 놓였는데, 물이 가득히 담겨 있고 물 가운데 붉은 붕어 대여섯이 꼬리를 치며 뛰노니, 좌우가 또 일시에 혀를 찼다.

그 사람은 푼주를 들고 밖으로 나가고 다른 사람이 탁자 앞에 들어서서 술업을 부렸다. 제 품속에서 두어 자나 되는 가는 노끈을 내어 한 손에 양끝을 잡고 가운데를 구부려 길게 늘인 다음에, 옆에 섰던 두 사람으로 하여금 칼로 가운데를 자르고 즉시 그 자른 데에 침을 묻혀 붙이는 거동을 하였다. 한 손으로 붙인 곳을 쥐고 양끝을 각각 양쪽 사람에게 쥐게 한 후에, 무슨 말을 하며 한편 사람에게 한쪽 끝을 놓으라 하고 다른 한편 사람에게 노끈을 당기라고 하니, 전과 다름없이 긴 노끈이었다. 다시 한끝을 잡고 두어 번을 튕기니까 끊어진 노끈이 아니었으며 맨 흔적도 없었다. 그 노끈을 품에 넣은 뒤에 다시 큰 노끈 두 가닥을 내어 각각 대략 소전 열 닢을 꿰어 양끝을 서로 이어 한 가닥을 만들었는데, 매우 커서 돈이 서로 통하지 못하였다. 양끝을 두 사람에게 잡게 하고 한 손으로 돈을 모아 잡아 양쪽으로 서로 훑으니, 돈이 마디에 걸리는 일이 없어 이상하였다. 그런데 홀연히 손을 놓자 두 사람이 의연히 양끝을 붙들고 서로 당겨도 가운데 맨 것이 또한 풀리는 일이 없으니, 홀연 양쪽 돈이 일시에 탁자에 내려져 하나도 꿰인 것이 없었다.

이 사람이 물러가고 다른 사람이 들어와서 탁자의 홍전을 당겨 땅에 펴고 여러 말을 하며 의복을 벗어 감춘 것이 없음을 보였다. 그리고 홍전 가운데를 쥐어 한참을 조롱하다 홀연히 들치니, 큰 대접에 대추가 수북이 괴어 있는데 층층이 줄을 맞추어 하나도 잡되게 놓인 것이 없었다. 그 위에 조화 한 가지를 꽂았는데, 하인으로 하여금 그 대접을 들어보라고 하여 친히 보니 과연 가짜가 아니었다. 이것을 물리친 다음에 또 전처럼 홍전을 들치자 수박씨 한 대접과 과자 한 대접이 나란히 놓여 있는데, 과자는 중계〔中桂 : 유밀과(油蜜果)의 일종〕 같은 것으로 이곳 음식이었고, 또 한 번을 들치자 푼자에 붕어를 담아 두번째 보던 것과 한 모양이었다.

이 사람이 물러가고 처음에 환술을 부리던 사람이 다시 탁자 앞에 들어와서는, 품에서 흰 뼈로 만든 구슬 다섯을 내어 홍전 위에 오방(五方)을 따라 벌여 놓았다. 그리고는 한쪽 손에 차례로 집어넣더니 홀연히 그 손을 벌려 좌우를 보이는데, 다섯 구슬이 간 곳이 없었다. 다시 그 손으로 공중을 향하여 무엇을 쥐는 모양을 하고 두 손가락을 서로 비비니, 구슬 하나가 홀연히 보이는데 처음에는 아주 작더니 차차 커져서 원래 형상이 나오면 홍전 위에 놓고, 연하여 같은 모양으로 다섯 구슬을 도로 내어 각각 놓았다. 또 품에서 큰 돈 열다섯

낲을 내어 홍전 위에 늘어놓고 하나씩 뒤집어 양쪽 사람을 보이는데, 안팎이 예사 돈이었고 별로 다른 일이 없었다. 무슨 말을 하며 여러 돈의 차례를 바꾸어놓자 홀연히 다 푸른빛이 되었고, 또 한 번을 바꾸자 홀연 검은빛으로 변하였고, 또 한 번을 바꾸자 홀연 흰빛으로 변하여, 열다섯 낲의 돈이 따라가며 한 빛으로 세 번을 변하였다. 또 품에서 바늘 한 쌈을 내었는데 그 수가 3, 40개나 될 듯하였다. 손으로 쥐어 입 속에 들이치고, 또 실 한 타래를 내어 입에 머금어 한참을 넣고 홀연히 실 한끝을 잡아 차차 당기자 3, 40개의 바늘이 낲낲이 꿰어 나오는 것이다.

또 품에서 작은 주머니 세 개를 내는데 크기가 밤만하고, 검은 삼승으로 만들어 속에 넣은 것을 알 수 없었다. 세 개를 홍전 위에 벌여놓은 뒤에 하나를 집어 왼쪽 사람의 입 속에 넣고, 또 하나를 집어 오른쪽 사람의 입에 넣은 뒤에, 두 사람의 머리를 만지며 혹 곡뒤(뒤통수의 한복판)를 쳐서 한쪽 사람에게 집어넣는 모양을 하였다. 그리고 다른 한 사람으로 하여금 입을 벌려 숨을 한 번 길게 쉬도록 하고, 한편 사람으로 하여금 제 입에 든 것을 내어보라 하였다. 그랬더니 넣을 때는 하나였는데 낼 적에는 둘이었고, 입을 벌려 숨을 쉬던 사람에게 입에 든 것을 내놓으라고 하며 입 속을 두루 뒤지는데 홀연히 간 곳이 없었다. 또 세 주머니를 두 사람의 입에 넣는데 한쪽은 하나이고 다른 한쪽은 둘이더니, 전과 같이 환술을 부린 뒤에 각각 주머니를 내놓으라고 하자, 하나 넣었던 입에 둘이 들고 둘을 넣었던 입에는 하나가 들었다. 다시 두어 번을 바꾸어 넣어 필경은 서로 바꾸는 것이었다. 그 머금었던 사마군이 또한 처음 보는 것이어서 제 머리와 입을 닫을 때는 특별히 단단히 머금고 혹 손이 들어갈까 조심하였으나, 입을 열자 의연히 바뀌어 있어 두 사마군이 다 수상히 여기고 열없어(겸연쩍고 부끄러워) 하는 거동이 아주 우스웠다.

그 사람이 여러 말로 조롱하다가 그 주머니를 하나씩 두 사람에게 나눠주고, 다시 여러 말을 하다가 두 사람으로 하여금 주머니를 이로 너흐도록(물도록) 하여, 두 사람이 두어 번을 물었으나 얼굴을 찡그리며 일시에 뱉으니, 검은 주머니는 보이지 않고 다만 약대(낙타)의 똥 한 덩이를 씹은 것이었다. 좌우에 보는 사람이 일시에 크게 웃었다. 세 건량관에게 각각 종이와 부채를 주어 내보내자 하인들이 말하기를, 이밖에 이상한 법이 많지만 주는 것이 적다고 다하지 않는다고 하였다. 대개 환술하는 사람은 다 천한 사람들이며, 사람의 집과 거리로 다니며 이 재주를 부려 보는 사람의 돈을 얻어 저희의 생리(生理)를 삼는다. 사행이 보려고 하면 행중 공용(公用)의 은 여덟 냥을 주는데, 통관의 종들이 거만하여 더러 떼어먹는다고 하였다.

캉으로 돌아와 쉬는데 덕유가 들어와 말하기를, 그 사람들이 아문을 나가는데 통관들이 또 시켜서 보고 있다고 하여, 갓을 빌려 쓰고 즉시 아문으로 나갔다. 서종맹이 반등에 앉았다가 반겨 일어나 인사하고 물었다.

"환술을 보니 어떠합니까?"

내가 말하기를,

"극히 신통하며 소국(小國)의 재주에 미칠 바가 아닙니다."

라고 하니, 서종맹이 웃고 반등을 가리켜 같이 앉아서 보자고 하였다.

한편에 앉아 보니 다섯 구슬로 안에서 하던 법과 같이하였다. 또 보아(작은 사발) 둘을 가져오라고 해서 탁자 위에 놓고 검은 보를 덮은 후에 공중을 향하여 여러 말을 하며 손으로 물 수(水) 자를 여러 번 쓰고, 빈 것을 쥐어 보 밑으로 넣는 모양을 하였다. 보를 들치자 누런 술이 보아에 가득하였는데, 한 보아는 자기가 마시고 한 보아는 옆에 선 우리나라 사람을 주어 먹으라고 하니, 그 맛이 진짜 술이고 대단히 좋았다. 먹기를 마친 뒤에 두 보아를 탁자 위에 놓고 또 여러 말을 하다가 왼손에 큰 보아를 받들어 높이 공중을 향하고, 오른손으로 작은 보아를 들어 큰 보아 안에 넣어 무엇을 뜨는 모양을 하였다. 처음에는 뜨이는 것이 없더니 서너 번 뒤에는 점점이 떨어지는 것이 있고 여러 번 뒤에는 제법 흐르는 것이 있어서, 탁자에 내려놓으니 또한 술이 가득 담겨 있었다.

또 보아 하나를 보에 두어 번 말아 그 모양을 두루 보이고 다른 사람을 주어 그 보 한끝을 잡고 털라고 하였다. 그 사람이 처음에는 보아가 내려져 깨질까 염려하여 주저하다가 여러 번 터는 모양을 가르치고 의심을 말라고 하니, 마지 못하여 한끝을 잡고 시험하여 한 번을 떨치는데, 매우 가볍고 보아도 떨어지는 일이 없었다. 아주 이상히 여겨 두어 번을 힘써 뿌리치고 나중에 보를 헤쳐보니 보아는 간 곳이 없었다. 여러 사람이 다 놀라 의심하였더니, 그 사람이 웃으며 제 품속에서 끄집어내었다. 대개 이런 법은 필연 보에 넣은 뒤에 도로 빼내어 푼주 속에 넣었을 것이지만, 손쓰기를 민속(敏速)히 하여 사람이 미처 알아보지 못하게 하였으니 이상하였다. 파하여 보낸 후에 서종맹이 말하기를, 풍류하는 사람을 얻은 뒤에 기별할 것이니 부디 어렵게 여기지 말고 자기 집으로 나오라고 하기에, 내가 허락하고 들어왔다.

저녁에 덕형이 들어와 서종맹의 전갈을 전하여 말하기를,

"풍류하는 사람을 이미 내일로 맞추었으니 부디 집으로 와서 같이 듣게 하고, 약간의 음식과 밥을 장만하였으니 부디 식전에 나오십시오."

하였다. 내가 말하기를,

"그 집에 가는 것이 또한 구경이고, 풍류를 듣는 것은 더욱 경영(經營)하던 일이나, 다만 천주당을 내일로 맞추었으니 가히 기회를 잃지 못할 것인데 어찌하면 좋겠는가?"

하자, 덕형이 말하기를,

"풍류와 음식을 장만하는 것은 저희의 후한 뜻이고 또 이미 여러 사람을 맞추었습니다. 만일 못 가겠다 하면 필연 무례하다 할 것이니, 식전에 일찍 나가 밥과 음식을 파하고 풍류를 들은 후에 천주당을 가도 늦지 않을 것입니다."

라고 하였다. 드디어 덕형으로 하여금 그 사연을 일러 내일 가겠다는 뜻을 말하고, 식후에 천주당으로 갈 것을 미리 연락하라고 하였다.

저녁 식후에 부사께서 사람을 보내 기이한 구경이 있으니 바삐 와보라는 것이었다. 곧 가니, 앞에 탁자를 놓고 탁자 위에 두어 가지 구경할 것을 놓았다. 그 하나는 네모진 그릇을 놓았는데, 높이는 두어 치이고 넓이는 사방이 일여덟 치이니, 종이로 배접(褙接)하여 만든 것이었다. 한편을 벌려서 두 머리를 맞추니, 한쪽은 높고 한쪽은 낮아 층층한 돌계단 모양이고, 다리가 열 개 정도 되었다. 따로 두어 치의 동자를 만들었는데, 허리와 사지를 따로 만들어 한 곳

에 어우르고, 위에는 고운 비단으로 의복을 입혔으며, 낮에 성적(成赤)[85]을 이상히 하여 느낌에 극히 요망하였다. 위층에 그 동자를 세웠는데 두 팔이 땅을 짚고 머리는 두 팔 사이로 아래를 향하였고, 두 다리는 위로 향하여 거꾸로 세우고 손을 떼어놓았다. 그 동자가 홀연히 재주를 넘는데 층층이 한 번씩 넘어 땅에 이르러서는 두 팔을 짚고 엎드려 절하는 모양을 하였다. 여러 번을 다시 올려세우는데 번번이 모양이 변하지 않으며, 그 재주 넘는 거동은 우리나라의 재인(才人 : 광대) 모양이었다. 위층에 한 번 세운 뒤에는 다시 사람의 손을 붙이지 않았는데도, 여러 번 몸을 뒤쳐서 차차 넘어가는 모양이 극히 우스웠다. 대개 동자의 속에 가죽 통이 있고 통 속에는 수은을 넣었는데, 반만 넣어 아래위로 내려 절로 재주를 넘게 한 것이다.

다른 하나는 늙은 사람의 형상을 만들었는데, 이마가 넓고 흰 수염이 배까지 나 있어서 옛 그림의 남극노인(南極老人 : 남극성의 화신) 모양이다. 왼팔은 넓은 소매를 늘어뜨리고 오른손에 지팡이를 짚은 것이 영락없이 진짜 사람의 모양이었다. 조그만 쇳조각이 있어 우리나라의 가께수리[86] 열쇠 같았다. 노인의 옷을 들고서 그 쇠를 등 쪽에 넣어 두어 번을 틀어놓으면, 탁자 위에서 그 노인이 발을 움직여 절로 걷는다. 걸음을 따라 지팡이를 들어 옮기며 고개를 끄덕이고 나룻(수염)을 움직여 진짜 노인의 거동과 같아서 보는 사람이 다 절도하였다.

또 하나는 작은 수레를 만들어 그 안에 고운 여자를 단장하여 휘황하게 앉히고, 다른 여자는 수레의 뒤채를 잡아 미는 형상이다. 수레 밑에 쇳조각을 넣어 두어 번을 틀면 수레를 미는 여자가 어깨를 높여 수레를 밀며 절로 걸어가는 모양이 산 사람과 다름이 없었다. 또 하나는 작은 배를 만들고 배 위에 꽃분 두어 개와 학 하나를 세우고, 사람 하나는 삿대를 들게 한 것이 사공의 모양이었다. 배 옆으로 쇳조각을 넣어 두어 번 틀어놓으면 사공이 삿대를 들어 배를 저어 배가 절로 나아가고, 사공이 팔을 걷어붙이고 삿대를 부리는 거동이 또한

---

85) 전통 혼례 때 신부의 얼굴에 분을 바르고 연지 찍는 일을 말한다.

86) 왜궤. 앞쪽에 두 짝 문과 뒤에 서랍이 여럿 있는 궤를 말한다.

사람의 모양이었다. 이 세 가지 것이 다 탁자 위에서 둥글게 돌아다녔는데, 서너 번을 틀면 차차 완완히(천천히) 돌아가고, 그쳐서 가지 않아 쇳조각을 넣어다시 틀어놓으면 전과 같이 돌아갔다. 이것은 그 속에 이어진 바퀴를 여러 개넣고 양장철(羊腸鐵 : 양의 창자처럼 말려 있는 용수철)이라 하는 쇠를 감아 자명종(自鳴鐘)을 돌게 하는 법과 같은가 싶었다. 그 출처를 물으니 남경(南京)사람이 왕의 집에 선물한 것인데, 역관이 상고를 통해서 빌려왔다고 하였다.

초9일 천주당을 보다

죽을 먹은 후에 덕형이 들어와 말하기를, 서통관이 저를 불러 부디 식전에나오기를 청한다고 하여 바야흐로 나가려고 하는데, 건량관이 또한 가겠다고해서 같이 갔다. 이 날은 눈이 날리고 바람이 크게 불어 날의 기운이 매우 찼다. 이덕성이 내가 가는 것을 듣고 들어와 천주당 다닐 일을 물어 식후에 같이가기로 언약하였는데 홍명복이 또 같이 가고 싶다고 하였다. 문을 나와 서쪽성 밑으로 백여 보를 가서 한 집에 이르니, 대문이 큰 길을 따라서 성을 마주하고 있고, 문 안쪽의 가운데로 큰 등을 높이 달아 등 위에 '호부'(戶部) 두 자를 썼는데, 이것은 서종맹 조카의 집이다. 종맹의 형 종순의 아들이며 지금은호부낭중(戶部郎中) 벼슬이었다. 종맹은 성 안에 집이 없는 까닭에 들어올 때면 조카의 집에 머문다고 하였다. 문 안에 머물고 덕유를 들여보내 먼저 통하라 하니, 건량관이 말하기를,
"이곳의 법이 손님이 오면 주인이 문 밖에 나와 맞아들이는 것입니다. 만일먼저 통하면 주인을 나오게 하는 일이 되니까 바로 들어가는 것이 해롭지 않습니다."
라고 하였다. 드디어 큰 문으로 들어가 서쪽으로 꺾어 중문에 들자, 북쪽에 남향하여 큰 집이 있었다. 종맹이 우리가 오는 것을 듣고 발을 들고 막대를 짚어계단으로 내려오기에, 내가 나아가 읍(揖)[87]하고 친히 나오는 것이 불안하다

하였다. 종맹이 웃고 팔을 들어 나에게 앞서 들어가자 하였는데, 내가 두어 번 사양하여 나중에 들어가기를 칭하였다. 종맹이 말하기를,

"이 집이 나의 집인데 내가 어찌 앞서겠습니까? 궁자는 사양을 과도하게 하십니다."

라고 하였다. 건량관이 말하기를,

"조선 예문(禮文 : 예법과 문물 제도)은 주인이 먼저 문에 들어와 손님을 인도하는 것입니다. 이러므로 궁자께서 앞서는 것은 감히 할 수 없습니다."

라고 하니, 종맹이 말하기를,

"내가 어찌 모르겠습니까? 다만 중국에 들어왔으니 중국 법을 좇는 것이 옳습니다."

라고 하였다. 내가 앞서 서문으로 들어가 서쪽 캉 아래에 서 있자, 종맹이 들어와 캉 위의 주벽(主壁) 한 자리를 가리켜 나에게 올라앉으라 하고, 붉은 가죽으로 된 그림 방석을 정가운데 놓았다. 내가 사양하여 말하기를,

"내가 나이 젊고 선비의 몸인데, 어찌 대감의 상좌(上座)에 앉음을 감히 평안히 여기겠습니까?"

라고 하니, 건량관이 또 내 뜻으로 여러 말을 이르는데 종맹이 종시 듣지 않고 또 말하기를,

"궁자가 올라앉지 않으면 내가 청하여 온 뜻이 아닙니다."

라고 하여, 내가 드디어 캉에 올라 방석 위에 꿇어앉았다. 종맹이 또 편히 앉으라고 여러 번 청하여서 내가 말하기를,

"상좌에 앉는다는 것이 이미 불안한데, 어찌 편히 앉겠습니까?"

라고 하자, 종맹이 눈썹을 찡그리며 그렇지 않다고 하여 즉시 편히 앉았다. 종맹이 캉 앞에서 건량관과 대하고 앉아 말하기를,

"음식이 먹을 만하지 않고 풍악이 들을 만하지 않으나, 궁자를 청하여 하루 객회(客懷)를 위로하고 나를 대접하는 후의(厚意)를 갚고 싶습니다."

---

87) 인사하는 예의의 하나로, 두 손을 맞잡아 얼굴 앞으로 들어올리고 허리를 앞으로 구부렸다 펴면서 하는 인사이다.

하고, 즉시 차를 내오며 여러 말을 수작하였다.

그 집 제양은 10여 칸이고 북쪽 벽 밑에 긴 캉이 있었으며, 캉 위에 비단자리를 깔았고 벽에는 담채로 산수를 그렸다. 좌우 기둥에 각각 긴 현판을 붙여두 구(句) 글을 새겨 붙이고, 반자에 등 서너 개를 걸었는데, 다 화류(樺榴)로만들어 깁(비단)을 바르고 그림을 정쇄(精灑)하게 그렸다. 열다섯 교의를 두줄로 늘어놓고 동쪽에 높은 탁자 두어 개를 놓았으며, 탁자 위에 약간의 집물을 놓았는데, 이 집은 호부낭중이 거처하는 집이다. 낭중이 문무(文武)의 재주가 다 없으나, 제 아비 종순이 일생을 조선 통관으로 있어서 집이 부유한 까닭에 수만 냥의 은을 들여 이 벼슬을 하였으며, 오래되지 않아 좋은 원(員 : 수령)이 되어 간다 하였다.

이윽고 종맹이 사람을 불러 무슨 말을 하였는데, 풍류하는 사람을 재촉하는것이었다. 그 사람이 대답하기를 아직 안 왔다고 하니, 종맹이 눈살을 찡그리며 여러 번 걱정하는 거동이었다. 그 사람이 즉시 나가더니 소경 하나를 인도하여 들어오는데, 소경은 의복이 남루하여 빌어먹는 모양이었고, 손에 현자(弦子 : 거문고)를 들었으니 풍류하는 악공(樂工)이다. 종맹이 무엇이라 이르며 북쪽 반등으로 인도하여 앉히고 풍류하기를 권하는 모양이었다. 그 소경이웃으며 현자를 들어 줄을 고르는데, 내가 종맹에게 말하기를,

"앉은 곳이 가깝지 않으니 가까이 나아가 자세히 듣고자 합니다."
라고 하자, 종맹이 웃으며 말하기를,

"궁자는 풍류의 묘리(妙理)를 아는 사람이어서 자세히 듣고자 하는군요."
하고, 즉시 사람을 불러 말을 이르니, 그 사람이 교의 하나를 옮겨 소경의 앞에 놓고 앉기를 청해서 즉시 내려가 마주 앉았다. 종맹이 소경을 불러 웃으며무슨 말을 하는데, 그 대강은 외국의 음률을 아는 사람이니 각별히 잘하라고이르는 말이다. 소경이 또한 웃고 대답한 뒤에 줄을 고르고 잠깐 타다가 이어서 소리를 높여 가사를 부르니, 현자와 가사 소리가 공교히 어울렸다.

또 한 사람이 들어와 소경의 곁에 앉았는데, 머리에 흰 징자를 붙여 무슨 작품(爵品 : 벼슬)이 있는가 싶었다. 탁자 위의 비파를 가져오라 하고는 가사를

마치고 일시에 연주하는데, 곡조는 비록 번촉(煩促 : 번다하고 빠름)하기가 극진하나 세 소리가 한 마디도 어기는 곳이 없으니 또한 들을 만하였다. 종맹이 캉 위에 앉아 곡조에 맞추어 무릎을 치며 좋다고 이르고, 나에게 말하기를,

"궁자는 그 노랫말을 아는지요?"

라고 하였다. 내가 말하기를,

"심상(尋常)한 말씨도 알아듣기 어려워하는데, 가사 말을 어찌 알겠습니까?"

하였더니, 종맹이 웃고 말하기를,

"이것은 삼국(三國) 적의 사적(事蹟)으로 가사를 만든 것인데, 황충(黃忠)[88]이 장사(長沙)에서 크게 싸움하던 이야기지요."

하였다. 그리고는 마디마다 한어로 옮겨 이르는데, 분명히 알아듣지 못하였다.

이윽고 역관 7, 8명이 뒤따라 들어오는데, 다 은이 많고 흥정을 널리 하는 부류였다. 각각 교의에 앉히고 차를 내오는데, 오림포와 서종현 두 통관이 또 들어와서 내가 일어나 읍하여 인사하고 앉았다. 이윽고 한 사람이 들어오는데, 나이가 적이 많고 의복이 선명하였다. 이 사람은 종맹의 삼촌이고 종현의 아버지인데, 칭호를 유태라 하는 사람이었다. 일행이 다 일어나 맞는데 나 또한 일어서자, 유태가 자기 앞에 와서 앉으라 하고, 또한 교의에 앉았다. 종현은 교의에서 내려 캉 위에 종맹과 같이 걸터앉았으니, 예법에 전혀 없는 일이었다. 이때 차가 나오고 풍류와 가사를 연하여 시키더니 종맹이 일어나 나에게 말하기를,

"날이 늦었고 궁자께서 시장할 듯하니, 다른 캉으로 들어가 조용히 밥을 먹는 것이 어떠하겠습니까?"

하기에, 내가 말하기를,

"우리말에 '온갖 일을 주인을 보라' 하였으니, 하물며 밥 먹기를 어찌 사양하겠습니까?"

---

88) 황충은 중국 삼국시대 촉(蜀)나라 사람으로, 정서(征西) 장군이라 하며 장사(長沙)에서 위(魏)나라 군사를 크게 무찔렀다.

하니, 종맹이 크게 웃고 같이 문을 나와 뜰을 건너 남쪽 집으로 들어가는데, 또한 캉이 맑고 깨끗하며 상탁(床卓)이 정제하였다. 나를 캉 위에 앉히고 사람을 불러 말을 이르더니 이윽고 세 역관을 청하여 오게 하는데, 당상역관과 가음연(재산이 많은) 역관이었다. 그 나머지 역관들은 두 통관과 같이 건너편 캉에 앉았는데, 청하지 않았으므로 그 뜻을 몰랐다. 나는 세 역관과 같이 캉 위에 앉고 종맹은 캉 아래 교의에 앉았는데, 내가 당상역관에게 불안해하는 뜻을 이르라고 하니, 종맹이 듣고 말하기를,

"궁자의 인사는 매우 곡진(曲盡)합니다. 주인은 아무 데나 앉아도 허물이 없으니 염려하지 마십시오."

하였다. 사람을 불러 음식을 재촉하니, 한 사람이 붉은 탁자를 들어다가 캉 위에 놓고 서너 가지 실과와 두 그릇의 열구자탕과 큰 대접에 제육과 생채와 생선을 담아 연하여 나왔다. 이를 다 먹을 길이 없고 나중에 밥을 내왔으나 실과와 고기를 먹은 끝이고, 나미(糯米 : 찹쌀)로 지은 밥이어서 한 보아를 먹었다. 여러 번 권하는데 먹을 길이 없어 물러앉으니 종맹이 심히 탐탁지 않게 여기는 기색이었다. 내가 배불리 먹은 말을 여러 번 치사하자 역관들이 또 말하기를,

"궁자께서는 본래 음식을 많이 먹지 못하십니다."

하였다. 역관 하나가 종맹에게 일러 말하기를,

"대감댁 제육 다루는 법은 북경에도 당할 이가 없을 것입니다."

하자, 종맹이 말하기를,

"무슨 그런 말이 있습니까? 우리 형님이 계실 때에는 음식을 장만하여도 이리 소조(蕭條)하지 않았는데, 이제는 여기에서 일이 없고 나는 집이 멀리 있어 객중(客中)에 간략하게 차리니 어찌 먹음직하겠습니까?"

하였다. 먹기를 마치고 탁자를 물린 뒤에 종맹이 일어나 도로 큰 캉으로 가기를 청해서 같이 처음 앉았던 곳으로 들어가니, 여러 역관이 다 밥을 먹고 갓 물렸던 것이다. 한 사람이 들어와 비파를 타며 가사를 부르는데, 대개 한 가지 음률이었고 별양 신기한 것이 없었는데도 저들은 다 무릎을 치며 좋다고 칭찬했다. 종맹이 나에게 여러 번 호부(好否)를 묻기에 내가 억지로 좋다고 하였

으나, 자연히 무미(無味)해하는 기색을 덮지는 못하였다. 종맹이 매우 무색하게 여기는 기색이고 사람을 불러 언히여 무슨 제촉을 하는 말이 있었는데, 대개 여러 악공을 불렀으나 미처 오지 못하였는가 싶었다.

이때 이덕성이 홍명복을 데리고 문 밖에 이르러 천주당 가기를 재촉한다고 해서, 내가 건량관을 불러 종맹에게 이 사연을 이르고 먼저 일어나 가기를 청하려 하니, 종맹이 듣고 매우 탐탁지 않게 여기는 기색이었다. 오림포가 나에게 가만히 말하기를,

"오늘의 모꼬지는 오직 궁자를 위한 것이니, 어찌 먼저 일어나 가고자 하십니까? 서대감이 매우 부끄러워하는 기색이 있으니, 어찌 주인의 좋은 뜻을 저버리려고 하십니까?"

라고 하였다. 내가 말하기를,

"서대감이 후한 뜻으로 나를 청하여 음식을 먹이고 풍류를 들려주니 감사함이 극진하였습니다. 어찌 먼저 일어날 뜻이 있겠는가마는, 천주당 사람들과 오늘 만나기를 서로 약속하였던 까닭에 어기기가 어렵고, 또 이 사연을 어제 저녁에 서대감에게 이미 알렸으니 어찌 과도히 염려하겠습니까? 나는 글 읽는 선비라서 평생에 사람과 신의를 잃는 것을 중대하고 어렵게 여기니, 이 뜻을 서대감께서 알게 하여 가도록 허락하게 하는 것이 어떠하겠습니까?"

라고 하니, 오림포가 말하기를,

"천주당에 무엇이 볼 게 있겠습니까?"

라고 하였다. 내가 말하기를,

"천주당의 기이한 구경이 우리나라에 또한 유명한데, 대감이 어찌 듣지 못하였습니까?"

하니, 오림포가 웃고 일어나 종맹에게 말하였지만 종맹이 종시 노하여 하는 기색이어서 역관들이 다 나에게 권하여 가지 말라고 하였다. 내가 어쩔 수 없어 종맹의 앞에 나아가 말하기를,

"제가 어찌 먼저 일어나려 하겠습니까마는 천주당과의 신의를 잃지 말고자 하였더니, 대감이 먼저 미안하게 여기면 내가 또한 가기를 강청(强請)하지 못

합니다."

라고 하자, 종맹이 일어나서 희미하게 웃으며 말하기를,

"신의를 잃지 않으려 함은 반드시 선비의 일입니다. 내가 어찌 머무르게 할 뜻이 있겠습니까?"

하고, 바삐 가라고 하였다. 내가 말하기를,

"대감이 가는 것에 미련을 가지면 이는 후한 뜻을 저버리는 것입니다. 어찌 작은 언약을 돌아보겠습니까? 천주당은 이제 사람을 보내어 그 사연을 이르고 훗날로 다시 기약해도 해롭지 않습니다."

라고 하니, 종맹이 웃으면서 말하였다.

"궁자께서는 어찌 나를 의심하십니까? 신의를 잃지 않고자 하는 것은 궁자의 옳은 일이니, 내가 어찌 미련을 갖겠습니까? 염려 말고 가십시오."

내가 말하기를,

"대감이 일회(一懷)라도 미련히 여기는 마음이 있으면 내가 어찌 감히 갈 뜻이 있겠습니까?"

라고 하자, 종맹이 말하였다.

"나의 마음은 조금도 염려할 일이 없으니, 궁자는 천주당을 다녀와서 어느 때에 돌아오겠습니까?"

내가 말하였다.

"잠깐 나아가 언약을 이룬 후에 즉시 돌아오겠습니다."

종맹이 다시 말하였다.

"그러면 내가 부른 악공이 오거든 궁자를 위하여 관중으로 들여보내 여러 대인들과 같이 듣게 할 것이니, 그러면 내가 노여워하지 않음을 쾌히 아시겠습니까?"

라고 하여 내가 말하기를, 그렇다면 더욱 감사함을 이기지 못한다고 하였다.

즉시 여러 통관에게 마지못하여 먼저 가는 뜻을 이르고 나갈 때, 종맹에게 읍하고 간다고 하였더니 종맹이 말하기를, "내가 또한 문 밖에 가 보내겠습니다"라고 했다. 그리고 나더러 앞서 나가라고 하기에, 내가 문을 먼저 나오는데

역관 두어 명이 내 앞에 나가는 것이다. 그러자 종맹이 꾸짖어 말하기를, "궁자께서 미처 나가지 못하였는데 그대는 어찌 먼저 문을 나가는가?" 하고는, 중문 밖에 이르러 "쉬이 다녀오십시오" 하고는 들어갔다.

문 밖에 이르러 내가 건량관에게 음식을 두 곳에서 나눠 먹이는 이유를 물으니 건량관이 말하기를,

"오늘 청한 역관이 다 매매가 많은 부류이고, 따로 청하여 먹이는 세 역관은 행중에 권력 있는 당상과 제일 은이 많은 역관입니다. 큰 캉에 차려 온 음식은 극히 간략하여 겨우 먹을 만하니, 종맹의 역량(力量)의 넉넉함이 본래 이러합니다."

라고 하였다. 내가 말하기를,

"그러하면 내가 또한 무슨 매매가 있고 은이 많은 것으로 여겼는가?"

라고 하니, 건량관이 말하기를,

"이것은 다른 뜻이 아니라 저를 대접함에 각별히 감사하여 그 뜻을 갚고자 하는 것으로 다른 마음은 없습니다."

라고 하였다. 드디어 이덕성·홍명복과 한 수레에 올라 천주당으로 향하는데, 조그만 나귀를 매어 세 사람을 이기지 못할 듯하였으나 조금도 어려워하는 모양이 없으니 이상하였다.

이 날 바람이 크게 일어 길에 먼지가 하늘을 덮었고 눈을 뜰 길이 없어 풍안경(風眼鏡 : 바람과 티끌을 막기 위해 쓰는 안경)을 내어 끼고 갔다. 정양문 안을 지나 서쪽 성 밑으로 수리를 가서 멀리서 바라보니 2층 성문이 티끌 가운데 표연(飄然)히 높았는데, 이것이 선무문(宣武門)이다. 이 문 안으로 마루 없는 높은 집이 공중에 쌓여 있고, 기와 이은 제도와 집 위에 세운 기물이 다 그림에서도 보지 못하던 모양이어서 묻지 않아도 천주당인 줄을 짐작할 수 있었다. 문 앞에 이르러 수레에서 내려 세팔을 시켜 먼저 들어가 통하라 하니 세팔이 들어갔다. 문 지키는 사람의 성은 장가(張哥)인데 언약한 줄을 알고 있어서 즉시 들어가기를 청한다 하였다. 셋이 같이 그 사람을 따라 들어갔다.

큰 문을 들어가니 서쪽으로 또 문이 있는데, 이것은 안으로 통하는 문이다.

동쪽에 벽돌로 담을 정결히 쌓고 가운데 문 하나를 내었는데, 반만 열려 있어 문 밖의 첩첩한 집들이 은은히 비치었다. 세팔을 불러 그곳을 물으니 세팔이 웃으며 말하기를, 이것은 진짜 문이 아니라 담에 그림을 그려 구경하는 사람에게 재주를 보이려고 한 것이라고 하였다. 내가 이상히 여겨 두어 걸음을 나아가보니, 과연 담에 그린 그림이고 진짜 문이 아니었는데, 이것만 보아도 서양국의 그림 재주를 상상할 수 있었다.

서쪽 문으로 들어가니 남향하여 큰 집이 있는데 아로새긴 창과 비단 발이 다 예사 제도와 달랐고, 발을 들고 문을 들어가니 그 안의 넓이가 7, 8칸이고 바닥에는 벽돌을 깔았다. 교의 세 쌍을 장막 안에 가로놓았는데, 다 화류(樺榴)로 만들었고 기이한 비단으로 방석을 정결히 만들어 그 위에 얹었다. 서쪽 바람벽에는 천하지도(天下地圖)를 붙이고 동쪽 바람벽에는 천문도(天文圖)를 붙였는데, 적이 퇴색〔渝色〕하였으나 소소(疎疎 : 드문드문함)히 보아도 매우 자세하고 분명하여 우리나라에서 보지 못하던 본이었다. 동쪽 벽 밑에 교자 하나를 놓았는데 주인이 타는 것인가 싶었다. 양쪽 벽 밑으로 다니며 그림을 구경하는데 장가가 말하기를,

"제가 먼저 들어가 통하겠습니다."

하고 가더니, 이윽고 뒷문으로 들어와 들어가기를 청하였다.

뒷문으로 들어가자 좌우에 첩첩한 집이 있고, 뜰을 건너 두어 층 돌계단을 올라 남향한 큰 집으로 들어가니, 이곳은 손님을 대접하는 정당(正堂)이었다. 북쪽의 주벽을 의지하여 네모진 병풍 한 척(隻)을 쳤는데, 수묵으로 산수를 기이하게 그렸고, 그 앞으로 탁자 하나를 놓았다. 그 제양은 연잎 모양이었고, 옻칠 위에 이금(泥金 : 아교풀에 갠 금빛가루)으로 화초를 그렸다. 외다리를 세우고 그 아래에 네 굽을 달았는데, 모두 새김과 채색이 이상하였다. 탁자 좌우로 세 쌍의 교의를 놓고 교의 앞으로 조그만 그릇에 등겨(왕겨)를 가득히 담아 각각 놓았는데, 이것은 침을 뱉게 한 것이다. 좌우 바람벽에 산수와 화초를 그렸고 또 인물을 가득히 그렸는데 다 진짜 형상이었으며 공중에 드러나서, 몇 발자국을 물러서면 종시 그림인 줄을 믿지 못할 듯하였다. 사람의 생기(生氣)

와 안정(眼睛 : 눈동자)이 완연히 산 사람의 거동이어서 차마 가까이 나아가지 못할 듯하였고, 높은 바위에 폭포가 내리는 보양은 의연히 소리를 들으며 옷이 젓는 듯하였다. 또 성 위에 외로운 내(川)와 수풀 가운데 층층한 누각이 아무리 보아도 벽 위에 진짜 경계를 베푼 듯하였다.

이윽고 장가가 들어와 말하기를, 대인(大人 : 두 신부)도 이리 오신다고 해서 창황히 문을 나가 맞았다. 두 사람이 문 밖에 섰기에 나아가 공순히 읍하고 물러서자, 두 사람이 또한 공순히 대답한 후에 먼저 들어가라고 하여, 두어 번 사양한 뒤에 먼저 들어가 문에 들어섰다. 두 사람이 또한 교의를 가리켜 앉으라고 하니 또 사양한 후에 같이 앉았다. 두 사람은 서쪽 교의에 앉고 우리는 동쪽 교의에 앉았다. 자리를 정하고 탁자 위에 다섯 그릇의 차를 벌여놓았는데, 주인이 먼저 한 그릇을 마시며 권하여 다 치사하고 마셨다. 차 맛이 별양 청렬(淸冽)하며 향기로웠으며 차도 보통 것과 다른 법이었고, 이상한 제도와 공교(工巧)한 집물이 마음을 취하게 했다. 이목이 현란해서 심상(尋常)한 기물이라도 또한 우러러보는 까닭인가 싶었다.

유송령은 나이가 예순둘이고, 포우관은 나이가 예순넷이었다. 유송령은 양람(亮藍 : 암청색) 징자를 붙였으니 종2품 벼슬이었고, 포우관은 암백(暗白 : 회색) 징자를 붙였으니 6품 벼슬이었다. 이러므로 송령이 나이가 적으나 우관의 위에 앉았다. 두 사람이 다 머리를 깎았고 온몸에 호복(胡服)을 하였다. 중국 사람과 분별이 있고 나이가 많아 수염과 머리가 세었으나 얼굴은 젊은이의 기색이며, 두 눈이 깊고 맹렬하여 노란 눈동자의 이상한 정신이 사람을 쏘는 듯하였다. 홍명복을 시켜 말을 통하니, 서로 알아듣지 못하는 말이 많아 매우 답답하였다. 홍명복이 말하기를,

"귀국이 중국의 어느 편에 있으며 멀기는 얼마나 됩니까?"

하자, 유송령이 말하기를,

"중국에서 남쪽으로 수만 리 밖이고, 대서양 사람입니다."

하였다. 홍명복이 말하기를,

"대서양의 지광(地廣 : 땅 넓이)이 얼마나 됩니까?"

하니, 유송령이 말하기를,

"셋으로 나누어져 있어 지광은 넓지 못하지만 인재는 매우 성합니다."

하고 또 말하기를, 사대부주(四大部洲 : 세계를 넷으로 나눈 것)를 아느냐고 하기에, 홍명복이 어찌 모르겠느냐고 하였다. 유송령이 말하였다.

"조선은 동성신주(東星神洲)의 지방입니다."

또한 홍명복이 "그대는 어느 해에 중국에 왔습니까?" 하고 물으니, 유송령이 중국에 이른 지 스물여섯 해라고 하였다. 홍명복이 서양국의 복색(服色)이 중국과 다름이 없는지를 묻자, 유송령이 본래 저희 복색은 이러한 일이 없어 머리를 깎지 않고 의복이 넓지만, 중국에 들어와 중국의 녹(祿)을 먹기에 마지 못하여 중국 제도를 하고 있다고 말하였다. 홍명복이 글자는 중국과 다름이 없느냐고 물으니, 유송령이 말하기를,

"다만 우리 글자를 행할 뿐이어서 중국 진서(眞書 : 한문)는 아는 일이 없습니다."

하였다. 홍명복이 "그러하면 그대는 중국 글을 모릅니까?"라고 하니, 유송령이 말하기를, 중국에 들어와 비로소 진서를 배워 약간 글자를 알고, 성명 또한 본 성명이 아니라 중국에 들어온 후 지은 것이라고 하였다. 홍명복이 이덕성을 가리키며 말하기를,

"이 사람은 우리나라 흠천감(欽天監)[89]의 관원으로, 그대에게 책력 만드는 법과 성신(星辰)의 도수(度數)를 배우고자 합니다."

라고 하니, 유송령이 말하기를,

"어찌 감히 감당하겠습니까? 다만 벼슬이 우리와 같으니 마음이 각별합니다."

하고, 나를 가리켜 이 사람은 무슨 벼슬이냐고 물었다. 홍명복이 말하기를,

"이는 우리 삼대인(三大人)의 공자(公子)로, 벼슬이 없어 선비의 몸으로 중국을 구경하고자 왔는데, 그대의 높은 의론에 참여하여 듣고자 합니다."

89) 중국 명·청 때 설치된 국립천문대를 말한다.

라고 하였다. 이때에 수작한 말이 많았으나 다 기록하지 못하였다. 내가 말하기를,

"천주당은 유명한 곳이어서 한 번 구경하고자 하는데, 사람을 불러 인도하게 함이 어떠하겠습니까?"

하자, 유송령이 말하기를,

"어찌 사람을 시키겠습니까? 내가 같이 가겠습니다."

하고, 즉시 일어나 뒷문으로 인도하였다. 따라서 들어가니 뒤에 또한 뜰이 넓고 뜰 가로 온갖 화초분을 놓았으며, 서쪽으로 꺾어 수십 칸 행각(行閣)이 있어 칸칸이 비단 발을 드리웠으니, 사람들이 머무는 곳인가 싶었다. 화초분은 빈 것이 많았고 뜰에 열 개 정도 흙무덤이 있으니, 이는 화초를 묻는 곳인가 싶었다. 동쪽 처마 밑〔檐下〕을 돌아 북으로 꺾어 두 번 문을 드니, 이곳이 천주를 위한 묘당이다. 그 안이 남북으로 열 칸 정도였고, 동서는 5, 6칸이었으며 높이는 7, 8장(丈)이었다. 네 벽과 반자를 다 벽돌로 만들고 나무 한 가지 드린 곳이 없었으니, 먼저 그 이상한 제도를 짐작할 것이었다.

북쪽 벽 위 한가운데 한 사람의 화상(畵像)을 그렸는데 여자의 상으로, 머리를 풀어 좌우로 드리우고 눈을 찡그려 먼 데를 바라보니, 무한한 생각과 근심하는 기상이다. 이것이 곧 천주(天主)라 하는 사람이다. 형체와 의복이 다 공중에 서 있는 모양이고, 선 곳은 깊은 감실(龕室 : 사당 안에 신주를 모셔두는 장) 같아, 처음 볼 때는 소상인 줄만 알았는데 가까이 간 후에 그림인 줄을 알았다. 안정(眼睛 : 눈동자)이 사람을 보는 듯하니, 천하에 이상한 화격(畵格 : 화법)이었다.

동서 벽에 각각 열 명 정도의 화상을 그렸는데, 다 머리털을 드리우고 장삼(長衫 : 길이가 길고 소매가 넓은 옷) 같은 긴 옷을 입었으니, 이것은 서양국의 의복 제도인가 싶었다. 화상 위로 각각 칭호를 썼는데, 다 서양 사람 중에 천주학문을 숭상하고 명망이 높은 사람이었다. 이마두(利瑪竇 : Matteo Ricci)와 탕약망(湯若望 : Adam Schall) 두 사람밖에는 알지 못하였다. 천주화상(天主畵像) 아래로 10여 쌍의 꽃을 꽂은 병과 온갖 기이한 기물을 벌여놓았는데, 다

서양국의 화기(花器)이고 기묘한 제양이어서 이루 기록하지 못할 것이었다. 두어 칸을 물려 한가운데 높은 탁자를 놓고 그 위에 향로와 향합과 온갖 보배로운 집물을 벌여놓았으며, 한편에 아로새긴 책상을 놓고 그 위에 누런 비단 보를 덮었다. 유송령이 그 보를 헤치고 한 권 책을 내어 말하기를, "이것을 보십시오" 하기에 나아가보니, 다 황제와 후비(后妃)의 복록(福祿)을 축원하는 말이다. 유송령이 비록 나이가 많고 천문·역상(曆象)에 소견이 높았으나, 이런 무리(無理)하고 아첨[阿黨]하는 일을 스스로 낮추어 외국 사람에게 자랑하고자 하니, 극히 비루(鄙陋 : 고상하지 못하고 더러움)하고 용속(庸俗)하여 먼 나라 이적(夷狄 : 오랑캐)의 풍습을 벗지 못한 일이다. 양쪽 바람벽의 위층에는 다 화상이었고 아래층에는 온갖 누각과 인물을 그렸는데, 채색과 기물이 천연(天然)하고 이상할 뿐 아니라, 두어 칸을 물러서면 아무리 보아도 그림 속 인물의 정신을 알 길이 없었다.

남쪽으로 벽을 의지하여 높은 누각을 만들고 난간 안으로 기이한 악기가 놓여 있는데, 서양국 사람이 만든 것으로 천주에게 제사할 때 연주하는 풍류였다. 올라가 보기를 청하자, 유송령이 처음에는 매우 지난(至難 : 지극히 어려워함)해하다가 여러 번 청한 후에야 열쇠를 가져오라고 하여 서쪽의 한 문을 열었다. 그 안으로 들어가니 두어 길 채색한 사다리를 놓았는데, 이 사다리를 올라 또 한 층을 오르니 곧 누 아래에 이르는 것이다. 나아가 그 풍류 제작을 자세히 보니, 큰 나무로 틀을 만들었는데 사면이 막혀 은연히 궤(櫃) 모양이고, 장광(長廣)이 한 발(양팔을 잔뜩 벌린 길이) 남짓하고 높이는 한 길이다. 그 안은 보지 못하였으나 다만 틀 밖으로 5, 60개의 쇠통을 장단(長短)이 층층하도록 정제히 세웠는데, 모두 백철(白鐵)로 만든 통이고 젓대(대금) 모양이었다. 짧은 통관(統管)이 틀 안에 들어 있으니 그 대소를 보지 못하나, 긴 통은 틀 위로 두어 자가 높고, 몸 둘레는 두어 움큼이다. 대개 길이와 몸 둘레를 차차 줄였는데, 이는 음률의 청탁고저(淸濁高低)를 맞추어 만든 것이다.

틀 동쪽에 두어 보를 물려 두어 자 궤를 놓았고, 그 뒤로 두세 칸을 물려 큰 뒤주 같은 틀을 놓았다. 틀 위에는 부드러운 가죽을 덮었는데 큰 전대(纏帶 :

자루) 모양이다. 아랫부리에는 틀을 둘러 단단히 붙였으니 바람도 통하지 못하였고, 윗부리에는 넓은 널로 더데(두둑하게 덧붙인 것)를 만들어 또한 단단히 붙였다. 더데 나무에 한 발 남짓한 나무 자루를 맞추었는데, 더데 나무를 틀 위에 덮었더니 너무 무거워 한 사람이 그 자루를 잡아 틀 앞을 의지하여 아래로 누르는데 매우 힘쓰는 거동이었다. 더데 판을 두어 자 들고 구겨진 가죽을 팽팽히 펴서 얹었으니, 사람이 자루를 놓은 후에 무거운 판이 즉시 눌리지 않도록 팽팽한 가죽에 얹어놓은 것이다.

내가 유송령에게 그 소리 듣기를 청하였는데, 유송령이 말하기를, 음악을 아는 사람이 마침 병이 들었으니 할 수 없다고 하며 철통을 세운 틀 앞으로 나아갔다. 틀 밖으로 조그만 말뚝 같은 두어 치의 네모진 나무가 줄줄이 구멍에 꽂혀 있는데, 유송령이 그 말뚝을 차례로 눌렀다. 위층의 동쪽 첫 말뚝을 누르니, 홀연히 한결같은 저(笛) 소리가 누 위에 가득하였다. 웅장한 가운데 극히 정완(貞婉 : 정숙하고 온순함)하며, 심원한 가운데 극히 유량(嚠喨 : 소리가 맑음)하니, 이는 옛 풍류의 황종(黃鐘)[90] 소리를 본뜬 것인가 싶었다. 말뚝을 놓으니 그 소리가 손을 따라 그치고, 그 다음 말뚝을 누르니 처음 소리에 비하면 적이 작고 높았다. 차차 눌러 아래층 서쪽에 이르자 극진히 가늘고 극진히 높았으니, 이는 율려(律呂)[91]의 응종(應鐘)[92]을 응한 것인가 싶었다. 대개 생황 제도를 근본으로 하여 천하에 참치(參差)[93]한 음률을 갖추었으니, 이것은 고금(古今)에 희한한 제작이다. 내가 나아가 그 말뚝을 두어 번 오르내려 누른 후에, 우리나라 풍류를 흉내내어 잡으니 거의 곡조를 이룰 듯하여 유송령이 듣고 희미하게 웃었다. 여럿이 다투어 눌러 반나절[半晌]이 지난 후에는

90) 음역을 12개의 음정으로 구분하여 각 음 사이를 반음 정도의 음정 차로 율을 정한 12율(律) 가운데 하나로, 낮게 불 때 나는 소리이다.
91) 율(律)의 음과 여(呂)의 음 곧 음률(音律)과 악률(樂律)이라는 뜻으로, 음악 또는 그 가락을 말한다.
92) 12율(律) 가운데 하나로, 음력 10월에 배당되어 10월의 이칭(異稱)으로 쓰인다.
93) 길거나 짧고 들쭉날쭉하여 같지 않음을 이르는 말로, '참치부제(參差不齊)'의 준말이다.

홀연 눌러도 소리가 나지 않아 동쪽 틀 위를 보니, 가죽이 접혔고 더데 판이 틀 위에 눌렸던 것이다.

대개 이 악기의 제도는 바람을 빌려 소리를 나게 하는데, 바람을 빌리는 법은 풀무 제도와 같았다. 그 고동(기계 따위를 움직여 활동시키는 장치)은 오직 동쪽 틀에 있으니, 자루를 누르면 가죽이 차차 펴져서 어느 구석의 구멍이 절로 열려 함께 바람을 틀 안에 가득히 넣은 후에, 자루를 놓아 바람을 밀면 들어오던 구멍이 절로 막히고 통 밑을 향하여 맹렬히 밀어댄다. 통 밑에 비록 각각 구멍이 있으나 또한 조그만 더데를 만들어 단단히 막은 까닭에, 말뚝을 눌러 틀 안에 고동을 쫑기어(빳빳이 세워) 구멍이 열린 후에야 비로소 바람이 통하여 소리를 이루고, 소리의 청탁고저는 각각 통의 대소장단(大小長短)에 따라 음률을 다르게 하는 것이다. 틀 속은 비록 열어보지 못하였으나 겉으로 보아도 그 대강의 제작을 짐작할 수 있었다. 내가 유송령을 향하여 그 소리 나는 곡절을 형용하여 이르니, 유송령이 웃으며 맞는 말이라고 하였다.

누각을 내려와 다른 구경을 청하니, 유송령이 앞서 나가며 따라오라고 하였다. 그 뒤를 쫓아 문을 나와 서쪽의 한 집에 이르니, 이곳은 자명종을 감춘 집이었다. 정당에서 말을 수작할 때 때때로 웅장한 종소리가 들렸는데, 이곳에서 나는 소리였다. 먼저 그 집 제양을 보니 서너 길의 표묘(縹緲)한 집을 지었는데 넓이가 서너 칸이다. 남쪽 처마에는 다 널로 빈지(한 짝씩 끼웠다 떼었다 하게 만든 문)를 쌓았고, 한가운데 한 아름 둥근 쇠고리를 박았다. 고리 위에 12시와 96각(角 : 분)을 그렸고, 각각 서양국 글자로 시각을 표하였다. 가운데 조그맣고 둥근 구멍에 쇠막대 부리 두어 치를 나오게 하였고, 그 위에 가로로 쇠를 박아 시각을 가리키게 하였다. 문 안으로 들어가자 위에 또한 누(樓)가 있는데 남쪽은 두 발 사다리를 세웠고, 북쪽은 누가 터져 있어 큰 줄 두 가닥을 가로로 드리웠는데, 실은 한 가닥이었고 그네줄 모양이다. 그 줄에 말[斗] 만한 큰 추를 꿰었으니 연알(약재를 갈 때 굴리는 바퀴 모양의 쇠) 모양이다. 아래에서 들으니 다만 도는 소리만 들릴 뿐이고 그 제양은 볼 길이 없었다. 올라가 보기를 청하자, 유송령이 말하기를,

"누 위가 매우 좁아 여럿을 용납하지 못합니다. 한 명만 올라가는데 머리에 쓴 깃은 벗고 오르십시오."

하고, 나를 향하여 말하기를,

"그대만 올라가십시오."

하여, 내가 즉시 전립을 벗어 세팔에게 맡기고 누 위에 오르니, 넓이가 두어 칸이었다. 기이한 기계를 가득히 벌였으니, 무수한 바퀴들이 서로 얽혀 갑작스럽게 알아낼 길이 없었다. 대개 자명종 제도를 바탕으로 하여 형체를 키우고 기계를 변통하였으니, 바퀴 하나의 크기가 혹은 한 아름이 넘었고, 한편에 여러 가지 이상한 기계를 잡란하게 베풀었다. 서쪽에 작은 종 다섯을 달고 그 옆에 큰 종 하나를 달았는데, 각각 망치를 갖추고 철사를 두루 늘여 서로 응하게 만들었다. 대강 이러할 따름이고, 그 공교한 법은 말로 이루 기록하지 못하였다.

누를 내려와 문을 나가니 비단 발을 드리운 서쪽 집에서 청아한 소리가 들렸다. 홍명복에게 물으니, "저희가 머무는 캉입니다"라고 하였다. 들어가보기를 청하라 하니 여러 번 간청하였는데 종시 응답하지 않고 매우 어렵게 여기는 기색이었다. 드디어 도로 정당에 이르러 두어 말을 수작하고 훗날 기약을 머무르고 문을 나와 대문에 이르니, 두 사람이 문 밖에 이르러 여러 번 들어가기를 청하였지만 듣지 않고 수레에 오른 후에야 비로소 다시 들어갔다.

동쪽 성 밑으로 다섯 코끼리를 몰아오는데 거느린 사람이 창을 메고 가로서서 인도하여 가니, 이것은 내일 황제가 천단(天壇)[94]에 거동하는 날이어서 의장(儀裝)을 먼저 익히고 돌아오는 것이라고 하였다. 정양문 안에 이르니 또 코끼리를 몰아갔다. 하나가 물 담긴 구유 앞에 나아가 물을 마시는데 코끝을 늘여 물을 쥐어 휘어다가 입에 넣으니, 사람의 손쓰는 모양이어서 소견이 우스웠다. 서종맹의 집 앞을 지날 때 세팔을 보내어 종맹의 유무를 물으니, 풍류를 거느리고 관중으로 들어갔다 하였다.

관에 들어 아문 앞에 이르니 서종현·오림포 두 통관이 반등에 앉았다가 내

---

94) 황제가 하늘에 제사하는 곳으로, 북경의 정양문 밖에 있다. 명(明) 가정(嘉靖) 연간 (1522~1566)에 건립한 것으로, 3층 원추형이며 흰 대리석과 청유리로 되어 있다.

가 들어옴을 보고 창황히 내려와 내 손을 잡으며 잘 다녀왔는가 하고, 종현이 말하기를,

"부방에 바야흐로 풍류를 베풀었으니 같이 들어가 봅시다."

하였다. 손목을 이끌어 안문으로 들어가니 극히 괴로웠지만 할 수 없어 같이 부방에 이르렀다. 대여섯 가지 풍류를 일시에 연주해서 소리하는데 어울려 한 마디도 어긋나는 곳이 없었으며, 비록 촉박[急促]하고 번쇄(煩碎 : 너저분하고 자질구레함)하여 유원(幽遠)한 의미는 없었으나, 그 정숙한 재주와 상쾌한 소리는 또한 들을 만하였다. 풍류 기계는 여섯 가지였는데, 현악기와 생황과 호금(胡琴)95)과 비파와 작은 양금(洋琴)96)과 큰 양금이다. 두 양금을 다 탁자 위에 비스듬히 눕히고 타는 사람이 교의에 올라앉아 두 손에 각각 대쪽을 들고 서로 쇠줄을 두드렸다. 캉 앞에 올라앉으니 천주당 구경을 묻기에 대강을 전하고 앉았다. 역관 하나가 들어와 이르기를,

"서종맹이 문 밖에 와서 전하여 이르기를, 풍류를 데려왔는데 궁자에게 들려주지 못하여 답답하였더니 일찍이 돌아와 같이 들으니 극히 다행이라고 하십니다."

라고 하였다. 내가 즉시 문 밖에 나가니 종맹이 과연 들어와 섰기에, 앞에 나아가 풍류를 들려줌을 치사하고 아침에 먼저 일어나 미안한 뜻을 말하며 누누이 사례하였다. 종맹이 또한 여러 번 그러지 말라 하고 즉시 나갔다. 도로 들어가 풍류를 듣는데, 오림포와 서종현이 다 무릎을 치며 매우 즐기는 거동이었다. 반나절을 듣고 서장관이 각각 지전을 주라고 해서 파하고 보냈다.

---

95) 당악(唐樂)을 연주하는 현악기의 하나. 대나무로 만들어 뱀 껍질을 입혔으며 현은 두 개이다.

96) 사다리꼴로 된 넓적한 상자 모양의 통 위에 놋쇠로 만든 줄을 한 벌에 네 줄씩 모두 14벌을 얹어 대나무채로 두드려 소리를 내는 악기이다. 유럽의 악기로 청나라 때 들어왔으며, 일명 구라철사금(歐邏鐵絲琴)이라 한다.

제3부

천주당과 유리창에 가다

유리창에서 북경의 문물을 보다

11일 유리창에 가다[1]

이 날은 황제가 천단제(天壇祭)를 마치고 새벽녘에 돌아왔기에, 길에 출입을 금하지 않는다고 하였다. 드디어 밥을 재촉하여 나가기를 꾀할 때, 북경에 유명한 저자가 있는데 이름은 유리창(琉璃廠)이었다. 그곳에서 파는 기물은 다 서책과 완호(玩好 : 진귀한 노리갯감)와 선비의 집물이다. 그러므로 저자에 다니는 사람 중에는 왕왕 글하는 선비와 낙방한 남방(南方)의 거자(擧子 : 과거 보는 선비)가 많아서 그 서책과 집물을 한번 구경할 만할 뿐만 아니라, 혹 의젓한 선비를 만날까 하여 가기를 도모하였다. 역관 김복서(金復瑞)가 말하기를,

"그중에 한 사람이 있는데 이름은 장경(張經)이고, 도서(圖署 : 그림 등에 찍는 도장) 새기기와 그림 그리기를 약간 합니다. 또 근래에 흠천감(欽天監)의 벼슬을 하였으므로 천문과 역법에 필연 익숙할 것입니다."

라고 하였다. 이 날 이덕성과 한가지로 약간의 면피를 가지고 간다고 하기에, 드디어 두 사람을 데리고 가기로 하였더니 평중이 듣고 동행하기를 청하였다. 식후에 즉시 문을 나와 아문 앞에 이르니, 대사가 섬돌에 앉았다가 웃으며 말

---

1) 초10일 진가의 푸자에서 유친왕[愉君王]의 아들인 양혼(兩渾)과 대화하고, 문시종(問時鐘)을 구경한 일이 생략되었다.

하기를, 오늘은 일기가 아주 좋아서 정말로 나가 구경할 만하다고 하였다. 내가 손을 들어 지사하고 말하기를,

"이번에 거리낌 없이 구경하는 것은 다 노야의 은혜입니다."

하고, 큰 문을 나가 진가(陳哥)의 푸자에 머무르면서 세 사람을 기다리는데, 이 날 세팔은 따라오지 아니하였다. 문시종(問時鐘 : 자명종)을 치게 하는 법과 잠긴 것을 여는 법을 자세하게 묻지 못하였기에, 허리에 찬 것을 끌러 진가에게 물으니, 진가가 여러 번 손으로 시험하여 말하기를,

"이것은 서양국에서 나온 것이어서 값을 헤아리면 은으로 백 냥에 가까울 것이며, 가볍게 남의 손에 내어놓을 것이 아닙니다. 그렇지만 여여(爺爺 : 유친왕의 아들인 양혼을 가리킴)께서 궁자를 처음 보았음에도 마음에 깊이 사귀고자 하는 뜻이 있어 조금도 빌려주기를 아끼지 아니한 것입니다."

라고 하였다. 내가 말하기를,

"여여께서 귀한 몸으로 나와 같이 낮은 사람을 한 번 보고 대접이 곡진하며, 이런 보물을 아끼지 아니하니 어찌 감사하지 않겠습니까? 내가 식량(食量 : 먹을 수 있는 양)이 적어 어제의 성비(盛備)한 음식을 전혀 먹지 못하고, 또 방금(防禁 : 못하게 금함)에 구애되어 술 권하는 뜻을 종시 받지 못하여 심히 불안합니다."

하자, 진가가 말하기를,

"그 음식은 오로지 궁자를 위하여 차려온 것이고, 술이 또한 이곳에서 빚은 술이 아니라 남방에서 올라온 것으로 유명하고 아름다운 품(品)입니다. 그런데 궁자가 전혀 마시지 아니하므로 여여께서 심히 무례하게 여기더니, 내가 여러 번 그 곡절을 이르자 나중에는 쾌히 이해하셨습니다."

라고 하였다. 이윽고 차를 권하는데, 계화차〔桂花茶〕가 연하여 나오니 매우 향기로워 다른 차에 비교하지 못할 것이었다. 여러 번 칭찬하자 진가가 그릇을 열고 두어 줌을 내어 덕유에게 맡기는데, 여러 번 말려도 듣지 아니하였다.

차 그릇을 내오는 아이는 나이가 열서너 살이고, 한쪽 눈이 멀었으나 인물이 매우 영리하였다. 그 성명을 물으니 석화룡(石花龍)이라 하고, 진가의 생

질(甥姪 : 누이의 아들)이라 했다. 그 글 읽은 바를 물으니 천주학문의 문답한 글이었는데, 대개 진가가 천주학문을 깊이 숭상하므로 생질을 또한 이런 연유로 가르치는 것이다. 그 읽는 책을 가져오라 하여 소소히 보니 대강 불경(佛經)의 말에 가까운데, 그중 유가(儒家)의 공부에 합하는 말이 또한 많았다. 진가는 무식한 사람으로 그 참된 학문을 배우지 못하고 다만 날마다 예배하고 경을 읽어 후생(後生)의 복을 구하였는데, 제 말은 비록 불도(佛徒)를 엄히 배척하나 기실은 불도와 다름이 없었다.

평중과 이덕성과 김복서가 뒤따라 나왔기에 차를 파한 후에 한가지로 유리창으로 향하였다. 백여 보를 가서 길 남쪽에 세 사람이 방아를 찧기에 들어가 그 제양을 보니, 길이는 한 발 남짓하고 외다리며 돌공이인데, 크기는 두어 움큼이고 길이는 두 뼘이 못 되었다. 한 방아에 사람 하나씩 디디는데, 겨울날에 겹옷을 입고 땀을 흘리니 심히 무거운 모양이었다. 셋을 나란히 걸어 세 사람이 일시에 찧는데, 잠깐도 쉬는 때가 없었다. 하루 사이에 곡식 찧는 수를 물으니, 한 방아에 두 섬 벼를 넉넉히 찧는다 하였다.

정양문을 나서서 서쪽 길로 백여 보를 가니, 저자에 벌인 집물이며 의복과 인물이 배나 휘황하였다. 상원(上元 : 정월 보름 명절)이 가까웠으므로 저자마다 기이한 등을 줄줄이 걸고 탁자 위에 관왕(關王)의 화상을 모시고, 그 앞에 이상한 화기(畵器)에 온갖 실과를 담아 한 줄로 벌이고, 실과 위에 모두 다 비단 조화를 꽂아 채색이 서로 비치는데, 이것은 일년의 매매가 흥성하기를 기도하는 뜻이다. 또 서쪽으로 두어 골목을 들어가니 좌우에 푸자가 점점 성하고, 길가에 약간의 완호(玩好)와 집물을 벌였는데, 모두 다 향로와 도서와 아담한 기명이었다. 길가에 머물러 구경하는데 김복서가 말하기를,

"유리창에 이르면 무수한 기명을 이루 다 구경하지 못할 것입니다. 이것들은 족히 볼 것이 없습니다."

라고 하였다. 드디어 수리를 가니, 이 즈음은 길이 좁고 좌우 저자에 달린 패와 드리운 휘장이 길을 막아 행인이 겨우 지나갈 만하였다. 저자의 처마 곳곳에 나무 우리를 걸어 여러 가지 새를 넣었는데, 지저귀는 소리가 서로 응하여

은연히 몸이 수풀 속에 있는 듯하였다.

수백 보를 가니 길 가운데 큰 문이 있고 문 위에 현판을 붙여 금자(金字)로 '유리창'(琉璃廠)이란 석 자를 새겼다. 이 문으로 들어가자 좌우에 수리를 연하여 저자를 벌였고, 서쪽에 또한 이문(里門)을 내었는데 이곳이 유리창이라 하였다. 유리창 가운데에 기와 굽는 곳이 있어 관원이 관장하고, 각색 유리 빛으로 기와를 구워 나라의 궁실에 책임지고 물품을 내주므로, 저자의 이름을 또한 유리창이라 일컫는 것이다. 문으로 들어가자 좌우의 집들이 다 낮고 몹시 좁아 다른 곳의 번화 사려(奢麗)한 모습이 적으나, 집집에 벌인 것이 다 조촐한 집물이고 출입하는 사람이 왕왕 선비의 단아한 태도가 있어 기특하였다.

먼저 서책 푸자를 찾았더니, 이 안에 대개 일여덟 곳이 있었다. 남쪽의 한 푸자에 가장 보암직한 서책이 많다고 하기에 그 푸자로 들어가 반등에 나란히 앉았더니, 주인이 나와 인사하고 무슨 책을 사고자 하는가를 물었다. 김복서가 대답하기를, 좋은 책이 있으면 사고자 하거니와 값을 가져오지 않았으니, 먼저 호부(好否)를 보고자 한다고 하였다. 주인이 탁자를 가리키며 사고자 하는 책이 있거든 임의로 보시라고 하였다. 일어나 두루 바라보니 삼면에 층층이 탁자를 만들었는데 높이는 두세 길이고, 칸칸이 서책을 가득히 쌓아 책갑(冊匣)마다 종이로 찌(쪽지)를 붙여 이름을 표하였다. 대개 경서(經書)와 사기(史記)와 제자백가(諸子百家)의 책이 없는 것이 없고, 그중 듣지 못하던 이름이 반이 넘었다. 갑작스러워 이루 볼 길이 없고, 한참 바라보니 곡뒤(뒤통수의 한복판)가 아프고 정신이 어질하여 그 이름을 이루 살피지 못하였다. 양쪽에 반등을 놓고 값이 적은 책을 잡되게 쌓았는데, 이것은 다 소설·잡서(雜書)와 과거에 쓰는 글이어서 우리나라의 동인사집과 같은 것이다. 두어 권을 빼어보니 다 박은 책이고 공력이 극히 세밀하여, 중국의 기구와 근검한 풍속을 짐작할 수 있었다.

다른 푸자로 들어가니 이곳은 기완(器玩) 푸자였다. 유리 그릇과 옥 그릇과 색색이 기이한 화기와 온갖 도서들과 여러 가지 필통·필산(筆山)과 문방 기구를 층층이 벌였다. 또 처마 밖으로 두어 층의 탁자를 놓고 그중에 크고 빛난 것을 표하여 길가에 벌였는데, 행인의 눈을 놀라게 하여 집물이 사려(奢麗)함을 자랑하는 것이었다. 그 물건을 이루 기록하지 못하지만, 그중에 서양국 화기(畵器)는 안쪽은 구리이고 겉은 사기인데, 튼튼하고 공교하기가 이상한 그릇이었다. 각색 술병이 있는데 혹 무지개 빛이고, 양쪽에 귀를 달고 도금한 고리를 끼었는데 찬란한 광채는 말로 전하지 못할 것이었다. 화류(樺榴)로 공교히 새겨 틀을 만들고 조그만 종과 석경(石鏡)을 가운데 달았는데 두드리는 소리는 나지 아니하니, 이것은 옛 제도를 눈으로만 보게 하는 것이었다. 또 온갖 짐승을 구리로 만들어 세웠으며, 혹 사람을 만들어 사슴과 범을 타게 했으니, 이것은 신선의 모습이었다. 혹 닭을 만들었는데 털과 깃을 붙이고 검은 수정으로 눈청(눈망울)을 만들어 천연히 닭의 모양이었다. 또 백동(白銅)으로 화로를 만들었는데, 둥글기가 큰 뒤웅박 같고 겉으로는 온갖 화초를 새겨 구멍을 통하고 안으로는 고동을 만들어 따로 화조(花鳥)를 넣었다. 마음대로 뒹굴어도 재와 불이 엎어지지 않게 하였으니, 이는 겨울에 이불 안에 넣게 한 법이다. 대개 이런 기괴한 집물들이 좌우에 현란하여 이루 그 이름을 묻지 못하고, 눈이 어지러워 다 구경하지 못하였다.

대개 이곳의 푸자가 천 개에 가까운데, 이런 부류의 기물을 벌인 곳이 열에 칠팔이 넘을 것이다. 안경 파는 푸자는 각색 안경을 좌우에 무수히 걸었고, 거울 파는 푸자는 삼면 바람벽에 줄줄이 거울을 달았는데, 왕왕 큰 것은 사면이 서너 뼘이 될 듯했다. 처마에 들어서자 사람과 온갖 기물이 두루 비쳐 정신이 현황(眩慌)하고, 집이 깊어 첩첩이 기물을 벌여놓고 사람이 다니는 모양이어서 바람벽이 막힌 줄을 깨닫지 못하였다. 왕왕 기이한 나무로 틀을 만들어 두 기둥에 구름 형상의 조각을 아로새겨 붙이기 위해 남은 석경을 반만 끼웠는데 매우 사치한 모습이었다. 처마 밖으로 둥근 쇠거울을 틀에 얹었는데, 외기둥 아래에 네 굽을 괴고 거울 양쪽에서 다 빛을 내어 햇빛에 비치게 하여 광채가 혼란하고 눈이 부셔 보지 못할 듯하였다. 이것은 거울로 쓰는 것이 아니고 좌우에 벌여놓아 광채만 보게 하는 것이다.

필묵과 벼루를 파는 푸자는 혹 현판에 '호필휘묵단연'(湖筆徽墨端硯)이라 새겼는데, 호주(湖洲)의 붓과 휘주(徽州)의 먹과 단주(端州)의 벼루라고 일컫는 것이며, 다 각각의 소산으로 이름난 곳이다. 길가에 그림과 글씨를 벌여놓고 벽장(벽돌)으로 네 귀를 짓눌러 놓았는데 서법과 화격이 기이한 것이 많았으나, 먼지와 흙에 두루 더럽혀지고 혹 인마에 짓밟힘을 면하지 못하니 괴이했다. 한 푸자를 들어가니 새김질하는 장인이 여럿 앉아 온갖 인물의 괴이한 광대를 새기는 한편, 집 안에는 헌 광대를 무수히 넣었는데 다 괴이한 귀신의 형상이었다. 그 쓰는 데를 물으니 주인이 대답하기를, 희자 놀음에 쓰는 것이라고 하였다.

그림 푸자로 들어가니 한 늙은 사람이 눈에 안경을 끼고 깁(비단)에 화초와 새 짐승을 바야흐로 그리는데, 쟁틀2)처럼 틀을 만들어 깁을 메워 탁자에 얹고 교의에 앉아 채색을 메웠다. 김복서가 사려고 하여 값을 물었더니 늙은 사람이 말하기를, 이것은 남의 화본(話本 : 소설책)을 값을 받고 그려주는 것이어서 팔지 못한다고 하였다. 그래서 그 값을 물었더니, 은 서 돈을 받는다고 하였다. 옆으로 여러 탁자를 놓고 서너 아이들이 바야흐로 그림을 그리기에, 나아가서 보니 다 남녀의 음란한 모양이었다. 이것으로 보아도 북경의 음란한 풍속을 알 것이고, 아이들에게 먼저 이런 것을 가르치니 괴이했다. 좌우에 인물과 누각을 그려 무수하게 걸었는데, 다 서양국의 화법을 모방하였으며 수품(手品 : 솜씨)이 용렬하여 볼 것이 전혀 없었다. 그중 만수산(萬壽山 : 중국 북경의 서북방 교외에 있는 산) 그림 한 장이 있는데 한 칸에 가득 붙였다. 김복서가 말하기를, 이것은 서산 행궁(行宮)을 그린 것이라고 하였는데, 누각의 제도와 물상의 채색이 매우 빛났다. 악기를 파는 푸자에 들어가니 온갖 악기를 무수히 벌였다. 그중 거문고는 줄과 꾸민 것이 별양 빛나고 아래위에 금자로 문자를 새긴 것이 많았다.

장경의 집을 찾아갔더니 길 북쪽의 조그만 푸자였다. 처마에 현판을 걸고 석가(石可) 두 자를 새겼는데, 이것은 장경의 별호라고 하였다. 문으로 들어

---

2) 재양(載陽)틀의 준말. 풀을 먹인 다음 널어 말리거나 다리는 데 쓰는 틀을 말하며, 이곳에 대고 꿰매기도 한다.

가 주인을 찾았더니 한 젊은 사람이 나왔다. 장경의 유무를 물었더니 흠천감에 구실이 있어 들어갔다고 했다. 젊은 사람은 장경의 막내아이였는데, 김복서가 찾아온 뜻을 말했더니, 그 사람이 교의를 가리켜 앉기를 청하고 곧 각각 차를 내왔다. 이 집이 또한 기완을 파는 푸자여서 좌우 탁자에 여러 가지를 벌였다. 그중 서양국 사기로 만든 것이 있었으니, 이름이 '여의'(如意)라고 하는 것이다. 중국 사람이 손에 쥐고 다니는 것인데, 기화와 제작이 아주 공교하기에 그 값을 물었더니, 은 15냥이라고 하였다.

주인이 돌아올 때를 기다리지 못하겠기에 잠깐 쉬고 나왔다. 문을 나서자 10여 쌍의 기치(旗幟 : 깃발)가 길을 덮고 그 뒤에 붉은 양산과 여러 가지 의장을 쌍쌍이 벌이고 생황과 태평소와 온갖 군악이 진동하기에, 길가에 머물러 구경하였다. 처음에는 무슨 장수의 위의(威儀)로 알았는데, 뒤에 흰 옷 입은 사람이 무수히 따라오고 가운데 한 사람이 7, 8세의 아이를 안았다. 또한 흰 옷을 입고 머리에 굴관(屈官 : 상주가 두건 위에 덧쓰는 건) 같은 제도를 씌우고 굵은 배로 덮었는데, 이것은 너울(귀부인의 쓰개치마) 모양이었다. 길 가는 사람에게 그 행색을 물으니, 인가에서 영장(永葬 : 장사)하고 반혼(返魂)[3]하는 의식이며, 7, 8세 아이는 그 상인(喪人 : 상제)이라 하였다.

백여 보를 가서는 북쪽에 넓은 빈터가 있는데 무수한 사람이 첩첩이 에워 무엇을 구경하는 거동이었다. 사람을 헤치고 길가 언덕에 겨우 올라가 바라보니, 사람들이 떼를 지은 가운데로 10여 칸을 비우고 환술하는 사람을 앉혀 재주를 구경하는 것이다. 그 자세한 거동은 보지 못하였으나, 공중에 서너 길의 막대를 세우고 막대 끝에 큰 화대접 하나를 얹어, 아래에서 그 막대를 무수히 흔드니, 그 대접이 막대 위에서 돌기를 쉬지 않고 종시 떨어지지 않아 소견에 괴이하였다.

구경하는 사람이 서로 밀쳐 오래 머물 곳이 못되었다. 즉시 내려와 길을 찾아오는데, 길가 집 안에 한 사람이 몹시 지저귀고 굿을 보는 사람이 여럿 있기

---

3) 장사지낸 뒤 신주를 모셔 집으로 돌아오는 일을 말한다.

에 문으로 들어갔다. 북쪽 구석에 큰 가마 같은 것을 놓고 바깥으로 여러 쇠못을 무수히 박아 빈틈이 없게 하였으며, 그 안에 사람 하나가 들어앉았는데 서쪽으로 조그만 구멍을 내어 바깥을 보게 하였다. 사람의 의복은 도포 모양이고, 머리털을 깎지 않고 망건 위에 무슨 관을 썼는데 우리나라의 연엽관(蓮葉冠)4) 모양이다. 그 모양을 졸연(猝然 : 갑작스러움)히 보니 아주 놀라웠는데, 그 사람이 내가 들어감을 보고 손을 치며 나오라 하여 심히 반겨하는 모습이었다. 곁에 선 사람들이 또한 나아가기를 권하기에 그 연고를 몰라 앞으로 들어가니, 그 사람이 손으로 두루 두들기며 소리를 높여 무슨 말을 무수히 지껄였다. 그 거동이 미친 사람의 모양이고 그 말을 자세히 알아듣지 못하나, 대강은 어느 곳 관왕(關王)의 묘당이 퇴락하여 중수를 도모하는 데 은전을 도우라고 하는 사연이었다. 옆에 선 사람이 말하기를, 저 사람이 저 속에 들어간 지 10여 일이 되었는데 밥을 먹지 아니하고 관왕을 위하여 이런 정성을 나타내니, 매우 이상하다고 하였다. 대개 쇠못을 박고 조그만 구멍에도 출입을 용납하지 않았는데, 사람의 눈을 홀려 재물을 얻고자 하는 의도였다. 그 의관은 비록 도사의 모양이나 망건을 쓴 모양은 다른 데서 보지 못한 법이어서 괴이하였다. 가져온 은전이 없을 뿐 아니라 그 거동이 놀랍고 가증스러워 대답하지 아니하고 섰더니, 그 사람이 말을 못 알아듣는다고 하여 사람을 불러 지필(紙筆)을 가져오라 하며 기색이 점점 황망하여 소견에 괴이하기에 즉시 문을 나왔다.

길가에 부어(鮒魚 : 붕어) 파는 곳이 여럿 있는데, 한편에 막대를 세워 가는 유리병을 여럿 걸었다. 대소 모양이 각각 다르고 큰 그릇에 물을 가득 담고 오색 붕어를 넣었는데, 사가는 사람을 만나면 병에 붕어를 넣어주었다. 이때 날이 늦어 너무 시장하기에 덕유를 시켜 음식 파는 푸자를 찾아 한 집으로 들어갔는데, 음식을 먹는 사람이 집 안에 가득하고 심히 추잡하여 앉을 만하지 않았다. 마지못하여 한편의 빈 곳으로 들어가 앉았더니 먼저 차를 내오고 '위앤싸오'(대보름에 먹는 음식)와 두어 가지 떡을 갖다놓았다. 먹기를 파한 후에 옆

---

4) 처음 상투를 짠 뒤에 쓰는 연잎 모양의 관을 말한다.

집에서 풍류와 노랫소리가 진동하여 김복서가 들어가보기를 청하기에 함께 문으로 들어갔다. 그 안이 아주 넓고 좌우에 수십 명이 늘어앉았는데 다 술 취한 모양이고, 가운데 서너 사람이 앉아 생황과 저를 불고 있었다. 그 사람들이 우리가 들어가는 것을 보고 혹 일어나 앉기를 청하고 혹 술잔을 들어 먹기를 권하는데, 그 모습이 다 호한(豪悍 : 호방하고 사나움)한 인물이었고 매우 취한 모양이 많았다. 혹 곤경을 만날까 염려하여 즉시 나왔다.

한 푸자에 들어가니 안팎에 기완을 많이 벌이고 상 위에 거문고 대여섯을 얹었기에, 주인을 불러 타는 사람이 있는가를 물었더니 대답하기를,

"당신네 관으로 들어갔는데 어찌 보지 못하였는가?"

라고 하였다. 대개 이 주인이 악사를 사귀는 사람이다. 이 날 악사가 임의로 청하여 갔는데, 공교롭게 서로 어긋나 그 소리를 듣지 못하니 애달팠다.

정양문을 향하여 돌아가는데 부사께서 사람을 보내 거문고 타는 사람이 들어왔으니 바삐 돌아와 한가지로 들으라고 하셨다. 날이 늦었고 몸이 가빠(힘들어) 미처 따라갈 수가 없어서 그 하인을 먼저 돌려보내고 완완히 들어갔다. 일행의 서책 매매는 다 서반(序班, 胥吏)이 담당하여 이전(利錢)을 먹는 것이었는데, 이 날 서반 한 명이 나를 따라와 곳곳에서 지키며 떠나지 아니하였다. 대개 내가 은이 많고 서책을 널리 사리라 여겨 혹 이곳에 이르러 잠상(潛商 : 관의 허가 없이 몰래 사고 파는 장사)하는 폐가 있을까 하여 살피는 일이니 심히 괴로웠다. 여러 번 달래어 이르고 먼저 돌아가라 하여도 듣지 않고, 한가지로 유리창 이문(里門)을 나간 후에야 웃고 먼저 갔다.

정양문을 들어 관으로 돌아올 때 서종맹의 집 문 앞을 지나자, 문 밖에 휘장을 두르고 그 안에서 징을 치며 괴이한 소리로 노래를 부르고 휘장 위로 색색이 광대를 내어 놀리는데, 문 안에 여러 계집이 모두 보며 다 웃고 즐겨하는 거동이었다. 그중에 젊은 계집 두엇이 처녀의 모양이었고, 붉은 쾌자(快子 : 명절이나 돌에 어린아이에게 입히는 옷)를 위에 입었다. 김복서가 말하기를, 서종순의 손녀이고 그 나머지 계집은 다 종순의 권속이라 하였다. 관에 들어가니 부사께서 거문고를 들은 일을 전하며 말씀하시기를,

"그 곡조는 적이 번촉(煩促 : 번다하고 빠름)하여 유원한 기상이 적으나 아담하고 청렬(淸冽)하여 짐짓 성인의 악기이니, 우리나라에 선하시 못함이 극히 애달픈지라. 나라의 악사를 보내서 배위오라 하였는데, 악사의 용렬한 재주로 수십 일 사이에 한 곡조를 이룰 가망이 없으니, 그대 출입을 적이 그치고 친히 곡조를 익혀 우리나라에 전함이 어떠한가?"

라고 하였다. 내가 말하기를,

"내가 동국의 음률을 약간 알지마는 중국 풍류와 조격(調格 : 가락과 격식)이 다르니, 수십 일 사이에 그 묘한 수법을 미처 옮기지는 못할 것입니다. 차라리 쾌한 구경을 임의로 다니는 것이 좋을 듯합니다."

하니, 부사께서 웃으셨다. 이 날 나갈 때 마음에 생각하기를, '유리창에 서책과 기완이 많으므로 만일 사기를 생각하면 재력이 미치지 못할 것이고, 또한 부질없는 집물을 가지고자 하는 것은 심술의 병이 되리라' 하여, 다만 눈으로 볼 따름이고 조금도 얻기를 유념함이 없더니, 돌아와 앉으니 마음이 창연(悵然)하여 무엇을 잃은 듯하였다. 완호(玩好 : 진귀한 물건을 좋아함)에 마음을 옮기고 욕심을 제어하기 어려운 것이 이러하더라.[5]

13일 천주당과 유리창에 가다

문시종(問時鐘 : 자명종)과 일표(日表 : 회중시계)를 여러 날 가지고 있기가 심히 불안하고 음식 대접에 대한 회례(回禮 : 예를 갚음)를 하지 않을 수 없을 것 같아, 두 가지 것을 종이에 단단히 봉하고 대장지(大壯紙) 한 권과 각색 선자지(扇子紙)[6] 한 권과 화전지(花箋紙 : 시나 편지 등을 쓰는 종이) 한 권과 부채 스무 자루와 진소(眞梳 : 참빗) 다섯 개와 미선(尾扇 : 자루가 긴 부채) 두 자루와 진묵(眞墨 : 참먹) 한 동(10장)과 청심환 열 환을 한데 봉하여, 덕형에게

---

5) 12일에 옹화궁(雍和宮)과 태학(太學)을 구경한 일이 생략되었다.

6) 부채를 만드는 데 쓰는 단단하고 질긴 종이를 말한다.

주어 진가에게 맡겨 왕자에게 전하게 하였다. 그런데 한인과 다르고 친왕(親王)의 아들이어서 서로 편지를 통하기가 극히 불편[非便]하여, 간지(簡紙)[7] 한 장에 물목(物目)을 적고 아래에 쓰기를,

저번에 후한 대접을 입으니 감사하여 갚을 바를 알지 못하겠습니다. 약간의 토산이 쓸 만하지 아니하나, 우선 변변찮은 정성을 표합니다.

하고, "해동(海東 : 조선)의 아모[某]는 배(拜)하노라" 하였다.

식후에 이덕성을 데리고 천주당에 다시 갈 때, 홍명복은 연고가 있을 뿐 말을 종시 분명하게 통하지 못하니, 차라리 지필로 서로 수작하는 것만 같지 못하다고 하여 이덕성과 한가지로 갔다. 천주당에 이르러 말하니, 문 지키는 장가가 말하기를,

"유대인(劉大人)은 일이 있어 흠천감에 나아가고 포대인(鮑大人)이 혼자 있으나 재상 대인들이 여럿 와 있어 만나보지 못할 것이니 19, 20일 두 날 중에 다시 오면 필연 조용히 만날 것입니다."

라고 하였는데, 과연 문 밖에 수레와 휘황한 안마(鞍馬)가 여럿 매여 있고 징자를 붙인 관원 두엇이 나왔다. 세팔이 말하기를,

"포우관이 중문 안에서 손님을 보내고 우리를 보고는 바삐 몸을 숨겨 도로 들어가니 보기를 어려워하는가 싶고, 이때 상원(上元 : 정월 보름 명절)이 가까이 온 까닭에 천주당에 기도하는 재상이 많이 다녀서, 필연 외국 사람 보기를 더욱 불편하게 여기는가 싶습니다."

라고 하기에, 드디어 장가에게 19일 기약을 재삼 언약하였다. 수레를 이덕성에게 주어 관으로 돌아가게 하고, 덕유를 데리고 걸어 성문 안에 이르렀다.[8]

---

7) 장지(壯紙)로 된 조선의 편지지를 말한다.
8) 유리창에 들러 이익이 데리고 온 악사에게서 거문고 두어 곡조를 들은 일과 약재 푸자를 구경한 내용이 생략되었다.

천주당에서 서양 신부를 만나다

19일 천주당에 가다[9]

일관(日官) 이덕성은 관상감에서 책력 만드는 법을 질정(質正 : 묻거나 따져 밝힘)하러 왔다. 천주당에서 조용히 의논하지 못하는 것을 민망하게 여기더니, 이 날 약간의 폐백을 갖추어 한가지로 가기를 청하였다. 내가 장지(壯紙)와 화전지와 부채를 내주어 한데 봉하게 하고, 식후에 세팔을 데리고 천주당으로 갔다. 장가를 불러 찾아온 뜻을 통하라 하였더니, 장가가 들어갔다가 나와 말하기를, 두 대인(大人)이 밤이 새도록 천문을 보는 까닭에 잠이 들어 아직 깨지 못하였으니 잠깐 기다리라고 하였다. 드디어 수레를 돌려보내고 당(堂)으로 올라가 교의에 앉았는데, 장가가 청심환을 얻고 싶다고 하였다. 주머니 속에서 둘을 내주고 이덕성이 또 하나를 내주자, 장가가 대단히 기뻐하는 기색으로 말하기를,

"노야들이 저번에 나와 구경할 곳을 남긴 것이 없고 두 대인들과 종일 말을 하였는데, 다시 보고자 하는 것은 무슨 까닭입니까?"

---

9) 14일에 법장사(法藏寺) 탑에 올라 황성을 구경한 일. 15일에는 관중에 머물고, 16일에 관등(觀燈)과 매화포(梅花砲)·파대경(破大鏡) 등을 구경한 일. 17일에 오룡정과 홍인사(弘仁寺)를 찾아보고 도중에 회자국 사람을 만난 일. 18일에 유리창에 들러 다시 거문고를 듣던 일 등의 내용이 생략되었다.

라고 하였다. 내가 말하기를,

"우리는 두 대인의 높은 식견을 흠모하여 조용히 천문 도수를 의논하고자 하니, 이번은 구경을 위한 것이 아니라 약간의 폐백을 갖춰 정성을 표하고 배우기를 청하려 하는 것이다."

라고 하자, 장가가 머리를 끄덕였다. 그리고는 오래도록 소식이 없기에 장가에게 여러 번 재촉하였더니 장가가 말하기를,

"이미 폐백을 가져왔으면 먼저 발기(發記 : 사람이나 물건의 이름을 적어놓은 글)를 적어 대인에게 보이는 것이 어떠하겠습니까?"

라고 말했다. 내가 말하기를,

"말이 해롭지 아니하나 지필을 가져오지 않았으니 어찌하겠는가?"

하니, 장가가 나가 필연(筆硯)과 종이를 가져왔다. 이덕성을 시켜 발기를 적었는데, 세묵(細墨) 두 필, 청심환 네 환, 장지 두 권, 화전지 한 권, 부채 여섯 자루였다. 장가가 들어가더니 나와 말하기를,

"대인들이 몸이 피곤하여 손님을 볼 길이 없고, 이 면피는 저번 받은 것도 지금 회폐(回幣)를 못하였으니 어찌 다시 받을 것이냐고 합니다. 어쩔 수 없으니 훗날 다시 오시지요."

라고 하였다. 내가 말하기를,

"우리의 면피는 정성을 표한 것인데 무슨 회폐를 바랄 뜻이 있으며, 조용히 천문을 강론하여 높은 의론을 듣게 하면 이것이 더 없이 중한 회폐가 될 것이오. 이 말을 다시 통하고 잠깐 보기를 청하여라."

하였다. 장가가 들어갔다 나와 말하기를,

"이번은 볼 길이 없고 면피는 받을 뜻이 없으니 내가 알 바 아닙니다."

하였다. 여러 번 다시 청해보라 하였으나 장가가 도리어 괴롭게 여기는 거동이었다. 내가 말하기를,

"자네가 말로 청하기를 어렵게 여기는가 싶으니, 내 두어 줄 글로 돌아가는 사연을 적어줄 테니 대인들에게 전할 수 있겠는가?"

하자, 장가가 허락하였다. 드디어 장가에게 종이를 다시 얻어 이렇게 썼다.

우리들은 높은 덕을 흠모하고 배우기를 원하는 정성이 있는데, 두번째 문병(門屛)[10]에 나왔지만 보지 못하니, 무슨 죄를 얻은 듯하여 부끄러움을 이기지 못하겠습니다. 청컨대 길이 하직을 고하고 나아오지 않으려 하니 헤아려 용서함을 바랍니다.

쓰기를 마치고 장가에게 주면서 말하기를,

"우리는 대인에게 무엇을 얻고자 하는 뜻이 아닌데 대인의 사람 대접이 매우 박절(薄絶)하니, 다시 볼 낯이 어찌 있으리오. 이 편지를 전한 후에 즉시 돌아가겠다."

라고 하였다. 장가가 가지고 들어가더니 즉시 돌아와 말하기를, 대인들이 만나기를 청하니 내당(內堂)에 먼저 들어가 기다리라고 했다. 내가 말하기를,

"대인들이 보기를 괴롭게 여기는데 우리가 어찌 먼저 들어가겠는가?"

라고 하자, 장가가 여러 번 재촉하며 대인들이 내당에 하마(벌써) 나왔다고 하기에, 비로소 장가를 따라 들어갔다. 장가가 내당의 발을 들어 먼저 앉기를 청하기에, 내가 섬돌 아래 머물러 말하기를,

"우리가 어찌 먼저 당에 오르겠는가?"

하고 잠시 섰더니, 유송령과 포우관이 과연 한가지로 나와 친히 발을 들어 먼저 들어가기를 청하였다. 두어 번 사양하다가 먼저 들어가 각각 자리에 앉은 후에 피차 한훤(寒暄 : 날씨를 묻는 인사)을 통하였다. 내가 말하기를,

"우리는 중국에 처음 들어온 사람이라서 한어(漢語)를 익히 알지 못하니, 하고자 하는 말을 서로 통할 길이 없습니다. 청컨대 지필을 얻어 글로 서로 수작하는 것이 어떻겠습니까?"

하니, 유송령이 즉시 사람을 불러 필연과 종이를 가져오라고 하였다. 또 무슨 말을 하니까 이윽고 한 사람이 들어오는데, 모양이 적이 조촐하였다. 교의에서 내려 읍하여 인사하자 유송령이 말하기를,

---

10) 밖에서 들여다보지 못하도록 막아놓은 담을 말한다.

"이 사람은 남방의 선비입니다. 마침 이곳에 머무르는 까닭에 청하여 수작하는 말을 쓰게 하고자 합니다."

라고 하였다. 대개 두 사람이 중국 글을 약간 알지마는 글자 쓰기를 전혀 못하는 까닭에, 저희가 대답하는 말은 이 사람에게 말로 일러 글을 만들어 쓰게 하는 것이다. 우리가 써 보이는 글을 포우관은 전혀 알지 못하는 모양이고, 유송령은 구절을 붙여 읽으며 자세하지 못한 곳은 그 선비와 의사를 의논한 후에 비로소 대답하는 말을 받으셨다. 이러므로 종일 수작이 종시 난만(爛漫 : 충분히 많음)하지 못하였다.

그 선비가 탁자 남쪽으로 교의를 놓고 앉기에 내가 먼저 써 말하기를,

"비록 존모(尊慕 : 존경하여 그리워함)하는 마음이 있으나 자주 나아와 괴로움을 끼치니 극히 불안합니다."

하니, 유송령이 보고 대답이 없었다. 내가 또 말하기를,

"그윽이 들으니 천주학문이 삼교(三敎 : 유교·불교·도교)와 더불어 중국에 병행한다 하는데, 우리는 동국 사람이어서 홀로 알지 못하니, 원컨대 그 대강을 듣고 싶습니다."

라고 하였다. 유송령이 말하기를,

"천주의 학문은 심히 기특하고 깊습니다. 그대는 어느 대목을 알고자 합니까?"

하기에, 내가 말하기를,

"유도(儒道)는 인의(仁義)를 숭상하고, 노도(老道 : 도교)는 청정(淸淨)을 숭상하고, 불도(佛道)는 공적(空寂)을 숭상하는데, 원컨대 천주의 숭상하는 바를 듣고자 합니다."

라고 하였다. 유송령이 말하기를,

"천주의 학문은 사람을 가르쳐 천주를 사랑하고, 사람 사랑하기를 내 몸과 같이하게 하는 것입니다."

라고 하였다. 내가 묻기를,

"천주는 상제(上帝)를 가리키는 이름입니까? 혹은 특별한 사람이 있어서 칭

호를 천주라 하는 것입니까?"

하니, 유송령이 말하기를,

"이는 공자(孔子)의 이른바, '교사(郊社)의 예는 써 상제를 섬기는 바라'[11] 하는 것이고, 도가의 옥황상제를 이르는 것이 아닙니다."

하고 또 말하기를,

"『시전』(詩傳) 주(註)에 '상제는 하늘 주재(主宰)라' 이르지 않았습니까?" 라고 하였다. 내가 말하기를,

"그윽이 들으니 그대는 겸하여 천문을 살피고 역법을 다스린다 하는데, 하늘의 다섯 별이 해마다 돌아가는 도수가 변하니 추보(推步 : 천체의 운행을 관측하는 일)하는 법 가운데 근년에 고쳐 추보함이 있습니까?"

하니, 유송령이 말하기를,

"지금 추보하는 법은 『역상고성』(曆象考成)[12]에서 의논한 바를 고침이 없는데, 근년에 두어 도수가 변하였습니다. 이 연고를 황상께 아뢰어 옛 법을 고치고자 하는데 아직 시작하지 못하였습니다."

라고 하였다. 『역상고성』은 강희황제가 만든 책으로, 하늘의 도수를 산법(算法)으로 미루어 책력 만드는 법을 의논한 것이다.

이때에 수작한 말이 많지만 다 기록하지 못하고 나중에 내가 이르기를,

"천문 도수는 가볍게 알 수 있는 것이 아닌데, 내가 망령됨을 잊고 혼천의(渾天儀)[13] 하나를 만들어 천상을 모방하여 비록 대강 도수를 얻었으나, 하늘 법상(法象)에 참여하여 상고하면 어기고 그름이 많습니다. 이곳에 여러 번 나아와 번거로움을 피하지 않은 까닭은 필연 기이한 의기(儀器) 제도가 많이 있

---

11) 『예기』(禮記)「중용」(中庸)에 나오는 말로, 천지에 제사를 지내는 원리이다. '교'는 동지에 하늘에 드리는 제사이고, '사'는 하지에 땅에 드리는 제사이다.

12) 강희황제가 편찬한 『율력연원』(律曆淵源)의 제1부로, 42권으로 되어 있다. 상편 16권은 「규천찰기」(揆天察紀)라 하고, 하편 10권은 「명시정도」(明時正度)라 한다.

13) 둥근 가죽에 일(日)·월(月)·성(星) 등의 천체를 그려 그 운행을 관측하던 기계로, 홍대용이 2개의 혼천의를 만들었다.

을 것이므로, 한번 구경하여 미혹하고 닫힌 마음을 깨치고자 하는 때문입니다."
라고 하였다. 유송령이 대답하기를,

"여러 가지 의기는 관상대(觀象臺)에 있으며 아주 볼 만하나 쉽게 들어가지 못할 것이고, 이곳에는 다만 초솔(草率 : 거칠고 엉성함)하고 상한 것 하나가 있으니 족히 볼 것이 없습니다."
라고 하였다. 내가 비록 초솔하더라도 잠깐 보기를 청한다고 하니, 유송령이 사람을 불러 무슨 말을 이르더니 즉시 하나를 내왔다. 그 대소는 큰 뒤웅박 같고, 종이를 배접(褙接)하여 만든 것이다. 위에 3원(垣)14) 28수(宿)15)의 온갖 성신(星辰)을 희미하게 그리고, 주석 고리를 그 위에 끼웠는데 동서로 임의로 돌리고, 남북은 각각 곧은 쇠로 버티어 치우쳐 놓지 못하게 하였다. 한 고리의 이름은 적도(赤道)인데 하늘 가운데를 이르는 것이고, 한 고리는 황도(黃道)인데 일월(日月)이 다니는 길을 이르는 것이다. 유송령이 그 고리를 돌려 보이며 말하기를,

"이것은 해마다 도수가 틀리는 것을 상고하게 하는 것입니다."
라고 하였다. 포우관이 조그만 그림 한 장을 내왔기에 보니 관상대 그림이라 하였다. 높은 대 위에 사면을 여장(女墻 : 성가퀴)으로 두르고 그 안에 천문을 보는 온갖 의기를 벌였는데, 그 그림으로 보아도 기이 신묘(神妙)하여 구경할 만하였다. 내가 말하기를,

"이 그림을 보니 관상대를 더욱 보고 싶습니다. 그대는 이미 흠천감의 벼슬을 하고 있어 지키는 사람에게 한 말을 이르면 필연 어기지 못할 것이니, 우리를 위하여 한 번 도모함이 어떻겠습니까?"
라고 하니, 유송령이 말하기를,

---

14) 3원(垣)은 동양 천문학 별자리의 세 구획으로, 북극 부근의 자미원(紫薇垣), 사자궁 부근의 태미원(太薇垣), 사견궁(蛇遣宮) 부근의 천시원(天市垣)을 말한다.

15) 고대 인도·페르시아·중국 등에서 해와 달 및 행성들의 소재를 밝히기 위해 황도를 중심으로 나눈 천구(天球)의 스물여덟 자리를 말한다.

"관상대는 나라의 중한 기물을 감춘 곳이어서 금령(禁令)이 가장 엄하여 바깥 사람이 임의로 출입하시 못합니다. 비록 진왕(親王) 대인이라도 황성의 조서를 얻지 못한다면 어찌 들어갈 수 있겠습니까? 이는 우리 힘으로 도모할 바가 아닙니다."
라고 하였다. 이곳에 원경(遠鏡 : 망원경)이라 하는 것이 있는데, 서양국에서 만든 것이고 우리나라의 천리경(千里鏡) 제도와 같았다. 먼 데를 보는 안경이라 이르는 것으로, 천만 리 바깥의 터럭 끝을 능히 살피는 것이다. 이러므로 하늘을 엿보며 일월의 형태와 성신의 빛을 난만(爛漫)하게 측량하니 천하에 이상한 그릇이다. 이때 구경하기를 청하자, 두 사람이 서로 이윽히 의논하고 사람을 불러 말을 이르더니, 이윽고 나가보기를 허락하였다.

한가지로 문을 나와 서쪽 월랑(행랑)으로 나아가니 원경을 이미 내어다가 벌여놓았다. 그 제도를 자세히 알 길이 없지만 대강을 보니, 둥근 통이 총렬(銃列) 모양 같으며 푸른 구리로 만들었고, 길이는 주척(周尺 : 한 자가 곱자의 6치 6푼이 되는 자) 석 자를 넘지 못할 듯하였다. 양끝에 유리를 붙이고 세우는 틀은 당(唐) 촛대의 모양 같으며, 외기둥의 높이는 주척으로 서너 자이고, 아래로 세 굽을 만들어 땅에 세웠다. 또 기둥 위에 옆으로 도는 고동을 쇠로 만들어 옆으로 드리워 걸어놓은 것이 있는데, 제도는 펴놓은 부채 모양이었다. 그 위에 통을 단단히 끼웠는데 각각 고동이 있어 기둥을 움직이지 아니하여도 보고자 하는 곳을 임의로 돌려대게 하였고, 가운데 가는 실에 작은 추를 매어 드리웠으니 지평(地平)을 정하게 한 것이다. 문을 만들어 닫았는데 쇠로 사개16)를 만들고 가운데 유리로 꾸며서, 비록 열지 아니하여도 안을 분명히 살피게 하였다. 그 이상한 제도와 공교한 성력(星曆)은 이루 전할 길이 없다.

그 대강의 제도는 이러하고 보는 법을 물으니, 조그맣고 짧은 통이 있는데 길이는 한 치 남짓하고 종이를 단단히 배접하여 만든 것이다. 한편 머리에 2층으로 유리를 붙였는데 눈에 대고 한 군데를 바라보니, 침침히 어두워 겨우 회

---

16) 상자 따위의 네 귀퉁이가 꼭 물리도록 들쭉날쭉하게 만든 것을 말한다.

미하게 밝은 빛이 있었다. 유송령이 이 통을 들어 큰 통의 동쪽 부리에 끼우고, 서쪽 부리가 해를 향하도록 고동을 틀어 단정히 놓은 후에 나를 가리켜 먼저 보라고 하였다. 틀 동쪽으로 조그만 교의를 놓고 그 위에 비단 방석을 깔았는데, 이것은 사람이 걸어 앉아보게 한 것이다. 자리에 나아가 한쪽 눈을 감고 통 안을 엿보니 햇빛이 둥근 형태를 통 끝에 건 듯하고, 조금도 멀리 바라보이는 모양이 아니어서 해 속에 무엇이 있으면 머리털이라도 감추지 못할 듯하였다. 형태는 비록 분명하나 희미한 구름 속에 싸인 듯하고, 눈에 쏘이는 빛이 없어 오래 보아도 조금도 부시지 아니하니 이상한 일이다. 해 가운데 가로로 가는 줄이 있어 띠를 씌운 듯하기에 그 곡절을 물으니, 유송령이 웃으면서 말하기를, 그것은 해 속에 있는 것이 아니라 통 안에 가는 철사를 가로 매어 바깥 지평을 응하게 한 것이라고 하였다. 내가 묻기를,

"전에 들으니 해 속에 세 개의 검은 점이 있다고 했는데 보이지 않으니 어떤 이유입니까?"

하니, 유송령이 말하기를,

"검은 점은 셋뿐이 아니라 혹 하나나 둘이 있고 많을 적에는 여덟이 있는데, 시방은 하나도 보이지 않을 때입니다."

하였다. 내가 말하기를,

"점이 이미 있으면 어찌 없을 적이 있으며, 또 달이 고르지 아니함은 무슨 곡절입니까?"

하니, 유송령이 말하기를,

"그대가 그 묘리를 모르는 것입니다. 검은 점이 두루 박혔지만 해의 형태는 이미 둥근 것이고, 주야로 돌아갈 적이면 구르기가 수레바퀴 같은 까닭에, 좌우에서 바라보매 이 면에 점이 있으면 혹 저 면에 없으며, 이 면이 적으면 혹 저 면이 많을 적이 있습니다."

라고 하였다. 보기를 파하고 정당으로 돌아와 내가 묻기를,

"자명종이 필연 여러 제양이 있을 것이니, 잠깐 보게 해주시는 것이 어떻겠습니까?"

하자, 유송령이 자명종은 다만 다락 위에 베푼 것이 있을 따름이며 다른 것은 없다고 하여, 보여주기를 어렵게 여기는가 싶었다. 올 때에 삼방(三房)에서 각각 면피 보낸 것이 있었다. 세팔을 불러 들여오라 하여 사행의 의사로 전해 주라 하니, 어쩔 수 없이 받지만 괴로이 여기는 기색이 있어 회폐(回幣)를 어렵게 여기는가 싶었다. 내가 말하기를,

"날의 기운이 심히 차니 귀체(貴體)가 상함이 있을까 걱정되고, 날이 또한 저물었으니 감히 물러가기를 고하거니와, 그윽이 다시 나와 배우기를 청하고자 하니 한가한 날을 기약하여 가르침이 어떠하겠습니까? 가져온 폐백은 극히 소소하거니와 하직 정성을 표하니, 만일 받지 아니하면 이것은 다시 보기를 허락하지 않음이니 다시 생각해주십시오."

라고 하였다. 유송령이 말하기를,

"성한 폐백의 후의를 입으니 삼가 받을 것입니다. 청컨대 우리를 대신하여 세 대인에게 사례하는 뜻을 전해주십시오. 이후에 다시 만나고자 해도 이 달 안에는 다시 한가한 날이 없으니, 내가 월후(月後 : 새달)에 다시 상량(商量 : 헤아려 생각함)하여 한 번 모이기를 도모하겠습니다."

라고 하였다. 내가 말하기를,

"우리는 비록 날마다 배우기를 청하고자 하나 진실로 한가한 날이 없을진대 어이하겠습니까?"

하였다. 두 사람이 낀 안경이 별양 작고 꾸민 제양이 기이하기에 그 만든 곳을 물으니, 서양국에서 만들어온 것이라고 하였다. 수정인가 물으니, 유송령이 웃으며 말하기를,

"수정 안경은 눈이 상하여 끼지 못할 것이고, 이것은 유리로 만든 것입니다."

하였다. 두 사람이 다 비연(鼻煙 : 콧구멍에 대고 불어넣는 가루약)을 내어 코에 넣는데, 담은 그릇은 대모(玳瑁)[17]로 만든 둥근 합이고, 품에 품었더라. 읍하고 물러나올 때 이덕성이 말하기를,

---

17) 바다거북의 등과 배를 싸고 있는 껍데기를 말한다.

"몇 년 전에는 천주당 사람이 우리나라 사람을 보면 가장 반겨하며 대접하는 음식이 극히 풍비하고 혹 서양국 소산으로 답례하는 선물이 적지 아니하더니, 근래에는 우리나라 사람의 보챔을 괴로이 여겨 대접이 이리 낙락(落落)하니 통분합니다."

하였다. 해질 무렵에 관에 돌아왔다.

몽고관과 농천주당에 가다

24일 몽고관과 동천주당에 가다[18]

서종맹이 식전에 들어와 보고 말하기를, 자기 처가 병이 있어 오늘 집으로 가고 수일 후에 돌아올 것이라 하며, 구경할 일은 대사와 다른 통관에게 일렀으니 출입에 염려 마시라 하고 나갔다. 식후에 평중과 한가지로 이억성(李億星 : 몽고어 통역관)과 맞추어 몽고관(蒙古館)으로 갈 때 이덕성과 김복서가 또한 한가지로 갔는데, 동천주당을 구경하기 위한 것이다.

동으로 옥하교에 이르러 물의 서쪽으로 수백 보를 가서 또 서쪽 골목을 들어 북쪽으로 꺾어 몽고관에 이르렀다. 문으로 들어가니 문 안에 한 칸의 집이 없이 수천 칸의 넓은 뜰이고 사면에 담을 둘렀다. 남쪽 담 밖에 둥근 탑과 첩첩이 높은 집이 있는데, 이것은 옥하관으로 아라사(俄羅斯)가 있는 곳이다.[19] 뜰 안 곳곳에 몽고 장막을 쳤으니, 몽고 사람들이 머무는 곳이다. 약대(낙타)

---

18) 20일에 조참하던 날 관문 밖에서 수작한 오상(吳湘)·팽관(彭冠) 두 한림의 집에 가서 문장과 도학을 의논한 일. 21일에 도적질한 사마군을 매로 다스려 경계한 일. 22일에 유구관(琉球館)에 갔다가 그냥 돌아온 일. 23일에 서길사청(庶吉士廳)에 가서 두 한림과 문물·문장을 의논한 일 등이 생략되었다.

19) 아라사는 러시아를 말하며, 이 날의 일기에서는 아라사가 몽고의 별종이라 했고 또 사관(使館)도 나란히 있다고 했다.

수삼십 마리가 곳곳에 누웠고, 좌우에 약대 똥을 두루 깔았는데 이것을 말려서 무엇에 쓴다 하였다. 여러 몽고 사람들이 낙역(絡繹)하여[20] 출입하니, 모두 다 의복과 얼굴이 더러워 사람의 모양이 적었다. 의복은 북경 사람과 다름이 없는데 다만 마으락이의 선을 누런 털로 둘렀다. 한 사람이 사향(麝香)[21]을 가지고 사라 하니 김복서가 말하기를, 몽고 사람들이 파는 사향은 다 가짜이고 쓰지 못한다고 하였다.

이억성이 몽고 사람 하나를 불러 몽고말로 저희 장수가 머무는 곳을 물으니, 한 장막을 가리키며 '이리 오라' 하고 장막 문을 들고 무슨 말을 하더니 들어가라 하였다. 이억성을 따라 여럿이 들어가니 그 안은 둥글고 넓이가 두세 칸이며, 겹삼승으로 만든 장막이었다. 가운데 마루는 한 칸 넓이를 헤쳐 햇빛을 통하게 하고, 사면에 양가죽 옷과 갓이불 같은 것을 무수히 깔았는데, 다 가죽이 닳고 털이 더러워 극히 힘들고 고생스러운 모양이었다. 그 가운데에 큰 노고 (놋쇠나 구리로 만든 작은 솥) 하나를 걸었는데, 밥을 지어먹는 것이다.

한 사람이 홀로 앉았는데 우리가 들어오는 것을 보고도 몸을 적이 움직일 뿐이고 조금도 대답하는 거동이 없었다. 가로 돌아앉아 그 인물을 자세히 보니, 구각(軀殼 : 몸의 윤곽)은 매우 장대하고 상하에 비단 의복을 입어 적이 선명했다. 진피(眞皮) 마으락이에 홍보석 징자를 붙였으니 정1품 벼슬이지만, 낯과 손이 더러워 일생 씻지 아니하는 모양이었다. 얼굴이 무식하고 미혹해 보이는 인물인데, 다만 안정(眼睛 : 눈동자)이 극히 영특[英悍]하고 여력(膂力 : 육체적인 힘)이 보통 사람보다 뛰어난 모양이다. 이억성이 더불어 약간 수작하는데, 진서(眞書 : 한문)와 한어가 전혀 통하지 않고 몽고 언문을 또한 알지 못하니, 몽고말을 물으며 대화를 서로 통할 길이 없었다. 이억성에게 그 대답하는 말을 물으니, 제 벼슬은 정1품이고 몽고왕의 종실이며, 중국에 번(番) 살러(부역하러) 왔노라 했다. 또 들어오는 길이 5천 리 밖이고, 약대(낙타)를 타고 왕래하노라고 했다. 몽고에는 여러 부락이 있어 서로 거느리지 아니하여, 중국에 조

---

20) '낙역부절'(絡繹不絕)의 준말로, 사람이나 수레의 왕래가 끊이지 않는다는 뜻이다.
21) 사향노루의 향낭을 쪼개어 말린 흑갈색의 가루.

공을 통하지 아니하는 부락이 여럿이라 하였다.

　처음에 들어가니까 매우 괴롭게 여기는 기색이었는데, 이덕성이 청심환 하나를 내주며 귀한 약이라고 하니 비로소 반가워하며 묻는 말에 순순히 대답했다. 제 담배를 담아 이덕성과 나에게 권하는데 구멍이 막혀 먹지 못하였다. 불이 꺼지면 제 허리에 찬 부시[22]를 쳐 권하는 까닭에 마지못하여 받아먹었는데 맛이 괴이하였다. 덕유가 담배를 담아왔기에 그 사람에게 권하니, 받아먹으며 기뻐하는 기색이다. 돌아갈 사연을 전하고 문을 나오는데, 앉은 곳에서 일어설 뿐이니 예법을 전혀 모르는 인물이다.

　큰 문을 나가 두루 저자를 구경하였는데 이 근처는 다 몽고와 매매하는 곳이어서, 좌우에 쌓인 것이 반 넘게 몽고에서 쓰는 것이다. 한 소년이 얼굴이 조촐하고 의복이 적이 선명하기에 불러 물으니, 매매를 일삼지 아니하고 글을 읽는다고 하였다. 그 성을 물으니 맹가(孟哥)라고 하기에, 맹자(孟子)의 자손인지를 물으니 웃으며 대답하기를,

　"자손이 되는 법은 있지만 대수(代數)를 알지 못하니, 어찌 적실(的實)히 이르겠습니까?"

라고 하였다. 제 글 읽는 곳을 물으니 멀지 않다고 하며, 선생과 여러 학도들이 머문다고 하였다.

　바야흐로 한가지로 그 학당에 가고자 하는데, 갑자기 두어 갑군이 피편(皮鞭 : 가죽 채찍)을 두루며 다급하게 돌아와 패려(悖戾 : 도리에 어긋나고 사나움)한 소리로 이르기를 "아문에서 잡으러 왔노라" 하여, 다 놀라 의심하였다. 세팔이 그 곡절을 물었더니, 다른 아문이 아니고 통관들이 우리가 몽고관에 간 이야기를 듣고 생사를 염려하여 급히 불러오라 한 것이다. 갑군이 피편을 들어 치려고 하는 거동을 보이면서 가기를 재촉하니, 좌우에 섰던 사람이 다 도망가고 그 소년이 또한 간 곳이 없으니, 대개 이곳이 아문을 저투리고(두려워하고) 근신하는 풍속이었다. 갑군의 거동이 매우 통분하였지만 어쩔 수 없어 한가지

───────────

22) 부싯돌을 쳐서 불이 일어나게 하는 쇳조각.

로 골목을 나와 개천가에 앉았다. 세팔에게 달래서 돌려보내라고 하니, 갑군이 말하기를, 자기는 아문의 영(令)을 듣고 왔는데 어찌 혼자 돌아가겠는가 하며 한결같이 하였다. 김복서에게 권하여 한가지로 아문을 들어가 사연을 이르라 하였더니, 이윽고 돌아와 이르기를,

"통관들을 보고 그 연고를 물었더니 다 말하기를, '몽고는 예법이 없고 조선 사람이 또한 다투기를 즐기는 까닭에 혹 생경(生梗 : 불화)이 있을까 염려하여 갑군을 보냈을 뿐이지 다른 뜻이 아니니, 어찌 잡아오라 하였겠는가' 하고 갑군을 불러 꾸짖기에, 인하여 동천주당에 가는 사연을 말했더니 다 쾌히 허락하였습니다."

라고 하였다. 드디어 수레를 세내어 덕성과 한가지로 타고 동천주당으로 향했다. 북쪽 옥하교를 건너 궁장을 좇아 백여 보를 가고, 다시 동쪽 골목으로 들어 큰 길로 나가 북으로 1, 2리를 가서 천주당에 이르렀다. 집 제양은 밖에서 바라보매 대강 서천주당(남천주당의 잘못)과 한가지였다. 문을 들어가니 문 지키는 사람이 구태여 막지 않았고 면피를 징색(徵索 : 세금 따위를 내라고 요구함)하지 아니하였는데, 조선 사람이 드물게 다니는 까닭이었다. 동쪽으로 중문을 들어가니 문 안에 두 사람이 마주 앉아 장기를 두었다. 나아가 보고자 하니 두 사람이 즉시 쓸어버리고 일어나기에, 다시 두기를 권하였지만 종시 듣지 아니하였다. 한 사람이 나와 말하기를,

"조선 사람이 가장 청수(淸秀)하여 다른 외국에 비하지 못할 것입니다."

하기에, 내가 대답하기를,

"무슨 청수함이 있겠습니까? 우리를 조롱하는 말입니다."

라고 하니, 그 사람이 머리를 저으며 그렇지 않다고 하였다.

정양문이 잠겼기에 지키는 사람을 불러오라 하였더니, 세팔이 한 소년을 데려왔다. 열쇠를 가져와 문을 여는데 또한 면피를 구하지 아니하고 인물이 극히 양순하였다. 그 성을 물었더니 왕가(王哥)라 하였고 연산역(連山驛) 사람인데, 몇 년 전에 조선 사신이 제 집에 여러 번 머물렀다고 했다. 문을 들어가니 북벽에 천주화상과 좌우에 벌인 집물이 대강 한 모양이었고, 바람벽에 가득한

그림이 더욱 이상하여 그 인물과 온갖 물상이 두어 걸음을 물러서면 아무리 보아도 그림인 줄을 깨닫지 못할 것 같았다. 동쪽 벽에는 층층한 누각을 그리고 여러 사람이 앉았는데, 아래에 기치(旗幟 : 깃발)와 의장(儀裝)을 많이 벌여 왕자의 위의(威儀)와 같았다. 서쪽 벽에는 죽은 사람을 관 위에 얹어놓고 좌우에 사나이와 계집이 혹 서고 혹 엎드려 슬피 우는 모양을 그렸는데, 소견에 아니꼬워 차마 바로 보지 못하였다. 왕가에게 그 곡절을 물으니 왕가가 이르기를,

"이것은 천주가 죽은 모습을 그린 것입니다."

라고 하였다. 이밖에 괴상한 형상과 이상한 화격(畫格)이 무수하였지만 다 기록하지 못한다.

서쪽 협문을 나가니 왕가가 문 위를 가리키며 보라고 하였다. 돌아보니 문 위에 사람 하나가 무슨 괴상한 짐승을 걸어 앉혔는데 마음에 놀라워 앞에 나아가 자세히 바라보니, 진짜 사람이 아니고 그림을 그려 사람의 눈을 놀라게 한 것이다. 서쪽 뜰을 지나 자명종을 감춘 누각 위에 올랐더니, 자명종 제도는 남천주당과 다름이 없었다. 이윽히 구경하고 내려오니 뜰 좌우에 한 쌍의 일영(日影 : 해시계)을 놓았는데, 네모진 돌 위에 도수를 정제하게 새기고 가운데 시간 보는 쇠를 꽂았다. 기둥의 철사 한 오리를 꿰어 남쪽으로 향하여 뜰 가운데 조그만 돌기둥의 한끝에 매었는데, 쓰는 곳을 물었더니 말하기를, 그것은 남방을 가리키는 것이며 별을 보게 한 것이라고 하였다.

왕가를 불러 다른 구경할 곳을 인도하라고 하였더니, 이때 다른 사람 하나가 따라와 말하기를,

"다른 구경이 없는데, 어디를 보고자 하십니까?"

하고 아주 괴롭게 여기는 기색이다. 내가 뜰 서쪽으로 혼자 다니며 집 지은 제양을 구경하다가 서쪽을 바라보니, 높은 집이 멀리 반공(半空)에 뛰어나고 제작이 이상하였다. 마침 아이 하나가 따라다니기에 위연(威然 : 점잖고 엄숙함)하게 묻기를 "네가 저 집을 아느냐?" 하였더니, 그 아이가 대답하기를 관상대(觀象臺)라고 하였다. 즉시 왕가를 불러 말하기를,

"관상대는 이곳의 제일 구경처인데, 너희는 어찌 우리를 속이고 보여주지 아니하느냐?"

라고 하니, 왕가가 웃으며 "관상대를 어찌 아십니까?" 하고, 서쪽으로 두어 문을 지나 한가지로 나아갔다. 북쪽으로 연하여 집이 있는데 간간이 비단 발을 드리웠고 사람이 머무는 모양이었다. 왕가에게 물었더니,

"다 서양국 사람이 자는 캉인데 오늘은 서천주당에 일이 있어 나가고 한 명도 있는 이가 없습니다."

라고 하였다. 또 한 문을 나가니 서너 길의 높은 대를 세우고 대 위에 세 집을 지었는데, 가운데 집이 가장 높고 양쪽 집은 적이 낮았다. 여러 층의 섬돌을 지나 대 위에 올랐더니, 서북으로 만세산이 바라보이고 사면으로 즐비한 여염집 마루가 서로 바라보이니 또한 기이한 구경이었다. 집에 다 쇠(자물쇠)를 채웠기에 왕가를 달래어 문을 열라 하니, 왕가가 말하기를 서양국 사람이 쇠를 가지고 가서 어쩔 수가 없다고 하였는데, 핑계를 대는 기색이었다. 문틈으로 안을 엿보니 이상한 의기를 가득 벌였는데 안이 어두워 자세히 보지 못하였다. 그중 두어 자 쇠통을 틀에 얹은 것이 있으니, 이는 원경(遠鏡)인가 싶었다. 가운데 집은 위로 남쪽을 향하여 길게 구멍을 통하고 쇠로 문짝을 만들어 덮었는데, 물었더니 왕가가 말하기를,

"밤에 천문을 볼 때면 이 문을 열어제치고 집 안에 들어가 남방에 보이는 별을 상고하게 한 것입니다."

라고 하였다. 대 아래 남쪽으로 뜰이 아주 넓고 뜰 가운데 벽장(벽돌)을 세워 기둥 모양을 만들었는데, 높이가 한 길이 넘게 줄줄이 세웠다. 모두 다 행렬(行列)이 정제하고 끝에 구멍이 있어 사면에 나무를 꿰어 서로 얹었는데, 포도넝쿨을 올리게 한 것이다. 곳곳에 포도나무를 묻은 곳이 있는데, 그 수를 대강 세어도 수삼십이 넘었다. 여름에 넝쿨을 올려 잎이 피고 열매를 맺은 후에는 천여 칸 넓은 뜰에 그늘이 가득할 것이니, 장한 구경이 될 듯하였다.

대 아래에 내려 남쪽에 두어 칸 집이 있어 왕가를 따라 들어가니, 그 안에 우물 하나가 있었다. 깊이가 여남은 길이고 위에 녹로(轆轤 : 고패, 도르래)를

베풀었다. 녹로 한끝에 둥근 말뚝을 여럿 박고 남쪽으로 딴 기둥을 세워 기둥 가운데로 나무 바퀴 하니를 걸었다. 바퀴 위에 말뚝을 무수히 박아 녹로 말뚝에 서로 걸리게 하였으며, 바퀴 바깥으로 씨아(목화씨를 빼는 기구) 꼭지 같은 나무를 꺼내어 손으로 돌리게 만들었다. 왕가가 말하기를,

"이 우물은 포도에 물을 주기 위한 것입니다. 여름이면 무수한 두레(두레박)를 찾아 드리우고, 이 바퀴를 한 사람이 돌리면 계속하여 물이 올라와 그치지 아니하니, 두루 홈을 놓아 여러 포도에 각각 흘러가게 합니다."

하고, 손으로 그 모양을 형용하여 일렀지만 갑작스러워 자세히 알아듣지 못하였다. 한편에 두어 층의 탁자를 두고 두레를 무수히 쌓아놓았다. 여러 사람들이 주머니에 넣은 청심환을 모아 왕가에게 주었고, 나는 청심환 하나와 별선(別扇) 하나를 주었다.

남쪽 작은 문을 나와 큰 길에 이르러 수레를 세내어 장차 타고자 하는데, 북쪽에서 말 탄 갑군들이 쌍쌍이 늘어서고 그 가운데로 교자 하나를 천천히 몰아 오니, 필연 친왕의 행색이었다. 길 가는 사람이 다 좌우로 치우쳐 서기에 우리도 길가에 머물러 섰는데, 교자가 가까이 오더니 홀연 머물고 장막을 걷어 우리를 보며 희미하게 웃었다. 그 사람의 형상을 자세히 살피지 못하였으나 나룻(수염)이 세어 오륙십이 넘은 모양이고, 풍염(豊艶)한 얼굴이 극히 장대한 인물 같았다. 전후 갑군이 일시에 말을 머무르니 앞뒤에 각각 예닐곱 쌍이다. 교자 뒤로 예닐곱 말 탄 사람이 한 줄로 섰는데 화로와 차관과 무슨 보에 싼 것을 각각 들었으며, 다 의복이 선명하고 인물이 준수하였다. 갑군 하나가 말을 달려 교자 앞에 나아가 허리를 굽혀 무슨 분부를 듣는 거동이더니, 도로 말을 달려 우리 앞으로 나아와 한어를 아느냐고 물었는데, 필연 무슨 말을 묻고자 하는 모양이었다. 내가 김복서에게 권하여 한어로 대답하고 저들의 거동을 보라 하였는데 김복서가 즉시 대답하지 못하자, 갑군이 두어 번 묻다가 도로 말을 달려 교자 앞에 이르러 무슨 말을 아뢰니, 즉시 장막을 지우고 몰아가는 것이다. 즉시 수레를 타고 뒤를 따라 관으로 향하였다.

옥하교를 건너 개천 서쪽에 이르렀을 때, 길을 접하여 큰 집이 있고 문 밖에

여러 갑군이 창검을 벌이고 지키었는데 친왕이 그 집으로 들어가는 것이었다. 세팔이 말하기를,

"이 집은 다른 왕의 집입니다. 죽은 지 오래고 황제의 사촌입니다."

라고 하였다. 관문 밖에 이르러 오가의 푸자에 들어가자, 오가가 반겨 맞아 차를 권하고 침향(沈香) 한 조각을 내어 화로에 피우니 향내가 집 안에 가득했다. 그 연고를 물으니 오가가 말하기를,

"궁자는 귀한 사람입니다. 여기 풍속이 높은 손님을 보면 반드시 향을 피워 대접합니다."

하였다. 좌우에 잡물화를 무수히 쌓았는데, 다 우리나라 사람에게 파는 것이다. 관에 돌아오니 아문이 비었기에 바로 들어가 저녁 식후에 부방에 앉았더니, 한 역관이 들어와 황후의 소문을 전하는데 이러했다.

궁중에 대대로 전하는 보배 구슬이 있는데 황후가 가진 것이다. 지난해〔前年〕 황제가 관동으로 산영(山營 : 사냥)하러 갈 때 황후가 따라갔는데, 황제가 우연히 그 구슬을 찾았지만 잃어버리고 얻지 못하였다. 황제가 크게 노하여 두루 기찰(譏察)을 놓아 비밀리에 살폈더니, 한 전당(典當) 푸자에 있었다. 즉시 그 사람을 잡아 물으니 말하기를, 수일 전에 한 관원이 이 구슬을 가져와 전당을 잡히고 4백 냥을 가져갔다고 하였다. 그 관원을 깊이 살피어 밝히니, 황후를 시위(侍衛)하는 관원이었다. 황제가 친히 구슬 얻은 곡절을 물었는데, 길에 떨어졌기에 얻었다고 하였다. 황제가 크게 의심하여 의복을 벗기고 온몸을 수험(搜驗 : 수색하고 검사함)하니 의복 사이에 편지 한 장이 들었는데, 사연이 의심스럽고 황후의 글씨와 방불하였다. 즉시 묻지 아니하고 그 관원의 허리를 베어 죽였는데, 이로부터 황후가 사랑을 잃고 더러운 소문이 있었다.

바깥 공론(公論)은 다 황후를 위하여 원통하게 여기고 중간의 모함이 있었다고 의심하였지만, 황제는 이것으로 인하여 비록 황후의 명호(名號)를 폐치 아니하나 대접이 극히 박략(薄略 : 후하지 못하고 매우 약소함)하였다. 황후의 성품이 대단히 조급한 까닭에 황제의 의심함을 알고 머리털을 베어 몸을 헐어버렸다. 황

제가 더욱 노하여 냉궁(冷宮)에 가두고 음식을 변변히 통하지 아니하니, 절로 죽기를 기다린다.

항주 선비들의 이야기를 듣다

2월 초1일 관에 머물다[23)

식전에 상고 우가(于哥)가 들어왔기에 여러 말을 수작하였다. 우가는 한군(漢軍)으로 팔기(八旗)[24)에 들었으며, 삼부자가 달마다 두 냥의 은을 타먹는다고 했다. 내가 말하기를,

"만주군과 한군은 비록 구실을 맡아하지 아니하여도 달마다 봉은(俸銀)이 있느냐?"

하니, 우가가 말하기를,

"어찌 집집이 그러하겠습니까? 선세(先世)에 유명한 사람이 있으면 그 자손은 비록 벼슬이 없어도 대대로 봉은을 주는데, 두어 달 된 아이도 다름없이 받지만 그렇지 않은 집은 구실을 하여야 비로소 봉은이 있습니다."

라고 하였다. 대개 유명한 사람은 공신(功臣)을 이르는 것인가 싶었다. 서반(西班) 부가(傅哥)가 들어와 한참을 말하는데, 황후의 일을 물으니 모른다며 대답하지 않았다. 제 본집을 물으니, 하남 사람으로 서반이 되어 북경에 들어

---

23) 25일에 북성 밖을 둘러본 일, 26일에 유리창에서 장(蔣)·주(周)·팽(彭) 세 선비와 문장·성리(性理)를 의논한 일, 27일에 관에 머물고, 28일에 융복사를 구경한 일, 30일에 흠천감 관직에 있는 장경과 유리창에서 역법에 관해 문답한 일 등이 생략되었다.

24) 청 태조가 정한 군제로서, 기의 빛깔에 따라 팔기로 나눈다.

온 지 5년이 넘었는데도 돌아가지 못한다고 하였다. 내가 말하기를,

"서반 구실의 녹봉이 넉넉지 못하고 또 가향(家鄕)이 멀리 있는데, 어찌 버리고 돌아가지 아니합니까?"

하니 부가가 말하기를,

"북경 아문에 무수한 서반이 있지만 다 남방 고을에서 해마다 뽑아 올리는 것입니다. 비록 버리고자 하여도 임의로 못하는 것이고, 또 해포(한 해가 넘는 동안)에 서반을 다니면 팔 첩씩 벼슬이 올라 10년 후면 외방의 지현(知縣 : 현의 으뜸 벼슬아치)으로 갑니다. 아직은 고생이 많으나 한번 지현이 되면 해마다 천여 냥의 봉은을 먹으니 오로지 이를 바라는 것입니다."

하였다. 부가가 조선 중의 복색을 묻기에 대강 대답하고 또 말하기를,

"중국 묘당(廟堂 : 절)은 다 여염 가운데 있으니 어찌 출가한 보람이 있겠습니까? 우리나라는 산이 없는 곳에는 절을 짓지 못합니다."

라고 하였다. 이에 부가가 말하기를,

"북경 근처에는 산이 드물고 성시(城市) 가운데 절이 많아 머무는 높은 중이 없지마는, 남방에는 산 위에 지은 절이 많고 도를 닦는 높은 중이 많이 머뭅니다."

라고 하였다. 내가 말하기를,

"이 즈음 중을 만나면 거동과 말씀이 속인과 다름이 없고, 왕왕 의복이 또한 분별이 없더군요. 이런 승풍(僧風)으로 여염 사이에 잡되게 있어서 필연 중의 경계를 지키지 못할 것입니다."

라고 하니, 부가가 말하기를,

"이 즈음의 승풍은 고기를 대수롭지 않게 먹으며 혹 처첩을 갖추어도 서로 괴이하게 여기지 아니하니, 어찌 중이라 할 만하겠습니까?"

라고 하였다. 내가 말하기를,

"동국에도 이런 승풍이 있어서 '재가승'(在家僧)이라 하는데, 이것이 또한 천하(天下)가 한 가지구면."

하니, 부가가 웃었다. 부채 두 자루를 주었더니, 하나는 품에 품고 다른 하나

는 허리에 찬 부채집을 내어 꽂고 나갔다.

이 날 문금(門禁)이 더욱 엄하여 옥하교와 정양문 어귀에 다 갑군이 서서 사람을 금하였는데, 어제 제독이 사람 금하는 방문(榜文)을 써서 담 밖에 붙였다고 하였다. 역관에게 그 곡절을 물었더니, 역관이 말하기를, 행중에 금물(禁物)을 사가는 것이 많기 때문에 아문이 소문을 듣고 그 폐를 막고자 하는 것이라고 하였다.

대개 흑각(黑角 : 검은 물소뿔)은 군기(軍器)에 속한 것이어서 이곳의 금물 중에도 더욱 엄히 막는 것이다. 우리나라가 근년에 흑각이 극히 귀하므로, 묘당에서 흑각 1천 장을 사오라고 하여 사행에 관자(官資)를 주었는데, 상방 건량관 조명회(趙明會)에게 맡겼다. 이번에 비단과 잡물의 값이 점점 오르므로 사가도 이(利)를 보는 것이 적고, 흑각은 이곳이 가장 흔하여 이익을 많이 보는 것이므로 역관과 상고들이 다 묘당의 관자를 빙자하여 몰래 흑각을 사는 이가 많았다. 그래서 만일 드러나는 일이 있으면 아문의 죄책(罪責)이 있을 것이고, 또 흑각은 가벼운 물화가 아니라서 관중에 내어 들이면 자취를 감추지 못하는 까닭에, 다 이곳 상고와 수레를 맞추어 밖에서 짐을 매어 책문으로 나가는 것이다. 이러므로 사람의 출입을 금하라고 하였다. 그러나 이 흥정은 오로지 서종현의 아비 유태에게 은을 많이 주어 맡기므로 아문이 아무리 막고자 하여도 어쩔 수 없을 것이고, 책문을 나갈 때에도 수험(搜驗)이 매우 엄하지만 유태의 형제가 전적으로 담당하여 탈이 없게 한다고 하였다.

저녁 식후에 상방 비장(裨將) 이기성(李基成)이 손에 안경 하나를 들고 들어와 보라고 하기에 받아보니, 사람이 끼던 안경이고 가운데를 부르게 만든 것이었다. 전에 보지 못한 제양이어서 그 출처를 물으니, 기성이 말하기를,

"이것은 멀리 보지 못하는 사람이 쓰던 안경입니다. 제가 이 길을 들어올 때 한 사람이 안경을 구하는데, 시상(市商)에서 두루 구해도 종시 얻지 못하였습니다. 오늘 유리창에 갔다가 한 푸자에서 두 사람을 만났는데 얼굴이 극히 아름답고 거동이 단정하여 짐짓 선비 모양이었습니다. 두 사람이 다 나이가 젊은데 각각 안경을 썼으므로 마음에 의심하여 그 연고를 물었습니다. 대답하기를,

눈에 병이 있어 먼 데를 보지 못하는 까닭에 안경을 낀다고 하였습니다. 제가 말하기를,

'나는 조선 사람입니다. 한 친한 사람이 또한 눈에 병이 있어 그대와 같습니다. 중국의 좋은 안경을 구하는 까닭에 여기 이르러 값을 헤아리지 아니하고 두루 구해도 종시 얻지 못하더니 천행으로 그대를 만났습니다. 그대는 중국 사람이니 다른 것을 구해 사고자 하여도 어렵지 않을 것이고, 또 필연 여벌이 있을 것입니다. 값을 준수하게 줄 테니 내게 파는 것이 어떠합니까?'

하였습니다. 그러자 한 사람이 즉시 안경을 끌러주며 말하기를,

'그대가 친한 사람을 위하여 신근(辛勤 : 매우 애씀)히 구하는 것이 후한 의사이고, 그 구하는 사람은 나와 병이 같은 사람이니, 내가 어찌 안경 하나를 아끼겠습니까? 또한 사소한 기물로 어찌 매매를 의논하겠습니까?'

하는 것이었습니다. 제가 안경을 받은 후에 그의 말을 예사 사양으로 여겨 다시 말하기를,

'그대의 말이 훌륭하지만 내가 어찌 공연히 남의 기물을 받겠습니까? 다소(多少)를 말하면 내 가져온 은이 있으니 준수히 보내겠습니다.'

하니, 두 사람이 다 기뻐하지 않는 기색이고, 소매를 떨치며 일어나는 것입니다. 비로소 경솔하게 받은 줄을 뉘우쳐 길을 따라가 말하기를,

'아까 수작한 말은 그대를 희롱한 것입니다. 안경을 정말로 구하는 사람이 있는 것이 아니니 내게는 쓸데없습니다. 도로 가져가기를 청합니다.'

라고 하였지요. 그랬더니 주던 사람이 낯빛이 변하여 말하기를,

'그대의 사람 대접함이 매우 박략(薄略 : 후하지 못하고 매우 약소함)합니다. 이것은 작은 집물이라서 유무에 관계할 것이 없고, 또 병이 같으면 서로 불쌍하게 여기는 마음이 있는데, 어찌 이같이 세세한 말을 합니까?'

라고 하는 것입니다. 그 말을 듣고 그 기색을 보니, 매우 참괴(慙愧 : 부끄러움)하여 다시 말을 못하였습니다. 그 있는 곳을 물었더니, 둘이 다 절강(浙江 : 절강성 항주) 선비이고, 과거 보러 올라온 것입니다. 바야흐로 정양문 밖에 머무니, 지명은 간정동(乾淨衚 : 유리창의 골목 이름)이라 하기에, 그곳을 찾아 다시

만나기를 언약하고 돌아왔습니다. 값을 주어도 필연 받지 않을 것이므로, 필묵과 종이를 얻어 면피로 주고자 하는데 마땅한 것을 얻지 못하였습니다."
라고 하였다. 내가 화전지 한 권을 주었더니, 기성이 또 말하기를,

"이곳의 선비를 얻어보고자 한다면 이만한 사람을 만나기 쉽지 않을 것입니다."
하기에, 내가 말하였다.

"절강은 이곳에서 수천 리 밖이라. 수천 리 밖에서 과거를 위하여 행역(行役)의 괴로움을 헤아리지 않는다면, 필연 명리(名利)의 마음이 깊은 사람이니 어찌 높은 소견이 있으며 족히 더불어 말함직하겠는가? 그러나 다시 만나거든 그 사람의 거동을 자세히 살피고 인하여 내 말을 일러 조선 선비 한 명이 들어왔으니, 그대의 성문(聲聞 : 명성)을 듣고 한번 만나고자 한다고 하여 저희의 뜻을 보라."

제4부

천애의 지기를 이루다

간정동에서 중국 선비를 만나다

초2일 천주당에 가다

식후에 이덕성과 한가지로 천주당을 가고자 할 때, 이 날도 문금(門禁)이 오히려 엄한 까닭에 세팔로 하여금 아문에 구경 나가는 뜻을 통하라 하였다. 통관들이 말하기를, 제독 대인이 방문(榜文)을 붙여 사람의 출입을 엄히 금하니 임의로 허락하지 못할 것이며, 우리가 아문을 비우고 잠깐 피하는 것이므로 가만히 나가는 것이 해롭지 않다고 말하였다. 대개 문금이 엄할 때에도 역관과 하인의 근처 푸자 출입이 무상한 까닭에, 아문을 지나도 멀리 나감을 의심하지 않았다. 하지만 나는 행색이 다르고 무상한 출입이 없을 뿐 아니라, 한번 문을 나서면 멀리 다니는 줄을 짐작하고 있을 터여서, 혹 가만히 나가다가 욕되는 일이 있을 수도 있다. 그러므로 출입하는 것을 아문이 다 알게 하여 아문의 안정(眼睛：눈동자)에 익었을 뿐 아니라, 속이지 아니함을 믿어 매양 주편(主便：자기에게 편하도록 스스로 주장함)할 도리를 가르치고 가로막는 꾀를 쓰지 아니하였다.

드디어 이덕성과 한가지로 세팔을 데리고 아문으로 나가니, 정당의 문이 닫히고 대사와 통관들이 다 몸을 숨겼다. 바삐 큰 문을 나서니, 세팔이 이렇게 말했다.

"아문을 비록 지났지만 양쪽 어귀에 가로막는 갑군이 있는데, 그중 정양문 근처에는 푸자들이 많으므로 더욱 엄히 금합니다. 필연 지나가지 못할 것이므로 옥하고 어귀로 돌아가는 것이 옳을 것입니다."

그래서 서쪽 길로 가서 어귀에 이르렀더니 과연 두어 갑군이 있어 엄히 막았다. 세팔이 말하기를, 잠깐 길가 푸자에 피하였다가 갑군을 달래어 술 파는 곳으로 함께 가거든 비어 있는 때를 타서 먼저 지나가라 하기에, 내 말하기를,

"그것은 위태로운 계교다. 어찌 도망하는 거조(擧措 : 행동 거지)를 보인단 말이냐?"

하고, 세팔을 시켜 아문에 들어가 통관에게 이 사연을 통하라 하였다.

이윽고 서종맹의 종 하나가 한가지로 나와 갑군에게 분부를 전하고 나가라 하여서, 곧 어귀를 지나서 수레를 얻어 타고 정양문 안을 지나 천주당에 이르렀다. 문 지키는 장가가 즉시 청하여 외당(外堂)에 앉으라 하기에 바삐 온 뜻을 통하라 했더니, 장가가 또 청심환을 요구하였다. 거리낌없이 면피를 징색(徵索)하는 일이 매우 통분하였지만, 어쩔 수 없어 세팔에게 맡긴 작은 청심환 두엇을 내주었다. 장가가 들어가더니 드디어 내당으로 청하고 두 사람이 나와 맞았다. 자리를 정하고 한훤(寒暄 : 날씨를 묻는 인사)을 파한 후에 또 필담을 청하는데, 유송령이 사람을 불러 글 쓰는 선비를 청하였지만 미처 들어오지 못하였다고 하였다. 유송령이 묻기를,

"대마도(對馬島)와 부산이 조선의 어느 현에 있으며, 근년에 왜국 사람과 서로 왕래를 통합니까?"

라고 하였다. 내가 그 사상(事狀 : 일)을 대답하고 묻기를,

"대마도와 부산을 그대는 어이 압니까?"

하니, 유송령이 말하기를,

"명나라 만력(萬曆) 연간의 사기(史記)를 보았으니 어찌 모르겠습니까?"

하였다. 또 묻기를,

"조선에도 자명종이 있습니까?"

하여, 내가 말하기를,

"우리나라에서 만든 것이 있지만 많지 않고, 중국에서 만든 것과 일본에서

나온 것이 많으며 혹 서양국 제작도 있습니다."

라고 하였다. 유송령이 말하기를,

"일본에도 또한 자명종이 있습니까?"

하여, 내가 말하기를,

"근본 제양은 중국 제도를 효칙(效則 : 본받아 법으로 삼음)하였으나, 정교한 수단은 중국에 지지 않습니다."

라고 하였다. 또 묻기를,

"만세산(萬歲山)에 자명종이 있는데 구경하였습니까?"

라고 하였다. 내가 말하기를,

"일찍이 그 앞을 지나갔지만, 지키는 사람이 들여보내지 않는데 어찌 구경하였겠습니까?"

하자, 유송령이 말하기를,

"만세산은 황상이 노는 곳이어서 바깥 사람을 들여보내지 않는 것이 이상하지 않습니다. 가운데 집 안에 자명종이 있는데, 종이 매우 웅장하여 문 밖에서도 그 소리를 들을 수 있습니다."

라고 하였다. 이때 유송령이 세팔에게 묻기를,

"당신네 노야의 중국말이 극히 분명한 것으로 보아 반드시 첫길이 아닌가 보지요?"

라고 하였다. 두 사람이 서로 대하여 한참 동안 수작을 하는데, 어음(語音)이 괴이하고 한 구절도 알 길이 없어, 필연 서양국의 어법(語法)인가 싶었다.

이윽고 선비가 들어왔기에 필담으로 서로 수작하였다. 이덕성과 책력 만드는 법을 약간 의논하였는데, 졸지에 다 의논할 수 없으리라 하여 분명히 이르는 말이 적었다. 저희 산(算) 두는 책(수학책)을 보고 싶다고 하였더니, 포우관이 웃으며 "본들 어이 알리오?"라고 말하면서 사람을 불러 책 한 권을 내왔다. 종이는 왜지(倭紙) 같지만 매우 두꺼워 서양국 종이인가 싶었다. 장마다 괴상한 글자를 가득히 썼는데 자획(字劃)의 가늘기가 털끝 같고, 정간(井間 : 井 자 모양으로 된 각각의 칸살)이 정제하여 줄로 친 듯하였다. 글자는 저희 언문이라 과연 한 자를 알 길이 없고, 정세(精細)한 필획(筆劃)은 천하에 짝이 없을 것 같았다.

그 쓰는 양을 보고자 하여, 사방 24방위를 종이에 먼저 쓰고 그 옆에 서양국 글자로 일일이 번역하여 쓰라 하였다. 송령이 선비가 쓰는 붓을 달라 하여 두어 자를 쓰다가 글자를 이루지 못하며 그치고 말하기를, 붓이 다른 까닭에 쓰지 못하겠다고 하였다. 그들이 쓰는 붓을 보고 싶다고 하였더니, 송령이 사람을 불러 하나를 내왔는데 날짐승의 깃이었다. 밑이 둥글고 단단한 곳을 두어 치 잘라 밑동을 엇베어 끝이 날래게 만들었는데, 이 끝으로 글자를 쓰게 한 것이다. 엇깎은 안에 무슨 먹물을 구멍 가득히 넣어 글씨를 쓰는 대로 차차 흘러나와 갑자기 끊어지는 일이 없었으니, 이 또한 이상한 제양이었다. 내가 묻기를,

"그대는 자식이 있습니까?"

하니, 송령이 대답하기를,

"우리는 처첩이 없는데, 어찌 자식 유무를 의논하겠습니까?"

하였다. 내가 묻기를,

"천주의 학문은 처첩을 두지 못합니까?"

하니, 송령이 말하기를,

"어찌 그러하겠습니까? 지금 북경 사람이 천주의 학문을 다 숭상하지마는 어찌 인륜을 폐한 사람이 있겠습니까? 우리는 중국에 학문을 전하기 위하여 젊어서 집을 떠나 이곳에 와서 이미 나이 늙었을 뿐 아니라, 고향이 수만 리 밖이라 비록 처첩을 두고자 하더라도 어찌하겠습니까?"

라고 하였다. 내가 묻기를,

"서양국은 중국 진서(眞書 : 한문)를 알지 못하니 필연 중국 서적이 없을 것인데, 도를 배우는 사람은 무슨 글을 봅니까?"

하니, 송령이 말하기를,

"다만 우리나라 언문을 쓸 뿐입니다. 온갖 서적이 있지만 다 우리나라 사람이 만든 글이고 우리나라 언문으로 지은 것이며, 말이 비록 다르지만 도리를 의논한 말은 중국과 다름이 없습니다."

하고, 인하여 『중용』(中庸) 첫 장을 외우며 말하기를,

"이 세 구절로 말하여도 비록 그 글은 없으나 그 말은 있습니다."

라고 하였다. 자명종과 가지고 있는 의기(儀器)를 보고 싶다고 하며 여러 번 청하였더니, 여러 번 거절하다가 사람을 불러 한 가지 것을 내왔다. 나무로 집을 만들었는데 네모지고 길이는 두어 뼘이며, 안에 주석으로 만든 것이 있는데 자명종 모양이었다. 전면에 시각분수(時刻分數)를 새기고 밖으로 유리를 붙여 문을 열지 아니하여도 속을 살피게 하였다. 밖으로 열쇠 같은 것을 걸어놓은 까닭에, 송령이 그 쇠를 가지고 구멍에 넣어 서너 번을 돌리더니 손을 떼어놓자 위에 달린 종을 치는데, 반향(反響 : 울림)이 그치지 아니하여 그 수를 헤아리지 못하였고 매우 요란하였다. 이것은 이름이 '요종'(鬧鐘)인데, '떠들썩한 자명종'이라는 말이다. 이것은 무슨 일이 있어 밤에 일어나고자 하거나, 혹 시각을 몰라 잠을 제때에 깨지 못할까 염려하며 저녁에 잘 때 시각을 짐작하여 상 아래 틀어놓으면, 제때가 되어 고동이 열리고 요란한 종소리로 사람의 잠을 깨우게 하는 것이다.

두 사람이 다 품에 일표(日表 : 회중시계)를 품었다가 내어 시각을 보았다. 한 번 보기를 청하였더니 포우관이 제가 찬 것을 끌러내어 속을 열어보였는데, 양혼(兩渾 : 강희황제의 증손)에게 빌려 보던 것과 다름이 없었다. 그 요종을 자세히 보고자 하여 손을 잠깐 달라 하자, 포우관이 놀라며 다치게 하지 말라 하니 기색이 극히 용속(庸俗)하였다. 즉시 도로 전하고 서양국 윤도(輪圖 : 나침반)를 보고 싶다고 하였더니 하나를 내왔는데, 크기가 두어 움큼에 주석으로 만들었고, 바늘 길이가 두어 치에다 밖으로 360도를 새겼다. 송령이 말하기를,

"윤도의 바늘이 비록 남방을 가리킨다 하나 매양 병방(丙方)[1]으로 당기고, 여러 윤도를 비교하면 종시 고르지 않습니다. 사방의 대강 방위를 알려고 하면 이것으로 족히 짐작하겠지만, 천문의 정밀한 도수를 측량코자 하면 이를 믿지 못하는 것입니다."

---

1) 24방위의 하나. 남남동에서 남쪽으로 15도까지의 방위를 말한다.

라고 하였다. 내가 묻기를,

"몇 년 전에 서양국 윤도를 보니까 24방위를 나누어 32방위로 만들었던데, 이것은 무슨 의사입니까?"

라고 하였더니, 송령이 말하기를,

"중국은 24방위를 쓰지만 우리나라는 수가 일정하지 않아서, 혹 8방위로 나누고 혹 16방위로 나누고 혹 24방위로 나누고 혹 32방위로 나눕니다. 32방위로 나누는 것은 다른 데 쓰는 일이 없고 다만 큰 바다에 다니는 배에 쓴다고 합니다."

라고 하였다. 문시종의 시간을 표한 글자를 물었더니, 포우관이 말하기를,

"이것은 종 치는 수를 기록한 것입니다. 자오시(子午時) 초(밤 1시와 낮 1시)에 하나를 치고 정(頂)에는 둘을 치고 차차 하나씩 더하여 사해시(巳亥時) 정(밤 12시와 낮 12시)에 이르러는 열두 번을 치는 줄을 알게 하는 것입니다."

라고 하였다. 무신의(戊申儀)를 보고 싶다 하였더니, 송령이 말하기를,

"전에는 오경(五更 : 하룻밤을 다섯으로 나눈 시각)과 28수(宿)를 다 각각 의기로 측량하여 여섯 가지 제도가 있었는데, 무신의는 근래에 만든 것입니다. 여섯 가지 의기를 한 틀에 합하여 그 제도는 비록 간략하고 공교(工巧)하나 종시 틀림이 있어 전 제도에 미치지 못합니다. 요사이는 폐하여 쓰지 않고, 여러 의기들을 다 관상대에 감추어 이곳에는 있는 것이 없습니다."

라고 하였다. 날이 늦어 물러가기를 청하고, 귀국하여 돌아갈 기약이 멀지 않으니 다시 오지 못하리라 하는데도 조금도 창연히 여기는 기색이 없었다. 두 사람이 능화지(菱花紙 : 마름꽃 무늬의 종이) 두 장과 작은 인화(印畵 : 박은 그림) 두 장과, 고과(苦瓜 : 여지) 네 낱과 흡독석(吸毒石 : 독을 녹인다는 돌) 두 낱을 각각 봉하여 이덕성에게 나눠주며 말하기를,

"근래는 서양국에 왕래하는 인편이 잦지 않으므로 있는 토산이 없어 이렇듯 간략하니 허물치 마십시오."

하였다. 사행께서 각각 면피를 보냈는데, 회례(回禮)할 생각을 않으니 괴이하였다. 이덕성은 맡아온 일이 있어 역법을 자세히 배우고 두어 가지 의기와 서

책을 사고자 하였는데, 대접이 종시 관곡하지 아니하고 서책과 의기는 다 '없노라' 하며 즐겨 보여주지 않으니, 매우 통분하였지만 어쩔 수가 없었다.

관으로 돌아오니 저녁 식후에 이기성이 들어와 말하기를,

"식후에 간정동의 두 선비가 머무는 곳을 찾아가 종이와 약간의 필묵과 청심환을 주고 안경 얻은 일을 누누이 칭사(稱謝 : 고마움을 표함)하니, 여러 번 사양하다가 받고 차 한 봉과 담배 한 봉과 백우선(白羽扇) 하나와 부채 하나와 먹 한 장을 주어서 사양하지 못하고 받아왔습니다."

하였다. 또 말하기를,

"두 사람의 거동을 자세히 살피니 공순한 예수(禮數 : 명성이나 지위에 맞는 예의와 대우)와 반기는 기색이 심히 허위(虛位 : 허물없음)한 마음이었습니다. 두 사람이 각각 책 한 권을 주며 말하기를, 저희가 과거한 시권(試券 : 과거 시험지)으로 여러 사신에게 질정(叱正 : 꾸짖어 바로잡음)을 받고자 한다고 하였습니다. 그 책을 보면 문장 고하(高下)를 알겠지만, 결단코 용렬한 재주는 아닐 것이니 부디 찾아보시지요."

하는 것이다. 또 말하기를,

"어제 이르던 말을 그 사람에게 전하고 내일 찾아갈 일을 말했더니, 다 반가워하는 기색이고 조금도 혐의(嫌疑 : 꺼리고 싫어함)롭게 여기는 기색이 없었습니다."

라고 하였다. 드디어 내일 한가지로 가기로 언약하고 한 권 책을 갖다가 보니, 여남은 장을 넘지 못하는 것이지만 개간(改刊)하여 박은 것이고, 서너 가지 글이 있는데 다 북경 과문(科文)의 격식이었다. 갑작스러워 그 고하(高下)는 알지 못하고 또한 정숙한 재주를 볼 따름이다. 각각 성명을 썼는데, 하나는 엄성(嚴誠)이고, 하나는 반정균(潘庭筠)이었다.

부사께서 이 소식을 듣고 평중을 불러, 내일 먼저 찾아보고 관으로 청하여 오라고 하였으므로, 평중이 내게 와 이 사연을 전하고 한가지로 가기를 청하였다. 내가 희롱하여 말하기를,

"이곳 사람들이 족히 더불어 사귐직한 인물이 없소. 두 한림(翰林)을 신근

(辛勤 : 매우 애씀)히 찾아보았더니 외국 사람을 혐의롭게 여겨 편지를 받지 않고, 전주당을 여러 번 다녔지만 괴롭게 여기는 거동이 종시 흥이 깨어짐을 면치 못하였소. 이 사람들이 수천 리 밖에서 공명(功名)을 구하러 왔으니 반드시 시속(時俗) 인물이요, 높은 뜻이 없을 것이니 내 어찌 여러 번 욕된 일을 보고자 하겠소?"

하니, 평중이 말하기를,

"사람을 어찌 미리 짐작하며 또 어찌 높이 책망하리오."

하고 여러 번 청하였다. 나중에 이기성과 이미 언약한 일을 말하고, 한가지로 가기를 맞추었다.

초3일 간정동에 가다

식후에 먼저 나갈 때 아문 앞에 이르러 섬돌 위에 오르려고 하는데, 오림포가 맞아 내려와 가만히 말하기를, 제독 대인이 와 앉았으니 구경을 나가려거든 가만히 나가라고 하였다. 드디어 문을 나가 진가의 푸자에 이르러 덕형이 양혼에게 불려간 연고를 물었더니,[2] 진가가 이르기를,

"이것은 오로지 그대의 얼굴을 보고자 하는 뜻이지, 덕형을 위함이 아닙니다."

라고 하기에 내가 말하기를,

"여여(爺爺)의 권념(眷念 : 돌보아 생각함)하는 뜻에 극히 감격하여 갚을 바를 알지 못하겠습니다."

하였으나, 다만 덕형이 문시종을 나에게 전하라고 진가에게 주었다고 하니 내 마음이 매우 불안하였다. 진가는 무식한 인물이라서 이것이 귀한 줄을 알지 못할 것이요, 제게는 쓸데없는 집물이었다. 어찌 기이한 보배를 헛되이 부질없

---

2) 1월 28일 양혼이 덕형을 집으로 불러 대접하고, 문시종을 홍대용에게 선물로 전하며 다시
　　보기를 원한다는 뜻을 전했던 일을 말한다.

는 곳에 버리리오. 진가가 말하였다.

"여여는 마음이 굵은(통이 큰) 사람입니다. 한번 사람을 준 후에는 다시 가지려 하지 않으니, 궁자가 종시 받지 않으면 저는 비록 쓸 곳이 없으니 돌아가 재상 대인에게 선물함이 해롭지 않을 것입니다."

이때 평중과 이기성이 쫓아왔다. 기성이 말하기를, 아문을 나올 때 여러 서반들이 엄히 금하여 겨우 나왔는데 반드시 갑군을 보내어 못 나가게 할 것이라고 하였다. 곧 창황히 나갈 때, 큰 길을 버리고 북쪽 작은 길로 들어 큰 길 패루 아래에 이르러 마침 오림포와 서종현을 만나니, 웃으며 묻기를 "오늘은 어디를 구경하러 갑니까?" 하고, 막아서 가리는 기색이 없었다.

드디어 수레를 세내어 한가지로 타고 정양문 큰 길을 따라 남쪽으로 수리를 가서 서쪽 작은 골목으로 들어가니, '간정동'(乾淨衕)이라 부르는 곳이다. 백여 보를 가니까 남쪽으로 큰 문이 있고 문 위에 '천승점'(天陞店) 세 자를 썼는데, 두 사람이 머무는 곳이었다. 수레를 내려 문 앞에 서고 사람을 들여보내 온 뜻을 통하라 하자, 두 사람이 즉시 나와 허리를 굽혀 공순히 읍하고 먼저 들어가기를 청하였다. 두어 번 사양하다가 앞서 행하여 중문을 들어가니, 남쪽에 두 문이 가로 있고 각각 발을 드리웠다.

두 사람이 서쪽 문으로 나아가 발을 들고 기다리기에 문을 들어가니, 우리를 붙들어 상 위에 앉히고 두 사람은 각각 캉 아래 교의에 앉았는데, 대개 손님 대접하는 법은 남북이 한 가지인가 싶었다. 캉 안을 둘러보니, 동쪽에 벽을 의지하여 높은 탁자를 놓고 탁자 위에 수십 권 서책을 쌓았으며, 서쪽에 가죽 상자와 나무궤 여럿을 놓았는데 이것은 다 행탁(行橐 : 여행용 주머니)인가 싶었다. 캉 위 가운데에 낮은 탁자를 놓았는데, 위에 푸른 담요를 덮고 그 위에 필연(筆硯)과 조그만 그릇을 놓았으니, 이것은 벼룻물을 담는 것이다. 조그만 쇠구기[3]를 꽂았는데 물을 뜨기 위한 것이었다. 캉 위에 여러 장의 글씨와 그림을 흩어놓고 두 사람의 입에 다 먹을 머금었으니, 대개 그림을 미처 마치지

---

3) 술·기름 따위를 떠낼 때 쓰는 쇠로 만든 국자 비슷한 물건.

못하고 우리를 맞아들인 것이다.

자리를 정하고 서로 성명과 나이를 물으니, 엄성의 자(字)는 역암(力闇)이고 별호는 철교(鐵橋)이며 나이는 임자생(壬子生, 1732)이고, 반정균의 자는 난공(蘭公)이고 별호는 추루(秋$)이고 나이는 임술생(壬戌生, 1742)이다. 엄성은 몸체[軀幹]가 수경(瘦勁 : 가늘고 빳빳함)하며 얼굴에 골격이 많고 유아한 중에 호상(豪爽 : 호탕하고 시원함)한 기운을 띠어, 잠깐 보아도 시속의 악착한 인물이 아니었다. 반정균은 작은 몸체에 낯이 동글고 미목(眉目)이 그린 듯하여 짐짓 아름다운 남자이며, 경첩(輕捷)하여 재주를 이기지 못하는 거동이었다. 내가 먼저 말하기를,

"우리는 이령공(李令公 : 이기성)을 인연하여 성화(聲華 : 훌륭한 명성)를 익히 들었을 뿐 아니라, 두 시권(試券)을 보고 높은 문장을 흠모하여 망령되이 나아왔으니 당돌한 허물을 용서함이 어떻겠습니까?"

하니, 두 사람이 다 고마움을 표하는 말이 있는데, 어음이 더욱 분명치 못하였다. 내가 묻기를,

"그대들의 본집이 절강성(浙江省) 어느 고을에 있습니까?"

하니, 엄성이 말하기를,

"한가지로 항주(杭州) 전당현(錢塘縣)에 머뭅니다."

하였다. 내가 이와 관련하여 글 한 짝을 외워 말하기를,

"다락에서 창해의 날을 보거늘[樓觀滄海日]."

하였더니, 엄성이 이어 외우며 말하기를,

"문에서 절강 조수를 대하였도다[門對浙江潮]."

라고 하였다. 이 두 짝의 글은 당나라 때 송지문(宋之問)이 전당강(錢塘江) 영은사(靈隱寺)에서 제영(題詠)한 글이다. 대개 전당현은 남송(南宋) 때의 도읍이다. 성 밖에 큰 호수가 있어 서호(西湖)라 일컫고, 호숫가로 기이한 산봉우리와 사려(奢麗)한 누관(樓館)을 둘렀다. 성시(城市)의 번화한 경관과 산수의 유수(幽邃 : 그윽하고 깊숙함)한 취미를 한 곳에 합하여, 고금의 제일 명승으로 이르는 땅이다. 송나라 때의 유기경(柳耆卿)은 사곡(詞曲)4)을 숭상한 이름

있는 사람인데, 일찍이 서호에서 놀다가 한 곡조 가사를 지어 이름을 「망해조사」(望海潮詞)라 일컬었다. 그 글에 이렇게 말하였다.

동남(東南)의 형승이요 삼오(三五)의 도회라.

전당(錢塘)이 예로부터 번화하도다.

내 버들과 그림 그린 다리와 바람의 발과 푸른 막이라.

참치(參差)5)한 십만 인가로다.

구름 나무 언덕에 모래를 둘렀도다.

성낸 물결이 상설을 걷는 듯하니

천참(天塹 : 천연의 요충지)이 가히 없도다.

저자에 구슬을 벌이고 집에 비단을 매었으니

호사를 다투는도다.

겹겹한 호수와 첩첩한 뫼 맑고 아름다우니

삼추(三秋)의 계수열매와 십 리의 연꽃이 있도다.

저 소리는 갠 빛을 희롱하고, 연 캐는 노래는 밤 물결에 떴으니

기뻐 즐기는 이는 고기 낚는 늙은이와 연 캐는 계집이로다.

일천 말 탄 군사는 높은 기를 꼈도다.

때를 타 풍류를 들으며

산수의 경치를 읊어 구경하는도다.

다른 날의 좋은 경을 그려 가져

봉지(鳳池)에 돌아가 자랑하리로다.6)

---

4) 당대(唐代)에 시작한 악부(樂府)의 한 형식.

5) 길거나 짧고 들쭉날쭉하여 같지 않음을 이르는 말로, '참치부제'(參差不齊)의 준말이다.

6) 원문은 다음과 같다. "東南形勝三五都會 錢塘自古繁華 烟柳畫橋風簾翠幕 參差十萬人家 雲樹繞隄沙 怒濤卷霜雪 天塹無涯 市列珠璣戶盈羅綺 競豪奢 重湖疊巘淸嘉 有三秋桂子十里荷花 羌管弄晴菱歌泛夜 嬉嬉釣叟蓮娃 千騎擁高牙 乘時聽簫鼓 吟賞煙霞 異日圖將好景 歸去鳳池誇"

이 글이 일시에 전파되니, 금(金)나라 임금 완안양(完顔亮)이 이 글을 보고 "삼추계자 십리하화"(三秋桂子十里荷花)라는 구절에 이르러 개연(蓋然)히 기이한 풍경을 흠모하여 글을 지어 말하기를, "말을 오산 제일봉에 세우리라"고 했다. 그리고 드디어 군사를 일으켜 남송을 통일하고 서호(西湖)에서 놀고자 하다가 이루지 못하고 패하여 죽었다. 훗날 사람이 글을 지어 유기경의 한 곡조 가사로 병란이 빚어짐을 탄식하였다. 그 글에 말하였다.

뉘 항주의 곡조 노래를 가져
연꽃 십 리와 계수 삼추라 하였는고.
어찌 초목의 무정한 것이
장강의 만리 근심을 이끌어 움직일 줄을 알았으리오.[7]

완안양의 어린(어리석은) 마음과 미친 계교는 족히 말할 것이 없거니와, 이것으로 보아도 서호의 이상한 풍경을 상상할 만하다.

옛사람이 그중에 더욱 뛰어난 곳을 모아 열 가지 경을 만들어 서호십경(西湖十景)[8]이라 일컬으니 다음과 같다.

평호의 가을 달, 소제[9]의 봄 새벽, 단교의 쇠잔한 눈, 뇌봉의 떨어지는 해, 남병의 늦은 종소리, 국원의 바람 연꽃, 화항의 고기를 봄, 유랑의 꾀꼬리를 들음, 삼담의 달이 비침, 양봉이 구름에 꽂힘이라.[10]

---

7) 원문은 다음과 같다. "誰把杭州曲自謳 荷花十里桂三秋 那是槐木無情物 牽動長江萬里愁"

8) 서호십경은 『명일통지』(明一統志)에 나오는 말이다. 이 책은 경사(京師), 남경(南京), 중도(中都), 여도(輿都)의 네 부로 나누어 지리·풍토·인물 등을 기록한 책으로, 90권으로 되어 있다.

9) 소제(蘇堤)는 소동파가 항주의 절도사로 있으면서 서호 위에 쌓은 제방을 말한다.

10) 원문은 다음과 같다. "平湖秋月 蘇堤春曉 斷橋殘雪 雷峰落照 南屛晚鐘 麴院風荷 花港觀魚 柳浪聞鶯 三潭印月 兩峰插雲"

이밖에도 여러 가지 경(景)이 있어 고금(古今)의 소인묵객(騷人墨客 : 시문과 서화에 능한 사람)들이 다투어 글을 지어 풍경을 찬양하여 이루 다 기록하지 못하나, 대저 천하의 유명한 곳이며 인간의 절승한 경이다.

반생(潘生 : 반정균)이 평중의 성을 듣고 묻기를,

"그대는 김상헌(金尙憲)을 아십니까?"

라고 하였다. 내가 말하기를,

"김상헌은 우리나라의 정승이며 별호는 청음(淸陰) 선생으로, 도학(道學)과 절의(節義)로 우리나라에 유명한 사람이지만, 그대는 8천 리 밖에 있으면서 그 이름을 어찌 들었습니까?"

하니, 엄생(嚴生 : 엄성)이 동쪽 캉으로 창황히 가더니 책 한 권을 가져와 보라고 하였다. 제목은 『감구집』(感舊集)[11]이라 하였고, 왕어양(王漁洋)이라 일컫는 사람이 여러 사람의 시를 모은 것이다. 청음 선생이 대명 말년에 수로(水路)를 통해 사신으로 들어가실 때,[12] 등래(登萊 : 산동 땅 등주 지방) 땅에 이르러 왕어양과 더불어 수창(酬唱 : 시가를 불러 서로 주고받음)한 글이 있었다. 그러므로 이 책에 글과 이름이 올랐는데, 두 사람이 청음의 높은 절의를 미처 듣지 못하였으나 이곳에 이르러 첫번 수작에 먼저 청음을 일컬으니, 매우 기이한 일이다. 내가 말하기를,

"우리가 나아온 뜻이 우연한 계교가 아니지만, 다만 처음으로 중국을 들어와 어음을 서로 통하지 못하니, 붓끝을 빌려 서로 뜻을 통하는 것이 어떠합니까?"

하자, 두 사람이 다 좋다고 말하며 즉시 종이와 필묵을 작은 탁자 위에 벌였는데, 이기성은 먼저 돌아갔다. 이에 빈주(賓主 : 손과 주인)로 나누어 탁자를 대하고 캉 위에 앉으니, 평중이 먼저 말하기를,

"그대의 시권은 회시과작(會試科作)[13]입니까?"

---

11) 『감구집』은 청나라 초기의 문인 왕사정(王士禎)이 명·청대의 모든 시를 모은 시집으로, 그 12권의 끝에 조선의 김상헌의 시 8수가 소개되어 있다.

12) 1626년 중국에 사신으로 간 기록이 「조천록」(朝天錄)이라는 제목으로 『청음선생집』(淸陰先生集)에 전한다.

하니, 반생이 말하기를,

"그것은 향시과작(鄕試科作)이며, 지금 북경에 나아온 것은 3월의 회시에 이르러 왔습니다."

하고 또 말하기를,

"그대들이 이곳에 이르렀으니 지은 시율(詩律)이 많을 것이므로 두어 글을 가르쳐주는 것이 어떠합니까?"

라고 하였다. 이때 우리들은 전립에 군복을 입고 갔으므로, 내가 말하기를,

"우리는 호반(虎班) 벼슬이어서, 궁마(弓馬)의 일은 들었지만 시율은 배우지 못하였습니다."

하니, 반생이 웃으며 말하기를,

"그대는 문무를 겸한 사람인가 싶습니다."

하였다. 평중이 말하기를,

"원컨대 그대의 높은 글을 구경코자 합니다."

하니, 반생이 말하기를,

"유유(悠悠)히 풍진(風塵)에 쌓여 이룬 것이 없지만, 길을 떠날 때에 동향(同鄕)의 한 벗이 있는데 성명은 육비(陸飛)이고, 우리의 동방(同榜 : 과거에 함께 급제하여 방목에 같이 적힘) 장원(壯元)입니다. 일이 있어 한가지로 떠나지 못하는 고로 한 장 그림으로 길에 보내주었는데, 우연히 지은 글이 있으니 용졸(庸拙)함을 웃지 마십시오."

하고, 그림 한 장을 내보였다. 수묵으로 연꽃 두어 송이를 그렸는데, 필획이 매우 임리(淋漓)[14]하여 속된 솜씨가 아니고, 위에 육비의 칠언절구(七言絶句) 하나와 엄생의 가사 하나와 반생의 고시(古詩) 하나를 썼다. 글씨와 글이 다 속되지 아니하고 육비의 시는 더욱 높았다. 내가 삼절(三絶 : 시·그림·글씨의 세 가지가 모두 뛰어남)이라 하고 여러 번 칭찬하니, 두 사람이 다 겸사(謙辭 : 겸손

---

13) 문무과 과거 초시(初試)의 급제자가 서울에 모여 다시 보는 시험인 복시(覆試 : 회시)에 응시한 작품을 말한다.

14) 피·땀·물 따위가 흥건하게 흐르거나 뚝뚝 떨어지는 모양을 말한다.

하게 사양함)하며 당치 못하다고 하였다.

평중이 청음(淸陰)의 시를 보다가 잠깐 사이에 그 운으로 칠언절구 하나를 지었는데, 두 사람이 보기를 마치더니 반생이 붓을 잡아 경각(頃刻 : 짧은 시간)에 글을 이루고 엄생이 이어 썼으니, 다 생각하는 거동이 없어 이전에 지은 글 같았다. 두 사람이 평중의 신속함을 보고 재주를 겨루고자 하는 의사였다. 두 사람이 쓰기를 그치더니 반생이 나에게 권하여 글을 보고 싶다 하였다. 내가 말하기를,

"본래 재주가 둔하고 시율을 일삼지 못하니 어찌 높은 재주를 따르겠습니까?"

하니, 반생은 과한 겸사(謙辭)라 말하고, 엄생은 나를 유의하여 보며 의심하는 기색이었다. 평중이 두 사람의 시집을 보고 싶다고 하니, 반생이 말하기를,

"엄형은 시학(詩學)이 매우 높고 시집이 있으니 마땅히 보게 하겠습니다."

하고 즉시 일어났는데, 엄생이 머리를 흔들어 사양하고 반생의 소매를 잡아 굳이 말렸지만, 반생이 듣지 아니하고 동쪽 캉으로부터 한 권 책을 내왔으니, 엄생의 시집이었다. 반생이 그중에 한 글을 가리켜 말하기를, 어떤 재상이 있어 엄형의 학행(學行)을 조정에 천거하고자 했는데, 엄형이 듣지 아니하고 이 글을 지어 뜻을 보였다고 하였다. 내가 보기를 마치고 말하기를,

"이미 그 글을 사랑하고 높은 뜻을 공경하니, 한 번 아담한 위의(威儀)를 받듦이 우리의 영행(榮幸 : 영광과 행운)한 일입니다."

하니, 엄생이 희미하게 웃고 대답하지 아니하였다. 평중이 말하기를,

"그 글을 보니 호쾌한 지기(志氣)를 상상할 만하고, 이런 지개(志槪)를 품었으니 어찌 녹록(碌碌)한 세상에 구차히 용납코자 하겠습니까?"

하자, 엄생이 말하기를,

"본래 시율에 익숙하지 못하고 우연히 뜻을 보일 따름인데, 어찌 과히 칭찬하십니까?"

하였다. 내가 말하기를,

"여만촌(呂晩村 : 여유량)은 어느 곳 사람이며 인품은 어떻다고 합니까?"

하니, 반생이 말하기를,

"여만촌은 항주(杭州) 석문현(石門縣) 사람입니다. 학문이 매우 높은데, 아깝게 화란[禍亂 : 강희 연간의 문자옥(文字獄)]에 걸렸습니다."

하였다. 내가 말하기를,

"왕양명(王陽明) 또한 절강 사람이니, 필연 산천에 이상한 기운이 있어 여러 인재를 빚어내는가 봅니다."

하니, 반생이 말하기를,

"절강은 산천이 명수(明秀)하여 북방의 추루(醜陋)한 기운이 없습니다."

하였다. 내가 말하기를,

"절강 선비들은 누구의 학문을 존숭합니까?"

라고 하니, 반생이 다 주자(朱子)를 존숭한다고 하며 이어서 말하기를,[15]

"왕양명은 절강 사람으로, 학문이 큰 선비이며 성묘(聖廟 : 공자를 받드는 사당)에 배향한 사람입니다. 다만 그 학문의 경계가 주자와 다른 까닭에 학자들이 존숭하지 않고, 가는 이 한두 사람 있으나 또한 드러남이 없습니다."

라고 하였다. 대개 왕양명의 이름은 수인(守仁)으로, 대명 정덕(正德) 연간 사람이고 문장과 학문이 일세에 진동하였다. 영왕(寧王) 신호(宸濠)는 종실 친왕(親王)이었는데, 수십만 군사를 일으켜 참람(僭濫)히 왕실을 침노(侵擄)하자, 양명이 의병을 일으켜 수천 군사로 20여 일 사이에 신호를 사로잡고 천하를 진정하니, 이는 고금의 희한한 훈업(勳業)이요, 호걸의 재주이다. 다만 학문의 의론이 오로지 마음을 숭상하여 불도에 가깝고 주자를 배척한 까닭에 대명 때에는 존숭하는 사람이 많더니, 근래 학자는 오로지 주자를 존숭하는 고로, 반생의 말이 이러하였다. 내가 말하기를,

"양명은 천하에 기이한 재주를 가졌습니다. 문장과 사업으로 명나라의 제일 인물이지만, 다만 학문의 경계는 진실로 난공(蘭公 : 반정균)의 말과 같습니다."

---

15) 원문에는 '내가 가로되'로 되어 있으나, 문맥상 반정균의 말로 여겨진다.

하니, 엄생이 말하기를,

"조선에서도 육상산(陸象山)을 배척합니까?"

하고 물었는데, 육상산은 송나라 때의 선비이며 주자와 같은 시대 사람이다. 또한 마음을 숭상하는 학문을 했고, 양명이 존숭하는 사람이었다. 내가 말하기를,

"이미 주자를 존숭하고, 상산은 주자가 배척한 사람인데 어찌 배척하지 않겠습니까?"

하니, 엄생이 말하기를,

"육상산은 자품(資稟 : 사람된 바탕)이 심히 높고 왕양명은 공적이 천하를 덮었으니, 두 사람은 고금의 큰 인물입니다. 어찌 가볍게 책망하겠습니까?"

하자, 반생이 말하기를,

"천하의 사업은 반드시 학문의 경계를 먼저 바로 할 것인데, 양명의 학문이 어찌 미진함이 없겠습니까?"

하니, 엄생은 다만 희미하게 웃을 따름이었다. 내가 말하기를,

"양명의 학문이 진실로 그른 곳이 있지마는, 다만 후세 학자들이 겉으로 주자를 숭상하며 입으로 의리를 의논할 따름이고 몸의 행실을 돌아보지 아니하니, 도리어 양명의 절실한 의론에 미치지 못할 것입니다. 어찌 부끄럽지 아니하겠습니까?"

하니, 반생이 좋다고 하였다. 평중이 말하기를,

"그대의 의론을 들으니 시속의 공명을 취하고자 하는 사람이 아닙니다. 평생에 무슨 글을 좋아합니까?"

하자, 반생이 말하기를,

"나는 나이가 젊고 뜻이 게을러 일찍이 학문의 진척[工程]이 없으나, 문장을 다스리는 데 반드시 태사공(太史公 : 사마천)을 배우고자 하며, 능히 미치지 못함을 부끄럽게 여깁니다. 나이 스물이 넘으매 이미 13경서(經書)와 역대 사기(史記)를 능히 외우나, 자질이 노둔(魯鈍)하여 통함이 없고 총명이 적으므로 지금 이룬 것이 없습니다. 다만 들으니 학문은 반드시 성인을 준적(準的 : 표

준)으로 삼아 제자백가(諸子百家)를 아니 볼 것이 없으나 필경은 육경(六經)으로 돌아갈 따름입니다."

하였다. 내가 묻기를,

"그대 선세(先世)에 벼슬이 높고 세상에 들리는 사람이 있습니까?"

하니, 반생이 말하기를,

"내 집은 본래 한미(寒微)한 가문이어서 다만 글을 읽고 농사를 힘쓸 따름이요, 세상에 드러난 사람이 없으니, 먼 조상을 이를진대 진(晉)나라 때 반악(潘嶽)의 자손입니다."

하였다. 내가 웃으며 말하기를,

"그대 얼굴이 심히 아름다우니 진실로 세덕(世德)을 잃지 아니한 것입니다."

하니, 반생이 또한 웃는데 희미하게 부끄러워하는 빛이 있었다. 엄생이 말하기를,

"내 집은 홍무(洪武) 연간에 항주로 옮겨 지금까지 13대에 다만 두 기인(奇人)이 있을 따름이고, 먼 조상은 있지만 감히 이르지 못하겠습니다."

하니, 반생이 말하기를,

"엄형은 한나라 때 엄자릉(嚴子陵)의 자손입니다. 감히 이르지 못함은 요원한 세대여서 사람이 믿지 않을까 저어하는(두려워하는) 것입니다."

하였다. 또 말하기를,

"조선은 본래 기자(箕子)의 나라이므로 성인이 끼친 풍속이 있으니, 그대의 식견이 높아 심상(尋常)한 문인에 비할 바가 아님이 마땅합니다."

하기에, 내가 말하기를,

"이는 소대(笑對)하는 말입니다. 나와 같은 인물을 수레로 싣고 말로 헤아린들 어찌 족히 일컫겠습니까?"

하고, 서로 시하(侍下 : 부모를 모시고 있는 사람)와 형제 유무를 물으니, 두 사람은 다 구경하(俱慶下 : 부모가 모두 살아 있음)였다. 반생이 말하기를,

"엄형의 형이 있는데 이름은 과(果)이고 별호는 구봉(九峰) 선생으로, 항주의 유명한 선비입니다. 세상이 두 사람의 재주를 일컬어 진(晉)나라 때 육기

(陸機) 형제와 송나라 때 소동파(蘇東波) 형제와 비교합니다. 우리 땅의 오서림(吳西林 : 진원복) 선생16)과 더불어 서로 좋아하고, 나이는 40여 세이지만 높고 아담함이 시속에 뛰어나 심상한 선비에 비할 바가 아닙니다."

하였다. 내가 엄생에게 일러 말하기를,

"동기 사이에 이런 사우(師友)의 즐거움이 있으니, 이것은 천고에 드문 일입니다."

하고, 서림 선생의 덕행을 대강 듣고 싶다고 하자, 반생이 말하기를,

"서림 선생이 숨어서 도를 닦고 일이 없으면 성부(省府)에 들지 않았는데, 벼슬하여 나아가는 사람이 있으면 반드시 막고 보지 아니하였습니다."

하였다. 내가 벼슬하는 사람을 보지 않는 것은 무슨 의사인지를 물으니, 반생이 말하기를,

"이것은 시속의 관원을 보려고 하지 않는 것인데, 시랑(侍郞) 장포여와 통천관(通天官) 뇌현(雷鉉)과 시랑 전유성(錢維城)이 다 일시의 이름이 있는 재상입니다. 문하에 나아가 보기를 청하고 지은 글을 구경하고자 했지만 종래 얻지 못하였습니다."

하였다. 또 묻기를,

"본조(本朝 : 청나라)의 항주 인물을 의논한다면, 서개(徐介)·왕풍(王諷)·왕증상(王曾祥) 세 사람이 다 유속(流俗)을 좇지 않아 그 탁연(卓然 : 특히 뛰어남)한 이름이 후세에 썩지 않을 것입니다. 서개와 왕풍은 명나라가 망한 후에 세상을 피하여 벼슬길에 나아가지 아니하였고, 왕증상은 30여 세에 과거를 폐하고 문장과 이름이 매우 높습니다."

라고 하였다. 날이 늦어 두 사람이 각각 떡과 실과를 내어 탁자 위에 두어 그릇을 벌이고, 먼저 맛보며 권하여 말하기를,

"이는 항주에서 가져온 것입니다. 먼 데 음식이니 잠깐 하저(下箸 : 음식을 먹음)하십시오."

---

16) 진원복(陳元復)은 청나라의 숨은 학자로, 절강성 항주에 살며 과거의 폐지를 주장하였고 많은 저서를 남겼다고 한다.

하였는데, 떡은 달고 향기가 좋아 북경 음식에 비하지 못할 것이고, 실과는 용안(龍眼)과 건포도와 귤병(橘餠)이었다. 처음부터 차와 담배를 연하여 권하고 수작하는 거동을 보니, 공순한 대접이 특별히 관곡하여 절로 마음이 감동함을 깨닫지 못하였다. 엄생이 말하기를,

"항주는 남쪽에 바다를 꼈으니, 수로(水路)로 조선을 헤아리면 얼마나 되겠습니까?"

하니, 내가 말하기를,

"그 이수(里數)는 짐작치 못하나 다만 한 바다를 사이에 두었습니다. 몇 년 전에 복건성 상고들이 우리나라에 표풍(漂風 : 표류)하여 이른 사람을 보았는데, 항주는 필연 멀지 않을 것입니다."

하였다. 평중이 말하기를,

"옛사람이 서호를 일컬어 '삼추계자 십리하향'(三秋桂子 十里荷香)이라 하였는데, 이 풍경에 변함이 없습니까?"

하니, 반생이 말하기를,

"이뿐이 아니라 서호 풍경은 천하 제일입니다. 호수 깊이는 두어 길이 넘으나 맑고 조찰(照察 : 똑똑히 꿰뚫어봄)하여 물 밑의 돌과 모래를 역력히 엿볼 수 있고, 사면의 기이한 봉우리들이 이루 형용하지 못합니다. 호수 에음(둘레)이 40리를 넘지 못하는데, 예로부터 열 가지 경치를 일컫고, 호수 가운데 10리 언덕 양쪽으로 버들과 도리(桃李 : 복숭아와 자두)를 섞어 심었으니 기이한 경치를 상상할 것입니다. 그 가운데 한 묘당이 있어 옛 어진 사람을 제사하니, 당나라 때의 이필(李泌)·백낙천(白樂天)과 송나라 때의 소동파·임화정(林和靖)입니다. 근년에 황상이 네 번을 거동하여 폐한 정자와 무너진 누관(樓館)을 차차 보수하여서, 전에 비하면 더욱 장려합니다."

하였다. 평중이 말하기를,

"비록 그대와 더불어 나귀를 채쳐 그 사이에 놀고자 하나 어찌 얻겠습니까?"

하니, 두 사람이 다 웃었다. 내가 말하기를,

"항주 풍속의 후박(厚朴)함이 어떠한가요?"

하니, 반생이 말하기를,

"빼어난 백성이 많고 글 읽는 소리가 서로 들리나, 다만 사치를 숭상하고 순박한 풍속이 적습니다."

라고 하였다. 엄생이 말하기를,

"그대를 보니 조선 풍속이 극진히 순고(淳古 : 옛사람과 같이 순박함)함을 알겠습니다."

하기에 내가 말하였다.

"조선은 산천이 험액(險阨 : 험하고 좁음)하고 풍속이 협착(狹窄 : 매우 좁음)하여 크게 일컬을 것이 없습니다. 다만 시서(詩書)와 예의를 숭상하여 오로지 중국을 모방하기 때문에, 예로부터 중국 사람이 소중화(小中華)라 일컬습니다."

내가 다시 말하기를,

"그대의 회시(會試) 기약이 멀지 않으니, 필연 과문(科文)에 유의할 일입니다. 오래 앉아 있는 것이 공부에 해로울까 여깁니다."

하니, 다 머리를 둘러 말하기를,

"그렇지 않습니다. 우리는 이곳에 이르러 본래 과문에 마음을 쓰지 않습니다."

라고 하였다. 내가 말하기를,

"그러면 과거를 바라지 않습니까?"

하니 엄생이 말하기를,

"바라기는 바라지만 다만 천명을 기다릴 뿐이며, 우리는 전혀 명리(名利)에 뜻하는 사람이 아닙니다."

라고 하였다. 반생이 내 벼슬을 묻기에 내가 말하기를,

"나는 선비의 몸이어서 직책이 없는데 중국을 한번 구경하고자 하여 계부의 길을 따라왔습니다. 입은 의복은 호반(虎班)의 벼슬 이름을 빌렸기 때문에 호반의 복색을 갖추었을 뿐이고, 이것 또한 선비의 복색이 아닙니다."

라고 하였다. 반생이 말하기를,

"선생이 귀한 가문으로 벼슬을 하지 않는다 하니, 필연 몸을 닦고 뜻이 높은 군자입니다."

하였다. 내가 웃으며 말하기를,

"재주가 용렬(庸劣)하고 운수가 몹시 곤궁하여 벼슬을 구하여도 얻지 못하니, 어찌 높은 뜻이 있겠습니까?"

하고 또 말하기를,

"우리가 우연히 만나 한 번 보아도 오랜 친구와 다름이 없습니다. 이후에 다시 만나기를 기약함이 어떠합니까?"

하니 반생이 말하기를,

"옛사람이 '신하는 밖으로 사귐이 없다' 하였으니 다시 만남을 도모하기 어렵습니다."

라고 하였다. 내가 말하기를,

"이 말은 서로 적국 사람을 이르는 것입니다. 우리나라가 비록 중국과 다르나 해마다 조공을 통하는데, 어찌 피차의 혐의(嫌疑)를 의논하겠습니까?"

하니, 반생이 크게 기뻐하며 말하기를,

"황제가 천하로써 한 집을 삼는데 어찌 중외(中外 : 중국과 주변 나라)에 간격이 있으며, 하물며 조선은 예의(禮義) 지방이어서 모든 나라의 으뜸이 되는데 시속 사람의 의사로 어찌 고념(顧念 : 뒷일을 염려함)하겠습니까? 천애(天涯)에 서로 마음을 알아 사랑하고 생각하는 것이 궁진(窮盡)할 때가 없을 것이니, 다른 때에 혹 벼슬을 얻어 동방의 사신을 받드는 일이 있으면 마땅히 문하에 나아가 뵙기를 청할 것입니다. 마음 가운데 감추어 어느 날 잊겠습니까?"

라고 하였다. 내가 말하기를,

"앞으로[前頭] 서로의 만남은 극히 묘망(渺茫 : 끝없이 넓고 아득함)한 계획이어서 미리 정하지 못할 일이지마는, 우리의 돌아갈 기약이[17] 오히려 10여 일이 남았으니, 어찌 다시 만남을 도모하지 아니하겠습니까?"

---

17) 5줄의 "이 있겠습니까?"부터 여기까지는 장서각본에 빠졌기에 숭실대본에 따라 기웠다.

하니, 반생이 말하기를,

"높은 의와 후한 뜻에 극히 감사합니다. 만일 왕림[枉屈]하기를 어렵게 여기지 아니한다면 다시 이곳에 이르러 날을 마치도록 높은 의론을 듣게 하심이 어떠합니까?"

하였다. 내가 말하기를,

"우리가 다시 오기는 극히 쉬운 일이지만, 다만 외국의 족적(足跡)이어서 이목이 번거로우니 그대들에게 불편함이 없지 않을까 합니다."

하니, 두 사람이 말하기를,

"무슨 불편함이 있겠습니까? 마땅히 길을 쓸어 기다리겠습니다."

하고, 반생이 또 말하기를,

"관중에 일찍이 중국 선비들이 나아가 찾는 일이 있었으니, 우리들이 나아가고자 하여도 불편한 곡절이 없겠지요?"

하였다. 내가 말하기를,

"예로부터 사행이 들어오면 서로 심방(尋訪 : 방문하여 찾아봄)하는 일이 잦지만 사람이 괴이히 여기지 아니하므로 필연 금령이 없을 것입니다. 무슨 불편함이 있겠습니까?"

라고 하니, 엄생이 말하기를,

"관중에 사람이 번거할(어수선할) 것인데 감히 나아가기를 청하지 못할 뿐이 아니라, 평생에 왕공 대인(王公大人)을 심방하는 일이 없었고, 또 그대의 대인들이 괴이히 여길까 저어합니다."

하니, 내가 말하기를,

"우리 대인들이 그대의 소문을 듣고 그윽이 한번 보기를 원합니다. 하지만 특별히 행색이 우리와 다른 까닭에 몸소 문하에 나오지 못함을 한(限)하는데, 그대가 만일 한번 왕림할 뜻이 있으면 이는 대인들이 그 원을 이루는 것입니다. 어찌 괴이히 여김이 있겠습니까?"

하였다. 두 사람이 말하기를,

"이미 출입을 금하지 아니하고 대인이 괴이히 여김이 없으면 어찌 회사(回謝 :

사례하는 뜻을 표함)하는 예를 폐하겠습니까? 내일 관중으로 나아가겠습니다."
하였다. 평중이 말하기를,

"이곳에 이르러 수십 일을 머무는데 날마다 만나는 사람이 다 무식한 상인이
고 재리(財利)를 다투는 의론뿐이더니, 오늘날 높은 의론을 들으니 가슴속 더
러운 마음을 쾌히 씻는 듯합니다."

하니, 엄생이 말하기를,

"이미 서로 사귀어 마음을 의논하는데 어찌 이같은 객기(客氣: 체면을 차림)
의 말을 하십니까? 이후에는 다만 진정한 말을 이름이 마땅합니다."

하였다. 이때 덕유가 수레를 세내어 문 밖에 세우고 여러 번 들어와 돌아가기
를 재촉하였다. 평중이 일기가 이미 늦었고 하인이 길을 재촉하니 마지못하여
돌아가기를 고한다고 하자, 반생이 말하기를,

"그대 하인은 인정을 통치 못하는 사람인데, 어찌 꾸짖어 물려 내치지 아니
합니까?"

라고 하여 피차 크게 웃었다. 문을 나가려고 하는데 엄생이 『감구집』을 열 권
내어 가지고 와 주며 말하기를,

"이 책에 청음(淸陰) 선생의 글이 들었으니 가져가는 것이 어떠합니까?"

라고 하였다. 이에 사양하여 말하기를,

"서책을 가져가면 관중의 이목이 번거할 것인데 어찌 가져가겠습니까?"

라고 하였다. 두 사람이 말하기를,

"저자에서 샀다고 하면 무슨 혐의가 있겠습니까?"

라고 하여, 내가 평중과 의논하여 품속에 감추었다. 바깥문에 이르러 내일 약
속을 하고, 관으로 돌아와 수작하던 종이로 일행에게 자랑하였다. 또 내일 언
약을 고하여, 만일 아문에 미리 주선하지 못하면 심히 낭패를 면치 못하리라
하니, 부사께서 듣고 비장(裨將) 안세홍(安世洪)을 불러 당상역관들과 의논하
여 아문에 사연을 통하라 하셨다. 안세홍이 말하였다.

"전부터 사행이 선비를 만나고자 하여 관중으로 맞아들이는 일이 잦은 까닭
에 아문이 의심할 일이 아니므로 염려 없습니다."

초4일 관에 머물다

아침에 일어나 소세를 마치고 캉 문을 나섰더니, 이기성이 창황히 들어와 말하기를,

"두 사람이 이문(裏門 : 뒷문) 밖에 이르렀는데 어찌 청하여 들이지 않습니까?"

라고 하였다. 내가 듣고 이기성이 기롱하는 말이라 여겨 웃으며 대답하기를,

"오늘 식후에 오기로 서로 언약하였으니까 아직 이르네."

하니, 이기성이 말하기를,

"내 마두놈이 아까 문 밖에 갔더니 두 사람이 옥하교에 앉아 있기에, 잠깐 기다리기를 청하고 바삐 들어와 이른 말입니다. 만일 즉시 청하여 들이지 않으면 필연 무료하여 돌아갈 염려가 있을 것입니다."

라고 하였다. 비로소 참말인 줄을 알고 바삐 평중에게 권하여 먼저 나가 만류하라고 하였다. 부사께 사연을 고하여 청하여 들이기를 의논하는데, 당상역관이 들어와 말하기를,

"서종맹이 아침에 아문에 나와서 말하기를, '조선 사마군 하나가 밤에 도망하여 바깥 푸자에 들어가 계집을 통간한 일이 있었는데, 만일 엄히 조사하여 밝혀내지 않으면 피차에 큰 생경(生梗 : 불화)이 있으리라' 하며 사람의 출입을 엄히 금하니, 이런 말을 통할 길이 없습니다."

라고 하였다. 즉시 평중에게 기별하여 가까운 푸자에 두 사람을 청하여 잠깐 기다리라 하고, 안세홍을 불러 어제 경솔히 말을 대답하고 미리 주선하지 않은 일을 꾸짖으니, 안세홍이 아문으로 나갔다. 내가 캉으로 돌아와 자리를 쓸고 기다리는데, 덕유가 와서 두 사람이 들어온다 하기에 창황히 나가 맞으니, 이미 상사의 캉으로 먼저 청하여 간 것이었다.

내가 미조차(뒤미처 좇아) 들어가니, 두 사람이 캉 아래서 상사를 향하여 공순히 읍하자 상사께서 갑작스러워 캉 문을 나서지 못하며 캉 위에서 읍하여 대답했다. 캉 위에 맞아 앉힌 후에 내가 나아가 소매를 다래어(당기어) 뜻을 말

하니, 두 사람이 다 반겨 대답하고 일어나 내려오려고 하였다. 내가 붙들어 다시 앉히니 중국 사람은 꿇어앉는 일이 없기 때문에 두 사람이 상사의 앉음을 보고 또한 꿇어앉았는데, 거동이 얼울(어눌)하여 평안하지 않았다. 내가 상사께 그 곡절을 고하고 편히 앉기를 청한 후에 역관 하나를 시켜 말을 전하기를, 먼 데서 올라와 객관(客館)에서 고생함을 위로하고 과거의 기한과 과거 제도를 대강 물었다. 그런데 남방의 말이 북경과 다른 까닭에, 이 역관이 일행 중에서 한어를 잘한다고 일컫는데도 종시 열에 한 말을 통하지 못하는 것이었다. 내가 상사께 고하기를,

"남북의 어음이 달라서 말로는 수작하지 못할 것입니다. 날이 이르고 두 사람이 조반을 미처 먹지 못했을 것이니, 먼저 나의 캉으로 청하여 조반을 대접한 후에 부방에 한가지로 모여 지필로 종일 수작함이 어떠합니까?"

하였다. 드디어 두 사람을 청하여 캉 앞에 이르자 먼저 오르기를 청하니, 두 사람이 각각 종을 불러 신은 수여자를 벗기고 자리에 나아가 앉기를 정하였다. 내가 말하기를,

"오늘 언약이 있었지만 일찍이 왕림할 것으로 생각지 못하여 문 밖에서 기다리지 못하고, 또 아문의 일이 있는 관계로 오래 길가에서 머물게 하여 부끄럽고 죄를 사례합니다."

라고 하니, 두 사람이 다 과도한 말이라고 했다. 내가 말하기를,

"이곳은 외인이 잡되이 다니지 않고 우리는 일이 없어 한가한 사람이니, 오늘 날이 다하도록 조용히 이야기하고 늦은 후에 돌아가는 것이 어떠합니까?"

하니 반생이 말하기를,

"이미 나왔으니 다른 연고가 없으면 어찌 총총히 돌아가겠습니까?"

하였다. 이때 나는 머리에 모관(帽冠)을 쓰고 누빈 중치막(벼슬하지 않는 선비가 입던 소매가 긴 웃옷)을 입었더니, 반생이 말하기를,

"그대의 관복이 조선 선비의 복색입니까? 그 제도가 극히 고아(高雅)하니 짐짓 옛 의관입니다."

라고 하였다. 내가 말하기를,

"이것은 선비의 복색이며 모두 대명의 제도를 모방한 것입니다."

하고, 중국의 절하는 법을 물으니, 반생이 말하기를,

"천자에게 조회(朝會)할 적과 성묘(聖廟)에 제사(瞻謁)하는 예는 아홉 번 고두(叩頭 : 머리를 조아림)하고, 부모에게는 여덟 번 절하고, 심상한 예수(禮數 : 명성이나 지위에 맞는 예의와 대우)는 네 번 절합니다."

하였다. 청나라의 큰선비를 물으니, 반생이 말하기를,

"청헌공(淸獻公) 육농기(陸隴其)는 성묘에 배향하고, 그밖에 문정공(文正公) 탕빈(湯斌)과 승상 이광지(李光地)와 위상추(魏象樞)는 다 도학(道學)이 높고 큰 이름이 있는 사람입니다."

라고 하였다. 혼례에 절하는 법을 물으니, 반생이 말하기를,

"한인(漢人)은 사배(四拜)하는 예가 있는데, 부부가 서로 절하는 것이 아니고 한가지로 천지와 조상에게 절하는 것입니다. 먼저 사당에 뵌 후에 구고(舅姑 : 시부모)에게 여덟 번 절하는 예를 하고서, 비로소 부부가 서로 절하는데 각각 두 번에 그치니, 이것은 항주의 풍속입니다."

라고 하였다. 내가 말하기를, 천지에 절하는 것은 주자(朱子)의 예문이 아니라고 하자, 엄생이 말하기를, 이것은 다 시속(時俗)의 예문이고 가례〔朱子家禮〕를 지키는 집이 적다고 하였다. 또 전안(奠雁)[18]하는 예문은 혼례의 큰 마디(마디)지만, 항주에서는 홀로 이 예를 폐하니 극히 우습다고 하였다. 또 희롱하여 말하기를, 친영(親迎)[19]을 아니하고 마침내 아내를 얻는다고 하였다. 내가 말하기를,

"혼인 때에 신랑이 신부의 집으로 먼저 갑니까?"

하니, 반생이 말하기를,

"신랑의 집에서 먼저 채여(彩輿)[20]와 명첩(名帖)을 갖추어 보내 신부를 맞을 따름이고, 신랑이 친히 가는 일이 없습니다."

---

18) 전통혼례 때 신랑이 신부집에 기러기를 가지고 가서 상 위에 놓고 절하는 예.
19) 신랑이 신부를 맞아 데려오는 육례(六禮)의 마지막 예.
20) 귀중품을 실어 옮기는 데 쓰이는 교자 모양의 기구.

라고 하였다. 내가 말하기를,

"상가(喪家)에서 풍류(風流)를 베푸는 법이 매우 괴이합니다. 서림(西林) 선생의 집에도 또한 이 일을 면치 못합니까?"

하니, 반생이 말하기를,

"옛 예문을 폐한 지 오래여서 괴이한 풍속이 서로 전하고, 간혹 고례(古禮)를 강론하는 이가 있으나 여럿이 아닙니다. 서림 선생은 홀로 이 풍속을 쓰지 않을 뿐 아니라, 상사(喪事)를 거하는 데 술과 냄새나는 풀을 먹지 않고, 손님을 맞지 않으며, 시문(詩文)을 짓지 않을 뿐더러 금슬(琴瑟)을 잡지 않으니, 상복 제도와 상제의 예문이 세상과 더불어 같지 않습니다. 본조(本朝 : 청나라)에서 상사 예문을 반포한 법령이 없기 때문에, 선생의 평상시 의관은 비록 본조의 제도를 좇으나 상복에 이르러는 홀로 대명 제도를 좇아 시속의 비웃음〔誹笑〕을 돌아보지 않습니다."

라고 하였다. 부사께서 주방에 분부하여 두 사람의 조반을 차려 보냈는데, 반찬이 대단히 풍비하였지만, 두 사람이 일찍이 밥을 먹었다고 하며 여러 번 사양하였다. 내가 말하기를, 이미 종일 머물고자 생각하면 두어 술을 먹는 것이 해롭지 않고, 또 우리의 대접하는 뜻을 살피시라고 하였다. 드디어 각각 밥상이 나오고 한가지로 먹었는데, 두 사람이 매우 달게 먹는 모양이고 한 그릇 밥을 반 넘게 먹는 것이다. 상을 물리자 엄생이 말하기를,

"올 때에 밥을 먹었고 시장하지 않지만, 북경에 이르러 쌀성(쌀의 품질)이 사나워 음식이 마땅치 않더니, 이 밥은 쌀성이 항주와 다름이 없는 고로 배부르게 먹음을 깨치지 못하였습니다. 또 밥을 배부르게 먹을 뿐이 아니라 덕으로써 배를 불렀습니다."

하였다. 내가 웃고 『시전』(詩傳)을 외워 말하기를,

"이미 술에 취하고 이미 덕으로 배를 불렀도다."

하니, 엄생이 웃으며 맹자(孟子)의 글을 외워 말하기를,

"인의(仁義)에 배부름을 이르는 것이니라."

하였다. 반생이 우리나라 조복 제도를 묻기에 대강 대답하니, 엄생이 면류관

제도와 금관 모양을 종이에 그려 물었다. 내가 대답하고 말하기를,

"내가 중국 창시(唱市 : 놀이)를 구경하니 모대(帽帶)의 제양이 옛 위의(威儀)를 숭상하는 것 같았습니다. 필연 익히 보았을 것이니 우리나라 제도를 대강 짐작할 것입니다."

하니, 반생이 창시를 구경하였는가 싶은데 무슨 볼 만한 곳이 있었느냐고 물었다. 내가 말하기를, 창시는 부질없는 재물을 허비하고 설만(褻慢 : 거만하고 무례함)한 희롱이 많으나 나는 그윽이 취하는 것이 있다고 하니, 반생이 무슨 일을 취하느냐고 물었으나 내가 웃고 대답하지 않았다. 반생이 말하기를,

"다시 한관(漢官)의 위의(威儀)를 보고 취함이겠지요."

라고 하였다. 내가 웃고 말하기를,

"내가 중국을 구경해보니 지방의 넓음과 풍물의 성함이 짐짓 천하의 장한 구경이고 사람의 마음속[胸次]을 넓힐 것이지만, 오직 머리털을 베는 법은 차마 보지 못할 것입니다. 우리는 바다 가운데 조그만 나라에 있으니 우물물에 앉아 하늘을 보는 모양이어서 소조(蕭條)한 경색을 이를 것이 없습니다. 다만 홀로 머리털을 보전하여 부모의 유체(遺體)를 헐지 아니하니, 이러한 일로 마음을 위로하여 다행히 여기는 것입니다."

하니, 두 사람이 서로 보며 대답이 없었다. 내가 말하기를,

"내가 그대와 더불어 정분이 없으면 어찌 감히 이런 말을 하겠습니까?"

하니, 두 사람이 다 머리를 끄덕였다. 엄생이 말하기를,

"아침이면 반드시 머리를 빗습니까?"

하기에, 내가 말하기를,

"나는 과연 나날이 머리를 빗지마는 다른 사람은 그렇지 못합니다."

라고 하였다. 이때 계부께서 상사와 더불어 부방에 모여 앉으시고 평중을 보내어 두 사람을 청하였다. 두 사람이 부방으로 나아가 또한 캉 아래에서 공순히 읍하고 자리를 정하여 부사와 더불어 날이 늦도록 수작한 말이 많았다. 특별히 상을 갖추어 대접하였는데, 전약(煎藥)21)과 포육(脯肉)은 우금(牛禁 : 도살을 금함)이 엄하여 먹지 못한다고 하였다.

이때 반생이 처음부터 끝까지 붓을 잡아 부사께서 묻는 말에 대답하는데, 서호(西湖)의 고적(古蹟)과 조정의 관방(官方 : 관정 제도)과 사방의 풍속을 대답하지 못하는 말이 없었다. 부사께서 의복 제도와 명나라 말에 이르러 범휘(犯諱 : 남의 비밀을 들추어냄)하는 말을 가리지 않고 대답하기 어려운 말을 짐짓 물었지만, 반생의 낯빛이 변치 않았다. 간간이 희롱의 말까지 넣어가며 한 구절도 탈잡힐 사기(辭氣 : 말하는 본색)를 드러내지 않으니, 민첩한 재주와 신속한 필한(筆翰 : 글씨쓰기)이 실로 기특하였다. 부사께서 또한 혀를 차며 칭찬을 마치지 않았다. 계부께서 두 사람의 안경 낀 연고를 물으시니, 반생이 말하기를, 눈에 병이 있어서 이것을 끼지 않으면 글자를 보아도 안개 가운데 꽃을 보는 모양이라고 하였다.

엄생은 간간이 말을 대답하고 상사와 더불어 약간의 시구를 창화(唱和)하였는데, 그 수작을 다 기록하지 못하고 엄생의 절구(絶句) 세 수를 기록한다.

높은 집에서 가슴을 헤치매 흥이 날고자 하니
한때의 좋은 모꼬지가 예로 응당 드물리로다.
앉기를 깊이 하매 어찌 자주 햇빛이 옮김을 아끼리오
곧 저녁 북 소리를 들어도 돌아가기를 빌지 아니하리로다.
다시 동풍에 버들꽃이 나는 것을 보니
고향 뫼와 구름 나무 꿈에 희미하도다.
스스로 격서(檄書)를 받드는 평생 뜻을 인연하여
궁꽃을 기다려 모자에 꽂고 돌아가고자 하노라.
근근히 누른 티끌이 날이 다하도록 날더니
오늘 아침에 겨우 손의 근심이 드묾을 깨치노라.
좀스런 선비의 안계 요활(寥闊)하기를 탐하여
문득 서로 좇아 바다에 띄워 돌아가고자 하노라.22)

21) 동짓날 먹는 음식의 한 가지로, 쇠가죽을 진하게 고아서 굳힌 음식.
22) 원문은 다음과 같다. "高館披襟興慾飛 一時暢懷古應稀 座深奈惜頻移晌 卽聽昏鐘不語歸 復

날이 늦으매 부사께서 말씀하시기를,

"우연히 서로 만나 반일(半日) 수작함이 큰 연분이지만, 다시 만날 기약이 없으니 심중에 서운합니다. 회시(會試)를 높이 마치고 몸을 조심하며, 만리 밖에서 생각하는 마음을 위로하시라."

하니, 반생이 말하기를,

"높은 뜻에 감동하여 눈물이 흐름을 깨닫지 못하겠습니다."

하고, 엄생과 더불어 붓을 던지고 읍하여 이별한 후에 눈물을 머금고 창황히 나가니, 곁에서 보던 사람이 그 허희(歔欷 : 한숨지음)한 마음을 몹시 한탄〔嗟歎〕하였다. 내가 즉시 따라 나가 옷을 당기어 다시 내 캉에 이르러 앉기를 청하니, 반생이 오히려 눈물을 금치 못하고 말하기를, 부사의 후한 뜻을 죽어도 잊지 못하겠다고 했다. 내가 말하기를,

"나는 직책이 없습니다. 이번에 들어온 뜻은 천하의 기특한 선비를 만나 한 번 회포를 의논코자 하는 것이었습니다. 돌아갈 기약이 멀지 않아 소원을 이루지 못하고 헛되이 돌아감을 깊이 한하다가 홀연히 그대를 만나 한 번 보고 마음을 허락하니 짐짓 뜻이 있는 자의 일이 마침내 이루어진 것입니다. 다만 지경(地境)에 한정이 있어 다시 만나기를 기약하지 못하니, 이 사모하는 마음을 어느 날 잊으리오."

하니, 반생이 다시 눈물을 흘려 수건을 적시고, 엄생은 비록 눈물을 내지 않으나 또한 슬퍼함을 그치지 아니하였다. 내가 말하기를,

"이별을 당하여 눈물을 내는 것은 옛사람도 면치 못한 일이지만, 또한 중도(中道)가 있을 것입니다. 어찌 이같이 과히 슬퍼합니까?"

하니, 엄생이 말하기를,

"우리는 성품이 가련한 사람이라 평생의 참 지기(知己)를 만나지 못하였더니, 오늘날 모임은 떠날 때에 이르러 코가 시고 마음이 상함을 깨닫지 못할 것만 같습니다. 이것으로 보아도 귀국의 후한 인품에 족히 사람이 감동함을 알

見東風柳絮飛 故山雲樹夢依俙 自然奉檄平生志 要待芎花簪帽歸 僅僅黃塵盡日飛 今朝自覺旅愁懷 愁儒眼界貪寥闊 便欲相同帆回歸"

것입니다. 만일 다시 만날 기약이 있으면 또한 이같이 감읍(感泣)하는 데 이르지 않을 것이니, 이 이별이 어찌 슬프지 않겠습니까?"

하니, 평중이 말하기를,

"역려(逆旅 : 여관)에서 서로 만나 마음을 의논함은 고금의 드문 일인데, 한 번 헤어지며 후기(後期 : 뒷기약)를 정하지 못하니 가슴속 가득한 마음으로 붓을 이기어 쓰지 못하겠습니다."

하니, 엄생이 말하기를,

"이후에 다시 만남이 어느 날 있겠습니까? 생각하니 슬픔을 금치 못하겠습니다. 그대가 돌아갈 기약이 오히려 10여 일이 있으니, 한번 틈을 얻어 왕림하기를 어려이 여기지 아니하면 어찌 다행치 않겠습니까?"

하였다. 내가 말하기를,

"그대가 머무는 곳에 이목이 번거하지 않다면, 우리는 한가한 사람이니 한 번 나가는 것을 어찌 아끼리까마는, 마침내 한 번의 이별은 면치 못할 것이니 아예 서로 만나지 않는 것만 같지 못할 것입니다."

하니, 반생이 손으로 낯을 덮어 눈물을 금치 못하고, 엄생은 기색이 참담하여 머리를 휘두르며 반생의 우는 거동을 차마 보지 못하였다.

이때에 우리 마음이 감동한 것은 괴이치 않거니와, 여러 역관들과 구경하는 하인들이 다 놀라 한탄하기를, 혹 심약한 사람이라 하기도 하고 혹 다정한 인품이라 하기도 하고, 혹 강개하여 유심(幽深)한 선비라 하고 혹 이르기를 조선 의관을 보고 머리 깎은 것을 서러워한다 하였다. 이렇게 여러 사람의 말이 같지 않으나, 대저 옛사람의 말을 겸하여 이 지경에 이르는가 싶었다. 내가 말하기를,

"옛사람이 말하기를, '울고자 하면 부인(婦人)에 가깝다' 하였으니, 반형의 이 거조(擧措 : 행동 거지)는 너무 과하지 아니합니까?"

하니, 반생이 말하기를,

"마음이 약하여 궁자의 웃음이 괴이치 않으나 또한 정리에 금치 못할 일입니다. 필연 이 마음을 짐작하겠지만, 다른 사람이 이 말을 들으면 어찌 괴이하게

여기지 않겠습니까?"

하니, 엄생이 말하기를,

"나는 울고자 하여도 참을 따름이고, 코가 신 것을 금치 못하겠습니다. 실로 평생의 이런 경우를 당하지 못하였습니다."

라고 하였다. 두 사람이 거문고를 보고 이름을 묻기에, 내가 말하기를,

"이것은 동국의 거문고입니다. 약간 타는 법을 알기 때문에 먼 길에 객회(客懷)를 위로하고자 하여 가져왔습니다."

하니, 두 사람이 한 번 듣기를 청하였다. 이때 평중이 바야흐로 운(韻)을 내어 시를 창화(唱和)하고자 하는 까닭에 내가 말하기를,

"나는 시를 알지 못하니, 청컨대 거문고로 대신하겠습니다."

하니, 두 사람이 다 웃었다. 드디어 줄을 골라 평조(平調)[23] 한 곡조를 천천히 타는데, 반생이 소리를 들으며 다시 눈물을 흘리고 머리를 숙여 견디지 못하는 모습이었다. 내 또한 그 거동을 보니 자연 마음이 편치 못하고, 혹 거문고 소리가 슬픈 마음을 더욱 움직일까 하여 한 곡조를 이루고는 거문고를 물리며 말하기를,

"동이(東夷)의 변변찮은 풍류여서, 어찌 군자의 들음을 번거로이 하겠습니까?"

하였다. 반생이 눈물을 씻고 말하기를,

"타는 법은 비록 다르나 조격(調格)은 같으니, 한 번 세속의 귀를 씻게 되어 다행입니다."

하니, 엄생이 말하기를,

"손 놀리는 법은 같지 않으나 소리는 남방 풍류에 가깝습니다. 우리는 비록 지음(知音)을 못하나 한 번 귀를 씻으니 어찌 부상(扶桑 : 동쪽 나라의 해 뜨는 곳)의 소생이 아니겠습니까?"

하였다. 반생이 눈물 흘리기를 그치지 않으므로 내가 웃으며 그 손을 잡아 위

---

23) 우리나라 속악의 음계. 중국 음악의 치조(緻調)와 양악의 장조(長調)에 가까운 낮은 음조를 말한다.

로하는데, 반생이 또한 내 손을 잡고 말하기를,

"우리는 북성에 이른 지 10여 일이 넘지만, 지금 사람과 더불어 손을 삽아 지기(知己)를 일컬음이 없고, 남방에 있을 때에도 일찍 간장(肝臟)을 헤쳐 마음을 의논한 사람이 적었습니다. 그런데 의외로 두 형을 만나 기이한 모꼬지를 이루니, 이것은 천고에 드문 일이고 삼생(三生 : 전생·현생·후생)의 연분입니다. 하지만 한 번 이별하여 만날 기약이 없으니 실로 사람으로 하여금 죽어 앎이 없고자 합니다."

라고 하였다. 내가 대장부가 어찌 이런 처량한 말을 하느냐고 하면서 또 말하기를,

"원컨대 두 형의 시문을 얻어 만리의 생각하는 마음을 위로하고자 합니다. 나는 바야흐로 전야(田野)에 물러가 새로 조그만 집을 짓고 일생을 보내고자 하니, 형들의 한 말씀을 구하고자 합니다."

하였다. 엄생이 말하기를,

"귀한 가문으로 공명을 원치 않고 높은 기개와 한가한 풍치(風致)를 품었으니, 이것은 중국에 없을 뿐 아니라 옛사람을 생각하여도 또한 드문 일입니다. 더욱 경앙(敬仰 : 우러러 존경함)하는 마음을 이기지 못하겠습니다."

하였다. 내가 말하기를,

"과한 말씀은 부끄러워 당치 못할 것이고, 내 스승은 청음(淸陰) 선생의 자손입니다. 일찍이 내 집에 오셔서 '담헌'(湛軒)[24]이란 두 자를 이름으로 주었고, 내가 사는 곳이 극히 야박하여 칭찬할 것이 없는데 망령되게 팔경(八景 : 담헌 팔경)을 만들었으니, 만일 한 분 형의 시와 한 분 형의 기문(記文)을 얻으면 극히 다행할 것입니다."

하니, 반생이 말하였다.

"엄형은 기문을 짓고 나는 시를 짓겠습니다."

평중이 또 말하기를,

---

24) 담헌(湛軒)은 홍대용의 호이며, 그의 당호(堂號)이기도 하다.

"나도 한 집을 지어 '양허당'(養虛堂)이라 이름을 지었으니, 두 형이 각각 시문을 허락하는 것이 어떠합니까?"

하고 물으니, 두 사람이 다 허락하였다. 엄생이 말하기를,

"중국 상인들이 귀국에 가서 매매하는 일이 있을 것인데, 서로 편지를 통할 길이 있습니까? 편지를 부치고자 하면 어느 곳으로 부치면 됩니까?"

하기에, 내가 말하기를,

"해마다 조공하는 사신이 있으므로 두 형이 북경에 머물면 해마다 편지를 통하는 것이 어렵지 않을 것입니다. 다만 항주로 돌아간 후면 우리나라 상인들이 서로 통하여 다니는 일이 없으므로 편지를 부칠 길이 없습니다. 이것은 피차 다시 생각하여 의논할 것이고, 이곳은 아문이 구애(拘礙 : 거리낌)하여 출입이 불편하니, 두 형이 다시 나오지 못할 것입니다. 우리들이 틈을 얻어 다시 나아갈 것이지만, 10일 사이에 만나지 못하면 서로 편지로 통함이 마땅할 것입니다."

하였다. 이때 두 사람의 종이 돌아가며 들어와 돌아가기를 재촉하니, 내가 웃으며 말하기를, 이것은 우리의 어제 모양과 다름이 없다고 하자, 두 사람이 다 웃고 종들을 꾸짖어 물리쳤지만 과연 날이 늦었더라.

아문에서 괴이히 여길 것을 염려하여 내가 먼저 권하여 일찍이 돌아가라 하고, 한가지로 캉을 내려와 큰 문 안에 이르러 내가 읍하여 보내며 말하기를, 아문의 이목이 번거하여 문 밖에 가 보내지 못하니 허물치 말라고 하니, 두 사람이 다 안다 하고 나갔다.

대개 반생은 나이 젊고 정(情)이 승(勝)하여 이별을 과도히 슬퍼하였는데, 또한 마음이 약하고 그릇이 작은 사람이었다. 그러나 이미 서로 사귀어 정분이 있으면 한 나라 사람이 잠시 이별하는 것과 같지 않아서 한 번 떠나면 마침내 죽는 이별이 될 것이었다. 이때의 사정을 상상하고 정리를 짐작하면 또한 인정이 괴이치 않은 것이다. 이 날 밤에 자리에 누우니, 반생의 울던 모습이 눈에 아른거려 종시 잠이 편치 않았다.

초5일 관에 머물다

어제 서종맹이 하던 말은 덮어두지 못할 것이었고, 또 역관들이 말하기를, 종맹이 이곳 상인들을 체결(締結)하여 행중의 은냥(銀兩)을 제 안정(顔情: 여러 차례 만나면서 일어나는 정)으로 얻어주고자 하지만, 각각 단골이 있었기에 그 말을 이루 따르지 못했다 한다. 또 일전에 역관들이 머무는 캉에 들어와 말할 때, 상방의 군관 하나가 은을 가져온 것을 듣고 바야흐로 청하고자 하였지만, 그 군관이 말을 분명히 대답하지 않고 앉아 졸고 있어서 종맹이 자신을 만홀(漫忽: 소홀함)히 대접한다 하여 크게 노하여 나갔다 한다. 바로 이 일이 있었으므로, 필연 허무한 말을 지어내어 행중을 위험한 말로 두렵게 하는 계교라 했다. 계부께서 역관들을 꾸짖어 이르시기를,

"계집을 교통하는 일은 나라 법령이 극히 엄금하는 것이다. 종맹도 이 일을 모르지 않을 것이니 어찌 일시의 분한 마음으로 근본 없는 말을 지어내겠는가. 설사 지어낸 말이라도 그 말을 깊이 살피어 밝히지 않으면 사행이 돌아간 후에 수백 사람의 입을 이로써 막지 못할 것이다. 혹 숨겨둔 죄상을 시비하는 일이 있으면 그 허물을 누구에게 돌려보낼 것인가?"

하시었다. 역관들이 나갔다가 도로 들어와 아뢰기를,

"종맹에게 사행의 말씀을 전하고 그 근본을 자세히 밝혀 죄상을 다스리려고 하니 소문의 출처[言根]를 말하라고 누누이 묻자, 종맹이 웃으며 말하기를, '이것은 확실한 일이 아니라 전문(傳聞)으로 들은 말이어서 놀랍게 여겼지만 자세한 일이 아닌데 어찌 자세히 밝힐 수 있겠는가' 하며, 종시 말하지 않았습니다. 그리고 도리어 민망해하는 기색이어서 거짓말이 확실하고, 다시 묻고자 하여도 어쩔 수 없었습니다."

라고 하였다. 식후에 두 사람에게 삼방(三房: 서장관)이 각각 편지하여 면피를 보내고 평중 또한 보낸 것이 있었다. 사람이 돌아오는데 각각 편지를 회답하고, 가져간 사람에게 돈으로 상을 주어 보냈다. 나는 팔경(八景)의 내력을 미처 기록하지 못하여, 늦은 후에 화전지 두 권과 부채 여섯 자루와 붓 네 자루

와 먹 여섯 장을 봉하고, 편지를 써서 덕유를 보냈다. 그 편지에 이렇게 썼다.

　밤 사이 두 형의 객황(客況 : 객지에서 지내는 형편)이 편안합니까? 아모[某 : 홍
대용]는 동이(東夷)의 변변찮은 사람이라 재주가 용렬하여 세상을 버리고 해외
에 엎드려 문견(聞見)이 고루(固陋)하니, 스스로 헤아려 세상에 무슨 바랄 일이
있겠습니까? 다만 중국 서적을 읽고 중국 성인을 흠모하여 중국 사업을 함축(含
蓄)코자 할 뿐입니다. 그리하여 한번 몸을 중국에 일으켜 중국 사람을 벗하고 중
국 일을 의논코자 하지만 지경(地境)에 거리껴 스스로 통할 길이 없더니, 천행으
로 계부의 사행을 따라 멀리 친정을 떠나 수천 리 행역(行役)을 피하지 않은 것
은 실로 평생의 숙원이 있기 때문입니다. 산천의 광활함과 성곽의 장려함과 인물
의 번화함에 비록 한때 이목(耳目)의 쾌함이 있지만 족히 지원(至願)을 펼 곳이
아니었습니다. 다만 북경을 들어오니 출입에 거리끼는 곳이 많고 종적이 서로 어
긋나 뜻 가운데 사람을 만날 길이 없어, 매양 술 파는 집과 개 잡는 저자에서 외
로이 방황하고 열사(烈士)의 자취를 헛되이 상상하며 서로 만나지 못함을 슬퍼
할 뿐이었습니다.
　그런데 홀연히 공교로운 계기로 뜻하였던 사람을 하루아침에 만나, 금옥(金
玉) 같은 얼굴과 규벽(奎璧 : 제후가 천자를 뵐 때 가지던 옥) 같은 글씨를 한 번 바
라보니, 티끌 세상에 뛰어나고 신선 가운데 사람임을 짐작할 만합니다. 스스로
계획을 이루고 지원을 펴게 된 것을 다행으로 여기나, 다만 공소(空疎 : 내용이 없
고 허술함)한 자품(資稟 : 사람된 바탕)으로 군자의 마음을 감동키 어렵습니다. 고
산(高山)의 시를 외우고 채두의 그늘[杕杜蔭][25]을 바라나 스스로 헤아리지 않음
을 깨닫지 못하였습니다. 이에 성한 도량으로 널리 사랑하는 덕을 미루어 처음
만나 마음을 허락하고, 이별을 당하여 간절히 그리워하는 기상이 인정을 감동하
고 방관(傍觀)에 몹시 한탄하니, 슬프다! 말세의 풍속이 박액(迫阨 : 인정이 없고
야박함)하여 교우도(交友道)의 망함이 오래였습니다. 매우 관곡한 낯으로 돌아

25)『시경』(詩經)「소아」(小雅)에 보이며, 전쟁터에 나간 남편이 돌아오기를 기다리는 아내
　의 마음을 노래한 시편이다.

서서 웃으니, 어찌 붕우(朋友)의 중함이 오륜(人倫)에 들어 있는 줄을 알 것입니까. 진실로 하늘이 덕을 좋아하고 착한 사람이 종시 넓어지지 않을 것입니다. 도도(滔滔)한 유속(流俗) 사이에 높은 의기와 옛 풍채를 잃지 않으니, 비록 천리 바깥과 백세 이후라도 그 성문(聲聞 : 명성)을 들으면 족히 정신이 감동하고 마음이 흥기(興起)할 것입니다. 하물며 내 몸이 친히 만나 중외(中外 : 중국과 주변 나라)의 혐의(嫌疑)를 벗어나고 즉석의 교우도를 강론하니, 이것만으로도 하루아침에 몸이 죽어도 세상을 헛되이 지냈다 이르지 않을 것입니다

기문(記文)과 팔경시(八景詩)는 이미 허락을 얻었으므로 대강을 기록하니 살피기를 바랍니다. 높은 의론을 빌리어 조석에 눈을 붙여 경계를 삼고자 하는 것이니, 부질없는 칭찬[稱譽]과 문인의 지나치게 꾸미는 습관을 떨치고 절실한 의론으로 이마 위에 바늘을 받들어 반생(半生)의 거울을 삼게 하시라. 과거를 볼 기약이 멀지 않으니 이런 수응(酬應 : 남의 부탁에 응함)이 학문의 진척[工程]에 방해됨이 없지 않을 것입니다. 능히 어린 정성을 살펴 괴로이 여기지 아니할 것입니까?

돌아가기 전에 틈을 얻으면 몸소 나아갈 것이고, 나아가지 못하면 서신으로 안부를 통할 것입니다. 그러나 사람의 왕래함이 종시 이목에 번거할 염려가 있으니 삼가 비밀이함을 바랍니다. 두어 가지 토산(土産)으로 먼저 변변찮은 정성을 표하고 겸하여 윤필(潤筆)[26]의 뜻을 갖추니, 만일 받지 않으면 이것은 더럽게 여겨 물리침이고, 모시와 깁(비단)을 서로 줌은 옛사람의 고적이 있습니다. 살피시기 바라고, 형의 시문을 얻음이 하국(下國)의 중한 보배가 될 것입니다. 만일 개탁(開坼 : 봉한 편지나 서류를 뜯어봄)의 다른 회례(回禮)를 생각하면 이것은 지기(知己)의 일이 아니니, 또한 드리워 살피시라.

그 팔경을 기록한 말은 이러하다.

---

26) 남에게 서화·문장을 써달라고 부탁할 때 주는 사례금인 윤필료(潤筆料)의 의미이다.

향산루에서 거문고를 탐, 농수각의 종을 울림, 일감소의 고기를 봄, 보허교의 달을 희롱함, 태을연 배의 신선을 배움, 선기옥형으로 하늘을 엿봄, 영조감의 시초를 점침, 지구단의 활을 쏨.[27]

집 제도는 사면 두 칸인데, 가운데가 한 칸 방이고 북으로 반 칸 협실(夾室)이며, 동으로 반 칸 다락은 두 칸 길이고, 서남 양쪽은 다 반 칸으로 마루를 만들었는데, 곧 담헌(湛軒)입니다. 서쪽은 두 칸 길이고, 남쪽은 누 밑에 그쳤습니다. 사면에 두어 칸 뜰이 있으며 남으로 네모진 연못이 있는데, 사방이 여남은 걸음입니다. 물의 깊이는 가히 배를 띄울 만한데, 가운데 둥근 섬을 쌓았으니 에음(둘레)이 여남은 걸음이고, 위에 작은 집을 세워 혼천의를 감추었으며, 연못가로 약간 화훼(花卉)를 심고 사면에 담을 둘렀으니, 이것이 집 제도의 대강입니다.

동쪽 다락에 두어 폭의 산수 그림을 붙이고 상 위에 두어 장의 거문고를 놓았는데, 주인이 스스로 타는 바입니다. 다락을 이름하여 '향산루'(響山樓)라 하였는데, 이것은 종소문(宗少文 : 종병)의 "거문고를 타 그림 가운데 뫼를 울리게 한다"는 말을 취한 것입니다. 이러므로 '산루고금'(山樓鼓琴)이라 이르는 것입니다. 섬 위의 집을 이름하여 '농수각'(籠水閣)이라 하였는데, 이것은 두보(杜甫)의 "해와 달은 우리 가운데의 새요, 하늘과 땅은 물 위의 영취(靈趣)라" 한 글귀를 취한 것입니다. 혼천의에 시각을 알리는 종이 있고 또 자명종이 있어 때를 따라 스스로 울기 때문에 '도각명종'(島閣鳴鐘)이라 이른 것입니다. 연못은 뫼를 인도하여 주야에 끊지 않고, 뫼와 수풀이 물 가운데 비치어 온갖 형상이 짐짓 면목을 감추지 않습니다. 이름하여 말하기를, '일감소'(一鑑沼)라 하였으니, 이것은 주자(朱子)의 "반 이랑 연못이 한 거울에 열리다"고 한 글귀를 취한 것입니다. 고기를 길러 못에 가득하니 꼬리를 흔들고 물결을 뿜어 수초(水草) 사이에 뛰노는데 즐겨 구경함이 족히 세상을 잊을 만합니다. 이러므로 '감소관어'(鑑沼觀魚)라 이르는 것입니다. 못 북쪽 언덕에 남으로 다리를 만들어 섬을 통하는데, 이름은

---

27) 원문은 다음과 같다. "山樓鼓琴 島閣鳴鐘 鑑沼觀魚 虛橋弄月 蓮舫學仙 玉衡窺天 靈龜占蓍 縠壇射鵠"

'보허교'(步虛橋)입니다. 매양 바람이 자고 물결이 고요하여 하늘 빛과 구름 기운이 불 속에 비등(飛騰)하고, 밤이면 달빛이 그림자를 띨처 기이한 물결이 하늘과 한 빛입니다. 사람이 다리 위에 올라 아래를 굽어보면 황연(晃然)히 웅장한 무지개를 타고 하늘 위를 오르는 듯하므로 '허교롱월'(虛橋弄月)이라 이르는 것입니다. 나무를 깎아 배를 만들었는데 겨우 두 사람이 탈 만하며, 한 머리는 둥글고 한 머리는 빠르고 높습니다. 약간 채색을 베풀어 연꽃 형상을 만들어 이름하여 말하기를, '태을연'(太乙蓮)이라 하였습니다. 이것은 신선 태을진인(太乙眞人)의 연엽주(蓮葉舟)를 모방한 것이므로, '연방학선'(蓮舫學仙)이라 이르는 것입니다.

혼천의 제도는 선기옥형(璇璣玉衡)의 근본 제도를 모방한 것이고, 해와 달이 다니는 길과 성신의 도수를 가히 앉아서 상고할 만하므로 '옥형규천'(玉衡窺天)이라 이르는 것입니다. 다락 북쪽에 조그만 감실을 만들어 시초(蓍草 : 톱풀) 넣는 곳으로 삼고 이름하여 말하기를, '영조감'(靈照龕)이라 하였는데, 이것은 옛글의 "영명(靈明)이 위에 있어 비친다"는 글귀를 취한 것입니다. 당초 의심을 결단코자 하면 반드시 마음을 재계(齋戒)하고 점(占)하는 법을 따라『주역』(周易)의 괘사(卦辭 : 점괘를 알기 쉽게 풀이한 글)를 구하므로 '영감점시'(靈龕占蓍)라 이름하였습니다. 못 동쪽에 돌을 쌓아 단을 올리고 활 쏘는 곳을 삼아 이름하여 말하기를 '지구단'(志彀壇)이라 하였는데, 이것은 맹자의 말씀을 취한 것입니다. 글과 농사에 틈이 있으면 사람과 더불어 짝을 나눠 승부를 다투어 서로 즐기므로, '구단사곡'(彀壇射鵠)이라 이르는 것입니다.

저문 후에 덕유가 돌아왔는데, 엄생의 답서(答書)에 이렇게 말하였다.

엎드려 수교(手交)를 받드니 과한 추장(推奬 : 추천하여 장려함)이라 감히 당치 못할 줄을 부끄러워하고, 스스로 뜻을 이른 말과 과도하게 사랑하는 곳에 이르러 말씀이 간측(懇惻 : 지극하고 측은함)하여 보기를 마치니 눈물이 흐름을 깨치지 못할 지경입니다. 슬프다! 천애(天涯)의 지기(知己)를 맺음은 천고에 드문 일이고, 우리는 하리(下里)의 변변찮은 사람이어서 비록 몸이 중국에 태어나고 사귀

어 노는 사람이 적지 않지만, 마침내 한 번 보고 마음을 허락하여 간절한 성심
[誠款]이 조금도 간격을 두지 않음은 형의 회포와 같은 이를 보지 못하였기 때문
입니다. 마음이 감격하여 손이 떨리니 가슴속 가득한 뜻을 붓으로 어찌 적겠습니
까? 오직 피차 잠잠하고 서로 외로운 정성을 비출 따름입니다. 여러 가지 보낸
것은 감히 받지 못할 것이지만 어른의 가르침을 받들어 삼가 절하여 받으며, 부
탁한 시문(詩文)은 조만간에 틈을 얻어 힘을 다하여 가르침을 청할 것이나, 갑작
스러워 뜻을 다하지 못하고 바람을 임하여 세 번 탄식하니 스스로 진중함을 바랄
뿐입니다.

반생의 답서에는 이렇게 말하였다.

정균(庭筠)은 두 번 절하여 담헌 학장형(學長兄) 선생께 올립니다. 균(筠)은
어제 돌아와서 밤이 마치도록 능히 잠을 이루지 못하고, 세 분 대인 및 족하(足
下 : 상대방에 대한 존칭으로 쓰는 말)와 김양허(金養虛)의 얼굴이 눈 가운데 은은
하여 깊이 탄식하였습니다. 해동(海東 : 조선)은 진실로 군자의 나라요, 두어 사
람은 당대(當代)의 더욱 뛰어나고 기특한 사람이라 말하고 있었는데, 또 글월을
받들어 족하의 지원(志願)이 심히 크고 고아한 풍운(風韻 : 풍류와 운치)이 시속
에 빼어남을 볼 수 있다 하였습니다. 중국의 도정절(陶靖節)과 임화정 두 사람에
비함이 부끄럽지 않으니, 높은 풍치를 더욱 공경합니다. 또 영사(슈師 : 담헌 등
조선 사신) 대인 선생의 대강을 들으니 족히 연원(淵源)의 근본을 볼 것입니다.
'공안(孔顔 : 공자와 안자)의 즐거움'과 거의 비슷하게 생각되니, 구름 즈음으로
머리를 기울여 더욱 잊지 못할 것입니다. 다만 깊이 한하는 것은 밧자[外城]가
각각 하늘 가에 있어 자주 가르침을 받지 못하고, 또 한번 더 영사 선생에게 보
이지 못하니 어찌 애달프지 않겠습니까? 저는 비록 요행으로 중국에 있으나 평
생 사귄 벗이 한두 사람에 지나지 않으니, 엄역암(嚴力闇 : 엄성)과 그의 형 구봉
(九峰) 선생과 다못(더불어) 오서림(吳西林) 선생을 다 스승으로 섬기고, 그나
마 왕래하는 사람이 백여 명이 넘으나 다 본받을 덕행이 아니고 지기(知己)로 일

컬을 사람이 없더니, 이제 또 족하를 얻으니 실로 다행합니다. 비록 하루아침에 몸이 죽어도 가히 지하에서 눈을 감을 것입니다. 생각하는 마음이 가슴에 가득하나 이것은 필묵으로 다할 바가 아니므로, 오직 하늘을 우러러보며 바람을 임하여 눈물을 흘릴 따름입니다. 후히 주시는 것은 절하여 받습니다.

덕유가 말하기를, "반생이 편지를 보다가 반쯤 넘어서 또 눈물을 흘려 차마 보지 못하는 모양이었고, 엄생이 또한 창감(愴憾)한 기색이었습니다. 편지 가운데 무슨 이별의 슬픈 말이 있는가 싶습니다" 하였으나, 내 편지에 한 구절도 처처(凄凄 : 찬 기운이 있고 쓸쓸함)한 말을 쓰지 아니하였으니, 두 사람의 일이 실로 이상하였다. 비록 마음이 약하고 인정이 승(勝)하나 두 번 만나고 이별을 의논하며, 견권(繾綣 : 깊이 생각하는 정이 못내 잊혀지지 않음)하고 깊은 마음이 이 지경에 이르니, 이것은 전에 듣지 못한 일이었다. 덕유가 갈 때 특별히 청심환 네 환과 별선(別扇) 두 자루를 주어 두 사람의 종에게 나눠주라 하였더니, 두 사람이 또한 부채 두 자루와 마른 죽순 두 조각을 덕유에게 주어 보냈다.

태화전의 장려한 기상을 보다

초6일 태화전을 보고 유리창에 가다

이 날은 방물(方物)을 바치기 때문에 한가지로 들어가 대궐 안을 구경코자 하면서, 식전에 편지를 써 덕유에게 맡겨 간정동으로 보냈는데, 그 편지에 이렇게 말하였다.

어제 사람이 돌아왔는데 글월을 받들어 애타게 그리워하는 뜻에 깊이 감격하고, 스스로 돌아보매 천루(賤陋 : 됨됨이가 천박하고 언행이 비루함)한 인물이 갚을 바를 알지 못합니다. 붕우(朋友)는 오륜(五倫)에 참여하는 것이니, 진실로 중하지 아니합니까? 천지로 큰 부모를 삼으니 동포의 의(義)에 어찌 화이(華夷)의 간격이 있겠습니까? 두 형이 이미 지기(知己)로 허락하니 저도 마땅히 낯을 들어 동로지기(同路知己)를 당할 것이지만, 다만 어진 일을 도와 서로 유익한 일을 알지 못하고 일시의 구구한 정의에 감동할 뿐이면 '계집의 어짊이며, 돼지의 사귐'이라. 이는 제가 두려워하는 바이니, 또한 두 형에게 한번 들어보고자 합니다.
지난번에 만나서 반형(潘兄)의 마음이 약한 줄을 알았습니다. 이러므로 편지 가운데 한 자 이별의 말을 미치지 아니하여 고인(故人 : 오랜 친구)의 마음을 위로하고자 하였습니다. 그런데 다시 들으니 '마음을 슬퍼함이 이전과 다름이 없더라' 하니, 이러하다면 우리가 서로 만남은 좋은 연분이 아니고 전생의 몹쓸 인연이라 이를 것입니다. 또 밤이 새도록 잠을 이루지 못하노라 하니, 이는 피차 다름이 없습니다. 그러나 우리의 일과 구실이 비록 같지 아니하나 어버이를 떠나 놀기를 멀리함은 피차 한가지입니다. 잠과 음식을 조심하여 부모에게 근심을 끼치지 않고자 하는데 어찌 다름이 있겠습니까? 부질없는 사려를 떨치고 삼가 조섭(調攝 : 몸을 보살피고 병을 다스림)함을 바랍니다. 또 과거의 득실은 비록 정한 운수가 있으나, 마음을 온전하게 하지 않으면 능히 얻지 못할 것입니다.

이제 회시(會試)의 기약이 멀지 아니하였으니, 마땅히 마음을 침잠하고 정신을 가다듬어 때를 기다려 움직일 것인데, 홀연히 의외의 일을 만나 수응(酬應)이 밖에 번거하고 마음이 안에 어지러우니, 어찌 민망치 않겠습니까? 돌아보건대 과환(科宦 : 벼슬)의 구구한 영화는 족히 형들의 능사가 되지 않을 것이고, 제가 형들과 기약하는 바람이 또한 여기에 있지 아니하거니와, 그러나 친정의 소망과 문호의 계교라. 수천 리 산을 넘고 물을 건너 준적(準的 : 표준)이 오로지 여기 있으니, 또한 작은 일이라 이르지 못할 것입니다. 살펴 조심함을 다시 바랍니다. 반형은 나이 젊고 기품이 또한 청약(淸弱)하니 더욱 염려를 이기지 못합니다. '선생' 두 글자는 동국 풍속에서 붕우 사이에 일컫는 일이 없으니, 이후에는 이 칭호를 버림이 마땅합니다. 오늘은 궐 안에 일이 있어 겸하여 태화전의 장한 제도를 한번 구경하고자 하고, 모레[再明]에 나아가기를 계획하지만 종시 번거한 염려가 있습니다. 혹 다른 손님이 있으면 더욱 낭패를 면치 못할 것이니 자세히 지휘함을 바랍니다.

편지를 맡긴 뒤에 조반을 재촉하여 먹고 아문에 이르니, 서종맹과 여러 통관이 있었다. 내가 나아가 읍하고 오늘 방물에 따라가는 사연을 말하였더니, 종맹이 웃으며 방물 바치는 데 궁자는 무슨 소임이 있느냐고 하였다. 내가 또한 웃으며 말하기를,

"나는 삼대인(三大人 : 서장관)의 군관이어서 일행의 사정을 검찰하는 소임인데, 이런 중대한 일에 어찌 수고를 피하겠습니까?"

하니, 종맹이 웃고 또 말하기를,

"궁자는 황성 내외에 보지 않은 곳이 없는데, 조선의 서울과 어떻게 다른가요?"

라고 하였다. 내가 말하기를,

"조선은 바깥 나라이고 작은 지방인데 어찌 중국에 비할 것입니까?"

라고 하니 종맹이 말하기를,

"진실로 그렇지마는 우리가 칙사(勅使)로 조선을 나가면, 남별궁(南別宮)[28] 가운데 종일 가두어 한 걸음의 땅도 나아가지 못하게 하고, 조선 사신이 북경을 들어오면 임의로 구경을 다니니, 어찌 통분치 않겠어요?"

라고 하였다. 내가 말하기를,

"조선은 작은 나라여서 대국의 큰 규모를 효칙(效則 : 본받아 법으로 삼음)하지 못하니, 어찌 허물할 일이 있겠습니까?"

라고 하자, 종맹이 말하기를,

"나는 궁자를 위하여 구경할 일을 극진히 도모하는데, 앞으로 조선에 나가면 궁자를 청하여 구경할 묘책을 물을 것입니다."

라고 했다. 내가 웃으며 말하기를,

"나는 조선 선비의 한 사람이라, 나라의 금령이 있는데 어찌할 것입니까?"

라고 하니, 여러 역관과 통관이 다 웃었다.

이때 방물을 문 밖으로 운반하여 여남은 수레에 실어가고, 상하의 구경을 위하여 들어가는 사람이 백여 명이 넘었다. 세팔을 데리고 나귀를 타고 뒤를 따르는데 여남은 역관이 모대(帽帶)를 갖추고 앞에 섰다. 옥하교를 지나자 길가에 여러 아이들이 모대를 한 모양을 보고 다 웃으며 말하기를, "저것이 무슨 모양인가?" 하고, 혹 말하기를, "창시(唱市)하러 가는가 싶다" 하였다. 대개 중국의 의관이 끊어지고 다만 창시의 천한 노름만이 옛 제도를 전하는 것이기에 아이들이 이렇게 말하는 것이었다.

동안문(東安門)을 들어 남으로 궁장 안을 바라보니, 활 쏘는 군병이 전대

---

28) 지금의 조선호텔 자리에 두었던 조선 왕조의 별궁. 명나라의 장군 이여송이 임진왜란 때 여기에 주둔하면서 중국 사신의 객사(客舍)가 되었다.

(戰隊)로 모였지만 몹시 바빠 가보지 못하였다. 동화문 밖에 이르러 나귀에서 내려 남쪽 성 밑에 앉으니, 문 밖으로 교자와 말이 큰 길을 덮었다. 교자를 차례로 벌여놓아 행렬이 극히 정제하고, 교자 밖에 네 줄로 말을 세웠는데 모두 다 수(繡)다래[29]와 도금한 안장을 하였다. 서로 머리를 맞추어 백여 보를 뻗쳤는데, 그 수를 대강 헤어도 수백 필이 넘을 것이지만, 다 고개를 숙이고 항오(行伍 : 군대의 대오)를 떠나지 아니하여 조금도 서로 싸우는 거동이 없으니, 정제한 풍속이 여기도 짐작할 일이었다. 여러 사람들이 뺑 둘러서 구경하며 혹 말을 물었는데, 의복을 침노하여 가장 괴로웠다. 한 관원이 머리에 징자를 붙이고 허리에 환도를 차고 잡사람을 금하니, 이는 문 지키는 관원이었다. 그 관원과 두어 말을 수작하고 궐 안에 관원이 모인 곡절을 물으니, 대답하기를,

"태학(太學)에 일이 있어 황상이 조신(朝臣)을 모읍니다."

하였다. 이때 석전제(釋奠祭)[30] 날이 멀지 아니하였으므로 역관들이 이르기를,

"우리나라의 친전향(親傳香)[31] 같은가 싶습니다."

하였다. 식경(食頃 : 잠깐)을 머물렀더니 여러 관원들이 조회(朝會)를 파하여 물러가므로 비로소 방물을 들였다. 예서부터는 이곳 사람에게 삯을 주어 편담(扁擔 : 물건을 나르는 어깨 저울)에 매어 들이는데, 그 뒤를 따라 문을 들어갈 때 나오는 관원의 왕래가 끊임이 없었다. 한 관원이 머리에 산호징자를 붙이고 금수(錦繡) 의복이 별양 찬란하되, 나이가 열대여섯 살을 넘지 못하였다. 미목(眉目)이 그린 듯하고 흰 얼굴에 두 뺨이 희고 붉으니 짐짓 천하에 절등(絶等 : 뛰어남)한 자색이다. 징자에 공작 깃을 달았는데 세팔이 말하기를, 이것은 사벼슬을 뜻하고, 황제를 가까이서 모시는 아이라고 하였다. 수십 보를 가서 돌다리를 건너 북으로 행하고 또 다리를 건너니 세팔이 이르기를, 이 물은 태화문 밖으로부터 흘러나온다고 하였다.

작은 문을 들어가니 수백 필 말이 있어 한가로이 다니는데, 굴레를 끼우지

---

29) 말 탄 사람의 옷에 흙이 튀지 않도록 안장 양쪽에 늘어뜨린 기구인 말다래를 뜻한다.
30) 문묘(文廟)에서 공자에게 지내는 제사로, 음력 2월과 8월의 상정일(上丁日)에 거행한다.
31) 제향(祭享) 때 임금이 몸소 향축(香祝)을 헌관(獻官)에게 전하는 것을 말한다.

않았고 사람을 보아도 피하지 않았다. 세팔이 말하기를, 이 말은 이곳 사복(司
僕)[32)]에서 기르는 말이라고 하였는데, 살이 찌고 몸이 웅장하되 다만 털이 거
칠고 더러워 씻기는 흔적이 없어 괴이했다. 또 북으로 문을 들어가 서쪽으로
행할 때 북으로 바라보매 10여 칸 높은 집이 있고, 집 안에 뜰이 매우 넓으며
뜰 가운데 과녁 두엇을 세웠다. 세팔이 말하기를, 황제가 시사(試射 : 활쏘기)
하는 곳이라고 하였다. 또 큰 문을 들어가니 넓은 뜰과 높은 집과 옥 같은 난
간에 눈이 부시고 정신이 황홀하여 진실로 천상의 옥황궁궐을 오른 듯하고, 인
간의 기구와 장인의 공교함으로 이루어진 것 같지 아니하였다.

그 제도를 대강 말하자면, 뜰의 넓이가 동서 2백여 보나 되고, 남북이 백 수
십 보이며, 뜰 북쪽에 두어의 길 대를 쌓고 대 위에 삼층집을 지어 높이가 구
름 밖에 쌓였다. 이것은 태화전인데 혹은 황극전(皇極殿)이라고도 부른다. 뜰
남쪽에는 2층 문이 있는데 이름은 태화문이고, 문 좌우로 높은 행각(行閣)을
지어 양쪽에 수십 칸이며 다 북으로 꺾어 수백 보를 연하였다. 태화전은 황제
가 군신의 조회를 받는 집이고, 좌우 행각은 13성(省)과 외국에서 조공하는
온갖 재물을 넣은 곳집이며, 수백 칸의 월대(月臺 : 궁전 앞에 있는 섬돌)는 친
왕 각로(閣老)가 조회하는 곳이다. 뜰 아래 줄줄이 쇠패를 세우고 품수(品數)
를 새겼는데, 만조천관(滿朝千官)과 외국 사신이 조알(朝謁 : 왕을 뵙는 의식)
하는 곳이다. 월대 좌우로 동쪽에는 두어 길 일영대(日影臺)를 세워 시각을
상고하고, 서쪽에는 두어 길 돌향로를 세워 향불을 피우고 쇠거북 한 쌍과 학
한 쌍을 가로로 세웠는데, 다 생기 비등(飛騰)하여 아래에서 바라보니 거짓의
것인 줄을 깨치지 못했다. 월대 남쪽으로 층층한 섬돌 위에 열여덟 청동향로를
벌였는데, 몸피(몸통의 굵기)가 두어 아름이며, 큰 조회를 당하여 각각 침향
(沈香)을 피우게 한 것이었다. 또 3층 섬돌 위에는 층층이 한 길이 넘는 돌난
간을 세워 태화전 좌우로 꺾어 북으로 뻗치고, 태화문 좌우 행각을 의지하여
또한 각각 난간을 세워 좌우로 둘렀는데, 굉걸(宏傑 : 크고 훌륭함)한 제도와

---

32) 사복시(司僕寺). 고려·조선시대에 궁중에서 가마나 말을 맡아보던 곳이다.

장려한 기상이 대강 이러하였다.

　문을 들어가서 층층한 심돌을 내려 너른 뜰로 두루 걸으며 좌우로 구경하였다. 태화문에 이르러 서쪽 협문으로 바깥을 엿보니, 문 밖에 뜰이 또한 넓고 장중하여 다섯 다리를 놓았다. 다리마다 난간을 세웠는데 남쪽은 오문(午門)이었다. 좌우 오봉루(五鳳樓)의 제양을 안으로 바라보니 더욱 웅장하고, 태화문 앞으로 수십 명의 갑군이 다 병기를 가지고 지키고 있었다. 월랑(행랑)을 쫓아 동으로 나아가 뜰 동쪽에 이르니, 가운데로 현판에 '체인각'(體仁閣)이란 세 글자를 새긴 이층집이 있다. 여러 환자(宦者 : 환관)들이 열쇠를 가지고 문을 열기에 세팔에게 그 연고를 물으라 하니, 고자(庫子 : 창고지기)들이 말하기를,

　"비단을 내어 조선 사신에게 연례 상사(賞賜 : 상으로 내리는 물품)를 줍니다."

하였다. 그 앞으로 나아가 안을 구경하니, 사면에 층층한 탁자를 무수히 세워 각색 비단을 통으로 말아 칸칸이 쌓았는데, 다 누런 종이를 가운데 쌓고 만주 글자로 여러 말을 썼지만 알 수 없었다. 위로 마루를 놓아 누상고(樓上庫)를 만들고 사다리를 놓아 오르내리게 하였다. 문 밖에 관원이 있어 무슨 문서를 가지고 비단 이름을 불러 몇 필을 내라 하면, 여러 고자들이 소리로 응답하여 이름을 부르며 차차 전하여 문 밖으로 내오는데, 작고 하찮은 일이라도 엄정한 제도를 볼 수 있었다. 월랑을 쫓아 북으로 행하여 태화전 뒤를 바라보고 서로 꺾어 북쪽 문을 드니, 이 안에는 중화전(中和殿)·보화전(保和殿) 등 두 집이 있었다. 두 집이 다 황극전(皇極殿) 뒤로 연하여 있고, 중화전은 단층 우산각(雨傘閣) 제양이고, 보화전은 이층집인데 대 아래 3층 난간과 양쪽 월랑 난간이 태화전과 한데 연하니, 여러 난간을 합하여 길이를 재면 수천 보를 넘을 것 같았다. 돌 빛이 희고 광윤(光潤)하여 예사로운 잡석은 아니었다. 세팔이 말하기를, 난간은 새로 세운 지 10년이 못된다 하였다. 태화전과 여러 집들이 다 단청이 퇴색[渝色]하여 왕왕 분명치 않았는데, 역관들이 말하기를, 이것이 명나라 때의 단청을 지금껏 고치지 아니한 것이라고 하였다.

　중화전 옆으로 뜰을 건너 동쪽 월랑 섬돌 위에 오르니, 칸칸이 문을 잠갔는데, 재물을 넣은 곳이다. 방물 중에 대호지(大好紙 : 품질이 조금 낮은 넓고 긴

한지)는 이곳에 바치는 까닭에, 여러 사람이 종이를 메어 대 위에 올려놓고 관원이 들어와 받기를 기다리고 있었다. 섬 위에 여러 역관들과 한가지로 앉았는데, 북쪽의 보화전 옆으로 큰 문이 있고 문 안에서 여러 관원들이 연하여 나왔다. 어깨에 활을 멘 사람이 반이 넘었으므로 필연 황제가 시사(試射 : 활쏘기)하는 날인가 싶었다. 서종현이 여러 사람을 경계하여 말하기를,

"북쪽 문 안은 황상이 전좌(殿座)하는 곳입니다. 만일 그 문에 가까이 가는 일이 있으면 목숨을 보전치 못할 것입니다."

하였다. 이윽고 문 안에서 한 재상이 나오는데, 앞에서 인도하는 한 쌍의 사람이 있고 뒤에 여남은 추종이 따랐다. 이때 우리나라 사람들과 여러 통관들이 대 위에 앉았는데 꾸짖어 내리라고 하는 일이 없으니, 이는 간솔(簡率)한 풍속이다. 서종현이 그 관원을 가리켜 말하기를, 이 사람은 유친왕〔愉君王〕으로, 황상의 사촌이며 양혼(兩渾)의 부친이라 하였다. 키는 비록 작았으나 구각(軀殼 : 몸의 윤곽)은 아주 웅장하고, 완완한(느릿느릿한) 걸음이 극히 진중하여 지척에 외국 사람이 여럿 있지만 한번도 둘러보지 않았는데, 짐짓 재상의 체면이고 귀인(貴人)의 풍도(風度 : 풍채와 태도)였다.

아침에 관문을 나올 때 이덕성과 김복서가 유리창 장경(張經 : 흠천감 박사)의 집에 파는 자명종이 있어 보러 간다고 하였으므로, 오후에 바로 유리창으로 기회(期會 : 모임)하였다. 이때 날이 늦었는데 관원이 들어오지 않았고 또 창고를 열어도 별로 기이한 구경이 없을 듯하기에, 세팔을 데리고 여러 문을 나왔다. 이때 세팔이 말하기를,

"이곳에 범을 잡아 기르는 집과 개 여러 마리를 먹이는 곳이 있어 가장 보암직한데, 사람에게 물으니 다 원명원(圓明園 : 옹정황제의 이궁)으로 옮겼다 하니까 서산(西山)을 구경하는 날이면 볼 수 있을 것입니다."

하였다. 동화문을 나가 나귀를 찾아 타고 동쪽 장안문(長安門)을 지나 정양문 밖으로 유리창에 이르니, 덕유가 간정동에 가서 회답을 받아 가지고 길가에서 기다리고 있었다. 편지를 품에 감추고 먼저 미경재(味經齋 : 유리창에 있는 책방 이름)에 이르러 주가(周哥 : 미경재의 주인이자 주응문의 족속)를 불러 장생(蔣

生)³³⁾에게 편지를 전했는지 여부를 물으니,³⁴⁾ 주가가 무슨 조용히 할 말이 있다고 하면서 푸자 안으로 들어오라고 하였다. 들어가 자리를 정하니까 주가가 말하기를,

"장생은 지금 만나지 못하여 편지를 전하지 못하였고, 마침 주감생(周監生)³⁵⁾이 푸자에 왔다가 그대의 편지를 보고 대신 이 편지를 남겨놓고 갔으니 보십시오."

하였다. 즉시 받아보니, 그 편지에 이렇게 말하였다.

전날에 괴이한 바람을 만나 나아가 뵈지 못하고 언약을 저버려서 심히 미안하고 면목이 없습니다. 장형은 마침 일이 있어 성 안에 들어갔다가 바로 관으로 나갔더니, 문 지키는 사람이 막아 마침내 헛되이 돌아와서 매우 애달팠으나, 이것은 족하의 허물이 아니고 중외(中外)의 구애(拘礙 : 거리낌)함입니다. 이제 미경재에 이르러 족하가 장형에게 보낸 편지를 보니, 도리어 스스로 책망하고 스스로 허물하였습니다. 어찌 염려를 과도히 하였습니까? 족하를 보니 재주가 아름답고 학문이 역력하니, 공명을 취하여 벼슬에 나아감이 턱 밑에 나룻(수염)을 빼기와 같습니다. 다른 날에 국군(國君)의 명을 받아 중국의 조공을 당하면, 우리 무리가 마땅히 옛날 놀던 일을 이어 관곡한 수작으로 도학의 천심(淺深)과 문장의 근본을 쾌히 의논할 것입니다. 이제 천하가 한 집이니 후에 다시 모이지 못함을 어찌 근심하겠습니까? 장형은 성 안에 들어가 수일 후에 돌아올 것이므로 만나는 때면 높은 뜻을 자세히 전할지니, 주응문은 대신하여 아룁니다.'

---

33) 장본(藏本). 53세의 하남(河南) 사람이고, 국자감에서 공부하는 서생이다.

34) 홍대용은 정월 초1일 조참 때 만났던 오(吳)·팽(彭) 두 한림에게서 장본·주응문·팽광려 등을 소개받고, 1월 16일 유리창 미경재에서 이들과 조우하여 문장·도학 등을 의논한다. 1월 28일 장감생이 홍대용의 처소로 찾아왔으나 통금이 엄하여 만나지 못하고, 이에 홍대용이 30일에 미경재를 찾아가 만나지 못하게 된 자신의 허물을 적은 편지를 주가에게 주어 장감생에게 전해줄 것을 부탁한 일이 있었다.

35) 주응문(周應文). 23세의 서강(西江) 사람이고, 국자감에서 공부하는 서생이다.

주생이 바람을 핑계로 외국 사람과 언약을 지키지 않으니 믿음이 부족하고 가벼운 인물이지만, 이 편지를 보니 말씀이 간절하고 필한(筆翰 : 글씨쓰기)이 단묘(端妙)하니, 또한 쉽지 않은 선비이다. 다만 묘망(渺茫 : 끝없이 넓고 아득함)한 홋기약을 말하고 다시 만나기를 생각지 않으니, 종시 속태(俗態)를 벗지 못할 일이었다.36)

초8일 간정동에 가다

이 날은 조반을 일찍 시켜 해 돋을 때에 먹기를 파하고 문 열기를 기다려 평중과 한가지로 정양문을 나가니, 이때에 바야흐로 아침 저자를 벌이는 것이었다. 해자(垓字) 다리를 건너 다섯 칸 패루 밑에 이르자, 좌우에 온갖 어물과 갖가지 채소를 산같이 쌓아놓아 또한 장한 구경이었다. 그중 거위를 우리에 무수히 넣어놓았는데 이곳 사람이 반찬에 숭상하여 쓰기 때문이다.

간정동에 이르러 덕유를 시켜 먼저 온 뜻을 통하니, 두 사람이 급히 나와 맞아들이고 웃으며 반기는 거동에 사람의 마음이 절로 감동하였다. 자리를 정하자 평중이 말하기를,

"지난번 서로 떠난 후에 마음에 잊혀지지 않아 밤에 잠을 이루지 못하였습니다. 오늘은 불편한 행적을 돌아보지 않고 날이 마치도록 서로 마음을 의논코자 하니, 청문(聽聞 : 소문)에 괴이히 여길 이가 없습니까?"

하니, 엄생이 말하기를,

"이는 해로움이 없습니다. 이미 문 지키는 사람을 경계하여 아무 손이 올지라도 나가고 없다 하여 통치 말라 하였으니 다른 염려를 마십시오."

하였다. 대개 이 날도 오는 손님이 극히 잦은 까닭에, 문 지키는 종이 손님을 보낸 후에 들어왔던 사람을 이르되, 혹 노야와 대인을 일컫는 사람이 있으니,

---

36) 장경의 푸자에 들러 자명종 제도를 구경한 일. 초7일에 오탑사(五塔寺)를 구경하지 못한 사연. 엄생과 반생이 보낸 편지와 시편의 내용 등이 생략되었다.

대국은 오히려 선비를 대접하는 재상이 있는가 싶었다. 엄생이 말하기를,

"객관(客館)이 황락(荒落)하고 행탁(行橐 : 여행용 주머니)이 소조(蕭條)하여 지난번 관중에서의 성비(盛備)한 대접을 본받을 길이 없습니다. 비록 용서함을 입으나 실로 미안하고 면목이 없는 마음을 이기지 못하겠습니다."

하자, 평중이 말하기를,

"범사(凡事)에 각각 형편에 따라 성의를 보일 따름인데, 어찌 이런 용속(庸俗)한 말을 합니까?"

하고, 내가 말하기를,

"조선이 비록 예의 지방으로 일컬으나 손님 대접하는 예절은 극히 게으르고 공순하지 아니합니다. 지난번 관중에 오셨을 때 체모를 잃은 일이 많으니, 우리가 부끄러울 뿐이 아니라 필연 괴이히 여김이 많았을 것입니다."

하였다. 엄생이 말하기를,

"피차에 성의를 귀히 여기는 것이 옳으니, 바깥 문구(文句)의 예의를 어찌 구구히 돌아볼 것입니까? 각각 제 풍속을 따름이 좋을 것입니다."

하였다. 반생은 말하기를,

"한 이틀 두 형을 만나지 못하니 마음이 극히 서운했는데, 홍선생이 가르치는 말을 얻으니 다시 이별의 가련한 빛을 뵈지 않을 수 있겠습니까?"

하고 또 말하기를,

"어제 보낸 시는 음운이 맞지 않고 졸한 구법(句法)이 대방(大方 : 학문과 견식이 높은 사람)의 웃음을 면치 못하였을 것입니다."

라고 하였다. 평중이 말하기를,

"엄형의 시는 깊은 가운데 강개(慷慨)한 기운이 많고, 반형의 시는 수려한 가운데 조촐한 태도가 있으니, 이밖에는 여러 말을 더하지 못하겠습니다."

하였다. 엄생이 평중에게 일러 말하기를,

"형의 시에 이른바 '평생에 강개하여 머리털이 이제 희었고, 이역(異域)에 서로 만나니 눈이 홀연히 푸르다'〔平生慷慨頭今白 異域逢迎眼忽靑〕고 한 글귀는 천고의 더욱 뛰어난 말이니, 이는 과한 포장(襃獎)이 아닙니다. 석사(碩

師) 왕어양(王漁洋) 선생 같은 자가 이 글을 보더라도 어찌 칭찬하지 않겠습니까?"

하니, 평중이 말하기를,

"포장이 너무 과하니 저어컨대(두려워하건대) 지기(知己)가 서로 권면(勸勉)하는 뜻이 아닐까 합니다."

하였다. 엄생이 말하기를,

"저는 평생 변함없는 인품입니다. 어찌 구구한 속태를 좇아 마음을 속여 과도한 말을 하겠습니까? 김대인(金大人 : 부사 김선행)이 '이제로조차 다만 서로 생각하는 날이요, 훗날에 어찌 홀로 가는 때를 견디리오'라고 한 글귀는 한갓 구법(句法)이 극히 묘할 뿐이 아니라, 한 조각 깊은 정분이 사람으로 하여금 감격한 마음을 이기지 못하게 합니다."

하니, 반생이 평중에게 일러 말하기를,

"형은 호상(豪爽)한 기운이 무리에 빼어나고 감개(感慨)한 빛이 미우(眉宇 : 이마의 눈썹 근처)에 드러나니, 짐짓 사람으로 하여금 몸이 마치도록 생각하여도 잊지 못할 것입니다."

하자, 평중이 말하기를, "고기의 눈을 밝은 구슬에 비김이어서 어찌 감히 당하겠습니까?"라고 하였고, 엄생은 말하기를, "어제 집 종에게 상 주어 보낸 것이 과히 후합니다"라고 하였다. 평중이 말하기를,

"우리는 두어 가지 방물로 약간의 정성을 표하였을 뿐인데, 뜻밖에 후한 선물을 받고 두 형이 객지에서 변통해 갖추어낸 어려움을 생각하니 마음이 심히 불안합니다."

하니, 엄생이 말하기를,

"서로 마음을 비추니 어찌 구구하게 갚기를 의논하겠습니까? 불과 촌심(寸心)을 표할 뿐이지만 객지에서 가진 것이 적어 예를 이루지 못하는데, 어찌 후히 준다 이릅니까?"

하였다. 반생이 말하기를, "날이 일러 두 형이 조반을 미처 먹지 못하였을 것이니, 이곳 밥이 먹음직하지 않으나 함께 두어 술을 맛보는 것이 어떠합니까?"

라고 하자, 평중이 말하기를, "오늘은 일찍이 오고자 하는 까닭에, 두 형에게 근심을 끼칠까 하여 서로 의논하고 이미 밥을 먹고 왔으니 염려 마십시오"하였다. 엄생이 말하기를, "우리가 먹는 밥은 반찬이 극히 담박(淡泊)하여 먹어볼 것이 없을 듯하여 묻는 것입니다"라고 하였다.

평중이 말하기를, 김대인이 두 형을 보낸 후에 마음이 창연하여 지금 잊지 못하고 있다고 하였다. 엄생이 말하기를, 그것은 피차에 다름이 없지만 김대인은 천고에 유정한 사람이라고 하자, 반생이 자기는 이미 두 밤을 잠들지 못하였다 했고, 엄생은 또한 그것이 거짓말이 아니고 그의 얼굴이 요사이 돌연 여위었다고 하였다. 내가 형의 얼굴이 여위고 안될 뿐이 아니라 깊은 병색이 있으니, 무슨 연고이냐고 물으니, 반생이 말하기를, 병이 있는 것이 아니라 두 형을 만난 후에 갑작스럽게 이별하게 될 슬픔을 이기지 못하여 밤이 마치도록 잠을 이루지 못한 때문이라고 하였다.

내가 말하기를,

"형이 만리의 가향(家鄕)을 떠나 의외의 두어 벗을 만나고 몸을 조섭(調攝)하는 도리를 잃게 되어 친정에 근심을 끼치니, 이것은 오로지 우리의 허물입니다."

하자, 반생이 말하기를,

"그렇지 않습니다. 형의 편지를 읽으며 '계집의 어젊이요, 돼지의 사귐이라'이른 말에 이르러 홀연히 깨침이 있었습니다. 다시 아녀자의 태도를 베풀지 아니하니, 형의 염려함이 극히 과도합니다."

하였다. 내가 말하기를,

"옛 글에 말하기를 '저녁에 혼인하고 새벽에 이별을 고하니 너무 총망(悤忙 : 매우 바쁨)하지 아니하랴?' 하였는데, 짐짓 오늘 우리의 경색을 이르는 것입니다."

하니, 반생이 묘한 말이라고 여러 번 일컫고 주객이 서로 참연(慘然)하여 오래 말이 없었다. 반생이 말하기를,

"『한예자원』(漢隷字源)[37]은 동국에 있는 책입니까?"

하니, 내가 말하기를,

"유무는 알지 못하지만 형은 정으로 주고 저는 정으로 받을 따름이니, 그 유무와 긴헐(緊歇 : 소용됨과 소용되지 못함)을 어찌 의논하겠습니까? 저는 본래 글씨가 졸하고 팔분서법(八分書法)[38]은 더욱 알지 못하니, 이 책이 제게는 실로 '중의 빗'과 같습니다. 가친이 평생에 이 서법을 숭상하였으나 좋은 체법을 얻지 못하였는데, 돌아간 후에 이로써 받들어 드리고자 하니, 고인(故人 : 오랜 친구)의 은혜를 어찌 잊겠습니까?"

하였다. 두 사람이 '중의 빗'이란 말을 알지 못하여 묻거늘, 내가 웃으며 말하기를, "중은 머리털이 없으니 빗이 있다 한들 무엇에 쓰겠는가?"라고 하자, 두 사람이 비로소 깨치고 크게 웃었다. 엄생이 스스로 머리를 가리키며, 자기도 빗을 부릴 곳이 없다고 하였다. 평중이 말하기를, "지난번에 가져간 『감구집』(感舊集)을 내가 심히 사랑하여 얻고자 하는데 형이 아끼지 않는가?"하였더니, 엄생이 말하기를, "처음에 서로 준 것은 도로 찾고자 한 뜻이 아닌데, 어찌 다시 이 말을 의논하겠습니까? 다만 동국에 돌아가 고쳐 판을 새겨 널리 전하면, 글 지은 사람의 다행함이 적지 아니할 것입니다'라고 하였다.

반생이 말하기를,

"동방 부인들이 능히 시를 짓는 이가 있습니까?"

하여서, 내가 말하기를,

"우리나라 부인은 오직 언문으로 편지를 전할 뿐이고, 어렸을 때부터 그 부모가 일찍이 글을 가르치지 않습니다. 이러므로 글을 하는 부인이 적을 뿐이 아니라, 시구를 지어 음영(吟詠 : 시를 읊음)을 숭상하는 것은 더욱 부인의 마땅한 일이 아닙니다. 이러므로 지을 줄 아는 이가 있어도 감히 세상에 들리지 못하고, 혹 들림이 있어도 유식한 사람은 기특하게 여기지 않습니다."

하였다. 반생이 말하기를,

"중국에도 시를 하는 부인이 극히 적습니다. 혹 있으면 사람이 우러러보아

---

37) 전6책으로 되어 있는 예서(隷書)의 자전을 말한다.
38) 예서(隷書) 2분(分)과 전서(篆書) 8분을 섞어서 만든 한자의 서체.

경성(慶星 : 상서로운 별)과 경운(景雲 : 상서로운 구름)같이 여깁니다."

하였다. 내가 그 말을 듣고 웃었더니, 엄생이 또한 웃으며 말하기를,

"반형의 부인이 시를 짓기 때문에 이런 말을 하는 것입니다. 부인이 시를 능히 하는 것이 어찌 좋은 일이겠습니까?"

하니, 이때 반생의 낯빛이 변하며 엄생을 향하여 여러 말이 있었는데, 아마도 경솔히 발설함을 꾸짖는 모양이었다. 엄생이 대답하지 않고 나를 향하여 『시전』(詩傳) 두어 구를 외우며 말하기를, "그름도 없으며 옳음도 없고 오직 술과 음식을 의논하여 부모에게 허물을 끼치지 말라"[無非無儀惟酒食是議]39) 하기에, 내가 말하기를, "『시전』에 이른 말은 짐짓 부인이 본받을 일입니다"라고 했다. 반생이 말하기를, "그러면 '관저'(關雎)와 '갈담'(葛覃)40)은 성녀(聖女)가 지은 글이 아닙니까?"라고 하였다. 내가 말하기를,

"성녀의 덕이 있으면 좋겠지만 성녀의 덕이 없으면 혹 방탕한 데로 돌아갈 것이며, 이것은 엄형의 의론이 가장 정대합니다. 반형은 군자의 좋은 짝이고 금슬이 서로 화하니 즐겁기는 하겠지만, 경성(慶星)과 경운(景雲)에 비하는 것은 어찌 과하지 않겠습니까?"

하니, 반생이 말하기를,

"동국 경번당(景樊堂 : 허난설헌)은 허봉(許篈)의 누이로, 시를 잘하므로 이름이 중국에 전하고 글이 중국 시집에 올라 만세를 썩지 않을 것이니, 어찌 다행치 않겠습니까?"

라고 하였다. 내가 말하기를,

"덕행으로 이름을 전하지 못하고 약간의 시를 하는 이름이 썩지 아니한들 무슨 다행함이 있겠습니까? 또 이 부인이 시율은 매우 높지마는 덕행이 그 시에 미치지 못하는 까닭에, 그 남편 김성립(金誠立)의 재주와 얼굴이 뛰어나지 못

---

39) 『시경』(詩經) 「소아」(小雅) '홍사장'(鴻斯章)에 나오는 글이다.

40) '관저'(關雎)와 '갈담'(葛覃)은 『시경』 「주남」(周南)의 첫머리에 나오는 것으로, 문왕(文王) 후비(后妃)의 수신제가에 관한 내용을 담고 있으며, 특히 '갈담'에는 부덕에 대한 내용이 두드러진다.

함을 한하여 글을 지어 말하기를, '인간에서 원컨대 김성립을 이별하고 지하에 길이 두목지(杜牧之)를 좇으리라' 하였으니, 이것은 다름이 아니라 시율의 재주로 부인의 정당한 도리를 지키지 못함이지요. 어찌 경계되지 않겠습니까?"라고 하였다. 반생이 말하기를,

"이것 또한 인정이 괴이치 않은 것입니다. 가인(佳人)이 재주를 만나지 못하니, 어찌 원망할 마음이 없겠습니까?"

하기에, 내가 말하기를,

"형의 말이 크게 그릅니다. 사람이 만나고 만나지 못함에 각각 운명이 있습니다. 가난한 선비의 아내와 약한 나라의 신하는 몸에 괴로움을 끼치고 세상에 뜻을 펴지 못하니, 제 명을 생각하지 않고 다른 뜻을 품어 삼강(三綱)의 중함을 잊으면 어찌 천하의 큰 죄악이 되지 않겠습니까?"

라고 하였다. 반생이 말하기를,

"형의 의론이 극히 정대하니 실언함을 사과합니다."

하였다. 평중이 반생의 시를 보고 싶다고 청하니, 반생이 글을 한 수 내어 보여주는데, '상부인의 운을 차하노라'[次湘夫人韻] 하였다. 그 글에 쓴 것은 기록하지 못하나, 대개 그 누이의 혼인을 외오셔(멀리서) 보지 못함을 한하는 사연이었다. 그중 한 구절에 말하기를, '수씨의 단장을 재촉하는 글이라' 하였다. 내가 짐짓 상부인은 어떤 사람인가를 묻자, 반생이 웃으며 말하기를, 천한 아내라 하니, 대개 그 아내가 글을 하는 것을 자랑하고자 하는 의사였다. 내가 말하기를,

"옛사람이 선비를 이르되 반드시 '포의'(布衣)라고 하니, 이로써 옛사람의 의복을 가히 짐작할 만합니다. 이제 형들을 보매 상하 의복이 비단 아닌 것이 적으니, 중국 풍속이 예로부터 이러하여 글에 이른 말이 족히 믿을 것이 없습니다. 혹 근래에 사치한 풍속이 점점 심하여 그러합니까?"

하자, 엄생이 말하기를,

"어찌 옛 풍속이 이러하겠습니까? 오로지 사치를 숭상하는 때문입니다. 우리도 마지못하여 풍속을 좇으니 지금 행세하는 사람은 이렇지 않은 이가 적습

니다."

하였다. 내가 서림(西林 : 진원복) 선생의 의복 또한 이러한가 하고 물으니 임생이 말하기를, 서림 선생은 베옷을 입고 모자 모양이 극히 낡고 오래되어 우연히 한번 성 안에 들어오면 보는 사람이 다 웃는다고 하였다. 두 사람이 다 묻기를, "그대는 비단옷을 입지 않습니까?" 하여, 내가 입은 명주 동옷을 가리켜 말하기를,

"겨울날에 먼 길을 떠나기 때문에 가볍고 덥기를 취하여 이 옷을 입었지만, 집에 있을 때는 토산(土産) 면포(綿布)를 입을 따름입니다. 중국 비단으로는 부인의 상복과 관원의 조복을 만들고, 그밖에 선비로 일컫는 이는 감히 입지 못하니, 비록 검박(儉朴)을 숭상하는 일이나 또한 가난한 까닭입니다."

하였다. 내가 엄성에게 형이 나이가 많지 않은데 치아가 많이 빠진 것은 무슨 연고인가를 묻자, 반생이 말하기를, 엄형이 아이 때 단 것을 심히 즐겨 이를 이렇듯 상하였지만, 김형(김재행)도 오십이 차지 못하였으니 또한 일찍이 빠졌다 할 것이라고 하였다. 평중이 말하기를, 머리털은 비록 세었으나 치아는 움직이지 않더니, 이번 길에 당(堂)에 내리다가 경계를 삼가지 못하여 두 이가 상하여 부러지니 극히 부끄럽다고 하였다.

이때 아침밥이 나오자, 반생이 말하기를, "우리들은 밥을 먹고자 하지만 두 형은 밥 먹기를 어렵게 여기므로 한 그릇 국수라도 먹는 것이 어떠합니까?"라고 하였다. 내가 말하기를, "이미 혼자 먹기를 불안히 여긴다면 한가지로 먹는 것이 해롭지 않을 텐데, 어찌 따로 국수를 구하겠습니까?" 하니, 두 사람이 기뻐 머리를 끄덕였다. 드디어 네 그릇 밥을 각각 앞에 벌이고 두어 가지 반찬을 가운데 놓으니, 생선탕 한 그릇과 채소 두 접시였다. 관중에 들어왔을 때 내가 밥 먹는 양을 보았으므로, 젓가락으로 먹기를 어렵게 여길까 하여 국 떠먹는 조그만 구기를 내 앞에 놓으니, 깊고 작아 더욱 마땅치 아니하였다. 내가 웃으며 옛말에 '마음에 들면 풍속을 좇으라' 하였다고 말하자, 다 크게 웃고 젓가락을 내다 주었다. 내가 말하기를, 중국 풍속에는 비록 부자 사이라도 한 탁자에 밥 먹기를 피하지 않는가 하니, 반생이 말하기를, 부자 사이는 혐의(嫌疑)치

아니하나 다만 남녀가 한가지로 먹지 아니한다고 하였다. 시종이 밥을 내오는데, 솥째 떠다가 캉 아래 탁자 위에 놓고 한 그릇 밥을 다 먹으면 연하여 다시 담아 내왔다. 우리는 한 그릇에 그치고 두 사람은 두세 그릇에 그치므로, 대개 다른 사람에 비하면 적게 먹는 식성이었다.

먹기를 파하자 반생이 친히 담배를 담아 권하였다. 캉을 내려와 문 밖을 나오려고 하니 반생이 손수 신을 찾아 바로 놓는데, 극히 불안하여 여러 번 말렸지만 듣지 아니하였다. 평중이 말하기를,

"두 형이 경성에 이른 지 오래니 이곳 문인 재사(才士) 중에 상종하는 사람이 있습니까?"

하니, 엄생이 말하기를,

"사귄 사람이 없지 아니하나 다만 겉으로 문구(文句)를 숭상할 따름이고, 어찌 마음을 의논할 사람이 있겠습니까?"

하였다. 평중이 말하기를,

"어제오늘 기약을 정하고 우연히 글 하나를 이루었는데, 용졸(庸拙)함을 웃지 마십시오."

하였는데, 그 글에 이렇게 말하였다.

> 금문(金門)의 조서(詔書)를 기다리매 한 쌍 기가 머무르니
> 강 밖의 높은 재주가 구경(九經 : 四書五經)을 통하였도다.
> 금기를 한 번 파하매 봄 낮이 길고
> 떠나는 의사를 건디지 못하니 저녁의 해 푸르렀도다.
> 영화로운 이름은 이미 문채(文彩)를 이음이 드러났거늘
> 상서의 기운이 바야흐로 객성(客星)의 비침을 보리로다.
> 내일 그대를 찾고자 하매 자주 밤을 보니
> 새벽 하늘이 발 밖에서 오히려 명명하도다.[41]

---

41) 원문은 다음과 같다. "金門待詔駐雙旌 江表高才通九經 一破襟期春晝永 不堪離思暮岑青 榮名已闡承文彩 瑞氣方看映客星 明欲訪君頻視夜 曉天簾外尙冥冥"

엄생이 보기를 마치고 말하기를,

"정이 깊은 말이어서 차마 여러 번 읽지 못하겠습니다."

하니, 반생이 말하기를,

"홍형은 문견(聞見)이 넓고 술업(術業)을 통하지 못하는 바가 없는데, 시를 짓지 않는 것은 무슨 까닭입니까?"

하여, 내가 말하기를,

"음영(吟詠 : 시를 읊음)을 즐겨 좋아하지 않고, 혹 뜻이 있으나 건삽(乾澁 : 말라서 윤택이 없고 껄껄함)함을 면치 못하니, 우연히 이룸이 있어도 다 진부한 말입니다. 이러므로 이런 모꼬지를 당하여 한 구(句)도 지어내지 못하니 극히 부끄럽습니다."

하였다. 내가 엄생에게 서림 선생의 자세한 덕행을 듣고 싶다고 하니, 엄생이 말하였다.

"서림 선생은 항주성(杭州城) 밖에 있으며 지은 글이 80권이 있는데, 이름은 『취유록』(吹幽錄)이라고 합니다. 음률을 강론한 말이고, 손수 일곱 번을 고쳐 베낀 후에 이룬 것입니다. 또 40권의 책이 있어 이름을 『설문리동』(說文理董)이라고 하는데, 이 책은 아직 정본(定本)을 이루지 못하였습니다. 형이 의론에 참여하여 망령된 의심을 질정하면, 선생의 허위함이 극진하여 조금도 괴이히 여기지 아니할 것입니다. 그 시율은 한위(漢魏)와 성당(盛唐)을 숭상 하니 구법(句法)이 극히 근엄한 까닭에 근래 시인 가운데 미칠 사람이 적을 것입니다. 그는 모친을 섬김이 극진한 효자입니다. 선생이 나이 육십에 이르 렀을 때 모친이 이미 구십이 넘었습니다. 저녁이면 반드시 모친이 있는 곳에 나아가고, 모친이 눈이 멀었으므로 손으로 아들의 이마를 어루만집니다. 선생 이 일찍이 상처하고 30년을 홀로 있어 밤이면 모친을 모시고 잡니다. 등을 두 드리며 가려운 곳을 긁는 일이라도 다 손수 하고 비첩(婢妾)에게 맡기지 않았 는데, 3년 전에 모친이 죽으니 선생의 슬퍼함이 예(禮)를 넘어섰습니다. 그 행실이 이러하나 다만 한 병통이 있는데, 불도를 숭상하여 여러 가지 불경을 외우지 않는 것이 없습니다."

내가 말하기를,

"성(盛)한 덕과 지극한 행실이 사람으로 하여금 마음이 감동하나 다만 불도를 숭상함이 극히 아까운 일입니다. 송나라 때 윤화정(尹和靖)은 정자(程子)[42]의 높은 제자였지만 오히려 날마다 『금강경』(金剛經)을 외웠으니, 선생의 마음이 어찌 화정의 일을 본받음이 있습니까?"

하니, 엄생이 말하기를, 윤화정을 본받음이 아니라 『능엄경』(楞嚴經)을 극히 좋아하고 또 불도의 보응(報應)받을 일을 하지 않고자 하는 것이라 하였다. 내가 말하기를,

"『능엄경』은 비록 불도의 말이나 진실로 마음을 의논하는 묘한 말이 많은데, 보응하는 말에 이르러는 극히 낮습니다. 어찌 아깝지 않겠습니까?"

하니, 엄생이 말하기를,

"『능엄경』은 저도 또한 보기를 좋아하며 마음을 다스림에 가장 좋습니다. 그 마음을 의논한 곳의 근본은 우리 유도(儒道)와 더불어 대단한 분별이 없는데, 마침내 대단한 분별에 이름은 오로지 빈 것을 숭상하는 때문입니다."

하였다. 내가 말하기를,

"우리 유도의 마음을 의논함이 지극히 분명하고 스스로 즐거운 곳이 있으니, 어찌 내가 도를 버리고 밖으로 다른 데를 구하겠습니까?"

하였다. 엄생이 말하기를,

"불도의 『능엄경』과 도가의 『황정경』(黃庭經)[43]과 유도의 '분을 징계하며 욕심을 막고 가벼움을 바로 하고 게으름을 경계하라〔懲忿窒慾矯輕警惰〕는 여덟 자를 평생에 심히 좋아합니다. 그런데 제가 유도에서 얻은 것이 있음은 이 여덟 자뿐이고, 마음을 바로 하고 뜻을 경실(敬實)히 함에 이르러는 오히려 크게 어렵게 여깁니다."

하였다. 이때 반생이 밖에서 들어와 『능엄경』을 논하는 것을 듣고 말하기를,

---

42) 중국 송나라의 유학자 정호(程顥, 1032~1085)와 정이(程頤, 1033~1107) 형제를 높여 이르는 말이다.

43) 도교의 경전으로, 신선서의 하나이다.

"저는 『능엄경』을 외움에 있어 반드시 손을 씻은 후에 책을 붙들고, 또 손수 불경 베끼기를 좋아합니다."

하니, 내가 희롱하여 말하기를,

"두 형이 불도를 존숭함이 이러하니 후생에 반드시 천당에 오를 것입니다."

하니, 다 크게 웃었다. 엄생이 말하기를,

"제가 『능엄경』을 봄은 다름이 아니라 몇 년 전에 중한 병을 얻어 죽기에 이르러 우연히 글을 보았는데, 몸과 마음에 크게 유익함이 있어 한 첩 시원한 약을 먹은 듯하였습니다. 그때에 생각하기를, '사람의 일신이 천지 기운으로 우연히 모였으니 사생(死生)을 정함이 있는데, 어찌 마음에 거리끼겠는가' 하여 마침내 이로써 병이 나았으나, 이후에는 다시 보는 일이 없었습니다."

하였다. 반생이 엄형은 날마다 능엄주(楞嚴呪)를 외운다 하니, 엄생이 말하기를,

"이 일도 병중에 죽기를 저어하는 때의 일이고 요사이 일이 아닙니다. 그러나 세상 사람이 욕심에 얽혀 죄악에 빠짐이 『능엄경』의 이른바 '아난(阿難)의 일'44)과 같습니다. 이런 까닭에 그 글을 읽으면 스스로 병통을 깨침이 많은 고로 우연히 보았는데, 이제 생각건대 어찌 유도(儒道)에 미치리오. 이런 도리를 일러도 유도의 의논한 말이 지극히 절실하고 지극히 평순(平順)하니, 어찌 멀리 외도(外道)에서 구하고자 하겠습니까?"

하였다. 내가 말하기를,

"불도를 좋아하는 것은 송나라 때 선현이 면치 못한 일입니다. 필경 정도로 돌아가면 한때의 미혹함이 괴이치 않다 하겠지만, 인하여 외도에 빠지고 돌아가기를 잊으면 어찌 아깝지 않겠습니까?"

하니, 엄생이 말하기를,

"염계(濂溪 : 주돈이) 선생은 송나라 때의 큰선비인데, 처음에는 불도를 배우다가 필경은 정도(正道)로 돌아갔습니다."

하여, 내가 말하기를,

---

44) 석가모니의 10대 제자 가운데 한 사람인 아난존자의 다문제일(多聞第一)로 일컬어지는 것을 말한다. '다문'은 불법을 많이 들어 박학다식하게 되는 것을 이른다.

"불도는 마음을 의논함이 시속 선비에 미칠 바가 아니고, 욕심을 파탈(擺脫)하여 세상에 거리낄 일이 없으니, 이러므로 높은 사람이 더욱 혹하기 쉽습니다."

하였다. 엄생이 말하기를,

"잡으면 있고 놓으면 도망하여 출입이 정한 때가 없고 그 향함을 알지 못한다 하므로, 공자의 마음을 의논함이 극히 절실하여 불도에 미칠 바가 아니니, 어찌 외도를 구하겠습니까?"

하고 또 말하기를,

"내 어찌 감히 거짓말을 하겠습니까? 몇 년 전에는 실로 불경을 좋아했지만, 다만 부처에게 아첨[阿諂]하여 보응을 희망함은 용렬한 승속(僧俗)의 일입니다. 어찌 마음에 거리끼겠습니까?"

하니, 내가 말하기를,

"그대의 장처(長處 : 장점)를 취하여 나의 마음을 다스리는 공부를 돕는 것이 혹 해롭지 아니하나, 다만 한번 빠지면 몸을 돌려 돌아오지 못할까 저어합니다."

하였다. 엄생이 말하기를,

"스스로 생각하여도 반드시 그 지경에 이르지 않을 것입니다. 평생에 『근사록』(近思錄 : 주자가 엮은 수양서) 보기를 심히 좋아하니, 만일 마음이 외도에 있으면 어찌 이 글을 보고자 하겠습니까? 세간에 총명한 사람이 없지 않지만 진실한 곳을 구하는 사람이 적습니다. 한번 『근사록』을 대하면 문득 졸음을 이기지 못하니 어찌 가련치 않겠습니까?"

하니, 내가 말하기를,

"내 어찌 아첨하는 말을 하겠습니까? 형의 재주와 뜻이 시속 선비에 비할 바가 아니고, 『근사록』을 좋아함으로 외도에 빠지지 않았음을 볼 것입니다. 스스로 민첩한 재주를 믿지 말고 더욱 진실한 공부를 힘써 필경 원대한 지경에 나아감을 바랍니다."

하자, 엄생이 말하기를,

"내 평생에 학문 강론하기를 좋아하지만, 뜻이 같은 사람이 없음을 한하다가 오늘날 형을 만나니 우리의 도가 고단(孤單 : 외로움)치 않음을 다행히 여깁니다. 다만 서로 말을 통치 못하고 지필로 수작을 대하니, 어찌 회포와 소견을 극진히 펼 길이 있겠습니까?"

하였다. 내가 말하기를,

"유도의 요긴한 공부를 의논하면, 먼저 '혼자 아는 곳을 조심하라'〔愼獨〕하였으니, 원컨대 그 의사를 자세히 듣고자 합니다."

하니, 엄생이 말하기를,

"이는 미묘한 의론이어서, 어찌 망령되게 말을 하겠습니까? 다만 스스로 알지 못하는 곳이 있으니, 이곳의 공부를 이루지 못하면 혼자 아는 곳의 시비사정(是非事情)을 이루 분별치 못할 것입니다. 이런 까닭에 옛사람이 함양(涵養)하는 공부를 중히 여겼지만, 오직 호리(豪釐 : 매우 적은 분량)의 차착(差錯 : 순서가 틀리고 앞뒤가 서로 맞지 않음)이 있으면 불도에 빠지기 쉬우므로 매우 위태한 곳입니다."

하였다. 내가 말하기를,

"형의 의론이 높습니다. 이곳은 착수(着手)하여 공부를 베풀 곳이 아니고, 착수를 않기도 어려우니, 오직 한결같이 몸과 마음의 공경을 주(主)로 하면 거의 멀지 않을 것입니다."

하자, 엄생이 말하기를,

"우리는 도를 배우는 이름이 있으나, 다만 겉으로 지난날의 대단한 죄악이 없을 따름이고, 심술(心術)의 정미(精微)한 곳은 종종 한 허물을 이기어 이르지 못할 것입니다. 시율과 그림을 좋아함은 또한 옛사람이 허락한 일이 아닌데, 하루아침에 벗어나지 못함을 부끄러워합니다."

하였다. 내가 말하기를,

"시와 그림은 선비의 재주입니다. 마음을 소창(消暢 : 갑갑한 마음을 풀어 후련하게 함)하고 공부에 해롭게 하지 않으면 무슨 해로움이 있겠습니까마는, 다만 과도히 좋아하고 집착하여 한 재주로 이름을 이루면 어찌 일생을 헛되이 보냄이 아니겠습니까?"

하니, 엄생이 말하기를,

"만일 진실한 공부를 힘쓰면 남은 힘으로 이런 재주를 일삼아도 혹 해롭지 않겠지만, 우리 무리는 공부와 마음을 쓰는 데 이런 재주에 편벽(偏僻)됨이 많으니 심히 두려워합니다."

하였다. 내가 말하기를,

"학문에 뜻이 없는 자는 스스로 허물을 알지 못합니다. 형은 허물을 살핌이 이같이 간절하니 평일의 독실한 공부를 가히 알겠습니다. 내 비록 민첩하지 못하나 말을 들으니 그 뜻을 짐작할 것이므로, 형은 더러움을 혐의치 말고 아름다운 의론을 많이 이르기를 바랍니다."

하니, 엄생이 말하기를, 잃어버린 마음을 구함이 학문의 요긴한 공부이지만, 다만 때때로 살피고 깨달아 간단치 않음을 귀히 여기는 것이라고 하였다. 내가 말하기를,

"우리의 공부가 길게 나아가지 못하는 것은 오로지 잊는 데 죄가 있음이니, 진실로 잠시라도 그치거나 끊어지지 아니하면 어찌 날마다 나아감이 없겠습니까?"

하자, 엄생이 말하기를,

"송나라 때 이연평(李延平)[45]은 사람의 머리 모양이 바르지 않음을 엄히 꾸짖고, 유원성(劉元城)[46]은 사람을 대하여 날이 마치도록 부질없이 수족을 옮기지 아니하였습니다. 이런 일이 비록 배우기 어려우나 실로 초학(初學) 공부의 가장 긴급한 일일 것입니다."

하였다. 내가 또 말하기를,

"몸이 정제(整齊)하면 마음이 전일(全一)하고 밖을 제어함은 안을 평안히 하는 것이니, 형의 의론이 가장 훌륭합니다. 다만 말하기는 어렵지 않으나 말

---

45) 송나라의 성리학자 이연평이 서절효(徐節孝)의 방문을 받고 머리 모양이 곧지 못함을 책망했다고 하는 일화가 전한다.

46) 유원성은 사람과 만나 말하면서 하루종일 바로 앉아 수족을 움직이지 않았다고 한다.

을 몸소 실천함은 심히 어렵습니다. 입으로 좋은 말을 이르고, 그 말을 몸소
실천하지 못함이 도리어 말이 없는 것만 같지 못합니다. 이것이 가장 두렵습니
다."

하였다. 엄생이 말하기를,

"정자가 이르시기를, '만 번 공경하면 일백 가지 사특한 마음을 이긴다'〔敬勝
白邪〕하였으니 이 말씀이 가장 의미가 있습니다. 또한 육방옹(陸放翁)의 글
에 말하기를, '취한 후에 오히려 온화하면 바야흐로 덕을 이룰 것이고, 꿈을
또한 공경하여야 비로소 공부를 보리라'〔醉猶溫克方成德 夢亦齊莊始見功〕하
였는데, 나는 평생에 이 말을 좋게 여깁니다."

하니, 내가 말하기를,

"정자가 이르시기를, '꿈 가운데 가히 공부의 천심을 징험하리라'〔夢中可驗所
學之淺深〕하였으니, 이는 다 사리에 꼭 맞는 의론입니다."

하였다. 엄생이 말하기를,

"우리 무리가 사람을 향하여 '공경을 주로 하라'〔主敬〕는 두 자를 말하면, 세
상에 즐겨 듣는 사람이 몇이 있겠습니까? 진실로 공경을 숭상하면 종신(終身)
의 사업이 이 밖에 나지 아니하니, 사람이 살필 줄을 모름이 어찌 애달프지 아
니하겠습니까?"

하였다. 이밖에 수작한 말이 많지만 이루 다 기록하지 못하고, 날도 이미 늦었
다. 두어 그릇의 음식을 탁자에 벌이고 먹기를 권할 때, 반생이 캉 아래 교의
위에 앉고 큰 탁자를 대하여 평중의 종이에 그림을 그리다가, 붓을 던지고 나
와 문답한 것을 보고 시와 그림을 경계한 말에 이르러 말하기를, "시와 그림이
무슨 해로움이 있겠습니까?" 하며 크게 웃었다.

내가 엄생에게 물어 말하기를, "형의 도서(圖署：그림 등에 찍는 도장)는 다
친히 새긴 것입니까?" 하니, 엄생이 말하기를, "친히 새긴 것이 없지는 않습니
다. 저번에 도서들을 보내며 처음에는 새겨 보내고자 하였지만 새기는 칼을 행
중에 가져오지 않고, 또 처음으로 새기기를 배워 수단이 극히 추한 까닭에 뜻
을 이루지 못하였습니다'라고 하였다. 내가 말하기를,

"공졸(工拙 : 잘하고 못함)을 어찌 의논하겠습니까? 다만 형의 수적(手迹 : 손수 쓴 글씨나 그림)을 얻어 고인(故人 : 오랜 친구)의 뜻을 귀히 여기고자 합니다."

하니, 엄생이 말하기를,

"이미 추하기를 혐의스럽게 여기지 않으면, 어찌 후한 뜻에 대답하지 아니하겠습니까?"

하자, 반생이 말하기를,

"지난번 관중에 이르러 음식에 전약(煎藥)이 있었지만, 평생에 쇠고기를 먹지 않으므로 맛보지 못하였습니다. 그런데 돌아와 종의 말을 들으니 그 맛이 대단히 아름다워 중국 음식에 비할 데가 없다 하니, 침을 흘림을 깨닫지 못하였습니다. 두어 조각 얻기를 청합니다."

하였다. 내가 그것은 어렵지 않은 일이지만, 쇠고기를 먹지 않는 것은 무슨 뜻이 있는지를 물으니, 반생이 말하기를 금령(禁令)이 심히 엄하여 민간에서는 사도(私屠 : 관가의 허가 없이 소를 잡음)할 엄두도 못내니, 비록 먹고자 하여도 얻을 길이 없으며 다른 뜻은 없다고 하였다. 내가 말하기를,

"몇 년 전에 복건성 사람이 우리나라에 표류하여 이르렀는데 또한 쇠고기를 먹지 않기에 그 까닭을 물으니 대답하기를, '그곳에 제천대성(齊天大聖)이라는 이름의 신통한 귀신이 있는데, 그 귀신이 쇠고기를 먹지 않기 때문에 우리들도 감히 먹지 못합니다' 하니, 이 말은 무슨 곡절입니까?"

하자, 반생이 웃으며 말하기를,

"과연 그런 말이 있지만 짐짓 사실이 아니고, 미혹한 백성을 속여 사도(邪道)를 금하고자 하는 것입니다."

하였다. 내가 말하기를,

"우리나라의 율곡(栗谷) 선생은 큰선비입니다. 평생에 쇠고기를 먹지 아니하며 말하기를, '이미 그 힘을 먹고 또 그 고기를 먹음이 어찌 옳으리오'라고 하니 이 말이 어떠합니까?"

하자, 반생이 말하기를,

"이는 짐짓 군자의 소견입니다."

하였다. 두 사람의 아들 수를 물으니, 반생이 말하기를, 자기는 두 아들이 있는데 맏이는 일곱 살이고 이름은 시민(時敏)이며, 버거(다음)는 네 살이고 이름은 학민(學敏)이라 하였다. 엄성은 아들이 하나 있는데 나이는 열 살이고 이름은 앙(昻)이라고 하였다. 내가 남방에도 역질(疫疾 : 천연두)이 있느냐고 물으니 반생이 말하기를, 천하가 한가지라고 하였다

평중이 네 장 종이에 두 사람의 그림을 청하니, 그리기를 마치고 각각 기록한 글이 있었다. 엄생의 글에 이르기를,

> 띳집47)이 푸르고 희미한 데 들었으니
> 길이 시속 뜻으로 더불어 다르도다.
> 좋은 손이 우연히 서로 찾으니
> 아침 볕이 처음으로 옷에 오르는도다.
> 솔 사이에 쇠잔한 이슬이 떨어지고
> 영 밖에 외로운 구름이 나는도다.
> 내 또한 길이 가기를 생각하여
> 뫼 가운데 고사리를 캐고자 하노라.48)

하였고, 반생의 시에 이르기를,

> 가을 기운이 소조하고 늦은 뫼 밝으니
> 한가한 마음과 들의 뜻이 일시에 나는도다.
> 어느 때에 작게 솔 아래 집을 지어
> 앉아 푸른 뫼를 대하고 성에 들지 않으리오.49)

---

47) 지붕을 따로 인 집을 말한다.

48) 원문은 다음과 같다. "茅堂入翠微 永與俗情違 好客偶相訪 朝陽初上衣 松間殘露滴 嶺外孤雲飛 余亦懷長往 山中採蕨薇"

하였다. 보기를 마치고 평중이 말하기를,

"동국에 돌아가면 제류(儕流 : 나이나 신분이 같거나 비슷한 사람)에게 자랑하고 길이 보배를 삼아 천고에 썩지 않을 것이니, 이로부터 두 형의 이름이 장차 해동(海東)에 머무를 것입니다."

하니, 엄생이 말하기를,

"우리는 소졸(疏拙 : 성기고 서투름)한 재주여서 족히 일컬을 것이 없지만, 두 형과 더불어 아름다운 모꼬지를 이루니 두 형의 이름이 또한 중국에서 썩지 않을 것입니다. 바야흐로 홍형의 서독(書牘 : 편지)과 김형의 시전(詩箋 : 시나 편지 따위를 쓰는 종이)으로 삼가 접책(摺册 : 종이를 겹접어 책처럼 만든 것)을 만들어 전하여 자손에게 뵐 것입니다. 다른 날에 망령되이 글을 지어 세상에 전하고자 한다면, 이번 이상한 사적(事蹟)을 반드시 누누이 일컬어 훗사람으로 하여금 두 형의 높은 행적을 상고하여, 우리가 청음(淸陰) 선생을 존앙함과 다름이 없게 할 것입니다. 세 위대인[三位大人 : 상사·부사·서장관]의 수적(手迹) 또한 전하여 썩지 아니할 것입니다."

하였다. 평중이 말하기를,

"이제 두 형을 만나 문득 지기(知己)로 일컬으나, 이별이 총총하고 다시 만날 기약이 없으니, 어찌 슬프지 않겠습니까?"

하니, 반생이 또한 눈물을 머금고 말이 없었다. 엄생이 말하기를,

"지난번에 내가 홍형에게 준 편지에 이른 말이 있는데, 오직 하늘을 우러러 길이 탄식하고 일백 근심이 섞이어 모일 따름이라. 난공(蘭公)이 눈물을 흘린들 무슨 유익함이 있을 것입니까?"

하니, 이때 돌아갈 기약을 망전(望前 : 음력 보름이 되기 이전)으로 잡고 있었다. 이 날 모인 후에 다시 만나기를 기약하지 못하는 까닭에, 주객(主客)의 기상이 다 참담하여 서로 창감(愴憾)함을 이기지 못하였다. 내가 말하기를,

"한 번 이별한 후에는 다시 만날 날이 없으나, 다만 두어 자 필적으로 만리

---

49) 원문은 다음과 같다. "秋氣蕭晚巒岩明 閑心野趣一時生 何時小築松茅屋 坐對靑山不入城"

의 소식〔信息〕을 통하면 또한 서로 생각하는 마음을 위로할 것입니다."

하니, 반생이 말하기를,

"이 일을 엄형과 더불어 충분히 의논하여 한 사람을 얻었는데, 성은 서(徐)요, 별호는 낭정(朗亭 : 서광정)이니, 저의 표형(表兄 : 외사촌형)이고, 또한 항주 사람입니다. 북경에 과거를 보러왔다가 참여하지 못하여 머물러 푸자를 열고 매매로 생리(生理)를 삼습니다. 서로 서책을 통코자 한다면, 이 사람에게로 해마다 부치는 것이 해롭지 않을 것입니다."

하였다. 평중이 돌아갈 기약이 멀지 않고 날이 이미 저물었으니 마지못하여 이별을 고한다고 하자, 엄생이 말하기를, "두 형이 떠나기 전에 한 번 변변찮은 곳에 와 하룻밤 베개를 연하고 각각 회포를 충분히 의논하는 것이 어떠합니까?" 하였다. 평중이 말하기를, "이런 뜻이 어찌 없을까마는 이목이 번거하고 출입에 거리껴 뜻을 이루지 못할까 합니다"라고 하였다. 엄생이 "여러 대인들은 괴이히 여기지 않을 것이지만 아문의 책망을 걱정하는 것입니까?"라고 하자, 반생이 또 묻기를 "두 형이 오늘 이곳에 오는데, 대인이 괴이히 여기지 아니하였습니까?"라고 하였다. 내가 말하기를,

"대인은 신분이 우리와 달라 친히 나오지 못하기 때문에 우리를 권하여 보내고, 수작한 종이로 높은 의론을 듣고자 하는데, 어찌 괴이히 여기겠습니까?"

하니, 반생이 크게 기뻐하며 대인은 참으로 아담하고 기특한 사람이라고 하였다. 내가 말하기를,

"오늘 모인 후로는 다시 나오기를 기약하지 못할 것입니다. 한 모책을 생각하여 우리가 떠나는 날에 두 형을 청하여 동쪽 수십 리 밖의 조용한 전방을 얻어 하룻밤 모임을 도모코자 하는데 두 형의 뜻이 어떠합니까?"

하자, 두 사람이 서로 돌아보아 이윽히 의논하다가 반생이 말하기를,

"이 일이 심히 어렵습니다. 우리가 북경을 처음으로 와서 수십 리 밖의 형편을 알지 못하고 또 조용한 곳을 얻기 어려울 뿐이 아니라, 우리의 행색이 이목의 번거함을 면치 못할 것입니다. 진실로 원하는 바이지만 상책(上策)이 없을 것으로 여겨집니다."

하였다. 내가 말하기를,

"조용한 곳을 얻음은 어려운 일이 아닙니다. 성 밖 수십 리 사이에 무수한 전방이 있어 왕래하는 행객(行客)이 임의로 머무니, 두 형이 하룻밤 벗어나기를 어렵게 여기지 않는다면 조용한 곳을 얻지 못하겠습니까?"

하니, 엄생이 말하기를,

"조선 사신의 일행이 적지 않을 것인데, 우리 두 사람의 행적이 어찌 불편치 않겠습니까?"

하여, 내가 말하기를,

"일행이 길을 떠난 후로는 통주(通州)를 향할 것이므로, 우리는 홀로 떨어져 서로 기다리고자 합니다."

하였다. 엄생이 말하기를,

"서로 주인을 찾으며 소식을 통함을 깊이 헤아려 온당한 묘책을 찾는 것은 오로지 우리의 상량(商量 : 헤아려 생각함)에 달렸겠지만, 두 형에게 만일 불편한 사단(事端)이 생긴다면, 어찌 강청할 뜻이 있겠습니까?"

하고 다시 엄생이 말하기를,

"이것은 다시 상량할 일이고, 우리가 염려하는 받자[50]는 이목의 번거함을 저어하는 것입니다. 우리의 행색이 또한 수레와 말을 버리지 못할 것이고, 총총히 푸자로 들어가면 푸자 주인이 있을 것이므로 서로 모이는 행적을 종시 감추지 못할 것이니, 문득 결단치 못하겠습니다."

하였다. 내가 말하기를,

"우리 또한 모르지 않지만, 다만 형이 있는 곳이 인객(引客 : 손님을 잡아끄는 일)의 분요(紛擾 : 어수선함)함을 면치 못하고, 또 조용한 밤이 아니면 각각 회포를 펴기 어렵기 때문에 마지못하여 이 계획을 생각하였습니다. 우리는 다른 거리낄 일이 없지만 다만 두 형에게 털끝만큼이라도 불편할 일이 있으면 필경 한 번 이별은 면치 못할 것이니, 어찌 구구한 아녀자의 태도를 부리겠습니까?"

---

50) 남이 꺼리는 괴로움이나 요구를 받아주는 일.

하였다. 두 사람이 다 기색이 참연(慘然)하였고 엄생이 탄식하며 말하였다.

"옛사람의 말에, '장부는 비록 눈물이 있으나 이별할 때에 뿌리지 않는다'〔丈夫雖有淚 不灑別離時〕하니, 이 글을 지은 자는 필연 이별의 괴로움을 겪지 못하였도다."

반생은 말하기를,

"옛사람이 이르기를, '잠깐 놀매 일만 리요, 적게 이별하매 일천 년이라' 하니, 어찌 슬프지 않으리오."

하였다. 두 사람이 다 슬퍼함을 이기지 못하므로 내가 위로하여 말하기를,

"오히려 한번 만날 날이 있으리니 어찌 이별하는 말을 베풀 것입니까? 우리가 다시 나오는 것은 어렵지 아니하나 다만 두 형에게 누가 됨이 있을까 저어합니다."

하자, 반생이 말하기를,

"이 집의 주인이 심히 어질고 저와 더불어 정분이 깊어 실로 번거한 일이 없습니다. 오늘 날이 이미 늦었으니, 두 형을 인하여 머물러 하룻밤 조용한 수작을 이룸이 어떠합니까?"

하니, 내가 말하기를,

"어찌 뜻이 없겠습니까? 다만 길을 떠난 후에는 행지(行地)를 거리낄 곳이 적지마는 그 전에는 아문이 있어 밤에는 출입을 엄히 금하니, 감히 이 계획을 실현하지 못하겠습니다."

하였다. 반생이 말하기를,

"오늘 돌아가지 않은들 누가 알 리 있겠습니까? 필연 다른 곡절이 있는 것입니다."

하니, 내가 말하기를,

"우리의 행색이 심상(尋常)한 하인과 다른 까닭에 출입에 아문이 유의하여 살피니 필연 속이지 못할 것입니다. 혹 들어가는 일이 있으면 우리가 이를 것이 없지마는 두 형에게 누가 됨이 적지 않을까 저어하는 것입니다."

하니, 엄생이 말하기를,

"그것은 염려할 일이 아닙니다. 오늘 돌아가지 않고 내일 천천히 관으로 들어가면 여기 머문 줄을 저희가 어찌 알 것입니까? 이곳 붕우들도 이런 일이 잦아서 비록 이불을 한가지로 하는 일은 없으나 상을 한가지로 함은 혐의치 아니하니, 무슨 거리낄 일이 있겠습니까? 그러나 오늘 머물기를 어려이 여기면 길을 떠나는 날 바로 이곳에 이르러 하룻밤 별회(別懷)를 의논함이 어떻습니까?"

하였다. 내가 말하기를,

"일행이 길을 떠나는데 홀로 떨어져 다른 곳을 향하면 아문이 어찌 의심치 않겠습니까? 이런 수작은 도무지 한가하고 느긋한 상량이니 한갓 마음을 어지럽힐 따름입니다. 다만 돌아갈 기약이 오히려 7, 8일이 있으니, 이곳의 이목이 불편함이 없으면 다시 나오는 것이 무슨 어려움이 있겠습니까?"

하니, 반생이 말하였다.

"이 집은 골이 궁벽하고 이웃[隣里] 사이에 번거할 염려가 없으니, 형이 이미 어렵게 아니 여기면 어찌 한번 왕림하기를 아끼겠습니까? 우리는 간항(簡亢)한 성품이어서 속객(俗客)을 만나면 잠깐 사이라도 괴롭고 번거한 마음을 참지 못하고, 홀로 두 형을 만나면 날이 저무는 것을 깨치지 못하니, 옛사람이 이르기를, '그대와 더불어 하루를 말하면 백 년 글을 읽음에 비하지 못하리라' 하였습니다."

엄생이 말하기를,

"간혹 아는 사람이 있으나 우리의 기특한 연분을 흠선(欽羨 : 우러러 흠앙하여 부러워함)할 따름이니, 어찌 괴이히 여김이 있겠습니까?"

하였다. 몸을 일으켜 돌아오고자 할 때 두 사람이 다시 만나기를 누누이 청하기에 4, 5일 사이 언약을 머무르니, 이때 날이 이미 저물었다. 덕유가 수레를 세우고 여러 번 재촉하니, 주객이 다 캉 아래에 내려와 각각 붓을 들고 황망해하는 거동이 도리어 모르는 사람의 웃음을 면치 못할 지경이었다. 두 사람의 종들이 다 괴이히 여기고 의심하는 기색이었다. 문을 나서려고 할 때, 반생이 접책(摺册) 한 권을 가지고 말하기를,

"두 형과 세 위대인의 필적을 얻고자 하니, 두 형은 비록 하고자 아니하여도 억지로 구하겠지만 대인들이 괴로이 여길까 저어합니다."

하였다. 내가 말하기를,

"무슨 괴로이 여김이 있겠습니까? 내 스스로 담당할 것이니 염려 마십시오."

하였다. 그 책을 받아 품에 품고 나올 때, 엄생이 우리나라 부채 세 자루를 내어 세 사신의 필적을 청하거늘, 내가 또한 허락하여 한가지로 감추고 중문에 이르러 서로 이별하고 수레를 바삐 몰아 돌아왔다. 관에 이르니 문을 거의 닫게 되었고, 돌아온 후에 들으니 각각 부채 두 자루를 덕유에게 주었다고 했다.

황제가 노닐던 서산을 구경하다

초9일 관에 머물다

식후에 선자지(扇子紙) 넉 장과 설화지(雪花紙 : 강원도 평강에서 나는 흰 종이) 열일곱 장과 전약(煎藥) 두 조각을 봉하여 덕유에게 주어 간정동에 보내며, 그 편지에 이렇게 말하였다.

밤이 돌아오는데 두 형의 기거(起居)가 평안합니까? 어제의 만남은 날이 마치도록 심곡(心曲 : 간절하고 애틋한 마음)을 의논하여 두어 날 서로 생각하던 회포를 적이 위로하였습니다. 다만 여러 번 만나니 이별의 괴로움이 더욱 심하여, 발을 치고 쇠잔한 촛불을 대하며 객관(客館)의 외로운 심사를 더욱 진정치 못하고, 베갯머리에 나아가 눈을 감으니 황홀한 사이에 두 형이 좌상(座上)에 있으면서 웃고 말하는 거동이 정녕(丁寧)하였습니다. 문득 놀라 깨치고 인하여 잠을 이루지 못하니, 마음을 억지로 이렇게 위로하였습니다. "나는 외국 사람이어서 저들과는 더불어 각각 7천 리 밖에 있으니, 풍마우에 서로 미칠 곳이 아니다.[51] 비록 우연히 사귀어 정분이 깊으나 필경은 내게 무슨 관계〔干預〕가 있겠는가?" 이렇게 스스로 말하며, 스스로 웃으며 연연(戀戀 : 안타깝게 그리워함)하는 생각을 적

---

51) 원문은 "風馬牛不相及"이며, 『좌전』(左傳)에 나오는 말로, 마소의 암수가 서로 짝을 찾으면서도 미치지 못할 만큼 멀리 떨어져 있어 전혀 무관하다는 뜻이다.

이 잊을 듯했습니다. 그러나 잠깐 사이에 억지스런 마음이 홀연히 흩어지고 한없는 근심이 가운데 가득하여 동창이 밝도록 종시 잠을 이루지 못하니, 이 정상(情狀)을 생각건대 어리석지 아니하면 미친 일입니다. 또한 무슨 연고로 이 지경에 이른 줄을 깨닫지 못하니, 두 형이 들으면 필연 일변 웃으며 일변 창감(愴憾)할 것입니다.

평생에 그윽이 말하기를, "마음이 합하는 사람을 얻어 마음이 합하는 일을 의논하는 것은 천하의 즐거운 일이라" 하여, 양식을 싸고 말을 채찍질하여 족적(足跡)이 국중(國中)에 깔리어 뜻 가운데 사람을 한번 만나기를 원하였습니다. 그런데 사람의 마음이 내 마음과 같지 아니하고 낯을 보아도 이름을 묻기에 미치지 못하니, 반생(半生)이 몹시 양량우우(涼涼踽踽 : 외롭고 쓸쓸함)하여 종시 뜻을 이루지 못하였습니다. 그러므로 분울(憤鬱)한 마음을 이기지 못하고 망령되게 천하를 구할 계교를 품었으니, 어찌 오활(迂闊 : 사리에 어둡고 덩둘함)하지 않겠습니까? 그렇지마는 정신이 극진한 곳은 하늘이 또한 사람의 마음을 좇는 것이니, 기특한 인연이 공교하게 합하여 한 번 만남에 마음을 기울이고 간담을 비추어 천고에 기이한 자취를 이루었습니다. 수일을 좇아 놀아도 이미 몸이 용문(龍門)에 오르고 일생에 영행(榮幸)한 일일 것입니다. 그런데 이제 몸이 다하도록 이택(利澤 : 이익과 혜택)의 즐거움을 베풀지 못하므로 이별을 당하여 척척(慽慽)한 슬픔을 이기지 못하니, 진실로 사람의 마음이 족함을 알지 못하는 것입니다. 불도에서 윤회(輪廻)하는 의론이 만일 헛되지 않을진대, 원컨대 후생을 기다려 서로 아우가 되며 형이 되고, 스승이 되며 벗이 되어 삼생(三生)에는 당치 못한 연분을 마칠 따름입니다. 다시 한 말씀이 있는데, 생전에는 다시 만날 기약이 없으니 각각 자손을 경계하여 대대로 옛일을 강론하여 감히 잊지 아니하면, 혹 피차 후생이 이전 연분을 끊지 않고 우리의 오늘 일을 다시 이을까 합니다.

처음에는 서신을 통하므로 이별의 회포와 구슬픈 사연으로 피차에 마음을 상하게 하지 말고자 하였더니, 종이를 대하면 자연 애달픈 정사를 이기지 못할 뿐이 아니라, 한번 돌아가면 비록 구슬픈 말을 이르고자 한들 누구를 향하여 베풀 곳이 있겠습니까? 붓끝을 좇아 이곳에 이르니, 도리어 사람으로 하여금 한마디 큰 웃음을 면치 못할 것입니다. 도서(圖署 : 그림 등에 찍는 도장)는 이미 높은 허락을 얻었으므로 부쳐 보내니, 반형(潘兄 : 반정균)이 또한 새기기를 능히 하거든 수고를 나눔이 해롭지 않을 것입니다. 이것은 공졸(工拙 : 잘하고 못함)을 의논하려는 일이 아니라, 돌아간 후에 두 형의 수적(手迹)을 어루만져 천애(天涯)의 생각을 위로하고자 함입니다. 전약과 종이는 여행 중에 가져온 것이니 상고하여 받음을 바라고, 동국의 풍속은 서독(書牘 : 편지)과 서화(書畵)에 연호를 쓰지 않으니 이후에는 변변찮은 풍속을 좇길 바랍니다. 천만 사연을 한 조각 종이로 펴지 못합니다.

덕유가 돌아와 말하기를,
"간정동에 이르렀더니 수레와 말이 문에 매였고, 귀한 손님이 여럿 와 있었습니다. 감히 들어가지 못하고 맞은편 집에 앉아 기다리는데, 반생의 종이 마침 나오기에 불러 편지를 전하자 품에 감추고 들어갔습니다. 오랜 후에 답장을 내어다가 주며 말하기를, '손님이 많아 답장을 자세하게 못하고, 이목이 번거로워 청하여 들어서 보지 못합니다' 하고 누누이 전하였습니다."
라고 했다. 대개 인객(引客)이 매우 분요(紛擾 : 어수선함)하여 겨를이 적은데도, 우리를 만나면 손님을 괴이고(속이고) 소소한 불편을 돌아보지 않으니, 사람을 위하여 곡진하게 하는 광경이 기특하였다.
엄생의 편지에 이렇게 말했다.

글월을 받드니 한 자를 읽으면 한 줄이 눈물이어서 사람으로 하여금 기운(氣韻 : 글이나 그림에서 느끼는 생동감)이 맺힙니다. 마침 분요한 일이 있어 더러운 회포를 자세히 베풀지 못하지만, 그러나 제가 이르고자 하는 말을 형이 이미 대신 일렀으니 다시 무슨 말이 있겠습니까? 총총하게 답장을 붙이고, 바람벽을 대하여 암연(黯然 : 슬픔으로 인하여 마음이 어둡고 침울함)할 뿐입니다.

반생은 답장이 없고 종이와 전약 또한 받은 사연이 없어 분요한 줄을 짐작할

만하였다. 건량관이 들어와 말하기를,

"서반(西班) 부가(傅哥)가 마침 캉에 왔다가 말하기를, '궁자를 여러 번 만나고 정분이 있는데 일전에 들으니 유리창 서책 푸자의 『육임방서』(六壬方書)52) 두어 갑을 가만히 샀다 하니 어찌 애달프지 않겠는가' 하고 매우 노한 기색이 있었습니다."

라고 했다. 대개 김복서가 사온 책을 필연 내가 사온 것으로 안 것이리라. 저희에게 잠상(潛商 : 관의 허가 없이 몰래 사고 파는 장사)하는 의심을 들으니 극히 피뢰(被惱 : 괴로움)하였지만, 사실을 밝히려 하면 김복서에게 참혹한 곤경이 돌아갈 것이므로, 건량관에게 내가 아닌 줄만 타일러 이르라고 하였다.

초10일 관에 머물다

식전에 상사께서 간정동에 사람을 부렸더니 돌아오는 편에 반생이 편지를 붙였는데, 그 편지에 이렇게 말했다.

어제 수서(手書 : 손수 쓴 편지)를 받았는데도 마침 손님이 번거하여 답장을 붙이지 못하니 깊이 애달팠습니다. 보내신 종이는 극진히 감사하고 전약은 과히 많습니다. 이상한 맛을 실컷 먹을 뿐이 아니라, 장차 돌아가 양친께 드리고자 하니 더욱 감사함을 이기지 못합니다.

길 떠나올 때 한 사람53)이 그림을 그린 부채 두 자루를 주기에 행장에 넣었는데 이 날에야 내어 보았다. 하나는 강가에 두어 그루 나무를 그리고 나무 아래에 배 하나를 매었는데, 배 안에 한 사람이 복건 도복(幅巾道服)으로 선창

---

52) 『육임방서』는 오행을 근거로 길흉을 점치는 책으로, 둔갑·태을과 합해서 삼식(三式)이라 한다.
53) 한문본에는 그림을 그린 부채를 준 사람이 유환덕(柳煥德)이라 하였다.

(船艙)에 의지하여 거문고를 타는 거동이었다. 그 위에 글을 썼는데 그 글에 이렇게 말하였다.

> 악(樂)이 천년을 무너지매 도(道)가 따라 떨어지고
> 봉의 꼬리에 속절없이 태곳적 마음을 감추었도다.
> 시험하여 하의(荷衣 : 연잎 옷)를 떨치고 만수(灣水)를 건너니
> 중원에 응당히 다시 지음(知音)이 있으리로다.[54]

다른 하나에는 두어 가지 국화를 그리고 두 구 글을 썼는데 이렇게 말하였다.

> 세상[海內]에 만일 마음을 아는 사람이 있으면
> 이른봄에 한 가지를 이끌어 돌아오리라.[55]

드디어 두 부채를 봉하고 편지를 써서 덕유를 보낼 때, 『시전』(詩傳) 주설(註說)과 왕양명(王陽明)의 일을 의논한 말이 있지만 다 기록하지 못하고 대강 말하면 다음과 같다.

우리의 행거(行車)는 아직 완정(完定)한 날이 없으니 떠나기 전에 한 번 만나는 것이 어그릇지(어긋나지) 아니하겠지만, 필경 손을 나누는 괴로움을 생각하니 실로 다시 모임을 원치 아니합니다. 저는 바다 밖 아득히 먼 작은 사람이어서 처음 중국에 들어와 문득 미친 소견으로 망령되게 중국 선비를 의논하니, 참람(僭濫)한 기상이 적지 않습니다. 다만 의리는 천하에 공번된(공평하여 치우침이 없는) 것이므로 사람마다 소견을 베풀어 고금에 통한 도리이며, 하물며 두 형이 지기(知己)로 허락하니 필연 이 마음을 살펴야 할 터인데, 어찌 뜻을 머금고 의심을 질정(質正 : 묻거나 따져 바로잡음)치 않겠습니까? 다행히 밝은 소견을 들어 미혹

---

54) 원문은 다음과 같다. "樂崩千載道隨墜 鳳尾空藏太古心 試拂荷衣灣水渡 中原應復有知音"
55) 원문은 다음과 같다. "海內若有知心人 早春携歸一把來"

한 마음을 깨치고자 하니, 감히 먼저 주(主)한 소견을 고집하여 지키지는 않을 것입니다. 올 때에 한 벗이 있어 두 부채에 그림을 그려 길에 보냈는데, 우연히 헤쳐보니 그 위에 두어 구의 글이 있었습니다. 그런데 '중원지음'(中原知音)과 '해내지심'(海內知心)은 비록 우연히 이른 말이지만 두 형을 만난 이후로 매양 이 두 말을 하였는데, 이 글을 보니 먼저 그 징조를 보인 것입니다. 진실로 옛사람이 시참(詩讖 : 시로써 점을 침)을 일컫는 것이 괴이하지 않고, 사람의 한 번 만남이 또한 정한 운수를 도망치 못하니 어찌 이상하지 않겠습니까? 그 화격과 시율은 족히 이를 것이 없으나, 삼가 두 형에게 나누어 보내니 각각 두어 말로 그 위에 기록하여 협중(篋中 : 상자 속)에 머물러 두기를 바랍니다.

덕유가 돌아와 말하기를,
"이 날도 손님이 번거하여 오래 기다려 답장을 겨우 받아왔습니다."
하였다. 엄생의 편지에 이렇게 말하였다.

여러 가지 의론은 오형(吾兄 : 정다운 벗과의 편지에서 상대를 일컫는 말)이 더욱 정세(精細)한 마음으로 글 읽는 줄을 볼 수 있게 하여 깊이 탄복했습니다. 마침 손님이 자리에 앉았으므로 자세히 살피지 못하였고, 다시 틈을 얻어 받들어 구경할 것이므로 갑작스럽게 대답하지 못하나, 총총한 사상(事狀 : 일)은 필연 짐작하실 것입니다. 부채는 가르친 사연을 받들어 머물러 둘 것이며, 겨를을 얻어 다시 왕림하기를 도모하면 우리의 원하는 바는 사랑하는 부모를 기다림과 다름이 없을 것입니다.

또한 반생이 한가지로 대답한다고 하였다.
서산(西山)은 북경 제일의 구경으로 일컫는 곳이며 황제가 행락(行樂)하는 곳이다. 지은 지 10년이 되었는데 궁실과 호수의 장려한 경물이 오로지 항주(杭州)의 서호(西湖)를 모방하여, 근년에는 우리나라 사행 중에 구경하지 않는 이가 없었다. 하지만 황제가 원명원(圓明園)에 머물 때는 감히 나아가지 못하므로 지금껏 보지 못했다. 그런데 일전에 황제가 동릉(東陵)에 거동하여 10여 일 후에 돌아온다고 하기에 역관들이 아문에 의논하여 10여 일쯤 사행이 가시도록 정하였다. 여러 역관들과 세팔이 말하기를, 사행을 따르면 자연 사람이 많아 일일이 구경을 못할 것이라고 하기에, 평중을 청하여 이 사연을 이르고 내일 한가지로 먼저 가기로 결단하였다.

11일 서산에 가다

이 날은 이른 밥을 먹고 서산을 가고자 하여, 식전에 편지를 써서 덕유에게 주어 간정동에 보냈는데, 편지에 이렇게 말하였다.

어제 답서를 받아 마음을 위로하나 연일 귀객(貴客)이 좌상에 있으므로 자세한 회보를 얻지 못하니 매우 답답합니다. 틈을 얻어 한 번 모이고자 함은 저의 소원이고, 또 제가 어느 날이라고 틈이 없겠습니까마는, 다만 형이 계신 곳에 인객(引客)이 분요하여 이목이 번거함을 저어합니다. 오늘은 바야흐로 서산을 구경하고, 오탑사(五塔寺)와 만수사(萬壽寺)를 보고 돌아오고자 하며, 편지를 보내어 사람으로 하여금 안부를 탐지하고 또 명일(明日)에 일찍 나아갈 뜻을 아뢰어 다른 연고가 없음을 알고자 합니다. 어제 부사께 보낸 글을 보니 가향(家鄕) 소식을 얻은 말이 있었는데, 이는 객중(客中)에 제일 기쁜 일이므로 일변 하례하며 일변 부러워합니다. 우리는 돌아가 압강(鴨江:압록강)을 건넌 후에야 비로소 가서(家書)를 얻을 것입니다. 어찌 울울(鬱鬱:매우 답답함)하지 않겠습니까?

편지를 마친 후에 밥을 재촉하여 먹기를 파하고, 문을 연다고 하기에 즉시 세팔을 데리고 나갈 때 성번과 차충이 따라왔다. 평중은 나중에 오라 하고 먼저 아문에 이르니, 통관들은 미처 모이지 못하고 대사가 홀로 있다고 하였다. 동쪽 캉 밖에 이르러 문을 두드리니 대사가 나오기에 나아가 읍하고, 오늘 오

탑사를 구경코자 하는 뜻을 말했다. 대사가 말씀하기를,

"다른 사람은 허락하지 못하겠시만 그대는 막지 않을 것이니 일찍이 구경하고 돌아오시오."

하였다. 손을 들어 칭사(稱謝 : 고마움을 표함)하고 문을 나가니, 사자관(寫字官) 김진희와 의원 김정일과 왜역(倭譯) 최흥경과 이밖에 여러 하인들이 먼저 문 밖에 나와 있어 3, 40명이 넘었다. 대개 사행이 가실 때는 사람이 많기 때문에 따르기가 어려울 줄 알고 내 가는 길에 따라가고자 하는 계교였다. 이 길을 미리 결단치 않고 다만 두어 사람만을 알게 함은 오로지 따르는 사람이 적어 구경을 간찰(看察 : 자세히 관찰함)히 하고자 한 것이었는데, 자연히 감추지 못하여 여러 사람이 따르니 매우 괴롭지만 할 수 없었다. 정양문 안에 이르러 수레를 맞추어 타고 평중을 기다리니, 평중은 부사께서 만류하여 못 온다고 하였다. 즉시 수레를 몰아 서직문(西直門)으로 나가 서쪽으로 수백 보를 가서 다리를 건너니 좌우에 난간을 꾸몄는데, 나무로 만들어 채색이 영롱하고 양쪽에 각각 패루를 세웠다. 세팔이 말하기를,

"이 길은 황제가 서산에 왕래하는 길이고, 이 물은 서산 호수로부터 내려오는 것으로, 북쪽 수문으로 들어가는 물입니다."

하였다. 이곳에 이르러 서남쪽을 바라보니, 물가에 첩첩한 재각(齋閣 : 재실)이 수풀 사이로 은은히 비치면서도 다 물가를 따라 서로 뻗어서 그 끝을 보지 못할 지경이었다. 세팔이 말하기를, 이 물의 좌우로 30리에 지어진 집들은 다 황제가 놀이하는 곳으로, 돌아올 때 물가를 쫓아 구경할 것이라고 하였다. 다리를 건너니 좌우 버들의 높이가 매우 성하고, 수풀 가운데 백여 보의 넓은 길이 있으며, 길 가운데 수십 보에 박석(薄石)을 깔아 40리를 연했다. 왕래하는 거마와 인물의 화려한 경색이 더욱 성하고, 한 사람이 큰 수레에 여남은 개의 나무궤를 실었는데, 밖으로 그림이 그려져 있어 제양이 괴이했다. 세팔에게 물으라 하니, 그 사람이 짐 위에 앉아 대답하기를,

"이는 창시(唱市)하는 기물이라. 지난번 원명원에서 창시를 베풀어 황상이 친히 구경하였는데 이제야 돌아간다."

하였다. 대개 대명 중기부터 황제의 궁중에서 희자(戱子) 놀음을 심상(尋常)히 베풀며 군신의 간함을 듣지 아니하더니 지금도 이 일이 있는 것이다. 강희(康熙)의 명쾌한 정사로도 오히려 이 희롱을 끊지 못하였으니 모를 일이었다.

20리를 가니까 비로소 여염집이 성하고 길 남쪽으로 긴 담이 있고 담 안에 집들이 있는데, 이것이 강희가 머물던 창춘원(暢春園)이었다. 담 에음(둘레)이 수리를 넘지 못하고, 담 안에 높은 집 마루가 보이지 않았는데, 담 제도와 궁실 규모를 밖에서 살피니 극히 초초(草草)하고 검소한 모양이었다. 천자의 위엄과 천하의 재력으로 이같이 검덕(儉德)을 숭상하여 행락을 일삼지 않으니, 60년 태평을 누리고 지금 성군으로 일컬음이 괴이한 것이 아니었다. 좌우에 푸자와 여염이 매우 성하고, 서쪽으로 창춘원 큰 문을 지나니 양쪽에 조산(造山:인공산)을 무으고(쌓아 올리고), 수풀 사이에 왕왕 퇴락한 집이 있는데 오래된 분원(墳園)인 모양이다. 황제의 궁궐이 지척 사이지만 사가(私家) 분원을 옮기지 않으니 또한 간솔한 규모였다.

서쪽으로 5리를 행하여 원명원에 이르니 뒤쪽으로 큰 뫼가 둘러져 있는데 이름은 옥천산(玉泉山)이다. 뫼 앞으로 층층한 누각이 수리를 연하였는데 황제가 머무는 궁실과 관원들이 모이는 마을과 부처와 신선의 묘당이다. 장려한 제도와 사치한 규모는 창춘원에 비하면 백 층이 넘을 것이었다. 강희가 평생 검소한 정사로 60년 재물을 모았으나 도리어 훗임금의 사치를 도우니, 한 번 성하고 한 번 쇠함은 물리(物理)의 의법(依法)한 일이지만, 조선(祖先:조상)의 가난을 생각지 않고 재물의 한정이 있음을 돌아보지 아니하니 오랑캐의 운수를 거의 짐작할 만하였다.

수풀 사이에 새로 지은 묘당이 있는데 패루와 단청을 수년 사이에 세운 모양이었고, 묘당 북쪽에는 궐문(闕門)이 있고 좌우로 수십 칸 행각이 있어 금벽(金璧)이 서로 비추었다. 문 앞으로 큰 돌사자 한 쌍을 세웠는데 높이가 두어 길이고, 사자 동쪽으로 수백 보를 물려 붉은 살나무(지렛대)를 늘어놓아 사람의 출입을 금했다. 살나무 동쪽으로 수십 보 되는 길이 있고 길 동쪽으로 큰 연못이 있는데, 사방 수삼백 보였다. 사면의 석축이 매우 정치(精緻)하며 연못 동쪽의 못을 연하여 수백 칸의 푸자를 한 줄로 지었다. 그 표묘(縹緲 : 한없이 크고 넓어 어렴풋함)한 누각과 영롱한 채색이 물 가운데 비치어 물결이 흔들리며 일어나는 황홀한 그림자와 이상한 경색은 지필로 전하지 못할 일이다. 세팔이 말하기를,

"이 푸자들은 수년 사이에 지은 것입니다. 다 황상이 물역(物役 : 건축 자재)을 주어 사치를 궁극(窮極)히 하였는데, 상인의 생리(生理)와 행인의 음식을 위할 뿐이 아니라 전혀 기이한 구경을 위함입니다."

라고 하였다. 수레에서 내려 연못 북쪽을 완완히 걸어가며 좌우를 구경하니 궁궐의 엄정한 제도는 한 번 보암직한 것이지만, 문 밖에 여러 갑군이 곳곳에 늘어앉아 사람을 금하므로 들어갈 길이 없었다. 동으로 꺾어 못 남쪽에 이르니, 못에 임하여 작은 비를 세우고 황제의 글과 글씨로 연못을 판 사적을 기록하였다. 그 대강의 의사는, 땅이 누습(漏濕)하여 행인이 통하지 못하더니 흉년에 기인(飢人 : 굶주린 사람)을 모아 진휼(賑恤)을 베풀고 인하여 이 못을 파 행인의 근심을 덜게 했을 뿐만 아니라, 물을 저축하여 한재(旱災 : 가뭄)에 관개(灌漑)하는 공이 적지 아니하니 부질없는 놀이를 위함이 아니라 하였다.

연못 동쪽에 이르러 푸자를 대강 구경하고 남으로 큰 길을 따라 한 문을 나서니, 동쪽은 여염이 성하고 서쪽은 높은 담으로 길을 막았다. 안에 또한 무슨 궁궐이 있는가 싶었지만 들어가지 못하였다. 또 남으로 백여 보를 행하여 작은 문을 나서니, 세팔이 먼저 나가 호권(虎圈 : 호랑이 우리)이 있는 곳을 찾았다. 동쪽으로 가는데 남쪽은 가없는(끝없는) 들이고, 곳곳에 말이 무리지어 풀을 뜯으며 물을 마셨다. 4, 5리 바깥으로 한 뫼가 둘러져 있는데 이름은 만수산이고, 뫼 위에 층층한 탑과 첩첩한 누각이 있어 멀리서 바라보니 인간의 경색이 아니다. 이것이 서산이라 일컫는 곳이다.

먼저 호권에 이르러 들어가고자 하였는데 지키는 사람이 문을 닫고 들이지 아니하니, 면피를 구하는 의사였다. 부채 서넛과 청심환 여럿을 내어 나눠준 후에 문을 들어섰다. 문 안에 4, 5칸 집이 있고 집 안에 예닐곱 개의 두지(뒤주) 같은 그릇을 놓았는데, 높이가 한 길을 넘고 사면에 살문을 만들어 안을

열어보게 한 제양이다. 각각 범과 곰을 감추었기에 가까이 나아가 열어보니 다 어린 짐승이다. 크기는 호박이(호박개 : 중국에서 나는 개) 같고 소리는 괴(고양이)의 소리 같으나 눈과 나룻(수염)에 이미 맹렬한 위엄이 있었다. 곰은 사람을 보고 살 틈으로 발을 내어 사람의 옷을 걸어 당겼다. 그중 표범 하나가 있는데 형태는 비록 작으나 깊이 엎드려 가볍게 움직이지 아니하고, 사람을 보면 이를 갈고 나룻을 거슬려 그 맹렬한 거동이 가까이 가지 못할 지경이었다.

서쪽으로 대여섯 높은 대를 세웠고 대 위에 10여 칸의 큰 집이 있는데 큰 범을 넣은 곳이다. 올라가 구경하고자 하였더니 지키는 사람이 문을 잠그고 낯을 바꾸어 또 면피를 구하기에, 부채와 청심환을 다시 나눠주고 문을 들어갔다. 수십 층 섬돌을 올라가니 대 위에 아래로 4칸의 우물 모양을 만들었는데, 서너 길 높이에다 너비가 서너 칸이다. 위로 큰 나무 서넛을 가로 얹고 나무 위에 굵은 철사로 단단히 그물을 맺었으니, 범이 뛰어나오지 못하게 한 것이다. 첫 칸을 굽어보니 큰 범 하나가 누웠는데, 사람을 보아도 놀라지 않으니 지키는 사람이 말하기를,

"이것은 기른 지 오래여서 사람을 익히 보았기에 놀라지 않는 것입니다." 라고 하였다. 바야흐로 앉아 구경하며 범의 형상을 의논하는데, 홀연히 한마디 벽력 소리에 집이 울리고 하늘이 무너지는 듯했다. 놀라 일어나니 하인들이 서쪽 한 칸에 갓 잡은 범이 있어 사람을 보고 소리한다고 말했다. 즉시 나아가 보니 과연 범 한 마리가 있는데 머리부터 꼬리 지경에 이르기가 한 발이 넘을 듯하였다. 긴 꼬리를 두루 저으며 입수월(입술)을 거슬리고 배를 움직여 흉녕(凶獰)한 소리를 연하여 지르는데, 비록 철망을 걸었으나 늠름한 위풍에 감히 가까이 갈 수 없었다. 따라온 사람이 반나마 피하여 차마 열어보지 못하였다. 철망 밑에 한 조각의 나무쪽이 크게 일어났기에 물으니, 아까 소리를 지를 때 솟아올라 사람을 허위고자(헤집고자) 하다가 철망에 막혀 올라오지 못하고 발톱으로 나무를 허위였다고 하니, 그 용맹됨을 짐작할 만했다.

뛰는 거동을 다시 보고자 하여 위에서 손을 저어 치는 듯한 거동을 보였더니, 더욱 성을 내어 앞발로 벽장을 허위며 소리를 연하여 질렀다. 지키는 사람

이 들어와 보고서는, 이 짐승은 잡아넣은 지 오래지 않아 부질없이 제 성을 돋우면 필연 견디지 못하여 병이 난다고 하였다. 그리고는 즉시 북쪽 난간 안에 세운 녹로(轆轤 : 고패, 도르래)를 두어 번 틀었다. 대개 칸마다 북쪽으로 조그만 무지개문을 만들고 문 밖에 따로 큰 틀을 만들어 문을 단단히 잠갔다. 또한 삼면에 살문을 내어 범의 몸을 감추는 곳을 만들어 무지개문의 문짝을 달았는데, 사람이 들어가 여닫지 못하게 한 것이다. 위쪽으로 구멍을 통하고 문짝 위에 쇠사슬을 매어 녹로에 걸었으니, 녹로를 틀면 문이 들린다. 문이 열림을 보고 뛰어들어가지만 사람을 미처 살피지 못하므로 도리어 겁내는 거동이다. 지키는 사람이 문을 내리고 가운데 철망을 열고 사다리를 놓아 내려가더니 바닥의 똥과 잡것을 조촐히 쓸어냈다. 그 사람에게 여러 번 청하여 다시 나오게 하라 하니, 갓 잡은 짐승이라 사람을 특별히 두려워하므로 졸연(猝然)히 나오지 않을 것이라 하며, 녹로를 다시 틀어 문을 열었지만 종시 나오지 않았다. 그 앉은 곳을 보려고 섬돌에서 내려 뒷문으로 들어가 틀 밖에 이르러 살 틈으로 내다보았다. 한 사람이 막대로 한 번 찌르니 범이 크게 노하여 우레 같은 소리를 지르며 몸을 움직이는데, 틀이 흔들려 자빠질 듯하여 여러 사람이 창황히 나왔다.

대개 호권(虎圈)은 임금의 위엄을 보이는 뜻으로, 진한(秦漢)부터 천자의 궁중에 베풀었다. 진시황이 위(魏)나라의 힘센 사람 주해(朱亥)를 잡아 그 용력을 시험코자 하여 호권에 넣었는데, 범이 사람을 보고 성내어 물려고 하자 주해가 눈을 부릅뜨고 주먹을 구르니 범이 놀라 엎드려 감히 나오지 못했다고 한다. 이곳에 이르러 주해의 위풍을 상상하니 천고의 역사(力士)로 일컬음이 괴이하지 않았다.

지키는 사람이 말하기를 황상이 해마다 이곳에 이르러 친히 구경하고, 혹 사나워 오랫동안 길들이지 못하면 친히 쏘아 죽이며, 혹 궁중으로 들여다가 보고자 하면 뒤에 세운 틀에 넣어 문을 단단히 잠그고 수레에 실어 들여간다고 하였다.56)

이윽히 구경하다가 도로 내려오니 이곳은 라마승이 머무는 곳이다. 승품(僧

稟)이 극히 순하지 아니하여 면피를 징색(徵索)하고, 탑에 오를 때에도 문을 순순히 열지 않았다. 문을 나오니 날이 매우 늦었으므로, 수레를 바삐 몰아 5리를 가서 서직문(西直門)을 들어 관에 돌아가니 햇빛이 오히려 남아 있었다. 이 날은 상사의 생일이어서 음식 한 상을 차려 보내셨는데 대단히 풍족하였다.

덕형이 말하기를,

"전에 한 사람이 자제군관으로 들어와 서산을 구경할 때, 건장한 노새를 세내어 저와 한가지로 손수 채를 들고 바삐 달려 서산을 두루 구경하고 옥천산 밑에 이르렀습니다. 바위와 폭포가 약간 있었으나 뫼가 뛰어나고 우뚝하여 별로 기이한 구경이 없었는데도 자연 날이 늦고 말았습니다. 어두운 후에 관으로 돌아오니 아문이 크게 노하여 서종맹의 흉한 욕설을 면치 못하고 그후에 출입을 엄히 막으니, 당상역관들이 은을 허비하여 겨우 허락을 받았답니다."

라고 하였다. 덕유가 간정동을 다녀왔는데, 엄생의 편지에 이렇게 말했다.

일찍이 수교(手交)를 받들어 오늘 서산에 노는 행색을 들으니 흠선(欽羨 : 우러러 흠앙하여 부러워함)하는 마음을 이기지 못하나, 시속(時俗) 티끌이 쌓이고 또한 형적(形迹)에 구애되어 시러곰(능히) 자취를 따르지 못하니, 어찌 흠[欠事]이 되지 않겠습니까? 내일 왕림하리라는 높은 뜻에 심히 감격하나, 다만 일찍이 나옴을 바라는 것은 늦은 후에는 다른 사람의 언약이 있어 물리치지 못하기 때문이며, 종일 모임을 하지 못함을 한합니다. 도서(圖署)는 객중에 새기는 칼이 없어 졸렬한 수법이 더욱 부끄러우니, 견디어 쓰지 못할 것입니다. 그러하나 다만 고인(故人 : 오랜 친구)의 수적(手迹)을 아끼실까 합니다.

아래에 반정균은 한가지로 대답하노라 하였다. 도서는 각법(刻法 : 새김)이 매우 아담하고, 옆에 연월을 기록하였는데 건륭(乾隆) 연호를 쓰지 않았으며,[57] 항인(杭人) 엄성은 새겨 담헌 주인을 주노라 하였다.

---

56) 서산 호숫가를 두루 구경하고, 만수사와 오탑사 등을 살핀 사연을 생략하였다.

57) 홍대용 등 조선의 실학자들은 청나라 연호를 쓰지 않았는데 엄성 등이 이를 존중한 것이다.

12일 간정동에 가다

이 날은 사행이 서산을 가니 평중이 또한 따라갔다. 나는 홀로 간정동을 가고자 하여 한가지로 이른 밥을 먹고 계부를 뫼시고 아문 앞에 이르렀더니, 일행 역관들이 따르는 이가 많았다. 통관들이 생사(生事)를 염려하여 역관들을 금할 때 내가 나가는 것을 보고 오림포가 말하기를,

"궁자는 어제 어디를 갔었는지 매우 애달픕니다."

라고 하였다. 내가 말하기를,

"내 어찌 도망하여 갔으리오. 대사 노야에게 허락을 받았기 때문에 여러 노야들이 짐작할까 여겼지요."

하니, 오림포가 말하기를,

"궁자는 믿을 사람이 아닙니다."

하며 기색이 극히 쌀쌀맞았다. 대개 오림포는 양순한 인물이어서 별양 침노하는 마음이 없는데, 다만 일전에 서종맹에게 서산 구경할 일을 의논하였더니 종맹이 쾌히 허락하고 자기가 이르는 때를 기다리라 하였다. 그런데 마침 제 집에 나가 들어오지 못하고, 먼저 조용히 구경코자 하여 미처 알리지 못하였더니, 종맹이 어제 들어와 장차 내게 생색을 내고자 하다가 이미 갔다는 말을 듣고 크게 노하여 대사와 여러 통관을 꾸짖었다. 대사는 비록 허락을 하였으나 종맹을 두려워하므로 감히 한 말도 풀어 이르지 못하고, 여러 통관들 또한 종맹의 꾸짖음 때문에 내게 분이 미친 것이다. 매우 무안하였지만 할 일이 없었다. 오림포는 말이 있을 따름이지 나가는 것을 금하는 기색이 없기에, 인하여 문을 나갔다.

일행이 떠난 후에 걸어서 완완히 가는데, 멀리서 바라보니 서종맹이 수레를 타고 아문으로 들어오는 것이다. 사행이 지나신 후에 따르는 역관들이 다 수레와 말에서 내려 종맹의 앞에 나아가 뵈었고, 종맹이 또한 수레 앞에 나와 여러 역관들을 꾸짖으며 사람이 많이 따르는 것을 금하는 거동이었다. 가까이 갔다가 혹 욕된 말이 미칠까 하여 북쪽 묘당 문을 들어가 담 안에 몸을 숨기고 담

밖에서 다투는 말을 들었더니 오래도록 결단치 아니했다. 내가 피하는 거동을 필연 보았을 것이므로 더욱 업신여김을 받을 듯하기에 즉시 그 앞에 나아가 읍하였지만, 종맹이 대답하지 않고 노한 기색으로 말하기를,

"궁자는 어제 이미 보았는데 오늘 다시 따라감은 더욱 긴요치 않습니다."

하여, 내가 말하기를,

"한 번 본 곳을 어찌 다시 가고자 하리오? 혼자 관중에 머물기가 우혈 없기에 근처 푸자에 한가롭게 다니고자 합니다."

라고 하였다. 종맹이 응답하지 않고 역관들의 길을 금하는 기색이 극히 시험(猜險 : 시기심이 많고 음험함)하였지만, 내가 나가는 것을 막는 말은 없었다.

즉시 몸을 빼어 지나가 정양문을 나가서 수레를 세내어 간정동에 이르렀다. 두 사람의 종이 문 앞에서 기다리다가 즉시 들어가니, 두 사람이 창황히 나와 서로 이끌어 자리에 나아갔다. 엄생이 묻기를, 오늘은 어찌 김형(김재행)이 한가지로 오지 아니하였느냐고 하기에, 내가 말하기를 오늘은 여러 대인들을 따라 서산을 구경하러 갔고, 나는 어제 먼저 보았으므로 혼자 나왔다고 했다. 엄생이 어제 서산에서 놂이 얼마나 즐거웠냐고 하기에 내가 말하기를,

"장려(壯麗)한 경물이 해외의 고루한 소견을 놀라게 하지만, 다만 오로지 인교(人巧 : 인공)로 이룬 것이고 천기(天機 : 자연 그대로의 기운)의 자연한 것이 없으니 종시 깊은 취미를 깨치지 못하고, 또 고루한 소견에 특별히 애달픈 곳이 있으니 어찌 즐겁기를 의논하겠습니까?"

라고 하였다. 엄생이 묻기를, "무슨 일이 있어 애달픈 곳이라 합니까?" 하기에, 내가 말하기를, "그대는 한 문제(文帝)가 노대(露臺 : 난간뜰)를 짓지 아니했단 말을 듣지 못하였습니까?" 하니, 엄생이 매우 무연(憮然 : 낙심)하여 말하기를,

"이것은 노대에 비하면 천 배 만 배로 헤아리지 못할 일이지요. 황상이 검덕(儉德)을 숭상치 아니한 것이 아니며 아랫사람들이 잘못 거행하여 이 지경에 이르렀지요."

하였다. 내가 말하기를,

"형의 말이 매우 충후(忠厚)하지만 내가 중국에 들어와서 두루 구경한 곳이 적지 아니한데, 곳곳에 부질없는 묘당을 지어 부한한 재력을 허비하고, 앉아서 후한 봉록[厚祿]을 먹는 라마승이 천만으로 헤아리지 못할 것이었습니다. 연로(沿路)의 가난한 백성이 기한을 견디지 못하여 수레 앞에서 돈을 비는 거동은 차마 보지 못할 지경이었습니다. 또 일찍이 황상이 남방에 거동하는 그림을 보니 곳곳에 궁전과 누관이 사치를 궁극히 하였으며, 창시(唱市)하는 집이 궁전 가운데 없는 곳이 없었습니다. 하지만 생민(生民)의 재물은 한정이 있고 이목(耳目)의 욕심은 궁진(窮盡)함이 없으니, 어찌 애달프지 않겠습니까?"

라고 하니, 엄생은 낯을 거두어 대답하지 아니하고, 반생은 희롱하여 말하기를,

"창시는 또한 묘한 곳이 있으니, 한관(漢官)의 위의(威儀)를 다시 보는 것이지요."

하고 붓을 던지며 크게 웃었다. 내가 또한 웃으며 말하기를,

"황상이 만일 한관의 위의를 보고자 하여 창시를 베푼다면 이것은 천하에 다행한 일이지요."

하니, 두 사람이 크게 웃었다. 엄생이 종이 위에 사람 둘을 그렸는데, 하나는 관대에 사모를 쓴 상이고, 하나는 호복(胡服)에 마으락이를 쓴 상이었다. 내가 두 상을 가리키며 반생더러 묻기를, 형은 어느 복식을 좋아하냐고 하니, 반생이 웃으며 호복한 상을 가리켜 이것이 좋다고 하였다. 내가 즉시 관대를 한 상 위에 써서 말하기를, "철교 엄선생 진상(鐵橋嚴先生眞像)이라" 하니, 엄생이 웃으며 말하기를, "어찌 선생이란 칭호를 당하겠습니까?" 하였다. 뒤이어 호복을 한 상 위에 써서 말하기를, "반학사(潘學士)의 진상이라" 하니 두 사람이 다 손을 치며 크게 웃었다. 내가 뒤이어,

"오늘은 조용히 서로 만나고 떠날 날이 멀지 않으니, 서로 흉금을 헤쳐 기휘(忌諱 : 꺼리어 피함)해야 하는 말을 피하지 아니함이 어떠합니까?"

라고 하니, 두 사람이 다 좋다고 하기에 내가 말하였다.

"중국은 사방의 중국이고 그대는 우리의 종인(宗人 : 겨레붙이)인데, 그대의 머리 모습을 보니 어찌 마음을 썩이지 않겠습니까?"

두 사람이 서로 보며 대답하지 않았는데, 엄생은 매우 무연한 기색이고, 반생은 희롱하여 말하기를,

"머리털을 깎음에 매우 묘한 곳이 있는데, 빗으로 빗어 상투를 맺는 번거로움이 없고 가려움을 긁는 괴로움이 없으니, 머리를 동인 사람은 이 재미를 모르는 고로 이런 말이 있도다."

라고 했다. 내가 또 희롱하여 말하기를,

"'머리털은 부모에게 받은 것이니 감히 헐지 못하리라' 하였는데, 이 제도로 본다면 이 말을 한 증자(曾子)는 가장 일을 모르는 사람이로다."

라고 하니 다 크게 웃었다. 반생이 증자는 진실한 일을 모르는 사람이라 하며 웃기를 그치지 않았다.

엄생이 절강(浙江)에 우스운 말이 있는데, 머리 깎아주는 푸자에 현판을 붙이고 '성세락사'(盛世樂事)라는 네 자를 썼으니, 이는 '성한 세상의 즐거운 일'이라는 뜻이라고 했다. 내가 웃으면서 반형의 의론이 과연 근본이 있다고 하니 다 웃었다. 내가 또 말하기를,

"이 네 자를 보니, 머리 깎는 것을 원통히 여기며 나라 제도를 조롱하는 뜻을 감추지 못하는군요. 남방 사람이 진짜 담이 크고 두려움이 없다 이르는 뜻이 있어요."

라고 하니, 두 사람이 다 웃었다. 내가 망건(網巾)은 비록 대명의 제도이나 실로 좋지 않다 하니, 엄생이 무슨 연고냐고 물었다. 내가 말하기를, 말의 꼬리로 머리를 덮으니 어찌 관과 신발이 거꾸로 놓인 것이 아니겠느냐고 하자, 엄생이 말하기를, 그러하면 어찌 버리지 않느냐고 했다. 내가 말하기를, 습속에 익어서 고치지 못할 뿐이 아니고 대명 제도를 차마 잊지 못하는 것이라 했다.

내가 또한 중국 부인의 작은 신[纏足]이 어느 대에 시작하였느냐고 물으니, 반생이 말하기를, 이것은 분명한 증험(證驗)이 없으나 전하여 이르기를, 남당(南唐)의 이소랑(李宵娘)이 비로소 숭상했다고 하였다. 내가 말하기를,

"이 제도는 또한 심히 좋지 않은데, 내 일찍이 말하기를 말총으로 머리를 동이며 수건으로 발을 자름은 중국의 쇠한 운수를 먼저 보이는 것입니다."

라고 하니, 엄생은 좋다 하고 반생은 자신이 일찍이 희자(배우)의 망건을 가져다가 장난으로 머리를 동였더니 매우 편치 않더라고 했다. 내가 희롱히여 말히기를, 월(越)나라 사람은 장보(章甫 : 은나라 시대의 禮冠)를 쓸 곳이 없다고 하니, 두 사람이 대소하고 또한 부끄러운 빛이 있었다. 반생이 말하기를, 절강에 한 벗이 있어 희롱하여 희자의 모대(帽帶)를 갖추고 옛사람이 절하는 예를 본받으니 좌상이 다 크게 웃었다고 했다. 내가 또 희롱하여 말하기를, 이것은 흑선풍(黑旋風)58)에서 교좌아(喬坐衙 : 정사를 봄) 하던 모양에 가깝다고 하니, 둘이 다 크게 웃었다. 내가 말하기를,

"희자의 천함을 잊고 옛 의관을 흠모하여 이 거조(擧措 : 행동 거지)에 이르니, 그 사람의 마음을 생각건대 어찌 슬프지 않으리오? 몇 년 전에 들으니 관동(關東)의 한 고을 지현(知縣 : 지사)이 우리나라 사신의 관대를 빌려 몸에 덮고 눈물을 흘리며 슬픔을 이기지 못하더라 하니, 중국 사람이 액운을 만남을 실로 슬퍼합니다."

라고 하자, 엄생이 낯빛이 변하여 머리를 숙이고 말이 없는데, 그 거동을 보니 더욱 참연(慘然)한 마음을 이길 수 없었다. 반생이 또한 기색이 참담하여 말하기를,

"기특한 지현이로다. 다만 그 마음이 있으면 어찌 벼슬을 버리고 몸을 숨기지 아니했단 말입니까?"

라고 하며 다시 말하기를, 우리의 자취를 생각하니 지현이 물러가지 못함을 책망하지 못하리라고 했다. 이때 한 손님이 들어오는데 또한 선비 모양이고 금징자를 붙였다. 다 캉에서 내려와 맞이하기에 내가 또한 내려가려 하니 엄생이 붙들어 굳이 말리고, 반생이 손님을 데리고 곁캉으로 갔다. 내가 손님이 번거하니 오래 머무는 것이 심히 불안하다고 하자, 엄생이 이 손님은 반형의 표형(表兄 : 외사촌형)이고 우리가 왕래하는 일을 이미 아는 사람이어서 조금도 염려할 일이 없다 하고, 즉시 종을 불러 미리 통하지 않은 것을 누누이 꾸짖었다.

---

58)「수호전」(水滸傳)의 호걸 이규(李逵)가 두 명의 악인을 퇴치하는 내용의 원곡(元曲).

엄생이 동국은 음란한 풍속이 없느냐고 묻기에, 내가 말하기를,

"궁실은 내외의 분별이 엄하고 사족은 개가(改嫁)하는 법이 없으니 음풍(淫風)을 의논할 것이 없지요. 다만 관부(官府)가 기악(妓樂)을 숭상하여 건즐(巾櫛)을 받들게(아내나 첩이 되게) 하니, 얼굴을 다스려 음풍을 가르침을 면치 못하므로 매우 부끄러운 일이지요."

하였다. 엄생이 말하기를,

"명조(明朝)에 기악이 특별히 성하더니, 강희조(康熙朝, 1662∼1722)에 이르러 이 풍속을 엄히 금하였기 때문에 지금은 천하에 거의 끊어지게 되었습니다. 대명 말년에 홍광황제(弘光皇帝)[59]가 남방에 있을 때 오히려 기악을 일삼아 집을 짓고 창기(娼妓)를 기르더니, 근년에는 다만 거친 내와 어지러운 풀 속에 잠겼지요."

라고 했다. 내가 말하기를,

"홍광 연간(1645∼1646)에 중국을 잃고 남방 한 조각의 땅에 왕업을 부쳐 조석으로 병화를 염려하는데 어느 겨를에 이런 곳에 힘이 미치겠어요? 마침내 중흥 사업을 이루지 못함이 마땅하지요. 강희황제는 동방이 또한 영웅의 임금으로 일컫는데, 이 일을 보아도 역대에 비할 임금이 적을 것입니다."

라고 하였다. 이때 반생이 손님을 보내고 들어와 웃으며 말하기를, 본조(本朝: 청나라)의 정령(政令)이 일일이 좋은데 오직 기악을 없이한 것이 짐짓 살풍경(殺風景: 매몰차고 흥취가 없음)이라, 어찌 흠이 되지 않겠느냐고 했다. 엄생이 말하기를, 반형은 여색을 좋아해서 그 말이 이러하다고 하니, 반생이 크게 웃었다. 내가 말하기를,

"옛사람이 말하기를 '희롱의 말이 생각에서 난다' 하였지요. 반형의 얼굴이 심히 고운데, 예로부터 얼굴이 고우면 필연 여색을 좋아하는 것이니 그윽이 염려합니다. 대개 여색을 좋아하면 반드시 망하니, 어찌 두렵지 않겠습니까?"

라고 하였다. 반생이 웃으며 말하기를, 국풍(國風)의 호색을 성인이 취하였으

---

59) 명나라가 망한 뒤에 남경에서 왕이 된 남명(南明)의 제1대 왕.

니 무슨 해로움이 있겠느냐고 했다. 내가 말하기를, 성인이 취한 것은 사람을 경계한 뜻이며 권한 것이 아니니, 어찌 해롭지 않겠느냐고 했다. 반생이 또 웃으며 말하기를, "군자의 호구(好逑 : 좋은 배필)도 또한 즐겁지 아니하랴"[60] 하니, 내가 말하기를, 또한 즐겨도 음란하지 않음이 옳다고 했다. 반생이 웃으며 말하기를, 이는 다 해학(諧謔)의 말이지 진실한 소견이 아니라고 하기에 내가 말하기를, 희롱인 줄을 모르지 않지만 다만 진실한 마음이 섞여 있으리라 여긴다고 했더니, 두 사람이 다 웃었다.

엄생이 말하기를,

"본조가 나라를 얻음은 매우 정대합니다. 도적을 멸하고 대의를 펴서 명조의 수치를 씻고, 중국에 주인이 없는 형편을 당하여 자연 천위(天位)를 얻음이지, 천하를 도모함이 아닙니다."

하였다. 말을 마치고 나를 보며 희미하게 웃으니 내 소견을 시험하는 기색이었다. 내가 웃으며 말하기를,

"천하를 도모하지 않음은 내가 감히 믿지 않지마는, 다만 산해관을 들어온 후로는 대의(大義)를 붙들어 이름이 바르고 말이 순하니 뉘 감히 제어하겠습니까?"

라고 하니 엄생이 말하기를,

"강남에 기특한 말이 있어 말하기를, '보내는 예물을 어찌 받지 않으리오' 하였는데, 이것은 대명이 천하를 보전치 못하여 속절없이 본조로 돌아보냄을 이름입니다."

하였다. 내가 말하기를,

"오삼계(吳三桂)가 보낸 예물이지요."

하니, 다 크게 웃었다. 반생이 말하기를,

"본조 초년에 궁중에 홀연히 한 장 글이 내려왔는데, 그 글에 말하기를 '삼가 만리 산하를 받들어 드리노라'[謹具萬里山河] 하고 아래에 쓰기를 '문팔고는

---

60) '군자호구'(君子好逑)는 『시경』(詩經) '관저'(關雎)편에 나오는 이름난 시구이다.

절하노라[文八股拜呈] 하였답니다. 명조의 팔고 문장61)을 숭상하여 짐짓 재주를 얻지 못하고, 군자의 허수함을 돌아보지 아니하여 나라가 망함에 이르렀으므로, 이때 사람이 분한 마음을 이기지 못하여 이 글을 궁중에 던져 그 곡절을 알게 한 것입니다."

라고 하였다. 내가 말하기를,

"원나라 때에도 중국이 머리를 깎고 복색을 바꾸었습니까?"

라고 하니, 엄생이 머리를 둘러 그렇지 않다고 했다. 내가 말하기를,

"명조 말년에 태감(太監)이 정사를 흐리어 유적(流賊)이 천하를 어지럽히니, 어찌 팔고 문장을 숭상할 뿐이리오. 청조가 중국을 어거(馭車 : 거느려 다스림)하여 명조의 가혹한 정사를 덜고, 백성을 편안히 머무르게 하여 백여 년 태평을 이루었으니 천하의 공덕이 어찌 적다 하겠습니까? 하지만 삼대(三代)의 관(冠)이 하루아침에 변하여 중국이 함몰한 모양이 도리어 원나라에 지나니, 그윽이 중국 사람을 위하여 슬픈 눈물을 금치 못합니다."

라고 하니, 두 사람이 서로 보며 대답이 없었다. 내가 다시 말하기를,

"우리나라가 명조에 잊지 못할 은혜가 있는데, 형들도 필연 짐작할 것입니다."

라고 하자, 모두가 무슨 일인지 자세히 듣고 싶다고 했다. 내가 말하기를,

"만력(萬曆) 연간에 왜적이 우리나라를 침노하고 팔도를 도륙하여 생민이 도탄에 빠지고 사직(社稷)을 회복할 가망이 없었지요. 그런데 신종황제(神宗皇帝)가 천하 군사를 움직이고 천하 재물을 허비하여, 7년이 넘은 후에야 비로소 진정했습니다. 이로부터 지금 2백 년 사이에 일국 생민의 생업을 보전함이 다 신종의 은덕입니다. 또 이 일로 인연하여 중국의 병력이 더욱 쇠하고 유적의 작란(作亂)을 금치 못하니, 필경 나라가 망하게 됨이 이 일로 말미암았을 것입니다. 이러므로 우리나라가 더욱 슬프게 생각하여 백여 년이 지나도 잊지 않는 것입니다."

---

61) 명·청시대 과거의 답안지에 사용되던 문체.

라고 하니, 두 사람이 서로 보며 또한 대답이 없었다. 내가 일전에 망령되게 의논한 말을 조용히 가르쳐주기 바란다고 하자, 엄생이 말하기를,

"저는 자품(資稟 : 사람된 바탕)이 어둡고 학문의 공부가 없어 감히 망령되게 의논치 못하지만, 형의 의론을 보니 양명(陽明)과 주자(朱子)를 이른 말이 극히 좋았습니다. 비록 변변찮은 소견을 베풀고자 하나 한갓 대방(大方 : 학문과 견식이 높은 사람)의 웃음을 면치 못할까 합니다."
라고 하였다.

이때 다시 떡과 실과를 내오는데 매실로 만든 음식이 있기에 물으니, 엄생이 말하기를, 양매(楊梅)라는 것으로 5월의 여름에 익으며 남방의 이름 있는 실과라고 했다. 먹기를 마치니 각각 차를 내오는데, 찻잎은 국화 모양이고 꽃잎이 매우 크며 향내가 있었다. 엄생이 말하기를, 이 국화는 항주성 위에서 나는 것인데 상품(上品)으로 일컫는 차라고 하였다. 반생이 또한 조선이 청조의 연호를 쓰느냐고 묻기에, 내가 말하기를,

"형을 대하여 어찌 기휘(忌諱)할 말을 피하겠어요? 공가(公家 : 조정이나 왕실)의 문자는 다 연호를 쓰지만, 사사(私事) 문적은 지금 쓰는 일이 없습니다."
하였다. 반생이 또한 청음(淸陰) 선생의 문집이 몇 권이 되느냐고 묻기에, 내가 이렇게 말하였다.

"20권이 넘으나 그중에 범휘(犯諱 : 남의 비밀을 들추어냄)하는 말이 많기 때문에 감히 내지 못합니다. 청음의 문장과 학술을 보아 그를 동방의 '대유'(大儒)로 일컫습니다. 대명이 망한 후에 10년을 심양(瀋陽)에 갇혔다가 마침내 절개를 보전하여 본국으로 돌아왔으며, 그 뒤로 영남 학가산(鶴駕山) 가운데 몸을 숨기고 벼슬을 원치 아니하니, 이때 청음과 더불어 한가지로 돌아간 사람이 적지 않았지요. 태백산 가운데 네 사람이 세상에서 도망하여 한가지로 숨었는데, 세상이 이름하여 사호(四皓 : 네 사람의 늙은이)로 일컫습니다. 그중 한 사람은 저와 동성으로,[62] 일찍이 글을 지어 말하기를, '대명천지에 집이 없는 손이요, 태백 산중에 털이 있는 중이라'〔大明天下無家客 太白山中有髮僧〕하였

습니다."

엄생이 몸을 돌려 바람벽을 향하여 두세 번을 읊으며 매우 창감(愴憾)한 기색이 있었다. 반생이 향산루(響山樓)에 감춘 글이 몇 천 권이 되느냐고 묻기에, 내가 말하기를,

"나는 집이 가난하여 다만 7, 8백 권의 서적이 있는데, 또한 보기를 다하지 못하니 이 서적을 오히려 많게 여깁니다."

라고 하자, 반생이 웃고 말하기를,

"들으니 형이 천문을 익히 안다 하니 진실로 그러합니까?"

하였다. 내가 말하기를,

"누가 그런 망령된 말을 했습니까?"

하니, 반생이 말하기를,

"집에 혼천의를 두었으니 어찌 천문을 알지 못하겠어요?"

하였다. 내가 말하기를,

"성신(星辰) 도수(度數)의 대강을 들은 것이 있기 때문에 망령되게 혼천의를 두었지만 이것으로 어찌 족히 천문을 안다 하겠습니까?"

하였다. 반생이 또한 말달리고 활 쏘는 것을 능히 하느냐고 물었다. 내가 웃으며 말하기를, 몸은 안장을 타지 못하고 활은 갑옷을 뚫지 못하니 한낱 오활(迂闊 : 사리에 어둡고 덩둘함)한 선비라고 했다. 반생이 또한 말하기를,

"형이 아는 술업(術業)이 심히 많다 하니 대강 듣게 함이 어떠합니까?"

라고 하여 내가 말하였다.

"경서(經書)의 공부도 오히려 온전하게 이루지 못하니 어느 겨를에 술업을 다스리겠어요? 다만 평생에 생각하기를 의리를 궁구(窮究)하는 것이 진실로 학문의 근본이라 했지만, 곁들여 술업을 통치 못하여 사변을 당하여도 수응(酬應 : 남의 부탁에 응함)할 재주를 베풀지 못하면, 어찌 참 선비의 온전한 재주라 이를 것입니까? 그러나 재주가 용렬하고 성품이 게을러 지금 이룬 것이

---

62) 삼학사(三學士) 가운데 한 사람인 홍익한(洪翼漢)을 가리킨다.

없습니다. 동국의 거문고를 대강 알았으나 이것은 중국의 고악(古樂)이 아니고, 오음 육률(五音六律)의 근본을 선혀 듣지 못하였습니다. 그나마 산서(算書)와 병서(兵書)와 역법을 평생에 좋아하지만, 한 곳도 실로 얻은 것이 없습니다. 대저 동방 사람이 넓은 것을 취하나 요긴한 곳이 적으니 매우 민망합니다."

반생이 저 같은 이는 종이 된다 해도 오히려 불감(不堪 : 견뎌내지 못함)하리라 했고, 엄생은 이것은 우뚝한 기상이며 또한 유자(儒者)에게 마땅히 있을 일이라 하며, 주자(朱子)의 일을 보면 가히 알 것이라 하였다. 그리고는 다시 말하기를,

"큰선비라 한갓 순전한 선비로 일컬을 일이 아닙니다. 서로 좇아 학생이 되지 못함을 한합니다."

라고 했다. 또 말하기를, "이런 품은 바가 있으니 마침내 전야(田野)에서 늙음을 어찌 한탄하지 아니하겠습니까?" 하고 또 말하기를, 이런 글을 좋아함을 족히 일컬을 것이 없지만, 다만 형에게 의논할진대 진실로 학문의 체용(體用)이 갖추어짐을 탄복한다고 했다. 내가 말하기를,

"망령되게 말을 내어 이런 뜻밖의 말을 들으니 어찌 부끄럽지 않겠습니까? 또한 두 형이 내가 진실로 이 말을 감당하리라 생각하면 이는 사람을 허(許)함이 너무 앞지르는 것이고, 거짓말로 기롱할 마음이 있으면 이것은 사람을 대접함이 성실치 않은 것입니다."

라고 하니 반생이 말하기를,

"'숨어 있어 뜻을 구하는 자'[隱居求志]가 어찌 세상에 뜻이 없겠어요."

라고 하였다. 내가 말하기를,

"형들이 사람을 푸대접함[外待]이 여기에 이를 줄은 뜻하지 않았습니다. 저는 평생의 마음을 감추지 못하여 망령된 뜻을 숨기지 않은 것뿐입니다. 그런데 두 형의 말이 여기에 이르니 이는 제가 거짓말로 재주를 자랑하여 사람을 속이고자 한 것이 되니, 더욱 참괴(慙愧 : 부끄러움)함을 금치 못하겠습니다."

하였다. 반생이 말하기를,

"형이 높은 재주를 품고도 우리를 가르치지 않으니 이것이 사람을 속이는 것이지요."

라고 하기에, 내가 희롱하여 말하기를,

"형들은 녹록(碌碌)한 재주여서 족히 가르치지 못할 터인데 어찌 가볍게 전하겠습니까?"

라고 하자, 두 사람이 다 크게 웃고 그쳤다. 내가 말하기를,

"두 형은 일찍이 방서(方書 : 신선술에 관한 책)를 보았습니까?"

라고 하니 반생이 말하기를,

"몇 년 전에 약간 보았는데, 『태백음경』(太白陰經)과 『망강남사』(望江南詞)와 『화룡비서』(火龍秘書)와 『육임병전』(六壬兵詮) 같은 책입니다."

라고 하였다. 내가 『육임방서』(六壬方書)는 잡스러운 술업이고 쓸데없는 말이라 하니, 반생은 육임(六壬)은 거짓으로 황석공(黃石公 : 중국 진나라 말의 병법가)에 의탁하여 지은 말이며, 집 안에 마침 그 책이 있어 우연히 보았는데 그 술업은 알지 못한다고 했다. 그 뒤에 조그만 책을 내어 보이는데, 제목에 '묵연재장서기'(墨緣齋藏書記)라 하였다. 묵연재는 반생의 집 이름이고, 감춘 서적을 기록한 것이다. 경서(經書)와 사기(史記)와 제자백가(諸子百家)의 유(類 : 종류)를 각각 나눠 적었는데, 그중에 『육임방서』가 여남은 개가 넘으며 다 듣지 못한 이름이었다. 엄생이 말하기를,

"기문둔갑(寄門遁甲 : 둔갑술)을 세상에 숭상하는 사람이 없지 않은데 형은 어떻다 생각하며, 『태을방서』(太乙方書)[63]는 진실로 취할 것이 있습니까?"

라고 하였다. 내가 말하기를,

"동방은 서적이 귀하여 이런 방서를 널리 보지 못하였지만 다만 고루한 소견을 일체 믿지 않고, 오직 『손오병법』(孫吳兵法)[64]은 유학자가 한번 보암직한

---

63) 태을성이 움직이는 위치에 따라 길흉을 점치는 책으로, 둔갑·육임과 함께 삼식(三式)이라 한다.

64) 병법 칠서(七書) 중에서 가장 뛰어난 병서로 일컬어지는 『손자』(孫子)와 『오자』(吳子)를 병칭(併稱)하여 이르는 말이다.

글이라 생각합니다."

라고 하였다. 엄생이 말하기를, 『손오병법』은 비록 싸움에 쓰지 않아도 좋은 말이 많으므로, 이를 버리고 육임과 둔갑을 좋아함은 또한 과도한 일이라 하였다. 내가 말하기를, 반형은 재주가 높은 고로 박잡(駁雜 : 뒤섞여 순수하지 못함)한 술업이 범람하는 허물을 면치 못할 것이라고 했다. 반생이 말하기를, 우연히 그 글을 볼 따름이고 정미(精微)한 술업은 대강도 알지 못한다 했다. 뿐만 아니라 반드시 배울 곳을 얻은 후에 비로소 정미한 곳을 얻을 것이므로, 이런 사람을 어찌 갑자기 만나겠느냐고 했다.

내가 말하기를, 동국에도 이 술업을 숭상하는 사람이 왕왕 있는데, 작은 일에는 혹 기특한 증험(證驗)이 있으나 큰 일을 당하면 종시 쓸 곳이 없다고 하였다. 내가 또 묻기를,

"중국의 사태우(사대부)가 주자가례(朱子家禮)를 준행하는 집이 있습니까?"

라고 하니 반생이 말하기를, 휘주(徽州) 사람은 다 가례를 존숭하고 그밖에도 없지 않다고 하였다. 내가 말하기를, 상가(喪家)에서 풍류를 쓰는 것이 가장 괴이한 풍속이라고 하니, 반생이 말하기를,

"근본은 죽은 사람을 즐기게 함이지만 필경 이로써 손님을 대접하므로, 사람의 집이 상사(喪事)를 만나 이 법을 쓰지 아니하면 세상이 불효로 일컬으니 어찌 괴이치 않겠습니까?"

라고 하였다. 내가 또한 중표(中表 : 내외종 간의 형제) 사이에 서로 혼인하는 법이 있느냐고 물으니 엄생이 말하기를, 나라 법령이 이것을 엄히 금하여 대청율문(大淸律文 : 청나라 법률)에 태벌(笞罰 : 볼기를 치는 형벌)의 죄목을 분명히 실었으나, 사람의 집이 이로써 그르다고 하여 허물치 아니한다고 하였다. 내가 두 형의 집에 또한 중표 혼인이 있느냐고 물으니, 대답하기를 다 없노라고 했다. 내가 말하기를, 중국 소설을 보니 이로 인연하여 가도(家道)를 어지럽힘이 많으니, 종시 이 법을 없애는 것만 같지 못하다고 하니, 반생이 말하기를, 비록 이 법을 없애더라도 그 어지럽힘을 어찌 능히 금할 것이냐고 하였다. 내가 중국은 부인의 개가를 그르게 여기지 아니하냐고 물으니 반생이 말하기를,

"사대우의 집은 개가하는 일이 없지만 가난하고 자식이 없으면 개가를 허물치 못할 것입니다. 송(宋)나라 때 정사(貞士 : 지조가 곧은 선비)의 집에도 개가한 계집이 있었습니다."

라고 하였다. 내가 말하기를,

"이것은 예로부터 흔히 있는 일입니다. 다만 극진한 도리로 의논한다면 하나를 섬겨 고치지 아니함이 어찌 부인의 옳음이 아니겠습니까?"

라고 하니, 반생은 가난하여 돌아갈 곳이 없고 그 사람이 또한 지조가 없으면 필경 절개를 보전치 못하여 큰 부끄러움이 있을 것이라 하며, 차라리 개가를 허함이 해롭지 아니할 것이라 했다. 내가 말하기를, 이 일은 금할 일이 아니고 또한 권할 일도 아니므로 다만 당한 사람의 뜻을 좋게 함이 옳다고 했다. 반생은 금하는 법령이 없어도 세상의 이름을 취하여 억지로 머무는 사람이 적지 아니하리라고 했다. 엄생이 말하기를,

"내 마음으로 사람의 마음을 헤아리니 그 진정을 어찌 알겠는가?"

라고 했다. 반생이 웃고 말하기를,

"동방에도 혼인을 미처 이루지 못하고 지아비가 죽어 몸이 마치도록 절개를 지키는 여자가 있습니까?"

라고 하기에, 내가 이미 폐백을 드린 후에는 언약을 이룬 것이므로 감히 개가하지 못한다고 했다. 반생이 말하기를,

"이것은 인정과 의리가 정당한 일이 아닙니다. 옛사람이 혼인 후에 미처 사당에 뵈지 못하고 죽으면 돌아가 부모의 집에 묻히게 하였으니, 며느리 도리를 이루지 못했다 해서 그러는 것이지요. 그런데 혼인을 하지 못하고 지아비가 죽어 절개를 지키는 이는 옛사람이 음분(淫奔 : 결혼하지 않은 남녀가 사통함)에 비하였으니, 비록 심상(尋常)한 여자의 일이 아니나 또한 어진 사람의 도를 지나친 것입니다."

라고 하였다. 엄생이 말하기를,

"이 일은 고례(古禮)에 없는 예입니다. 그러므로 혼인 전에 수절하는 여자는 나라가 정문(旌門 : 열녀 등을 표창하기 위해 세우는 붉은 문)을 허락치 아니하였

으니, 사람에게 권할 일이 아니라는 뜻이지요. 혹 그런 일이 있으면 관원이 나라에 늘려 약간의 포상이 있는데, 나리를 사르는 효자와 같은 것입니다."
라고 하였다. 반생이 조선에도 개가를 아니하면 또한 정문하는 법이 있느냐고 하기에, 내가 우리나라는 개가를 않는 것이 부녀의 예삿일이어서 정표(旌表)를 더하지 않는다고 대답했다. 반생은 개가하는 법이 없으면 능히 실행(失行)하는 폐단이 없느냐고 물었다. 내가 말하기를, 우리나라는 예법이 극히 엄하여 이런 일이 흔치 아니하고, 만일 드러남이 있으면 몸을 보전치 못할 뿐이 아니라 그 부형과 족속이 다 세상에서 버림을 받는다고 했다. 반생은 그것이 너무 과하다 하고서는 부형이 무슨 죄가 있느냐고 했다. 나는 편방 규모(偏邦規模 : 변방에 치우친 나라의 제도)라 편벽(偏僻)됨이 없지 않지만 또한 해롭지 아니하다고 했다.

엄생이 말하기를, 족히 대국 예교(禮敎)의 엄함을 볼 수 있다 하고, 또한 묻기를 동방의 아이들에게 첫번째로 무슨 글을 읽히느냐고 하였다. 내가 말하기를, 나는 첫번째는 『천자』(千字)를 읽히고 버거(다음)로 『사략』(史略)과 『소학』(小學)을 가르쳐 경서(經書)에 이르는데, 오직 『예기』(禮記)와 『춘추』(春秋)는 읽는 사람이 적다고 했다. 엄생이 말하기를,

"『사략』은 이곳에서는 『감략』(鑑略)이라 일컬어 또한 아이들에게 읽힙니다. 『소학』은 가장 좋은 글이니, 『소학』 「외편」(外篇)에 비록 아이들이 행할 일이 적으나, 옛사람의 좋은 말과 착한 행실을 어렸을 때 들으면 자연 쉽게 잊지 아니할 것입니다. 또 사람이 먼저 식견을 넓힐 것인데, 혹 영오(穎悟 : 남보다 뛰어나게 총명함)한 아이들이 이런 사적을 보면 능히 감동하여, 본받을 뜻이 있으면 종신토록 유익함이 될 것입니다. 이러므로 옛사람이 아이들을 가르쳐 날마다 옛일을 기록하게 한 것이니, 성경(聖經)과 현전(賢傳)이 비록 좋다 한들 아이들이 어찌 졸연(猝然)히 알아보겠어요?"
라고 하였다. 내가 말하기를,

"우리나라 선현 중에 종신토록 『소학』을 읽어 스스로 소학동자(小學童子)라 일컬은 사람65)이 있는데, 그 독실한 뜻은 매우 좋지만 마침내 경서를 읽음만

같지 못하지요."

라고 하니, 엄생이 말하기를,

"이미『예기』를 읽는 이가 적으면 아이들이 본받을 절목(節目)을 무엇으로 알게 할 것입니까?"

라고 했다. 내가 말하기를,

"『소학』은 유(類)로 모은 글이라서 종시 경서의 깊은 취미에 미치지 못하므로 아이들이 읽는 것은 진실로 마땅하지만, 다만 종신토록 숭상하여 경서로 나아가지 않는다면 어찌 크게 이룰 학문이라 일컬을 수 있겠습니까?"

라고 하였다. 이어서 반생이 동방의 풍류(風流)와 재담(才談)을 얻어듣고자 한다고 했다. 내가 말하기를, 동방 사람들이 대저 인품이 둔체(鈍滯 : 체체하지 못함)하여 풍류의 일을 절연히(분명히) 전함이 없고, 그중 몸을 닦고자 하는 사람은 '풍류' 두 자를 일체 배척하여 더욱 숭상치 않는다고 했다. 그러자 반생이 풍류 재주를 어찌 원치 않느냐고 하며 크게 웃었다. 내가 말하기를,

"그윽이 들으니 군자의 교도(交道 : 친구와 사귀는 도리)는 의(義)로 정(精)을 이기고, 소인의 교도는 정으로 의를 이긴다 하였습니다. 그런데 제가 두 형을 만난 후로 필경 이별이 마음에 거리껴 거의 침식이 편치 못하니, 의로 정을 이긴다는 것이 필연 이렇지 않을 것입니다. 실로 참괴(慙愧)함을 이기지 못하지만, 옛사람을 생각건대 혹 지기(知己)를 위하여 서로 죽는 사람이 있으니 이 지경에 이름이 또한 괴이치 않겠습니까?"

라고 하니, 엄생이 말하였다.

"한 번 이별하면 천고의 영결(永訣)[66]이 될 것이므로, 피차의 인정을 생각건대 어찌 이렇지 않으며, 무슨 도리의 해로움이 있겠어요? 저는 오늘부터 마음이 꺾어진(고집이 꺾인) 후로는 마침내 형을 받들기를 신명(神明)같이 하고자 하는데, 이것도 혹 과함을 면치 못한다 하겠습니까?"

---

65) 김굉필(金宏弼)은 김종직의 문하에 들어가『소학』을 배웠는데, 스스로 '소학동자'라 일컬을 정도로 평생『소학』을 독실히 믿었다.

66) '영결'(永訣)이란 표현은 자신들의 이별을 산 사람과 죽은 사람의 이별에 빗댄 말이다.

내가 말하기를, 한 번 이별한 후로는 만사를 이를 것이 없으므로, 다만 각각 공부에 힘써 피차에 사람을 알지 못한 허물을 면케 하는 것이 제일 큰 일이 될 것이라고 했다. 엄생이 말하기를,

"제가 한(恨)하는 것은 한 번 형의 의론을 듣고 나서 스스로 생각건대 평생에 이런 사람을 보지 못한 것입니다. 장래에 만나는 사람이 비록 음란한 벗과 설만(褻慢 : 거만하고 무례함)한 교도(交道)에 이르지는 않겠지만, 이같이 의리로 서로 권면(勸勉)하는 사람을 구하여 서로 유익함을 얻고자 하여도 이는 천고에 드문 일입니다. 이러므로 홀홀(欻忽 : 걷잡을 수 없이 갑자기)한 마음에 자연 즐거움이 없으니 어찌 구구히 이별을 아낄 뿐이겠습니까? 생각이 이곳에 이르니 진실로 사람으로 하여금 소리를 놓아 크게 울고 싶게 합니다."

라고 하였다. 내가 말하기를,

"제가 두 형을 만나니 재주를 사랑하는 것이 아니라 학문을 공경함이고, 학문을 공경할 뿐이 아니라 마음을 사모합니다. 다만 언어를 서로 통치 못하고 이별이 매우 총망(悤忙)하여 정미(精微)한 의론을 극진히 듣지 못하고, 스스로 평일의 소소한 소견이 있으나 또한 미처 진정치 못하니, 어찌 일생의 한이 되지 않겠습니까? 앞으로 서로 서신을 부치는 일이 있거든 부질없는 정사를 떨치고 일용 공부의 절차와 사우(師友) 간의 좋은 의론을 주고받음이 어떠합니까?"

라고 하니, 반생이 말하기를,

"저는 성현의 학문에 망연(茫然)히 진척이 없어 평생에 놀기를 일삼으니 어찌하겠습니까? 감히 형에게 뵈지 못하겠습니다."

라고 했다. 엄생이 말하기를,

"감히 형과 같은 위인(爲人)을 얻어 조석(朝夕)에 한가지로 있으면 장래에 자연 장진(長進)함이 있을 것입니다. 제(弟)는 자품(資稟)이 비록 좋으나 다만 시속에 골몰하여 잃어버린 시절이 많으니, 이것은 유익한 붕우(朋友)와 더불어 강론(講論)하는 공부를 얻지 못한 때문입니다. 반형 또한 한가지로 경계할 만합니다."

라고 하여, 내가 말하였다.

"두 형이 서로 강론하매 어찌 다른 사람을 기다리겠습니까? 다만 진실한 마음과 각고(刻苦 : 몹시 애씀)한 공부로 한때도 잠시 끊어져 잊지 않음이 제일 어려운 일이지요. 유유범범(悠悠泛泛 : 무슨 일을 다잡아 하지 않음)하여 내일과 내년을 기다리는 마음이 가장 민망한 것입니다. 옛사람이 짐독(鴆毒 : 짐새의 깃에 있다는 독한 기운)에 비함이 괴이치 않으니, 제가 사십에 이르도록 이룸이 없는 것도 오로지 이로 인연한 것입니다. 이번에 돌아간 후로부터 마음을 가다듬어 공부에 힘쓰면 거의 형의 책망을 저버리지 않을까 하지만, 다만 오두(烏頭)의 힘[67]이 오래지 않아 슴슴할까 저어합니다. 반형은 지난번에 여색(女色)을 경계한 말이 있는데, 이것은 한때 희해(戱諧 : 농담)의 수작이 아니므로 범연(泛然 : 데면데면함)히 듣지 않기를 바라고, 또 비록 나이 젊은 연고이지만 위의(威儀)와 언사(言辭)에 과히 경솔한 곳이 많으니, '위중'(威重 : 위엄 있고 태도가 무거움) 두 글자에 더욱 힘쓰기를 바랍니다."

반생이 듣기를 마치자 낯빛이 변하여 홀연히 캉 아래로 내려가 허리를 굽혀 공순히 읍하기에 내가 놀라 일어나 붙들어 앉혔더니, 엄생이 말하기를,

"옛사람이 말하기를, '한 번 문인(文人)으로 일컬음을 얻으면 그 나머지의 일은 볼 것이 없다' 하였으며, 문인이라 이르는 것도 옛사람이 오히려 부끄럽게 여겼는데, 어찌 도리어 '풍류'(風流) 두 자를 흠모하겠습니까? 이것은 반형의 큰 병통입니다."

하고 또 말하기를,

"장래에 우리들이 서로 만나면 형의 말씀을 들어 서로 경계하여 감히 잊지 않을 것입니다. 반형은 왕왕 희롱의 말이 많지만, 저의 말은 실로 충심(衷心)으로 말미암은 말이어서 반형과 더불어 벗이 된 것입니다. 어찌 서로 권면하지 않겠습니까?"

하였다. 내가 말하기를,

---

67) '오두의 힘'이란 진통약으로 쓰는 오두(烏頭)의 진통 효과, 곧 약의 효과를 뜻한다.

"'풍류' 두 자는 옛사람으로 의논하자면 두목지(杜牧之)의 무리에 해당할 일이니, 어찌 군자에 비기겠습니까? 또 이르기를 미원장(米元章)과 조송설(趙松雪 : 조맹부) 두 사람은 아담한 풍운(風韻 : 풍류와 운치)으로 천고에 이름을 드리우고, 문묵(文墨 : 문필)을 숭상하는 사람의 우러러 흠모함이 태산 북두(泰山北斗 : 존경받는 사람을 비유하는 말)와 다름이 없지요. 그러나 유식한 군자로 볼진대 그 재주를 듣지 못하고 한갓 적은 재주로 일삼음이 낮고 낮으니, 어찌 족히 일컬을 것이 있겠습니까?"

라고 하였다. 엄생이 말하기를,

"반형의 소견으로는 두 사람을 흠모하여도 마침내 그 지경에 미칠 줄을 기약하지 못하였는데, 이제 홍형의 의론을 들으니 실로 천만 현격(懸隔)함이 있습니다. 또 번거롭지 않고 종요로운(요긴한) 말이 있는데 걸음걸음이 실한 땅, 곧 '실지'(實地)[68]를 밟으라는 것입니다."

라고 하며 다시 말하였다.

"이런 학문은 허리를 펴고 기운을 일으킨 후에 비로소 효험을 얻을 것이니, 날이 마치도록 유유홀홀(悠悠忽忽 : 아득하고 뒤숭숭함)하여 진작(振作 : 정신을 가다듬어 떨쳐 일어남)하지 못하면 '술에 취한 인생이요, 꿈으로 죽음을 면치 못할 것'〔醉生夢死〕입니다. 곧 낮게 의논하여 미원장과 조송설의 정한 재주를 배우고자 하여도 또한 일조일석(一朝一夕)에 이룰 바가 아니라 평생 무한한 정력을 허비할 것이니, 이 공부를 옮겨 신심을 다스리고 성명(性命 : 인성과 천명)을 궁구하면 또한 어떤 경지엔들 이르지 못하겠습니까?"

내가 말하기를, "엄형은 이번 과거를 합격하지 못하면 다시 올 뜻이 없습니까?"라고 하니 엄생이 말하기를, "어찌 사람을 속이는 말을 하겠습니까? 이번에 합격 못하면 결단코 다시 오지 않을 것입니다. 평생에 성(誠) 자로 이름을 지었고 또 별호를 불이(不二)로 일컬으니 거짓말을 경계하고자 하는 뜻입니다"라고 하였다. 내가 말하기를, "반형은 필연 다시 오기를 면치 못할 것이니

---

68) '실지'(實地)란 말은 홍대용 등 조선 실학파에게는 '실심'(實心), '실사'(實事)와 함께 실학 정신의 핵심 주제이다.

몇 번으로 한정(限定)을 삼는 것입니까?" 하니, 반생이 말하기를 세 번을 한 하고자 한다고 했고, 엄생은 또한 부모의 명과 붕우의 권함을 떨치기 어렵다고 했다. 내가 말하기를, "어찌 어렵지 않겠습니까? 나는 이로 인연하여 지금 과장(科場 : 과거 보는 곳)의 자취를 끊지 못하였습니다"라고 하였다. 또 내가 말하기를,

"이곳에 이르니 재물로 벼슬을 얻은 사람의 이야기를 혹 듣는데, 이런 무리와 더불어 어깨를 맞춤이 어찌 부끄럽지 않겠습니까?"

라고 하니 반생이 말하기를,

"과갑(科甲 : 과거)으로 벼슬길을 얻으면 자연히 분별이 있겠으나, 얻어도 맛이 없고 구함이 뜻과 같지 아니하여 말고자 하여도 능치 못하니 어찌하겠습니까?"

라고 하였다. 내가 말하기를,

"재상(宰相)으로 형벌에 이르는 이가 있으니, 선비 된 사람은 세상을 헤아린 후에 환로(宦路 : 벼슬길)에 들어감직합니다."

라고 하니, 반생이 기색이 무연(憮然)하여 대답하지 않았다. 내가 동국은 악한 역적[惡逆]이 아니면 재상의 몸에 형벌이 미치는 일이 없다고 하니, 반생이 중국은 비록 정승이라도 형벌을 면치 못한다고 했다. 내가 선비는 가히 죽일지언정 욕되게 하지는 못할 것이라고 하자, 엄생이 명조에는 조신(朝臣)을 조정에서 볼기 치는 형벌이 있었고, 가혹한 법령도 많았다고 했다. 또한 그때는 관원들이 도리어 조정에서 볼기 맞음을 영화로 삼았는데, 이것이 명조의 어지러운 정사(政事)이며, 청조에 이르러 조정에서 형장(刑杖)하는 법을 덜었으니 매우 관후(寬厚 : 너그럽고 후함)한 정사라고 하였다.

내가 "천하가 한 집인데, 집 안에서의 사사(私事) 수작이 무슨 해로움이 있겠습니까? 동방에 있을 때 중국 소식을 들으니 해마다 재변이 많고 민심이 소동하여 천하가 평안치 못하다 하니 실상이 어떠합니까?"라고 물으니, 엄생은 실로 없다고 했고, 반생은 회자국(回子國)이 변방을 어지럽힌 일이 3년이 넘으나, 즉시 평정하고 지금은 사방이 평안하여 이런 일이 없다고 하였다. 엄생

이 또한 말하였다.

"이때는 태평하고 인물이 극히 성한 시절이라 혹 도적이 조금만 있이도 다 즉시 흩어집니다. 몇 년 전에 한 도적이 있어 성명을 마조주(馬朝柱)라 하였는데, 종적이 드러나니 즉시 도망하여 천하에 10년을 찾았지만 종시 얻지 못하였습니다. 근래에 들으니 이미 죽은 지 오래라고 합니다. 또 백성의 마음을 의논할진대, 천하 사람이 황상의 은혜를 생각지 않을 이 없고 조금도 소동하는 말이 없으니, 그중 절강 근방은 자주 구실(세금)을 덜어 은혜를 더하므로 인심이 더욱 감복합니다."

내가 말하기를,

"동방이 또한 고휼(顧恤 : 돌보아줌)함을 입어 조공하는 방물과 주청(奏請 : 임금이나 중국에 상주하여 청함)하는 사정이 순편(順便)치 않은 곳이 없습니다. 그런데 오직 의관이 변하여 중국의 고가대족(故家大族)이 다 파임(破衽 : 오랑캐의 옷을 입음)의 풍속을 면치 못하니, 이러므로 중국 사람을 위하여 슬퍼해 마지아니합니다. 그중 무지한 하졸들은 근본 중국을 생각지 않고 다만 오랑캐라 일컬어 조금도 고자(告刺 : 남의 잘못을 말함)함이 없습니다."

라고 하니, 두 사람이 낯빛이 변하여 서로 보며 대답이 없었다. 엄생이 본조(本朝 : 청나라)가 동방을 고휼했다는 것이 무슨 일이냐고 묻기에 내가 말하기를,

"강희(康熙) 연간으로부터 동방을 접대함이 다른 외국과 아주 달랐어요. 우리나라가 청하는 일이 있으면 따르지 않음이 없었으니, 대명 때는 해마다 1만 석의 쌀을 조공하였는데, 강희 연간에 9천 석을 감하고 차차 덜어 지금은 겨우 수십여 석을 조공할 뿐이지요."

라고 하니, 엄생은 말하기를, 본조 초년에 동방의 조공하는 사신이 대명 의관을 변치 않았지만 마침내 금하지 않았으니, 또한 충후(忠厚)한 뜻을 볼 수 있다고 하였다. 반생은 사신이 돌아가는데 황상이 상사(賞賜 : 상으로 내리는 물품)한 것이 있느냐고 물었다. 내가 말하기를, 백여 필의 비단과 수천 냥의 은을 일행에게 나눠주고, 연로(沿路)와 유관(留館)에 있을 때에도 양식과 찬물(饌物)을 이어 허비하는 것이 적지 않았다고 했다. 또 말하기를, 서낭정(徐朗

亭 : 반정균의 외사촌형)에게 서로 편지 부치기를 언약하였으니 낭정이 이 뜻을 아느냐고 했다. 반생이 말하기를, 이미 들었고 나쁘게 여기지 않으니 다시 의심이 없으리라고 했다. 내가 해마다 사행을 통하여 낭정에게 편지를 부칠 것이니 형들도 이 언약을 저버리지 않기를 바란다고 말하자, 엄생이 말하기를, 한 해에 한 번 편지를 부치는 것은 오히려 드물어서 한하는데 어찌 언약을 잊겠느냐고 했다. 내가 말하기를,

"우리나라 노가재(老稼齋) 김창업(金昌業)은 청음(淸陰 : 김상헌) 선생의 증손입니다. 그 백씨(伯氏 : 형님)를 따라 중국을 구경하고 돌아가는 길에 산해관에 이르러 그곳 선비 정홍(程洪)과 더불어 하룻밤 수작으로 사귀기로 정하고, 돌아간 후에 해마다 서로 편지를 그치지 아니하여 지금 기이한 일로 일컫습니다. 이것은 옛사람이 행한 일이지만 피차에 방금(邦禁 : 나라에서 금하는 일)이 없는 줄을 가히 알 수 있습니다."

라고 하였다. 엄생은 편지를 부치는 데 오로지 간편하기를 취할 일이라고 했다. 또 동국 간지(簡紙 : 장지로 된 조선의 편지지)는 길고 두꺼워 멀리 전하기에 마땅치 않으니, 중국 간지의 크기를 모방하여 다만 경편(輕便)함을 생각함이 옳다고 했다. 반생은 자기네 서신이 동방에 이르면 보는 사람이 괴이히 여기지 않겠는지, 또 동국 사람을 만나면 아무 사람에게 부쳐도 해로움이 없겠는지를 물었다. 내가 말하기를,

"이미 김가재의 사적(事迹)이 있고, 만리에 서로 서신을 통하면 이것은 천고에 기이한 일인데, 누가 괴이히 여기는 일이 있겠어요? 우리나라 역관들이 친한 사람이 많고 우리가 사귄 일을 괴이히 여길 이가 없으니, 그중에 신실한 인물을 가려 서신을 부탁하여 일을 그르치지 않게 할 일입니다. 만일 수년이 넘도록 서신이 없으면 이는 형들을 잊은 것이고, 그렇지 아니하면 죽지 않는 한 필연 소식을 통할 것입니다."

라고 하니, 반생이 이렇게 말했다.

"우리도 만일 서신을 전함이 없으면 이는 우리가 죽은 날입니다. 다만 5, 6년 후면 낭정이 벼슬을 얻어 북경을 떠날 것이고, 3년 후에는 과거를 위하여

다시 이곳에 이를 것이므로 좋은 묘책을 다시 의논하지요."

이때 한 사람이 편지를 가져와 두 사람을 청하므로, 후기(後期 : 뒷기약)를 기약하고 즉시 물러나와 관으로 돌아왔는데, 날이 아직 이르고 사행이 미처 돌아오지 못하였다. 덕형을 불러 서종맹에게 전갈을 부리고 서산 구경한 일을 누누이 죄사(罪死)하여 그의 노함을 풀려 하였다. 그런데 사행이 돌아오셔서 마침 상방(上房)에 앉았더니, 덕유가 급히 들어와 서종맹이 보기를 청한다고 했다. 즉시 문을 나와 캉으로 돌아오니, 서종맹이 캉 문을 의지하고 나에게 말하기를,

"내가 궁자와 더불어 정분이 없으면 어찌 이런 말을 하겠어요? 일전에 제독 대인이 나더러 말하기를, '궁자는 그 인품을 들으니 매우 좋은 사람인가 싶거니와, 날마다 구경을 다니고 대국의 금령을 돌아보지 않으니 극히 옳지 않으므로, 이 사연을 전하여 출입을 그치게 하라'고 했습니다. 제독의 말이 이미 이러하면 아문이 거스르지 못할 것입니다. 이후에는 출입을 그치고 아문에 죄명(罪名)이 돌아올 것을 생각하시오."

라고 했다. 대개 서산 구경 길을 제게 고하지 않음에 노하여 한 번 속이고자 하는 뜻이고, 약간의 안정(顏情 : 여러 차례 만나면서 일어나는 정)이 있는 것으로 해서 제독을 거짓 핑계삼아 출입을 금하는 의사였다. 내가 말하기를,

"이것이 무엇이 어렵겠습니까? 내가 나감은 다른 뜻이 아닙니다. 멀리 친정(親庭)을 떠나고 돌아갈 기약이 지나서도 길을 떠나지 못하여 외로이 관중에 갇혀 더욱 심사를 정치 못할 지경이니, 마지못하여 거리로 다니며 마음을 소창(消暢 : 갑갑한 마음을 풀어 후련하게 함)하고 객회(客懷)를 위로하고자 함이었습니다. 하지만 제독 대인의 말이 이미 이러하면 어찌 어길 뜻이 있겠습니까?"

라고 하였다. 종맹이 웃으며 말하기를,

"문을 닫고서 책이나 보며 거문고를 희롱하면 족히 날을 보낼 것이니, 어찌 날마다 거리로 다녀 몸을 괴롭히겠습니까?"

라고 하였다. 내가 말하기를,

"일전에 서산 길은 마지못할 곡절이 있었습니다. 대감이 집에 돌아가 미처

들어오지 못하고 아문의 다른 노야들이 미처 모이지 못한 까닭에, 다만 대사에게만 가는 사연을 고하였습니다. 아침에 오통관을 보니 나를 꾸짖기를 도망하여 다니는 사람으로 아는가 싶었는데, 내가 비록 구경을 즐기나 어찌 이런 구차한 일을 하고자 하겠습니까?"

라고 하니, 종맹이 이렇게 말하였다.

"어찌 그러하겠습니까? 오통관은 본래 조선말을 하지 못하므로 서로 뜻을 통치 못하였을 것이니, 어찌 궁자를 도망하여 간다 이르겠습니까?"

이어서 웃으며 덕유더러 일러 말하기를,

"너희 같은 사람은 혹 도망하는 일이 있더라도 궁자는 체면을 아는 사람인데 어찌 이런 일로 의심하겠는가?"

하고 나더러 말하기를, 자기는 내일 집으로 나가고 4, 5일 후에 도로 들어올 것이니, 그 전까지는 부디 출입을 그치라 이르고 총총히 나갔다.

담헌 팔경을 노래하다

15일 관에 머물다[69]

식전에 편지를 써서 덕유를 간정동에 보내니, 그 편지에 이렇게 말했다.

제가 일전에 서산 길로 인하여 아문의 죄를 얻어 수일을 감히 문을 나서지 못하며, 비록 나가고자 하나 묘책이 없었으니 어찌 울울(鬱鬱 : 매우 답답함)하지 않겠습니까? 어제 엄형의 접책(摺册)을 받으매 더욱 후한 뜻에 감동하여 갚을 바를 알지 못합니다. 우리들의 돌아갈 기약은 혹 스무 날이 지나야[旬後] 완전히 정해질 것이어서, 일변 기쁘며 일변 슬프니 이 괴로운 회포를 어찌하겠습니까? 동국의 대강 사적(史蹟)을 기록하여 보내나, 여행 중에 서적이 없어 마음에 기록된 일을 적을 따름입니다. 매우 초초(草草)하니 또한 짐작하기 바랍니다.

동국 사적의 대강

조선(朝鮮)은 남북이 4천 리이고 동서가 1천여 리이다. 나눠서 팔도(八道)를 만들었는데, 가운데는 이른바 경기도니 나라 도읍이 있다. 경기도 동쪽은 이른바 강원도니 또한 동쪽으로 바다를 임하고, 강원도 북쪽은 이른바 함경도니 또한 동

---

69) 서종맹이 출입을 막아 관에 머문 일과 엄성·반정균과 서첩·편지 등을 주고받은 사연이 생략되었다.

으로 바다를 임하며 북으로 백두산(白頭山)에 이르고, 함경도 서쪽은 이른바 평안도니 서로 바다를 임하며 북으로 압록강을 사이하고, 평안도 남쪽은 이른바 황해도니 또한 서해를 임하며 남으로 경기도를 연하고, 경기도 남쪽은 충청도니 동으로 강원도를 연하며 서로 바다를 임하고, 충청도 서남쪽은 이른바 전라도니 서남으로 바다를 임하여 중국의 표류한 상선(商船)이 혹 이르고, 전라도 동쪽은 이른바 경상도니 동남은 바다를 임하며, 그 북쪽은 충청도요 그 동북은 강원도니, 이것이 일국(一國) 지형의 대강이다.

동방은 처음에 임금[君長]이 없더니, 신인(神人 : 단군)이 있어 태백산(太白山) 신단수[檀木] 아래에 내렸다. 이로써 모시어 임금을 삼아 중국 요임금 시대(唐堯 戊辰年)에 위(位)에 올랐다. 그후에 자손의 형세가 쇠미(衰微)하여 무왕(武王) 때에 이르러 기자(箕子)가 동(東)으로 봉하시니, 여덟 가지 가르침을 베풀어 사람을 죽인 자는 그 명(命)을 대신하고, 재물을 도적하는 자는 재물 임자의 종으로 삼으니, 수년 만에 나라가 크게 다스려졌다. 그후 자손이 세 나라로 나누니 이른바 진한(辰韓)·변한(弁韓)·마한(馬韓)이며 지금 삼한(三韓)이라 일컫는다. 삼한의 자손이 한 무제(武帝) 때에 이르러 다 멸망하여 네 고을을 만들었다. 선제(宣帝) 오봉(五鳳) 연간에 이르러 박씨(朴氏 : 박혁거세)가 일어나 다시 나라를 세워 신라라 일컫고, 한때 백제와 고구려 두 나라가 있어 삼국이 나눠 웅거하니, 수(隋) 양제(煬帝)와 당 태종(太宗)이 동으로 쳐들어와 이기지 못한 것은 곧 고구려이다. 당 명종(明宗) 때에 이르러 당군 소정방(蘇定方)을 보내어 고구려와 백제를 칠 때, 신라가 또한 장수 김유신(金庾信)으로 하여금 한가지로 쳐서 드디어 두 나라를 멸하고 땅이 다 신라에 속하니, 신라는 나라를 천 년을 누리고, 왕씨(王氏)가 나라를 세워 이름을 고려(高麗)라 일컬었다. 고려는 5백 년에 망하여 명나라 태조(太祖) 28년에 본국이 되며, 태조 황제가 이름을 명하여 조선이라 일컬으니, 이것이 역대 흥망의 대강이다.

백두산은 영고탑(寧古塔) 남쪽에 있으니 이는 일국 뫼의 조종(祖宗)이다. 남으로 1천5백 리를 내려 철령(鐵嶺)이 되고, 또 백 리에 금강산(金剛山)이 되고, 또 남으로 오대산(五臺山)·설악산(雪嶽山)·태백산·조령(鳥嶺)·속리산(俗離山)·

추풍령(秋風嶺)이 되고, 또 남으로 수백 리에 지리산이 되어 남해를 임하고, 바다 쪽으로 천여 리를 지나 제주 한라산(漢拏山)이 되니, 이는 일국 산맥의 내강이다.

백두산 위에 큰 못이 있으니 서쪽으로 흘러 압록강이 되어 천여 리를 행하여 서해로 들어가고, 동으로 흘러 두만강이 되어 수백 리를 행하여 동해로 들어가니, 두 물이 중국의 지경(地境)을 표한다. 철령에서 내려오는 물이 서로 흘러 임진강이 되고, 태백에서 내린 물이 서로 흘러 한강이 되어 한양(漢陽) 남쪽으로 말미암아 바다에 들어간다. 조령에서 내린 물이 남으로 흘러 낙동강이 되어 경상도 가운데를 쫓아 남해로 들어가니, 이는 일국 물 근원의 대강이다.

강원도와 함경도는 뫼가 많아 들판이 열린 곳이 적다. 그나마 뫼와 들이 서로 균적(均適)하니, 뫼가 가까운 곳은 백성이 가난하여 풍속이 순박하고, 들이 가까운 곳은 백성이 가음열어(재산이 많아) 풍속이 박액(迫阨 : 인정이 없고 야박함)하다. 대개 백 리에 들이 없고 만금(萬金)의 가음엶(부함)이 적다. 다만 삼면으로 바다를 임하여 여염이 넉넉하고 토품(土品)이 부요하며 농사와 길쌈[農桑]을 숭상하니, 또한 해외의 즐거운 땅이라 이른다.

기자의 후손이 기울어 아름다운 법령이 전하지 못하고, 풍속이 한악(悍惡 : 사납고 악함)하여 군자의 힘이 비록 강하나 문학의 가르침이 오래 전에 끊어졌다. 그러더니 고려 말년에 이르러 정포은(鄭圃隱) 선생이 일어났는데, 이름은 몽주(夢周)이니 비로소 이학(理學)의 우두머리가 되어 창도[首創]하고, 본국(조선조)에 이르러 문학이 점점 일어나 한훤(寒暄) 선생 김굉필(金宏弼)과 일두(一蠹) 선생 정여창(鄭汝昌)이 다 주자(朱子)의 학문을 밝히고, 정암(靜菴) 선생 조광조(趙光祖)는 천품(天稟)이 극히 높았다. 나이 삼십이 넘으니 일국의 풍헌(風憲 : 풍습과 도덕에 관한 규범)을 관장하여 수년 사이에 풍속이 크게 변하여, 남녀가 길을 나누고 백성이 상사와 장사에 다 주자가례를 준행했는데, 불행히 일찍 죽어 그 학문을 펴지 못했다.

회재(晦齋) 선생 이언적(李彦迪)은 비로소 글을 지어 의리를 밝히고, 퇴계(退溪) 선생 이황(李滉)은 순후한 자품(資稟)으로 행실이 독실하여 도학(道學)을 일으킴이 더욱 성하고, 율곡(栗谷) 선생 이이(李珥)는 총명한 자품으로 견식이 탁월하여 성리(性理)를 의논하매 고명한 언론으로 통연(洞然 : 막힘 없이 트이고 환함)히 근본을 밝혔으나, 또한 불행히 오십이 못 되어 죽었다. 우계(牛溪) 선생 성혼(成渾)은 율곡과 더불어 한때 이름이 가득하고, 사계(沙溪) 선생 김장생(金長生)은 율곡의 문생(門生)이라 예문(禮文)을 숭상하여 고금 예서를 정미(精微)하게 분별하고, 동춘(同春) 선생 송준길(宋浚吉)과 우암(尤庵) 선생 송시열(宋時烈)은 다 사계의 문인이라. 한가지로 도학을 존숭하여 일세의 종당(宗堂)이 되었다. 우암은 향년(享年 : 한평생을 살아 누린 나이)이 더욱 오래되어 공렬(功烈)이 대단히 성하고 평생에 『춘추』를 존숭하여 그 대의를 붙들었다. 이 여러 유현(儒賢)들을 다 본국의 성묘(聖廟)에 배향[從享]하고, 그나마 기이한 사람과 높은 선비는 이루 기록하지 못한다.

문장을 의논하건대 신라 말년의 고운(孤雲) 최치원(崔致遠)은 당나라 때를 당하여 중국에 들어가 과거에 올라 중국 벼슬을 하였다. 후에 장수 고병(高騈)의 막하(幕下)에 있어 도적 황소(黃巢)를 치매 격서(檄書)[70]를 지어 천하에 전하니, 황소가 그 격서를 보고 크게 놀라 담에서 떨어졌는데, 이는 중국에도 이름 있는 사람이다. 고려 때에 이르러 상국(相國) 이규보(李奎報)는 시율(詩律)로 이름이 있고, 고려 말년에 이르러 목은(牧隱) 이색(李穡)은 시율과 문장이 매우 높았다. 일찍 중국에 이르러 악양루(岳陽樓)에 제영(題詠)한 글이 있으니 다음과 같다.

한 점 군산의 떨어지는 해 붉으니
창파 일만 이랑이 홀연히 빈 데를 번드치는도다.
긴 바람이 불어 황혼 달을 보내니

---

70) 최치원의 「토황소격문」(討黃巢檄文)을 말한다. 중국에서 황소의 난이 일어나자, 그 토벌 총사령관인 고병(高騈)의 휘하에 있던 최치원이 881년(헌강왕 7)에 격문을 지어 보냈는데, 황소가 이 격문을 보다가 저도 모르게 침상에서 내려앉았다는 일화가 전할 만큼 뛰어난 명문이었다 한다. 그의 시문집인 『계원필경』(桂苑筆耕)에 실려 전한다.

은촉과 사초롱의 암담한 가운데로다.[71]

본국에 이르러 읍취헌(挹翠軒) 박은(朴誾)과 소재(蘇齋) 노수신(盧守愼)과 간이(簡易) 최립(崔岦)과 오산(五山) 차천로(車天輅)와 석주(石洲) 권필(權韠)을 다 시율로 일컫고, 계곡(谿谷) 장유(張維)와 택당(澤堂) 이식(李植)과 상촌(象村) 신흠(申欽)을 다 문장으로 일컫는다. 이외에 시문을 간행하여 이름을 전하는 사람이 백수가 넘는데 이루 기록하지 못한다.

풍속을 의논하건대, 본국 이후로 예법을 삼가고 문학을 숭상하여 3년 동안 상중에 있는 것〔居喪〕이 궁중으로부터 서민에 통하고, 비록 무지한 백성이나 약간의 의관을 갖추는 집이면 개가하는 법이 없고, 내외(內外)하는 분별이 심히 엄하여 부녀들이 문을 나면 가마를 타며 장막을 드리우고, 비록 하졸의 처첩이라도 반드시 낯을 덮은 후에 길을 다닌다. 관혼상제(冠婚喪祭)는 다 가례(家禮)를 존숭하여 불도(佛道)를 일삼지 아니한다. 명분이 극히 엄하여 벼슬하는 집은 양반으로 일컬어 그 자손이 비록 가난하나 농상(農商)을 일삼지 아니하고, 농상의 자손은 비록 재학(才學)이 있어도 환로(宦路 : 벼슬길)에 드는 이 적다.

고적(古蹟)을 의논하건대 평양에 기자(箕子)의 무덤이 있는데, 임진왜란을 당하여 도적이 무덤을 헤칠 때 홀연히 땅속에서 풍류 소리가 나니, 도적이 크게 놀라 드디어는 헤침을 면하고, 정전(井田)의 남은 자취가 있으며 이랑과 한정(限定)에 오히려 상고할 곳이 있다.

산천을 의논하건대 한양의 삼각산(三角山)과 송도〔松京〕의 천마산(天磨山)과 황해도의 구월산(九月山)과 함경도의 칠보산(七寶山)과 평안도의 묘향산(妙香山)과 강원도의 금강산·오대산·설악산과 경상도의 태백산과 전라도의 지리산과 제주의 한라산은 다 봉우리와 수석이 나라 안에 일컫는다. 그중 금강산과 지리산과 한라산을 이름하여 세 신선의 뫼라 일컬으니, 각각 기이한 고적이 많은데 금강산은 더욱 이상하다. 중국 사람이 일찍이 글을 두어 말하기를, "원컨대 고려국

71) 원문은 다음과 같다. "一點君山落照紅 滄波萬頃忽鱗空 長風吹送黃昏月 銀燭紗籠黯淡中"

에 나서 한번 금강산을 보고 싶다"〔願生高麗國 一見金剛山〕하고 본국 사람이 글을 두어 말하기를, "은궁궐은 새벽의 황금 자물쇠를 열었고 구슬 하늘은 가을의 흰 연꽃을 묶었다"〔銀闕曙開金瑣鑰 瑤空秋束白芙蓉〕하였으니, 그 기이한 경치를 짐작할 것이다. 대개 뫼 가운데 1만 2천 봉우리가 있는데, 다 흰 돌이 공중에 쌓여 아홉 층 못과 1천 자 폭포요, 심수(深邃 : 깊숙하고 그윽함)한 큰 골짜기〔洞壑〕와 윤택한 창벽(蒼壁)이라. 층층한 묘당이 아래위에 틈틈이 얽히고, 가을 때면 단풍이 뫼를 덮어 붉은 비단을 베푼 듯하니 이로써 인연하여 혹 풍악(楓嶽)이라 일컫는다. 동해를 임하여 관동의 팔경이라 일컫는 곳이 있으니, 바다를 인연하여 7백 리 사이의 봉우리가 아름다우며 조촐한 모래에 해당화가 깔리고 단청한 누각이 서로 바라보니, 성난 파도와 아름다운 경물〔怒濤佳麗〕이 나라 안의 제일 승경(勝景)이 될 뿐 아니라, 또한 중국에도 흔치 않을 곳이다.

덕유가 돌아왔는데, 엄생의 답서에 이렇게 말했다.

매일매일의 생각이 심히 괴롭더니 보내준 편지를 읽으매 사람으로 하여금 놀랍고 괴이합니다. 어찌 연분이 순탄치 않은 것이 이 지경에 이르렀습니까. 어느 날에 다시 찾아오심을 얻을지, 마땅히 길을 쓸고 기다릴 것이니 천만 바랍니다. 어제의 접책(摺册) 한 권은 두 형의 수적(手迹)을 구하여 자손에게 전코자 하는 것이니, 한 번 수고로움을 사양치 마시고 평생의 지보(至寶)로 삼게 하시라.

덕유가 말하기를, 두 사람이 권하여 교의에 앉히고 차와 담배를 권하며, 대접이 극히 관곡(款曲)하여 여러 번 사양하였으나 듣지 않더라고 하니, 대개 변함없는 성심〔誠款〕이 우리나라 풍속에 미칠 바가 아니었다. 황제의 친족인 양혼(兩渾)이 덕형을 불러 대접한 후에 그 관곡한 뜻을 갚고자 하나, 조선의 토산이 쓸 만한 것이 없고 여행 중에 가져온 것이 모두 없어졌다. 마침 역관이 옥으로 된 잔 하나를 가져와 북경 저자에 팔고자 하는데 아로새긴 제양이 매우 기이하고, 북경은 옥물이 극히 귀하여 이런 것은 다 비싼 값을 받는다고 하였다. 이에 천은(天銀 : 좋은 은) 열두 냥을 주고 그 잔을 사서 단단히 봉하고, 편지를 써서 넉형으로 하여금 진가(陳哥)에게 진하라 하였다. 그 편지에 이렇게 말하였다.

봄이 깊어 일기 점점 더우니 엎드려 생각건대 존체 만복하시리로다. 아모[某]는 다행히 염려한 은혜를 입어 겨우 객황(客況 : 객지에서 지내는 형편)을 보전하나, 친정을 떠난 지 반년이 넘으니 억울한 심사를 스스로 견디지 못합니다. 지난번에 들으니 변변찮은 인물을 과도히 사랑하여 비상한 대접이 따라온 사람에게까지 미치니 천한 자취를 돌아보매 더욱 황감(惶感 : 황송하고 감격함)함을 이기지 못합니다. 길손의 탁상[客卓]이 소조(蕭條)하여 깊은 정성을 표할 길이 없습니다. 마침 옥 잔 하나가 행중에 들었기에 삼가 진형(陳兄)으로 인연하여 살핌을 바라나니, 미세한 물건이 족히 볼 것은 없으나 변변찮은 성의를 헤아릴까 합니다.

식후에 방료(放料 : 나라에서 주는 급료)를 맡은 군관이 들어와 말하기를, 방료를 20일까지로 한하여 내주니 필연 20일 후에 떠날 듯하다고 했지만 자세하지 아니했다. 부방에서 상사의 생일을 위하여 음식을 차리면서 한 상을 보냈다. 먹고 있는데 왕혜승이 여러 아이들을 데리고 들어왔기에 두어 그릇을 나눠 먹었다.

16일 관에 머물다

죽을 먹은 후에 당초 평중과 더불어 간정동을 가고자 하여 먼저 덕형으로 하여금 대사에게 물으라 하였다. 돌아와 말하기를, 서종현은 나가라 하되 대사는 서종맹에게 한 번 부끄러운 일을 보였으므로 매우 어렵게 여기는 기색이고, 서통관이 오래지 아니하여 들어올 것이니 수일을 기다림이 해롭지 않다고 하며 오늘은 어려우리라고 했다. 마지못하여 평중을 혼자 보내고 편지를 써 덕유를 따라 보냈는데, 그 편지에 이렇게 말했다.

제가 아문에 막히어 김형을 혼자 보내니 외로이 관중에 머물러 답답한 회포를 어찌 다 적으리오. 내일 나아가기를 다시 도모코자 하니 다른 연고 없음을 알고자 합니다.

덕유가 돌아왔는데 엄생의 답서에 이렇게 말했다.

아문에 막힘은 극히 괴이한 일입니다. 바야흐로 김형을 만나 수작이 난만(爛漫)하되 한가지로 담소를 받들지 못하니 매우 민망합니다. 명일(明日)에 왕림할 계획을 이루면 이곳은 별양 연고가 없으니 일찍이 임하심을 기다려 답답한 회포를 펴고자 합니다.

이 날은 종일 무료하여 평중이 오기를 기다렸는데, 날이 늦어서야 비로소 돌아와 수작하던 종이 두어 장을 가지고 대강 말을 전했다. 반생에게 그 부인의 시를 보고 싶다고 하였더니 반생이 말하기를, "저의 시율이 이미 쓸 만하지 못하고 부인이 또한 저보다 낫지 못하니 족히 볼 것이 없을 것이고, 한 권 시집이 있어 이름을 『구월루집』(舊月樓集)이라 하였으나 여행 중에 가져온 일이 없고 한 구도 기록하지 못합니다"라고 했다 한다. 한 번 웃지 못함이 한스러웠다. 엄생이 웃으며 말하기를, "종시 보이기를 어렵게 여긴다면 한 권의 시집이 있단 말이 필연 거짓말일 것이다. 제 부인이 만일 시를 한다면 어찌 한번 보이기를 아끼겠는가? 진실로 기록하지 못한다면 노형은 천하에 제일 정 없는 남자이고, 그렇지 아니하면 천하에 제일 기질[氣性]이 없는 용렬한 재주라 할 것이다"라고 하여 다 크게 웃었다고 했다. 엄생이 또 평중더러 이렇게 말했다고 한다

"사람이 세상의 뜻을 얻지 못한다면 홀로 제 도를 행할 것이니, 어찌 궁함을 탄식하겠습니까? 다만 마음이 단단치 못하여 다른 날에 서로 갚을 말이 없을

까 저어합니다. 그러나 스스로 생각건대 어찌 실(實)이 없이 겉으로 말을 꾸미는 사람이겠습니까? 혹 세상에 몸을 내어 풍진(風塵) 속에 다닐지라도 또한 오늘 말을 잊지 않을 것입니다. 만일 말이 중심으로부터 나오지 아니하면 어찌 개 짐승과 다름이 있겠습니까? 오직 민망한 받자[72]는 게으른 병통을 갑자기 고치지 못하여 지기(知己)의 책망을 저버리는 것이니, 이는 홍형의 정려(精慮 : 정밀하고 자세함)한 의론이 약과 침[藥石]이 되어 나를 살림에 힘입을지라. 형과 저의 속마음으로 학식을 배우면 성현의 지위에 이르지 못함을 어찌 근심하겠습니까?"

이밖에 여러 말이 있었으며, 서로 시를 창화(唱和)하고 돌아왔다고 했다.

17일 간정동에 가다

이 날은 일찍이 밥을 먹고 간정동을 가고자 하면서 덕형으로 하여금 먼저 아문에 통하라고 하였더니 돌아와 말하기를, 통관들이 아직 모이지 못하고 대사가 미처 일어나지 못하였으니 이때를 타 가만히 나가는 것이 해롭지 않을 것이라고 했다. 이에 바삐 나가 문에 이르니 과연 문이 닫히고 사람이 없었다. 큰 문을 나고자 하였는데 마침 여남은 사람이 어깨에 불을 때는 수숫대를 메고 연하여 들어와서 헤치고 나갈 길이 없었다. 이윽히 주저하다가 문을 나매 덕유가 말하기를, 문을 나올 때 대사가 비로소 일어나 캉 문을 열고 나오는 것을 보았으니 필연 무슨 일이 있으리라고 했다.

동쪽으로 행하여 옥하교에 이르니 갑군 하나가 창황히 이르러 소매를 잡으며 도로 들어가라 하기에 그 연고를 물으니, 갑군이 대답하지 아니하고 흉녕(凶獰)한 소리로 욕저온(욕된) 말이 있었다. 마지못하여 도로 들어가 대사의 문 앞에 이르러 문을 두드려 온 줄을 고하니, 대사가 문을 굳이 닫고 대답하지

---

72) 남이 꺼리는 괴로움이나 요구를 받아주는 일.

아니했다. 대개 종맹을 두려워 하여 내가 나감을 금하나 안면이 익은 고로 말을 어렵게 여겨 몸을 숨기는가 싶었다. 오래 문 밖에 머물기가 극히 피연(疲軟 : 고달프고 느른함)하기에 도로 캉으로 들어와 덕형을 불러 경솔히 앞질러 나가다가 갑군의 욕설을 받게 함을 꾸짖었다. 덕형이 나가더니 세팔과 상통사(上通事)의 마두와 더불어 서로 의논하였는데, 제독 대인의 종 하나가 문 밖에 지키며 아문의 범사(凡事)를 살피니 대사와 통관들이 다 저어하는 바였다. 한가지로 그 종을 찾아 술을 사 먹이고 청심환을 주어 이 일을 도모하라 하니, 그 종이 쾌히 허락하여 말하기를, 아문이 아무리 막고자 하여도 자기의 말이 있으면 감히 금치 못할 것이니 조금도 의심 말고 나가도록 하라고 했다 한다. 즉시 들어와 고하기에 도로 옷을 입고 아문에 이르니 대사와 통관이 다 문을 닫고 몸을 감추었다. 큰 문을 나가니 제독의 종이 문 밖에 섰기에 내가 손을 들어 예하고 주선한 공을 치사하였다.

다시 옥하교에 이르러 수레를 세내어 바삐 몰아 간정동에 이르니, 반생이 먼저 나와 맞아들이며 반겨하는 거동이 극히 은근했다. 엄생의 캉 문을 지나자 엄생에게 통하여 내가 옴을 이르니, 엄생이 급히 대답하고 창황히 나와 서로 읍하고 앉았다. 두 사람이 머무는 캉이 바람벽을 사이에 두었고, 처음부터 모이던 곳은 반생의 캉이었다. 앉기를 정하자 내가 먼저 말하기를, 어제는 김형에게는 겨울날이고 나에게는 여름날이었다고 하였더니, 다 깨닫지 못하였다. 내가 다시 말하기를, 김형은 날이 짧음을 괴롭게 여기고 나는 날이 긴 것을 괴롭게 여겼다는 뜻이라고 하자, 두 사람이 비로소 깨치고 웃었다. 내가 오늘도 일찍 밥을 먹었지만 아문에 막혀 누누이 청한 후에야 비로소 허락을 받았으니, 자주 만나지 못하고 또 이런 마당에 있어 극히 민망하다고 했다. 반생은 어떤 통관이 무슨 일로 이리 방자하게 구는지, 출입을 다 아문에 고하면 이곳의 이름을 또한 아는지를 물었다. 내가 다만 성 밖의 구경을 청할 따름이므로 이곳에 다님은 전혀 알지 못한다고 하자, 반생은 세 분 대인이 또한 저들을 제어치 못하느냐고 했다. 나는 외국 사신이 중국 통관을 어찌 제어하겠느냐고 했다.

이때 밥이 나오고 한가지로 먹기를 청하기에 사양치 아니하고 먹는데, 반생의 종이 나이가 많으면서도 인물이 극히 충근(忠謹 : 충성스럽고 근실함)하며 어음(語音)이 매우 분명하였다. 내가 불러 북경을 몇 번째 왔는지 물으니, 처음이라고 했다. 내가 말하기를,

"네 노야와 더불어 처음 북경을 왔는데, 네가 이르는 말은 적이 알아들으나 너희 노야들의 말은 전혀 알아듣지 못하니 괴이하다."

라고 하니, 그 종이 듣고 크게 웃었다. 내가 또한 두 사람을 향하여, 내가 북경 사람과 더불어 약간 말을 통하는데 두 형의 말은 한 구절도 알지 못하겠다고 하니, 두 사람이 또한 알아듣지 못하였지만 그 종은 알아듣고 내 말을 전하여 일렀다. 두 사람이 다 대소하고 엄생이 웃으며 '남만격설지언'(南蠻鴃舌之言)[73]이라고 하여 내가 또한 웃었다.

두 사람이 반찬이 소략함을 들어 대접하는 예를 이루지 못하노라 하기에, 나는 평생에 고기를 즐기지 않고 혹 과히 먹으면 반드시 복통이 있으니 어찌 부질없는 염려를 하느냐고 했다. 올 때에 볶은 장 한 통을 덕유에게 맡겼는데, 덕유를 불러 봉한 것을 뜯어 두 사람을 주면서 말하기를,

"이것은 동국의 콩으로 만든 장인데 반찬에 쓰는 것이고 동국에서는 으뜸 맛으로 일컫는 것이니, 놓아두고 객중에 반찬으로 갖춤이 어떻습니까?"

하니, 반생이 맛보고 말하기를,

"남방에서도 소금과 메주로 장을 만드는데 맛이 다름이 없고, 고인(故人 : 오랜 친구)이 주는 뜻을 생각하면 한갓 기이한 음식을 귀하게 여길 뿐이 아니지요."

하며, 반생이 죽순 한 조각을 내어 권하였다. 조금 맛을 보니 모양은 우리나라의 마른 포육(脯肉)과 같고 약간 향기로운 용안(龍眼) 맛이 있어, 우리나라의 죽순과 절연히(분명히) 달랐다. 또 작은 죽순이 있는데 맛은 한가지이고, 모양도 우리나라 죽순 같았다. 반생이 큰 죽순은 괄창산(括蒼山) 위에서 나는 것이고, 작은 것은 항주의 천목산(天目山) 위에서 나는 것이라고 했다.

---

73) '남만격설'(南蠻鴃舌)은 남방의 미개한 민족의 말이어서 때까치 소리처럼 알아들을 수 없다는 뜻으로, 외국말을 멸시하여 이르는 말이다.

먹기를 파한 후에 엄생이 팔경시(八景詩)[74]를 내어 보이는데, 그 시에 다음과 같이 말했다.

제1경 향산루에서 거문고를 탐
그윽한 사람이 먼 밤을 아끼니
일어나 앉아 거문고의 붉은 줄을 다스린다.
다락이 높으며 천하가 고요하니
소리가 공산을 더불어 연하도다.
유유히 옛날〔皇古〕을 생각하니
이 뜻을 뉘라서 능히 전하리오.[75]

제2경 농수각의 종을 울림
암암한 이것이 무슨 소래뇨
혹 연화에 물 떨어지는 소리에 비기는도다.
두여섯 때를 반씩 나누어
밤과 낮을 경계하는도다.
주인이 항상 깨어 있으니
반드시 새벽에 침을 기다리지 않으리로다.[76]

제3경 일감소의 고기를 봄
맑은 샘에 자못 잔 물결이 이니
흰 돌이 또한 쌓여 있도다.

---

74) '팔경시'는 홍대용의 담헌 팔경을 노래한 것이다.

75) 제1경 산루고금(山樓鼓琴) : "幽人惜遙夜 起坐理朱絃 樓高萬籟靜 響與空山連 悠悠念皇古 玆意誰能傳"

76) 제2경 도각명종(島閣鳴鐘) : "巖巖此何聲 或擬蓮華漏 平分二六時 以警宵與晝 主人常惺惺 不必待晨敂"

작은 고기는 공중에 노는 듯하니
기꾸로 등꽃을 먹는도다.
고기의 참 즐거움을 뉘시러곰 알리오
한 번 그대 내 아님을 웃는도다.[77]

제4경 보허교의 달을 희롱함
작약이 들 기운을 통하니
늦게 걸으매 뜻이 초연하도다.
수풀 그림자가 찬 물결에 흔들리니
엎디어 태고 때 달을 보는도다.
이슬이 옷을 적심을 아끼지 아니하니
외로이 읊어 새벽〔明發〕에 이르는도다.[78]

제5경 태을연 배의 신선을 배움
멧부리에 연꽃이 열 길을 열거니
화판을 떨어침이 어느 해로부터던고.
나무를 깎아 얼굴 모양을 만들어
물결을 타며 물 신선을 배우는도다.
뱃전을 치며 한 곡조를 노래하니
목란배를 부러워하지 아니하는도다.[79]

---

77) 제3경 감소관어(鑑沼觀魚) : "淸泉何淪漪 白石亦磊砢 儵魚若遊空 倒吸藤花妥 眞樂誰得知 一笑子非我"

78) 제4경 허교롱월(虛橋弄月) : "略彴通野氣 晚步意超忽 林影盪寒波 俯見太古月 不惜露沾衣 孤吟到明發"

79) 제5경 연방학선(蓮舫學仙) : "岳蓮開十丈 落瓣自何年 刻木爲形似 凌波學水仙 叩舷歌一曲 不羨木蘭船"

제6경 선기옥형으로 하늘을 엿봄

희화와 더불어 혼천의는

만고의 법을 오히려 잡았도다.

가고 오며 차고 빔을 징험하며

더디며 빠르므로 상서와 재앙을 분변하는도다.

더러운 저 구허자(拘墟子)는

몸이 마치도록 이에 우물에 앉음이로다.[80]

제7경 영조감의 시초를 점침

영감(靈龕)이 무슨 영험이 있는고

써 영험을 비는 자에게 묻노라.

길흉이 시비를 의논하니

쫓고 피함을 감히 구차히 하랴.

편한 데 거하여 명을 기다리니

물풀을 장차 가히 놓으리렸다.[81]

제8경 지구단의 활을 쏨

학자는 활쏘기에 뜻하나니

살피고 단단하면 재주가 이에 신통하리로다.

마침이 어찌 네 힘을 말미암으리오

잃어버리매 마땅히 제 모습을 돌아보리로다.

안으로 바로 하고 밖으로 방정히 하여

경과 의가 서로 맞물리는도다.[82]

---

80) 제6경 옥형규천(玉衡窺天) : "羲和與常儀 萬古法猶秉 往來驗盈虛 遲束辨祥眚 陋彼拘墟子
終身乃坐井"

81) 제7경 영감점시(靈龕占蓍) : "靈龕有何靈 以問乞靈子 吉凶論是非 趨避敢苟且 居易以俟命
枯草行可捨"

내가 보기를 마치고 말하기를, 비록 소견이 없으나 잠깐 보아도 아담한 구법(句法)과 높은 소견이 범상한 시인에 비할 바가 아니며, 초당(草堂)이 이로부터 안색(顔色 : 빛남)이 있을 것이라고 했다. 엄생이 웃으면서, 속되고 천한 말로 맑은 경치를 더럽히니 이로부터 안색을 잃을까 저어한다고 했다.

내가 영감시(靈龕詩)를 가리키며, 시초점(蓍草占)[83]에서 족히 본받을 것이 없겠느냐고 하니, 엄생이 그렇지는 않다고 하며, 다만 사람의 길흉이 일의 시비에서 말미암은 것이므로 반드시 점을 기다려야만 알 수 있는 것이 아니라는 뜻이라고 했다. 나는 주자가 일찍이 "『주역』은 다만 도리를 좇으면 길하고 도리를 거스르면 흉하다"고 했는데, 형의 소견이 이 말씀에 근본하였다고 했다. 반생은 시초점이 성인의 법인데 감히 그렇게 여기지 않는 자신은 진실로 망령된 사람이라 하고 또 말하기를, 이 시는 두건(억지스런) 기운이 많으니 시인의 법이 아니라고 했다. 내가 웃으며 엄생과 시를 폄론(貶論)하니, 반생이 또 희롱하여 말하기를, 자기의 시는 송나라 적 선비의 남은 춤(자취)이라, 무슨 볼 것이 있겠느냐고 했다. 내가 말하기를, 만일 송나라 적 선비의 남은 춤이 아니면 또한 사랑하여 볼 것이 없으리라 하니, 두 사람이 다 웃었다.

반생이 이렇게 말하였다.

"동국 사적을 대강 들으니 매우 다행스럽지만, 다만 문벌로 사람을 취함은 좋은 정사(政事)라 이르지 못할 것입니다. 대대로 녹을 줌이 비록 삼대(三代)의 법이나 인재는 땅을 가려 나지 않고, 어진 이를 세우는 데 방소(方所 : 방위)를 없이하라 하였으니, 반드시 문벌에 구애받는다면 문벌이 높은 자가 다 어질기 쉽지 않고 어진 사람이 도리어 쓰이지 못할 것입니다."

내가 형의 의론이 매우 좋고, 동국은 종시 작은 나라여서 편벽(偏僻)한 규모를 면치 못한다고 하자, 엄생이 문벌을 숭상함은 명나라 때에도 면치 못한

---

82) 제8경 구단사곡(穀壇射鵠) : "學者志於穀 審固技乃神 中豈由爾力 失當反其身 直內而方外 敬義交相因"

83) '시초점'이란 시초라는 톱풀로 점치는 방식. 한 포기에 100대의 줄기가 올라오는데, 시초에는 50대가 필요하다.

일인데, 옛 법을 행치 못함이 어찌 동국뿐이겠느냐고 하였다. 반생이 동국이 또한 불도를 숭상하느냐고 묻기에 내가 말하였다.

"신라와 고려는 심히 숭상하여 지금까지 나라 안에 사찰이 많은데 반나마 그 때 지은 것입니다. 조선조에 이르러서는 유도(儒道)를 존숭하여 사태우(사대부)의 집은 다 불교를 부끄럽게 여기고, 홀로 무식한 백성이 보응(報應)하는 말에 혹하여 혹 부처를 공양하고 중을 대접하는 일이 있으나 또한 많지 않습니다."

내가 또 묻기를, 남방에도 천주학문을 존숭하는 사람이 있느냐고 하니, 반생이 이렇게 말했다.

"천주학문은 근년에 비로소 중국에 행해졌는데, 이것은 금수에 가까운 것이어서 사태우는 믿는 사람이 없습니다. 명나라 만력(萬曆) 연간에 서양국 이마두(利瑪竇: Matteo Ricci)가 중국에 들어오면서 그 학문을 비로소 행하여 여러 권의 글이 있습니다. 그중에 이르기를 '천주가 세상에 강생(降生)하여 사람을 가르치고자 하다가 원통하게 죄에 걸려 참혹한 형벌로 몸이 죽으니, 십자가라 일컫는 것이 있어 사람으로 하여금 날마다 예배하고 천주를 생각하여 상하가 눈물을 흘리고 은혜를 잊지 말라' 하니 극히 미혹한 말입니다."

내가 말하기를,

"하늘의 도수(度數)와 역법(曆法)을 의논하는 것은 서양국 의론이 가장 높아서 중국 사람이 미칠 바가 아닙니다. 다만 그 학문을 의논하니, 유교의 상제(上帝)의 칭호를 도적질하여 불교의 윤회하는 말을 꾸몄으므로, 더러움이 이를 것이 없습니다. 그런데 중국 사람이 왕왕 존숭하는 이가 있으니 어찌 괴이치 않겠습니까?"

하니, 엄생이 천주학문은 나라의 금령이 있다고 했다. 내가 이미 금령이 있으면 황성 가운데 어찌 천주당이 있느냐고 물으니, 두 사람이 다 놀라며, 어느 곳에 있느냐고 했다. 내가 동서남북에 각각 집이 있는데 그 둘은 이미 구경하였으며, 서양국 사람 여럿이 머물고 스스로 일컬어 학문을 전하러 왔노라 하더라고 말했다. 두 사람은 북경에 이른 지 오래되지 않아서 이 일을 듣지 못하였다고 했다.

내가 전목재(錢牧齋 : 전겸익)는 어떤 사람이라 할 것인시를 물으니, 반생이 말하였다.

"이 사람은 스스로 별호를 일컬어 낭자(浪子)라 하며, 젊었을 때 동림당(東林黨)[84]의 영수가 되었다가 말년에 항복한 신하가 되니, 문장이 비록 세상에 유명하나 지조(氣節)를 볼 것이 없어 극히 아까운 사람입니다."

엄생도 목재가 인품이 족히 이를 것이 없는 사람이며, 만일 일찍이 죽었으면 또한 훗사람의 기롱이 없었을 것이라고 했다. 또 반생은 목재가 시를 숭상하여 오매촌(吳梅村 : 오위업)과 공지록(龔芝麓 : 공정자) 두 사람과 더불어 삼대가(江左三大家)로 일컬어지니, 다 명나라 때의 이름난 재상이며, 청나라의 벼슬을 면치 못하였지만, 오매촌은 말년에 한(恨)하고 뉘우친 말이 많아 적이 무던하다고 했다. 엄생은 이렇게 말했다.

"목재도 불도를 숭상하여 『능엄경주』(楞嚴經注)를 지어 백여 권이 넘으나 더욱 지리하여 한갓 사람의 눈을 어지럽힐 따름이니, 하물며 이미 『능엄경』을 좋아한다면 어찌 한번 죽기를 아껴 평생의 지조를 헐어버리겠습니까? 도리어 불도의 죄인을 면치 못할 뿐 아니라, 이런 재주와 학문으로 부질없는 글에 공력을 허비하니 매우 아깝지요."

반생은 자기 집에 목재의 『능엄경』 초본이 있는데 다 친필로 쓴 것이라 했고, 이때 반생이 목재와 인연한 해학(諧謔)의 의론을 오래 그치지 않았다. 엄생이 말하기를, 우리가 서로 만나서 붓으로 혀를 대신하여 종일의 수작이 겨우 반일의 말을 당하므로 마땅히 간단한 말로 뜻을 통해야 할 것인데, 반형이 재주를 믿어 지리한 의론이 많으니 매우 민망하다고 하자, 반생이 웃었다.

내가 말하기를, 두 형은 근래에 과거 공부를 일삼지 않느냐고 하니, 엄생이 연일 수응(酬應 : 남의 부탁에 응함)에 골몰하여 틈이 없다고 했다. 내가 그 말을

---

84) 동림당은 중국 명나라 말엽 신종(神宗) 때에 일어난 정치적 당파를 말한다. 태자(太子)를 세우는 일로 야당이 된 사람들의 당파로서, 동림서원을 중심으로 정파를 이루었으며 명나라 멸망의 원인이 되었다.

쓴 종이를 자세히 보니, 엄생이 내가 불안히 여김을 염려하여 다시 말하기를,

"이것은 괴로운 시속의 요구에 응함을 이르는 것입니다. 형은 마음이 세밀한 사람이어서 혹 우리의 과거 공부에 해로움이 있을까 의심하겠지만 이를 이름이 아닙니다. 형을 만나 마음을 의논하매 흉금이 쾌활하여 분잡하고 속된 사무를 감감하게 잊을 만하니, 어찌 과거 공부를 돌아볼 것입니까?"

라고 했다. 내가 웃고 사례하기를,

"동방 사람이 대개 마음이 세밀하고 일을 당하면 도리어 추하니, 제가 실로 이 병을 면치 못합니다."

라고 하니, 엄생이 말하기를,

"사람이 어찌 마음을 세밀치 않게 할 것입니까? 옛사람이 말하기를, '천하의 무슨 일이든지 급하게 해서 그릇되지 않는 일이 있겠는가' 하였으니, 형의 처사(處事)를 보니 실로 추함이 없습니다."

하였다. 반생이 말하기를, 김형은 마음이 호방하여 작은 일에 거리끼지 아니하니 동국의 규모와 다르다 하기에, 내가 이 사람은 거동이 과히 소탈하나 성정이 악착하지 않으니 짐짓 편방(偏邦)의 인물이 아니라고 했다.

반생이 다시 말하기를, 동방의 창기(娼妓) 중에 시를 능히 하는 이가 많다고 하니 두엇을 듣고자 한다고 하기에, 내가 말했다.

"이것을 기록하지 못하니 전하여 들려 드릴 만한 것이 없을 뿐이 아니라, 비록 생각할 것이 있다 하더라도 다 설만(褻慢 : 거만하고 무례함)한 말이며, 경박한 구법(句法)입니다. 어찌 군자의 미목(眉目)을 더럽히겠습니까? 또 동방에 들음직한 일이 없지 않은데, 홀로 기생의 시를 연모하여 청함은 무슨 의사입니까?"

반생이 웃으며 말하기를, 이는 여색을 좋아하는 연고라고 했다. 내가 "형의 집 안에 『시경』의 '관저'(關雎)와 '갈담'(葛覃)이 있는데 어찌 밖으로 정위(鄭衛)[85]의 음란한 소리를 구합니까?"라고 하니, 반생이 크게 웃으며 말을 바꾸

---

85) 춘추시대의 정(鄭)나라와 위(衛)나라를 말하며, 『논어』에서는 당시의 음악이 음란하다고 했다.

어, 이름 있는 선비[名儒]의 좋은 사적을 듣고자 한다고 했다.

내가 말하기를,

"동방의 아름다운 말과 착한 행실에 전할 말이 많은데 갑작스럽게 기록할 길이 없으니 다음번에 서신을 통하는 일이 있으면 마땅히 대강을 기록하여 보내겠습니다. 그러나 풍속이 경박한 말로 비록 한 번 웃음을 얻을 일이 있어도 절대로 반형을 위하여 무례 방자한 풍습을 돕지는 않을 것입니다."

라고 하니, 반생이 크게 웃었다.

내가 절강(浙江) 고향에 동방(同榜 : 과거에 함께 급제하여 방목에 같이 적힘)이 몇이나 되는지를 물으니, 엄생이 동년(同年 : 동방)이 94명이라고 했다. 내가 "이곳에 다니는 동향 거인(擧人 : 과거 보는 선비)들이 많을 것인데, 우리가 왕래함을 듣고는 괴이히 여기는 이가 없습니까?" 하고 물으니, 엄생이 말했다.

"혹 아는 사람이 있으나 다 정분이 깊으므로 다른 염려할 일이 없고, 이렇게 만나면 혹 오는 이가 있어도 밖에서 속여 보내니 해롭지 않은데, 대개 우리들의 거동이 시속의 분분(紛紛)한 무리와 다르기 때문입니다. 과공(科工 : 科文의 공부)의 일을 의논하여도 이미 끊은 지 오래되어 보는 사람이 괴이히 여기는데, 그리하여 옛사람이 이른바 군자의 일은 중인(衆人)의 알 바가 아니라 하는 것입니다. 얻으며 얻지 못함을 오로지 천명에 붙임은 공자의 가법(家法)이므로 시속 사람의 소견을 어찌 책망하겠습니까? 어제 김형과 더불어 말이 있었으니, 요행으로 두 형이 우리를 만나 서로 교도(交道)를 의논하나 만일 그렇지 아니하면 절강에도 여러 거인(擧人)이 백수가 넘지만, 형이 한번 만나면 문득 침을 뱉고 싶은 자가 많을 것입니다."

내가 중국의 과장(科場)에도 서로 글을 빌리어 시관(試官)을 속이는 일이 있느냐고 물었더니 반생이 말하기를, 그것은 족히 의논할 것이 없다고 하며, 대개 과목(科目 : 과거에 급제하여 벼슬아치가 된 사람) 중에 용렬(庸劣)한 사람이 많고 기특한 사람이 적어서, 옛말에 이르기를 "과거에서 천거된 사람[孝廉]이 하나를 들으면 몇을 아는가?" 하였지만, 요사이 거인들은 열을 들어도 하나를 알지 못한다고 했다. 엄생이 말하기를, 과장의 폐단이 심히 많은데, 급제자의 이름을 써 붙이는 것을 금하는 령(令)이 근년엔 더욱 엄하여 사람이 비록 욕심이 있어도 몸과 집을 돌아보아 법을 범하는 이가 적다고 했다. 반생이 말하기를, 과장에서 몸을 수험(搜驗 : 수색하고 검사함)하는 법과 시관의 사정을 살피는 법이 극히 엄하여서, 만일 드러나면 선비와 시관이 한가지로 죽는 죄에 나아간다고 했다. 내가 수험하는 법이 극히 박액(迫阨)하여 호걸의 선비는 결단코 감수하지 못할 일이라고 하자, 반생은 삼베옷을 입히고 풀신을 신겨 대접이 도적과 다름이 없기 때문에 서림(西林) 선생은 종신토록 과장에 발을 들이지 않았다고 했다.

엄생이 말하기를,

"황도암(黃陶菴)이 일찍이 말하기를, '윗사람이 사랑하고 가까이하며 비단 묶음[束帛]을 더해주면, 먼저 선비를 중히 여기는 것이 되어 선비도 따라서 스스로 중히 여기고, 윗사람이 사장(詞章 : 시가와 문장)과 기송(記誦 : 기억하여 욈)을 취하면 먼저 선비를 가벼이 여기는 것이 되므로 선비도 스스로 가볍게 여긴다' 하였습니다. 대개 이 일은 아래위에 허물이 같으므로 한갓 윗사람만 그르다고 하지 못한다는 것입니다."

하고, 또 탄식하여 말하기를, 옛사람이 과거를 당하여 이름 부르는 소리를 듣자 옷을 떨치고 물러간 사람이 있는데 이는 어떠한 사람이라 할 것인지를 물었고, 또 이때의 수험하는 법이 도적을 방비함과 다름이 없었으니 내가 그때를 당하여 마음이 어떠하였겠느냐고 하였다. 반생은 또한 내가 알성(謁聖) 과거에 장원했다 하는데, 알성은 무엇을 이르는 말이냐고 물었다. 나는 국왕이 성묘(聖廟)에 제사하신 후에 뒤이어 과거를 베풀어 선비를 취하는 것이라 하였다. 반생은 알성 과거법이 다른 과거와 같은지를 물었다. 나는 이 과거가 향시(鄕試)와 초시(初試)를 폐하고 하루 사이에 재주를 시험하니 시속이 과거의 지름길이라 일컬으나, 다만 글 지을 시각으로 겨우 한두 시간을 허하니 민첩한 재주가 아니면 백지 내기[拖白]를 면치 못한다고 했다. 엄생이 무슨 글을 시험하며 몇 편을 내느냐고 묻기에, 부표(賦表)와 책론(策論)[86]은 정한 것이 없으나 다만 한 편을 취한다고 하였다. 엄생은 그렇다면 어렵지 아니할 것이라 하고, 반생도 공교(工巧)하기는 비록 어려우나 한두 시간 사이에 한 편 글을 짓는다면 무엇이 어렵겠느냐고 하였다. 나는 동방은 재주가 둔하므로 오히려 어렵게 여긴다고 하였다. 엄생이 말하기를,

"형과 김형의 재주를 보건대 이 과거를 당하는 것이 가장 넉넉합니다. 중국은 주야를 통하여 글을 짓되 서너 편이 넘으니 대단히 괴롭답니다. 매일 잠을 자지 못하므로 정신이 유여(裕餘)치 못하면 능히 지탱치 못합니다."

하니, 반생이 또한 말했다.

"그러나 요행으로 뽑히는 사람이 적지 않고, 나이 많은 선비[老儒]와 명망 있는 뛰어난 학자[宿學]가 도리어 참여하지 못합니다. 그 문하생의 문하생이 이미 과거에 오르고 스승의 스승이 오히려 향시(鄕試)를 보는 경우가 있으니 어찌 우습지 않겠어요?"

내가 말하기를, 몸이 마치도록 거인(擧人)이 되어 과장에 골몰함을 면치 못하면 이 인생이 실로 가련할 것이니 밝은 소견이 있는 자는 일찍이 거취를 결단함이 옳다고 하였다. 또 묻기를 중국도 과거의 방(榜)이 나면 원근(遠近)에 전하여 보이느냐고 하자, 엄생이 말하기를, 방이 난 후에는 사람이 종을 울리며 붉은 단자(單子)에 성명을 써 가지고 급히 와 전한다고 했다. 내가 말하기를, 이름을 전할 때면 반드시 이웃 동리[隣里]를 요동할 것이라고 하니, 다 그렇다고 하여, 내가 웃으며 이는 천하가 한가지라고 하였다. 반생이 이렇게 말했다.

"속담에 '한 번 과거에 이름을 이루면 천하에 들린다' 하였지만 한 달이 지나면 아는 사람이 없습니다. 다만 장원(壯元)의 이름은 비록 백년이 지나도 일컬어 마지않고, 비록 높은 벼슬이 있어도 종신토록 장원이라 일컬으니, 그러므로 장원의 영화로움은 비할 곳이 없지요. 장원에게는 묘한 일이 두 가지 있습니다. 한 가지는 창방(唱榜 : 합격 증서를 줌) 후에 황상이 태화전(太和殿)에 자리를 잡고 오봉문(五鳳門)과 남문인 태청문(太淸門)을 열어 장원으로 하여

---

86) 부표(賦表)는 소감을 진술하거나 임금께 올리는 서장 형식의 과문(科文)을 말하고, 책론 (策論)은 시사를 논하는 과문을 말한다.

금 말 타고 가운데 문으로 나가게 하는데, 이때 순천(順天) 부윤(府尹)이 친히 채찍을 잡아 장원의 뒤를 따르고, 입히는 비단옷은 다 궁인이 친히 지은 것입니다. 또 한 가지는 장원의 부인이 수레를 타고 고을 성 위에 올라 돌아다니며 온갖 곡식을 뿌려 다른 사람에게 복을 나누어주는데, 이 두 가지 일은 비록 재상이나 대인이라도 얻지 못하지요."

내가 부인이 성 위로 다님은 무슨 묘한 뜻이 있느냐고 묻자, 엄생이 말했다.

"외방(外方)의 총독(總督)과 순무(巡撫 : 명·청 때의 지방 장관) 두 벼슬은 종인(從人)과 위의(威儀)가 가장 성하여 수레에 뻗치고, 아문에서는 창(槍)을 벌여놓고 길에서는 사람을 물리쳐 방포(放砲)와 군악(軍樂)이 이목을 움직이게 하지요. 장원이 소식을 전한 후에는 고을 지현이 장원의 문 앞에 한 쌍의 깃대를 세워 기를 달고, 수레에 온갖 위의를 차려 장원의 부인을 청하여 성 위를 다니게 합니다. 오로지 총독과 순무의 위의를 모방하여 구경하는 사람이 천만이 넘으니, 이로써 영화롭고 묘하다 이르는 것이지요. 그러나 내가 관심 있는 것은 옛사람의 법제이고, 저기 있는 벼슬은 다 내가 할 바가 아니니, 무슨 부러워할 일이 있겠어요?"

내가 말하기를, 나의 변변찮은 소견으로는 집에서 내려오지 않는 것이 부인의 묘한 일이고, 성 위로 다니는 것은 더욱 부인의 마땅한 일이 아니라고 하니, 반생은 성 위에는 사람을 엄히 금하여 감히 오르는 이가 없으므로 장원의 부인이 거리로 다니지 않고 성 위로 다니는 것은 천상(天上) 사람으로 높이는 뜻이라고 했다. 또 나홍선(羅洪先)이란 사람은 명나라 때의 큰선비로 공자 사당에 모셔졌고 또한 장원 출신인데, 일찍이 이르기를, "20년 도를 배우매 겨우 가슴속에 '장원' 두 자를 잊을 수 있었다"고 말했다 한다. 내가 이것은 스스로 절실히 살핀 말이며 이 한 말을 보아도 그 사람의 어짊을 가히 알 것이라 했다.

반생이 동방의 장원도 또한 영화롭기가 이러하냐고 물었다. 나는 나라가 작으므로 영화도 또한 적지만 대개 장원은 책망이 중할 따름이지 영화를 보지 못한다고 하였더니, 두 사람이 다 놀라 무슨 연고냐고 물었다. 내가 말하기를, "천금 같은 몸을 하루아침에 임금에게 바쳐 사생영욕(死生榮辱)을 스스로 피하지 못하니 어찌 책망이 중하지 않겠습니까? 꽃을 꽂으며 의장〔蓋〕을 띄우고 앞에 풍뉴를 연주하여 거리로 다니면, 겨우 서사 아이들의 어여삐 여김을 얻고 유식한 사람의 근심을 살 뿐이니 이것이 무슨 영화로움이 있겠습니까?"라고 하니, 두 사람이 다 크게 웃었다. 엄생이 복두(幞頭)[87]에 꽃을 꽂은 모양을 그리며 동국의 모양이 이러하냐고 물었다. 내가 복두의 모양은 같으나 꽃의 길이는 한 발이 넘고, 알성(謁聖) 과거는 앞에 무동(舞童)을 세운다고 했다. 반생이 크게 웃으며 그것은 중국의 장원에는 미치지 못하리라 하고, 내가 진실로 신선의 연분이 있다고 할 만하다 하였다.

내가 말하기를, "두 형이 회시(會試)를 마치지 못하면 즉시 집으로 돌아가고자 합니까?"라고 하니, 엄생이 말하기를, "여기에 머물러서 무슨 일이 있겠습니까?" 하며 즉시 돌아갈 뿐이라고 했다. 내가 말하기를, "만일 회시에 뽑히면 어느 때에 고향으로 돌아가고자 합니까?"라고 하니, 엄생은 장원과 방안(榜眼 : 이등)과 탐화(探花 : 삼등)는 즉시 한림 벼슬을 얻으며, 벼슬을 얻은 후에는 나라에 말미〔受由〕를 고하여 근친(覲親 : 어버이를 찾아뵘)을 청하니, 이는 한정이 없다고 했다. 또 한림 벼슬에 극한 명망이 있지만 가난한 벼슬이어서, 근년엔 원(員 : 수령)을 구하는 한림이 많으니 이것이 또한 세상 운수가 쇠한 증거라고 했다. 또 말하기를, 중국 관원이 염주(念珠)를 거는 법을 어떻게 생각하느냐고 하기에, 내가 선왕(先王)이 정한 법복(法服)이 아니니 물을 말이 아니라고 하였다. 엄생이 말하기를,

"형의 말이 옳지만 지금 제도는 5품 이상에게 다 염주를 허하고 한림은 7품 벼슬이라도 오히려 염주를 허하니, 이것이 맑고 높은 명망〔淸望〕을 표하는 것입니다. 이러므로 외방의 낮은 벼슬에 있는 자가 왕왕 참람(僭濫)히 염주를 걸어 향리의 영화를 자랑코자 하니 극히 우스운 일이지요."
라고 했다. 내가 말하기를,

"중국 의관이 변한 지 이미 백 년이 넘어서, 지금 천하에는 오직 우리 동방

---

87) 사모(紗帽)처럼 두 단으로 되고 뒤쪽 양편으로 날개가 달린 관(冠). 조선시대에 과거에 합격한 사람이 홍패를 받을 때 썼다.

만이 오히려 옛 제도를 지킵니다. 중국에 들어오니 무식한 부류들을 보면 웃지 않을 사람이 없으니, 근본을 잊음이 어찌 가련치 않겠습니까? 관대 입고 사모 쓴 거동을 보면 배우[唱戲] 같다고 이르고, 머리털을 보면 계집 같다고 이르고, 소매 너른 옷을 보면 중 같다고 하니 습속의 이목이 변하여 옛일을 생각지 못함입니다."

하였다. 엄생이 말하기를, 의복의 모양은 참으로 중에 가까우니 무지한 소견을 어찌 책망하겠느냐고 했다.

내가 요사이 들으니 궁중에 큰 일이 있어 조정이 평안치 못하다고 하는데, 형들도 필연 들었을 것이라고 했더니, 반생이 크게 놀라 낯빛이 변하여 말하였다.

"어찌 알았습니까? 본조(本朝 : 청나라)의 가법(家法)이 매우 엄하여 지금까지 황후를 폐한 일이 없고, 황태후가 성덕(性德)이 있어 보호하는 힘이 많으므로 지금 폐할 지경에 이르지 아니하나, 만주 재상 아영아(阿永阿)가 힘써 간(諫)하다가 중한 형벌을 입어 겨우 죽기를 면하고, 한인(漢人)은 한 사람도 간할 이가 없으니 극히 부끄러운 일입니다."

이때 반생의 낯빛이 푸르고 거동이 황망하여 진정치 못하는 기색이었다. 내가 천하가 한 집 같으므로 피차에 혐의(嫌疑)를 생각지 않고 또 형들의 사랑함을 믿어 망령되게 이 말을 내었는데, 형의 놀람이 이 지경에 이르니 극히 부끄러워 입을 잠그고 다시 말을 않고자 한다고 했다. 그러자 반생이 나라의 법령이 극히 엄하므로 이런 수작이 만일 누설되는 일이 있으면 당장에 죽기를 면치 못할 것이고, 자신은 평생에 죽기를 저어하는 고로 절로 이 지경에 이름을 깨닫지 못하였다고 했다. 내가 말하기를,

"그렇지 아니합니다. 같은 중국 사람이면 집 안에 들어서 하는 사사(私事) 수작이 무슨 해로움이 있겠습니까? 우리가 형들과 더불어 비록 친한 교도(交道)라 일컬으나 중외(中外 : 중국과 주변 나라)의 분별은 마침내 다름이 없으니, 형의 놀람이 또한 괴이치 않습니다."

라고 하였다. 엄생은 처음부터 대답이 없더니 이때 반생과 더불어 서로 낯빛이 변하고 소리를 높여 다투는 거동이 있는데 그 말을 알아들을 길이 없었다. 반

생이 또 말하기를, "그렇지 않습니다. 중외의 분별 때문이 아니라 죽기를 저어하는 때문이니, 이러므로 저는 벼슬을 원치 아니하고 돌아가 시골[田間]에서 늙고자 합니다"라고 했다. 엄생이 노한 기색을 띠고 말하기를, "하늘과 땅이 알며 그대와 내가 아는 일인데 노형이 어찌 겉으로 이런 말을 꾸미는가? 실로 알지 못할 일이다" 하고 또 말하기를, "이것이 무슨 저투릴(두려워할) 일이겠는가? 담헌 선생은 독실한 군자라, 자네가 어떤 사람으로 아는가?" 하고 또 반생을 향하여 크게 꾸짖으니, 반생이 더욱 노하여 낯빛이 변하고 거동이 초조하여 말하기를, 엄형이 부질없는 객기를 부린다고 하였다. 그 다투는 곡절은 자세히 알지 못하지만 대개 반생의 말이 성실치 않음을 꾸짖고, 과도하게 놀라 내가 무안하게 여김을 그르다 하는 거동이었다. 내가 말했다.

"이것은 엄형의 소견이 과합니다. 행실을 높이고 말을 순히 하는 것이 성인의 교훈이 아닙니까? 그러나 반형이 중외(中外)의 분별이 없다 하는 것은 나와 친히 하고자 하나 도리어 나를 멀리 하는 것이고, 또 형이 과연 죽기를 두려워한다면, 오늘날 거인(擧人)이 되는 것은 오히려 가(可)하지만 다른 날에 간관(諫官)이 되어서는 어느 지경에 이를지 알지 못할 것이니, 진실로 이럴진대 급급히 시골로 돌아감이 해롭지 않을 것입니다. 내가 일찍이 말하기를, '몸을 바쳐 임금을 섬기는 자가 능히 한번 죽기를 바로 하지 못하면 필경 아니 이를 곳이 없으리라'고 했습니다."

엄생이 말하기를,

"'머리를 베고자 하거든 곧 머리를 베라' 한 것은 엄장군(嚴將軍 : 엄성)의 말입니다. 범사에 다 적합[洽好]한 곳이 있는데 이 사람(반생)은 다만 적합하지 않습니다."

라고 하니, 반생이 말했다.

"중용(中庸)의 도는 가히 능치 못할 것이고, 또한 노형(老兄 : 엄성)의 도는 호공(胡公)의 중용[88]에 가까울까 저어합니다."

---

88) 호공(胡公)은 북송의 학자 호안국(胡安國)을 말한다. '호설'(胡說)을 허튼 소리라 하는데, '호공의 중용'이란 이를 빗대서 한 말이다.

엄생이 또 성을 내며 말하기를,

"'소견이 명철하여 제 몸을 보전한다〔旣明且哲 以保其身〕'는 한 구절 말이 천하의 좋은 사람을 많이 그르치도다."

하였다. 이때 서로 다툼을 그치지 아니하기에, 내가 웃으며 말하기를, 나의 망발 때문에 서로 격함이 매우 과하다고 하자, 피차가 다 웃고 그쳤다.

왜지(倭紙) 두 권을 여행 중에 가져왔기에 이때 두 사람에게 나눠주니, 엄생이 말하기를, 행탁(行橐 : 여행용 주머니)에 여러 가지 묘물(妙物)을 갖추니 기특하다고 했다. 반생이 가죽 농을 열고 봉하여 넣을 때, 이번에 얻은 것들을 다 각각 봉하고 보낸 사람의 칭호를 표하였다. 반생이 지난번에 보내준 전약은 돌아가 노친께 드리고자 하였는데 더위를 당하면 녹는다 하니 오래 두지 못할 것이므로 한가지로 먹음이 해롭지 않으리라 했다. 즉시 내어 조그맣게 세 조각을 베어 각각 앞에 놓고 도로 싸 넣는데, 기이한 음식으로 아는 거동이기에 내가 말하였다.

"친정에 보내고자 한다면 4, 5월 전에는 녹지 않을 것입니다. 요사이 가는 인편이 있거든 먼저 부쳐 보냄이 해롭지 않고, 또 멀리 보내려 하면 이것이 극히 약소하므로 돌아가서 다시 얻어 보내지요."

반생이 놀라 말하기를, "이는 불가합니다. 저번에 세 조각을 얻어서 한 조각은 엄형을 나눠주고 두 조각이 있어 감히 먹지 못하였는데, 어찌 다시 얻고자 하겠습니까?"라고 했다. 내가 "이것은 지극히 작은 것인데 어찌 과도히 염려합니까?"라고 하며 반형이 또한 좁은 마음을 면치 못한다고 했다. 반생이 말했다.

"이것은 단연 그렇지 않고, 마침 친한 벗이 있어 청심환을 얻고자 하니 만일 한두 환을 얻으면 다행이겠지만 혹 남은 것이 없거든 염려치 마십시오. 대인에게 얻어주고자 한다면 더욱 불안합니다."

내가 말했다.

"청심환은 마침 주머니 속에 넣은 것이 있으니 마땅히 받들어 드리겠지만, 다만 전약과 청심환을 구하는 데는 다름이 없는데 붕우의 수응(酬應)을 위해서는 구하는 것을 피하지 아니하고, 친정에 드리기 위해서는 도리어 구하지 아니하니 이것은 무슨 의사입니까?"

반생이 웃으며 말하기를, 전약은 천하에 기이한 음식이라 소금만 맛보아도 이미 욕심에 족하니, 만일 과히 많으면 도리어 귀한 것이 되지 못하리라고 했다. 내가 또한 웃으며 말했다.

"과히 많으면 도리어 귀하지 아니함은 진실로 이런 일이 있겠지만, 다만 형이 민첩한 재주를 믿어 공교한 말로 갑작스럽게 의리를 만들어 허물을 감추고 사람의 말을 막으니, 이것이 어찌 군자의 진실한 행실이겠습니까?"

반생이 크게 웃으며, 과연 허물이 있으니 죄를 사한다고 했다. 내가 중국 같은 큰 나라에서도 오히려 형의 세쇄(細瑣)한 마음이 이러하니 우리는 족히 이를 것이 없다고 하자, 두 사람이 다 대소하고, 엄생이 또 이렇게 말했다.

"어찌 참말로 고하지 않겠습니까? 일전에 한 벗이 있어 청심환을 구하기에 우리가 각각 한 환을 내주었더니 이것을 기이한 보배로 알았습니다. 이러므로 다시 두어 환을 얻어 그 수를 메우고자 하는 것입니다."

반생이 말하기를,

"청심환은 듣자니 극히 귀한 것이라 합니다. 이곳 사람이 은 서 돈을 주고 사도 오히려 거짓 것(가짜)입니다. 이러므로 구하기가 지극히 어렵지만, 전약에 이르러서는 이곳 사람이 아는 이가 없고, 또 들으니 그중에 계수나무의 두꺼운 껍질을 많이 넣어 값이 극히 귀하다지요? 동방에도 귀인이 아니면 감히 맛보지 못한다 하니 어찌 감히 여러 번 청하겠어요?"

라고 하니, 내가 말하였다.

"전약은 관청의 곳곳에 있으니 별양 귀한 것이 아니고, 청심환은 왕왕 신기한 효험이 있으나 북경에 들어오는 것은 여러 층이 있으니 진짜는 궁중에서 만든 것이라 갑자기 얻지 못하는 것이지요. 그밖의 것은 거짓 것이 반이 넘으니 북경 사람이 이 일을 모르지 아니하되 거짓 것을 얻어도 오히려 다행히 여기니 그 곡절을 모르겠어요."

반생이 "들으니 청심환 가운데 오랜 얼음을 넣는데, 바다 가운데 있어서 천년이 되어도 녹지 아니하는 얼음이라 하니 그런 말이 옳은가요?"라고 물었다.

내가 그것은 그릇되게 전한 말이라 하고, "천하에 녹지 않는 얼음이 어찌 있겠어요?"라고 하며 주머니를 열어 청심환을 내고자 하였다. 그러자 반생이 다시 말하기를, 반드시 상품(上品)을 구하는 것이 아니니 두어 개 하품(下品)을 얻으면 족하다고 했다. 내가 웃으며 말하기를, 형의 좁은 마음이 너무 심하다 하니, 반생이 또 웃으며 말하기를, 자기는 작은 소견이어서 대방(大方 : 현인 군자)의 웃음을 면치 못한다고 했다. 내가 먼저 두 환을 주며 말하기를, "이것은 궁중에서 만든 것이라 상품으로 일컫는 것이니 두 형이 나눠 가지십시오" 하고 또 두 환을 주면서,

"진짜는 값이 귀하고 북경의 수응(酬應)이 많기 때문에 이로써 진짜를 주지 못합니다. 여러 약재 중에 귀한 것을 빼고 다른 약재로 바꾸어 만들어 오므로 진짜에 미치지 못하나 또한 하품이 아닙니다. 약간 효험이 있으니 느긋한 필요에 씀이 해롭지 아니하고, 과거를 당하여 마음[胸膈]에 답답한 일이 있거든 먹는 것이 좋을 듯합니다."
라고 하였다. 또한 우리나라 담배 한 봉을 가져왔기에 이때 내주니, 두 사람이 봉을 뜯고 각각 한 대를 피워 먹으며 칭사(稱謝 : 고마움을 표함)하였다. 내가 말하기를,

"날이 거의 저물어 아문의 책망이 극히 염려되니 마지못하여 물러가기를 고합니다. 20일 이후에 즉시 떠나지 아니하면 한 번 기약이 있겠지만 이는 반드시 기약하지 못할 일이므로, 다만 떠나기 전에 날마다 서신으로 마음을 통할 뿐입니다."
라고 하니, 두 사람이 다 참연(慘然)한 기색이었다. 반생이 말하기를, 사생(死生)의 길이 이별이 될 것이니 비록 20일 이후에 즉시 떠날지라도 한 번 다시 옴을 바란다고 했다. 내가 말하기를,

"틈을 얻으면 어찌 마음이 대수롭지 않겠습니까? 다만 이후에 한 번 기약이 있으나 네댓 시간 사이에 무슨 말을 수작하겠습니까? 한갓 심회를 상할 따름이니 도리어 아니 만나니만 같지 못할 것입니다."
라고 하니, 엄생이 말했다.

"일전에 접책(摺冊)을 보내어 두 형의 수적(手迹)을 구하였는데, 반형의 책에 쓴 네 구의 글을 옮겨 써주기를 바랍니다. 형의 글씨는 잃은 것이 적으므로 더욱 머리를 조아려 청합니다."

내가 다시 말하였다.

"어찌 형의 후한 뜻이 어그러지게 하겠습니까? 이미 쓰기를 마쳤는데 졸한 필법이 극히 참괴(慙愧 : 부끄러움)하여 끝에 사례한 말이 있으니 실정을 짐작할 것입니다. 그중에 「고원정부」(高遠亭賦)[89]라 일컬은 글이 있는데, 평생에 지은 글이 적고 또한 객중에 기록할 길이 없었지만, 마침 이 글이 지은 지 오래지 아니하여 생각하여 썼습니다. 글은 볼 것이 없으나 그 의사는 취할 것이 있습니다. 고원정 주인은 성명이 김종후(金種厚)로 우리나라의 높은 선비입니다. 귀한 가문으로 벼슬을 원치 아니하여 전야(田野)에 물러가 글을 읽는 이입니다."

엄생이 크게 기뻐하며 말하였다.

"이 글 가운데 높은 사우(師友)가 서로 권면(勸勉)하는 말이 더욱 기이한 보배가 될 것이고, 형의 필법은 오로지 인품으로 귀중한 것이 될 것입니다. 어찌 공졸(工拙 : 잘하고 못함)을 의논할 일입니까? 장래에 수적을 보면서 그 사람을 생각할 따름이니 감격한 마음은 말로 다하지 못합니다."

내가 말하였다.

"수적을 보아 사람을 생각하고자 함은 진실로 감사하지만, 다만 글씨와 사람이 한가지로 졸하니 당초에 무엇을 생각할 것이 있겠어요? 또 한 말씀하자면 형들의 재주와 학문을 우리가 추앙함이 진실로 마땅하지만, 저 같은 인물은 재주와 학문이 무디고 메떨어져 문필이 졸하니 스스로 생각건대 한 가지 취할 것이 없습니다. 형들의 사랑함이 이 지경에 이름은 그 연고를 깨치지 못하겠습니다. 대하여 정을 나타내고 돌아서서 웃음은 감히 형들을 의심할 일이 아니지만, 과도히 생각하여 그리워함은 도리어 부끄러운 일입니다."

---

89) 「고원정부」는 홍대용이 김종후를 위해 쓴 장시이다. 김종후는 홍대용의 스승인 김원행의 동문으로, 석실서원의 강사이기도 했다.

엄생이 낯빛이 변하여 말하였다.

"우리가 정성을 빌리어 서로 사귀었는데, 형이 오히려 이런 사소한 정의 말이 있으니, 이는 형이 도리어 우리의 인사를 나쁘게 여겨 푸대접하는 것입니다. 우리는 마음에 실로 감복함이 있으니 어찌 돌아서서 웃지 않으리라 이르겠습니까? 저는 한 구절 맹세를 베푸나니 만일 가슴속에 털끝만큼이라도 다른 마음이 있으면 나로 하여금 앞길〔前程〕이 길하지 않으리라 합니다. 그리고 이 맹세는 비록 반형이라도 억지로 한가지로 하지 못할 것입니다."

이때 반생이 먼저 써 말하기를, 만일 중심으로 형에게 항복하지 않으면 이는 사람이 아니라고 하더니, 엄생의 글을 보고 즉시 내어 보이었다. 내가 말하기를,

"저는 스스로 겸연한 마음을 이기지 못하고 형들이 간절히 그리워함에 깊이 감동하여 망령되게 이 말을 한 것이고, 감히 형들을 의심함이 아닙니다. 그런데 이로 인연하여 각각 맹세를 베풀어 세속의 경박한 풍습에 가까우니, 저의 좁은 마음으로 말미암아 두 형의 과도한 거조(擧措 : 행동 거지)를 이룬 것입니다. 이는 피차에 한가지로 허물이 됩니다. 다만 두 형이 매양 과도한 칭찬을 더하고 허물을 책망함이 없으니 이로써 그윽이 애달파 합니다."

라고 하니, 엄생이 또 말하였다.

"제가 무슨 다른 말이 있겠습니까? 오직 이별한 후에 마음을 깨치고 정신을 가다듬어 때때로 형의 가르침을 잊지 아니하되, 상하좌우에 귀를 이끌어 꾸짖는 듯하면 거의 조그만 이룸이 있으니, 우리 착한 벗을 만리 밖에 저버리지 않을 따름입니다."

내가 말하였다.

"일컫은 말은 비록 당치 못하나 사랑하는 뜻에 감복함을 이기지 못합니다. 오직 원하는 일은 두 형이 집에 거하면서 효우(孝友)의 행실을 힘써 시속 사람이 되지 말고, 몸을 다스리는 데 진실한 공부를 일삼아 시속 선비로 돌아가지 않으면, 저는 비록 멀리 해외에 엎드려 생전에 다시 만나지 못하여도 천고에 영화롭고 다행한 일이며 남은 한이 없을 것입니다."

엄생이 감격한 마음이 가슴속에 가득할 뿐이고 글로 이기어 쓰지 못할 것이며 다시 무슨 말이 있겠느냐고 했다. 반생은 또한 오늘 자신들의 수작이 집저온(잡스러운) 희롱이 많아 매우 부끄럽다고 했다. 내가 말하기를,

"오늘 수작한 종이를 또한 가져가고자 하는데, 이것은 다른 뜻이 아니라 동국에 돌아간 후에 이로 인연하여 수작을 기록하고자 하는 것입니다. 생전에 서로 생각하는 회포를 위로할 뿐이 아니라 일시 붕우의 기이한 자취를 자랑하고, 인하여 후세 자손에게 전하고자 합니다."

라고 하니, 반생이 후한 뜻은 감사하지만 다만 희롱하며 노는 분잡한 말이 많아서, 만일 가리어 기록하지 않으면 필연 뒷사람의 기롱을 면치 못하리라고 하였다.

나오기에 임하여 다시 만날 것을 누누이 청하기에 기약을 머무르고 돌아올 때 동구에 이르렀더니, 마침 오한림(吳翰林)이 말을 타고 큰 길로 지나는데 길 가운데〔路次〕에 행인이 많았다. 혹 괴로이 여길 듯하기에 길가에 몸을 숨겨 지나기를 기다려 완완히 걸어 나가는데, 동구를 나오니까 오한림이 말에서 내려섰다가 웃으며 나아와 손을 잡아 안부를 물었다. 오는 곳을 묻기에 유리창의 기완을 구경하고 온다고 하며, 팽한림(彭翰林)의 안부를 물어 마음에 잊지 못한다고 하였다. 한림이 피차 잊지 않음이 한가지라 하고, 길 떠나는 날을 묻는 뜻이 극히 관곡(款曲)하였다. 말을 마치자 한림이 읍하여 이별한다고 하고는 뒤로 4, 5보를 걸어 물러가니, 다 이곳 풍속인가 싶었다.

수레를 세내어 관에 돌아오니 통관들이 다 아문 안에 있기에 바로 캉으로 들어갔는데, 이 날은 상방에서 부사의 생일을 위하여 음식을 장만하였다. 내가 돌아옴을 기다려 한 상을 보냈기에 즉시 덕유로 하여금 아문에 전갈을 부리고 상을 보냈더니, 돌아와 회답을 전하는데 마침 손님이 있어 대접하고자 하다가 더욱 감격해 하노라고 하였다.[90]

---

90) 종일 비가 와 관에 머물면서 발바리와 원숭이의 재주 놀음을 구경한 일과 양혼이 편지와 선물을 보낸 사정이 생략되었다.

19일 관에 머물다

식전에 부방의 주방에 불이 나서 소리를 서로 전하니, 관중이 진동하여 다 안색을 잃었다. 이때 돌아갈 날이 멀지 않았으므로 일행이 흥정한 물건의 반 넘게 짐을 동여 넣었으니, 이로 인연하여 더욱 경동(驚動)하였다. 동쪽 중문을 나가보니 아문의 여러 갑군이 창황히 들어오고 오림포와 서종현이 또한 들어와 놀란 마음을 진정치 못하니 괴이하였다. 마침 밤이 아니고 우물이 멀지 않으므로 즉시 불을 잡아 집 위로 미처 댕기지 않았으나, 곁칸에 쌓은 짐들이 물에 많이 젖어버렸다. 불을 잡을 때에 물을 얹으며 혹 집 위에 올라 기와를 걷는 이는 다 우리나라 하졸이고, 여러 갑군들은 다 놀라 왕래할 뿐이니 하나도 도와주는 이가 없었다. 내가 괴이하게 여겨 인심을 책망하였더니, 한 늙은 역관이 인심을 책망함을 듣고 이르기를,

"이곳 사람이 화재를 매우 두려워합니다. 불이 일어나면 감히 잡을 계교(計巧)를 하지 못하며 근처 성한 집을 헐어 저절로 꺼지기를 기다리니, 이러므로 북경은 불을 매우 조심하고 한번 일어나면 쉽사리 잡지 못합니다. 몇 년 전에 유리창에 불이 일어나 수백 호를 불태우고 천만 냥의 재물을 사르되, 근본은 조그만 불을 잡지 못하여 그 지경에 이르니 오늘 일도 저희 풍속이고 인심이 사나움이 아닙니다."

라고 하였다. 내가 웃으며 말하기를,

"만일 이렇다면 싸움을 당하여 불로써 쳐부술 모책을 강구하면 제어키 어렵지 않으리로다."

하니, 역관이 웃으며 말하였다.

"몇 년 전에 정양문 문루 위에 불이 일어났는데, 이때 우리나라 사람 가운데 구경하는 이가 많았지만 다 계교를 생각지 못하더니, 여러 사람이 수차(手車) 두엇을 날라다 놓고 물을 무수히 길어 손수레로 물을 올리니 수백 장 문루 위에 비 오듯 하는 것이었습니다. 잠깐 사이에 불이 꺼지니 이 일을 보면 또한 화공을 두려워하지 않는 것입니다."

식전에 상사께서 간정동에 사람을 부렸더니, 돌아오는데 반생이 「담헌기」(湛軒記)를 부쳐 보냈다. ㄱ 글에 이렇게 말했다.

연경(燕京) 동쪽에 방외(方外)의 나라가 있는데 이름은 조선이라 일컫고, 그 풍속이 예절을 숭상하며 시율(詩律)을 일삼아 당나라로부터 지금에 이르러 왕왕 시율을 모으는 자가 있으니 다른 외국에 비할 바가 아니다.

병술년(丙戌年, 1766) 봄에 내 일이 있어 북경에 이르렀는데 마침 홍군 담헌이 조공하는 사신을 따라 들어오니, 대개 중국 성인의 학문을 흠모하고 한번 중국의 기특한 선비를 사귀고자 하여 수천 리 행역(行役)을 돌아보지 않음이라. 나의 이름을 듣자 즉시 나의 객관(客館)에 이르러 주객이 각각 붓을 들어 뜻을 통하고, 도의로 서로 경계하여 군자의 교도(交道)를 이루니, 이 일은 진실로 기이하도다.

홍군은 기상이 높고 문견(聞見)이 넓으니 중국 서적을 열어보지 않은 곳이 없고, 율력(律曆)과 병법(戰陣)과 염락관민(濂洛關閩)[91]의 종지(宗旨)를 궁구(窮究)하지 않음이 없다. 시문으로부터 산수에 이르러 능치 못함이 없고, 의론을 들으니 옛사람을 일컫고, 의리를 근본하여 짐짓 유자(儒者)의 기상이 있다. 이는 중국에도 쉽지 않은 인품이거늘 어찌 진한(辰韓)의 황원(荒遠)한 지경에서 얻을 줄을 뜻하였으리오.

홍군이 일찍이 날더러 일러 말하기를, "나는 왕도에 사는 사람이로되 평생에 벼슬을 원치 아니하고, 물러가 청주(淸州) 수촌(壽村)에 거하여 농인(農人)과 더불어 한가지로 논다. 두어 칸 초옥을 지어 방과 다락을 갖추고, 집 앞에 연못을 파 못 위에 다리를 놓았고 못 가운데 조그만 배를 물결에 띄웠다. 다락 밖으로 나무 그림자가 뜰에 가득하고, 당(堂)에 오르면 혼천의로 천문을 상고하며 자명종으로 시각을 살핀다. 거문고로 흥치를 돋우며 일이 있으면 시초(蓍草)로 점을 쳐서 의심을 결단하고, 겨를을 얻으면 궁시(弓矢)를 다스려 승부를 다투니, 진

---

91) '염락관민'은 송학(宋學)의 4파인 주돈이·정이·장재·주자의 출신 지명을 따라 붙인 이름이다.

실로 즐거움이 이 가운데 있어 바깥에서 구하지 아니한다. 미호(渼湖 : 김원행) 선생은 나의 스승인데 그 집을 이름하여 담헌(湛軒)이라 일컫고, 내가 이로 인하여 스스로 별호를 삼았으니, 그대 나를 위하여 그 사적(事跡)을 기록하라" 하였다.

내 이미 그 사람을 높이 여기고 다시 그 연못과 정자의 경치를 들으니, 한 번 그곳에 이르러 한가지로 경물을 의논코자 하되 몸이 만리 밖에 있어 마침내 얻지 못할지라. 옛적에 외국 사신이 중국에 들어와 예고사(倪高士 : 예찬)가 청비각(淸閟閣)을 지은 것을 듣고 보기를 구하였으나 얻지 못하고 두 번 절하고 탄식하고 돌아갔는데, 나의 오늘 일이 매우 가깝고 또한 상반(相反)하도다. 그러나 그 집 이름을 들으니 어찌 그 의사를 일컬음이 없으리오. 일찍이 들으니 군자의 도는 마음이 어지럽지 아니하고 외물(外物)이 더럽히지 아니하여 그 몸이 청명하고 그 집이 허백(虛白)하다 하였으니, 이것이 어찌 '담'(湛) 자의 사의(辭意 : 말뜻)에 부합하지 않으리오.

홍군이 매양 나와 더불어 성리(性理)의 학문을 의논하였는데 그 말이 극히 순실(淳實 : 순박하고 참됨)하니, 대개 '담' 자의 사(辭)에 깊이 얻음이 있음이라. 내 비록 재주가 없으나 당초 스스로 군자의 도를 힘써 착한 벗을 저버리지 아니하고, 인하여 홍군의 글과 행실을 중국 선비에게 보이고자 하나니, 어찌 두어 줄 기문(記文)을 사양코자 하리오. 다만 미호 선생이 내 말을 들으면 마땅히 어떻게 여길 줄을 알지 못하노라.

식후에 편지를 써서 덕유를 보내고 엄생의 접책(摺册)을 부쳐 보냈는데, 그 편지에 이렇게 말하였다.

지난번에 만날 때 늦게야 나아가 일찍이 돌아오니 더욱 섭섭한 마음을 금치 못하고, 어제는 비에 막혀 사람을 부리지 못하니 극히 답답합니다. 우리의 행기(行期)는 아직 결단이 없으니 한번 만날 기약이 있겠지만, 하루 수작하는 것으로 가없는(끝없는) 회포를 펴기 어려울 것입니다.

팔영시(八詠詩)를 조용히 읊조리니 묘한 기법과 깊은 뜻이 있고 말 밖에 기이한 맛이 있어, 진실로 덕이 있는 사람이 반드시 말이 있음을 알겠습니다. 그중 영감시(靈龕詩)는 더욱 탁월하고 뛰어나서 시속 선비의 오곡(迂曲 : 바르지 못함) 한 기상이 없으니, 그 시를 외우며 가히 그 사람을 알 수 있습니다. 그러나 재주 가 높은 자가 과히 탈속한 의사를 숭상하면 혹 중도에 넘치고 이단(異端)에 돌아 가기 쉬울 것입니다. 이는 참람(僭濫)하게 과도한 근심이니 높은 소견은 어떻다 하십니까?

저는 두 형의 글씨와 그림을 심히 사랑하여 일찍이 공책 두어 권을 얻어 한번 수고를 청코자 하지만, 과거 볼 날이 멀지 아니하고 손님이 복잡함을 들으니 마 침내 쉽게 보내지 못하겠습니다. 돌아간 후에 서신을 통하거든 두어 장을 아끼지 아니하면 길이 전하여 보배를 삼겠습니다. 편지를 써서 미처 보내지 못하였는데 반형의 기문을 받들어 재삼 읽으니 감격하고 다행합니다. 돌아가 벽 위에 붙이고 조석으로 눈을 붙여 좌우의 경계를 삼아 깊은 뜻을 저버리지 않을 것입니다. 다 만 변변찮은 인물을 과히 일컬어 이름이 사실에 지나고 말이 부장(腐腸 : 창자를 썩히는 약)에 가까우니, 돌아가 사우에게 자랑하면 필연 나의 거짓말로 사람을 속여 이런 칭찬을 얻은 줄로 꾸짖을 것이라 극히 민망합니다. 엄형이 부탁한 접 책은 쓰기를 마쳤기에 부쳐 보냅니다.

엄생의 접책에 계부께서 상부사와 더불어 차례로 쓰고 평중이 또 그 아래에 썼다. 나는 반생에게 써 보낸 글을 또한 옮겨 쓰고, 그 아래에 「고원정부」(高 遠亭賦)를 쓰니, 그 글이 이러하였다.

수야의 동산이요 산금의 돌이로다.
날개 같은 정자는 군자의 쉬는 바로다.
고원(高遠)으로 이름을 지으니 대개 밝고 넓은 뜻이로다.
눈이 천원에 극진하매 구름 연기 일만 형상이로다.
모인(홍대용)이 송(頌)을 지어 부(賦)하고 또 비(比)하니
그 주인이 뉘런고 오직 백고(伯高)씨로다.

돌이 있어 뫼 언덕에 반듯하지 않으니

위는 송백이 그늘지고 아래는 찬 샘이 나는도다.

어지러운 풀을 헤치고 푸른 이끼를 쓰니

푸른 띠를 엮고 흰 연무를 걸었도다.

밝은 꽃이 번성하여 낮에 빛나고

돌간수를 치매 밤에 소래하는도다.

사람이 있는 듯하여 흰 돌에 앉았으니

삿갓을 썼으매 오죽(烏竹) 갓끈이로다.

상송(商頌)을 노래하여 호탕하니

구슬 거문고에 울리어 맑고 시원하도다.

뫼 밖에 길이 험난하니

계수 가지를 받들어 아직 소요하는도다.

바람이 쌀쌀하고 구름이 막막하니

봉황은 날기를 다하고 올빼미 낮에 부르짖는도다.

진속의 일이 어김이 많음을 창연히 여기니

오직 그대의 곳에서 머뭇거려 떠나지 못하도다.

난간을 의지하여 멀리 바라보니

용문의 높은 뫼를 보는도다.

한 줌을 쌓아 일만 장 높이를 이루니

나환이 촉촉하여 높이 하늘에 꽂혔도다.

돌아보건대 이 집이 비록 진실로 아름다우나

또한 멀리 사방에서 노니도다.

긴 바람을 메워 파연하니

큰 길을 밟아 높이 날아가리로다.

좋은 수레에 기름을 칠하고 좋은 말을 채쳐

원컨대 그대를 좇아 이에 가리로다.[92]

또한 이렇게 말하였다.

덕과 행실은 근본이고 글과 재주는 끝이니, 먼저 하고 후에 할 것을 알아야 이를 어기지 아니할 것입니다. 덕성을 높이고 문학으로 말미암은 것은 수레의 바퀴 같고 새의 날개 같으니, 하나를 폐하면 학문을 이루지 못할 것입니다.

내가 본래 필법이 소졸(疏拙)하여 글자 모양을 이루지 못하니, 이러므로 문자를 써서 사람을 줄 때에는 반드시 남에게 손을 빌렸습니다. 이제 철교(鐵橋) 엄형이 청함에 이르러서 분연(奮然)히 일어나 붓을 들어 조금도 사양치 아니함은 다름이 아니라, 철교의 뜻이 글씨에 있지 아니하므로 이 뜻이 가장 후(厚)하기 때문입니다. 대개 감히 이루지 못합니다.

덕유가 돌아왔는데, 엄생의 답서에 이렇게 말했다.

이별한 후에 기거를 염려하였는데 수교(手交)를 받드니 적이 회포를 위로할 만합니다. 제 접책의 필묵의 수고로움을 사례하고, 모든 대인들의 높은 수적(手迹)을 얻으니 더욱 감격하고 불안합니다. 행기를 정함이 없으면 다시 만남이 극히 다행이고, 마침 분요(紛擾 : 어수선함)한 일이 있어 여러 말을 못하고 간략히 대답합니다.

덕유가 말하기를, 이번에도 인객(引客)이 많아 겨우 틈을 언어 총총히 답장을 받아왔다고 했다. 대개 과거 날이 3월 초8일이어서 사방 거인(擧人)들이 점점 모이고 서로 왕래할 동향 사람이 많은 것이다. 이후에는 다시 만나도 조

---

92) 원문은 다음과 같다. "秀野之園 散襟之石 有翼其亭 君子攸息 扁以高遠 蓋取昭曠 目極川原 雲烟萬狀 某人作頌 賦而且比 其主伊誰 惟伯高氏 有石盤陀兮山之阿 上蔭松柏兮下出寒泉 辟蒙 茸兮掃靑苔 緝翠茅兮架素椽 繁陽葩兮晝炫 疎石澗兮夜聲 若有人兮坐素月 戴篛笠兮烏竹纓 歌商頌兮浩蕩 響瑤琴兮泠泠 山之外兮路險難 攀桂枝兮聊逍遙 風颯颯兮雲漠漠 鳳鳥飛盡兮鴟梟晝 號 恨塵事兮多違 惟子所兮盤桓 憑檻兮遠望 見龍門兮高山 積一拳兮成萬仞 蠡螺贅兮高插天 顧 玆居兮雖信美 且遠遊兮四荒 駕長風兮沛然 履周道兮翺翔 脂名車兮策良驥 願從子兮斯征"

용한 수작을 얻지 못할 듯하였다.

일전에 반생이 전약을 얻고자 하던 사연을 부사께 전하였더니, 이 날 부사께서 사람을 부려 전약 한 그릇을 보내고 해삼과 전복과 다른 잡물을 함께 보냈는데, 전약 외에는 다 반은 받고 반은 도로 보냈다.

천애의 지기를 이루다

22일 관에 머물다[93]

이 날도 문금(門禁)이 오히려 엄하여 사람이 출입하지 못하니 여러 하인들이 민망한 사연을 고하므로, 계부께서 당상역관을 불러 아문에 일러 바삐 내보내어 물건 값을 결단하라 하셨다. 상사께서 정가(鄭家)의 은(銀) 사건으로 당상역관들을 불러 정문(呈文 : 공문)을 짓고 제독에게 고하여 찾게 하라 하셨지만, 역관들이 이미 탕감(蕩減)하기를 허락한 까닭에 다시 언약을 배반하기가 어려웠다. 뿐만 아니라 우리나라 사람의 부채가 만금이 넘었으므로, 만일 정문하는 일이 있으면 정가에게 죽을죄가 돌아가는 것이 불쌍할 뿐 아니라, 정가가 죽기를 당하여 필연 우리나라 사람의 부채를 고하는 일이 있으면 우리나라 사람 가운데 국률(國律)을 입을 이가 또한 수십 명이 넘을 것이다. 그러므로 피차에 대단한 생경(生梗 : 불화)이 되기 때문에 감히 거행치 못하노라고 했다.

식후에 간정동에 덕유를 보낼 때, 그 편지에 이렇게 말했다.

엎드려 묻나니 두 형의 객황(客況)이 어떠합니까? 두어 날 사이에 행중에 일이 있어 문금이 매우 엄하니 옥중에 갇힌 몸이 되었습니다. 몸소 나아가지 못하

---

93) 진가가 관에 들어와 양혼의 정표를 보낸 일과 정가의 가게에 은 2만 냥을 맡긴 일행이 받기로 했던 비단을 받지 못한 사연 등이 생략되었다.

358 산해관 잠긴 문을 한 손으로 밀치도다

고 한 치 종이를 서로 전할 길이 없으니, 이중에 민울(悶鬱 : 안타깝고 답답함)한 마음을 한 붓으로 어찌 다 말할 수 있겠습니까? 우리는 행기(行期)를 아직 완정(完定)하지 못하였으나 이런 의외의 사변이 있어 몸을 빼지 못할 것만 같습니다. 옛사람이 말하기를, "어찌 너를 생각지 아니하리오. 집이 이에 멀다" 하였으니, 진실로 오늘의 정사를 이르는 것입니다.

덕유가 돌아오자 엄생의 편지가 두 장이 있었다. 하나는 먼저 써둔 것이었는데, 그 편지에 이렇게 말하였다.

성(誠)은 두 번 절합니다. 이별한 후에 기거는 어떠하신지 염려하는 마음이 간절합니다. 행기를 결단치 못하였으면 틈을 얻어 다시 왕림할 날이 있을 것이니 극히 다행입니다. 이별을 위하여 허다한 가련한 사연을 도무지 일컫지 아니하거니와, 날이 마치도록 마음이 창창망망(悵悵惘惘 : 까마득함)하여 무엇을 잃은 듯하면서도 그 연고를 깨치지 못하니, 생각건대 이 정경은 두 형이 또한 같을 것입니다. 영감시(靈龕詩)의 높은 의론을 들으니 스스로 병통을 깨칠 만합니다. 삼가 마음에 새겨 가르친 뜻을 저버리지 아니하겠지만, 다만 분잡한 요구에 응하느라 틈을 얻지 못하여 미처 그른 곳을 고치지 못하니, 동방의 높은 사우(師友)들의 눈을 지나면 필연 한번 웃음을 면치 못할 것입니다. 아직은 수적(手迹)에 머물러 서로 사랑하는 정을 기록함이 해롭지 아니합니다. 우리의 글씨와 그림이 소졸(疏拙)하여 재주를 족히 일컬을 것이 없으나, 요행으로 오형(吾兄 : 정다운 벗과의 편지에서 상대를 일컫는 말)의 취함을 얻어 맡기는 곳이 있으면 마땅히 가르침을 받들어 비록 다른 연고가 있어도 또한 돌아보지 않을 것입니다. 그런데 일전에 수교(手交)를 받들어 감히 청하지 못하는 뜻이 있으니 이는 서로 사랑하는 말이 아닙니다. 혹 오형이 진실로 취함이 없고 겉으로 잘 알아서 허용〔亮許〕하는 의사를 보이고자 한다면, 이는 용속(庸俗)한 세태를 면치 못하고 세밀한 마음이 너무 과한 것입니다. 제가 김형을 위하여 양허당(養虛堂) 기문(記文)94)을 지었는데, 그 중에 약간 득의(得意 : 뜻에 얻은 바가 있음)한 곳이 있습니다. 말이 비록 옅고 평평하나 한 사람을 일컬어서 두 사람의 사적을 나타내니, 한 글을 빌려 두 형의 기이한 자취를 한가지로 선하고자 하여 매우 괴로운 생각을 히비히였습니다. 오 형의 소견은 어떻습니까? 지기(知己)의 정분이 아니면 감히 이같이 구구히 자랑하는 말을 베풀지 못할 것이고, 김형이 과히 일컬어 옛사람의 필법을 얻었다 함은 스스로 믿지 못합니다. 이런 글이 비록 교묘한 문법이 없어 두 형의 이름을 세상에 널리 전할 길이 없으나, 다만 길이 집안에 머물러 자손에게 뵈고자 합니다.

만일 왕림하실 계획이 있거든 일찍이 나아옴을 바라나니, 서로 만나면 비록 다른 연고가 있어도 일절 돌아보지 않을 것입니다. 또 이곳 붕우들 가운데 우리가 왕래하는 자취를 아는 이 많은데 조금도 괴이히 여기는 의론을 듣지 못하니, 진실로 혐의(嫌疑)를 생각하여 과히 염려할 것이 없습니다. 하물며 우리가 두 형의 인품과 학술을 일컬음을 듣고서, 비록 시속의 무식한 사람이라도 이미 우러러 존경하지 아니하는 이가 없으므로, 누가 감히 중외(中外)의 다름으로 망령되게 구별할 의론이 있겠습니까? 낮에 모임의 기약이 있으니 말이 뜻을 다하지 못합니다.

두번째 답서에는 이렇게 말하였다.

오래 담소를 받들지 못하니 쓸쓸함을 이기지 못할 뿐이 아니라, 다니던 사람이 또한 자취를 끊으니 저는 반형과 더불어 한 쌍 눈이 거의 뚫어질 듯하고 한갓 마음이 괴로울 따름이었습니다. 그런데 이제 두어 줄 글월을 받들어 기이한 보배를 얻은 듯하고, 자세히 사연을 살피매 한 치의 마음이 베이는 듯하니 슬프고 슬픕니다. 우리의 인연이 어찌 이같이 순탄치 아니합니까? 형세에 구애되어 몸소 나아가 뵙기를 얻지 못하니, "집이 가깝고 사람이 멀다"고 한 옛사람의 말을 생각하여 더욱 슬픔을 이기지 못하겠습니다. 어느 날에 한때 틈을 얻어 한번 영결(永訣)을 위로함이 있겠습니까? 붓을 들어 이곳에 이르매 제가 비록 무정한 사람이라도 또한 손이 떨리고 마음을 감당하기 힘들어 눈물이 내림을 깨닫지 못합니다.

---

94) 양허당은 부사의 군관인 김재행의 호이며, 기문은 그를 위하여 지은 글이다.

한 장 서찰을 또한 인편이 없어 전하지 못하다가 한가지로 보내니 잠잠하고 외로운 정성의 살핌을 바라고. 일전에 보내준 접책 가운데 가르친 의론은 간절히 병통을 맞혔으니 삼가 좌우에 베풀어 종신의 경계를 삼겠습니다.

반생의 답서에는 이렇게 말하였다.

　수일 사이에 의의(威儀)를 받들지 못할 뿐 아니라 사람이 또한 이르지 아니하니, 마음이 두렵고 의심하여 그 연고를 깨닫지 못하고 괴로운 심사는 지필(紙筆)로 다할 바가 아니었습니다. 그러더니 홀연히 글월을 받들어 이상한 보배를 얻은 듯하나, 다만 자세히 사연을 맛보니 자연히 마음이 슬픕니다. 인연이 순탄치 않음이 어찌 이 지경에 이르렀습니까? 진실로 첫번에 만나지 않음만 같지 못합니다. 일전에 들으니 한 권 책을 두어 우리의 서화를 구할 뜻이 있으면 어찌 즉시 보내지 아니하였습니까? 저의 변변찮은 재주는 족히 이를 것이 없지만, 다만 우리의 연고를 염려하여 다시 괴로움을 끼치지 아니하고자 한다면, 어찌 서로 믿는 뜻이라 하겠습니까? 천애(天涯)의 지기(知己)를 맺었으니 구하는 일이 있으면 마땅히 힘을 다할 것입니다. 어찌 소소한 연고를 돌아볼 것이며, 더구나 남은 틈이 있으니 마침내 푸대접하지 아니함을 바랍니다. 총총하여 자세한 말을 못하며 오직 생각하는 마음에 궁함이 없으니, 명일에 만일 틈을 얻어 왕림함을 얻으면 천만 다행이겠습니다.

양허당(養虛堂)은 평중(김재행)의 집 이름이고 인하여 별호를 삼았다. 일전에 엄생이 기문(記文)을 지어 보냈는데, 그 글에 이렇게 말하였다.

　병술년 봄에 서울[京師]에서 놀다가 두 이상한 사람을 사귀니, 이른바 김군 양허와 홍군 담헌이다. 두 사람은 조선 사람으로, 한번 중국 선비를 사귀고자 하여 사신을 따라 북경에 이르러 이미 석 달이 넘었는데, 마침내 서로 낙락(落落 : 서로 어울리지 않고 버성김)하여 만나는 사람이 없고, 출입을 지키는 사람에게 구애되어 괴롭고 근심하여 뜻을 펴지 못하였다. 그러더니 이미 나와 더불어 서로 만나 흔연(欣然 : 반갑고 기쁨)히 옛 친구와 다름이 없으니, 슬프도다! 내 어찌 이 뜻을 당하리오.

홍군은 중국 서적에 읽지 않은 바가 없고, 역률(曆律)과 산술[算卜]과 병법 [戰陣]에 정통하고, 성품이 독실하고 성리(性理)의 학문을 숭상하여 유자(儒者) 의 기상을 갖추었다. 김군은 호방한 기운이 적은 절목(節目 : 조목)을 거리끼지 아니한다. 두 사람의 지취(志趣 : 뜻과 취향)는 같지 아니하나 서로 사귐에 틈이 없으니, 내 이미 홍군의 위인(爲人 : 사람의 됨됨이)을 공경하고 또 김군을 심히 사랑하노라.

김군이 시율을 숭상하여 높은 운격(韻格)이 한위(漢魏)와 성당(盛唐)을 따르 고, 필법이 또한 준상(俊爽 : 뛰어나고 명석함)하여 시속의 태도가 적은지라. 매양 나의 객관(客館)에 이르러 언어를 서로 통치 못하매 붓을 휘두르며 종이에 떨어 뜨려 신속한 수단이 나는 듯하니, 날마다 수십 장의 종이에 휘쇄(揮灑 : 글씨를 쓰 거나 그림을 그림)하였다. 성품이 술을 즐기되, 방금(邦禁 : 나라에서 금하는 일)에 구애되어 감히 먹지 못할 뿐이 아니라 홍군이 혹 꾸짖으므로 때때로 주흥(酒興) 을 금치 못하더니, 내가 일찍이 김군과 더불어 술을 마셔 심히 즐기되 홍군이 혹 이르러 술 먹음을 볼까 저어하고, 말이 홍군에 미치면 반드시 호걸의 선비라 일 컬었다. 천하에 서로 붕우로 이름하는 사람이 어찌 적을까마는 그 숭상하는 일이 같지 않으면 다만 겉으로 합할 따름이고 마음으로 서로 좋아하지 못하며, 마음이 서로 좋아하지 못하면 그 자취 또한 날로 멀어질 것이다. 이러므로 정대(正大)한 사람과 정대한 말이 매양 세상에 용납되지 못하고, 게으르고 방탕한 사람은 정대 한 사람을 멀리하고 정대한 말을 싫어한다. 그러므로 마침내 잡류(雜流)를 친애 하여 소인을 면치 못하고, 스스로 그른 줄을 깨닫지 못하여 붕우의 진실한 교도 (交道)를 다시 얻어볼 길이 없으니, 김군 같은 이는 어찌 어질지 않을 것인가?

술이 이미 취하매 내 김군더러 말하기를, "그대는 어찌 벼슬을 하지 아니하는 가?" 하니, 김군이 개연(蓋然)히 탄식하여 말하기를, "그대는 내가 '양허'로 별호 를 삼은 뜻을 아는가? 우리나라 풍속이 문벌을 중히 여기니 나는 귀한 가문이어서 벼슬을 얻음이 어렵지 아니하나, 나이 오십에 이르매 스스로 몸을 감추어 궁함을 혐의치 아니함은 대개 마음에 즐기지 아니하는 바가 있기 때문이다. 돌아보건대 내 마음이 하늘〔太虛〕 같고, 세상의 부귀를 보면 뜬구름과 다름이 없는데다 또 성품이 게으르고 교만하여 세상에 쓰일 바가 없다. 그러니 때로 한 편 글을 읊으매 자득(自得)하여 욕심이 없이 즐기고, 때로 한 병 술을 기울이면 도도히 얻음이 있는 듯하니, 나는 나의 빈 것을 기를 줄 알 따름이다. 만일 게으르고 교만한 성품이 억지로 세상에 쓰이기를 구한다면 사람에게 유익함이 없고 한갓 내 몸에 해로울 따름이니, 나의 빈 것에 더럽힘이 적지 않을지라. 이것이 내가 별호를 삼은 뜻이고, 인하여 내 집의 당호(堂號)로 삼은 바이다" 하였다. 내가 말하기를, "이야말로 족히 기록함직하다" 하였다.

대개 홍군이 시를 짓지 아니하고 술 먹음을 아쳐하니(싫어하니), 김군과 더불어 뜻과 생각〔志想〕이 같지 아니하다. 그러나 또한 귀한 가문으로 시골에 물러가 바야흐로 성명(性命)의 도를 강론하여 몸이 마치도록 벼슬에 나아감〔仕進〕을 구하지 아니하고자 하니, 그 뜻을 볼진대 또한 김군의 뜻이라. 비로소 그 자취를 합하지 아니하나 마음이 서로 좋아하여 성명의 교도를 이룸이 마땅함을 알리로다. 다만 멀리 이국에 있으므로 한번 양허의 당에 올라 김군과 더불어 효효도도(囂囂陶陶 : 떠들썩하고 화락함)하여 한가지로 즐기지 못함을 한하노라. 그가 돌아감에 임하여 이 글을 써주나니, 동방 사우(師友) 중에 뜻과 생각이 홍군 같은 이가 있으면 가히 한가지로 보리로다.

일전에 유리창에서 접책 두 권을 사두었는데 오후에 덕유에게 맡겨 다시 보내면서 그 편지에 이렇게 말하였다.

두 형의 수서(手書)를 받들어 재삼 읽으니 사람으로 하여금 가슴이 막히고 마음이 상할 지경입니다. 두 권 접책을 얻은 지 오랜데 마침내 청하기를 어렵게 여겼는데, 가르친 사연을 받드니 도리어 세쇄(細瑣)한 시속의 태도가 부끄럽습니다. 또 김형이 얻은 접책을 보니 부러움을 이기지 못하여 문득 부탁을 아룁니다.

행기(行期)는 비록 완정(完定)하지 못하였으나 간략히 흐릴 따름이고, 반드시 세밀한 공부를 청하시 못합니다.

덕유가 돌아오니 엄생의 답서에 이렇게 말했다.

연하여 수서(手書)를 받아 사연을 알았으며 두 접책은 마땅히 힘을 다하여 부탁을 저버리지 않을 것입니다. 행기를 완정하지 못하였으면 다시 안색을 바라볼 날이 있을 것이니 극히 다행입니다.

일전에 평중이 접책 한 권을 보냈는데, 두 사람의 글과 그림이었다. 엄생의 율시 하나를 기록하니 다음과 같다.[95]

가벼야이 더움과 희미하게 추움이 좋은 봄을 빚으니
등잔 앞에 외로운 손이 가장 정신을 상해오는도다.
천애의 의기는 우리 무리를 두었거늘
해외의 문장은 이 사람을 보았도다.
호기로운 흥에 비겨 일천 날의 취함을 좇고자 하였더니
깊은 정은 속절없이 한때의 새로움에 부쳤도다.
옷깃을 나누매 초초히 다른 말이 없으니
해를 격하여 음서의 잦음을 잊지 말라.[96]

당상역관들이 들어와 고하기를, 오늘 문서들이 예부에 내려와 그믐날 상(償)을 타고 초1일에 떠나기로 완정하였다고 하였다.

---

95) 이 시에 이어서 김복서가 유리창에 가서 제갈무후의 30여 대 후손을 만난 이야기가 생략되었다.
96) 원문은 다음과 같다. "輕暖微寒釀好春 燈前孤客最傷神 天涯義氣存吾黨 海外文章見此人 豪興擬比千日醉 深情空寄一時新 分衿帞帞無他語 隔世音書莫忘頻"

23일 간정동에 가다

어제 상사께서 길이 지체〔遷延〕되는 일로 당상역관들을 중히 꾸짖으셨는데, 식전에 여러 역관들이 캉 밖에서 대죄(待罪)하여 식후에 비로소 물러갔다. 대개 몇 년 전에는 이곳의 매매를 길 떠남에 임하여 비로소 허락하였기 때문에 역관들이 물건을 미처 거두지 못하여 짐짓 날을 미루는 폐단이 없지 않았다. 근년에는 정월 보름 전에 방(榜)을 붙이고 매매를 허락하여, 이번에는 스무날께에 일행 상하의 짐을 맨 지 오래이다. 역관들은 관에 들자마자 각각 친한 상인으로 단골을 정하여 이름을 관부(官府)라 하고, 일용 집물과 채소와 나무와 염장과 육초(肉燭 : 쇠기름으로 만든 초)를 다 관부에서 들여다 쓰고 나중에 은을 떨어주되, 값을 배로 주고도 다투지 못하였다. 그런 까닭에 일행 역관이 하루 묵는 것을 매우 민망해하였으므로 일부러 지체할 이유가 없고, 이곳 일로 보더라도 일행이 오래 머물며 허비하는 물자가 적지 않았다. 다만 대국에 일이 많아 하루 사이에 일만 건이고, 황제가 어람(御覽)하는 문서는 다 만주 글자로 번역하여 올리는 까닭에 자연히 날이 지체될 뿐 아니라, 이번은 황후의 일로 조정이 평안치 못하여 더욱 결단치 못한 것이다.

아침에 덕형을 보내 서종맹에게 전갈을 부리고 출입을 청하였다. 종맹이 즉시 들어와 수작이 매우 관곡하였고 떠날 날이 멀지 아니하였으니 임의로 나가라 하고 즉시 나갔다. 평중과 더불어 한가지로 나가 간정동에 이르러 덕유를 먼저 들여보냈더니 나와 이르기를, 좌상에 손님이 있고 심히 분요하다고 하였다. 내가 평중과 의논하여 도로 돌아가고자 하는데, 반생이 급히 나와 맞고 들어가기를 청하기에 내가 불안한 뜻을 일렀지만, 반생이 관계치 않다 하며 소매를 이끌어 군이 청하였다. 마지못하여 들어가 캉 앞에 이르니 엄생이 또한 들어와 서로 읍하고 앉는데, 캉 아래위에서 책을 두루 헤치고 새 깁(비단)에 그린 그림 여러 장을 탁자 위에 잡되이 놓고 있었다. 내가 말하기를, 당돌히 나아와 문묵(文墨 : 문필)의 맑은 희롱을 어지럽혀 매우 불안하다고 하니, 두 사람이 다 웃으며 그렇지 않다고 하였다. 반생이 총총한 기색으로 바삐 지필을 찾아 써서 말하기를, 수일을 서로 보지 못하니 생각이 괴롭다고 하였다. 내가 피차 한가지라고 하니, 반생이 또 급히 써 말하기를,

"어제 육해원(陸解元 : 육비)이 북경에 이르렀습니다. 우리가 서로 사귄 일을 자세히 전하고 수창(酬唱 : 시가를 불러 서로 주고받음)한 시율과 서찰을 내보였더니, 해원이 듣고서는 일찍이 올라와 한가지로 사귀지 못한 것을 매우 한탄하는 것입니다. 드디어 등잔 밑에서 다섯 장의 그림을 그리고 한 장 서찰을 써 세 대인과 두 형에게 보내고자 하고 있는 참에 두 형이 요행으로 오셨습니다. 이 사람은 높고 아담하여 인품이 세상에 빼어나고 한가지로 이곳에 있으니, 서로 모여 천고의 승사(勝事 : 뛰어난 사적)를 이룸이 어떠합니까?"

라고 했다. 해원은 중국의 초시(初試) 장원을 일컫는 칭호인데, 이 사람은 첫날 수작에서 이름을 듣고 그림과 글을 보았던 이였다. 내가 말하기를, 이 사람이 연화시(蓮花詩)를 지은 육선생이냐고 하자, 반생이 내가 잊지 않음을 기뻐하며 그렇다고 하였다. 내가 말하기를,

"그의 시와 그림을 보고 한번 만나기를 원했지만 얻을 길이 없더니, 천행으로 한 곳에 모이니 어찌 우리의 큰 영광이 아니겠습니까?"

하였다. 엄생이 말하기를,

"이 사람은 우리가 우러러 존대하는 사람이며, 그 인품과 학술이 족히 우리의 사법(師法)이 될 만합니다."

하고, 그 편지의 사연을 내어 보여주었는데, 그 편지에 이렇게 말했다.

육비(陸飛)는 계(稽 : 인사)합니다. 이 길에 스스로 더디 옴을 한하며, 한번 언론과 풍채를 받들지 못하니 이는 평생에 제일 애달픈 일입니다. 오후에 객관에 이르러 안장을 벗기고 문을 드니 다른 말에 미치지 못하여, 역암(엄성)과 추루(반정균)가 여러분과 더불어 왕래하던 일을 누누이 전하며 인하여 제공(諸公)의 수적을 내어 긴 글과 짧은 종이를 상 위에 벌이니 눈이 황홀하여 이루 구경치 못하였습니다. 역암과 추루가 또 좌우에서 일컬어 마지않으니 사람으로 하여금 귀와 눈이 극히 수고롭고, 사기(士氣)가 높은 글을 읽으니 일변 사실을 이르며 일

변 의론이 석금(石金 : 돌에 박힌 금)과 같아서 기이하고 즐거움을 말로 형상치 못하겠습니다.

들으니 여러분이 공사(公事)를 다하고 돌아갈 기한이 있으므로, 행장이 총총하고 형편에 구애되어 마침내 한 번의 만남에 미치지 못할 것이고, 비(飛)도 처음으로 이곳에 이르러 세속 일에 걸리어 어지러움이 끝이 없으니 마침내 만나볼 길이 없을 것 같습니다. 다만 평생의 붕우로 목숨을 삼고 있으며, 더구나 바다 위의 이상한 사람을 만나고 또 한 사람만도 아니니, 만일 마침내 역암과 추루의 끝에 참여하지 못하면 이 두 사람에게 몸이 다하도록 풀지 못할 새옴(샘)을 품을 것입니다. 심장이 불같이 타올라 한 조각 애달픈 마음 품을 곳이 없어, 마지못하여 졸한 재주를 잊고 다섯 장의 깁을 잘라 촛불을 밝히고 그림을 그려 망령되이 폐백을 갖추고자 하니, 그림을 마치매 밤이 이미 삼경(三更 : 밤 11시~오전 1시)이 되었습니다.

공졸(工拙 : 잘하고 못함)은 족히 말할 것이 없으나 이때 붓을 적셔 먹을 뿌리니, 여러 날 여행의 괴로움을 돌아보지 않고 밤이 깊음을 깨닫지 못하므로, 그 마음을 가히 생각하실 것입니다. 인생에 서로의 만남은 진실로 인연이 있으며 정해진 운수[定數]가 있으니 인력을 베풀지 못할 것입니다만, 다만 오늘 만나지 못함이 다른 날에 만날 근본이 되지 않을 줄 어찌 알겠습니까? 이 세상에 모이지 못하나 훗 세상에 크게 모이지 못할 줄을 어찌 알겠습니까? 본 후에 서로 생각함과 보지 못하고 서로 생각함이 그 무궁함에는 다름이 없습니다. 그러나 보지 못하고 서로 생각함은 보는 것보다 더욱 심하고 또 서로 생각할 마음이 있을 따름이지 이별의 괴로움이 없고, 허다한 아녀자의 태도를 떨치니 진실로 서로 보거나 보지 못함으로 우열을 비교함이 없을 것입니다. 비유하자면 옛사람의 글을 읽으며 옛사람을 비록 보지 못하나 높이 벗할 뜻이 있으면 그 얼굴을 거의 보는 듯하니, 다만 이 세상 백수에 이르도록 수천 리 밖에서 각각 마음에 성과 이름을 잊지 아니하면, 비는 여러분과 더불어 죽지 않은 옛사람이라 어찌 다행치 않겠습니까?

다섯 권의 졸한 시집을 여러분에게 나눠 보내니, 이는 제가 길을 오르며 갑자기 새긴 것이어서 판본(板本)이 추하고 그른 곳이 많지만 미처 고치지 못하였으므로, 그 미안한 곳은 가르침을 바랍니다. 그중에 스스로 "하풍죽로(荷風竹露) 초당(草堂)을 그린다" 한 것은 저의 변변찮은 집을 이른 것인데, 시와 문을 가리지 않고 각각 한 편 글을 주시면 절하여 은혜를 사례할 것입니다. 충천묘(忠天廟) 사당의 바람벽에 그림을 읊은 글[忠天廟畵壁歌]이 있는데, 이 또한 각각 한 편씩을 얻으면 엎드려 받아 천고에 썩지 않을 것입니다. 육비는 두 번 절하고 병술(丙戌) 2월 22일 밤 오경(五更)에 씁니다.

보기를 마치고 평중이 어디에 머무느냐고 물으니, 엄생이 저희와 주인이 같다고 하였다. 평중이 크게 기뻐하여 말하기를, 어찌하여 급급히 서로 만나게 하지 않느냐고 하자, 엄생이 바로 곁방에 있으니 청하는 것이 어떻겠느냐고 했다. 평중은 그곳이 번거롭지 않으면 우리들이 마땅히 가면 되지 어찌 왕림하기를 청하겠느냐고 하자, 반생이 어찌 나아가겠는가 하며 급히 문을 나가기에 내가 평중과 더불어 신을 신고 따라 나가는데, 문에 미치자 육생(陸生)이 발을 들고 들어왔다.

먼저 그 인물을 살피니, 신장이 비록 작으나 몸체[軀幹]가 매우 풍후(豊厚)하고, 흰 얼굴이 둥글고 풍영(豊盈 : 풍만하고 기름짐)하여, 한 번 보니 우여(優餘)한 인품과 호상(豪爽)한 지취(志趣)를 짐작할 만했다. 우리를 향하여 희미하게 웃으며 손을 들어 읍하기에, 내가 몸을 굽혀 공순히 대답하고 캉 아래에 이르러 서로 오르기를 사양하자, 엄생이 말하기를, 어찌 여러 번 사양하겠느냐고 하며 먼 데 손님이 위에 앉음이 마땅하다고 하였다. 평중이 다 같은 손님인데 어찌 원근을 가리겠느냐 하며 다만 나이로 차례를 정하자고 하니, 육생은 이곳이 자기가 머무는 곳인데 어찌 나이를 돌아보겠느냐고 하였다. 내가 평중에게 부질없는 예절에 지리하게 구애치 말라 하고, 드디어 평중과 더불어 먼저 올라 탁자 위에 나눠 앉으니, 육생은 나의 아래에 앉고 엄생은 특별히 교의를 놓아 캉 앞에 앉았는데 다 낯에 희색이 가득하였다. 내가 먼저 말하였다.

"큰 이름을 들은 지 오래더니 요행으로 높은 위의를 받드니 놀랍고 기쁘기 극진하지만, 다만 과도히 사랑함을 입어 갚을 길이 없음을 부끄러워합니다."

평중이 말하기를,

"바다 바깥의 미천한 인생이 우연히 중국을 들어와 두 벗과 더불어 서로 지기의 교도를 맺고 지난번에 높은 시를 구경하여 한번 뵙기를 원하였는데, 의외에 뜻을 이루니 반드시 귀신의 도움이 있는 것입니다."

라고 했다. 육생이 말하기를,

"어제 이곳에 이르러 높은 성명을 들으니 사람으로 하여금 마음이 미칠 듯하였지만 피차 종적에 매여 서로 만남을 뜻하지 아니하였습니다. 오늘 이렇게 모임은 실로 심상(尋常)한 일이 아닙니다."

라고 하니, 엄생이 우리의 성명과 별호를 써 육생에게 보이고, 근일에 무슨 일로 아문에 막혔느냐고 물었다. 내가 말하기를,

"매매하는 일이 있어 아문의 노함을 면치 못하였으나 지금은 다행히 무사합니다. 우리의 행기를 이미 초1일로 완정하였는데, 이렇게 처량할 줄은 처음에 뜻하지 않아서 돌아갈 마음이 극히 우울하나 오직 두 형을 만나므로 다행히 여겼습니다. 그런데 이제 천행으로 육선생을 만나니 이는 하늘의 인연을 빌린 것입니다."

하였다. 육생이 말하기를,

"어제 두 벗의 말을 들으니 높은 학문과 큰선비여서 제자 되기를 원하여도 오히려 얻지 못할까 하는데, 이제 홀연히 선생 칭호를 들으니 이는 나를 더럽게 여겨 버리는 것입니다."

라고 했다. 내가 말하기를, 이같은 과도한 칭찬을 들으니, 내가 장자(長者)를 버림이 아니라 장자가 나를 버림이라고 하자 여럿이 다 웃었다. 육생이 말하기를, 이같이 세정(世情)에 얽히어 문구(文句)를 일삼으면 서로 진실한 뜻을 보지 못할 것이니, 일찍이 교도(交道)를 정함이 어떠하냐고 했다. 나는 높은 의론이 진실로 마땅하며, 삼가 명을 좇을 것이라고 했다.

육생이 자기의 나이가 48세인데 김공의 나이는 얼마냐고 하여 평중이 49세라고 하니, 육생이 그러면 자기의 형이라 하자 평중이 감히 사양치 못하노라

하였다. 육생이 또 나의 나이를 묻고 말하기를, 자기의 아우라 하니, 내가 웃으며 또한 사양치 못하노라 하고 여럿이 다 크게 웃었다. 내가 말하기를,

"오늘의 모꼬지는 천고의 기특한 연분입니다. 내가 다른 날에 삼공(三公)의 귀한 벼슬과 천종(天縱 : 하늘이 내린 덕)의 가멸음(부함)을 얻어도 이 모꼬지와 바꾸지 못할 것입니다."

라고 하니, 육생이 말하기를,

"우리는 비록 과장(科場)에 자취를 적셨으나 본래 명리(名利)에 뜻이 없습니다. 오늘은 평중 형과 여러분으로 기이한 모꼬지를 이루니 진실로 이른 말씀과 같습니다."

하였다. 평중이 나를 가리키며 육생더러 말하기를, 자신은 무식한 사람이어서 더불어 말할 것이 없지만, 두 선생은 차를 마시며 『논어』를 의논함이 마땅하다고 하니, 육생이 크게 웃었다. 내가 육장(陸丈 : 육비)은 회포를 열어 웃기를 잘하니 잠깐 보아도 장자(長者)의 풍채를 알 만하다고 하니, 반생이 웃기를 잘하는 것은 육장의 가풍이라고 했다. 이에 육생은 세상을 돌아보아 입을 열어 웃을 일을 만나기 어려운데 여러분을 보니 절로 웃음을 금치 못한다고 하였다.

엄생이 육생의 시집 다섯 권과 그림 다섯 장을 내어 보이니, 반생이 그 그림을 가리켜 하나는 폭포를 그린 것이고 다른 하나는 구름을 그린 것이라고 하였는데, 두 장의 필법이 더욱 뛰어났다. 다 수묵으로 어지럽게 그렸으나 순숙(純熟)한 수단과 호방한 기운이 또한 볼 것이 있었다. 엄생이 말하기를, 이 다섯 장이 다 간밤에 등불 아래에서 그린 것이고 삼경(三更)이 지난 후에 비로소 마쳤다고 하였다. 내가 보기를 마치고 말하기를,

"받들어 동국에 돌아가 길이 보배를 삼으려 하지만 다만 평생에 화격(畵格)을 알지 못하여 감히 말을 베풀어 높은 재주를 찬양치 못하므로, 아는 사람으로 하여금 그 필획을 살펴 족히 그 마음과 기상을 볼 것입니다."

라고 하였다. 육생이 말하기를,

"이는 작은 재주이고 부질없는 희롱이며 장부의 큰 일이 아니니 어찌 족히 일컬을 것이 있겠습니까? 다만 돌아가 장병(障屛 : 장지와 병풍)을 덮음이 마땅

할 것입니다."

하였다. 내가 평중과 더불어 그 시집을 보니, 갑작스러워 그 고하(高下)는 분별치 못하나 또한 범상한 재주가 아니고, 을유년 동짓달에 개간한 것이다. 제목에 '소음재고'(篠飮齋稿)라 하였으니, 소음은 육생의 별호이고, 자(字)는 기잠(起潛)이었다. 육생이 그 시집 중에 「충천묘」란 글을 가리켜 말하기를,

"충천묘는 마을 가운데 있는 묘당인데, 수·당 때의 월국공(越國公) 왕화(汪華)97)의 소상(塑像)이 있고, 바람벽의 그림은 내 증조의 수적입니다. 여러분의 높은 시문을 빌리고자 하니, 마땅히 돌에 새겨 천고의 자취를 머무르게 할까 합니다."

라고 하니, 엄생이 말하였다.

"홍형은 시를 짓지 아니하고 『이소』(離騷)98)의 부체(賦體)를 숭상하니, 굴원(屈原)과 송옥(宋玉)의 재주에 지지 않을 것입니다. 두어 운(韻)의 부체를 청함이 해롭지 않을 것입니다."

육생이 굴원의 충성이 또한 도학(道學)이라고 했다.99) 내가 삼가 김형과 더불어 부탁한 뜻을 저버리지 않겠지만, 다만 평생의 졸한 재주여서 뜻을 이루지 못할까 저어한다고 했다. 그리고 또 그 벽 위의 그림은 무엇을 그린 것이며, 그 평일의 행적을 대강 전하여 후생의 존경하는 의사를 마침이 어떠하냐고 하니, 육생이 말했다.

"그 벽 위의 그림은 다 부처와 귀신이고, 지금은 필적이 모호하여 다시 분별치 못합니다. 증조부의 휘(諱)는 한(瀚)이고, 자(字)는 소미(少微), 별호는

---

97) 수나라 말경 국경에 웅거하여 오주(五州)를 점령하고 오왕(吳王)이 되었으나, 뒤에 항복하고 월국공에 봉해졌다.

98) 전국시대 초(楚)나라 굴원(屈原)의 작품. '이소'(離騷)란 조우(遭憂), 즉 '근심을 만난다'는 뜻이다. 초나라 회왕(懷王)과 충돌하여 물러나게 된 실망과 우국(憂國)의 정을 노래하였다.

99) 홍대용은 도학 특히 의리지학을 존숭한 반면 시는 경의에 어긋남이 많아 짓지 않았는데, 굴원의 부는 '충애'를 주제로 삼고 있어 도학의 뜻에 부합하므로, 이에 엄생과 육생이 부를 지어줄 것을 청하는 것이다.

설감도인(雪酣道人)인데, 명나라 말년을 당하여 그림으로 몸을 숨기고 수한(壽限)이 또한 길지 못하여 특별히 세상의 일컬음이 없습니다. 다만 화격이 교묘하여 지금 이름을 전할 뿐이며 존앙함을 감당치 못할 것입니다. 우리가 서로 만난 사적으로 실마리를 삼고 졸한 시집을 보다가 그 제목을 보고 말을 삼는 것이 해롭지 않으며, 항주의 서호(西湖) 또한 천하의 유명한 경승지여서 필연 여러분의 흠모함이 있을 것이니, 혹 이런 말로 글의 문채(文彩)를 도움이 마땅할 것입니다."

평중이 말하였다.

"몸이 동국에 있어 서호의 이름을 들으며 매양 한 번 보지 못함을 탄식하였는데, 우연히 두 형을 만나 금기(襟期 : 가슴에 깊이 품은 회포)를 헤치고 얼굴을 잊으며 쾌한 흥미와 즐거운 마음으로 다시 서호 경치를 생각할 겨를이 없더니, 오늘 육형과 더불어 한가지로 교우도를 강론하니 이같은 즐거움은 천고에 드물 것입니다. 다만 붓으로 말을 통하여 오히려 회포를 극진히 펴지 못하니 어찌 애달프지 않겠습니까? 부탁한 시문은 마땅히 힘을 다하고 졸함을 피하지 않겠지만, 오직 중국에 들어와 변변찮은 재주를 마침내 덮지 못함을 부끄러워합니다."

엄생이 말하기를,

"육형의 집에 두어 칸 초당이 있는데 이름을 '하풍죽로'(荷風竹露)라 이릅니다. 앞으로 한 떨기 대를 심고 뒤로 연못을 파 연꽃을 가득히 심었으며, 많은 서적이 상 위에 가득합니다. 그 가운데 높이 누워 청복(淸福)을 누리니, 이러므로 형들의 한 말씀을 빌려 그 집에 붙이고자 하는 것입니다."

라고 하니, 평중이 말하였다.

"서호의 절승한 경치에다 다시 이런 소쇄(瀟灑 : 맑고 깨끗함)한 거처를 갖추었으니 이는 참으로 신선의 연분이군요. 이제 감추어진 지취(旨趣 : 깊은 뜻)를 듣고 기상을 살피니, 절강 땅이 비록 인재의 부고(府庫)로 일컬으나 이런 재화와 기개는 필연 많지 않을 것입니다."

육생이 자기의 인물은 족히 이를 것이 없다 하였고, 반생은 육장이 강남 제일의 인물이라 하였다. 내가 두 형과 더불어 서로 이별이 멀지 않아서 망령되게 수십 자 글을 만들어 서로 사랑하고 경계하는 정성을 표하고자 하여 바야흐로 품속에 있으니, 겸하여 육장의 가르침을 청함이 어떠하겠느냐고 하였다. 육생이 말하기를, 마침내 어른으로 일컫는 것은 종시 자기를 버리고자 함이니 이후에는 형으로 일컬음이 마땅하다고 했다. 나는 동국 풍속이 평교(平交 : 나이가 비슷한 벗)에게는 형으로 일컫고 10년이 넘으면 감히 벗하지 못하니, 각각 풍속을 좇음이 옳으리라고 하였다.

엄생이 글을 보기를 청하기에 내가 품에서 간지(簡紙) 두 장을 내주자 육생이 두 사람과 더불어 한가지로 읽었는데, 하나는 반생을 주는 글이었다. 그 글에 이렇게 말하였다.

어진 사람이 이별하는 데 반드시 말로 써주니 내가 어찌 감당하겠는가? 그러나 우리는 당초 사생(死生)의 이별이 될 것인데 가히 할 말이 없겠는가? 으뜸은 몸을 닦아 사람을 평안히 할 것이고, 버거(다음)는 도를 다스려 가르침을 세울 것이고, 그 버거는 글을 지어 썩지 않음을 도모함이고, 이에 못하는 자는 이달(利達 : 영달)을 구할 따름이니, 진실로 이달을 구할 따름이면 또한 어느 곳에 이르지 못할 것인가?

벼슬은 때로 영화로움이 있고 또한 때로 부끄러움이 있는 것이니, 몸이 사람의 조정(朝廷)에 서고 뜻이 삼대(三代)의 예악(禮樂)에 있지 아니하면, 이는 용납하여 기쁘게 함을 위함이고 부와 귀를 위함이니, 이를 오직 부끄러워하지 아니하면 더불어 말함직하지 못하리로다.

높은 재주가 있어 문장을 능히 하나 어진 덕으로 거느리지 못한다면, 혹 한갓 박행(薄倖 : 불행)의 이름을 얻으며 혹 빠져 경박한 사람이 될 것이니, 진실로 재주는 가히 믿지 못할 것이고 덕행은 가히 늦추지 못할 것이로다. 욕심을 적게 하지 않으면 이로써 마음을 기르지 못할 것이고, 위엄과 진중함이 아니면 이로써 학문을 잘하지 못할 것이니, 소임이 무겁고 길이 먼데 무릇 우리 동지를 어찌 공경치 아니하리오.

오호라. 선악이 가운데 싹트면 길흉이 밖에 드러나는 것이니, 덕으로 나오고 업으로 낚고자 한나면 또한 도리어 마음에 구힐 따름이다.

육생이 보기를 마치고 말하기를, "한 장을 더 써서 나를 주어 좌우의 경계를 삼게 함이 어떠합니까? 이것은 장횡거(張橫渠)의 정몽체격(正蒙體格)100)에 가까운데 특별히 그 글이 같은 것뿐만이 아닙니다"라고 하였다.
다음으로 엄생에게 주는 글을 읽었다.

항주에 뫼가 있으니, 가히 나물 캐며 가히 먹으리로다. 항주의 물이 있으니, 가히 몸을 씻으며 가히 고기 잡으리로다. 문무의 도를 펴서 방책(方冊)에 두었으니, 가히 걷을 수 있으며 펼 수 있으리로다. 자제들이 좇으니 가히 그 이룸을 보리로다. 노닐고 노닐지어다. 가히 내 일생을 마치리로다. 도는 한결같으면 전일(專一)하고, 전일하면 고요하고, 고요하면 밝음이 나고, 밝음이 나면 만물이 이에 비췬다. 고요한 물과 밝은 거울[止水明鏡]은 체(體)의 섬[立]이고, 만물을 열어 사물을 이룸[開物成務]은 용(用)의 사무침이다. 체에 전일하는 것은 불씨(佛氏 : 불교)의 빈[空] 데 도망함이고, 용에 전일하는 것은 속유(俗儒)의 이(利)를 따름이다.

주자는 후세의 공자라. 부자(夫子 : 주자)가 아니면 내가 누구와 더불어 돌아가리오. 그러나 모양을 의지하여 구차히 따르는 자는 아첨함이고, 뜻에서 억지로 다른 의론을 세우는 자는 도적이다.

보기를 마치자 엄생은 희색이 낯에 가득하여 팔분체(八分體)101)로 간지 전면에 써서 말하기를, "담헌 선생이 길을 떠남에 말을 주었으니 드리워 후손을

---

100) 송나라의 이학자(理學者)인 장횡거는 『정몽』(正蒙)을 지어 도교의 장생(長生)과 불교의 무생(無生) 교의에 대해 『주역』을 근거로 자기의 우주관을 천명하였다. 정몽체격이란 『정몽』의 체격(體格)을 따른 글이라는 뜻이다.
101) 팔분체란 예서(隷書) 2분과 전서(篆書) 8분을 섞어서 만든 한자의 서체.

보여 길이 보배를 삼으리라" 하고, 반생은 기색이 매우 낙심하여 몸을 뒤척여 그 글을 여러 번 본 후에 낯빛을 진정하고 말하기를,

"이는 큰 가르침입니다. 진실로 병증(病症)에 마땅한 좋은 약이니, 몸이 마치도록 마음에 새겨 경계를 삼겠습니다."

하였다. 대개 반생에게 주는 글은 오로지 반생의 병통을 가르쳐 이른 것이다. 말씀이 간절하여 규각(圭角 : 남과 서로 맞지 않음)을 감추지 못하니, 반생이 또한 제 병통을 아는 고로 갑작스럽게 무연(憮然)한 기색을 덮지 못하였는데, 필경은 저를 아끼고 사랑함을 짐작하는 것이었다. 즉시 마음을 고쳐먹고 손순(遜順)한 말이 이에 이르니 또한 그 인품을 짐작할 만했다. 내가 말하기를,

"저는 두 형에게 사랑이 간절한 고로 바라는 바가 깊고, 붕우를 책망함은 오로지 허물을 경계함에 있는 것이므로 말씀이 비록 거칠지라도 그 의사는 취할 곳이 있을 것이니, 사람으로 인연하여 말을 폐치 않음을 바랍니다."

라고 하니, 엄생이 말하기를,

"저는 이 말을 얻었으니 삼가 종신의 경계를 삼겠지만, 다만 반형이 얻은 것을 보니 밝고 간절하여 반형의 잘못을 특별히 훈계하며 바로잡는 말〔藥石之言〕이 될 뿐 아니라, 한 번 읽어 마음이 매우 두려우니 다시 바라건대 조그만 종이에 이 말을 마저 얻고자 합니다. 이는 오로지 오형(吾兄)의 수적을 자뢰(資賴 : 밑천으로 삼음)하여 좌우에 붙이고 눈을 붙여 마음을 경계하고자 하는 것이니, 만일 크게 발전함이 있으면 형의 은혜를 사례할 것입니다. 저도 또한 위엄과 진중함이 매우 부족하니 이러므로 더욱 이 말을 얻고자 하는 것입니다."

하였다. 내가 말하기를,

"옛사람이 이르기를, '제 몸이 있은 후에 사람에게 구하라'〔有諸己而後 求諸人〕하였는데, 진실로 이러할진대 제 몸이 능히 못하는 바는 마침내 벗에게도 책망치 못하는 것입니까? 형들의 밝은 소견을 듣고자 합니다."

하였다. 반생이 서로 허물을 경계하고 착한 일로 인도하는 것에서 옛사람의 높은 일을 가히 볼 것이며, 다만 부질없는 겸사(謙辭)로 그 끝을 이을진대 오히

려 세정(世情)을 벗지 못하는 일이라고 하였다. 나는 이것은 범연(泛然 : 데면데면함)한 도리를 말한 것이고 스스로 겸사함이 아니라고 하였다. 엄생이 말하기를,

"진실로 형의 말과 같을지라도 마땅히 사람으로 인연하여 말을 폐치 않을 것이니, 하물며 형의 마음이 성실하여 밖에 드러남을 어찌 다시 의심하겠습니까?"

하기에 내가 말하기를,

"만일 나의 능치 못함을 인연하여 마침내 벗을 책망치 못한다면 이는 서로 병듦을 면치 못할 것입니다. 저어하건대 사람을 책망하고, 나도 이로 인연하여 더욱 스스로 경계함이 진실로 옛사람의 의리에 합하는 것입니다."

라고 하니, 엄생이 말했다.

"지금 세상에 능히 옛사람의 의리로 서로 경계함이 끊어진 지 오래이고, 비록 제 몸에 없을지라도 능히 이런 말을 할 수 있는 자 또한 적습니다. 형께서는 스스로 몸에 없는 것으로 사람에게 책망하노라 하지만, 저는 형이 몸에 두고 사람에게 구함을 아는 까닭에, 이후에는 다시 겸사하지 않음이 어떠합니까?"

육생이 말하기를, 다만 '책선'(責善 : 친구 사이에 옳은 일을 하도록 서로 권함) 두 자를 결단할 것이고, 있고 없음을 의논할 것이 아니라 하였다. 평중이 율시 하나를 써서 말하기를, 이것은 반형을 이별하는 글이니 추졸(醜拙)을 돌보지 말고 가르침을 청한다고 하였는데, 그 시에 이렇게 말했다.

금옥 같은 사람이요 금수 같은 심장이라
서호의 빼어난 기운을 반랑(반정균)에게서 보았도다.
빈 수레(과거)에[102] 한 번 뽑히매 성명이 이르고
객관에 처음으로 맞으매 앉은 곳이 향기롭도다.

---

102) 한문본에는 '공거'(公車)로 되었으나 한글본 번역에 따라 괄호 안에 '쫄' 자를 기웠다. 과거 시험을 풍자하는 뜻이다.

스스로 기이한 만남이 응당히 도움이 있음을 기뻐하되

다만 아름다운 모꼬지 능히 길지 못함을 아끼는도다.

평생 이별을 지으매 항상 눈물이 없더니

오늘날 그대와 한가지로 석양에 뿌리노라.[103]

반생이 보기를 마치고는, 간절한 정분이 시와 더불어 한가지로 깊어 사람으로 하여금 눈물을 금치 못하겠고, 다만 과한 포장(褒奬)을 당치 못한다고 하였다. 육생이 웃으며 평중에게 말하기를, "그대는 여자를 보면 또한 여자의 태도를 하는가?"라고 하였는데, 대개 반생의 얼굴이 부인에 가깝고 서로 눈물을 흘리는 것을 기롱하는 말이어서 여럿이 다 웃었다. 반생이 두 장 종이를 내어 평중에게 청하며 말하기를, 마침 벗이 있어 높은 서법(書法)을 흠모하여 필적을 얻고자 하니 한 번 써주기를 바란다고 하였다. 평중이 여러 번 사양하다가 마지못하여 캉 아래 탁자 앞에 나아가 붓을 들어 반초(半草 : 반흘림)로 어지럽게 뿌려 잠깐 사이에 쓰기를 마쳤는데, 조금도 수습하는 태도가 없어 두 사람이 다 웃고 좋다고 했다. 평중이 말하기를,

"형들의 명을 어기지 못하여 이런 미친 솜씨를 면치 못하였는데, 도리어 나로 하여금 추졸(醜拙)을 감추지 못하게 하고 조금도 아낌이 없으니 어찌 꺼림칙하지 않겠습니까?"

라고 하니, 반생이 크게 웃고 희롱하여 말하기를,

"진실로 형의 추졸을 보아 좌상이 한번 웃기를 얻고자 합니다."

라고 했다. 평중이 엄생에게 말하기를,

"지난번에 얻은 양허당 기문은 교묘한 필법을 땅에 던지매 오히려 소리를 들은 듯하지만, 다만 동방에 주금(酒禁)이 극히 엄합니다. 이미 형의 글을 얻었으니 돌아가 동방 사우에게 감추지 못할 것이로되, 방금(邦禁)을 범하고 욕심을 참지 못하여 다른 사람에게 들려주지 못할 것이라 그윽이 민망합니다."

---

103) 원문은 다음과 같다. "金玉其人錦繡腸 西湖秀氣見潘郎 公(空)車一擢聲名早 客館初迎坐處香 自喜奇逢應有助 只憐佳會未能長 平生作別常無淚 今日同君灑夕陽"

하였다. 엄생이 말하기를,

"그러하면 한 편의 글을 고쳐 지어 술 이야기를 없이하고자 합니까? 술이 또한 기휘(忌諱 : 꺼리어 피함)할 음식이 아니며, 『논어』에도 술 이름이 한두 곳이 아닌데, 그러면 공자도 또한 그르다 하겠습니까?"

라고 하니, 평중은 술을 즐긴다 함은 해롭지 않지만 술을 마신다 함은 결단코 타인에게 뵈지 못할 일이라고 하였다. 엄생이 말하기를, 문장의 체격(體格)이 없는 일을 빌려 빙자하는 일이 없지 않으며 오늘 육형이 이 글을 의논하면서 특히 술 이야기가 미친 곳을 좋다 하니, 전혀 없이하면 문장의 풍미를 볼 것이 없으리라고 했다. 육생이 나라의 금법을 말하지 않고 다만 근래에 술을 그치라 함은 어떠하냐고 하니, 평중이 술을 그침은 실상이 아니라고 했다. 엄생이 말하기를, 김형이 술을 이같이 즐기는데 방금(邦禁)이 이같이 엄하여 어찌 세월을 보내겠느냐고 하니, 평중이 탄식하여 말하기를, 이러므로 살아 있음이 죽느니만 같지 못하다고 했다. 육생이 크게 웃으며 이야말로 '술의 귀신'이로다 하여 좌상이 다 크게 웃었다. 엄생이 말하기를, "슬프고 슬프도다. 빨리 죽어 중국에 탁생(托生)함이 다행하리로다" 하니, 반생은 "만일 중국에 탁생하거든 마땅히 절강 사람이 될 것이니, 소흥(紹興)에 좋은 술이 있어 날마다 가히 먹으리라" 하였다.[104] 육생이 또한 말하기를,

"내가 또한 동으로 놀고자 하니, 장차 해동(海東 : 조선)으로써 백련사(白蓮社)[105]를 삼으리라."

하였다. 대개 평중이 나와 더불어 이곳에 여러 번 이르렀지만 감히 술 이야기를 내지 못하더니, 일전에 홀로 이르러 비로소 술을 청하여 난만(爛漫)히 취하고 돌아갔는데, 오히려 나를 속이는 것이다. 두 사람이 그 일을 아는 고로 이렇게 조롱하는 것이었다. 엄생이 웃으며 말하기를,

---

104) 절강성의 소흥에는 소흥주가 유명한데, 이것은 남방 황주(黃酒)의 대명사이기도 하다.

105) 중국 진(晉)의 혜원법사(慧遠法師)가 시작한 비밀 결사. 염불 수행에 있어서 중과 속인을 가리지 않고 결사하였다. 혜원법사가 있던 동림사(東林寺) 안에 백련을 많이 심었으므로 이런 이름이 붙었다.

"김형의 기색을 살피니 필연 방금(邦禁)을 범하여 가만히 술을 먹을 것입니다. 이러므로 내가 글을 지어 그 흉을 드러내고자 하는 것입니다."

하였다. 이때 평중이 비로소 나에게 실상을 이르고 매우 무색해하니, 여러 사람이 말을 비록 알지 못하나 기색을 짐작하고 다 웃었다.

반생이 말하기를,

"일전에 저의 편지에 다만 '관중(管仲)의 그릇을 쓰자'106) 하였는데, 오늘 모이매 관중을 씀이 어떠합니까?"

하였다. 대개 공자가 일찍이 관중을 '작은 그릇'이라 일컬으신 말씀이 있으니, 이 말씀을 빌려 작은 잔을 비유한 뜻이다. 평중이 말하기를,

"오늘은 관중의 그릇을 어찌 논하겠습니까? 비록 한 모금이라도 베풀 길이 없을 것인데, 방금에 거리껴 스스로 풍미(風味)를 저버리니 어찌 슬프지 않겠습니까?"

라고 했다. 육생이 말하기를, 홍형은 한 모금도 술을 먹지 않느냐고 하여, 내가 본래 즐기지 아니하니 한갓 금령을 지킬 뿐이 아니라고 하였다. 육생이 말하기를, 그러면 남이 먹는 것도 또한 아쳐하냐고(싫어하냐고) 하였다. 내가 웃으며 말하기를, "내 스스로 먹지 않을 따름이지 어찌 남이 먹는 것을 싫어하겠습니까? 다만 방금을 돌아보지 아니하는 자는 깊이 아쳐합니다"라고 하자, 여러 사람이 다 대소하였다. 반생이 평중에게 오늘은 가만히 술을 먹음이 어떠하냐고 하니, 평중이 말하였다.

"홍형이 매양 방금을 범하는 것을 경계하는 고로, 이곳에 여러 번 이르렀지만 홍형이 좌상에 있어서 감히 술을 청하지 못하였는데, 오늘은 홍형이 또한 나의 흥을 금치 못할 것입니다."

내가 말하였다.

"오늘 모꼬지는 술이 없으면 흥미를 돕지 못할 것이고, 비록 방금이 있으나 이미 몸이 타국에 이르렀으니 혹 권도(權道)107)를 좇을 도리가 있겠지요. 나

---

106) 관중은 중국 춘추시대 제(齊)나라의 정치가이다.

107) 수단은 정도(正道)가 아니나 목적은 정도에 맞는 처리 방식.

는 스스로 먹지 못하려니와 김형은 권치 않을 따름이니, 먹고자 하면 억지로 말리지 못합니다."

육생이 말하기를, 그러면 김형이 먹음을 허락하는 말이니, 먹은 후에 돌아가 세 대인을 보아도 해로움이 없겠느냐고 하기에, 내가 천하의 기이한 모임이 있으니 마땅히 천하의 기이한 일이 있을 것이며, 어찌 하나를 잡아 구차히 의논하겠느냐고 하였다. 반생이 사람을 불러 술과 음식을 가져오라 하고 말하기를, 즐거운 사람이 나오니 청컨대 필묵을 그치라 하였는데, 즐거운 사람은 술을 비유한 말이다. 드디어 각색 나물과 실과와 두어 그릇의 고기를 탁자 위에 벌이고, 각각 작은 잔을 앞에 놓은 후에 종이(宗彝 : 종묘의 제향에 쓰이는 술 그릇)에 술을 데워 압압히 부어놓았다.

이때 한 손님이 들어오기에 내가 내려가 읍하고자 하니 다 만류하며 내려가지 말라 하고, 손님이 또한 즉시 자리에 앉았다. 반생이 이 이는 산서(山西) 사람이며, 성은 한(韓)이고 또한 거인(擧人)이며 한가지로 이곳에 머무는데, 우리 두 사람의 이름을 듣고 한가지로 모꼬지에 참여코자 한다고 했다. 내가 한생(韓生)과 더불어 말로 약간의 인사를 통하니, 한생이 놀라 엄생에게 말하기를, 조선 어법이 중국과 다름이 없다고 했다. 엄생이 말하기를, 글이 이미 같으니 말이 또한 멀지 않을 것이지만, 다만 어훈(語訓)이 같지 않으므로 깊은 말은 서로 통치 못한다고 했다.

이때 평중이 술을 만나니 이미 미친 흥을 금치 못하는 것이다. 한생더러 말하기를, 처음으로 낯을 보지만 뜻과 기운이 서로 감동하는데, 다만 말을 서로 통치 못하니 어찌 답답하지 않겠느냐고 하여 좌상이 다 웃었다. 한생이 우리의 성명을 물으니 반생이 써 뵈고 말하기를, 두 사람은 동국의 귀한 가문이어서 벼슬을 얻기 어렵지 않은데, 스스로 구하지 아니한다 하였다. 한생의 이름자를 물으니, 이름은 지재이고 자는 상삼이며, 산서 교성현 사람인데 나이는 33세였다. 육생이 김형은 술을 얼마나 먹은 후에 비로소 취하느냐고 물었다. 내가 그 주량이 매우 넓으나 다만 두어 잔이 지난 후에는 미친 말이 많다고 하자, 평중이 말하기를, 그 미침은 다른 사람의 미칠 바가 아니라고 하였다. 육

생이 웃으며 말하기를,

"이 사람은 술을 먹지 아니하여도 이미 미쳤으니, 어찌 술을 기다리겠습니까?"

하니, 평중이 말하기를,

"술을 먹지 아니하면 과연 미침이 있거니와, 술을 먹은 후에는 도리어 미치지 않는답니다."

하였다. 이때 각각 작은 잔으로 먹는데 먹기를 마치면 연하여 나왔다. 반생이 친히 한 잔을 부어 나에게 권하여 말하기를, 감히 많이 권하지 못하니 청컨대 세 잔을 마시라고 하였다. 내가 본래 먹지 못하는데 어찌 억지로 권하느냐고 하며, 또한 한가지로 술의 취미를 얻을 따름이니 반드시 먹기를 기다리지 말라고 하니, 육생이 "그러하면 내가 홍형을 대신하여 먹겠습니다" 하여 좌상이 다 웃었다. 평중이 "홍형을 대신하고자 하는 것은 두 벌을 먹겠다는 것인데, 내가 홍형과 더불어 한가지로 왔으니 어찌 육형으로 하여금 대신하게 하겠습니까?" 하였다. 육생이 웃으며 "그러하면 내가 김형을 대신하여 마저 먹음이 어떠합니까?"라고 하여 좌상이 다 대소하였다. 내가 사람을 불러 차를 가져오라고 하여 매양 모든 사람이 술을 마실 때면 한가지로 차를 마시며 말하기를, 차로 술을 대신하니 나의 풍류가 여지없음을 바랄 만하다 하니 다 웃었다.

육생이 말하기를, "형이 입은 옷이 사면이 다 트였으니 이것이 또한 명나라 때의 제도입니까?"라고 하여, 내가 이것은 군중(軍中)에서 입는 군복인데 그 근본 제도는 확실히 알지 못하고, 관원의 조복과 선비의 도포는 다 명나라 제도를 따른다고 하였다. 이때 세 사람과 더불어 『시전』(詩傳)을 의논하여 각각 소견을 일러 이윽히 힐난(詰難)하니, 평중이 말하기를, 동국 속담에 '젓전의 중'[108]이란 말이 있는데, 두 사람이 이학(理學)을 의논하니 자기는 진실로 이 칭호를 면치 못하리라 하여 다 대소했다.

이때 술이 여남은 잔이 넘었는데, 평중이 운(韻)을 내어 한가지로 시를 짓

---

108) 젓갈 가게의 중이라는 말로, 자신의 처지와 아무 관계도 없는 일에 끼여 있음을 뜻한다.

자고 하기에 내가 말하기를, 나는 시를 하지 못하고 또 이미 술을 먹지 아니하였으니 시에 참여하지 않는 것을 괴이히 여기지 말라고 하였다. 평중이 육생이 술 먹는 것을 보고 호방하다 일컬으니 육생이 말하기를, 이런 곳에서 호방한 법을 쓰지 아니하고 어느 곳에서 호방한 법을 쓰겠느냐고 하였다. 엄생이 대인들이 우리가 술 먹는 것을 알아도 괴이하게 여김이 없겠는지를 물으며 만일 괴이히 여김이 있다면 자신이 그 죄를 당하리라고 하기에, 내가 이미 좋은 모꼬지를 이루고 서로 즐거움을 취하는데 어찌 과도한 염려를 생각하겠느냐고 하였다. 육생이 술을 기다려도 오지 아니하니 먼저 시를 청하노라고 하여, 평중이 좋고 좋다고 말하며, 만일 시를 이루지 못하는 이 있으면 필연 벌을 베풀리라 했다. 이에 육생이 그렇다면 자신은 시를 이루지 아니하고 먼저 벌주를 청하리라 하니, 엄생이 웃으며 말하기를, 벌주는 다만 세 잔에 그치고 많이 먹기를 허락하지 않는다고 했다. 육생이 웃으며 여러 번 법을 범하면 어찌 세 잔에 그칠 것이냐고 하니 다 대소하고, 반생이 말하기를, 시를 이루고 술이 다 없어지면 필경 창연(悵然)함을 어찌할 것이냐고 하였다.

이때 모든 사람은 다 작은 잔으로 먹었는데 평중이 즐겨 먹음을 보고 작은 잔을 물리고 큰 차완에 가득히 부어 권했다. 평중이 사양치 아니하고 한 번에 마시기를 다하니 육생은 마시는 법이 너무 급하다고 말했다. 내가 동방의 술 먹는 법이 본래 이러하여 중국과 같지 않다고 하니, 육생이 말하기를, 한 번에 마심이 또한 어렵지 않을 것이니 자기 또한 한번 호기로 마시자 하는데 두 벗이 그 뜻을 알지 못하니 가히 애달프다고 하였다. 두 사람이 크게 웃고, 반생이 또한 큰 차완을 가져와 가득히 부었는데 육생이 또 한 번에 마시기를 다한 뒤에 어떠냐고 하기에, 내가 장차 김형과 더불어 서로 먹기를 겨루고자 하느냐고 하니, 육생이 웃으며 서로 즐김을 위할 뿐이며, 오늘의 즐거움을 평생 생각하니 또한 드문 일이라고 하였다. 평중이 육생의 등을 두드려 말하기를, 오늘의 즐거움은 우리의 영광이 될 뿐이 아니라 또한 형들의 승사(勝事 : 뛰어난 일)라 이를 만하다 하니, 좌상이 다 웃었다.

평중이 또 말하기를, 고옹(顧雍)이 좌상에 앉았으니 사람으로 하여금 마음이 즐겁지 못하도다 하였다. 엄생이 고옹은 누구를 이르는 것이냐고 하니, 평중이 말하기를, 고옹은 진(晉)나라 때 사람인데 성품이 엄정하고 술을 즐기지 않았다고 하였다. 엄생이 웃으며 말하기를, "담헌이 어찌 엄정할 뿐이겠습니까? 중도(中道)에 맞는 성인이라고 이를 만합니다"라고 하였다. 이때 엄생이 취하였으므로 내가 또한 희롱하여 말하기를, "성인인즉 내 능치 못합니다"라고 하자, 육생이 말하기를, "성인이라 일컫는 것은 너무 과하고, 담헌은 어진 사람이니 성인의 때에 있었다면 중궁(仲弓 : 염옹)에 가까울 것입니다"라고 하기에, 내가 또한 웃고 대답하지 않았다.

평중이 육생에게 말하기를, "나는 말을 내지 않아도 절로 큰 그릇을 얻는데 형은 여러 번 청한 후에 비로소 큰 그릇을 얻으니,[109] 이는 형의 덕이 나에게 미치지 못함입니까?"라고 하니, 육생이 웃으며 말하기를, 이는 우연한 일이니 어찌 덕이 미치지 못함이겠느냐고 했다. 평중이 취한 눈으로 한생을 이윽히 보며 말하기를, "이 사람의 얼굴을 보니 또한 좋은 흉금이로다" 하니, 한생이 웃으며 말하기를, "무슨 좋은 흉금이겠습니까? 다만 호기롭게 술을 마실 뿐입니다" 하였다. 엄생이 만일 흉금이 좋지 않다면 북경에 사람이 소의 터럭같이 많은데, 어찌 반드시 이 사람을 취하며, 제 어찌 감히 모꼬지에 참여하겠느냐고 하여 좌상이 다 웃었다.[110]

이때 다시 소주를 내오니 평중이 겉으로 굳이 사양하나 종시 즐기는 성품을 제어하지 못하고, 여러 사람의 강권함을 막지 못하여 마시기를 마지않았다. 엄생과 반생은 열대여섯 잔이 지난 후에는 다시 먹지 않으니, 반생은 낯빛이 가장 취하여 주량이 크지 않음을 알겠고, 엄생은 희미하게 붉을 따름이며, 한생은 이미 술 기운을 이기지 못하여 밖으로 도망하였다. 오직 육생과 평중이 서로 웃으며 큰 잔을 붙들어 다투어 마시니, 육생은 기색이 보통 때와 같아 더욱 호방할 따름이고, 평중은 이미 정신이 어지러운 지 오래였다. 이때 여러 사

---

109) "형은~얻으니" 부분은 장서각본에 빠졌기에 숭실대본에 따라 기웠다.

110) 여러 사람이 옛일과 옛말을 끌어들여 잔의 크고 작음을 수작한 말과 평중이 주흥을 띠고 여러 사람의 재치를 막는 모습이 생략되었다.

람이 다 웃옷을 벗고 서로 얼굴을 들어 기롱과 재담이 갈수록 신기하여 한 말이 나매 한마디 웃음이 좌상에 가득하니, 노한 물외(物外 : 세상의 바깥)의 기이한 모꼬지라 이를 만했다. 육생이 말하였다.

"오늘날 이같이 쾌한 모임을 뜻하지 않았으니, 어제의 편지를 생각할 때 진실로 꿈 가운데의 말 같습니다. 비로소 천하 일을 미리 알 길이 없고, 자연히 뜻을 얻음이 있음을 알겠습니다."

내가 말하였다.

"일만 일에 다 정해진 운수가 있는데, 세상 사람이 속절없이 망급(忙急)히 구는 것이지요."

이때 평중이 점점 미란(迷亂 : 정신이 어지러움)하여 인사를 살피지 못하여, 내가 세 사람에게 누누이 청하여 술 그릇을 물리치니, 평중이 말하기를,

"『시전』에 일렀으되, '즐기기를 좋아하고 어지러움이 없음은 어진 선비의 구구함이라' 하였으니, 오늘 즐거움이 이미 극진합니다. 다시 맑은 말과 아름다운 의론으로 이 즐거움을 마침이 어떠합니까?"

하니, 반생이 웃으며 말하기를,

"곡조를 마치매 아담한 풍류를 연주함이로다."

하고, 육생이 말하기를,

"주자와 육상산이 학문의 경계는 다르나 필경 근본은 멀지 않습니다. 훗사람이 주자를 존숭함이 진실로 마땅하거니와 육상산의 장처(長處 : 장점)를 생각지 아니하여 과도히 기롱함이 또한 편벽(偏僻)됨을 면치 못할 것입니다."

하니, 내가 말하였다.

"나는 육상산의 학문을 익히 알지 못하는 까닭에 망령되이 의론을 베풀지 못하거니와, 오직 주자의 학문은 지극히 중정(中正 : 곧고 올바름)하여 편벽됨이 없으니, 진실한 공맹(孔孟)의 심법(心法)을 전했습니다. 상산이 진실로 주자와 다른 곳이 있다면 후학의 공론에 어찌 기롱함이 없겠습니까? 다만 후세 학자들이 이름은 주자를 존숭하나 오로지 글 읽기를 일삼아 구구히 문의를 숭상하고 몸을 돌아보아 마음을 다스리고 행실을 힘쓸 줄을 생각지 아니하니, 도리

어 상산의 학문에 미치지 못합니다. 이것이 가장 두려운 것입니다."

육생이 말하였다.

"나는 학문을 얻은 것이 없으나 다만 후세 학자들이 각각 문호를 나눠 분분한 의론이 오로지 혈기로 말미암고, 왕양명을 의논할진대 높은 소견과 큰 공업(功業)이 심상한 사람이 아니거늘, 반드시 과히 기롱하여 불도에 돌려보내니 어찌 편벽치 않겠습니까? 형의 의론을 들으니 공평한 마음에 그윽이 탄복할 만합니다."

평중이 말하기를,

"저는 주학(朱學)과 육학(陸學)을 도무지 알지 못하고, 다만 아비에게 효도하고 임금에게 충성함을 알 뿐입니다."

하고, 이밖에 취한 말이 많으니 반생이 희롱하여 말하기를,

"김형은 비록 학문을 알지 못하나 그 의론을 들으매 이미 성현의 뜻을 얻었도다."

하니, 평중이 말하기를,

"형이 어찌 나의 학문을 알리오. 나는 스스로 성인의 지경에 이름을 저어하느니, 순(舜)은 어떤 사람이며 나는 어떤 사람이리오?"

하니, 좌상이 다 대소하였다. 반생이 말하기를, "김형은 어찌 나날이 여기에 이르러 술을 먹지 아니합니까?" 하니, 육생이 또한 "명일에 나오고자 하는가?"라고 하였다. 평중이 말하기를, "비록 나날이 나아온들 어찌 사양함이 있으리오. 다만 이곳의 번거함을 염려합니다" 하였다. 육생이 말하기를,

"또 객기(客氣 : 체면을 차림)의 말이 있으니, 그대와 족히 더불어 술을 먹지 못하리로다."

하니, 반생이 말하기를,

"선생이 만일 자주 와 술 먹기를 즐겨한다면 시속 사람이 서로 시기함을 족히 근심치 아니할 것입니다."

하였다. 이때 평중이 더욱 취하여 전립을 벗고 전대를 끌러 옷을 헤치고 붓을 둘러 어지러이 쓰되 말이 두서없었다. 내가 여러 번 돌아가기를 재촉하되 듣지

아니하고 도리어 희롱의 말로 여러 번 침노하는 것이다. 날이 이미 저물고 평중의 행동을 보매 돌아갈 길에 극히 마음이 끌리므로 잠잠히 앉아 오래 언소(言笑)를 그치니, 육생이 나의 재촉함을 알고 말하기를,

"홍제는 인정을 통치 못하는도다. 어찌 이같이 급히 굽니까?"

하였다. 이때 덕유가 이미 수레를 얻어 문 밖에 세워두었다. 내가 말하기를,

"우리의 출입이 다 아문에 매였으니 과히 늦으면 필연 생사(生事)를 면치 못할 것이고, 김형이 또한 과히 취하였습니다. 더욱 일찍이 아문으로 돌아감을 청합니다."

하고, 평중을 이끌어 나가고자 하였지만 평중이 소매를 떨치고 육생과 더불어 탁자를 대하여 취한 말을 연하여 쓰는 것이다. 내가 마지못하여 먼저 캉에서 내려 엄생·반생과 더불어 한가지로 교의에 앉아 육생의 시집과 그림을 수습할 때 엄생이 말하기를,

"아침에 반형에게 주는 말을 옮겨 써줌을 청하였는데, 이 일을 허락하시는지요?"

하기에, 내가 웃으며 말하기를,

"이 일은 문구(文句)의 일입니다. 한 번 눈으로 지냄이 족하니 어찌 다시 쓰기를 기다리겠습니까?"

하였으나 다시 누누이 청하거늘 내가 허락하니, 엄생이 크게 기뻐하고 반생이 나를 향하여 무슨 말이 있는데 알아듣지 못하였다. 반생이 손으로 탁자에 써 말하기를, '성덕군자'(成德君子)라 하기에 내가 말하기를, "이는 누구를 이르나요?" 하니, 반생이 웃으며 나를 가리켰다. 내가 말하기를,

"형들이 사람을 희롱함이 광대(廣大)와 다름이 없으니, 어찌 서로 사랑하는 뜻이겠습니까?"

하니, 반생이 머리를 둘러 그렇지 않다고 하며 또 써서 말하기를, '현자'(賢者)라 하였다. 내가 또 머리를 흔들었더니, 반생이 다시 써 말하기를, "그러하면 김형은 광대요, 형은 선자(善者)입니다" 하였다. 내가 웃으며 말하기를, "이 말은 무던합니다" 하니, 두 사람이 다 대소하였다.

내가 두 사람에게 권하여 육생에게 돌아갈 일을 이르라 하고 평중을 달래고 붙들어 캉에서 내렸다. 육생이 또한 두 사람의 말을 듣고 한가지로 일어나 평중과 더불어 손을 이끌어 나갈 때, 서로 등을 두드리고 문에 이르러 웃고 기롱하여 서로 뺨을 쳤다. 이때 문 안에 구경하는 사람이 매우 많은 까닭에 다 크게 웃어 소리가 우레 같았다. 내가 나아가 세 사람에게 청하여 먼저 들어가게 하고 평중을 붙들어 수레에 올려 바삐 몰아 돌아올 때, 평중이 수레 안에서 취한 거동과 두서없는 말이 많았다. 나의 등을 두드리며 말하기를,

"네 술을 먹지 못하되 오히려 술의 취미를 알아 나의 먹음을 말리지 않으니 매우 기특하다."

하거늘, 내가 대답하지 아니하고 누누이 경계하여, 관문에 든 후에는 머리를 숙이고 마음을 다잡아 사람을 만나도 입을 열지 말고 바로 머무는 캉으로 들어가 병을 일컫고 취한 기운을 진정하라고 하였다. 관으로 들어가매 계부께서 상부사와 더불어 캉 밖에 모여 앉아 계시거늘, 앞에 나아가 육생의 일을 대강 고할 때 먼저 평중에게 눈주어 들어가라 하니, 평중이 과연 캉으로 들어갔다. 비로소 다섯 장의 그림과 시집을 내어 각각 나눌 때, 평중이 홀연히 다시 나와 팔을 걷어붙이고 오늘의 모꼬지를 자랑하며 거동이 극히 방자하였다. 부사께서 그 취함을 알고 크게 꾸짖는데, 평중이 조금도 저투리지(두려워하지) 아니하기에, 내가 다시 붙들어 들여보내니 부사께서 나를 꾸짖어 말씀하시기를,

"그대가 사람을 덕으로써 사랑함이 아니로다."

하니, 내가 사례하여 말하였다.

"진실로 이 허물을 면치 못하려니와 다만 오늘의 모꼬지는 상리(常理 : 당연한 이치)로 의논할 일이 아닐 듯합니다."

대개 부사께서는 평생에 술을 즐기지 아니하고, 평중이 금령을 범하여 가만히 먹음을 더욱 절통히 여기는 까닭에 이로 인하여 과도히 그리 여김이었다. 육생의 편지를 올 때 총총하여 가져오지 못하니 일행이 다 답답히 여겼다.

혼천의 제도를 논하다

24일 관에 머물다

아침에 일찍이 일어나 평중의 캉에 이르니 아직 깨지 못하였기에, 깨워 일으켜 어제 일을 물으니 늦은 후부터 관에 돌아오던 일을 전혀 기억하지 못하는 것이다. 육생과 기롱하던 말과 수레 안에서 나를 침노하던 말을 대강 이르자 매우 부끄럽게 여기고, 부사께서 꾸짖은 말을 듣고는 크게 놀라 몸둘 곳을 알지 못하였다. 내가 웃으며 말하기를,

"이미 기이한 모꼬지를 이루고 쾌히 마음을 폈으니, 어찌 구구히 죄책을 두려워하는가? 저 사람들이 들으면 필연 용속(庸俗)함을 웃으리라."

하니, 평중이 억지로 웃는데, 기운이 꺾여 크게 뉘우치는 거동이다. 내가 인하여 부사께 나아가 어제 일을 회사(悔謝 : 잘못을 뉘우치고 사과함)하며, 말리지 않음이 오로지 나의 허물이니 만일 평중을 과히 꾸짖고자 하시면 한가지로 그 죄를 당하겠다고 하며 누누이 청하였다. 부사께서 또한 웃고 이르시기를, 어제 일은 혹 괴이치 아니하되, 평상시의 금령을 지키지 못하고 양이 넘침을 생각지 않았으니 매우 통분하지만, 어찌 과히 꾸짖겠느냐고 하였다.

식전에 화전지 한 권과 먹 닷 냥과 부채 세 병(柄 : 자루)을 봉하고 육생에게 편지를 써 덕유를 보냈는데, 그 편지에 이렇게 말하였다.

아모〔某〕는 두 번 절하여 소음(篠飮 : 육비) 선생 족하(足下 : 상대방에 대한 존칭으로 쓰는 말)에게 올립니다. 아모는 10년 전에 추수(推數 : 운수를 미리 헤아림)하는 사람을 만나 앞일을 물으니 그가 말하기를, "병술(丙戌) 연간에 운수가 크게 통하여 마땅히 과거를 이루고 높은 벼슬을 얻으리라" 하였습니다. 내가 말하기를, "나는 재주가 졸하여 과업을 익히지 못하고 옹졸한 성품이 세상의 용납함을 구하지 못할 사람이니, 과거와 벼슬은 나의 뜻이 아니라"고 했습니다. 그 사람이 말하기를, "운수는 천명이 정한 것이니, 만일 천명을 받지 아니하면 반드시 도리어 기괴한 재앙을 만날 것이며, 그렇지 아니하여 혹 쾌락한 일을 얻어 한번 지기(志氣)를 폄이 있으면 족히 재앙을 면함이 있으리라" 하였습니다. 내가 비록 대답하여 그렇다 하였으나, 마음 가운데 깊이 믿지 못하다가 사신을 따라 중국에 들어오게 되어 홀연히 그 말을 생각하여, 이른바 "쾌락한 일을 얻었다" 함이 헛말이 아니라 했습니다.

강을 건너 서로 행하니 추악한 산천의 바람과 모래가 하늘에 연하고, 밥 먹는 푸자와 술 파는 저자의 더러운 인물에 눈을 열 곳이 없고, 수천 리 행역(行役)의 괴로움과 백여 년 고적의 슬픔에 한갓 마음이 취하고 목이 맺힘에 이르러, 도리어 생각을 저버리고 소망을 잃어 이른바 '기괴한 재앙'을 가히 당할 듯하였습니다. 그러나 두 사람을 만나 가슴속을 헤쳐 교우도를 의논하고, 이른바 기괴한 재앙이 도리어 변하여 짐짓 쾌락한 일을 얻으니, 술사(術士)의 구구한 재주도 또한 볼 것이 있다고 말했습니다.

어제에 이르러 또 두 사람을 인연하여 노형의 높은 풍채를 받드니, 회포를 열어 한 번 웃으며 호방한 의론과 소탈한 기운이 술잔 사이에 드러났습니다. 이에 확연히 크게 깨쳐 이른바 쾌락한 일이 짐짓 이 일을 이름이며, 나로 하여금 과거를 이루고 벼슬을 얻은들 시속에 출몰하여 구구히 몸 밖에 이름을 구함이 또한 가히 슬플 따름이지요. 어찌 족히 쾌락한 일이라 이르겠습니까? 슬프다! 어제의 모꼬지는 쾌하고 즐거운 것이어서 이른바 기괴한 재앙을 이로써 가히 떨칠 것이고, 이른바 과거와 높은 벼슬을 이로부터 가히 이를 것입니다. 그러나 돌아갈 한정(限定)에 기약이 있어 이별의 괴로움이 족히 마음을 썩힐 것이라. 또한 기괴한 재앙이라 이름이 멀지 않을 것입니다. 이로 인연하여 그윽이 청함이 있으니 지난 번에 두 사람에게 시와 기문을 얻어 장차 변변찮은 집에 기이한 보배로 삼으니 해외의 영광이 극진한데, 다만 그중 혼천의 제도에 가장 심력(心力)을 허비하였습니다. 원컨대 당세(當世)의 높은 문장을 빌려 한 말씀의 자중(自重)함을 얻고자 하니, 당세의 높은 문장은 형이 아니고 누구라 할 것입니까? 또 과도히 사랑함을 입어 형제 칭호를 아끼지 아니하니, 반드시 한때 필묵의 괴로움 때문에 마침내 이 소망을 저버리지 않으시기 바랍니다.

삼가 그 기록한 글을 보내는데, 이것은 동방에 있을 때에 이룬 글입니다. 문법이 서투르고 말이 밝지 않은 곳이 많은데 갑작스럽게 미처 고치지 못하니 헤아림을 바라고, 집 제도는 두 사람에게 기록하여 보낸 것이 있으니 이미 대강을 아셨을 것입니다. 농수각 혼천의를 기록한 말은 다음과 같습니다.

기묘년(己卯年, 1759) 봄에 왕이 거처하는 금성(禁城 : 궁성)의 관아에 머물다가 동으로 광주 서석산(瑞石山)을 구경하고, 동복(同福) 땅의 물염정(勿染亭)에 이르러 한 기이한 선비를 만나니 성은 나(羅)요, 이름은 경적(景績)이며, 숨어 있어 옛일을 좋아하고 나이 이미 칠십이 넘었다. 친히 자명종을 만들어 집에 감추었는데, 정치(精緻)한 제양이 서양의 기술을 깊이 얻었다. 내가 그 공교한 재주를 기특히 여겨 더불어 말하여 고금의 기이한 기계를 의논하니, 용미거(龍尾車)[111]로 높은 데 물을 올리며, 맷돌을 절로 굴려 이동을 베풀지 아니하는 것이 다 극진히 묘한 곳을 깨쳤다. 그리고 나중에 말하기를, "선기옥형(璇璣玉衡)은 요순(堯舜) 적의 귀중한 그릇으로, 역대 제도를 모방하여 기이한 법이 끊어지지 아니하였으나, 우리나라는 멀리 해외에 있어 기이한 제도를 상상할 곳이 없었다. 참람(僭濫)히 옛 제도를 의지하고 서양국의 의론을 참작하여 우러러 천문을 상고하고 엎드려 마음을 생각하여 비록 수년이 지난 후에 가슴속에 대강의 제도를 갖추었으나, 집이 가난하여 물자의 허비를 감당치 못하니 마침내 뜻을 이루지 못

---

111) 관개(灌漑)에 쓰이는 기구로, 원통의 중심에 둥근 나무 축이 있어 이것을 돌려 물을 끌어올린다.

함을 한하노라" 하였다.

　대개 후세에 선기옥형의 제도를 전하지 못하고 당송(唐宋) 이후로 각각 혼천의를 만들어 그 남은 제도를 모방하였지만 우리나라는 전하는 것이 없는데, 내가 또한 뜻이 있지만 종시 이루지 못하였다. 이에 나생(羅生)과 더불어 한가지로 이룰 것을 언약하고 명년(明年) 여름에 나생을 청하여 금성(錦城 : 나주) 관아에 이르러 재력을 허비하고, 공교한 장인을 불러 두 해를 지나서 대강 이루었는데, 다만 도수(度數)에 그른 곳이 있고 기물이 잡된 것이 많았다. 이에 망령된 소견으로 그른 곳을 고치고 잡된 것을 더 고쳐 오로지 천문에 합하기를 취하고, 또 자명종 제도를 모방하여 일월(日月)로 하여금 하늘의 도수를 따라 주야에 돌아가게 하니, 또 한 해를 지난 후에야 마쳤다.

　나생의 문인 가운데 한 사람이 있어 성은 안(安)이요, 이름은 처인(處仁)이다. 그 정한 의사와 공교한 의견이 깊이 나생의 재주를 얻었다. 무릇 대강의 제도는 오로지 나생의 소견을 따랐고, 공교한 제작은 오로지 안생의 기술로 이루어졌다. 그 제도의 대강을 보면 쇠로 만들어 안팎에 두 층이 있는데, 각각 세 고리를 만들어 서로 맺어 하늘의 둥근 모양을 이루고, 가운데 둥근 쇠를 걸어 땅을 형상하고, 사방 24방위와 사시(四時)의 일월이 다니는 길을 표하고, 둥근 쇠를 붙여 일월의 짐짓 형상을 만들어 날의 길고 짧음과 달의 현망회삭(弦望晦朔 : 상·하현과 보름, 그믐과 초하루)의 대강을 상고하게 하였다. 별도로 한 제도를 만들었는데, 세 고리로 서로 맺어 큰 기계의 모양과 다름이 없고, 안층에 종이를 발라 닭의 알 형상을 이루고 위에 3원(垣) 28수(宿)의 형상을 그렸는데, 돌리는 법이 또한 큰 제도와 같다. 이 제도에는 비록 일월의 진상(眞相)은 없으나, 성신(星辰) 도수를 명백히 상고함은 큰 제도의 미치지 못할 바였다.

그 두 사람에게 보낸 편지에는 이렇게 말했다.

　어제는 혹 술로써 취하고 혹 덕으로써 배부르며 도도호호(滔滔浩浩 : 거침없이 넓고 큰 모양)하여 돌아오니, 사람으로 하여금 무엇을 얻음이 있는 듯합니다. 슬프다! 어찌 세속을 밝히고 의를 깨쳐 길이 형들과 더불어 서로 손을 이끌며 막대를 끌어 옛 술과 흐르는 물 가운데 한가히 놀겠습니까? 육형의 서간(書簡)은 총총히 돌아오느라 미처 가져오지 못하였습니다. 이 편에 부쳐 보냄을 바라고, 일전에 보낸 접책(摺册)과 겸하여 육형의 두어 장 필적을 얻으면 더욱 묘하겠습니다. 다만 종종 번거로이 청함이 많으니 마침내 마음이 평안치 못합니다. 이는 좁은 마음과 시속의 인정을 면치 못함이니, 또한 스스로 웃습니다.

덕유가 돌아오니, 육생의 답서에 이렇게 말했다.

비(飛)는 머리를 조아려 담헌 선생 노래(老來 : 늙으막) 족하(足下)에게 올립니다. 비는 종적이 둔탁하여 평생에 이룬 것이 없고, 스스로 돌아보며 사람과 더불어 서로 일컬으니, 백 일에 한 가지 일의 능함이 없어 이미 명리(名利)의 뜻을 끊은 지 오랩니다. 그러다가 지난해 6월에 사장(師丈 : 스승의 존칭)의 독촉함을 자주 입고 붕우의 이끎을 마지못하여 서툰 재주로 우연히 과장에 자취를 던졌다가 요행으로 이 길을 얻으니, 전례를 좇아 도하(都下)에 이를 따름이고 남은 보람이 없었습니다. 그런데 천행으로 두 벗을 만나 평생에 제일 기특한 모꼬지를 이루니, 망외(望外 : 바라던 것 이상으로 좋음)의 과명(科名)을 얻음이 곧 오늘의 연분을 이룸입니다.

하늘이 우리 수천 리 바깥 사람을 위하여 서로 이끌어 연분을 합하고, 이같이 공교한 경영을 허비하니, 하늘이 우리 무리를 위함이 또한 후하고 수고롭습니다. 비록 한 번 이별에 다시 만나지 못하고 서로 생각하여 간장이 끊어지나, 이는 평생에 얻지 못할 일이고 다른 사람이 망령되게 바라지 못할 일입니다. 비로 하여금 이로 인연하여 이후에 비록 기괴한 재변을 만날지라도 또한 뉘우치지 아니하고, 무당을 구하여 빌기를 원치 않을지니, 존의(尊意 : 남의 의견을 존대해 하는 말)는 어떻다 하십니까?

팔경(八景)의 사적은 이미 역암을 통하여 대강 보았지만, 혼천의는 크고 중한 제작입니다. 비는 몸이 우물 가운데 앉았기 때문에 족히 우러러 열어보지 못할 것이지만, 이미 욕되게 맡음을 입으니 마땅히 힘을 다하고, 역암과 추루에게 의논하여 성한 부탁을 저버리지 아니하겠으나, 다만 학문이 천박하고 비루(鄙陋)하여 깊은 공부를 밝히지 못함을 부끄러워합니다.

여러 가지 보낸 것은 후한 뜻을 사례하고, 어제의 편지는 이번에 부쳐 보내며, 망망(茫茫)한 생각은 26일을 기다려 펴고자 합니다.

반생의 답서에는 이렇게 말했다.

균은 돈수(頓首 : 머리가 땅에 닿도록 절함)합니다. 어제 관에 돌아가신 뒤에 기거를 염려하다가 수서(手書)를 받들어 혼천의 제도를 들으니, 가히 마음 가운데 별자리를 벌이셨다 이를 것입니다. 나생은 또한 기이한 사람입니다. 그 사람이 능히 시(詩)를 하는지요? 혹 기록이 있다면 두어 수를 뵈어 중국에 전하게 함이 어떠합니까? 26일의 기약이 멀지 않으니 생각하는 마음을 적이 위로합니다.

육생의 편지를 일행이 보고 다 기걸(奇傑)한 인물이라 찬탄하였다.

식후에 계부께서 상부사와 한가지로 태학(太學)을 다시 구경하고 선비들을 찾고자 하여, 태학의 큰 문 밖에 이르러 선비가 머무는 곳을 찾았다. 첫번에는 문 지키는 사람이 엄히 막더니 세팔을 들여보내 머무는 관원을 보고 들어가기를 청하라 하였더니, 이윽고 나와 말하기를, 조교 관원이 있어 사행이 오심을 알고 의복을 정제하고 문 안에서 기다린다 하였다. 드디어 일행이 차례로 남쪽 작은 문으로 들어가 수십 보를 행하니 또 문이 있고, 이 문을 드니 양쪽에 담이 정제하게 쌓여 방정하기가 줄로 친 듯하였다. 곳곳에 문을 냈는데 문 안을 열어보니 다 남향하여 큰 집이 있고, 처마에 현판을 붙여 당호를 표하고 여러 선비들이 머물렀다. 우리가 들어감을 보고 혹 캉 문을 나와 구경하는 이가 있는데, 다 의복이 아담하고 조촐하며 선비의 태도를 가졌으니 기특하였다.

남으로 한참 행하여 동으로 다시 문을 드니 뜰이 아주 넓고, 한 사람이 금정자를 붙이고 목에 금태 염주를 걸고 읍하여 맞는데 매우 공손하였다. 서로 사양하여 당(堂)에 이르는데, 전부터 사행이 태학을 구경하면 상통사(上通事) 역관이 따라와 말을 통하더니 이번엔 하나도 쫓아오지 않았다. 세팔은 말이 상스럽고 하졸의 모양이어서 당 위에 올리지 못하니 갑작스럽게 뜻을 이루 통할 길이 없었다. 내가 마지못하여 나아가 말을 전하여 찾아온 뜻을 이르고, 손수 의자를 옮겨 큰 탁자 좌우에 벌여 빈주(賓主)의 자리를 정했다. 필묵과 종이를 가져오라 하여 서로 필담을 청하였는데, 조교와 굿 보는(구경하는) 사람들이 다 나를 고려 통사(通事)라 하니 우스웠다.

조교(助敎)의 성은 장(張)이고, 이름은 원관(元觀)인데 나이 60여 세였다. 비록 조교 벼슬을 당하여 선비들을 권장하는 소임을 맡았으나, 오히려 과거를 못하여 이번 회시(會試)를 보노라 하니, 우리나라의 음관[南行] 벼슬과 같은가 싶었다. 7품 벼슬이지만 염주를 걸었으니, 이는 태학 관원이라 한림과 같이 대접하는 일이지만, 성묘(聖廟)를 지키는 사람이 또한 괴이한 제도를 면치 못했다. 의복은 두어 달 사이에 이미 눈에 익어 별양 다름을 느끼지 못하나, 염주 제도를 보니 더욱 마음이 놀라웠다. 좌우에 여러 장의 서화를 붙였으니 다 속되지 않았고, 그중 한 그림은 손가락으로 그린 그림이어서 더욱 기이하였다. 동쪽에 발을 드리우고 그 안에 조그만 캉이 있는데 조교가 머무는 곳이다. 서책과 기완을 정히 벌여 아주 깨끗하였다. 부사께서 조교와 더불어 반나절을 수작하여 과거 제도와 선비 가르치는 법과 학문의 숭상함을 물으니, 조교가 일일이 대답하되 필법이 아주 정숙하고, 붓을 떨쳐 말을 이루매 한 구절도 구차한 문법이 없어 또한 심상(尋常)한 제도가 아니었다. 나는 물러나와 바깥 캉에 앉았는데 여러 선비들이 들어와 말을 수작하고 우리나라 사정을 묻거늘 대강 대답하니, 선비들이 다 통사라 일컬으며 북경을 몇 번째 왔느냐고 물으니, 당 아래에서 세팔과 약간의 한어를 하는 하인들이 듣고 다 웃었다.

여러 선비들이 있는 곳을 물으니, 13성(省) 사람이 다 모였고 만주와 몽고의 선비도 한가지로 머문다고 하였다. 대개 이곳에 널리 담을 둘러 전후로 문을 내고 그 안에 줄줄이 큰 집을 짓고 각각 담을 둘러 작은 문을 내어 선비를 머물게 하였으니, 정제한 규모를 볼 것이었다. 선비 접대하는 법을 물으니, 일용 양식과 반찬은 다달이 나오는 것이 있고, 의복은 1년에 각각 36냥의 은을 준다고 하였다. 한 소년이 있는데 인물이 아주 조촐하고 허리에 조그만 운책(韻册 : 四聲의 운자를 분류해놓은 책)을 찼기에 평중을 불러 한가지로 시를 창화(唱和)하라 하였다. 그 소년이 처음에는 필묵과 종이를 내어 글로 평중의 말을 대접하다가 운을 내어 시를 짓자 하니 웃고 대답하지 아니하였다. 두어 선비들이 있는데 다 서로 말하여 대답하지 않으니, 대개 평상한 인물이고 뛰어난 재주가 없는 것이다. 평중이 어지러운 글씨와 방자하게 시를 청함을 보고, 다 감당치 못하여 치졸함을 보일까 저어하는 기색이었다. 그중 한 사람이 있어 성은 위(韋)인데, 당나라 때 소주(蘇州) 위응물(韋應物)의 자손이라 하고, 다른 한 사람은 광동(廣東) 사람으로 북경 남쪽의 만여 리 밖에 있노라 하였다.

다시 안으로 들어가니 부사께서 여러 선비를 모아 정제한 거동을 보고자 하여 조교에게 청하라 하시기에 전하여 일렀는데, 조교가 좌우의 선비를 돌아보며 말하기를, 이만큼 보아도 다른 선비를 짐작할 것이고, 일이 없으면 한 곳에 모이지 않는다고 하였다. 조교가 우리나라 사신으로 왔던 사람의 이름을 일러 안부를 물었는데, 그중에 문학을 기리는 이가 많으니, 대개 우리나라 사신을 해마다 만나는 때문이었다.

조교는 절강 온주(溫州) 사람이라. 부사께서 절강의 해원(解元) 육비는 어떤 사람이냐고 물으니, 조교가 말하기를, 육비는 동향이지만 서로 만나보지 못했고 그림으로 이름이 있음을 들었다고 하였다. 부사께서 말씀하시기를, 이미 그림으로 이름이 있으면 필연 문학은 일컬을 것이 없겠다 하니, 조교가 어찌 그러하겠냐고 하며, 그림으로 알려졌지만 그 사람의 여사(餘事)라 하더라고 하였다.

이윽고 한 사람이 편지 한 봉과 봉한 그릇 하나를 들여와 조교에게 보이자, 조교가 편지를 받아보고 봉한 그릇을 캉으로 들여보내며 무슨 말을 하였다. 이때 밖으로부터 선비 하나가 들어오는데 인물이 아주 아름다웠다. 조교가 곧 교의에 내려 맞으니 그 선비가 앞에 나아가 몸을 굽혀 공순히 읍하고, 조교가 서서 받은 후에 또한 몸을 굽혀 대답하되, 그 선비가 나아가 어깨로 조교의 허리를 받혀 굽히지 못하게 하고 다시 물러나와 읍하였다. 기색이 심히 공손하여 그 예설이 성실함은 우리나라에 미칠 바가 아니다. 오후에 돌아올 때 조교가 문 안에 나와 보냈다. 남으로 큰 문이 있어 큰 길을 임하였는데, 사람이 심상하게 출입하는 것이다. 두 번을 태학에 이르렀지만 이 문을 알지 못했고, 이번 도 뒷문으로 들어오므로 오래 지체하였다. 길을 나서 서쪽으로 행하여 종고루 (鐘鼓樓)를 구경하고, 지안문(地安門)으로 들어가 동안문으로 나와 관에 돌아 왔다.

25일 관에 머물다

식전에 간정동에 덕유를 보낼 때, 육생에게 보낸 편지에 이렇게 말했다.

어제 두 장의 수서를 받아 쌍으로 받들어 재삼 읽으니 우러러 지극한 뜻을 짐작할 만합니다. 다섯 장의 그림 그리기를 마치매 누수(婁宿 : 서쪽 별자리)의 재촉함을 깨치지 못했다 하니, 비록 높은 재주와 익숙한 수단으로 잠시 휘쇄(揮灑 : 글씨를 쓰거나 그림을 그림)하는 힘이 회회(恢恢 : 넓고 큼)하지만, 수천 리 여행의 괴로움을 잊고 해외의 보지 못한 사람을 위하여 정성스러운 성심이 이 지경에 이르니, 이는 옛사람에서 구하여도 짝이 없을 것입니다. 아깝도다! 나같이 변변찮은 재질은 족히 이런 뜻을 당할 길이 없으니 어찌 부끄럽지 않으리오. 서로 보지 못하며 서로 생각하는 말에 이르러는 여러 번 반복하여, 말이 더욱 깊으며 뜻이 더욱 간절하였습니다. 노형의 뛰어나고 통달한 기상으로 구구한 세정(世情)에 족히 거리낄 것이 없으니, 홀로 이 일을 당하여 잊지 못하는 마음에 스스로 벗어나지 못하니, 이는 무슨 연고라 하겠습니까? 실로 사람으로 하여금 그 곡절을 구하여 얻지 못할 것입니다. 슬프다! 사람에게 비상한 은혜를 얻은 자는 마땅히 비상한 일로 갚을 것인데, 스스로 공교한 재주를 돌아보매 무엇으로 갚음이 있겠습니까? 다만 중심에 깊이 감추어 몸을 삼가고 행실을 닦아 소인으로 돌아감을 면하여 노형의 밝은 지감(知鑑 : 사람을 잘 알아보는 능력)을 욕되지 않게 할 따름입니다.

답서를 다시 읽으며 명리에 뜻이 없음을 들으니, 노형이 더욱 평안히 여김이 여기 있고 즐거이 여김이 저기 있지 아니함을 볼 것입니다. 진실로 이렇지 아니하면 이 몸이 비록 동이(東夷)의 변변찮은 몸이나, 어찌 족히 풍채를 우러러 따라서 사귐을 영행(榮幸)히 여길 수 있겠습니까? 농수각 기문은 다행히 허락을 얻으니 감격함을 이기지 못할 것이고, 남은 회포는 명일에 나아감을 기다립니다.

두 사람에게 보낸 편지에 이렇게 말했다.

어제 답서를 받으니 적이 생각하는 마음을 위로 받습니다. 나생(나경적)은 진실로 기이한 선비입니다. 뜻과 소원이 맑고 조촐하여 한갓 재주가 공교할 뿐이 아닌데, 다만 시문을 기록하는 것이 없어 널리 전하지 못하니 매우 애달팠습니다. 한가지로 혼천의를 의논하여 수년의 괴로운 생각을 허비하고 일을 이룬 뒤 즉시 죽었으니, 사람이 이르기를 "혼천의로 인연하여 수한(壽限)을 재촉했다" 하니, 그 깊은 마음과 괴로운 공부를 짐작할 것입니다.

덕유가 돌아왔는데, 두 사람이 다른 데 나갔더라고 했다. 기다리지 못하여 다만 육생의 편지를 받아왔는데, 그 편지에 이렇게 말했다.

수서를 받드니 여러 가지 뜻을 절하여 살폈으며, 끝에 두어 말씀을 보니 높은 책망과 간절한 경계는 마땅히 마음에 새길 만했습니다. 형이 나를 사랑함이 극진하여 천애의 지기를 맺으니, 이에서 지남이 없을 것이며 감격하고 사례합니다. 여러 대인이 후히 주심을 받았는데 사람이 총총히 돌아가는 까닭에 미처 답장을 부치지 못하니, 나를 위하여 각각 사례하는 뜻을 이루기를 바랍니다. 혼천의 기문은 이미 초본을 이루었고, 나군의 이름을 넣어 흠모하는 뜻을 기록하려 합니다.

덕유가 갈 때 계부께서 상부사와 더불어 각각 편지와 보낸 것이 있더니, 날이 늦어 미처 답장을 받아오지 못하였다.

이 날 부사께서 역관을 보내 태학의 조교 장원관(張元觀)의 글씨를 청할 때 이곳의 궁전지(宮箋紙)를 얻어 보냈더니, 원관이 말하기를, "조선 종이는 천하에 유명할 뿐이 아니라 글씨에 더욱 마땅한데, 어찌 중국 종이에 받고자 하는가? 하물며 궁전지는 먹을 잘 받지 못하니 더욱 쓰지 못할 것이다" 하고, 종시 쓰지 아니하였다. 역관이 그저 돌아오고 또 석고(石鼓)[112]의 글자를 박아내기를 청하였으나 금령이 있다 하며 허락하지 아니하였다. 늦은 후에 평중을 보내 우리나라 종이에 글씨를 받아왔는데, 석고의 글자 박는 일을 다시 청하였으나 얻지 못하였다고 했다. 평중이 원관과 더불어 약간의 시율을 의논하고 그의 시집을 보니, 높은 운격(韻格)이 심상한 시인이 아니라 했다.

저녁에 청심환 다섯 환과 장지(壯紙) 두 권과 간지(簡紙) 삼십 폭(幅)과 미선(尾扇) 세 자루를 봉하여 서종맹에게 전하고, 출입을 허락함을 누누이 치사하라 하였다.

26일 간정동에 가다

이 날은 일찍이 밥을 먹고 문 열기를 기다려 평중과 한가지로 간정동에 이르니, 육생과 엄생이 한생과 더불어 나와 맞이하였다. 서로 읍하고 들어가 캉에 앉고 반생이 있는 곳을 물으니, 엄생이 말하기를, 간밤에 다른 곳에 머물러 아직 돌아오지 못하였다고 했다. 평중이 말하기를, 기잠(起潛 : 육비)은 한 형과 한 아우를 얻으니 마음의 즐겁기가 어떠하냐고 하니, 육생이 대소하였다. 이 때 상사께서 사람을 보내 두 사람에게 전갈을 부리되 말을 알아듣지 못하기에, 내가 두 대인이 사람을 보내 문안을 청하는 말이라고 하니, 엄생이 어찌 감히

---

112) 석고는 중국 섬서성(陝西省) 보계현(寶鷄縣)에서 발견된 중국 선진대(先秦代)의 석조 유품으로, 10개의 북 모양으로 되어 있다.

문안을 받겠느냐고 하였다. 육생이 마침 농수각 기문을 쓰더니 쓰기를 마치고 가르침을 청함이 어떠하냐고 하여, 내가 좋다고 하니 즉시 일어서 나갔다. 엄생이 말하였다.

"육형이 어제 이미 글을 이뤘지만 간밤에 손님이 있어 잠을 자지 못하였으므로 다시 수정치 못하여 아침에 비로소 초(抄 : 초록)를 이루었다고 하였습니다."

내가 말하기를,

"우리들은 초1일에 마땅히 길을 떠날 것입니다. 오늘 만난 후에 피차에 구애되는 일이 많으니 다시 나옴을 믿지 못할 것입니다. 오늘은 길이 이별을 고할 것이니, 반형이 만일 즉시 돌아오지 못하면 어찌 애달프지 않겠습니까?"

하였다. 엄생이 길이 이별하리라 함을 가리켜 말하기를, 이 구절은 차마 보지 못하겠다 하고 또 말하기를, 반형이 어제 돌아오기를 기다렸는데 지금껏 오지 않으니 아주 괴이하지만, 두 형이 오늘 오심을 알고 있으니 어찌 일찍이 돌아오지 않겠느냐고 하였다. 어제 평중이 한생에게 부채 하나와 청심환 두엇을 보냈는데, 한생이 엄생을 향하여 무슨 말이 있더니, 엄생이 평중에게 말하기를, 한형이 사례하는 뜻을 이르고 어제 총총하여 답장을 부치지 못하였으나 여러 가지 보낸 것을 치사한다 하였다. 대개 한생은 문필이 넉넉하지 못하여 스스로 뜻을 통치 못하나 이러한 재주로 오히려 향시를 얻었으니, 과거의 잡난함을 짐작할 만하였다. 엄생이 말하기를,

"여러 번 홍형의 편지를 받으니 간축(簡縮 : 간결하게 모두 갖춤)한 사연이 무궁한 의미를 띠었는데, 우리들은 속사(俗事)에 골몰할 적이 많고 사람을 세워 놓고 총총히 편지를 쓰므로 대답하는 말이 오로지 간략하여, 한번도 종용한 겨를을 얻어 평생의 회포를 펴지 못하였습니다. 이제 길이 이별을 당하여 한 장 편지를 지어 대강의 소회(所懷 : 마음에 품고 있는 회포)를 이르고자 하니, 어떠합니까?"

하여, 내가 좋다고 했다. 이때 한생이 일이 있어 갈 곳이 있으니 오후에 돌아오리라 하고 창황히 나갔다. 육생이 기문의 초본을 가지고 들어와 보이고 서로

평론하는 말이 있었는데, 내가 말하기를,

"이 혼천의는 돌리는 법이 물을 쓰지 아니하여 옛 법과 다릅니다. 기문에 물로 돌린다 하였으니 이는 보통의 방법을 이른 것이지만, 옛사람의 근본 제도가 오로지 물을 빌려 돌리게 하였으니 이로 말을 삼아도 또한 해롭지 않을 것입니다."

하니, 육생이 그러면 무엇으로 돌리게 하였냐고 물어 내가 말하기를,

"사적을 기록한 중에 대강 일렀는데, 이는 서양국의 자명종 제도를 취하여 여러 쇠고리로 서로 돌리고 아래에 무거운 추를 달아 절로 돌게 하였으니, 물로 돌리는 법에 비하면 매우 간편합니다."

하였다. 육생이 듣고 즉석에서 서너 줄을 고쳐 보이기에 내가 말하기를,

"대개 기문의 체격(體格)을 이른다면 실상을 이름이 가장 편하겠지만, 이 글의 문법이 사실을 구구히 기록치 아니하고 물로써 도를 비유하여 그 웅건한 문법을 실로 버리기 아깝습니다."

하니, 육생이 대답하고 다시 나갔다. 내가 엄생에게 말하였다.

"오늘은 길이 이별을 당하여 품은 마음을 숨기지 아니하니, 내가 형을 위하여 흠모하는 마음이 어찌 간절치 않겠습니까마는 감히 한 말씀으로도 칭찬함이 없고 과도히 경계함은 다름이 아니라. 스스로 붕우의 도리를 잃지 않고자 함입니다. 그런데 오직 형은 나를 대하여 당치 못할 칭호와 분에 넘치는 문자를 가볍게 더하니, 이는 벗으로 대접함이 아니라 눈앞에서 희롱하려는 것입니다. 이것이 어찌 형에게 바라는 것이며, '소체(騷體)가 굴송(屈宋)의 재주에 지지 않는다'[113]고 한 군자의 말이 어찌 이같이 경솔하리오. '시중'(時中)[114] 두 자는 예로부터 공자를 일컫고, '순수'(純粹) 두 자는 안자(顔子)를 일컫는 말입니다. 이 두 말을 남에게 더하는 것을 어렵게 여기지 아니하니, 일전에 형

---

113) '소체'는 굴원(屈原)의 『이소』(離騷)를 본떠서 지은 문체이고, '굴송'은 굴원과 그의 제자 송옥(宋玉)을 말하는 것으로, 본뜬 것이 원본보다 훌륭하다는 잘못된 평가를 지적한 말이다.

114) '시중'이란 『중용』에 나오는 말로, 때에 따라서 적절하게 하는 것을 말한다.

이 '위중'(威重) 두 자에 스스로 부족하게 여김은 진실로 마땅합니다."

엄생이 말하였다.

"내 어찌 구차히 아첨〔阿黨〕하고자 하리오. 눈으로 살피며 마음에 생각하니 다만 형에게 털끝만큼도 흠할 곳이 없음을 깨달았기 때문입니다. 이러므로 망령되게 '시중' 두 자로 탄식한 것이며, 실은 시중 또한 대소의 다름이 있는 것입니다. 이때를 당하여 일일이 형의 마땅치 않음이 없으니 또한 '시중'이라 이름이 괴이하지 않을 것이며, 반드시 공자에게 비김이 아닙니다. 자품(資稟 : 사람된 바탕)에 부잡한 객기를 보지 못하니 '순수' 두 자를 빌려 일컬음이 과하지 않을 것이며, 소체를 굴송에 비함은 또한 중심의 소견이고 겉으로 과장하는 말이 아닙니다. 말의 경솔함은 삼가 가르침을 받들겠지만 다만 버릇을 버리지 못함이니, 이후에는 각별히 경계를 삼겠습니다."

내가 말하였다.

"사람을 대하여 낯빛을 다스림은 군자와 소인이 다름이 없으니, 어찌 하루아침의 모습을 보아 그 덕을 믿겠습니까? 만일 형이 나로 인하여 희롱을 삼지 아니하면 이는 사람에게 빠져 사랑하는 바로써 아첨함이고, 또 서로 아는 것이 분수에 넘으면 지기(知己)의 일이 아닐 것입니다. 다시 한 말씀이 있는데 사람의 좋은 곳을 보면 다만 중심에 감출 따름이며, 낯을 대하여 말로 기림은 서로 아첨하는 교도(交道)에 돌아갈까 저어합니다."

엄생이 말하였다.

"일전에 김형이 술 먹도록 허함을 보아도 이미 유탕(游蕩 : 음탕하게 놂)치 아니하고 또한 괴격(乖隔 : 서로 어그러지고 멀어짐)하지 아니하니, 대개 형이 스스로 처신함은 천여 길의 절벽을 세운 듯합니다. 또한 사람의 말을 좇음을 강박(强迫 : 강제로 자기의 의사를 좇게 함)하지 아니하니, 곰곰이 생각하여 실로 사랑하고 공경할 만했습니다. 만일 이 말이 중심에서 나지 아니하고 낯으로 아첨하는 뜻이라면 이는 인류(引類 : 끼리끼리 모임)라 맹세할 것이고, 중심에 감추기를 의논한다면 저의 성품이 비록 천루하나 마음으로 좋아함을 한갓 입으로만 말할 뿐이 아닙니다. 그러나 이후에는 감히 이심(異心)한 말을 하지 않을 것입니다. 또 형이 일일이 헤아림이 있어 사람을 망령되게 사귀지 아니하니, 한생은 추솔(麤率 : 거칠고 차분하지 못함)한 인물이라 족히 사귈 섯이 없습니다. 김형이 과도하게 은근한 것을 미루어 그 사람을 안다 이르지 못할 것이며, 김형의 일을 듣지 않는 것으로도 형의 소견에 더욱 탄복합니다. 다시 낯으로 아첨함을 면치 못합니다."

내가 말하기를,

"김형이 술 먹는 것을 말리지 못한 것은 사람을 덕으로 사랑하지 않는 것입니다. 제가 스스로 부끄러워 뉘우치는 일이지만, 형의 말이 도리어 이와 같으니 이는 자리를 바꾸어 생각지 못하는 것입니다."

라고 하니, 평중이 말하였다.

"나는 본래 학문을 알지 못하니 어찌 입을 열어 이런 일을 의논하겠습니까? 다만 '시중'(時中) 두 자는 천고에 공자 한 사람뿐이라 어찌 홍형이 참람(僭濫)하게 당할 바겠습니까? 동국의 학문이 오로지 주자를 존숭하여 높은 덕과 이름난 행실로 세상의 종장(宗匠 : 경학에 밝고 글 잘하는 사람)이 되고 사림의 준칙이 되는 자가 4, 5명이 넘을 것이며, 그 남은 문인 제자(門人弟子) 가운데 이름 있는 자의 수는 알지 못할 것입니다. 형이 다만 홍형만을 보고 동국의 허다한 높은 선비를 보지 못하였는데, 이같이 과도한 칭호를 경솔히 허하니 이는 동국을 도리어 업신여김입니다."

엄생이 말하기를,

"홍형의 장래 성취를 가히 한량치 못할 것이고 동국의 많은 선비를 보지 못하였으므로, 다만 홍형의 좋음을 깨친 것입니다. 김형의 이 말은 족히 분별할 것이 없으니 다른 일을 말함이 어떠합니까?"

하니, 평중이 웃고 좋다고 하였다.[115]

평중이 태학 조교 장원관을 아는지, 장원관이 절강성 온주(溫州) 사람이라 하는데 그곳이 항주서 얼마나 되는지를 물었다. 엄생이 말하기를,

---

115) 반생이 만주인 계부를 데리고 돌아와 지난날 평중이 취해서 돌아간 일에 대해 수작하는 대목이 생략되었다.

"이런 성명을 듣지 못하였고, 만일 온주 사람이면 또한 모르는 것이 괴이치 않습니다. 절강성에 합하여 열한 고을이 있으니, 항주와 가흥(嘉興)과 호주 (湖州)는 하삼부(下三府)라 일컬어 그 땅에 빼어난 사람이 많고, 그 나머지는 상팔부(上八府)116)라 일컬어 뫼가 많고 풍속이 더러우니 인물이 더욱 적습니다."

하였다. 반생이 "항주에 또한 인물이 없으니 어찌 다른 땅을 의논할 것인가?" 하고 붓을 던지며 크게 웃었다. 반생이 또 말하기를,

"어제 성 안에 이르러 마침 본조(本朝 : 청나라)의 의관 제도에 대해 들은 말이 있는데, 태종 문황제(文皇帝) 때 큰선비 둘이 있어 하나는 달해(達海)이고, 하나는 고이전(庫爾纏)입니다. 달해는 만주 글자를 만들고 21세에 일찍이 죽으니 세상이 신인(神人)으로 일컫습니다. 두 사람이 황제께 청하여 한의 의복을 따르라고 하였는데, 태종이 말하기를, '간하는 말을 그르다 하리오마는, 다만 한인의 넓은 옷과 큰 소매를 본받는다면 장차 남이 고기를 베어주도록 기다린 후에 먹고자 함이다. 만일 용맹한 군사를 만나면 어찌 거느려 다스릴 것인가? 세상이 만주 사람을 가리켜 소매를 움직이지 않고, 진(陣)을 당하여 머리를 두르지 않아서 천하에 대적할 이가 없다 하는데, 만일 한인의 풍습을 본받으면 점점 게으름이 더하여 기사(騎士)의 재주를 일삼지 아니하고 순박한 풍속을 잃을 것이다. 자손이 마땅히 삼가 지켜 변치 않으리라' 하니, 이러므로 본조에서 대대로 한인의 의복을 본받지 않습니다."

하였다. 내가 이제 범연(泛然 : 데면데면함)히 의논하건대 두 사람의 의론이 어떠하냐고 물으니, 반생이 말하기를, 이것은 오로지 나라의 장구한 계교를 위함이니 할 일이 없다고 하였다. 내가 말하기를,

"삼대(三代)와 한당(漢唐)이 큰 옷과 너른 소매로 각각 수백천 년을 누린 것은 다만 덕의 후박(厚薄)에 있을 것입니다. 어찌 의복 제도로 말미암을 것

---

116) 상팔부는 영파(寧波)·소흥(紹興)·금화(金華)·구주(衢州)·엄주(嚴州)·온주(溫州)·태주 (台州)·건주(虔州)를 말하며, 한문본에 따르면 영파와 소흥에서 또한 인물이 많이 난다고 했다.

입니까? 하물며 '아침에 도를 들으면 저녁에 죽어도 가하다'〔朝聞道 夕死可矣〕
라고 함이 성인의 말이 아닙니까?"

라고 하니, 반생이 보고 종이를 창황히 찢은 후에 말하기를, 이 말을 들으니
진실로 마음이 슬프다고 하였다. 내가 말하였다.

　"순(舜)은 동이(東夷) 사람이고, 문왕(文王)은 서이(西夷) 사람이니, 왕후
(王侯)와 장상(將相)이 어찌 종류가 있겠습니까? 진실로 하늘의 때를 받들어
이 백성을 평안히 한다면 이는 천하의 참 임금이라 일컬을 것입니다. 본조가
산해관을 들어온 후에 유적(流敵)을 평정〔削平〕하고 천하를 진정하여 오늘에
이르렀습니다. 백여 년 사이에 싸움〔兵革〕이 끊어지고 백성이 생업을 보전하
니, 치도(治道)의 성함이 가히 한당에 비길 만합니다. 오직 예악 문물이 선왕
의 풍속을 변치 아니하면, 비록 천하에 높이 의논하는 선비라도 거의 여한〔餘
憾〕이 적을 것이며, 또한 길이 후세의 말이 있을 것입니다. 형이 만일 벼슬을
얻어 말할 곳이 있으면 반드시 이 의리로써 위에 고하고 아래로 의논하여 두
사람의 소견을 이루면, 이는 천하의 다행이고 또한 우리의 영광이 될 것입니
다."117)

　평중이 말하였다.

　"오늘은 길이 이별이 될 것이니, 우리 네 사람에게 한 편 시가 없지 않을 것
이지만 다만 홍형이 시를 즐기지 않고 수작으로 날을 마치고자 할 것이니, 그
러하면 시를 폐하고 말로 별회(別懷)를 의논함이 옳겠습니까, 아니면 말하는
가운데 겸하여 시를 지음이 옳겠습니까?"

　엄생이 말하기를, 시와 말이 서로 방해될 것이 없으니 일변으로 시를 지으
며 일변으로 말함이 옳을 것이라고 하니, 육생은 능한 자는 시와 말이 서로 해
롭지 않을 것이지만 능치 못한 자는 시를 지으면 말을 못할 것이고, 말을 하면
시를 짓지 못하리라고 했다.

　평중이 엄생에게 권하여 먼저 제(題)를 내라고 하니 엄생이 "'성남 객관에

---

117) 반생에게 충고하는 말과 서로 이별의 슬픔을 이야기하는 대목이 생략되었다.

서 운을 나눠 이별을 의논하다〔城南寓廬話別〕로 하는 것이 어떠합니까?"라고 하였다. 평중은 "홍형의 재분(才分 : 재주의 정도)이 높은데 짐짓 시를 짓지 아니하니 극히 가증(可憎)하므로, 벌을 서는 것이 어떠합니까?"라고 했다. 엄생이 무엇으로 벌을 서겠느냐고 하기에 내가 웃으며 말하기를, 동해 가로 멀리 보냄이 마땅하다고 하니 다 대소하였다.118)

내가 말하였다.

"사람이 각각 장단이 있으니 나로 하여금 경서(經書)를 말하고 학문을 의논하라 하면 혹 조그만 장처(長處)가 있어도 가히 종일 수작에 참여하려니와, 시는 실로 능치 못하니 제형이 또한 어찌 그 단처(短處)로써 강박(强迫)하고자 합니까? 술을 먹지 못하고 시를 짓지 못함은 내 스스로 평생에 한하는 바이고 오늘에 이르러는 더욱 심합니다. 천하에 시와 술이 있을진대, 오늘 모꼬지를 만나 오늘 술을 먹지 아니하고 오늘 시를 짓지 아니하니, 어찌 흠이 되지 아니하겠습니까?"

또 말하기를,

"시는 진실로 사람이 폐하지 못할 것이며, 이천(伊川 : 정이) 선생이 시를 짓지 아니하심 또한 과히 구속함을 면치 못할 것이니, 하물며 이천의 높은 덕이 없고 또 하고자 하되 능히 못하는 자는 더욱 이를 것이 없습니다."

하였다. 반생이 웃으며 말하기를, "홍형은 짐짓 시를 짓지 않으면서 어찌 과도히 겸사합니까?" 하기에, 내가 말하였다.

"지난번에 『시전』(詩傳) 주(註)를 서로 의논하고 돌아가 약간 대답한 말이 있는데, 시평(詩評)이 바야흐로 엄하니 살풍경(殺風景 : 매몰차고 흥취가 없음)이 될까 저어합니다."

세 사람이 다 웃었고, 반생이 말하기를, "『시전』을 강론함이 짐짓 시의 근본입니다"라고 하였다. 내가 말하기를,

"본래 문자에 생소하여 대답한 말이 과히 지리할 뿐이 아니라, 그중에 촉범

---

118) 운을 내어 시를 지으면서 수작하는 내용이 생략되었다.

(觸犯 : 꺼리어 피할 일을 저지름)하는 말이 없지 아니합니다. 추솔(麤率 : 거칠고 차분하지 못함)한 죄로부터 노망하지는 못하셨지만, 이미 서로 뜻을 밝히고자 하면 망령된 사기를 또한 용서하실 것입니다."

하였다. 육생이 이미 일을 강론하고자 하면 다만 밝히기를 구할 뿐이라고 말했다. 내가 품에서 종이 한 장을 내어 보이니, 육생과 두 사람이 더불어 읽기를 파하고, 반생이 말하기를,

"「소서」(小序 : 『시경』에 덧붙인 서문)의 말은 가히 폐치 못할 것이고, 『시전』 주(註)를 문인의 말이 아니라 하면, 이는 주자를 존숭하고자 하면서 도리어 주자를 해롭게 함입니다."

하였다. 내가 웃고 대답하지 않으니, 이때 육생이 엄생과 더불어 캉 아래 교의에 앉아 서로 큰 탁자를 대하여 다시 보았다. 엄생이 돌아와 반생의 말을 보며 즉시 말하기를,

"'동자가 휴를 차다'〔童子佩鑴〕119)고 함은 「소서」에서 위혜공(衛惠公)을 기롱한 글이라 일렀는데, 주자가 그릇되게 여기심은 무슨 연고입니까?"

하니, 대개 반생이 나이가 젊어 망령되게 의논함을 조롱하는 것이다. 또 말하기를, 여러 의론이 아주 마땅하지만 오직 「소서」의 일은 구차히 합하지 못하리라고 하였다. 내가 말하기를,

"어찌 구차하게 합하겠습니까? 다만 피차 마음을 비우고 다시 생각함이 옳을 것이니, 오직 경서를 존숭하여 옛일을 배우고자 하는 뜻은 급급히 서로 같음이 마땅하지만, 문의(文意)의 소견이 다름은 비록 몸이 다하도록 합하지 못한들 무슨 해로움이 있겠습니까? 말마다 합하기를 구하고 일일이 같기를 책망함은 교우도의 큰 병통이므로, 마침내 종시(終始)를 보전치 못할 것입니다."

하였다. 이때 육생이 바야흐로 교의에 앉아 대답하는 의론을 쓰기에 내가 말하기를, 날이 저물고 길이 먼데 오늘의 만남에서 갑작스럽게 합의를 얻지 못할 것이니 우선 그침이 어떠하냐고 했다. 육생이 잠깐 기다리면 마땅히 대강 대답

---

119) 『시경』 「위풍」(衛風)의 환란장(芄蘭章)에 나오는 말이다.

할 것이라 했다.[120]

이때 육생이 대답한 것을 보이기에 내가 읽기를 마치니, 반생이 희롱하여 말하기를, 옛사람의 조박(糟粕)[121]이라고 했다. 내가 말하기를,

"동국은 다만 주자를 알 따름이지 다른 말은 알지 못하는데, 나의 의론을 어찌 감히 스스로 믿겠습니까? 돌아간 후에 다시 생각하여 만일 새로 얻는 것이 있으면 필연 그른 곳을 굳이 지키지 아니할 것이고, 서로 왕복함이 있을 것입니다."

라고 했다. 세 사람이 다 기뻐하는 빛이 있고, 육생이 자신들도 또한 주자의 주(註)를 다시 읽어 새 소견을 구하리라고 했다. 내가 말하였다.

"대개 글을 보는 법이 먼저 든 소견으로 주인을 삼고 새로 얻음을 구하지 아니하니 이는 진실로 큰 병통이고, 몸이 다하도록 깨침이 없을 것입니다. 이는 제가 깊이 경계하는 바이고, 형들이 또한 이곳에 뜻을 더하기를 원합니다."

육생이 명나라 말년에 동국이 필연 병화를 면치 못하였는바, 그 대강을 듣고자 하노라고 했다. 내가 말하기를,

"우리나라가 명나라의 망극한 은혜를 입고 지성으로 섬김이 심상한 외국에 비할 바가 아닙니다. 대명 말년에 수만 군사를 일으켜 중국 장수 양호(楊鎬)·유정(劉綎)과 더불어 깊이 건주(建州)로 들어가 군사가 패하니, 별장(別將) 김응하(金應河)가 홀로 괴롭게 싸워 죽기에 이르렀지만 항복하지 않았습니다. 대명이 응하의 죽음을 듣고 요동백(遼東伯)으로 증직(贈職 : 죽은 뒤에 품계와 벼슬을 추증하던 일)하여 충절을 포장(襃奬)하니, 이로부터 양국의 혐의(嫌疑)와 원망이 더욱 깊었지요.

정묘(丁卯) 연간에 십여만 군사가 동으로 압록강을 건너니 우리나라가 병력이 이미 미약하여 능히 막지 못하고, 마침내 형제의 언약을 이루어 보전할 묘책으로 삼았습니다. 이때 강개한 의론이 오히려 대명을 저버림을 부끄럽게 여기더니, 병자(丙子) 연간에 이르러 청조의 높은 칭호를 청한 후에 사신이 본

---

120) 한생이 들어와 두서없이 행동하는 모습이 생략되었다.

121) 학문·서화·음악에 있어서 옛사람이 밝혀내어 새로움이 없는 견문을 말한다.

국(조선)에 이르러 한가지로 복종할 뜻을 전하자, 우리나라 선비들이 글을 올려 사신의 목을 베어 대명으로 보내기를 정하였습니다. 사신이 그 기미를 알고 크게 놀라 도망하여 돌아가 두어 달이 지나니, 수십만 군사의 빠르기가 풍우 같아서 두어 날 사이에 왕경(王京) 성하에 이르렀고, 겨우 40여 일을 지키고 필경에 항복함을 면치 못하였습니다. 이때 조정의 맑은 의론과 초야의 강개한 말이 대명을 배반함을 더욱 지통(至痛 : 지극한 아픔)으로 삼았습니다.

대명을 위하여 종시 절개를 보전한 사람이 여럿 있는데, 그중 홍익한(洪翼漢)·윤집(尹集)·오달제(吳達濟) 세 사람을 세상이 삼학사(三學士)라 일컫고 사적이 더욱 두드러졌습니다. 몸이 심양(瀋陽)에 갇혀서도 마침내 뜻을 굽히지 아니하고 죽음을 돌아보지 아니하였습니다. 외국의 배신(陪臣)[122]이 능히 중국을 위하여 죽음으로 절개를 지키니, 이는 천고의 드문 일이고 중국 사람으로도 한번 들음직한 사적이지요. 다만 청조가 매우 혐의쩍어 함을 저어하여 지금껏 이름이 전하지 못하였습니다. 그후에 개주(盖州)에서 싸움을 당하여 우리나라가 또한 그 가운데 참여하였으니, 이때 포수 이사룡(李士龍)[123]은 천한 군사로, 오히려 분함을 이기지 못하여 총을 놓으며 철환을 넣지 아니하여 마침내 죄를 입어 죽기에 이르렀지만 종시 마음을 변치 아니하였습니다. 우리나라가 비록 힘이 약하고 군사가 적어 은혜를 갚지 못하였으나 이처럼 두어 사람의 의기를 힘입어 길이 천하에 말이 있을 것입니다. 오늘날 형들을 만나 기휘(忌諱 : 꺼리어 피함)할 것을 피하지 아니하고 말이 이에 이름은, 서로 깊이 마음을 허함을 믿고 동국의 본심을 밝혀 중국의 뜻 있는 사람으로 하여금 감동함이 있기를 바라는 것입니다."

라고 하니, 세 사람이 다 기색이 무연(憮然)하여 서로 보며 탄식할 따름이었다. 내가 그 종이를 즉시 찢는데, 반생이 삼학사의 성명을 가려내어 깊이 행장

---

122) 제후의 신하가 천자를 대하여 자기를 낮추어 일컫던 말.

123) 이사룡(1612~1640)은 1640년 청나라가 명나라를 치기 위해 조선에 원병을 청하자 포사(砲士)로 징발되었는데, 임진왜란 때 명나라의 은혜를 생각해 공포로 응전하다가 청군에게 잡혀 죽었다.

에 감추었다. 내가 구왕(九王)의 일[124]과 용골대(龍骨大)와 마부대(馬夫大)[125]의 사적을 물으니, 다 전혀 알지 못하고 말하기를, "남방은 북경에서 동떨어져 있어 국초(國初) 사적은 전혀 알지 못합니다"라고 하니, 대개 진실로 모름이지 기휘함이 아니었다. 이때 수작이 많지만 종이를 찢어 자취를 없애니, 날이 오래되어 다 기록하지 못하였다.

내가 육생더러 "형은 초당에 한가롭게 거하며 항상 무슨 사업이 있습니까?" 하고 물으니, 육생이 붓으로 밭을 갈고 마음으로 베를 짠다 하였다. 내가 말이 매우 간고(簡古)하지만 너무 기이하여 유자(儒者)의 어법 같지 않다고 하니, 여러 사람이 다 웃었다. 이때 평중이 한 편의 글을 지어 여러 사람에게 보이니, 대개 교만한 마음을 경계한 말이다. 여럿이 보기를 마치자 육생이 말하기를, "강학(講學)을 일삼지 않는 사람이나 짐짓 도학을 아는 의론입니다. 말이 간절하니 마땅히 받들어 종시의 거울을 삼겠지만, 다만 날로써 덕을 이룬다 일컬으니 이는 도리어 교만한 마음을 인도함입니다"라고 하였다.[126] 평중이 말하기를, "육형의 언론과 기상을 보며 어찌 사람에게 교만하게 하겠습니까? 다만 이 글을 보아 더욱 힘쓰면 혹 도움이 없지 않을 것입니다"라고 하였다.[127]

이때 반생이 웃옷을 벗고 캉 아래서 낯을 씻는데 입은 옷이 겹겹이 무늬 있는 비단이고, 위에 공단(貢緞) 배자(褙子 : 저고리 위에 덧입는 옷)를 입었으니, 제양이 별양 부인의 의복과 같았다. 내가 말하기를,

"형이 부인의 아름다운 태도가 많고 장부의 뇌락(磊落 : 마음이 너그럽고 작은

---

124) 1637년(인조 15) 청나라 구왕(九王 : 예친왕)이 수만 명의 군사를 이끌고 쳐들어온 일. 이에 봉림대군이 직접 군사들을 모아 싸웠으나 이기지 못하여 연기성(聯騎城)에서 청의 구왕에게 항복하고 잡혀갔던 사람들을 찾아왔다.

125) 용골대는 청나라 장수로, 1636년(인조 14) 2월에 사신으로 조선에 들어와서 청나라 황제의 존호를 쓰고 군신의 의를 맺을 것을 요구했으나 거절당하자 도망하여 돌아갔다. 그러나 그 해 12월 마부대와 함께 10만 대군을 거느리고 조선을 침범하였다.

126) 408쪽 23줄 "성명을 가려내어"부터 여기까지는 장서각본에 빠졌기에 숭실대본에 따라 기웠다.

127) 김재행의 사람됨과 술과 관련된 이야기가 생략되었다.

일에 얽매이지 않음)한 기상이 적으니 깊이 경계함이 어떠합니까?"

하니 반생이 웃으며 말하기를, "진실로 그대의 말과 같습니다"라고 하였다. 평중이 말하기를,

"장자방(張子房)의 얼굴이 부인에 가깝다 하였으니, 형의 가슴속에 자방의 재주를 품었으면 또한 해롭지 않을 것입니다."

하였다. 반생이 웃으며 말하기를, 풍진(風塵)의 인물이고 시속의 형상이므로 어찌 자방의 재주를 바라겠느냐고 하여, 내가 말했다.

"형은 재주가 높고 마음이 개제(愷悌 : 단아하고 화락함)하여 진실로 아름다운 자품(資稟)입니다. 내가 사랑하는 마음은 범범(泛泛 : 데면데면함)한 교도에 비할 바가 아니지만, 다만 청약(淸弱)한 기질에 함축한 기상이 적고 여색을 좋아하는 의론이 많으니, 이것은 높은 경지에 오를 묘책이 아니라 깊이 경계함을 바랍니다."

반생이 말하기를, 평생에 밖으로 경계를 범함이 없는데 다만 욕심을 제어함이 어렵다고 하였다. 내가 말하기를, "누가 어렵게 여기지 않겠습니까? 다만 욕심이 적음을 힘써 없어지는 지경에 이를 따름입니다" 하였다. 반생이 말하였다.

"이는 크게 어려운 일이지만 어찌 경계치 않겠습니까? 오히려 혈기를 진정치 못하고 욕심이 마땅한 도리를 잃으니, 다행히 평생의 만남이 없으나 마음의 병통을 어찌 스스로 모르겠어요? 두 형의 가르침을 들으니, 오경(五更 : 오전 3~5시)의 종소리를 듣고 잠을 깨고자 하는 것과 같습니다. 이후에는 더욱 경계하겠지만 오직 스스로 믿지 못합니다."

내가 말하기를, 사람의 행실을 보면 다른 말이 없으며 오직 허물 듣기를 기뻐하여 능히 고치는 자는 군자에 돌아가고, 스스로 제 소견을 지키고 사람의 아첨을 좋아하면 마침내 소인에 돌아갈 따름이라 하니, 반생이 좋다고 했다. 내가 말했다.

"그러나 이 말을 내는 나 또한 허물을 들으면 그 마음의 기쁨이 마침내 기림을 듣는 즐거움만 같지 못하니, 저어컨대 내 몸이 또한 소인을 면치 못할까 합니다."

반생이 말하였다.

"이것은 절실한 의론이고 몸을 다스리는 학문입니다. 형은 진짜 믿기 어렵겠지만 저는 사람을 기리는 것을 좋아하고 허물을 들으면 또한 마음이 유연(悠然)합니다. 다만 잠깐 사이에 의구(疑懼)히 방탕하니 이것이 큰 병통이고, 진실로 소인을 면치 못할 것입니다."

내가 말하기를, "형의 의론을 들으니 스스로 병통을 숨기지 않고 간절히 마음의 근본을 살피니, 이것이 내가 사랑하고 귀히 여기는 바입니다"라고 하였다. 반생은 자신이 평생을 생각하여 다른 죄악이 없으나 오직 사람을 업신여기고 여색을 좋아하여, 가르침을 들으니 마땅히 깊이 뉘우치겠지만 필경 욕심을 제어함이 매우 어렵다고 했다. 내가 어렵기는 진실로 어렵지만 욕심을 좇아 경계할 마음이 없으면 장차 어떤 사람이 되겠느냐고 하니, 반생은 어찌 욕심을 좇겠느냐고 하며 다만 제어하기가 실로 어렵다고 했다.

엄생이 말하였다.

"저는 병통이 있는데 사람과 더불어 겨루기를 두려워하나 업신여김을 받으면 또한 마음이 평안치 못한 것입니다. 이러므로 사람의 허물을 보면 희미하게 책망하여 스스로 깨치게 하지만 즉시 깨치지 못하면 문득 분한 마음을 금치 못하는 것입니다. 또 남에게 하고자 하는 것이 있으면 희미하게 뜻을 보여 스스로 알게 하지만 즉시 알아듣지 못하면 문득 원망하는 마음을 금치 못하니, 저 사람은 바야흐로 마음이 무사하여 태연히 거리낌이 없는데 나는 홀로 괴로운 심려를 부질없이 허비하니 극히 민망합니다. 이로써 생각할 때 군자의 거동이 비록 과히 격렬함을 귀하게 여기지 아니하나 또한 오로지 함축하기를 취하지 않을 것이니, 이 병통을 없애고자 한다면 무슨 방법이 있겠습니까?"

내가 말하였다.

"희미하게 책망하여 깨치지 못하면 명백히 이르지 아니함이 나의 허물이지요. 어찌 편벽(偏僻)되게 남을 책망하겠습니까? 명백히 일러 고치지 아니하면 말을 그칠 따름이고, 희미하게 뜻을 보여 알아듣지 못하면 분명히 구하지 않은 것이 나의 허물입니다. 분명히 구하여 듣지 아니하거든 또한 그칠 따름이니,

대개 스스로 내 몸을 깊이 책망하고 남의 작은 허물을 용서하면, 어떤 일을 당하여도 스스로 뜻을 얻지 못할 일이 없을 것입니다."

엄생이 크게 기뻐하며 말하였다.

"학문은 반드시 강론한 뒤에 비로소 밝아지니, 어찌 담헌 같은 이를 다시 얻어 조석으로 좌우에 두어 마음을 경계하겠습니까? 이제 몸이 다하도록 다시 볼 길이 없으니 진실로 한 번 통곡할 만합니다."

평중이 말하였다.

"형의 인품을 보니 진실로 천고의 드문 인물입니다. 한 번 이별한 뒤에 다음 기회를 정하지 못하니, 진실로 지사(志士)의 통곡할 일입니다. 그러나 형이 나를 앎이 필연 내가 형을 아는 것만 같지 못합니다."

엄생이 말하였다.

"형이 나를 알고 내가 형을 아니 피차 다름이 없을 것이고, 만일 서로 말을 통하여 회포를 쾌히 의논하면 이별의 괴로움을 더욱 이기지 못할 것입니다."

평중이 말하기를, "천애(天涯)의 지기를 만나 회포를 쾌히 펴지 못하고, 돌아간 후에 구구히 편방(偏邦)에 엎드려 보잘것없는 가슴을 열 곳이 없으니 어찌 슬프지 않겠습니까?"라고 하자, 반생이 "김형은 돌아가면 장차 무슨 일을 합니까?"라고 물었다. 평중이 말하기를, 백수(白叟 : 늙은이)가 과공(科工)을 일삼을 뿐이라 했다. 반생이 "아직도 과거를 봅니까? 혹 집이 가난하여도 벼슬을 구하지 아니합니까?"라고 물으니, 평중은 벼슬을 구하지 아니하면 어찌 과거를 숭상하며, 집이 가난하지 않으면 어찌 백수가 과거를 보겠느냐고 했다.[128]

이때 손님이 연하여 이르니 세 사람이 번갈아 나가 손님을 대접하였다. 내가 육생더러 말하기를, 높은 사집(私集)[129]을 상고하되 하풍죽로(荷風竹露) 초당시(草堂詩)를 얻지 못하니 무슨 연고냐고 물었다. 육생이 말하기를, 하풍죽로는 자신의 초당 이름이고, 몇 년 전에 손수 그 제도를 그리고 지은 글이

---

128) 김재행의 가족 사항과 관련한 내용이 생략되었다.
129) 아직 출판되지 않은 개인의 문집이나 시집을 말한다.

있으나 사집에 들지 아니하였다 하고 즉시 두 시를 써 보였는데, 그 하나는 이렇다.

내 나이 삼십이 못 되어서
살림살이는 항상 간난을 괴로이 여기었도다.
비로소 입을 위하여 망급한 줄을 알고
이미 행로의 어려움에 싫증나도다.
노친이 나이 칠십이라
반찬의 음식을 갖추지 못하였다.
나가매 쌀 지는 즐거움이 부끄럽고
들매 원이 되어 부모를 받드는 즐거움이 적도다.
속절없이 객사의 꿈이 남아
올올히 고향을 그리워하는도다.
간난한 선비 외로운 구름이 되니
어찌 능히 옛 동산에 깃들리오.130)

다른 하나는 다음과 같다.

임염(荏苒 : 세월)이 십 년이 넘으니
바람 남기 슬프고 탄식함이 가득하였도다.
올올히 짧은 노래를 쉬오니
헐린 집에 세 기둥이 남았도다.
앞뜰에 한 떨기 대를 심고
뒷마루에 연꽃을 마주하였도다.
그 곁에 극지(隙地 : 빈터) 있으니

---

130) 원문은 다음과 같다. "我年未三十 生理常苦艱 始識爲口忙 已厭行路難 老親年七十 無以具
盤餐 出愧負米樂 入勘奉橄歡 空餘旅舍夢 兀兀戀鄕關 貧士爲孤雲 何能栖舊山"

겨우 아욱과 나물을 심음이 족하도다.

비록 내 집이 그윽하나 일컬으나

다만 옛 땅이 아닌 줄을 아끼노라.

어찌 부귀를 원치 않으리오마는

층등(蹭蹬 : 어정거림)하니 운명이 진실로 다르도다.

정녕 아자(아이들)에게 부탁하노니

또한 다시 시서(詩書)를 일삼을지어다.131)

내가 보기를 마치고 말하기를, 시의 운격(韻格)이 높을 뿐이 아니라 아담한 필법이 가히 옛사람에 비길 만하다 하니, 육생이 웃었다. 반생이 말하였다.

"일전에 들으니 동국에 칙사를 보내는데 다 만주 사람을 쓰고 한인을 쓰지 않는다 하니 진실로 그러한가요?"

내가 말하였다.

"자세히 알지 못하지만 다만 형들이 칙사를 당하여 동국에 이르러도 피차에 사정이 더욱 불편할 것입니다. 마침내 오늘로 영결(永訣)을 삼을 것이니 다른 묘책이 없을 것입니다."

육생이 동국에서 칙사를 만나는데 무슨 연고로 사정이 불편하다 하느냐고 물었다. 내가 말하기를,

"칙사가 동국에 이르면 겨우 3, 4일을 머물고 관문을 나가서 사사로이 심방(尋訪)하는 일이 없고, 공사(公事)가 아니면 잡되게 사람이 출입하지 못합니다."

라고 했다. 이때 손님이 이르니 육생이 또 나갔다. 내가 말하기를,

"형들이 칙사를 당하는 일이 있어 비록 도중에 보기를 청하면 한 번 만나기가 어렵지 않겠지만, 다만 나는 이 일을 원치 않습니다."

---

131) 원문은 다음과 같다. "荏苒逾十載 風樹盈悲噓 兀兀息短翮 破屋三楹餘 前庭植叢篠 後軒面 芙蕖 其旁有隙地 稍足蒔葵蔬 雖稱吾廬幽 但惜非故居 豈不願富貴 蹭蹬命固殊 丁寧屬兒子 且 復事詩書"

라고 하였다. 엄생이 원치 아니함은 무슨 연고냐고 하였으나, 내가 대답하지 않으니 또 말하기를, 무슨 뜻인지 분명히 알고자 한다고 했다. 내가 웃고 대답하지 않으니, 반생이 대국을 두렵게 여김이냐고 하여, 내가 그렇지 않다고 하였다. 엄생이 공연히 한 번을 보면 도리어 안 보니만 못한 의사냐고 해서, 내가 웃으며 또한 그런 뜻이 아니라 했다. 엄생이 다시 나를 향하여 그 의사를 묻기에 내가 말하였다.

"이는 다른 뜻이 아니라, 다만 형들이 좋은 사람이 되기를 원하고, 좋은 벼슬을 얻기를 원치 아니하는 것입니다."

엄생이 말하기를, 일전에 육형에게 보낸 편지의 끝에 있는 말과 같은 의사라고 했다. 내가 말했다.

"진실로 그렇습니다. 형이 구차하게 풍진에 용납하여 명리(名利)를 일삼으면, 비록 이로 인연하여 서로 만남이 있어도 구구히 서로 생각하는 정분을 위로할 따름이지 일생에 기약하고 바라는 뜻이 아닙니다. 제게는 형을 위하여 실로 이 지극한 마음이 있으니, 이러므로 반형에게 주는 글에 많이 출세할 일을 의논한 것입니다."

엄생이 말하였다.

"육형에게 보낸 편지를 한 번 보고 감격한 마음을 이기지 못하여, 육생과 더불어 서로 언약하여 오늘 말을 잊지 않으리라고 하였답니다. 반형에게 지어준 글에는 절실히 그 병통을 마쳤는데, 걱정하건대 그 병이 이미 깊어 약을 받지 못할까 합니다."

또 말하기를,

"제가 그 글을 마저 얻고자 함은 일생토록 좌우의 경계를 삼고자 하는 뜻이지 범연(泛然 : 데면데면함)한 말이 아닙니다. 좋은 사람의 좋은 말을 몸이 다하도록 대하면 짐짓 약석(藥石)이 될 것이니 잠시 필묵의 수고로움을 사양치 말고, 혹 다시 쓰기를 혐의롭게 여겨 다른 말을 얻으면 더욱 감격하겠습니다. 저는 실로 가르침을 받을 사람이니 다행히 더럽게 여기지 않기를 바라지만, 다만 학문이 공소(空疎 : 내용이 없고 허술함)하고 식견이 없어 높은 뜻에 대답하지 못함을 부끄러워합니다."

라고 하였다. 내가 말하기를,

"다시 써 보내는 것이 무엇이 어려우리요마는, 다만 형이 저를 위하여 마침 내 간절한 가르침을 주지 못하니, 이는 제가 가르침을 받지 않으리라 여기는 것입니다."

하니, 엄생이 말하였다.

"이는 가히 맹세를 할 수 있어요. 저는 자질이 둔하여 마음에 아는 것이 없 으니 장차 무슨 말로 형을 경계하겠습니까? 비록 말을 하고자 하나 또한 평상 한 의론이라, 어찌 형들을 위하여 '이마 위에 바늘을 내리움'[頂門一鍼]과 같 겠습니까? 우리들은 허물이 심히 많습니다. 책망이 두려워 옛사람의 교도를 보게 하겠지만 형의 자품(資稟)을 보건대 숙연히 한 가지의 허물이 없으니, 장차 무슨 말로 무슨 일을 경계하겠습니까?"

내가 말하였다.

"형이 스스로 자질이 용둔함을 일컬으니 저의 자질은 어떻다 하겠습니까? 이미 평상한 의론을 혐의롭게 여긴다면, 저의 의론에 무슨 신기한 곳이 있겠습 니까? 성인에 가까운 후에야 숙연히 허물이 없다는 칭호를 당할 것이고, 설사 성인의 자품인들 어찌 서로 경계함이 없겠습니까? 도무지 저를 더럽게 여기는 것이니 여러 말을 할 것이 없군요."

엄생이 말하였다.

"일전에 이미 말이 있으니 어찌 희롱의 수작이겠습니까? 저는 평생에 망령 된 말을 경계하니 비록 곳곳을 지키지 못하나, 어찌 헛되이 맹세를 베풀겠습니 까? 만일 거짓말이 있다면 앞길이 길하지 않으리라 한 것이 제가 맹세한 말이 아닙니까?"

내가 말하기를, "형이 망령된 말을 경계함이 가장 마땅하나, 저는 이 경계를 지키지 못한 곳이 적지 않습니다"라고 하니, 반생이 말하기를, "'성질이 단단 하고 조촐하면서 능히 화평하고 관후하면 사람을 얻는다'[介而能和寬則得衆] 하니, 이 여덟 자 말을 받들어 드립니다"라고 하였다. 엄생이 말하기를, "담헌이 만일 안팎이 서로 응하지 아니하고 말과 행실을 서로 돌아보지 아니하면, 이는 저도 또한 알 길이 없습니다"라고 하였다. 내가 말하였다.

"제가 실로 과히 겸사함이 아니고, 또 김형이 여기 있으니 소인으로 일컫는다면 혹 과도하겠지만, 말이 실(實)에서 지난다 하면 그 책망을 면치 못할 것입니다."

반생이 놀라 평중더러 말하기를, "군자를 소인이라 일컬으니 김형은 마음이 병든 사람입니다"라고 하기에 내가 말하기를, "이것은 김형으로 증인을 세우는 말이지 김형이 나를 소인이라 일컬음이 아닙니다"라고 하니, 두 사람이 다 웃었다. 엄생이 말하였다.

"그러하면 저는 한갓 그 겉만 보고 한갓 그 말만 들은 것입니다. 밖을 보고 안을 열어보지 못하며 그 말을 듣고 그 행실을 살피지 못하였으니, 숙연히 허물이 없다 일컬음이 또한 마땅합니다."

반생이 말하기를, "형의 인품은 실로 큰선비이니, 저는 능히 높고 깊은 곳을 알지 못합니다"라고 하며 말을 마치지 못하여, 내가 쓰는 종이를 빼앗아 그 말을 흐리며 말하기를, "이런 사실에 넘치는 의론은 피차에 유익함이 없고 한갓 남에게 웃음을 취할 것이니 서로 입을 잠금이 마땅합니다"라고 하였다. 두 사람이 다 기색이 무연(憮然)하여 말이 없기에 내가 말했다.

"오늘은 길이 이별이 될 것이기에 청컨대 한 말씀이 있습니다. 우리 무리가 우연히 만나 정을 다지고 기운을 합하여 서로 지기(知己)로 허락하나 하루아침에 별같이 헤어져 마침내 생사의 이별이 될 것이니, 그 수절한 회포는 서로 이를 것이 없으나 어찌 구구히 아녀자의 태도를 본받겠습니까? 다만 서로 떠난 후에 각각 힘쓰고 경계하여 허물을 고치고 착한 일을 배워 다른 날 서로 서신을 부쳐 피차에 그 사연을 살피면, 공부의 게으르고 부지런함과 얻은 바의 옅고 깊음을 비록 덮고자 하여도 덮지 못할 것입니다. 깊고 부지런한 자는 벗을 저버리지 않으며 옅고 게으른 자는 벗을 저버립니다. 일찍 공부에 뜻이 없고 얻기를 구하지 않는 자는 우리의 무리가 아니니 서로 끊음이 가합니다."

반생이 말하기를, "저는 실로 무리가 아니니 끊음이 어떠합니까? 들어와 덕을 들으나 나가면 분잡하고 화려한 것을 보니, 학문을 힘쓰기가 심히 어려운 것을 어찌하겠습니까?"라고 하였다. 엄생은 싸움이 비록 괴로우나 필경 이기기를 얻으면 여위던 사람이 도리어 살찌는 것이라 하였다. 내가 엄생더러 "형은 견체(堅滯: 마음이 평정하지 못함)한 병통이 없습니까?" 하고 물으니, 엄생이 스스로 이 병통이 없노라 하지만 다른 사람이 보면 혹 이 병통으로 알아본다 하고, 또 말하기를,

"가슴속에 혹 울결(鬱結: 가슴이 답답하게 막힘)한 마음이 있어 헤치지 못함이 있으나 능히 즉시 깨쳐 스스로 이기는데, 다만 순일(純一)하지 못할 뿐이고 견체한 병통은 스스로 없다고 할 것입니다."

하였다. 반생이 말하기를, "엄형이 하지 않는 바가 있으니 그것이 견(堅)한 곳이고, 뜻을 세움이 심히 단단하니 그것이 체(滯)한 곳입니다"라고 하였다. 엄생이 머리를 저으며 말하기를, "이는 객기(客氣: 체면을 차림)의 의론이라. 사람의 행실은 관을 덮은 후에야 의론이 정해질 것이며, 내가 다른 날에 소인이 되지 않을 것을 어찌 알겠습니까?" 하고 또 말하기를,

"제가 반드시 두 형의 경계하는 말을 청함은 오로지 말씀을 얻어 이 몸과 이 마음을 경계하고자 함이니, 돌아보건대 고금의 아름다운 말과 좋은 행실이 적지 않고 지금 사우(師友) 중에도 어찌 전혀 없을까마는, 다만 옛말에 이르기를 눈에 이미 익고 가까운 사람은 자연히 소홀함을 면치 못할 것입니다. 이제 두 형의 위인(爲人: 사람의 됨됨이)을 보고 또 가슴속에 한없는 별회(別懷)를 서로 맺었으니, 비록 두 형의 인품과 학술이 이같이 아름답지 못하여도 두 형의 아름다운 말과 좋은 행실이 족히 사법(師法)이 되어 우리로 하여금 종신토록 수용하게 할 것입니다. 비록 부질없는 두어 자 편지라도 일생의 보배를 삼을 것인데, 하물며 순순히 경계하여 귀를 이끌고 낯으로 명한 말씀이겠습니까!"

라고 하므로, 내가 말하였다.

"형의 의론이 매우 좋도다. 오직 우리의 안으로 실(實)이 없고 겉으로 큰 말을 해서 이런 과도한 칭찬을 들으니 매우 부끄럽거니와, 사람으로써 말을 폐치 않으니 높은 덕에 탄복합니다. 그리고 이후에 한 장의 편지를 주어 이별하는

회포를 펴고자 한다면 과도한 기림을 떨치고, 저의 위인을 이미 대강으로 알았으니 기질의 병통을 극진히 가르쳐 돌아간 후에 항상 눈을 붙여 경계를 삼게 함을 바랍니다. 저는 본국에 있으면서 오히려 중인(中人)에 미치지 못하니, 과도한 칭찬을 얻어 돌아가 여러 사람을 뵈어, 특별히 형이 사람을 가볍게 허하는 병통을 나눌 뿐이 아니라, 저의 큰 말로 사람을 속인 죄를 면치 못할 것입니다. 이것에 만일 털끝만큼이라도 겸양하여 꾸밈이 있으면, 이는 형의 이른바 앞길이 길하지 않으리란 말과 같을 것입니다."

반생이 말하기를, 애오려(愛吾廬 : 홍대용의 정자 이름)의 맑은 경치를 듣고 한번 올라 한가지로 구경치 못함이 한이라 하였다. 내가 말하기를, 우물 속의 개구리가 조그만 경치를 자랑하고자 하다가 바다자라의 무릎을 상할까 걱정된다고 하니, 반생이 대소하며 묘한 말이라고 했다.

내가 육생이 오래 돌아오지 않으니 무슨 연고가 있느냐고 물으니, 반생이 속객(俗客)이 사람을 괴롭게 보채니 육형이 능히 떨치지 못한다 하였다. 엄생은 말하기를, "어찌 반드시 속객이라 하겠는가? 저는 우리의 일을 알지 못할 것이며 사람이 각각 제 일이 있으니, 말이 화평치 못합니다"라고 했다.[132]

이때 육생이 들어오기에 내가 28, 29일에 형들이 연하여 출입할 일이 없는지를 물으니, 육생이 말하였다.

"반드시 일이 있고 없음을 물을 것이 없이 틈이 있으면 다시 오실 것이며, 저는 연고를 정하지 못하겠습니다. 다만 틈을 얻어 한 번 수작이 있으면 또한 즐거운 일이겠지만 오늘 같은 날은 극히 무미합니다. 한 조각 마음이 홀연히 끊어지며 홀연히 이어지니, 도리어 한 번 끊어지고 도로 잇지 못함만 같지 못할 것입니다. 28, 29일에 다시 오신다면, 저를 보아도 가(可)하고 저를 보지 못하여도 또한 가할 것입니다. 이것이 무정한 말이 아니라 정이 있어도 할 일이 없습니다. 저는 평생에 인정이 승한 성품이지만 왕왕 할 일 없는 곳에 이르러 문득 이 법을 쓰니, 이로써 천하에 제일 모진 사람이라 이를 것입니다."

---

132) 반정균 자신이 속된 마음을 스스로 성토하는 대목이 생략되었다.

내가 말하기를, 올 때에 계부께서 부채 하나로 노형의 그림을 청하노라 했는데, 이곳에 이르러 손님이 많은 것을 보니 겨를이 없을까 걱정된다고 하니, 육생이 웃으며 쾌히 가져오라고 했다. 내가 내어주자, 반생이 나의 마음이 과히 세밀하다고 하여, 내가 마음이 실로 세밀하여 속태(俗態)를 면치 못하니 극히 부끄럽다고 했다. 반생이 말하기를, 마음이 세밀한 것이 아주 좋은 일이지만, 다만 여러 사람을 대하여 이 법을 쓰는 것이 오히려 곡진함을 과히 면치 못하리라고 했다. 내가 이 죄를 사죄하노라 하니, 엄생이 말하기를, 이것이 또한 깊은 마음으로 세상에 수응(酬應)하는 것이라 했다. 내가 이미 세상에 수응하고자 하면 어찌 속태라 이르지 않겠느냐고 하니, 엄생이 말하기를, 마지 못하여 그럴 곳이 있으니 어찌 일체[一竝] 속태라 이르겠느냐고 하였다. 나는 그렇지 않아야 할 곳에 오히려 그러하니 어찌 속태를 면할 것이냐고 했다.

이때 또 손님이 이르러 육생이 나가니, 엄생이 말하였다.

"제게 한 가지 요긴한 말이 있어 받들어 말씀드립니다. 우리가 교우도를 정함에 있어서 육형은 나이가 많지만 김형이 아우라 일컫고, 저에게 이르러는 나이 젊은데 도리어 형으로 일컬으니, 어찌 우습지 않겠어요? 이후에는 담헌이 우리 두 사람을 '노제'(老弟 : 늙은 아우)라 일컬음이 어떻습니까? 김형은 호쾌한 사람이어서 여러 번 부탁하지 않겠지만, 홍형은 마음이 세밀한 사람이어서 스스로 형의 칭호를 감당함을 즐기지 않을 것이니, 이것이 누누이 청하는 뜻입니다."

반생이 자신의 뜻도 또한 그러하니, 이후에는 '난공로제'(蘭公老弟)라 부르고, 다시 형 자를 쓰지 않음이 마땅하다 하였다. 내가 전고(典故 : 전례와 고사)에서 노제라는 칭호를 듣지 못했고 육형이 지어낸 말일 것이니, 세간에 어찌 늙은 아우가 있겠느냐고 하니, 엄생이 그러면 노제 칭호는 버리고 현제(賢弟)라 일컬음이 어떠하냐고 하였다. 또 말하기를, 양허는 반드시 형으로 자처함을 꺼리지 않을 것이나, 오직 내가 객기(客氣 : 체면을 차림)를 면치 못할까 하여 저어하노라 하였다. 내가 말하기를,

"저는 마음이 세밀할 뿐이 아니라 마침내 중외(中外 : 중국과 주변 나라)의 분

별이 있으니 육생의 아우 되기는 감히 사양치 못하지만, 두 형의 형이 되기는 결연히 당치 못할 것입니다."

하니, 엄생이 낯빛이 변하여 머리를 숙이고 말이 없었다. 평중이 말하기를,

"왕공(王公)과 대인은 진실로 중외의 분별이 있다 하더라도, 사우(師友)의 교도에 어찌 이런 차등이 있겠어요? 진실로 그렇다면 큰 고을 백성과 작은 고을 백성이 있을 때, 작은 고을 백성이 능히 큰 고을 백성에게 나이를 차리지 못할 것인가요? 홍형의 이 의론은 나의 알 바가 아닙니다."

하니, 이때 반생이 또 나가 손님을 대접했다. 엄생이 불만으로 오래 말이 없다가 말하기를,

"이 일은 반드시 이같이 세밀한 마음을 부릴 곳이 아닙니다. 진실로 형의 의론 같으면 일전에 동포의 간격이 없다 함은 어떻게 낸 말입니까?"

하여, 내가 대답하지 않고 이윽히 생각하는데, 엄생의 기색을 보니 간절한 성심이고 내가 허락하지 않음을 깊이 한하는 의사였다. 내가 말하기를, 마땅히 현제의 말과 같이하리라 하니, 엄생이 희색이 낯에 가득하여 말하기를, 이는 죽어도 썩지 않으리라 하였다. 또 말하기를,

"우리 남방에 서로 맹세를 맺어 형제로 일컫는 자가 아주 많으나 다만 낯을 사귈 따름이어서, 수년이 지나면 길에서 만나도 서로 알지 못하는 이가 있으니 아주 우스운 일입니다. 우리가 오늘 형제로 일컫는 것은 몸이 다하도록 서로 낯을 보지 못하나 바다가 마르고 돌이 썩어도 한 조각 마음은 마침내 변치 않을 것이니, 동기 밖에 이런 벗을 얻어 중심의 즐거움이 붓으로 다하지 못할 것입니다. 즐거움이 극진하고 또 즐거움이 극진하도다."

라고 하니, 내가 말하였다.

"과도히 사랑함이 이 지경에 이르니 일변 감격하고 일변 슬픕니다. 다시 무슨 말이 있겠습니까?"

엄생이 또 종이에 써서 말하기를, "바다가 마르고 돌이 썩어도 마땅히 오늘을 잊지 않으리라"[海枯石爛 勿忘今日] 하였다.

이때 날이 이미 저물어서, 덕유가 수레를 세우고 돌아가기를 재촉하는데,

육생과 반생은 손님을 대하여 돌아오지 못하였다. 내가 말하기를, 날이 늦어 물러가기를 고하니, 아무 날이라도 다시 니아와 낮을 보고 돌아가리라 하였다. 엄생이 겨를이 있으면 다시 오라 하고, 종이에 크게 써 말하기를, 슬프고 참혹하기 극진하도다 하며 그 아래에 무수히 점을 찍으니, 이때 엄생이 비록 눈물을 참으나 참혹한 기상에 사람의 낯빛이 없었다. 내가 평중과 더불어 서로 창감(愴憾)함을 이기지 못하는데, 평중이 말하기를, 오히려 남은 기약이 있으니 적이 마음을 위로하리라 하였다.

엄생이 말하였다.

"세 장 종이에 경계하는 말을 써줌은 저의 참 마음이고, 반형이 오히려 객기의 말이 많음과 같지 아니하니 잊지 아니함을 바랍니다."

평중이 허락하니 엄생이 말하기를, 일천 마디 말과 일만 마디 말이 있으나 마침내 한 번 이별에 돌아가리로다 하였다. 또 나에게 말하기를, 접책은 이미 반을 그렸으나 28, 29일 사이에 돌려보내리라 하고, 붓을 던지며 눈물을 금치 못하였다. 내가 말하기를, "이미 할 수가 없는데 어찌 과도히 마음을 상하십니까?" 하니, 엄생이 말하기를, "진실로 통달한 말이지만 그러나 이 마음을 어이 할 것입니까?"라고 했다.

덕유가 들어와 "관문을 거의 닫으리라" 하며 재촉하므로, 내가 평중과 더불어 급히 캉에서 내려 말하기를, 28, 29일에 틈이 있으면 다시 올 것이고 다 못한 사연은 두어 장의 서찰이 있으리라 했다. 바야흐로 문을 나고자 하니, 육생과 반생이 창황히 들어왔지만 다만 서로 대하여 기상이 참연(慘然)할 뿐이다. 반생이 말하기를, 29일에 다시 오고자 하느냐고 하기에, 내가 틈을 얻으면 다시 오리라 하였다. 말을 마친 후에 큰 문 안에 이르러 서로 이별할 때, 엄생이 눈물로 옷을 적셔 소리를 금치 못하고 말을 통하지 못하니, 다만 손으로 가슴을 가리켜 보일 따름이었다.

수레를 타고 바삐 몰아 돌아오니 관문이 거의 닫게 되어 있었다. 돌아온 후에 들으니, 계부께서 상부사와 더불어 숭문탑(崇文塔)에 이르러 세 사람(엄성·반정균·육비)을 만나지 못하자, 영정문(永定門) 밖을 구경하고 돌아와 세셨다.

마침내 이별이 되다

27일 관에 머물다

식전에 간차지〔赶車的 : 사람을 태우는 중국 마차의 마부〕왕가가 들어와 덕유의 일로 죄를 사례하고 볼기를 맞겠다 한다 하므로 불러서 그 연고를 물었다. 왕가가 말하기를, "제가 나이가 어려 남의 말에 속아 노야의 사랑하는 뜻을 저버리니 부끄럽습니다"라고 하기에, 누누이 꾸짖어 이후에는 다시 이런 일로 의심을 말고 귀로에 조심하라 하니, 왕가가 또한 희사(喜捨)하고 나갔다.

식후에 덕유를 간정동에 보낼 때 세 사람에게 각각 편지를 보내니, 육생에게 보낸 편지에 이렇게 말했다.

어제는 손님들이 분잡해서 조용히 가르침을 받들지 못하고 돌아오니 한을 머금어 무엇을 잃은 듯합니다. 부채는 이미 허락이 있었기에 하나를 부쳐 보내고, 우리들의 행기를 초1일로 완정하였습니다. 그믐날에 마땅히 나아가 마지막 높은 의론을 듣고자 하니, 만일 큰 연고가 없거든 반일의 조용함을 도모함이 어떠합니까? 두 번을 만나고 마침내 천고의 이별이 되어 돌아간 후에 오로지 형을 생각코자 하여도 또한 희미하여 분명치 못할 것이니, 다시 무슨 말이 있겠습니까?

엄생에게 보낸 편지에는 이렇게 말했다.

어리석은 형 아모[某]는 머리를 조아려 역암(力闇) 현제(賢弟) 족하에게 올리노라. 역암의 재주 높음과 학문의 깊음이 족히 나의 늙은 스승이 됨직하거늘 내가 특별히 나이 하나가 많아서 서로 형의 예로 대접하고자 하니, 내가 여러 번 사양하여 감히 당치 못한즉, 역암이 도리어 부끄러워하고 민망히 여기어 스스로 용납하지 못할 듯하였다. 대개 사랑함이 깊은 고로 친함이 극진코자 함이니, 비록 분수에 넘치는 죄를 두려워하나 어찌 마침내 후한 뜻을 어그러뜨리리오? 이로부터 역암은 나의 아우라. 오제(吾弟 : 아우님)는 큰 힘을 쓸지어다. 덕량을 넓히고 학문을 부지런히 하며, 거짓 일을 지어 부질없는 문자를 꾸미지 말며, 작은 행실을 방심하여 큰 덕에 해롭게 말아. 그대 형을 빛내주면 내가 마땅히 받아 길이 훗사람에게 말이 있으리라.

반생에게 보낸 편지에는 이렇게 말했다.

날이 저물도록 난만(爛漫)한 수작이 이르지 않은 곳이 없는데, 손을 나누어 헤어지는 회포는 더욱 간절하고 더욱 어려우니 심하도다. 인정의 족함이 없음이여! 돌아와 우사(寓舍 : 임시로 거주하는 집)에 앉으니 가슴이 막히어, 밥을 대해도 입으로 능히 삼키지 못하고 삼켜도 능히 내려오지 못하니 이것이 무슨 형상입니까? 29일에 피차 겨를이 있으면 혹 인하여 영결(永訣)이 되지 아니하려니와, 필경 괴로운 지경을 서로 어찌하리오?

어제 형제로 일컫기를 의논하여 반생이 한가지로 청하였지만 의론이 정해질 때는 반생이 자리에 있지 않았고, 또 반생은 마음이 진중치 못하므로 엄생의 의론을 좇을 따름이고, 그 진실한 마음은 알 수가 없었다. 이러므로 다만 엄생에게만 형제를 일컬었다. 덕유가 돌아왔는데 두 사람은 출입하여 돌아오지 못하고, 다만 육생의 답서를 받아왔는데 이렇게 말했다.

어제는 무릎을 연하여 고요한 말로 긴 날의 이회(理會 : 사리를 획득함)를 의논키로 기약하였는데, 손님이 끊어지지 아니하여 홀연히 앉으며 홀연히 일어나니 미안한 마음이 지금까지 풀리지 못하고 있습니다. 서로 보낸 후에 뜻이 더욱 망망(茫茫)하여 촛불을 밝히고 농수각의 기문을 쓸 때, 가슴속에 불평한 기운을 이기지 못하여 어지럽게 초서로 흘려 쓰니, 이제 먼저 담헌 아우에게 보내어 한 번 추솔(麤率 : 거칠고 차분하지 못함)한 태를 보게 합니다. 두 부채는 반드시 받았으니 밤이 길므로 마땅히 그릴 것이고, 김공의 시축(詩軸)은 더욱 은혜를 사례합니다. 이로 인연하여 선조로서 썩지 않을 보배를 얻었으니 마땅히 자손에 전하여 보배를 삼을 것입니다.

두 벗은 밖에 나가고 사람은 오래 머물지 못하니 돌아오기를 기다려 편지를 전할 것입니다. 그믐날에 능히 오면 매우 기쁠지라. 만일 속객이 없으면 조용히 말을 펼 것이고, 그렇지 못하여도 두어 말의 영성(零星 : 보잘것없음)한 수작이 또한 아니 만남에 비하지 못할 것입니다.

농수각의 기문에는 이렇게 말했다.

『서전』(書傳)에 이르기를 "선기옥형(璇璣玉衡)을 살펴 칠정(七政)[133]을 정제히 한다" 하였지만 만든 사람을 이르지 않았다. 후세에 하늘을 의논하는 자에게 반드시 공교한 제작이 있으니, 한서(漢書)에 평자(平子)의 묘한 기술이란 것이 이것을 이름이다. 다만 별을 측량하는 데 당우(唐虞 : 요순시대)로부터 주(周)나라에 이르러 이미 여러 도수를 오미방(午未方)으로[134] 모으니, 당나라의 중 일행(一行)이 비로소 해로 변하는 법을 정하여 그 말이 더욱 정밀해졌다. 본조(本朝 : 청나라)의 책력법이 전고(前古)에 뛰어나지만, 정미(精微)한 산법을 의논하고 고원한 천문을 미루는 자는 다 바다 밖으로부터 들어오니, 이는 천문과 성신의 도수에는 각각 전치(專治)하는 사람이 있어 중국 사람이 홀로 얻을 바가 아니

---

133) 칠정은 일(日)·월(月)과 오성(五星)을 말한다.

134) "오미방(午未方)으로"는 한문본에 따라 기운 것이고, 이때 '오미방'은 24방위 중에 제7(午)·제8(未) 방위 곧 남쪽을 가리키는 말이다.

기 때문이다. 동국의 홍처사(洪處士) 담헌은 서적을 궁구(窮究)하지 않은 바가 없고 여사(餘事)로 재주와 산수·역법에 미쳐 각각 미묘한 곳을 일은 바 있다. 그 나라에 나경적(羅景績)이란 사람이 있어 전라도 동복(同福) 땅에 숨어 거하여 천문 도수를 깊이 알고, 그 문생 안처인(安處仁)은 스승의 전함을 얻어 공교한 생각이 짝이 없으니, 두 사람은 다 기이한 선비다.

담헌이 다 찾아 초청하여 서로 강론하여 옛 제도를 변통하고, 여러 장인을 모아 세 해를 지나 혼천의 하나를 만들어 농수각 가운데 감추고 조석으로 관람하니, 진실로 두 아름다움은 반드시 합할 것이고, 구하기를 부지런히 하며 다스리기를 이같이 전일하고 또 오래 한 것이다. 대개 나생과 안생이 담헌을 얻지 못하였으면 그 기특한 재주를 베풀지 못하였을 것이고, 담헌이 두 사람을 얻지 못하였으면 큰 제도를 마침내 이루지 못하였을 것이다. 내가 담헌과 더불어 객관(客館)에서 서로 교도(交道)를 정함이 없으면 세상에 담헌이 있음을 알지 못할 것이니, 또 어찌 나생과 안생을 알 것인가? 이로 보더라도 천하의 기특한 일이 드러나지 않음이 없고, 썩지 않을 사업은 반드시 멀리 전하는 것이다. 한갓 두 사람이 담헌을 만남을 좋게 여길 뿐이 아니라, 내 또한 세 사람에게 한가지로 한이 없으리로다.

다시 한 말씀이 있는데, 도(道)는 얼굴이 없으니 묘한 곳이다. 온갖 형상을 빈 곳에 벌인 것은 다 형질(形質)이고, 형질을 운전하는 자는 오로지 기운(氣運)에 있다. 혼천의는 하늘을 모방한 곳이 묘한데, 가운데 움직이는 기틀이요, 운전하기는 오로지 물에 있는 것이다. 물이 천지에 있으니 차면 넘치고 얕으면 걸리고, 바르면 쉬이 흐르고 굽으면 더디 행하니, 격동하면 뛰고 막으면 그침은 다 물의 성품이 아니다. 혼천의가 물을 받으매 흘러 쉬지 아니하고 부어 다하지 아니하니, 그 자연함을 순히 하여 기틀의 안으로 돌아가 쫓으며 서로 거리낌이 없어, 천지와 더불어 그 도수를 합하니 이것이 혼천의의 도에 통함이다. 내가 산학(算學)에 익숙하지 못하니 감히 천문을 말하지 못한다. 담헌은 성명(性命 : 인성과 천명)의 학문을 강론함이 오래이므로 반드시 높고 밝은 곳을 일삼아 구구히 도수가 적은 곳에 거리끼지 않을 것이다. 이제 서로 이별하여 멀리 이역(異域)을 사이에 두니, 다른 날에 바람을 바라보아 서로 생각하면 마땅히 나를 경계함이 있으리로다.

늦은 후에 서종맹이 들어와 이윽히 말하고 부싯돌과 주머니 한 쌍과 누른 비단 손수건 하나를 주며 말하기를, 여러 번 후히 주는 것을 받고 회례(回禮)하는 물건이 이같이 간략함을 부끄러워한다고 하였다.

28일 관에 머물다

양혼(兩渾)이 내게 보낸 것을 이미 받았으니 대답이 있어야 할 뿐만 아니라 그 집의 부귀한 거동을 한번 구경하고자 하나, 사사로운 문전과 다르니 출입이 극히 쉽지 않았다. 또 일전에 진가의 말을 들으니, 황후의 일로 인하여 왕의 친가들이 주야에 근심하여 할 바를 알지 못하므로, 양혼이 또한 경황이 없어 집으로 청하지 못한다 하였다. 이 날 편지를 써 돌아가는 뜻을 고하고 준 것을 사례하였는데, 그 편지에 이렇게 말하였다.

근간에 진형을 통하여 안부를 들으나 먼 나라[遠邦]의 종적이 깊은 문에 발을 던지지 못하니, 연하여 보배로운 선물을 받아 후한 은혜를 입었는데 한갓 마음에 그리워할 따름이고 변변찮은 성의를 베풀 곳이 없습니다. 이제 돌아가기를 임하여 수천 리 이역에 길이 훗날의 기약이 없으니, 결연한 마음이 붓과 더불어 한가지로 깊습니다. 그윽이 생각건대 평원군(平原君)과 신릉군(信陵君)135)이 사람을 사랑하고 선비를 대접하여 아름다운 이름을 천고에 드리워 지금 그 높은 풍채가 일컬어지나, 두 사람이 사랑하고 대접한 바는 중국의 선비이고, 재주를 품은 자입니다. 문하의 식객으로 삼아 완급의 힘을 자뢰(資賴 : 밑천으로 삼음)하고자

---

135) 평원군은 전국시대 조(趙)나라 무령왕의 아들이고, 신릉군은 위(魏)나라 소왕의 아들이다. 모두 현명하고 붙임성이 있어 식객이 3천 명이나 되었다고 한다.

함이 오묘하고 또한 헛되이 대접함이 아닙니다. 이제 집사(執事 : 귀인에 대한 존칭)는 바다 밖의 한낱 변변찮은 선비를 만나, 그 글이 족히 집사의 이름을 후세에 전하지 못할 것이고, 그 재주가 족히 집사의 사랑을 당치 못할 것이며, 또 멀리 이국에 있어 한번 보내매 마침내 성문(聲聞 : 명성)이 서로 미치지 않을 것입니다. 그런데 간절한 사랑과 진중한 대접으로 필경 쓸데없는 사람을 이같이 연모함은 평원·신릉에게 기필(期必 : 꼭 이루어지기를 기약함)치 못할 바입니다. 이같은 의기로 이같은 예를 행하니, 집사 문 안의 높은 선비와 기이한 재주가 서로 자취를 이을 것입니다.

나와 같은 인생은 계명구도(鷄鳴狗盜)[136]의 재주가 아니고, 지경(地境)에 한정이 있어 구슬 신의 뒤를 따르지 못함을 부끄러워합니다. 다만 한 말씀이 있는데 참솔(僭率 : 참람하고 엉성함)함을 돌아보지 아니하고 깊은 은혜를 사례코자 합니다. 일찍이 옛사람의 말을 들으니, 사람에게 일백 행실이 있으나 효제(孝悌)로 근본을 삼으며, 부귀는 사람의 하고자 하는 바이나 덕행의 지극한 즐거움과 바꾸지 못합니다. 원컨대 집사는 마음을 주관하고 넉넉한 데 교만치 말고 몸이 덥고 배부른 데 평안히 여기지 아니하여, 글을 읽으며 행실을 닦아 옛사람의 원대한 사업을 따른다면, 저 평원·신릉의 구구한 이름과 작은 자취를 어찌 족히 일컬음이 있겠습니까? 옛사람이 이르기를, "가난한 자는 재물로써 예를 삼지 않는다" 하고, 어진 사람이 서로 이별하는 데 반드시 말을 주어 보낸다 하니, 저는 비록 어진 사람에 비하지 못하나 이미 재물로 예를 삼지 않았습니다. 망령되게 소견을 베풀어 충성을 보이고자 하니, 오직 집사는 그 어리석음을 불쌍히 여기고 그 성의를 취함이 다행일 것입니다.

덕형에게 주어 진가에게 전하여 양혼에게 보내라 하고, 식후에 덕유를 간정동에 보낼 때 육생과 엄생에게 각각 보낸 글이 있고, 또 세 사람에게 보낸 편

---

136) 제(齊)나라 맹상군(孟嘗君)이 진(秦)나라 소왕(昭王)에게 갇혔을 때, 개와 닭 울음을 흉내내는 식객을 이용해 무사히 탈출했다는 내용의 고사이다. '계명구도의 재주'란 곧 맹상군 같은 재주를 일컫는다.

지에 이렇게 말했다.

어제 육형의 답서를 받아 마음을 위로하나, 두 형의 수적을 보지 못하니 매우 쓸쓸합니다. 우리의 행기는 날을 가렸으며, 당황한 심사를 진정치 못하여 고향에 돌아가는 즐거움을 깨치지 못하니 극히 괴롭습니다. 두 장 간지에 졸한 재주를 다하여 성한 뜻을 대답하고자 하나, 길을 임하여 총총히 이루니 더욱 여러분의 웃음을 면치 못할 것입니다.

육생에게 보낸 글에 이렇게 말했다.

병술년 봄에 내가 공사를 따라 중국에 이르러 철교·추루 두 공(公)과 더불어 놀기를 심히 즐거이 하였는데, 하루는 그 문을 드니 두 공이 다른 말에 (참여할 만큼) 겨를치(한가하지) 못하였습니다. 다섯 장 그림과 다섯 권 시집과 한 복장서 (伏藏書)를 내어 갖춰 그 연고를 이르니, 대개 소음(篠飮) 육해원 선생이 새로 항주로부터 이르러 우리(吾輩)의 사상을 듣고, 이에 안장을 미처 부리지 못하고 돛을 미처 바로 하지 못한 채 촛불을 밝혀 그림을 그리고, 그림을 마치자 편지를 쓰고 편지를 마치자 시간〔更點〕이 이미 삼경(三更 : 밤 11시~오전 1시)이 지났습니다. 오호라! 선생의 의기(意氣) 가장 높고 선생의 뜻이 또한 부지런하도다. 다만 스스로 돌아보매 나의 용렬한 자품(資稟)이 어찌 족히 이 뜻을 당하리오. 이에 두 공을 인연하여 제자의 예로 뵙기를 청하는데 선생이 이미 문을 드셨습니다. 겨우 붙들어 자리에 나아가니, 선생이 문득 나를 아우라 일컫고, 통연(洞然) 히 흉채를 열어 오랜 붕우와 다름이 없으니, 슬프다! 사람이 세상에 있으매 조그만 득실에도 다 각각 명이 있는데, 오늘 서로 만남은 실로 하늘이라 이를지니 어찌 기특치 않겠습니까? 다만 어음이 서로 통치 못하므로 붓으로 혀를 대신하여, 종일의 말씀과 희학(戲謔)에 서로 얼굴을 잊고 종적에 간격이 있음을 깨치지 못할 지경이었습니다.

말이 중간에 이르러 선생이 그 사집(私集) 가운데 충천묘(忠天廟)와 화벽시

(畵壁詩)를 가리켜 말하기를, "벽 위의 그림은 나의 증조 소미공(少微公 : 육한)의 수택(手澤 : 물건에 남아 있는 옛사람의 흔적)이라. 소미공이 몸을 숨겨 버슬을 구하지 않고, 항상 한 해를 나눠 반은 술에 취하고 반은 그림을 그려 써 몸을 마쳤으니, 내 아우의 한 말씀을 청하노라" 하였습니다. 내가 두 번 절하여 당치 못함을 사례하고 이에 옷깃을 바로 하여 일컬어 말하기를, "천하의 도가 있으면 현자(賢者)가 드러나고 불초자(不肖者)가 숨으며, 천하의 도가 없으면 불초자가 드러나고 현자가 숨는 것입니다. 소미공의 어짊은 내가 감히 자세히 알지 못하지만 그 시세(時世)를 의논한다면, 명나라의 말세를 당하여 동림(東林)과 환시(宦侍 : 내시)의 화란을 당하였는데, 『주역』「대상」(大象)에 말하기를, '덕을 검소히 하여 화란을 피하니, 가히 작록(爵祿 : 관작과 봉록)으로써 영화로이 못하리라' 하니, 소미공 같은 이는 가히 어질다 이를 것입니다"라고 하였습니다.

그 술과 그 그림은 장차 나의 덕을 검박하게 하는 것이며, 이로써 장차 내가 숨음을 이루게 함이니, 어찌 마음의 평안함과 즐김이 두 일에 그칠 따름이겠습니까? 몸을 벗어 멀리 피하며 세상 밖에 소요하니, 공명이 뜻을 더럽히지 못하고 화란이 몸에 미치지 아니하여 병들어 죽기에 이르렀습니다. 높은 관(冠)과 넓은 띠로 마침내 어지러운 세상의 완전한 사람이 되니, 어찌 어질지 않으며 또 어찌 다행치 않겠습니까? 내가 들으니, "덕이 있고 먹지 못하는 자는 그 자손에게 반드시 갚음이 있다" 하니, 이제 선생의 어질고 재주로움이 능히 그 한 아비를 이어 높이 향시를 마쳐 명망이 원근에 진동하니, 어찌 백 년의 덕을 쌓아 일어날 기틀을 당하였습니까? 비록 선생이 술 먹기에 호기롭고 그림에 공교로우나 이 두 일은 소미공이 써 몸을 숨긴 바인데, 이제 선생이 이 일을 가지고 들어가기를 구함은 무슨 연고입니까? 어찌 시세에 서로 같지 않음으로 인하여 쓰는 곳이 또한 다르겠습니까? 오호라! 내가 장차 선생의 숨으며 드러남으로 인하여 천하 일을 결단하고자 하는 바입니다.

반생에게 보낸 글을 위에 쓰고, 그 아래에 엄생에게 보낸 글을 썼는데, 이렇게 말하였다.

심하도다. 철교자(鐵橋子 : 엄성)의 학문을 좋아함이여! 한가지로 좋은 말을 들으니 좋게 여김이 욕심 같도다. 내가 장차 동으로 돌아가려 하며 두 사람과 이별할 때 각각 준 말이 있는데, 이는 추루(반정균)를 준 말이지만 철교자가 그 말이 적이 간절하고 지성스러우며 직절(直切 : 바르고 정성스러움)하다 하여 다시 한 장을 청하여 장차 겸하여 가지고자 하니, 그 좋게 여김이 짐짓 욕심 같다 이르리로다. 그러나 이는 묵은 말이라, 뉘 이르지 못하리오. 다만 능히 행치 못함이 근심스러우니, 이미 좋게 여기며 능히 행치 못하면 어찌 좋게 여긴다 이르리오. 이러므로 좋게 여겨 능히 그 말을 행하면 그 좋게 여김이 더욱 간절할 것이고, 좋게 여김이 더욱 간절하면 그 행함에 더욱 힘쓸 것이니, 진실로 이러하다면 천하의 좋은 말을 이르고자 하는 자는 다 천리(天理)를 가볍게 여겨 이를 것이니, 철교는 이에 힘쓸지어다.

덕유가 돌아오니 육생의 답서에 이렇게 말했다.

비(飛)는 말씀드립니다. 일전에 보낸 부채 네 자루를 받고, 또 스스로 남방 사람에게 금릉 부채〔金陵扇〕 다섯 자루를 얻어다 그림을 그리고 인하여 각각 시를 지어 썼습니다. 간략히 흐리어 잘하고 못함을 헤아리지 아니하였으나, 이제 한가지로 보내니 나눠 전함을 바랍니다. 우리의 이번 만남이 기이하기는 이를 것이 없지마는, 다만 서로 만나는 기이함이 만나지 못하고 서로 바라며 서로 생각하는 것의 기이한 것만 같지 못합니다. 담헌과 양허는 문득 하나는 나로써 아우를 삼고 하나는 나로써 형을 삼으니, 이 인생과 이 세상에 살며 죽으매 다시 만나지 못할 사람으로써 이같이 아득하고 황홀한 교도(交道)를 이루니, 어찌 어리석고 우습지 않겠습니까? 세상을 돌아보건대 형세(形勢)로 서로 사귀고 이욕(利欲)으로 서로 합하며 사람의 비웃음을 돌아보지 아니하여 교칠(膠漆 : 교분이 두터움) 같은 교우도를 이루는 이가 많고, 겉으로 성명(性命)을 숭상하여 천리의 언약을 맺고 일시의 부질없는 맹세를 베풀기도 합니다. 이제 우리는 각각 다른 나라에 있어 피차에 서로 구할 것이 없고 형세와 이욕과 성명이 서로 관계〔干預〕가

없는데, 한가지로 심장이 서로 비처 잠깐 기쁘며 잠깐 슬픔을 말로 가히 이르지 못할 것입니다. 양허와 담헌은 또 학문으로 서로 경계하여, 양허의 교(驕)만한 말을 의논한 것과 담헌의 사공(事功)·심술(心術 : 심학)을 강론함이 더욱 천고에 썩지 않을 것입니다. 이제 이별을 당하여 서로 보내는 근심이 더욱 심상치 않습니다.

슬프고 슬프도다! 돌아보건대 사행의 돌아감이 다만 하루가 남았을 뿐이니 행장을 정돈하며 필연 한가한 틈이 적을 것이고, 우리도 손님이 날로 이르러 주야에 끊어지지 아니합니다. 그중에 뜻이 같은 자는 이 일을 들으며 그 기이함을 일컬어 혹 한가지로 높은 의론을 듣고자 하고, 그중에 마음을 알지 못하는 자는 반드시 우리가 먼 데 사람에게 과히 후하고 가까운 사람을 경홀(輕忽)히 여긴다 하여, 혹 의심과 훼방의 말이 없지 않을 것입니다. 일천 번 이별하고 일만 번 이별하더라도 필경에 한 번 이별은 면치 못할 것입니다. 마지못하여 불씨(佛氏)의 법을 본받아 금강(金剛)에 드는 칼로 인정의 근본을 베어 끊는 것이니, 마침내 다시 만날 계교를 파하고 이 한없는 한을 머물게 하여 일생의 한없는 생각을 지움이 마땅할 것입니다. 붓을 들어 여기에 이르렀는데 사람이 마침 이르러 여러 수서를 받들고 시율과 기문을 얻으니, 다만 이상한 빛이 집 안에 가득함을 깨칠 따름이고, 그 묘한 곳은 갑작스럽게 말로 일컫지 못할 것입니다. 오직 이 말로 조아려 길이 찬탄할 뿐입니다.

만리의 지기를 위하여 감히 수고를 사양치 못할 것이지만, 간밤에 부채의 그림과 글씨를 위하여 밤이 깊으니 삼경(三更)이 지나고, 아침에 연하여 손님의 분요(紛擾 : 어수선함)함이 끊이지 아니하니 정신이 피곤함을 이기지 못합니다. 일전에 세 대인의 편지와 이번 모든 편지에 각각 대답하지 못하니 생각건대, 그 수고를 염려하여 그 만홀(漫忽 : 소홀함)함을 책망치 않으실 줄 압니다. 종이는 짧고 마음이 길어 천만 사연을 다하지 못하고, 붓을 들어 암연(黯然)한 생각을 이기지 못합니다.

네 자루 부채는 세 대인과 내가 보내어 그림을 청한 것이고, 금릉 부채 다섯은 세 대인과 나와 평중에게 보낸 것이다. 나에게 보낸 부채에 그림을 그리고 그 시에 이렇게 말했다.

삼상(參商 : 멀리 떨어져 그리워함)이 만고에 다 유유하니
이별을 말하고자 하매 먼저 눈물 흐름을 제어함을 보라.
이번에 가매 글을 응당히 지어 썩지 않으리니
가르쳐 쉽사리 떠나는 근심을 쓰지 말라.137)

그 금릉 부채에 두 가지 대[竹]를 그리고 그 시에 이렇게 말했다.

비를 얻으매 더욱 빛나니
눈을 맞으매 다시 청절하도다.
늙기에 이르러 가지를 바꾸지 아니하니
가운데 비어 높은 절개를 보리로다.138)

계부께 보낸 부채에는 "서호의 대강을 그리노라" 하고, 그 시에 이렇게 말하였다.

수양이 이르는 곳마다 근심의 실을 맺으니
낯을 대하매 어찌 말미암아 이별이 있으리오.
오직 황앵이 이 뜻을 알아
뜻을 다하여 울어 가장 높은 가지에 오르는도다.139)

다른 금릉 부채에 두어 가지 매화를 그리고 그 시에 이렇게 말했다.

---

137) 원문은 다음과 같다. "參商萬古總悠悠 欲語先看制淚流 此去著書應不朽 莫敎容易寫離愁"
138) 원문은 다음과 같다. "得雨益斐然 着雪更淸絶 到老不改柯 中虛見高節"
139) 원문은 다음과 같다. "垂楊到處綰愁絲 隔面何緣有別離 唯有黃鶯知此意 盡情啼上最高枝"

마신 국물이 화하고 좋음을 사랑하고
꽃은 역로를 따라 보는도다.
바람을 임하여 서로 가장 생각하니
내 또한 가장 시리고 차도다.[140]

평중에게는 금릉 부채의 한편에 연꽃을 가득히 그리고, 그 시에 이렇게 말하였다.

핌이 밝은 달 아래 마땅하고
심으니 푸른 못의 깊음을 사랑하는도다.
맑고 넓음이 이와 같으니
누가 괴로운 마음이 있음을 알리오.[141]

그 뒤에 또 절구 하나가 있는데 이렇게 말했다.

이별의 슬픔이 일천 곡이라 말로 헤아리기 어려우니
길을 임하여 한 잔을 다함을 얻지 못하였도다.
다만 술의 슬픔이 많은 눈물을 화하여
바다 바람이 비를 불러 의상을 적실까 저어하노라.[142]

엄생의 답서에는 이렇게 말했다.

시속 티끌이 극히 어지러워 잠깐도 조용한 시각이 없으니 괴로움을 가히 이르지 못할 것입니다. 이때에 정히 편지를 써 이별하는 뜻을 펴고자 하더니, 사람이

---

140) 원문은 다음과 같다. "味愛調羹好 花從驛路看 臨風最相憶 我亦太酸寒"
141) 원문은 다음과 같다. "開宜明月下 種愛碧池深 淸廣有如許 誰知多苦心"
142) 원문은 다음과 같다. "別愁千斛斗難量 不得臨岐盡一觴 直空酒悲多化淚 海風吹雨濕衣裳"

마침 이르러 수찰을 받드니 감격하고 다행합니다. 사람이 총총히 돌아가니 편지를 미처 마치지 못하고, 접책 그림이 또한 두 장이나 남은 것이 있으니, 내일 새벽에 다시 사람을 보내면 이 여러 가지 뜻을 갖춰 베풀 것이고, 남은 말은 육형의 서찰에 있으니 도무지 살핌을 바랍니다.

반생의 답서에는 이렇게 말했다.

하루 사이의 기체가 어떠하십니까? 접책은 어지러이 흐리어 명을 욕되이 함이 매우 부끄럽습니다. 마침 극히 분요하여 자세히 대답하지 못하니, 명일에 별도로 한 장 서찰이 있을 것입니다.

덕유가 말하기를, 손님이 극히 분요하여 간신히 틈을 얻어 답서를 받아왔다고 하였는데, 반생의 접책이 또한 오지 아니하였다. 대개 과거 시험을 칠 날이 멀지 아니하고 왕래하는 인객(引客)이 많아 우리가 왕래함이 피차에 다 편치 않았지만, 두 사람은 차마 기약을 물리치지 못했다. 오직 육생이 나이 많고 성품이 호쾌하므로 능히 대체로 결단하여 다시 만날 길을 끊으니, 인정이 박함이 아니라 형세에 마땅히 면치 못할 일이다.

이 날 행중 짐바리〔卜駄〕를 수레에 실을 때, 다 이곳 사람에게 삯을 주어 문밖으로 옮기니, 그 사람들의 의복과 얼굴이 극히 더러워 유걸(流乞)의 모양이다. 짐을 들어내는데 먼저 머리를 굽혀 짐 가운데 박고 두 손으로 짐을 머리에 얹어내어 가는데, 다섯 사람이 일행의 짐을 모두 맡아 수레를 얻어 책문까지 옮기고 후한 값을 받아 중간에 남겨 먹는 것이 많았다. 값으로 백 근에 은 7, 8냥을 주니, 다섯 사람이 저울을 가지고 들어와 각 방 짐의 경중을 달아 근수를 기록하였는데 관중이 극히 소요하였다. 오후에 계부를 모시고 바깥 대문에 이르러 짐 싣는 거동을 구경하였는데, 너른 길에 뫼같이 쌓여 수백 보를 깔렸으니 또한 장한 구경이었다. 우리나라 은화가 많이 들어옴을 알 만하였다.

서반(西班) 하나가 한가지로 구경하다가 날더러 말하기를, 북경 물화가 해마다 조선 사행에 이같이 많이 나가니 매우 아깝다고 하기에, 내가 말하기를, 가져가는 짐이 비록 많으나 실로 하나도 긴절(緊切 : 긴요하고 절실함)한 물화가 없고 다만 사람의 사치를 도울 뿐이며, 부질없는 수십만 냥의 은을 해마다 북경 사람의 생리(生利)를 위해 허비한다 하니 서반이 크게 웃었다.

늦게 진가가 들어와 양혼에게 편지를 전한 사연을 이르고 또 말하기를, 양혼이 궁자의 편지를 보고 머리를 두르며 매우 무서운 사람이라 하더라는 것이다. 내가 놀라 무슨 일로 나를 무섭다 하더냐고 물으니, 진가가 말하기를, 궁자를 사납다 함이 아니라 궁자의 편지를 보고 높은 의론을 무섭다 일컫는 것이라 하였다. 내가 말하기를,

"여여(爺爺)의 후한 대접을 입었는데 사정이 여의치 않아 한번 그 집으로 나아가 치사하지 못하고, 행탁(行橐 : 여행용 주머니)이 쓸쓸하여 토산(土産)으로 성의를 펼 것이 없어 다만 빈말로 사랑하는 뜻을 표한 것이니, 여여가 만일 취함이 있으면 또한 나의 영광이 될 것이오."

라고 하니, 진가는 무식한 사람이라 내 의사를 알아듣지 못하고, 다만 양혼의 누누한 뜻을 전하고 나갔다.

밤에 장무관(張武官)이 마두를 보내 내일 상은(賞銀)을 타는 발기(發記 : 사람이나 물건의 이름을 적어놓은 글)를 보이는데, 그중에 내게 오는 은이 또한 50여 냥이다. 대개 삼사신 외에 정관(正官) 27명에게 각각 70여 냥의 상은이 있으니, 정관에 들지 못하는 자는 비록 상사(賞賜)하는 비단과 삼승(三升)에 참여하지 못하나 각각 은을 거두어 고루 나누니, 이러므로 정관에 들지 아니하여도 상은에 참여하는 것이다. 『김가재 일기』를 상고하면 상은과 비단·삼승을 변통한 말이 있는데, 필연 정관의 이름으로 참여하였을 것이다. 이미 정관에 참여했다면 상은을 받음이 또한 괴이치 않지만, 정관이 아니면서 상은을 사양치 아니함이 혐의로울 뿐이 아니라, 여러 역관에게 거두어 주는 일이 비록 예로부터 전례이나 더욱 미안한 일이다. 들어올 때 수역(首譯)이 나의 뜻을 알았으나, 오히려 깊이 믿지 아니하여 장무관으로 하여금 발기를 적어 보냈다. 수역에게 사람을 보내 그 곡절을 묻고 믿지 아니함을 꾸짖으니, 수역이 사람을

보내 장무관에게 허물을 돌려보내고, 병이 들어 나누는 발기에 참여하지 못하였노라 하였다.

29일 관에 머물다

이 날은 하늘이 밝자 즉시 문을 열었는데, 미처 편지를 쓰지 못하여 먼저 덕유를 간정동에 보내 돌아올 때 종 하나를 청하여 더불어 오라 하였다. 사행이 정관들을 거느려 궐 안에 들어가 상 주는 은과 비단을 타고 인하여 예부에 나아가 각각 잔치를 받으니, 이는 하마연(下馬宴 : 외국 사신이 도착했을 때 베풀던 연회)이라 일컫는 것이다. 나는 간정동 사람을 기다릴 뿐이 아니라 상과 잔치에는 참여하지 않고자 하는 까닭에 홀로 관중에 머무는데, 덕유가 돌아오지 않았다. 세 사람에게 각각 편지를 쓰며 기다렸는데, 육생에게 보낸 편지에 이렇게 말하였다.

우제(愚弟)는 명일에 수레를 돌이켜 동으로 돌아가니, 이로부터 다시 노형의 낯을 보지 못할 것입니다. 그러나 이미 노형의 마음을 얻었으니, 어찌 몸이 다하도록 다만 낯을 보고 그 마음을 얻지 못함에 비하겠습니까? 울음을 머금고 수레에 오르며 다시 한이 없으리로다.

어제 수찰을 받으니 가르친 뜻에 깊이 탄복하며, 우리들이 또한 이 뜻을 모르지 아니하되 구구한 인정에 걸리어 스스로 떨치지 못하였는데, 이로 인연하여 더욱 노형의 호쾌한 기상을 알 수 있습니다. 천만 사연은 붓을 들어 쓸 바를 알지 못하고, 다만 노형은 허물이 날로 적으며 덕이 날로 높아 적은 재주의 뜻을 잃지 아니하고 구구한 명리에 몸을 더럽히지 아니하여, 우리의 도를 다행히 여기며 먼 데 생각을 위로하기를 원합니다. 어제의 부채 그림과 글씨는 길이 보배를 삼을 것이고, 대를 읊은 절구는 말 밖에 깊은 뜻이 있으니, 감히 가르침을 받아 어찌 스스로 힘쓰지 아니하겠습니까?

엄생에게 보낸 편지에는 이렇게 말하였다.

우형(愚兄) 아모는 역암 현제(賢弟)에게 올리노라. 이로부터 길이 이별이 될 것이며 서신을 가히 통할 길이 없으니, 어찌 슬프지 않으리오. 오늘 만나기로 서로 언약하였더니, 어제 육형의 편지를 보고 마음이 놀랍고 담이 떨어져 그 인정의 박절함을 괴이히 여겼는데, 이윽히 생각하매 비로소 형세를 헤아려 용맹되이 결단함을 볼지라. 이제 발을 치우고 홀로 앉으니, 길이 탄식하여 두어 줄 눈물이 옷깃을 적시고, 일전에 반형의 과도함을 책망하였는데 도리어 스스로 금치 못함을 부끄러워하노라. 아침에 서로 형제를 맺고 저녁에 길 가는 사람과 다름이 없음은 시정의 경박한 풍습이라. 이것이 내가 가장 두렵게 여김이로다. 한 번 이별하면 마침내 서로 잊으며, 말이 있어도 서로 쓰임을 보지 못하면 이는 서로 길 가는 사람으로 대접함이라. 청컨대 "현제와 더불어 한가지로 힘쓰고자 하노라" 한 말이 있었기에 서로 권면코자 하노라. 그윽이 현제의 자품(資稟)을 살피니, 격렬한 기운이 유여(裕餘)하나 혹 함축한 기상이 부족하고, 착함을 좋아함에 진실로 궁함이 없으나 사나움을 미워함에 혹 이심(己甚 : 지나치게 심함)함이 있을지라. 사람이 그른 곳을 보면 포용한 덕량이 넉넉지 못할 듯한지라. 다행히 스스로 살펴 허물이 있거든 고치기를 아끼지 말고 없거든 더욱 살핌이 마땅하도다. 천만 회포는 오직 덕이 날로 새롭고 일백 복을 누림을 축수하노라.

반생에게 보낸 편지에는 이렇게 말하였다.

난공(蘭公) 족하여! 하늘이 우리 무리를 내면서 각각 8천 리 밖에 나눠 두었더니, 이제 공교히 인연을 합하여 수십 일 사이에 서로 즐거움이 또한 극진하도다. 장차 길이 돌아감을 임하여 다시 무슨 한이 됨이 있으리오. 오직 난공은 스스로 사랑하고, 만일 서로 잊지 않거든 다행히 나의 얼굴을 생각지 말고 나의 말을 생각할지어다. 이 정신과 사랑하는 마음을 두어 줄 가운데 붙였으니, 만일 취함이 있으면 아침저녁에 서로 만남과 다름이 없으리로다. 또 한 가지 모책이 있는데 서로 만리를 사이에 두고 종적에 구애되니, 오직 꿈속의 혼백이 이미 원근에 다름이 없고 또한 혐의(嫌疑)의 거리낌이 없으니, 오직 이 길을 인연하여 때로 베개 가에 서로 모임이 마땅하도다. 붓을 들어 종이를 임하매 말이 이를 바를 알지 못하고 글이 쓸 바를 알지 못하니, 도무지 잠잠하여 살핌을 바라노라.

오후에 덕유가 돌아왔는데, 엄생의 편지에 이렇게 말하였다.

아우 성(誠)은 두 번 절하여 담헌 장형(長兄) 족하(足下)에게 올립니다. 어제 일이 있어 다른 데 나가느라 수서가 멀리 이르렀는데 미처 대답하지 못하니 극히 부끄럽습니다. 가르침을 받으니 형으로써 섬김을 허하고 아우로써 나를 대접하매 높은 의와 옛 풍채를 오늘날 다시 만나니 극히 다행입니다. 뿐만 아니라 가르친 말이 깊고 두터워 이로써 날을 기약한 바가 지극히 멀고 지극히 큰지라. 어찌 감히 공경하여 마음에 새기지 않겠습니까?

성은 어린 때로부터 학문을 이뤄 6, 7세에 학궁(學宮 : 성균관과 향교의 별칭)에 나아가서 놀고 희롱함이 범상한 아이와 다름이 없고, 조금 자라서 비로소 글 읽는 줄을 알았으나 전일히 과업을 힘쓸 따름이고, 스스로 천자의 완둔(頑鈍 : 완고하고 어리석음)치 않음을 믿어 여러 서적을 상고하매 초솔(草率 : 거칠고 엉성함)히 눈을 붙일 따름입니다. 이로써 근본이 천박하고 경솔하여, 이제 생각하니 스스로 슬퍼해 마지않습니다. 20여 세에 점점 의리를 알아 염락관민(濂洛關閩)[143]의 글을 좋아하고 비로소 성현의 도에 뜻이 있으나, 다만 홀로 배움에 벗이 없고 고루하여 문견이 적습니다. 외로이 생각을 허비하여 뜻이 같은 사람을 만나지 못하고 욕심을 제어키 어려우니, 잠깐 밝고 잠깐 어두워 정신의 존망이 전한 것이 없습니다. 다행히 자품(資稟)이 용렬치 않아서 능히 뉘우치고 또 깨침이 있어 심경(心境)을 골몰할 지경에 이르지 아니했지만, 마침내 유유홀홀(悠悠忽忽 : 아득하고 뒤숭숭함)하여 이룬 일을 보지 못했습니다. 29세에 몸에 큰 병이 있어 반년을

---

143) '염락관민'은 송학(宋學)의 4파를 뜻한다. 주돈이·정이·장재·주자 등의 출신 지명을 따라 붙인 이름이다.

몹시 고생하니, 위중한 가운데 오히려 공부에 얻음이 있었고, 이러므로 두 번 죽기를 임하였지만 이 마음이 때마다〔更更〕 밝아 약간 얻음이 있는 줄을 깨칠 수 있었습니다.

병이 나은 후에 스스로 두 구의 글을 지어 좌우에 써 말하기를, "마음을 두어다 우레를 듣는 날 같이하고, 지경을 당하여 항상 기운이 끊어지는 때를 생각하라"〔存心總似聞雷日 處境常思斷氣時〕 하고, 또 "분을 징계하고, 욕심을 막고, 경솔함을 바르고, 게으름을 경계하라"〔懲忿窒慾矯輕警惰〕는 여덟 자를 벽 위에 크게 써 조석의 경계를 삼으니, 성의 마음 쓰는 곳이 대개 세속 선비와 다름이 있습니다. 이제 스스로 점검하여 또한 큰 죄악이 없으나, 오직 앞선 허물을 매양 스스로 깨치지 못하는 고로, "때때로 먼저 입놀림을 그치라"〔口容止〕 하는 세 자를 가져 마음에 잊지 아니하고, 또 평생에 과히 인정을 좇아 과단(果斷)한 용맹이 적으니, 이 병통이 또한 적지 않습니다.

성이 사람을 사귐이 어찌 적다 하겠습니까마는, 능히 이런 학문을 강론하여 서로 도와 얻기를 책망하는 자는 대개 보지 못하였더니, 이제 요행으로 과거 이름을 얻어 몸이 서울에 이르러 족하와 더불어 교도(交道)를 정하나, 실로 족하의 학문을 살피니 가히 유익한 벗이 될 뿐이 아니라 또한 가히 이름난 스승이라 일컬을 것입니다. 사랑하고 귀중하여 마음으로 기뻐하고 진실로 항복되니, 이는 구구한 과거를 봄이 족히 기쁜 것이 아니라 이를 빙자하여 족하를 사귐이 짐짓 큰 기쁨입니다. 족하가 매양 성의 과도히 칭찬함을 혐의로이 여기나, 그러나 성은 범범(泛泛 : 데면데면함)한 시속 사람에 비할 바가 아닙니다. 다만 내게 족하의 유익함이 적지 않은 줄을 아는데, 성은 거동이 경솔하니 족하의 방엄(方嚴 : 방정하고 엄숙함)한 기상이 실로 본받음이 됨직하고, 성은 말씀이 조급하고 망령되니 족하의 신묵(慎默 : 삼가서 침묵을 지킴)한 덕성이 실로 사법(師法)이 됨직합니다.

또 첩첩이 경계를 드리워 좋아할진대, 반드시 그 말을 행한 후에 비로소 저버리지 않는다 하니, 이런 의기를 우리 동생들에게 어찌 졸지에 얻겠습니까? 또 성은 실로 족하가 헛되이 빈말을 하지 않음을 아니, 설사 족하가 헛되이 빈말을 함이라 일러도 글자마다 흉년의 곡식 같아서 성의 몸과 마음에 종신토록 받아쓸 곳이 있습니다. 뿐만 아니라 사람의 마음이 먼 데를 귀하게 여기고 가까운 데를 업신여기는데, 이런 말이 항상 익히 보는 사람에게 나올지라도 오히려 가까운 말이라 업신여기지 못할 것입니다. 그런데 이제 이 말이 만리 밖에 몸이 다하도록 다시 보지 못할 사람에게서 나오니 그 보배롭고 귀중함이 또한 어떠하리오? 진실로 그 보배롭고 귀중한 연고로, 이 말로 하여금 항상 눈을 붙이면 나의 몸과 마음이 자연 유익함을 얻을 것이고, 내 몸과 마음이 유익함을 얻으니 어진 사람이 주는 것을 얻은 바가 적지 않을 것입니다. 이는 성의 일생에 매우 다행한 일입니다.

성이 족하에게 하고자 하는 말은 비록 천만 사연이라도 다하지 못할 것이지만, 어제 사람이 이르매 이 종이에 겨우 두어 줄을 쓰고 그후에 시속의 일이 어지럽게 이르러 능히 벗어나지 못하고 자리에 나아가니, 밤이 이미 오경(五更 : 오전 3~5시)이 되었습니다. 이때 사람을 대기시켜 놓고 갑작스럽게 쓰기를 마치니, 대강 구구한 뜻을 아뢰고 떠나기에 임하여 이별을 아끼는 말에 이르러는, 우리 무리가 바야흐로 성현 호걸로 서로 기약하니 자질구레하게 이런 곳에 말을 미치지 아니합니다. 다른 날에 각각 공부에 힘써 이룸이 있으면, 비록 멀리 만리 밖에 있으나 진실로 아침저녁에 무릎을 연함과 다름이 없을 것이며, 그렇지 못하면 비록 종일 한가지로 모인들 무슨 유익함이 있겠습니까? 그러나 이런 의론이 또한 마음 상하는 사람을 먼저 위로하는 말이라, 다시 무슨 사연이 있으리오. 오직 지기의 잠잠히 살핌을 바랍니다.

반생의 편지는 이러했다.

마침내 길이 이별이 됩니까? 마침내 다시 만나기를 얻지 못합니까? 창창 하늘이 어찌 차마 이같이 한다는 말입니까? 이 세상에 이미 할 바가 없으니, 다른 세상을 어찌 반드시 기약하겠습니까? 간장이 어찌 끊어지려 하며 또 끊어지지 아니한단 말입니까? 어찌 우리의 교도(交道)가 오히려 깊지 아니하고, 길이 이별의 괴로움이 오히려 참혹하지 아니하겠습니까? 족하가 일찍이 이르기를, "다른 때에 각각 이룸이 있어 서로 기약을 저버리지 아니하면, 비록 다시 만나지 못하여도 한이 없으리라" 하더니, 그렇다면 교도의 깊음과 이별의 괴로움에 못이겨 구구히 이르겠습니까?

　그러나 교도가 진실로 깊고 이별이 진실로 괴로우니, 간장이 오늘 끊어지지 않으면 내일에 반드시 끊어질 것이며, 혹 오늘이나 내일 마침내 끊어지지 아니하여도 또한 요행의 일이고, 가히 끊어짐직한 도리는 오히려 있습니다. 족하가 오늘 이곳에 이르면 간장이 끊어짐을 더욱 기필(期必 : 꼭 이루어지기를 기약함)할 것이고, 오늘 오지 아니한다면 간장이 끊어짐을 기필치 않을 것이며, 특별히 저의 간장이 끊어지지 않을 뿐 아니라 족하의 간장 또한 가히 끊어지지 않으리로다. 그러나 이 사람의 말을 들으니, "족하가 이제 편지를 보고 슬퍼하는 마음을 이기지 못하더라" 하니, 이는 족하의 간장이 어제에 먼저 끊어진 것입니다. 저의 간장이 끊어지지 아니함은 오히려 이별의 괴로움을 알지 못하는 것이고, 족하가 참 교도에 깊기 때문입니다. 오호라! 무슨 말이 있으리오. 압록강 물이 급하니 천만 진중함을 바랍니다.

　덕유가 말하기를, 두 사람이 편지 쓰기를 마치자 저를 청하여 교의에 앉히고 서로 대하여 눈물을 머금고 슬퍼하는 거동이 차마 보지 못할 것이었고, 자신 또한 눈물을 금치 못하고 돌아왔다고 하였다. 접책 두 권을 부쳐 왔는데, 한 권은 오로지 엄생의 필적이고, 또 한 권은 반생의 글씨와 그림이고, 가운데 두 장은 육생의 그림이었다. 반생의 종 하나가 따라왔기에, 내가 손을 들어 읍하여 대접하고, 내가 먹는 밥을 항상 덕유에게 먹여왔으므로 이때 남은 밥을 두고 기다리니, 덕유가 그 종을 청하여 한가지로 나눠 먹었다. 후에 내가 그 성과 나이를 물으니, 성은 장(張)이고 나이는 28세였다. 편지를 이미 봉하여 두었고, 이때 관중이 극히 분요하여 다시 답장을 쓸 길이 없기에 10여 자를 써 장가를 주어 품에 깊이 감추게 하고, 나는 별선(別扇) 한 자루를 주고, 평중은 청심환 하나를 주어 돌려보냈다.

　늦은 후에 사행이 돌아왔다. 상사로 주는 비단과 은과 나라에 바치는 여러 물건이 있는데, 이는 『김가재 일기』 중에 자세히 실었으므로 다시 기록치 아니한다. 나라에 바치는 말이 세 필이고 상부사에게 각각 두 필을 주는데, 다 안장을 갖추어 수놓은 말다래와 도금한 삼거리가 극히 휘황하였지만, 다만 말은 중간에 종자를 바꾸는 것이다. 늙고 병들어도 두서 냥이 싸지 아니하므로 이로 인연하여 상부사가 얻은 말을 즉시 팔아 없애고 다른 말을 사서 상마명호(上馬名號)로 책문을 내어가니, 대개 말을 내감은 피차의 금령이 엄한 까닭에 이런 명호가 없으면 내어가지 못하는 것이다. 상사로 주는 비단은 우리나라에 내어가 쓸 곳이 없으므로 여러 역관들이 다 값을 받고 팔아가지만, 여러 통관과 상고들이 역관에게 누누이 청하여 간신히 얻어가니, 저희에게는 긴히 쓰이는 곳이 있는가 싶었다.144)

3월 초2일에 연교포에서 조반하고 삼하에서 자다

동틀 무렵에 길을 떠날 때 평중이 들어왔는데 수색(愁色)이 낯에 가득하기에 그 연고를 물으니, 간밤에 세 사람을 만나 다시 별회(別懷)를 의논하니 서로 손을 잡아 통곡해 마지아니하여 홀연히 깨치니 일장춘몽(一場春夢)이라 하였다. 이로 인연하여 다시 잠을 이루지 못하고 슬픈 마음을 진정치 못한다고 하여, 서로 대하여 처량함을 이기지 못하였다.

길을 떠나 10여 리를 가니, 한 관원이 지나가는데 앞뒤로 추종이 아주 성했다. 앞에 두 사람이 큰 징을 울려 길을 인도하고 뒤에 한 쌍의 큰 기를 세웠는데, 기를 받든 사람이 또한 말을 탔으니 필연 재상의 명을 받드는 행색인가 싶었다. 연교포에서 조반하고 길을 떠났다. 10여 리를 행하여 한 사람이 나귀를 타고 지나가는데, 살이 비록 수척하나 크기가 보통과 다르고 여러 하인들이 좋다고 일컫기에, 건량관에게 머물러 나귀의 값을 언약하여 삼하(三河)로 데려

---

144) 늦은 후에 광록시(光祿寺)에서 사신을 전별하는 연회인 상마연(上馬宴)을 베풀었던 일과 다음날 새벽 사신에 앞서 떠나는 선래역관(先來曆官)에게 편지를 써서 맡긴 일이 생략되었다.

오게 하였다.

　심하 숙침(宿站 : 숙소)에 이르러 계부께 나아가 뵐 때 한 사람이 캉 앞에 섰는데, 신장이 6, 7척이며 머리에 금정자를 붙였고 거동이 매우 헌앙(軒昂 : 풍채가 좋고 의기가 당당함)하였다. 이때 좌우에 뫼신 역관이 없어 하인들이 약간의 말을 물었지만 서로 통치 못하는 것이다. 사면을 돌아보며 매우 답답한 거동이기에 그 연고를 물으니 계부께서 이르시기를, 성문을 들자 한 사람이 행색을 보고 반기며 좋게 여기는 기색이 낯에 드러나기에 그 연고를 몰라 하인으로 하여금 숙소로 나오라 하였더니, 즉시 찾아왔는데 말을 통치 못하여 답답히 여긴다 하셨다. 즉시 손을 들어 평안함을 묻고 성과 나이를 물으니, 크게 기뻐하며 웃음을 머금고 대답하였는데, 성은 등(鄧)이고 나이는 36세였다. 드디어 읍하여 캉에 올리고 그 이름과 자호를 물으니, 이름은 사민(師閔)이고, 자는 건여(謇如)이며, 별호는 문헌(汶軒)이다. 그 선대의 이름난 조상을 물으니, 등백도(鄧伯道)[145]의 후손이라고 하기에 내가 말하기를,

　"옛사람이 '천도(天道)가 앎이 없어 등백도가 자식이 없다' 하였는데, 그러면 옛사람이 그릇되게 일컬었도다."

하니, 등생(鄧生)이 웃으며 말하기를,

　"비록 아들이 없으나 아우의 아들이 있음을 듣지 못하였군요."

하여, 내가 말하기를,

　"어찌 모르겠어요? 등백도가 죽은 후에 아우의 아들이 삼년상을 입었다 하였으니, 그러면 인하여 백부의 대를 이었군요."

하니, 등생이 머리를 끄덕여 옳다고 했다. 그 사는 곳을 물으니, 산서성(山西省) 태원(太原) 사람이고, 이곳에 이르러 두어 벗을 데리고 성 밖에 푸자를 열어 소금을 매매하여 생리를 삼노라 하였다. 징자를 붙인 연고를 물으니, 일찍 공성(孔聖)에 빠져 과거를 보았는데 중간에 몸에 병이 있어 폐하였노라 하였다. 내가 "그대는 우리의 의관을 보고 어떻게 느끼느냐?" 하고 물으니 등생이

---

145) 등문헌(鄧汶軒)의 조상으로, 이름은 유(攸)이고 진(晉)나라의 이름 있는 정치가이다.

말하기를, "그대의 의관이 진짜 의관이고 명나라의 복색입니다. 우리 선조의 화상(畵像)을 보니 그대의 의관과 방불하므로 어찌 반갑지 않겠습니까?" 하였다. 내가 다시 묻기를, "그대들이 머리털을 깎는 법은 어떻습니까?" 하니, 등생이 어려서부터 이미 풍속에 익어 편치 않음을 깨치지 못한다고 하였다. 내가 그러면 몸과 털을 감히 상하지 말라 함이 성현의 가르침이 아니냐고 물으니, 등생이 말하기를, 위안이 지적인데 어찌 이런 말을 하느냐고 하였는데, 말이 황제를 침범함을 이르는 것이다. 등생이 말하기를,

"대명 때에는 조선 사람이 중국의 과거를 보아 혹 장원한 사람이 있으니, 이를 보아도 조선 문장을 짐작할 만합니다. 어찌 심상(尋常)한 외국으로 일컫겠습니까?"

하고, 따라온 사람을 불러 차와 담배를 가져오라 했다. 세 그릇의 차를 내오고 담배를 담아서 나와 계부께 권하기에 그 가져오는 곳을 물으니, 성 밖 푸자에서 들여온다 하였다. 나의 나이를 묻고 동갑이라 말하며 사주(四柱)를 이르라 하기에 종이에 써 보였는데, 등생이 붓을 들어 오행(五行)과 성신(星辰)을 벌이니, 그 법을 자세히 알지 못하지만 대저 추수(推數 : 운수를 미리 헤아림)하는 술(術)이었다. 이윽고 말하기를, 짐짓 귀인의 사주이고, 금년을 만나 운수가 크게 통하리라고 했다.

이때 저녁밥을 내오기에 두에(뚜껑)에 밥을 나눠 한가지로 먹기를 청하니, 등생이 사양치 아니하고 여러 가지 반찬을 맛보아 다 좋다고 했다. 사람으로 하여금 무엇을 가져오라 하니, 이윽고 두 권의 접책을 가져왔는데 다 조맹부(趙孟頫)의 글씨이고, 박은 판본이었다. 하나는 계부께 드리고, 다른 하나는 나에게 주며 간략히 정을 표한다 하고, 다시 한 장 글씨를 나에게 주며 말하기를,

"이것은 나의 졸한 글씨인데 필법은 볼 것이 없으나, 돌아가 벽 위에 붙이고 사람을 잊지 않았으면 합니다."

라고 하였다. 이때 날이 저물었으므로, 등생이 물러가기를 청하고 눈물을 머금어 말하기를,

"새로 사귀고 살아 이별하니 어찌 슬프지 않으리오. 다만 후생의 한 나라에

한 가지로 태어남을 원하노라."

하였다. 그 기색을 보니 신실한 마음이 밖에 드러나고 일호도 천박하고 경솔한 태도가 없었다. 내가 말하기를,

"우리가 한 번 만나서 서로 마음을 허하니, 진실로 생전에 잊지 못할 것입니다. 비록 다시 만날 기약이 없으나 해마다 사행을 빙자하여 한 장 서신으로 서로의 안부를 이음이 어떠합니까?"

하니, 등생이 크게 기뻐하며 말하기를,

"고인(故人 : 오랜 친구)의 깊은 정분이라 어찌 감히 잊겠습니까? 나는 생계를 위하여 출입을 정한 적이 없으나, 편지를 부치고자 하면 내가 비록 없더라도 푸자의 여러 벗이 있으니, 부디 언약을 저버리지 마십시오."

하고, 성명과 편지 전할 곳을 다시 써 뵈고 물러갔다. 내가 문 밖에 가 보내고 내일 역로(驛路)의 푸자에서 잠깐 모이기를 언약하였다.

길에서 만난 나귀의 값을 과연 언약하여 한가지로 왔기에 29냥의 은을 주고 샀다. 들어올 때 30냥 은을 행장에 넣어 나귀를 구하였지만 종시 얻지 못하였는데 도중에 의외로 얻으니 일행이 다 좋다 하였다. 계부를 뫼시고 캉 문을 나서 앞뜰을 거니는데, 두 사람이 들어와 계부와 나에게 공손히 읍하기에 창황히 답례하고 그 연고를 물으니, 주인이 말하기를, "두 사람은 이곳 선비인데 노야를 구경코자 합니다"라고 하였다. 즉시 청하여 캉으로 들어가 촛불을 밝히고 빈주(賓主)를 나눠 앉으니, 한 사람은 거인(擧人)이어서 머리에 금징자를 붙였고, 성은 손(孫)이요, 이름은 유의(有義)이며, 자는 심재(心栽)이고, 별호는 용주(蓉洲)이다. 또 한 사람은 성은 조(趙)요, 이름은 욱종(煜宗)이며, 자는 승선(繩先)이고, 별호는 매헌(梅軒)이다. 손생의 얼굴이 풍영(豊盈 : 풍만하고 기름짐)하며 단정하니, 다 거동이 공손하여 조금도 교만한 태도가 없었다. 필묵을 내어 여러 말을 수작하니, 경서(經書)와 예문(禮文)은 오로지 주자(朱子)를 주(主)로 하노라 하고, 우리나라가 주자를 존숭함을 듣고 손생이 말했다.

"『중용』(中庸)에 이르기를, '천하의 글이 한가지라' 하였으니, 진실로 그르지 않도다."

내가 말하기를,

"조선은 대명 때부터 오로지 중국 문물을 숭상하여 의관 또한 옛 제도를 지켰는데, 다만 어법이 오히려 동이(東夷)의 풍속을 변치 못하니 매우 부끄럽습니다."

하니, 손생이 말하기를,

"귀국의 준수하고 아담한 인물과 순후한 풍속이 중화와 다름이 없으니, 어법의 다름에 무슨 해로움이 있겠습니까? 비록 중국으로 일러도 동서남북이 각각 어음이 다르되, 조정이 선비를 취하고 사람을 씀에 또한 이로 인연하여 층등(層等 : 서로 다른 등급)이 없답니다."

하고 또 말하기를,

"대인이 길을 기록하는데 필연 아름다운 시율이 많을 것이니, 두엇을 가르침이 어떠합니까?"

하여 계부께서 이르시기를,

"본래 시율을 일삼지 아니하니 족히 자랑할 것이 없고, 관에 머물 때 우연히 남방 거인을 만나 서로 이별한 글이 있으니 졸함을 잊고 가르침을 청하거니와, 대방(大方 : 학문과 견식이 높은 사람)의 웃음을 면치 못할까 합니다."

라고 하였다. 그 시에 이렇게 말했다.

> 동녘 바다는 삼천리요
> 남녘 고을은 몇 백 정(程)이런고.
> 삼상의 오늘 이별에
> 능히 신정(神情)이 창감치 아니하랴.[146]

손생이 여러 번 좋다 일컫고, 즉시 시 한 수를 지어 말하였다.

---

146) 원문은 다음과 같다. "東海三千里 南州幾百程 參商今日別 能不愴神情"

일찍 문풍이 등륜(等倫)에 뛰어남을 바라더니

오늘 아침에 서로 보매 과연 견디이 보배롭도다.

이제로조차 한 번 이별하매 어느 때에 만나리오

촛불을 잡아 마음을 의논하매 내 정신이 창감하도다.[147]

계부께서 이르시기를,

"눈깜짝할 사이에 글을 이루니, 민속한 재주는 조자건(曹子建 : 조식)에 지지 않으리로다."

하니, 손생이 당치 못함을 사례하고 말하기를,

"이것이 '개의 꼬리로 담비의 꼬리〔貂尾〕를 이음이라' 함을 이름이로다."

하였다. 이밖에 여러 수작이 있는데 기록치 못하였다. 손생이 말하기를,

"은근한 의기를 받들어 밤이 깊음을 깨닫지 못하되, 바람과 추위가 심하고 대인의 행역(行役)을 염려하여 물러감을 청합니다."

하였다. 계부께서 청심환 하나를 내어 손생을 주시고 먹 한 장은 조생을 주시니 다 치사하고 나갈 때, 또한 앞으로 편지로 연락할 뜻을 이르자, 두 사람이 칭사(稱謝 : 고마움을 표함)하고 성한 뜻을 저버리지 않으리라 하였다.

초3일 방균점에서 중화하고 반산을 보고 계주에서 자다

일출 때에 길을 떠나 계부를 모시고 등생의 푸자에 이르렀다. 등생이 반겨 맞아 자리에 나아가 가운데 높은 탁자를 놓고 두어 사람과 더불어 각각 교의를 놓고 탁자를 대하여 앉으니, 다 머리에 징자를 붙이고 의복이 선명하였다. 그 중 한 사람이 있어 성은 이(李)이고 등생의 친척이다. 나이가 적이 많고 얼굴이 풍후하여 짐짓 장자(長者)의 풍도가 있었다. 상탁과 집물이 극히 화려하고 벽 위에 고금 서화를 가득히 붙였는데, 그중 한 장은 손생의 필적이었다. 내가

---

147) 원문은 다음과 같다. "凤起文風邁等倫 今朝快覯果堪珍 從今一別何時晤 秉燭論心愴我神"

두어 역관과 더불어 그 순숙(純淑)한 수단을 일컬으니, 등생이 먼저 그 필법을 좋게 여기면 가져감이 해롭지 않다고 하며, 즉시 나아가 붙인 종이를 떼고자 하였다. 내가 말하기를,

"그 필법이 높을 뿐이 아니라, 손생은 어제 서로 만나 그 수작이 있으니, 다만 그 사람을 일컬음이지 글씨를 가지고자 함이 아닙니다."

라고 하였다. 이때 여러 역관으로 하여금 말을 통하고 각각 부채와 청심환을 내어 등생에게 후한 뜻을 사례하니, 등생이 또한 누누이 칭사하였다. 차를 파하고 여러 가지 음식을 내오니, 여남은 그릇에 가득히 괴었는데, 정결하고 향기로워 성심으로 대접하는 거동에 사람으로 하여금 마음이 감동하였다. 그러나 길이 총망(恩忙)하고 이미 조반을 먹었으므로 다만 두어 가지를 맛볼 따름이었다. 총총히 길을 떠날 때 등생이 여러 장의 종이를 내어 여러 음식을 각각 봉하여 하인에게 맡기며, 노상(路上)에서 대인이 시장할 때에 드리라 하니 그 뜻이 더욱 곡진하였다. 문 밖에 이르러 서로 손을 잡고 떠날 때 등생이 눈물을 머금으니, 그 연모하는 마음이 짐짓 허위(虛位 : 허물없음)한 인품이었다.

방균점(邦均店)에 이르러 중화하고 길을 떠날 때 큰 길을 버리고 북쪽 작은 길을 쫓아가니, 일행이 장차 반산(盤山)을 구경코자 함이다. 10여 리를 행하여 반산 아래에 이르렀는데, 뫼 허리에 4, 5리 분장(墳墻 : 무덤의 담)을 에워 평지에 이르고 담 안에 층층한 누각과 곳곳에 소쇄(瀟灑 : 맑고 깨끗함)한 정자를 벌였으니, 이는 황제의 행궁(行宮)이다. 지은 지 10여 년을 넘지 못하고 관원과 갑군이 엄히 지키니, 감히 그 안을 열어보지 못하였다. 궁장(宮墻) 서쪽에 큰 묘당이 있고 여남은 중이 있는데, 그중 하나가 나이가 적이 많고 얼굴이 청수(淸秀)하여 연화(年華 : 세월)의 기상이 적었다. 나아가 읍하고 말을 수작하니, 어음이 비록 분명치 아니하나 산승(山僧)의 기상을 잃지 아니하였다. 살빛이 맑고 푸르러 근골(筋骨)이 비치며, 나아가 그 손을 잡으매 차기가 얼음 같고 얼굴에 일호 티끌의 기상이 없으니, 필연 범상한 속승이 아닌가 싶었다. 벽 위에 두어 장의 서화 족자를 걸고 여러 사람의 시문을 붙였으니, 다 이 중의 도행을 일컫는 말이다. 부사께서 중을 청하여 필담으로 수작할 때, 먼저

북경 승풍(僧風)이 더러운 연고를 물으니, 중이 이렇게 대답했다.

"연래의 황의승(黃衣僧 : 누런 승복을 입은 라마승)이 중국에 편만(遍滿 : 널리 참)하여 승풍을 어지럽히니, 족히 중으로 일컫지 못하리라."

이때 캉 문을 나서 북으로 뫼 위를 바라보니, 기이한 봉우리와 층층한 암석으로 고금에 이름이 있음이 마땅하며, 수풀 사이에 봄꽃이 바야흐로 붉은빛을 토하고, 소쇄한 암자와 층층한 백탑(白塔)이 그 가운데 은은히 비치니, 가히 헛되이 지나지 못할 곳이다. 평중을 청하여 올라가 구경하기를 꾀했지만 어렵게 여기는 기색이 있기에, 홀로 말을 타고 묘당 뒤쪽으로 쫓아 길을 찾아 올라갔다. 몇 년 전에는 산길이 극히 험하여 사람이 통치 못한다 하더니, 행궁을 지은 후에는 돌을 깨치고 길을 다듬어 족히 수레를 통할 만하였다. 궁장을 의지하여 수리를 올라가니, 큰 골짜기[洞壑]가 점점 깊고 흰 돌과 맑은 물이 왕왕 아름다운 곳이다. 멀리서 바라보니 예닐곱 사람이 돌 위에 늘어앉아 나의 올라감을 보고 손을 들어 가리키며 웃고 말하니, 다 우리나라 사람의 의관이다. 마음에 놀랍고 괴이하게 여기다가 가까이 나아가니, 행중 역관들이 먼저 이르러 서로 경치를 자랑하며 다른 사람이 올라오지 못함을 조롱하다가 내가 오는 양을 보고 그중 한 역관이 마중 나와 웃으며 말하였다.

"우리 일곱 사람이 한가지로 기특한 놀음을 이루고 스스로 죽림칠현(竹林七賢)이라 일컬었더니, 지금은 음중팔선(飮中八仙)이 되리라."

내가 또한 말을 버리고 언덕을 올라 한가지로 바위 위에 앉았다. 언덕 밑에 궁장을 둘렀으며 궁장 안에 수십 칸의 반석이 아주 조촐하였고, 북쪽 수문으로 간수(澗水 : 골짜기에서 흐르는 물)를 인도하여 흐르는 소리를 연주하는 듯하였다. 반석에 이르니 둥근 못이 되어 푸른 유리를 깐 듯하였다. 윤택한 바위와 늙은 솔을 좌우에 두르고 수풀 사이에 두어 칸의 정자를 세웠으니, 짐짓 산수의 요조(窈窕)한 경물을 갖추었는데, 담이 막혀 들어가지 못하고 언덕 위에서 굽어볼 따름이다. 반석 위에 '천척설'(千尺雪) 세 자를 새겼으니, 일천 자의 눈을 이름이고 흰 돌과 맑은 물을 찬양한 말이다. 뫼 위에 큰 바위가 있어 가히 수십 명이 앉을 만하였다. 그 아래에 '정관유적'(貞觀遺跡) 네 자를 새겼으니,

정관(貞觀)148) 때에 깨친 자취를 이름이며, 이는 당 태종(太宗)이 친히 고구려를 치면서 일찍이 이곳에 수레를 머문 고적이었다.

이윽히 구경하다가 다시 말을 타고 큰 길을 쫓아 올라갈 때 수리를 행하여 한 묘당이 있으니, 이름은 '소림사'(少林寺)다. 앞으로 수십 칸의 반석이 10여 장의 높이를 이루었고, 뒤로 높은 대를 오르니 또한 넓이가 수십 칸이며, 층층이 섬돌을 쌓아 길을 통하였다. 이 대에 앉으니 남으로 계문연수(薊門烟樹 : 계문의 멀리 보이는 경치)와 가없는(끝없는) 들이 바라보이고, 좌우에 기이한 봉우리가 첩첩이 둘러져 있으며, 간간이 표묘(縹緲 : 한없이 크고 넓어 어렴풋함)한 백탑이 수풀 위에 빼어나 희미한 바람에 쟁쟁한 풍경 소리가 서로 응하였다. 아래로 행궁을 굽어보니 영롱한 누각이 햇빛에 눈부시고, 바위 사이에 공교한 정자와 외로운 암자가 서로 바라니(의지하니), 짐짓 기이한 구경이었다.

대개 반산(盤山)은 그 이름이 『사기』(史記)에 오르고, 소림사는 그 중간에 있어 여러 경치를 거느렸다. 예로부터 팔경(八景)을 일컬으니 다음과 같다.

자개봉(紫盖峯)·등운봉(騰雲峯)·선석령(仙石嶺)·낭갑석(狼甲石)
투한교(投閒橋)·장방석(帳房石)·능각석(菱角石)·홍룡지(紅龍池)

이때 날이 이미 늦었고 멀리서 바라보니 사행이 바야흐로 떠나시는 것이다. 여러 곳의 경치를 미처 구경치 못하고 정당으로 들어가니, 중 두엇이 나와 맞는데 뜻이 또한 관곡하였다. 각각 자리를 정하자 여러 역관이 비로소 들어오되, 웃옷을 벗고 숨결을 진정치 못하니 행색에 예법이 없었다. 내가 중을 불러 이르기를,

"사람이 뫼를 오르니 근력이 쇠진하여 예의를 겨를치(갖추지) 못하니 괴이히 여기지 말라."

하니, 중이 웃으며 말하기를, 뫼가 높고 길이 험하니 어찌 예의를 돌아보겠느

---

148) 정관(貞觀)은 당 태종(太宗)의 연호로, 627~649년을 일컫는다.

나고 하였다. 각각 차를 파한 후에 층층이 뫼를 내려와 행궁 앞에 이르니 행차가 이미 떠나시고, 하인 하나가 머물러 의이(薏苡 : 율무) 한 그릇을 주기에 먹기를 마치고 수레를 바삐 몰아 30리를 행하여 계주(薊州)에 이르렀다. 문을 들어가니 성 안에 큰 절이 있는데 이름은 '독락사'(獨樂寺)이고, 유명한 곳이다. 그중에 이층집이 있고, 집 안에 관음 소상을 앉혔으니, 높이가 수삼십 장이다. 이로써 혹 '대불사'(大佛寺)라 일컬었다.

사행이 바야흐로 그 안에 머물러 구경하신다 하기에 수레를 내려 들어가 먼저 관음 소상을 구경하였다. 과연 웅장한 길이와 풍후한 구각(軀殼 : 몸의 윤곽)이 또한 기이한 구경이었다. 사다리를 붙잡고 누 위에 올랐는데, 누의 높이가 10여 장이로되 겨우 소상의 허리를 지나니 그 장한 제도를 짐작할 것이다. 상하에 순전히 금칠을 하였으니, 물자의 풍부함을 가히 알 만하였다. 이 누는 가운데를 비워 소상을 용납하고 사면에 창을 내고 창 밖에 좁은 마루를 두어 사람을 앉게 하였다. 마루 밖에는 난간을 두었기에 난간을 의지하여 성 안의 여염을 굽어보니 매우 상쾌하고, 성첩의 방정한 제도와 제택의 즐비한 규모는 가히 볼 것이나, 다만 성 안이 심히 좁아 천여 호수(戶數)를 넘지 못할 것 같았다. 누를 내려와 두어 문을 들어 한 집에 이르니, 탑 위에 금부처 하나가 베개를 돋우고 팔을 베어 언건(偃蹇 : 거드름을 피우며 거만함)히 누웠는데, 허리 아래에 두꺼운 비단 이불을 덮었으니, 그 부처와 사적은 자세히 알지 못하나 짐짓 사람이 누운 거동이다. 극히 놀랍고 괴이하였다. 날이 늦으매 숙소에 이르렀다.

제5부

의무려산에 오르다

의무려산에 올라 북진묘를 바라보다

15일 소릉하에서 출발하여 17일 소흑산에 이르다[1]

15일에 십삼산(十三山)에 숙소를 정했다. 먼저 군노 하나를 보내어 책문을 나가 행차 소식을 전하게 하니, 해마다 전례의 일이다. 집에 편지를 부쳤다. 16일에 여양역(閭陽驛)에서 중화(中火 : 점심)하고 신광녕(新廣寧)에 숙소할 때, 밤에 주인을 불러 도화동(桃花洞)의 정로(征路 : 여행하는 길)를 자세히 물었다. 대개 의무려산(醫巫閭山)[2]이 누백 리를 반거(盤踞 : 서리서리 걸침)하고 이곳에 이르러 남쪽으로 조그만 골짜기를 열어 이름을 도화동이라 일컬으니, 북경 연로(沿路)의 제일 승경으로 이르는 곳이다.

17일 동틀 무렵에 길을 떠날 때, 사행이 한가지로 도화동을 향하고 따르는 역관이 10여 명이다. 북쪽 작은 길을 쫓아 10여 리를 행하니 동으로 북진묘(北鎭廟)가 바라보이고, 비로소 큰 길을 얻어 서북으로 수리를 행하자 평지에 두 묘당이 있는데 극히 소쇄(瀟灑 : 맑고 깨끗함)하며, 뜰 앞에 여러 꽃분을 놓았는데 총총하여 들어가지 못하였다. 누 밑에 이르러 위를 바라보매 기괴한 바

---

1) 초4일부터 14일까지 옥전현(玉田縣), 영평부(永平府), 팔리포(八里浦), 소릉하(小凌河)를 거쳐가는 여정이 생략되었다.

2) 중국 동북 만주 땅의 요녕성(遼寧城) 북진현(北鎭縣)에 있는 명산. 홍대용의 명저인 『의 산문답』의 배경이 되었다.

의무려산에 오르다 455

위와 공교한 묘당이 수풀 사이에 출몰하여 진짜 그림 가운데 경물과 같았다. 뫼 길이 높고 험하여서 상부사는 쌍교를 물리치고 안마(鞍馬)로 올라갔다. 계부를 뫼시고 완완히 걸어 수백 보를 올라 관음동(觀音洞)에 이르니, 아래는 수십 길의 창벽(蒼壁)이고, 위는 적이 편하고 큰 바위로 덮여 가히 수백 사람을 용납할 만하였다. 이 때문에 혹 관음굴(觀音窟)이라 일컬었다. 그 위에 오르니 앞으로 가없는(끝없는) 들을 임하여 좌우에 늙은 솔과 푸른 바위를 두르고, 틈틈이 도화 수풀이 있어 바야흐로 꽃이 피어 이미 티끌 세상의 경색이 아니었으며, 우러러 덮인 바위를 바라보니 은연히 반자 모양이다. 그 위에 예로부터 우리나라 사행의 제명(題名)이 있는데 이른바 '풍우를 피하는 곳'이었다. 옛사람의 이름과 필획이 오히려 분명하니 반갑고 기이한 일이다.

부사께서 평중으로 하여금 일행의 이름을 차례로 쓰게 한 후에, 내가 평중을 불러 뒷뫼에 한가지로 오르기를 의논하였는데, 어렵게 여기는 기색이다. 드디어 세팔과 덕유를 데리고 서쪽 언덕을 따라 수백 보를 올랐는데, 돌 사이에 작은 길이 있어 한 봉을 넘으니 북으로 큰 골짜기가 열리어 극히 유벽(幽僻)하고 가운데 수십 칸의 묘당이 있어 층층한 석축이 매우 정제하니 이는 청안사(淸安寺)라 일컫는 절이다. 서쪽으로 높은 봉 위에 조그만 묘당이 있으니, 이는 낭랑묘(娘娘廟)라 일컫는 곳이다. 두 묘당에 인적이 없고 헐린 곳이 많으니 폐한 지 오랜가 싶고, 낭랑묘 아래로 큰 바위에 '도화동'(桃花洞) 세 자를 새겼으니, 이 골짜기가 짐짓 도화동인가 싶었다. 좌우에 헐린 담과 폐한 석축이 곳곳에 있으니 당초 묘당이 번성하던 줄을 짐작할 만했다. 남쪽으로 언덕을 임하여 수문이 있으니 골짜기 물 안쪽에 은굴(隱窟 : 땅속으로 낸 굴)을 놓아 이곳에 모여 관음동 서쪽으로 백여 길의 폭포가 되고, 수문 위에 큰 솔이 있어 수문 어귀를 덮었기에 솔을 의지하여 몸을 쉬었다. 동쪽으로 수십 길의 외로운 봉이 있고 봉 위에 담을 두르고 한 칸 집을 지었으니, 처지(處地) 고절(高絶)하여 사람이 머물 곳이 아니었다.

봉 밑으로 담을 두르고 조그만 무지개문을 내었기에 문을 들어가니, 문 위에 '백운관'(白雲關) 세 자를 새기고 연하여 층층한 섬돌을 놓아 봉 허리를 돌려 길을 내었다. 동쪽으로 돌아가니 아래로 천만 길 구렁에 임하여 사람으로 하여금 정신이 미란(迷亂)하였지만 억지로 연하여 섬돌을 의지하고 기어올라 봉 위의 집을 오르고자 하였다. 북으로 돌아가니 섬돌이 무너지고 아래로 굽어 보니 수백 길 절벽이 깎은 듯하였다. 도로 내려와 문을 나와 동북으로 높은 봉을 올라 백운관 길을 바라보니, 벽 위에 돌을 쌓아 오로지 허공에 의지하였으므로 당초 인공에 의탁치 못할 일이고, 망령되게 그 위에 오른다는 것이 극히 늠연(凜然 : 위엄 있고 기개가 있음)해 보였다.

남으로 내려와 관음각(觀音閣)에 이르니 새로 수보(修補)한 절이다. 여러 중이 머물고 동쪽 언덕 위로 두어 곳에 정자가 있는데 또한 새로 지은 집이다. 남쪽 집에 사행이 머무시고, 일행이 중화를 파한 후에 평중을 불러 도화동 경치를 자랑하고 한가지로 가지 않음을 꾸짖었다. 평중이 크게 분하여 홀로 뫼를 올라 도화동을 찾고자 하는데, 이때 사행이 바야흐로 떠나시는 것이다. 일행이 괴롭게 말렸지만 평중이 듣지 아니하고 창황히 올라가 간 곳이 없으니, 부사께서 듣고 사람을 보내 찾으라 하고 길을 떠났다. 이때 나는 홀로 세팔을 데리고 동쪽 언덕을 넘어 작은 돌문을 들어가니, 이는 서하동(西霞洞)이라 일컫는 곳이다. 북쪽 작은 굴을 의지하여 '소도원'(小桃源) 세 자를 새겼다. 시내를 따라 남으로 내려오니, 동구(洞口)에 또한 돌문이 있어 '잠곡정사'(潛谷精舍) 네 자를 새겼는데, 양쪽에 담이 헐리고 외로운 문이 있을 따름이다.

말을 타고 먼저 떠나 수리를 행하여 북으로 바라보니, 소관음(小觀音)이라 일컫는 조그만 묘당이 있었는데, 뫼가 우뚝하고 집이 헐려 있어 빈 곳인가 싶었다. 4, 5리를 행하여 북진묘에 이르니, 이 묘당은 의무려산의 산신을 위한 곳이다. 길을 임하여 좌우로 돌패루를 세웠는데 제양이 극히 웅장하고, 패루 안으로 석사자 두 쌍을 세우고 사자 안으로 두어 층의 대를 쌓았는데 대 위의 문이 매우 오래되었고, 붉은 담에 누른 기와를 이어 남북이 천여 보의 길이다. 그 안에 첩첩한 누각이 극히 굉걸하니, 그 사치한 규모는 비록 옹화궁(雍和宮)과 동악묘(東嶽廟)에 비기지 못하나 또한 그 버금이 될 것이고, 뒤로 태산(太山)을 두르고 앞으로 돌과 바다를 임하여 좌우 수십 리 밖으로 낮은 뫼가 방정하게 둘러져 있으니, 짐짓 풍수의 승지(勝地)를 얻은 곳이었다.

동쪽 협문으로 들어가니 두어 중이 캉으로 맞아들이고 차를 권하는데, 이윽고 사행이 들어오시기에 한가지로 정전의 소상을 구경하고 뒷문으로 나가니, 또 큰 집이 있고 남녀 소상을 쌍으로 앉혔다. 중이 이르기를 산신의 부모를 위함이라 하니 무식한 소견이다. 정전 서쪽에 작은 정자가 있으며 정자 뒤에 큰 바위가 있어 푸른빛이 극히 윤택하고, 가운데 구멍이 있어 족히 사람의 출입을 통할 만했다. '취운병'(翠雲屛) 세 자를 새겼으니 푸른 구름 같은 병풍이라 이름이고, 서쪽에 '보천석'(補天石) 세 자를 새겼으니 하늘을 깁는 돌이라는 뜻이다. 보기를 마치고 바야흐로 떠나고자 할 때 평중이 비로소 미조차(뒤미처 좇아) 이르렀다. 그 갔던 곳을 물으니, 도화동은 찾지 못하고 북으로 큰 뫼를 넘어 작은 묘당이 있어 두어 사람이 머무는데, 거동이 극히 소쇄(瀟灑)하여 범상한 사람이 아닌가 싶었지만 갑자기 말을 통치 못하여 그 근본을 묻지 못하고 총총히 내려왔노라 하였다.

10여 리를 행하여 구광녕(舊廣寧) 북문을 드니, 광녕은 고을 이름이다. 번화한 인물로 금주(錦州)와 함께 일컬어지는 곳이고, 명나라 때 장수 이성양(李成梁)[3]이 살던 곳이다. 문 안에 바야흐로 창시를 베풀어 구경하는 사람이 길을 덮었다. 동쪽으로 행하여 이성양의 패루를 찾으니, 공교한 제도는 조가(祖哥)의 패루에 미치지 못하며 두어 사람을 만나 이성양의 집터를 물었는데 아는 이가 없었다. 동으로 행하여 성 밑에 이르러 쌍탑을 구경하니, 높이와 제양이 비록 금주 백탑에 미치지 못하나 쌍탑을 세움은 다른 데 없는 제도였다. 동문을 나와 중안포(中安浦)에 이르러 말을 잠깐 쉬게 하고 소흑산(小黑山) 숙소에 이르니 날이 이미 어두웠다.

---

3) 이성양(1526~1615)은 명나라의 무장으로, 자는 여계(汝契)이다. 40세에 관에 올라 여진족을 제압하고 도지휘관이 되었으며, 뒤에 요동을 진수(鎭守)했다.

다시 압록강을 바라보다

23일 심양에서 출발하여 29일 송참에 이르다[4]

26일 동틀 무렵에 길을 떠나 행차의 숙소에 이르니, 행차가 바야흐로 떠나시는 것이다. 뒤를 따라 행할 때 연로(沿路)에서 왕가더러 제 혼인 말을 물으니, 부끄러워 대답하지 않으나 희색을 덮지 못하였다. 이때 연운(年運 : 그 해의 운수)이 불길하다는 말을 이르니, 왕가가 놀라 들은 근거를 묻기에 제 아비가 이르던 말[5]을 자세히 전하였는데, 왕가의 기색이 저상(沮喪)하여 진정치 못하는 거동이 우스웠다.

이 즈음에 이르러는 연로(沿路)에 구경할 곳을 거의 다하고 고국이 점점 가까우니, 집을 생각하여 염려와 근심이 날로 심하여 비로소 객회(客懷)의 괴로움을 깨우쳤다. 청석령(靑石嶺)에 이르러 고갯길이 험하여 수레 오르기가 아주 간신(艱辛 : 힘들고 고생스러움)하였다. 수레의 문을 의지하여 희미하게 졸았는데, 한 하인이 앞으로 지나가며 한 손에 우리나라의 편지봉을 가져가는 것이다. 놀라 일어나 그 연고를 물으니, 의주의 아전이 여러 편지봉을 가지고 책

---

4) 18일 소흑산을 출발하여 20일 심양에 이르러 3일간 머물고, 25일 낭자산에 머문 내용이 생략되었다.

5) 25일 낭자산에 머물며 청나라 사람인 마부 왕가를 만났는데, 그에게 금년은 연운(年運)이 불길하여 아들의 혼인날을 명년으로 잡았다는 이야기를 들었다.

문을 들어 고개 위에 마중 왔으므로 사행이 고개 위의 묘당에 머물러 편지를 보신다 하였다. 이때 고개를 거우 반 올랐으므로 청황히 수레에서 내려 걸어 올라갔다. 반가운 가운데 무슨 기별이 있을 줄을 몰라 놀라운 마음이 도리어 가슴에 가득하니, 험준한 고갯길에 가쁜 줄을 깨치지 못하였다. 묘당 앞에 이르러 길가에 먼저 온 역관들이 이미 가신(家信 : 자기 집에서 온 편지나 소식)을 들었으므로, 안부를 들은 자는 낯에 희색이 가득하고 우환 소식과 혹 복제(服制 : 부모의 상을 당함)를 만난 자는 놀란 기색에 수참(愁慘)하였다. 그 거동을 보니 더욱 마음이 놀라워 급히 묘당으로 들어가니, 계부께서 웃음을 머금고 편지를 주시기에 비로소 마음을 진정하였다. 편지를 본 후에 가향(家鄕) 안신(安信)을 들으니, 옛사람이 이른바 "한 봉 가신이 만금을 당하리라"[6] 이른 것이 진실로 마땅한 말이더라. 상사(上使)께서는 고모의 상사(喪事)를 만났다 한다. 또 화원(畵員) 이필경이 상처한 기별과 어의(御醫) 김정신의 독자의 흉음(凶音)을 들으니 더욱 참연(慘然)하였지만, 일행 상하에 큰 상사를 만난 이 없으니 매우 다행한 일이다.

감숙점(甘肅占)에 숙소하고 27일에 길을 떠나 회령령(會寧嶺)에 이르렀다. 들어갈 적은 북쪽 작은 고개로 돌아갔으므로 이 고개의 험하고 높은 줄을 알지 못하였는데, 비로소 고개를 넘으니 전후 20여 리이고, 길은 청석령에 비하면 적이 순하나 좌우의 수목이 하늘을 덮고 깊은 구렁이 왕왕 수백 길이 넘으니, 비록 우리나라에 있어도 험한 관액(關阨)으로 일컬을 곳이다. 연산관(連山關) 숙소에 이르러 의주의 하인이 먼저 돌아가므로 가서(家書)를 부쳤다.

28일에는 초하구(草河口)에서 중화하고 통원보(通遠堡)에서 숙소하였으며, 29일에는 팔도하(八渡河)에서 중화하여 송참(松站)에서 숙소했다. 이 즈음에 이르러는 뫼 가운데 물이 깊고 길이 험하여 산수와 인물에 개안(開眼)할 곳이 없고, 돌아갈 마음이 날로 살 같을 뿐이다.[7]

---

6) 두보의 시 「춘망」(春望)에 "집의 편지는 만금보다 비싸도다"(家書抵萬金)라는 대목이 있다.
7) 30일에 삼차하(三叉河)에서 중화하고, 책문에 이르러 7일간 머물면서 귀국 수속의 괴로움과 4월 5일에 봉황성과 안시성을 다시 둘러본 내용이 생략되었다.

초8일에 책문을 나와 12일에 의주에 이르고, 27일에 서울에 이르다

식후에 일행이 길 떠날 채비를 하고 기다리니, 역관들이 들어와 봉황성장이 나온다고 고하여 일행이 떠나는데, 문을 나갈 때 일행 짐을 수험(搜驗 : 수색하고 검사함)하는 법이 있어서 해마다 따로 은을 주어 성장과 문대사(門對使)를 달래는 것이었다. 이러므로 겨우 두어 봉을 풀어 색책(塞責 : 책임을 면하기 위한 미봉)을 할 뿐이다. 문을 나가니 뫼 밑에 장막을 치고 계부께서 머무실 곳을 만들었는데, 상부사께서 한가지로 들어와 별회(別懷)를 편 후에 먼저 떠나셨다. 당상역관과 젊은 역관 중에 문산(文算)이 넉넉한 자를 가려서 4, 5명을 머무르게 하고, 그 나머지 역관과 하졸이 일시에 상부사를 따라 떠나니, 뒤떨어지는 심사는 이를 것이 없고 먼저 가는 사람 또한 손을 잡고 눈물을 머금는 이 많으니 인정에 괴이하지 않은 일이었다.

북경의 금물(禁物)이 여러 가지지만 그중 흑각(黑角)과 말이 군기에 속한다 하여 더욱 엄히 금하니, 만일 잡히는 일이 있으면 우리나라에 큰 생사(生事)가 되는 것이다. 이러므로 우리나라가 또한 엄히 금하니, 흑각은 혹 짐 속에 감추어 가만히 내어가지만 오직 말은 숨길 길이 없으니, 일곱 필의 상마(上馬) 밖에는 감히 나가지 못한다. 노새와 나귀는 금치 아니하나 삼승(三升) 두어 필의 세를 받은 후에 비로소 내보내고 혹 크고 좋으면 7, 8필을 받으니, 이러므로 그 수를 다투어 극히 요란하였다.

일행이 떠난 후에 의주 중군(中軍 : 조선시대 군영의 대장)과 천총(千摠 : 조선시대 정3품의 무관직)과 두어 쌍의 나졸이 예수(禮數 : 명성이나 지위에 맞는 예의와 대우)를 파하니, 나졸이 극히 잔악하고 용렬하며, 두 쌍의 기를 가져왔지만 타락하여 형용이 없으므로, 대국 사람에게 더욱 위엄을 보이지 못할 것이었다. 계부께서 집사[예수(禮數)를 맡은 관리]를 나입(拿入 : 죄인을 법정으로 잡아들이는 일)하여 곤장을 치셨지만 어쩔 수 없었다. 의주 상고의 두목을 불러 금물을 신칙(申飭 : 타일러 경계함)하고 흥정을 재촉하니, 의주에서 들어오는 물건이 몇 년 전에는 한정이 없었으나 아까운 재물을 과히 허비한다 하여 근년에는 온갖 것의 값을 정하여 합해서 은 1만 냥의 물건만을 들여오게 하였다. 그 물건은 다른 것이 아니라 소가죽과 여우가죽이 거의 반이 되고, 누빈 뎡시(녕주)·무명과 낡은 의복 뜯은 것과 부채 종이와 고기 잡는 그물이다. 이밖에 소소한 잡물이 많으니, 여러 상고들이 책문을 들어가 서로 물건 값을 정하여 바꾸는 것이므로, 이로 인하여 자연 여러 날을 지체하는 것이다. 통관의 종 왕가가 나와 보고 말하기를, 저희 노야가 역관들의 장막에 앉아 보기를 청한다 하기에 즉시 나아가니, 통관 쌍림(雙林)이 일어나 읍하고 여러 말을 수작한 후에 즉시 이별하고 들어갔다.

길 남쪽에 큰 장막을 쳐서 한 사람이 징자를 붙이고 여남은 갑군을 거느려 지키니, 이는 봉성(鳳城 : 봉황성)의 장경(章京)으로, 우리나라 일행을 호송하는 소임이라 하였다. 몇 년 전에는 서장관이 한 번 문을 나매 다시 문 안으로 들지 못하고 수일 동안 한둔(노숙)을 면치 못하는데, 근년에는 의주 상고들이 문대사와 호송 장경을 달래어 밤이면 문을 들어 주인을 머물게 한다. 이 날 초혼(初昏)에 문을 들어 악가의 집에 다시 머물고 초9일 동틀 무렵에 도로 나오니, 종일 장막에 들어 답답한 회포를 견디지 못하였다. 혹 역관들이 머무는 곳에 이르면 여러 역관들이 필묵과 주산을 가지고 비표 문서에 골몰하여 사람의 출입을 변변히 살피지 못하니, 족히 더불어 한가한 수작을 할 겨를이 없었다. 비표라 하는 말은 또한 근년에 새로 난 법이다. 들어갈 적에 은수(銀數)를 정하고 잠상(潛商)을 엄히 금하지만 오히려 이를 막지 못한다 하여, 돌아나오며 각각 가져간 은수를 적고 사오는 물건을 늘여 쓰고 다 값을 달아, 가져간 은수에 맞추어 혹 은수에 넘침이 있으면 잠상에 돌아가는 것이다. 이로 인하여 잠상이 비록 난만(爛漫)치 못하나 많은 물건의 값을 내려서 임의로 원수(元數)에 맞추니, 그 간폐(奸弊)를 종시 막을 길이 없다. 혹 사행의 건량 짐을 빙자하여 조그만 인봉(印封 : 봉한 물건에 도장을 찍음)을 얻으면 비록 비표 밖의 짐이라도 감히 헤쳐 상고치 못하니, 종종 공교한 계교를 이루 살피지 못할 지경이다. 왕가가 나와 보고 눈물을 머금어 섭섭한 뜻을 이르고 문 안에 제 누이가 있어 병들어 약을 구한다 하기에, 청심환과 소합원(蘇合元)8)을 주고, 부채를 청하기에 별선 두 자루를 주어 보냈다.

이 날 밤에 또한 문 안에 머물고, 아침에 나와 상고의 흥정을 재촉하니, 전부터 책문 상고들이 서장관이 길을 재촉함을 아는 까닭에, 짐짓 물건 값을 결단치 아니하여 여러 날을 지체하였다. 이러므로 혹 과히 재촉하면 더욱 지체하고 의주 상고에게 무한한 낭패가 되는 것이다. 이로 인하여 또한 박절하게 재촉하지 못하니 긴 날의 소일(消日)이 극히 어려웠다. 계부께서는 혹 냇가에서 고기를 낚으며 날을 보내시고, 나는 책문 안팎으로 종일 다니지만 물화와 인물이 이미 눈에 익어 하나도 신기한 것이 없고 한갓 몸이 수고로울 따름이다. 대개 강을 건넌 후로 넉 달이 넘었는데 구경할 마음이 주야에 걸리어 심상(尋常)한 사람과 조그만 물건을 감히 무심히 보지 못하는 고로 가향(家鄕) 생각을 가히 견뎌 잊었더니, 돌아와 책문에 이르니 흥황(興況)이 이미 다하고 다시 남은 구경이 없었다. 이러므로 책문에 7일을 묵으니 만리 행역의 괴로움에 비기지 못할 것이고, 책문을 나와 상부사 일행을 보내고 나흘을 묵으니 그 울적한 회포는 문 안의 7일 고행에 더욱 비할 바가 아니었다.

12일에 이르러 흥정을 거의 마쳤으므로 행차가 장차 떠나실 때, 한편의 의주 삯꾼을 불러 상고에게 사가는 물화를 실으라 하니, 이 짐을 내어가는 데 삯이 후하여 의주 사람에게 큰 이익이 됨으로 여러 사람이 일시에 들어가 짐을 다투어 극히 난잡하였다. 사람을 멀리 물리고 차례로 이름을 불러 나눠 맡기니 적이 정제하나 그 중간의 폐를 이루 막지 못하였다. 책문 안에 여러 서반과 갑군이 앉아 나오는 물화를 낱낱이 기록하니, 이는 세관의 수세(收稅)를 위함이다.

해가 높은 후에 길을 떠나 금석산에서 중화하고 구련성 숙소에 이르니 날이 오히려 이른 때였다. 인하여 바로 의주로 향하였는데, 남으로 고개를 넘자 압록강이 세 가지로 나뉘어 앞으로 둘러 있고, 의주 성 안에 외로운 누각이 강을 임하니 이는 통군정(統軍亭)이다. 이역에서 해를 지내고 고국 산천을 다시 만나니 반가운 마음 비할 곳이 없더라. 물 남쪽은 가없는(끝없는) 사장이고, 사

---

8) 소합향을 원료로 하여 만든 환약(丸藥)의 한 가지로, 위장을 깨끗이 하고 정신을 맑게 한다.

장 가운데 장막을 높이 베풀어 좌우에 사람을 무수히 둘렀다. 이는 의주 부윤(府尹)이 친히 강머리에 이르러 차담과 위의(威儀)를 차려 행차를 등대(等待 : 미리 준비하고 기다림)한 것이다. 큰 배에 채각(彩閣)을 지어 비단 자리에 휘장을 두르고, 강을 임하여 두 줄 육각(六角) 소리가 뫼를 울리고, 그 가운데 가는 풍류[細風流]9)를 쌍쌍이 연주하며, 어지러운 녹의홍상(綠衣紅裳 : 기생)이 물에 비치니, 이는 기악을 베풀어 객회의 괴로움을 위로하고 행역의 평안함을 치하함이다.

삼강(三江)을 각각 배로 건너는데, 첫번 강을 건너니 호행하는 예닐곱 갑군이 강가에 앉아 나귀와 노새의 세를 다시 받았다. 대개 책문을 나는 데 서너 곳을 질러 연하여 세를 거두는 것이다. 중강(中江)에 이르니 의주 군관이 장막을 치고 나오는 물화를 수험하는데, 금물을 살피고 수를 기록하여 비표에 상고하게 하는 것이다. 큰 강을 건너 남쪽 언덕에 이르니 먼저 온 역관들이 마중 나와 4, 5일의 고행을 위로하였는데, 일신(一身)을 선명한 의관으로 바꾸어 연로(沿路)의 피폐한 거동이 없었다. 우리 일행을 돌아보니 이미 여름철을 당하였으나 명주 의복을 벗지 못하고, 더럽고 해진 모양이 짐짓 귀신의 형상이었다. 서로 조롱하여 한바탕 잡되이 웃은 후에 배에서 내려 장막으로 들어가니, 차담을 내오므로 초초히(서둘러) 먹고 성 안으로 들어갔다. 이후 사적은 별로 기록할 것이 없는데, 의주에서 3일을 묵어 비표 일을 마친 후에 즉시 길을 떠나 27일에 서울에 이르니, 합하여 1백70여 일이고, 왕복[往返]한 정도(征道 : 여행길)는 6천2백여 리였다.

---

9) 가는 풍류는 세악(細樂)을 말하며, 취타가 아닌 장구·북·피리·저·깡깡이 등으로 연주하는 군악이다.

부록

홍덕보 묘지명 洪德保墓誌銘

  덕보(德保)가 세상을 떠난 지 사흘이 지난 후에 어떤 사람이 연행사를 따라 중국에 들어가게 되었다. 그 행로가 삼하(三河)를 지나가게 되었는데, 삼하에는 덕보의 벗이 있으니, 이름은 손유의(孫有義)이고 호는 용주(蓉洲)이다. 지난해 내가 북경에서 돌아오는 길에 용주를 방문하였으나 만나지 못했다. 그래서 편지를 써서 덕보가 우리나라 남쪽 지방에서 벼슬을 하고 있음을 말하고, 가져간 토산물 몇 가지를 놓아두어 정의를 표하고 돌아왔다. 용주가 그 편지를 펴보면 응당 내가 덕보의 친구인 줄 알았을 것이리라. 그래서 중국 가는 사람 편에 그에게 이렇게 부고하였다.

  "건륭(乾隆) 계묘년(癸卯年, 1783) 모월 모일에 조선 사람 박지원은 머리를 조아리며 삼가 용주 족하에게 아룁니다. 우리나라의 전임 영천군수(榮川郡守) 남양(南陽) 홍담헌(洪湛軒)은 이름이 대용이고 자는 덕보인데, 금년 10월 23일 유시(酉時)에 세상을 떠났습니다. 평소에는 아무 탈이 없었는데 갑자기 중풍으로 말을 못하더니, 얼마 뒤에 곧 이런 지경에 이르렀습니다. 향년 53세요, 아들 원(薳)은 통곡 중이라 정신이 혼미하여 손수 글을 올려 부고를 하지 못하고, 양자강 이남으로는 소식을 전할 길이 없습니다. 부디 비옵건대, 이를 대신하여 오중(吳中 : 절강)에 두루 부고하여, 천하의 지기들로 하여금 그가 별세한 날을 알게 하여 죽은 이와 산 사람 사이에 한이 없게 하여 주십시오."

  그 사람을 보내고 나서, 손수 항주 사람들의 서화와 편지, 그리고 시문 등을 점검하니 모두 10권이었다. 이것을 빈소 곁에 벌여놓고 관을 어루만지고 통곡하며 말했다.

  "아! 슬프다. 덕보는 통달하고 민첩하며, 겸손하고 단아하였다. 식견이 원대하고 이해가 정미하며, 특히 율력에 조예가 깊어 혼천의 같은 여러 기구를 만들었으며, 사

부록 467

려가 깊고 생각을 거듭하여 남다른 독창적인 기지가 있었다. 서양 사람이 처음 지구에 대하여 논할 때 지구가 돈다는 것을 밀지 못했는데, 덕보는 일찍이 지구가 한 번 돌면 하루가 된다고 논하니, 그 학설이 오묘하고 자세하여 깊은 이치에 닿아 있었다. 다만 저서(著書)에까지 이르지는 못했으나 그 만년에 이르러서는 더욱 지구가 돈다는 것에 자신을 가져 조금도 이를 의심하지 않았다.

세상에서 덕보를 흠모하는 사람들은 그가 일찍이 과거할 것을 그만두고 명리(名利)에 뜻을 끊고서 한가히 머물며 명향(名香)을 태우고 거문고와 비파를 두드리면서, '나는 장차 아무 욕심 없이 고요히 자희(自喜)의 태도로 마음을 세속 밖에 놀게 하겠노라' 하는 것만 보았을 것이다. 그들은 덕보가 서물(庶物)을 종합 정리하고 뒤섞인 것을 잘라 맞추어서 나라 재정을 맡고 멀리 떨어진 지역에 사신으로 갈 만하며, 통어(統禦 : 거느리고 제어함)의 기략(奇略)이 있다는 것은 모른다. 그런데 그는 홀로 혁혁하게 남에게 드러내는 것을 좋아하지 아니했던 까닭에, 겨우 몇 군데의 원을 지내면서 부서(簿書 : 관아의 장부와 문서)를 부지런히 처결하고 기회(期會)에 앞서 일을 잘 처리하였지만, 하부 관리들은 할 일이 없고 백성들을 잘 순화하는 정도에 불과하였다.

언젠가 그는 숙부가 서장관으로 중국에 갈 때 따라가 유리창에서 육비·엄성·반정균 등을 만났다. 세 사람은 다 집이 전당(錢塘)에 있는데 모두 문장과 예술에 능한 선비였으며, 그들이 교유한 이들도 모두 나라 안의 저명한 인사였다. 그러나 모두들 덕보를 '큰선비'〔大儒〕라 하여 떠받들었다. 그들과 더불어 필담한 수만 마디의 말은 모두 경전의 취지, 천인 성명(天人性命), 고금 출처의 큰 뜻에 대한 변석(辨析 : 시비를 따지어 가림)이었는데, 문장이 굉사(宏肆)하고 준걸(儁傑)하여 이루 말할 수 없이 즐거웠다. 그리고 헤어지려고 할 때 서로 보고 눈물을 흘리면서 말하기를, '한 번 이별하면 다시 만나지 못할 것이니, 황천에서 만날 때 아무 부끄러움이 없도록 살아 생전에 더욱 학문에 면려(勉勵)하기를 맹세하자'고 하였다.

덕보는 엄성과 특히 뜻이 맞았으니, 그에게 풍간(諷諫)하기를, '군자가 자기를 드러내고 숨기는 것은 때를 따라 해야 한다'고 하였는데, 그때 엄성이 크게 깨달아 이에 뜻을 결단하였다. 그후 엄성은 남쪽으로 돌아간 뒤 몇 해 만에 민(閩)이란 땅에서 떠돌다가 죽었는데, 반정균이 편지를 써서 덕보에게 부고하였다. 덕보는 이에 애사(哀辭 : 제문)를 짓고 향폐(香幣)를 갖추어 용주에게 부쳤다. 이것이 전당으로 들어갔는데, 바로 그 날 저녁이 대상(大祥 : 죽은 지 2년 만에 지내는 제사)이었다. 대상에 서호

(西湖)의 여러 군에서 사람들이 모였는데 모두들 경탄하면서 이르기를, '명감(冥感) 이 닿은 결과다'라고 하였다.

엄성의 형 엄과(嚴果)가 분향 치전(致奠 : 사람이 죽은 때 겨레붙이나 벗이 슬픈 뜻을 표하는 제식)하고, 애사(哀辭)를 읽으며 초헌(初獻)을 하였다. 엄성의 아들 엄앙(嚴 昻)은 덕보를 백부라고 써서 그 아버지의 『철교유집』(鐵橋遺集)을 부쳐왔는데, 돌고 돌아 9년 만에 비로소 도착하였다. 유집 중에는 엄성이 손수 그린 덕보의 작은 영정이 있었다. 엄성은 민에서 병이 위독할 때, 덕보가 기증한 조선산 먹과 향기로운 향을 가 슴에 품고 세상을 떠났다. 그리하여 마침내 먹을 관 속에 넣어 장례를 치렀는데, 오하 (吳下 : 절강)의 사람들은 기이한 일이라 하여 떠들썩하게 전하며, 이 일을 두고 다투 어가며 시문으로 찬술(撰述)하였으니, 이에 대한 사실은 주문조(朱文藻)란 사람이 편 지를 하여 그 형편을 말해주었다. 아! 슬프다. 그가 생존하였을 때 낙락(落落)한 것이 마치 지난 시대의 기이한 행적과 같았으니, 지극한 성품의 좋은 벗이 있다면 그의 이 름이 반드시 더욱 널리 전해질 것이다. 비단 그 이름이 강남(江南)에만 전해질 뿐만이 아닐 것이니, 나의 묘비명을 기다리지 않더라도 덕보의 이름은 썩지 않을 것이다."

고(考 : 돌아간 아버지)는 휘(諱)가 역(櫟)인데 목사(牧使)를 지냈고, 조고(祖考)는 휘가 용조(龍祚)인데 대사간(大司諫)을 지냈고, 증조고(曾祖考)는 휘가 숙(潚)인데 참판을 지냈다. 그리고 어머니는 청풍 김씨(淸風金氏)로 군수를 지낸 방(枋)의 따님 이시다. 덕보는 영종(英宗) 신해년(辛亥年, 1731)에 나서 벼슬은 음직(蔭職)으로 선 공감(繕工監) 감역(監役)에 제수되고 이어서 돈녕부(敦寧府) 참봉으로 옮겼으며, 세 손(世孫) 익위사(翊衛司) 시직(侍直)에 고쳐 제수되었다. 사헌부(司憲府) 감찰(監 察)에 승진되었다가 나중에는 종친부(宗親府) 전부(典簿)에 전직되었다. 외직으로는 태인현감(泰仁縣監)이 되었다가 영천군수로 승진하였는데, 몇 해 뒤에 늙으신 어머니 를 봉양하고자 사직하고 돌아왔다. 부인은 한산(韓山) 이홍중(李弘重)의 따님이요, 자녀로는 1남 3녀를 낳았으니, 사위는 조우철(趙宇喆)·민치겸(閔致謙)·유춘주(俞春 柱)이다. 그 해 12월 8일 청주 아무 좌향(坐向)의 둔덕에 장사하였다.

담헌 홍덕보 묘표 湛軒洪德保墓表

이송 李淞

홍덕보의 휘는 대용이요, 호는 담헌이니, 그 선조는 남양 사람이다. 사간원(司諫院) 대사간(大司諫)이었던 용조(龍祚)의 손자요, 나주목사였던 역(櫟)의 아들이니, 그 2대는 함께 재주로써 소문이 났다. 덕보는 또 미호 선생 김원행에게 사사하였으니, 그 동문 선비들은 모두 도의(道義)를 연마하고 성명(性命)을 강설하였다. 덕보의 제부형제(諸父兄弟)들은 박사업(博士業)을 하거나 또한 문사(文詞)로써 저명하였는데, 덕보만이 오직 옛 육예(六藝)의 학문에 뜻을 두어 상수(象數)와 명물(名物), 그리고 음악의 정변(正變)을 깊이 연구하고 생각하여 묘하게 이치를 합하고 신기하게 풀이하였다. 특히 천문의 전차(躔次 : 천체의 자리)와 일월의 내왕에 대해서는 그 형상을 본떠서 기구를 만들었고, 때를 점치고, 절후(節侯)를 헤아림에 추호도 어긋남이 없었다.

언젠가 계부인 참의공(參議公) 억(檍)을 따라 연경에 들어갔을 때, 그는 그곳 성지와 궁궐, 인물과 재화 등을 두루 관찰하였으며, 선비들을 만나서는 번거롭게 통역관을 내세우지 않고 그들과 언어를 통하였다. 항주의 학자인 엄성과는 서로 학덕을 절차탁마(切磋琢磨)하고 어려운 문제에 대해 질의하였으니, 중국의 선비들은 덕보의 재능과 학문을 높이 칭찬하여, 우리나라 선비들을 만나면 반드시 그의 안부를 물었다. 내가 소시에는 덕보와 서로 알지 못했는데, 경인년(庚寅年, 1770)에 풍악산에서 만나 산과 바다를 두루 다니면서 그와 침식과 언담을 같이하며 서로 함께 지냈다. 돌이켜 보건대, 그는 본의 아니게 억지로 '예예' 하는 일이 없고, 자기의 뜻을 보이되 남에게 거슬리는 일이 없었다.

이로부터는 유람이 있을 때마다 꼭 함께 다녔다. 갑오년(甲午年, 1774) 봄에 나와 함께 동으로 바다에 나갔다가 양양의 낙산사에 이른 일이 있었나. 바나와 하늘이 서로 맞붙고 저녁 날의 달빛이 물에 흐르는데, 덕보가 거문고를 끌어당겨 몇 곡조 타니, 홀연히 서울에서 관리가 내려와 절간의 문을 두드리면서 덕보를 선공감(繕工監) 감역(監役)에 제수한다는 글을 내놓았다. 그리하여 덕보는 그 이튿날 먼저 돌아갔으니, 그후 10년간 내외 관직을 역임하느라 나와 함께 지난날과 같이 서로 종유(從遊 : 학덕이 있는 이와 더불어 놂)할 수 없었다. 그러나 때로 만나 교외의 산야에 모여 유련(留連)하면서 즐겁게 지내기도 하였다. 그가 언젠가 나에게 말하였다.

"서울 중앙의 자그마한 관직은 다만 공문서의 지시 계획대로 하면 되는 것이므로, 이것은 마치 소나 양 같은 것을 기르고 회계나 맞도록 하면 되는 것과 같습니다. 옛날에 공자(孔子)도 이런 일을 하였기에 이런 것이 비록 성인이 하던 일이라고는 하지만 하기에 어렵지는 않습니다. 그리고 외직으로 오직 주(州)와 현(縣)을 맡는 것은 내 뜻을 행하여 볼 만한데, 이것도 역시 상부의 관청과 지방의 토호들이 방해하고 막아서 뜻을 펴보거나 혼자 애쓸 것이 없습니다. 그저 조심스럽게 열쇠나 잘 보관하고 법률이나 지킬 따름입니다. 그리고 나의 성품은 자잘한 일에 빠져 세밀하게 처리하는 것을 좋아하지 아니하고, 또 겉으로 위엄을 부려 몸가짐을 무겁게 하는 일은 잘 되지 않습니다. 오직 공평하고 청렴한 것으로 위엄을 낳으면서 해이하게 일을 버려두지 않았으니, 다만 이것이 내 벼슬살이의 치적이겠습니다."

지난해 겨울에 내가 덕보와 하룻밤을 같이 지내고 또 산사에 같이 가기를 약속하였는데, 그후 10일도 못되어 덕보는 병 없이 졸지에 별세하였다. 아! 슬프다. 덕보가 일찍이 나와 더불어 담론한 것과 그가 간직했던 마음, 그리고 그 소행 등을 다 진술할 수는 없다. 그러나 그 학문이 오로지 평실(平實)을 숭상하고, 과월(過越)하고 이치에 거슬리는 것이 없으며, 세속 선비들이 이론만 숭상하고 떠받들면서 실행(實行)·실용(實用)을 전연 방치함에 대해 일찍부터 걱정하고 탄식하지 않은 적이 없었다. 그리고 고금 인물들의 정사(正邪)·시비(是非)를 논하매, 억누르고 떨쳐주며 취하고 버리는 것이 전배(前輩)들의 정안(定案)을 넘어선 뛰어난 것들이 많았다. 그가 지닌 대심(大心)이야말로 공평하게 보고 이것저것 다 받아들이는 아량이었으니, 대도(大道)에 돌아가 저 뾰족하고 작고 좁으며 사사로운 것을 버리는 것은 진실로 지금 세상에 있어서 행하기 어려운 일이다. 될 수만 있다면 온 세상에 이런 도가 보급되었으면 한다.

덕보의 시조는 휘가 선행(先幸)이니 고려의 금오위(金吾衛) 별장동정(別將同正)이다. 우리 왕조에 들어와서는 부제학(副提學) 휘 형(泂)과 이조판서 정효공(貞孝公)

휘 담(曇)과 판중추(判中樞) 남양군 충목공(忠穆公) 휘 진도(振道)가 가장 드러났다. 부제학은 직언 때문에 혼란한 연산조(燕山朝)에서 화가 무덤에 미침을 만났고, 정효공은 청백리로 기록되어 효로써 정려각(旌閭閣)이 세워졌으며, 충목공은 인조반정(仁祖反正)의 공신으로 책훈되었다. 나주공(羅州公 : 홍역)의 부인은 청풍 김씨로 군수 방(枋)의 따님이니, 지금 나이 77세로 아직 살아 계신다. 덕보는 한산(韓山) 이홍중(李弘重)의 따님에게 장가들어 3녀 1남을 낳았으니, 아들은 원(薳)이요, 조우철·민치겸·유춘주는 그 사위이다.

덕보는 영종(英宗) 신해년(辛亥年)에 태어났으니, 죽을 때 나이는 53세였다. 관직으로는 내직에 감역(監役)과 돈녕부(敦寧府) 참봉, 익위사(翊衛司) 시직(侍直), 통례원(通禮院) 인의(引儀), 예빈시(禮賓寺) 주부(主簿), 사헌부 감찰(監察), 의빈부(儀賓府) 도사(都事) 그리고 간혹 수리 낭청(修理郎廳)에 차출되었으며, 외직으로 태인현감과 영천군수를 지냈다. 그 묘소는 서쪽 둔덕인 구미(龜尾) 벌에 있다. 아들 원이 묘 앞에 비석을 세우려 하기에 내가 이 글을 써서 주어 비석 뒷면에 새기게 한다.

덕보가 별세한 그 이듬해인 갑진년(甲辰年, 1784) 10월 6일에 옛 벗인 서림(西林) 이송(李淞)이 적노라.

회우록서 會友錄序

박지원 朴趾源

삼한(三韓) 36도(都)의 땅을 다녀보건대, 동쪽으로 창해에 임하여 하늘과 맞닿아 끝이 없고, 이름난 산과 거대한 산악이 그 가운데 뿌리박아 서려 있다. 하지만 들은 백 리로 트인 곳이 드물고 읍은 천 호 되는 데가 없으니, 그 땅덩이가 또한 너무도 좁다 하겠다. 옛날에 이른바 양(楊 : 양주)·묵(墨 : 묵적)·노(老 : 노자)·불(佛 : 석가)도 아니면서 의론의 파벌이 넷이나 되고, 옛적의 이른바 사(士)·농(農)·공(工)·상(商)도 아니면서 명분의 주장이 넷이나 되니, 이것은 바로 뛰어나다고 여기는 바가 같지 않기 때문이다. 의론이 서로 충돌하여 진월(秦越)의 사이보다도 달라지니, 이것은 바로 처한 곳에 차이가 있기 때문이다. 명분이 너무 심하게 나뉘어 화이(華夷)의 구별보다도 엄격하고, 형적(形跡)이 혐의스러우면 서로 들으면서도 모르는 체하고, 등위(等威 : 신분과 위세)에 얽매여서 서로 상대하면서도 감히 벗하지 못한다. 사는 마을이 같고 종족이 같으면서도 나와 언어와 의관이 다른 사람은 거의 없을 것이다. 서로 알지도 못하면서 서로 혼인을 하는 것이겠는가! 감히 벗으로 사귀지 않으면서 서로 도(道)를 의논할 수 있겠는가! 이 몇 갈래 주장들이 막연히 수백년 동안 진월과 화이처럼 집을 나란히 하고 담장을 등 뒤로 두어 살고 있으니, 그 습속이 또한 어찌 그리도 좁은 것일까!

홍군 덕보가 일찍이 어느 날 한 필의 말을 타고 사신을 따라 중국에 갔다가, 시가(市街) 사이에서 방황하고 서민 속에서 맴돌다가 항주의 유학하는 선비 세 사람을 만나게 되었다. 이에 남이 보지 않는 틈에 여관으로 찾아가니, 옛 친구와 같이 반기면서 천인 성명의 근원, 주자(朱子)와 육상산(陸象山)의 학술의 구분, 진퇴(進退)와 소장(消長)의 기미, 출처(出處)와 영욕(榮辱)의 분수 같은 것에 대해 상세하게 토론하였다. 그런데 고거(考據)와 증정(證定)이 일치하지 않는 것이 없었으며, 서로 충고하고 신도해주는 말이 모두 지성과 측은한 마음에서 나온 것이었다. 처음에는 지기의 벗으로 사귀다가 마침내는 형제가 되기로 결의하여, 서로 사모하고 좋아하기를 기욕(嗜慾 : 좋아하고 즐기려는 욕심)과 같이 하고, 서로 저버리지 않기를 굳은 맹서와 같이 하여, 그 의리가 족히 사람들을 감읍시킬 만한 것이었다.

아아! 우리나라와 오(吳)와의 거리가 몇 만 리이니, 홍군이 세 선비를 다시 만나 볼 수는 없을 것이다. 그러나 지난날 본국에 살 때에는 한 마을에 살면서도 아는 체하지 않았지만 지금은 먼 만리 밖에서 사귀고, 지난날 본국에 살 때에는 같은 종족이면서도 서로 교유하지 않았지만 지금은 다시 만날 수 없는 사람들과 사귀며, 지난날 본국에 살 때는 언어와 의관이 같으면서도 같이 사귀지 않았지만 지금은 별안간 서로 말이 다르고 의복이 다른 세상 사람과 마음을 허락한 것은 어찌된 것일까?

홍군이 서글프게 한참 동안 있다가 말하였다.

"내가 감히 국내에 그럴 사람이 없어서 서로 사귀지 못한다는 것이 아니다. 다만 지역에 국한되고 습속에 구애되어 마음속에 답답한 생각이 없을 수 없는 것이다. 내 어찌 오늘의 중국이 옛날의 중화(中華)가 아니고, 그 사람의 옷이 선왕들의 법복(法服)이 아닌 것을 모르겠는가? 비록 그러나, 그 사람이 살고 있는 땅덩이가 어찌 요순(堯舜)과 공자가 밟던 땅이 아니며, 그 사람이 사귀는 선비가 어찌 옛날의 널리 보고 멀리 놀던 선비가 아니며, 그 사람이 읽는 글이 어찌 삼대(三代) 이래 사방 여러 나라에 한없이 펼쳐간 서적이 아닐 수 있겠는가? 제도는 비록 변경되었어도 도의는 달라질 수 없는 것이다. 이른바 옛의 중화가 아니라 해도 어찌 그 백성답게 살고 그 신하답게 사는 사람이 없겠는가? 그렇다면 저 세 사람들을 우리와 비교할 때 또한 어찌 화이의 구별이 없고, 형적이나 등위에 관한 혐의가 없겠는가?

그런데 번다한 형식을 타파하여 까다로운 절차를 씻어버리고 진정을 피력하고 간담을 토로했으니, 그 규모의 넓고 큼이 어찌 소문이나 명예, 세력이나 이익의 길에 매달려 좀스럽게 악착같은 짓을 하는 사람들과 같은 유(類)이겠는가?"

그리고는 세 선비와 더불어 필담한 것을 분류하여 3권으로 만든 것을 꺼내 나에게 보이며 말하였다.

"자네가 서문을 써주오."

나는 다 읽고 나서 탄식하며 말하였다.

"홍군은 벗 사귀는 도리를 통달하였도다! 내 이제야 벗 사귀는 도리를 알게 되었다. 그 벗삼는 바도 보았고, 그 벗되는 바도 보았으며, 또한 내가 벗하는 바를 그는 벗하지 않음도 보았도다."

연암 박지원은 서(序)하노라.

홍대용의 여행 경로

서울에서 의주까지 1,050리의 노정

서울 → 고양(高陽) 벽제관(碧蹄館) 40리 → 파주(坡州) 파평관(坡平館) 40리 → 장단
(長湍) 임단관(臨湍館) 30리 → 송도(松都) 태평관(太平館) 45리 → 김천(金川) 금릉
관(金陵館) 70리 → 평산(平山) 동양관(東陽館) 30리 → 총수(蔥秀) 보산관(寶山館)
30리 → 서흥(瑞興) 용천관(龍泉館) 50리 → 검수(劍水) 봉양관(鳳陽館) 40리 → 봉산
(鳳山) 동선관(洞仙館) 30리 → 황주(黃州) 제안관(齊安館) 40리 → 중화(中和) 생양
관(生陽館) 50리 → 평양(平壤) 대동관(大同館) 50리 → 순안(順安) 안정관(安定館)
50리 → 숙천(肅川) 숙녕관(肅寧館) 60리 → 안주(安州) 안흥관(安興館) 60리 → 가산
(嘉山) 가평관(嘉平館) 50리 → 납청정(納淸亭) 25리 → 정주(定州) 신안관(新安館)
45리 → 곽산(郭山) 운흥관(雲興館) 30리 → 선천(宣川) 임반관(林畔館) 40리 → 철산
(鐵山) 차련관(車輦館) 40리 → 용천(龍川) 양책관(良策館) 30리 → 소관(所串) 의순
관(義順館) 40리 → 의주(義州) 용만관(龍灣館) 35리.

의주에서 북경까지 2,061리의 노정

의주 → 구련성(九連城) 25리 1박 → 금석산(金石山) 35리 점심 → 총수산(蔥秀山) 32
리 1박 → 책문(栅門) 28리 1박 → 봉황성(鳳凰城) 35리 [유원관(柔遠館)이라 불리는 조선
관(朝鮮館)이 있음] → 건자포(乾者浦) 20리 점심 → 송참(松站) 10리 1박 → 팔도하(八
渡河) 30리 점심 → 통원보(通遠堡) 30리 1박 → 초하구(草河口) 30리 점심 → 연산관

(連山關) 30리 1박 → 첨수참(甛水站) 40리 1박 → 낭자산(狼子山) 40리 1박 → 냉정(冷井) 38리 점심 → 신요동(新遼東) 30리 1박 → 난니포(爛泥浦) 30리 점심 → 십리포(十里浦) 30리 1박 → 백탑보(白塔堡) 45리 점심 → 심양(瀋陽) 24리 1박 → 영안교(永安橋) 20리 점심 → 변성(邊城) 30리 1박 → 주류하(周流河) 42리 1박 → 대황기보(大黃旗堡) 35리 점심 → 대백기보(大白旗堡) 28리 1박 → 일판문(一板門) 30리 점심 → 이도정(二道井) 30리 1박 → 신점(新店) 30리 점심 → 소흑산(小黑山) 20리 1박 → 중안포(中安浦) 30리 점심 → 신광녕(新廣寧) 40리 1박〔북진묘(北鎭廟)·도화동(桃花洞)이 있음〕 → 여양역(閭陽驛) 37리 점심 → 십삼산(十三山) 40리 1박 → 대릉하(大凌河) 26리 점심 → 소릉하(小凌河) 34리 1박 → 고교보(高橋堡) 54리 1박 → 연산역(連山驛) 32리 점심 → 영원위(寧遠衛) 31리 1박〔조가패루(祖家牌樓)·분원(墳園)이 있음〕 → 사하소(沙河所) 33리 점심 → 동관역(東關驛) 30리 1박 → 중후소(中後所) 18리 점심 → 양수하(兩水河) 39리 점심 → 중전소(中前所) 46리 점심 → 산해관(山海關) 35리 1박〔망해정(望海亭)·각산사(角山寺)·정녀묘(貞女廟)가 있음〕 → 봉황점(鳳凰店) 45리 점심 → 유관(楡關) 35리 1박 → 배음보(背陰堡) 45리 점심 → 영평부(永平府) 43리 1박 → 야계둔(野鷄屯) 40리 점심 → 사하보(沙河堡) 20리 1박 → 진자점(榛子店) 50리 점심 → 풍윤현(豊潤縣) 50리 1박 → 옥전현(玉田縣) 80리 1박 → 별산점(別山店) 45리 점심 → 계주(薊州) 27리 1박〔대불사(大佛寺)·반산(盤山)이 있음〕 → 방균점(邦均店) 30리 점심 → 삼하현(三河縣) 40리 1박 → 하점(夏店) 30리 점심 → 통주(通州) 40리 1박 → 조양문(朝陽門) 39리.

이상 도합 3천 1백 11리이다.

*이상의 노정은 『담헌연기』(湛軒燕記)에 기술된 것을 간추렸다.

홍대용 수요 연보

1731(1세) 음력 3월 초하루 충청도 천원군 수신면 장산리 수촌 마을에서 나주목사였던 홍역(洪櫟)의 맏아들로 태어났다. 어머니는 청풍 김씨로 군수를 지낸 김방(金枋)의 딸이다.

1741(11세) 여름에 평안도 용강군의 삼화부사가 된 조부 홍용조의 행차를 모시고 관서로 여행하여 연광정에서 하룻밤을 지냄. 삼화에 머물다가 할아버지의 급서로 운구를 모시고 고향으로 돌아옴.

1742(12세) 고학(古學)에 뜻을 두고 석실서원으로 들어가 미호 김원행에게 사사함.

1744(14세) 아버지 홍역이 사마시(司馬試)에 합격함.

1745(15세) 아버지가 문경현감(聞慶縣監)을 제수받음.

1747(17세) 이홍중(李弘重)의 딸 한산 이씨와 결혼함.

1751(21세) 아버지의 근무지인 영읍(嶺邑 : 오늘날의 영천)으로 여행함. 이곳에서 윤증(尹拯)의 문서를 얻어보고, 송시열(宋時烈)과 노소 분쟁에 대한 의문을 가짐. 이 일로 송시열을 비난하여 스승인 김원행과 소원한 관계가 됨.

1753(23세) 석실서원에서 주세붕(周世鵬)의 후손인 주도이(周道以)와 사귀고, 한 달이 넘도록 함께 거처함. 「증주도이서」(贈周道以序)를 지어줌.

1754(24세) 석실서원에는 간일하여 한 번씩 나아가고, 이 해에 회강(會講)할 때 『소학』(小學) 「명륜장」(明倫章)을 강의함. 이때 『능엄경』(楞嚴經)과 『원각경』(圓覺經) 등 여러 불서를 읽음.

1755(25세) 이 즈음부터 연암 박지원과 사귀게 된 것으로 보임. 이때 박연암은 석실서원으로 김원행 선생을 찾아가 인사를 드림.

1756(26세) 아버지 홍역이 나주목사로 승진함. 석실서원에 드나들던 이재(頤齋) 황
　　　　　윤석(黃胤錫)과 사귐.

1759(29세) 나주로 내려가 아버지의 아문에 머묾. 가을에 무등산에 오름. 호남 실학
　　　　　자 나경적을 만나 그의 인격과 과학 지식에 감명을 받고, 그와 함께 혼천의를 만
　　　　　들기로 함.

1760(30세) 초여름부터 나경적을 아버지의 아문으로 모시고, 자명종과 혼천의 등의
　　　　　제작에 들어감.

1762(32세) 두 대의 혼천의와 자명종이 3년 만에 완성됨. 고향인 수촌 마을에 설치
　　　　　하고 농수각(籠水閣)이라 이름 붙임. 4, 5만 문(文)의 비용은 모두 아버지가 부
　　　　　담함. 기계의 완성 뒤에 바로 아버지가 별세하였으므로 빈소에 내려가 제문을 지
　　　　　어 조상함. 화양서원(華陽書院)의 재임(齋任)을 맡고 여러 번 왕래함.

1764(34세) 12월에 아들 원(薳)이 태어남.

1765(35세) 6월에 서장관이 된 숙부 홍억의 자제군관으로 북경 여행이 정해짐. 음력
　　　　　10월 12일 고향을 떠나 15일 서울에 이르고, 음력 11월 2일 서울을 떠나 12월 27
　　　　　일 북경에 이름.

1766(36세) 북경의 남천주당에 여러 번 가고, 유리창에서 항주의 세 선비 엄성·반정
　　　　　균·육비 등과 사귐. 3월 1일 북경을 떠나 4월 11일 압록강을 건너고, 5월 2일 고
　　　　　향집에 돌아옴. 6월 15일『건정동 회우록』(乾淨衕會友錄) 3권을 만듦. 이때 서울
　　　　　집에서『중용집주』(中庸集註)를 조석으로 풍송(諷誦)하고, 중국에 보내기로 약속
　　　　　한『해동시선』(海東詩選) 편찬에 민순지(閔順之)와 함께 힘씀.

1767(37세) 이 해 봄에 둘째 딸을 시집보내는 일과 병든 아이를 치료하기 위해 온 가
　　　　　족이 수촌에서 서울로 이사함. 재야의 선비 김종후와 연행 문제로 오랜 기간 논쟁
　　　　　을 벌임. 이덕무(李德懋)·박제가(朴齊家)·정철조(鄭喆祚) 등 실학자들과 자주 만
　　　　　남.『해동시선』4책을 완성하여 항주의 선비 반정균에게 보냄. 11월 12일에 부친
　　　　　상을 만나 묘막을 지키고 과거를 단념함.

1768(38세) 아버지의 묘소를 지키면서 고향의 이웃 학생 몇 명을 가르침. 이때의 어
　　　　　록을 「독서부결」 10여 조로 정리하고 중국 선비들에게도 보냄〔「매헌(梅軒)에게 준
　　　　　글」〕. 중국 선비 엄성의 죽음을 듣고 조문을 지어 보냄.

1770(40세) 3년의 상기를 마치고 서울로 올라옴. 몸이 쇠약하여 선대에 물려받은 논

밭에 의지하여 살기로 하고 공명을 버림. 가을에 금강산을 여행하면서 이송과 친해짐. 한시 공부에 관심을 가짐.

1772(42세) 이때 박지원과 자주 만나 사귐. 2월에 스승 김원행·황윤석과 함께 홍양(전남 고흥)으로 염영서(廉永瑞)가 만든 자명종을 구경감. 스승 김원행 별세. 이덕무·정철조 등과 자주 만남.

1773(43세) 이때를 전후해『의산문답』(毉山問答),『주해수용』(籌解需用) 등을 지음.

1774(44세) 이 해 봄에 거문고를 들고 동해안과 낙산사를 유람함. 이송과 함께 거처했던 낙산사에서 선공감(繕工監) 감역(監役)을 제수하는 전령을 만나 서울로 돌아옴. 12월 1일 동궁 시절 정조의 시직(侍直)이 되어 벼슬에 오름.

1775(45세) 동궁의 시강(侍講)에서『성학집요』(聖學輯要),『주서절요』(朱書節要) 등을 강의함.

1776(46세) 3월 초 영조가 돌아가고, 정조가 즉위하자 사헌부 감찰로 승격함.

1777(47세) 7월에 태인현감으로 제수되어 외직으로 나감. 가난하게 지내는 이덕무를 호남의 공관으로 부름.

1778(48세) 중국 친구 손용주에게 연행하는 이덕무·박제가를 소개함.

1780(50세) 1월에 영천군수로 승진함. 손용주에게 연행하는 박지원을 소개하는 편지를 보냄.

1783(53세) 어머니의 병을 핑계로 영천군수를 사직하고 고향으로 돌아옴. 10월 22일 중풍으로 상반신 마비를 일으켜 별세함.

홍대용의 주요 저서

「가례문의」(家禮問疑) 주자가례의 심의 제도(深衣制度 : 귀인의 복제)에 대한 문제와 불효한 자식을 물리치는 문제에 대한 문의이다. 당대의 논의와는 조금 다른 견해를 펼치고 있다.

「건정동 필담」(乾淨衕筆談) 북경에서 만난 엄성·반정균·육비 등과의 필담을 기록한 것이다. 문장·도학·의리·인물·문물 등에 이르는 내용과 함께 이들이 실천한 사귐의 도(道)가 깊이 있게 그려져 있다.

「계방일기」(桂坊日記) 담헌이 44세에 세손을 호위하는 익위사(翊衛司)의 시직(侍直)으로 있으면서 기록한 일기이다. 그 대강은 동궁으로 있는 정조에게 경사(經史)를 진강(進講)하고 문답한 말들이다.

「미상기문」(湄上記聞) 미호 김원행의 문하에 들어가 수학하면서 미호로부터 들은 일화를 실은 것이다.

「사론」(史論) 주로 동진(東晋)시대의 인물평이다. 강유(姜維), 오휴(吳休), 육기(陸機), 유홍(劉弘) 등 약 80여 명에 대하여, 그 인품(人品), 사공(事功), 의리(義理), 절조(節操), 문예(文藝) 등을 논하였다.

「사서문변」(四書問辨) 대학·논어·맹자·중용의 경의(經義)에 의심되는 바를 조목별로 열거하여 질문한 것이다. 본(本)·말(末), 내(內)·외(外)의 관념 체계에서 말(末)과 외(外)에 대해 긍정적인 의미를 부여하였다.

「삼경문변」(三經問辨) 「시전변의」(詩傳辨疑)·「서전변의」(書傳辨疑)·「주역변의」(周易辨疑) 등으로 구성되어 있으며, 특히 「주역변의」는 경문(經文)에 대한 새로운 해석과 주자본의(朱子本義)에 대한 비판이 엿보인다.

「소학문변」(小學問辨) 주자가 제사(題辭)에서 덕(德)과 업(業)을 나누어 설명하는 것에 반대하여 '마음에 얻은 것으로써 말하면 덕이요, 일이 이루어진 것으로 말하면 업이니, 그 실은 한 가지'라고 하였다.

「심성문」(心性問) 심성이기설(心性理氣說)에 관한 견해를 개별 문답 형식을 통해 간단히 표명한 것이다. 당시의 성리설에 대한 비판적인 태도로 다룬 것이 특색이다.

『담헌연기』(湛軒燕記) 『을병연행록』의 한문본이다. 『을병연행록』이 일기 식으로 기술된 데 비하여 주요 인물들과의 문답, 명소 유람, 중국의 문물 제도 등에 상응하는 항목으로 나누어 기술되었다.

『대동풍요』(大東風謠) 우리의 가요(歌謠)를 모아 엮은 가요집이다. 국문으로 표기된 우리의 고유 문학을 창도한 점이 문학사에서 높이 평가되며, 천기론(天機論)의 입장에서 문학론을 내세운 서문 또한 주목된다. 서문만 전한다.

『을병연행록』 담헌이 1765년부터 1766년까지 약 6개월 동안 중국을 여행하고 기록한 일기이다. 최장편 한글 연행록이다.

『의산문답』(毉山問答) 의산에서 벌어지는 가상 인물 허자(虛子)와 실옹(實翁)의 대화를 통해, 허학을 비판하고 실학적 사유와 실천을 주장하였다. 지구 자전설, 인물균(人物均), 역외춘추론(域外春秋論) 등 당대에서는 가히 혁신적인 철학적 견해가 제출된다.

『임하경륜』(林下經綸) 담헌의 경국제민(經國濟民)의 포부와 그 실현을 위한 구체적 방안을 진술하였다. 행정 조직·통치 기구·관제·농업·교육·군사·통치 원리 등 국가의 전 분야를 망라한 실학적 경세서(經世書)이다.

『주해수용』(籌解需用) 담헌의 자연과학적 사고가 여실히 드러난 저술이다. 수학·지리·천문·음악에 이르는 박물학적인 지식 체계로 구성되어 있다.

『항전척독』(杭傳尺牘) 담헌이 북경에서 귀국한 후에, 결의형제를 맺었던 항주의 선비 엄성·반정균·육비 등은 물론 그 외 중국인 친우들과 교류한 서신들을 모은 것이다. 교우도(交友道)의 진정한 면모를 살필 수 있다.

『해동시선』(海東詩選) 항주 선비 반정균의 요청으로 홍대용이 부친의 지우인 단구(丹丘) 선생 민순지(閔順之)와 함께 1767년 편찬하였으며, 북경대 도서관에 보관되어 있는 유일의 필사본은 2권 3책으로 되어 있다. 편자·연대 미상의 『대동시선』(大東詩選)과 실린 시인, 체제 면에서 유사하여 『해동시선』은 『대동시선』의 조고본인 듯하나.

인명해설

공정자(龔鼎孳, 1615~1673). 명나라의 학자. 자는 효승(孝升), 호는 지록(芝麓). 1634년 진사에 급제한 뒤 병과급사중(兵科給事中)에 올랐다. 청나라에 항복한 뒤 태상시소경(太常侍少卿)과 좌도어사(左都御史), 예부상서(禮部尙書) 등의 관직을 역임했으며, 문집으로 『정산당집』(定山堂集)이 있다.

굴원(屈原). 전국시대(戰國時代) 초나라의 정치가·시인. 이름은 평(平), 자는 원(原). 학식이 뛰어나 초나라 회왕(懷王)의 좌도[左相]로서 내정과 외교에서 활약하였는데, 법령 입안 때 궁정의 정적들과 충돌하여 그들의 중상 모략으로 인해 국왕 곁에서 멀어졌다. 『어부사』(漁父辭) 등의 작품이 전한다.

권필(權韠, 1569~1612). 자는 여장(汝章), 호는 석주(石洲). 과거에 뜻이 없어 시와 술로써 낙을 삼았다. 가난하게 살다가 동몽교관(童蒙敎官)에 임명되었으나 이를 사양하고 끝내 취임하지 않았다. 광해군 때 척족들의 방종을 궁류시(宮柳詩)로써 비방하여 유배되었고, 귀양길에 올라 죽었다. 『석주집』(石洲集)과 한문소설 「주생전」이 전한다.

김굉필(金宏弼, 1454~1504). 자는 대유(大猷), 호는 사옹(簑翁)·한훤당(寒暄堂). 김종직의 문하에서 학문을 배우면서 특히 『소학』에 심취하여 '소학동자'라 불렸다. 1504년 갑자사화(甲子士禍)로 극형에 처해졌으나 중종반정 이후에 신원되어 우의정에 추증되었다. 1610년에 정여창·조광조·이언적·이황 등과 함께 5현으로 문묘에 종사됨으로써 조선 성리학의 정통을 계승한 인물로 인정받았다. 문집인 『한훤당집』(寒暄堂集)과 『경현록』(景賢錄), 『가범』(家範) 등의 저서가 있다.

김상헌(金尙憲, 1570~1652). 자는 숙도(叔度), 호는 청음(淸陰)·석실산인(石室山

人). 1596년에 문과에 급제하여 대제학과 예조판서를 거쳐 좌의정에 이르렀다. 병자호란 때 판서로서 비변사 당상(堂上)을 겸하였는데, 그때 화의에 극력 반대하여 기초 중인 국서를 찢고 통곡하였다고 한다. 화의가 성립되고 심양에 잡혀가 심문을 받았으나 시종 굽히지 않아 3년 동안 갇혀 있었고, 청에서도 그의 높은 충절에 감동하여 돌려보냈다.

김선행(金善行, 1716~?). 자는 술보(述父). 1739년 알성문과에 병과로 급제하였다. 도승지·대사헌을 지냈으며, 1765년 동지부사(冬至副使)로 청나라에 다녀왔다.

김원행(金元行, 1702~1772). 자는 백춘(伯春), 호는 미호(渼湖)·운루(雲樓). 과거를 포기하고 고향에서 학문에만 열중하였다. 1759년 왕세손(정조)이 책봉되자 세손의 교육을 위하여 영조가 불러들였으나 응하지 않았다. 석실서원에서 후학 양성에 전념하였으며, 문집으로『미호집』(渼湖集)이 있다.

김응하(金應河, 1580~1619). 자는 경의(景義), 시호는 충무(忠武). 건주위(建州衛)를 치려고 명나라에서 원병 요청을 하자, 도원수 강홍립(姜弘立)을 따라 참전하였으나 패하고 전사하였다. 1620년 명나라 신종(神宗)이 그 보답으로 요동백(遼東伯)으로 추봉(追封)하였다.

김장생(金長生, 1548~1631). 자는 희원(希元), 호는 사계(沙溪). 일찍이 과거를 포기하고 학문에 정진하다가, 인목대비 폐모론(廢母論)이 일어나자 연산으로 낙향하여 예학 연구와 후진 양성에 몰두하였다. 저서로는『가례집람』(家禮輯覽),『상례비요』(喪禮備要),『근사록석의』(近思錄釋疑) 등이 있고, 죽은 뒤에『사계유고』(沙溪遺稿)가 간행되었다.

김종후(金鍾厚, ?~1780). 자는 백고(伯高), 호는 본암(本庵)·진재(眞齋). 어려서부터 시부(詩賦)를 닦았고, 진사가 된 뒤 성리학자로 이름이 났다. 홍대용이 중국에서 돌아온 뒤 교우도의 근본을 함께 논하기도 했다. 저서로『본암집』(本庵集)과『가례집고』(家禮集考),『청풍세고』(淸風世稿) 등이 전한다.

김창업(金昌業, 1658~1722). 조선의 학자·화가. 호는 노가재(老稼齋). 1712년에 형인 김창집을 따라 북경에 다녀와서『노가재 연행일기』를 썼다.

김창협(金昌協, 1651~1708). 자는 중화(仲和), 호는 농암(農巖)·삼주(三洲). 홍대용의 스승인 미호 김원행의 조부이다. 19세의 나이로 진사가 되고, 1682년 문과에 장원 급제한 뒤 대사간(大司諫)과 대사성(大司成) 등을 역임하였다. 벼슬보다

문학과 유학(儒學)의 대가로서 이름이 높았고, 당대의 문장가이며 서예에도 뛰어 났다. 문집으로『농암집』(農巖集)이 있다.

나경적(羅景績, 1690~1762). 조선의 실학자. 홍대용이 1759년 나주를 여행하다가 당시 70세가 넘은 나경적을 만났는데, 그의 책상 위에는 이미 그가 만든 자명종이 놓여 있었다고 한다. 이에 홍대용이 나경적을 아버지의 나주 아문으로 모셔 혼천 의와 자명종을 함께 제작하였다.

나홍선(羅洪先, 1504~1564). 명나라의 선비. 호는 염암(念菴), 자는 달부(達夫). 1529년에 한림수찬(翰林修撰)을 제수받았고, 그후 왕양명(王陽明)의 가르침에 독창을 가미하여 사욕을 버리고 '일체의 인(仁)'을 깨달아 실천해야 한다고 주장 했다. 문집에『염암집』(念菴集)이 있다.

노수신(盧守愼, 1515~1590). 자는 과회(寡悔), 호는 소재(蘇齋)·이재(伊齋)·암실 (暗室)·여봉노인(茹峰老人). 1543년 식년문과(式年文科)에 장원 급제하여, 1544 년 시강원(侍講院) 사서가 되었다. 문장과 서예에 능하였다. 양명학(陽明學)을 연구하여 주자학파의 공격을 받았으며, 휴정(休靜)·선수(善脩) 등과도 교제하여 불교의 영향을 받기도 했다. 문집으로『소재집』(蘇齋集)이 있다.

도정절(陶靖節, 365~427). 동진(東晋)시대의 시인. 이름은 잠(潛), 자는 원량(元亮)· 연명(淵明). 전원 생활을 주제로 한「귀거래사」(歸去來辭)와「도화원기」(桃花源 記)가 특히 유명하다. 저서로『오류선생전』(五柳先生傳),『도정절집』(陶靖節集) 등이 전한다.

두목지(杜牧之, 803~852). 당나라 말기의 시인. 이름은 목(牧), 자는 목지(牧之), 호는 번천(樊川). 당 말의 제일가는 시인으로, 시풍이 부드럽고 아름답다. 두보에 비유하여 '소두'(小杜)라 일컫는다.『번천문집』(樊川文集) 등이 전한다.

맹자(孟子). 전국시대의 철인(哲人)으로 노나라 사람. 이름은 가(軻), 자는 자여(子 輿).『맹자』(孟子) 7편을 저술하여 왕도(王道)와 인의(仁義)를 존중하였으며, 성 선설(性善說)을 주창하였다. 후세에 공자 다음가는 성인이라 하여 아성(亞聖)이 라 일컫는다.

문천상(文天祥, 1236~1282). 남송(南宋) 말의 충신. 자는 송서(宋瑞), 호는 문산(文 山). 1276년 수도 임안(臨安)이 함락된 후 단종(端宗)을 받들고 근왕군(勤王軍) 을 일으켜 원의 군사에 대항하다가 잡혔으나, 정기(正氣)의 노래를 지어 충절을 보이고 죽었다. 『문산집』(文山集), 『문산시집』(文山詩集) 등이 전한다.

미원장(米元章, 1051~1107). 북송(北末)시대의 서화가 미불(米沘). 호는 남궁(南宮)·해악(海岳). 수묵화뿐만 아니라 문장·서(書)·시(詩)·고미술 일반에 대해 조예가 깊었다. 글씨에 있어서는 채양(蔡襄)·소동파·황정견 등과 더불어 '송 4대가'로 불렸고, 그림에 있어서는 미점법(米點法)이라는 독자적인 점묘법(點描法)을 창시하였다. 『화사』(畵史), 『보장대방록』(寶章待訪錄), 『서사』(書史) 등의 저서가 있다.

민진원(閔鎭遠, 1664~1736). 자는 성유(聖猷), 호는 단암(丹巖)·세심(洗心). 이조·호조판서를 거쳐 우의정에 올랐으며, 노론의 거두로 소론과 대결했고 탕평책을 반대했다. 문장과 글씨에 능하였고, 저서에 『단암주의』(丹巖奏議), 『연행록』(燕行錄) 등이 있다.

박은(朴誾, 1479~1504). 자는 중열(仲說), 호는 읍취헌(挹翠軒). 17세로 문과에 급제했고, 경연관(經筵官)으로 5년간 있으면서 유자광(柳子光)·성준(成俊)·이극균(李克均)의 죄상을 연산군에게 직고했다가 그들의 모함으로 투옥되고 파직당했다. 갑자사화로 동래에 유배되었다가 사형당했다. 조선시대에 으뜸가는 한시인(漢詩人)으로 꼽힌다. 저서로는 『읍취헌유고』(挹翠軒遺稿)가 있다.

박지원(朴趾源, 1737~1805). 자는 중미(仲美), 호는 연암(燕巖). 30세부터 홍대용과 사귀고 서양의 신학문을 접하였다. 1780년 친족형 박명원이 사은사(謝恩使)로 청나라에 갈 때 동행하여, 북경 등지를 여행하면서 청나라의 문물을 살피고 귀국하여 『열하일기』(熱河日記)를 저술하였다. 홍대용·이덕무·박제가·유득공 등과 함께 북학파로 불린다. 『연암집』(燕巖集), 『과농소초』(課農小抄) 등의 저서가 있고, 「허생전」(許生傳), 「호질」(虎叱), 「예덕선생전」(穢德先生傳), 「양반전」(兩班傳) 등을 지어 당시 양반 계층의 타락상을 풍자하였다.

반악(潘嶽, 240~300). 서진(西晉)의 문인. 자는 안인(安仁). 진의 무제(武帝) 때 저작랑(著作郎)·산기시랑(散騎侍郎)·급사황문시랑(給事黃門侍郎) 등을 역임하였다. 처의 죽음을 애도하여 지은 도망시(悼亡詩)가 유명하고, '반악인'이 미남의 대명사로 사용될 정도로 미남이었다 한다. 『문선』(文選) 등의 저서가 전한다.

백낙천(白樂天, 772~846). 당나라의 시인 백거이(白居易). 호는 향산거사(香山居士). 29세에 진사 시험에 합격하여 벼슬길에 올랐으며, 35세에 현위(縣尉) 벼슬에 있으면서 「장한가」(長恨歌)를 지어 세상에 이름을 떨치기 시작했다. 45세에 지은 「비파행」(琵琶行)은 그를 당나라에서 가장 뛰어난 시인으로 칭송받게 했다. 『백씨장경집』(白氏長慶集)과 『백씨문집』(白氏文集) 등에 그의 시편들이 전한다.

사마천(司馬遷). 전한(前漢)의 역사가. 자는 자장(子長). B.C. 104년에 태초력(太初曆)의 제정에 참여하여 천문 역법의 기초를 세웠다. 저서로 역사책인 『사기』(史記)가 유명하다.

성혼(成渾, 1535~1598). 자는 호원(浩源), 호는 우계(牛溪)·묵암(默庵). 17세에 진사·생원 양시에 합격했으나 문과에는 응시하지 않았다. 이이와 함께 서인의 학문적 원류를 형성하였으며, 이황과 이이의 학문을 절충했다는 평가를 받는다. 문집인 『우계집』과 『주문지결』(朱門旨訣), 『위학지방』(爲學之方) 등의 저서가 있다.

소동파(蘇東波, 1036~1101). 북송의 문관. 자는 자첨(子瞻)·화중(和仲), 호는 동파(東波). 아버지 소순(蘇洵), 동생 소철(蘇轍)과 함께 '3소'(三蘇)라 불리며, 당·송 8대가의 한 사람이다. 구법파(舊法派)의 중심 인물이며, 구양수(歐陽修)와 비교되는 대문호로서, 「적벽부」(赤壁賦)를 비롯한 작품이 전한다.

송시열(宋時烈, 1607~1689). 자는 영보(英甫), 호는 우암(尤庵). 1633년 생원시에 장원으로 합격하여 경릉참봉(敬陵參奉)을 거쳐 봉림대군(鳳林大君)의 사부가 되었다. 주자학의 대가로, 조광조·이이·김장생으로 이어지는 기호학파(畿湖學派)의 학통을 계승 발전시켰다. 예론에도 밝아 복제(服制) 등의 국가 전례 문제에 깊이 관여하여 두 차례의 예송 논쟁을 겪기도 했다. 저서에 『주자대전차의』(朱子大全箚疑), 『주자어류소분』(朱子語類小分) 등이 있다.

송옥(宋玉). 전국시대 초나라의 문인. 굴원 다음가는 부(賦)의 작가로, 두 시인을 '굴송'(屈宋)이라 한다. 중국 비추문학(悲秋文學)의 개조(開祖)로 알려져 있다. 「구변」(九辨)과 「초혼」(招魂)이 『초사』(楚辭)에 수록되어 있다.

송준길(宋浚吉, 1606~1672). 자는 명보(明甫), 호는 동춘당(同春堂). 송시열 등과 함께 북벌 계획에 참여하였다가, 김자점이 청나라에 밀고하여 벼슬에서 물러나 낙향하였다. 1659년 병조판서가 된 뒤 우참찬(右參贊)·좌참찬을 지냈고, 영의정에 추증되었다. 예학(禮學)에 밝고 이이의 학설을 지지하였으며, 문장과 글씨에도 뛰어났다. 문집인 『동춘당집』(同春堂集)과 저서 『어록해』(語錄解)가 전한다.

송지문(宋之問, ?~712). 당나라 초기의 시인. 측천무후 때 여러 벼슬을 지내면서 권력에 아첨하여 추악한 짓을 일삼았다. 율시(律詩)의 형식을 완성했다.

신흠(申欽, 1566~1628). 자는 경숙(敬叔), 호는 상촌(象村)·현옹(玄翁)·방옹(放翁). 뛰어난 문장력으로 대명 외교 문서와 의례 문서의 제작 및 시문의 정리에 참여하였다. 정주학자(程朱學者)로 이름이 높아 이정구(李廷龜)·장유(張維)·이식(李植)과 함께 한문학의 태두로 일컬어진다. 저서 및 편서로 『상촌집』(象村集), 『야언』(野言) 등이 있다.

안녹산(安祿山, 703?~757). 당나라의 절도사(節度使)였으나 후에 반신(叛臣)이 되었다. 여러 번의 무공(武功)으로 명황의 인정을 받아 평로(平盧)·범양(范陽)·하동(河東)의 세 절도사를 겸하였다. 뒤에 재상 양국충(楊國忠)과의 반목으로 반란을 일으켜 국호를 대연(大燕)이라 하고 칭제하였으나, 아들 경서(慶緒)에게 피살되었다.

안자(晏子, ?~B.C. 500). 춘추시대(春秋時代) 제나라의 명신(名臣). 시호는 평중(平仲). 이름은 영(嬰). 영(靈)·장(莊)·경(景) 3대를 섬기면서 근면한 정치가로 국민의 신망이 두터웠다. 관중(管仲)과 비견되는 훌륭한 재상이다.

안자(顔子, B.C. 521~B.C. 490). 공자의 제자로, 안빈낙도의 전형으로 칭송된다. 이름은 회(回). 민자건(閔子騫)·염백우(騎伯牛)·중궁(仲弓) 등과 함께 덕행(德行)으로 유명하다.

엄자릉(嚴子陵). 후한(後漢) 여요(餘姚) 때의 사람. 어릴 때 광무제(光武帝)와 같이 공부하였는데, 광무제가 즉위하자 변성명하고 숨어살았다. 광무제가 찾아가 간의대부(諫議大夫)를 제수하였으나 사양하고 부춘산(富春山)에 은거하였다.

여유량(呂留良, 1629~1683). 명 말, 청 초의 시인. 자는 장생(莊生)·용회(用晦), 호는 만촌(晚村). 강희 연간의 문자옥(文字獄) 당시 시문집과 강의록을 몰수당했으나, 중화민국이 건립된 후에 재간되었다. 『여만촌시집』(呂晚村詩集), 『송시초각본』(宋詩鈔刻本) 등의 저서가 전한다.

염옹(冉雍). 춘추시대 노나라의 학자. 자는 중궁(仲弓). 공자의 제자로, 덕행이 뛰어나고, 예를 강조하였다.

예찬(倪瓚, 1301~1374). 원나라의 화가·시인. 자는 원진(元鎭), 호는 운림(雲林)·정명거사(淨名居士)·운림산인(雲林散人)·무주암주(無住菴主). 오진(吳鎭)·황공망(黃公望)·왕몽(王蒙) 등과 원말 4대가의 한 사람으로 알려졌다. 「어장추제도」(漁莊秋

霧圖),「산수도」등의 작품과 시집인『청비각집』(淸儲閣集) 12권이 남아 있다.

오달제(吳達濟, 1609~1637). 조선시대 삼학사(三學士)의 한 사람. 호는 추담(秋潭), 자는 계휘(季輝), 시호는 충렬(忠烈). 병자호란 때 화의를 적극 반대한 척화론자로, 윤집·홍익한과 함께 청나라에 잡혀가 갖은 고문을 받았으나 끝내 굴하지 않고 심양 서문(西門) 밖에서 사형되었다.『충렬공유고』(忠烈公遺稿) 등의 저서와 그의 충절을 추모하여 후인들이 쓴『오학사유록』(吳學士遺錄)이 전한다.

오삼계(吳三桂, 1612~1678). 명나라 말 산해관의 진장(鎭將). 이자성이 반란을 일으켜 명나라를 멸망시키자 즉시 청나라의 중국 정복을 원조하였다. 청나라가 들어서자 운남(雲南) 지방을 차지하였고, 1673년에 삼번(三藩)의 난을 일으켰으나 실패하였다.

오위업(吳偉業, 1609~1671). 명 말, 청 초의 시인. 자는 준공(駿公), 호은 매촌(梅村). 1631년 젊은 나이로 진사가 되어 한림원편수(翰林院編修)·동궁시독(東宮侍讀) 등의 벼슬을 하다가 명나라가 멸망하자 고향에 돌아갔다. 서화에도 뛰어났으며, 전겸익·공정자와 함께 '강좌 3대가'(江左三大家)라 불렸다.『매촌집』(梅村集),『통천대』(通天臺),『임춘각』(臨春閣) 등의 저서를 남겼다.

완안양(完顏亮). 중국 금나라 제4대 황제(재위 1149~1161). 열렬한 중국 문화 애호가로, 중국인을 중용하여 국가 기구의 중국화와 황제 권력의 독재화를 도모하였으며, 수도를 연경으로 옮겼다. 남송 평정을 꾀하여 남벌군을 일으켜 출병하였으나 살해되었고, 사후에 제위를 박탈당하여 서인으로 격하되었다.

왕양명(王陽明, 1472~1529). 명나라의 유학자·정치가. 이름은 수인(守仁). 18세에 육상산(陸象山)의 제자 누량(婁諒)에게서 성학(性學)을 공부하였으며, 육상산의 영향을 받아 주자의 학설을 따르지 않았다. 지행합일(知行合一)·만물일체(萬物一體)·치량지(致良知)의 설을 주장하였으며『왕양명전서』(王陽明全書),『전습록』(傳習錄) 등의 저서가 전한다.

왕어양(王漁洋, 1634~1711). 청나라의 시인. 자는 이상(貽上), 호는 완정(阮亭). 형부상서(刑部尙書) 벼슬에 올랐으며, 건륭 연간에 사정(士禎)이라는 시호를 하사받았다. 신운(神韻)의 시로써 대가가 되었다.

위상추(魏象樞). 청나라의 이름난 유학자. 호는 환계(環溪)이다.

위응물(韋應物, 737~804). 당나라의 시인. 전원 산림의 고요한 정취를 소재로 한 작품이 많다. 당나라 자연파 시인의 대표자로서, 왕유(王維)·맹호연(孟浩然)·유종원(柳宗元) 등과 함께 '왕맹위유'(王孟韋柳)로 일컬어진다.

유기경(柳耆卿). 송나라 숭안(崇安) 사람. 본명은 영(永), 초명(初名)은 삼변(三變). 경우(景祐) 원년(1034)에 진사가 되어 둔전원외랑(屯田員外郞) 벼슬을 지낸 까닭에 유둔전(柳屯田)이라 불렸다. 중국 운문의 한 형식인 사(詞)에 뛰어났고, 『악장집』(樂章集)이란 저서가 있다.

육기(陸機, 261~303). 서진의 시인·문인. 아우 육운(陸雲)과 함께 '2육'(二陸)이라 불렸다. 오나라가 멸망한 후 오나라의 흥망과 선대의 공적을 기록한 『변망론』(辨亡論)을 저술하였다. 30세 때 동생 운과 함께 진나라에서 살해되었다. 화려한 시부(詩賦)로 당시 조식(曹植) 이후의 일인자라고 불렸다.

육농기(陸隴其, 1630~1692). 청나라의 학자. 자는 가서(稼書). 1670년에 임관되어 지방관으로 있으면서 선정의 치적이 컸다. 주자학자로 유명하며, 『송양강의』(松陽講義) 등의 저서가 전한다.

육방옹(陸放翁, 1125~1209). 남송의 시인. 본명은 육유(陸遊), 방옹은 호이다. 나라의 상황을 개탄한 시와 전원 생활을 노래한 시가 많다. 저서로 『검남시고』(劍南詩稿)가 있다.

육상산(陸象山, 1139~1192). 남송의 유학자. 자는 자정(子靜), 호는 상산(象山). 주자가 주장한 이기설(理氣說)에 반대하여 우주 안에는 오직 '이'(理)만 있다는 '이일원론'(理一元論)을 세웠다.

윤집(尹集, 1606~1637). 조선시대 삼학사의 한 사람. 자는 성백(成伯), 호는 임계(林溪)·고산(高山), 시호는 충정(忠貞). 1631년 별시문과에 급제한 뒤 이조정랑(吏曹正郞)·교리(校理)가 되었다.

윤화정(尹和靖, 1071~1142). 북송의 성리학자. 이름은 순(淳), 자는 언명(彦明). 정이(程頤)에게서 『대학』(大學) 등을 배웠으며, 정이의 학설을 계승하는 데 주력했다. 저서로 『논어해』(論語解), 『맹자해』(孟子解), 『화정집』(和靖集) 등이 있다.

이광지(李光地, 1642~1718). 청나라의 유학자. 호는 용촌(榕村). 벼슬은 문연각(文淵閣) 태학사(太學士)에 이르렀고, 정주학(程朱學)으로 이름난 학자이다.

이규보(李奎報, 1168~1241). 자는 춘경(春卿), 호는 백운거사(白雲居士)·지헌(止軒). 호탕하고 활달한 시풍으로 당대를 풍미했으며, 특히 벼슬에 임명될 때마다 그

감상을 읊은 즉흥시가 유명하다. 시·술·거문고를 즐겨 '삼혹호(三酷好) 선생'이라 자칭했다. 저서로 『동국이상국집』(東國李相國集), 『백운소설』(白雲小說), 「동명왕편」(東明王篇) 등이 있다.

이마두(利瑪竇, 1552~1610). 마테오 리치(Matteo Ricci)를 말함. 명나라에 왔던 이탈리아 제수이트(Jesuit)파의 선교사로, 1603년에 북경에 들어와 동서남북 네 개의 천주당을 세웠다. 저서로 『천주실의』(天主實義), 『교우론』(交友論) 등이 있다.

이사훈(李思訓, 651~716?). 당나라 때의 장군. 자는 건견(建見). 치밀하고 장려한 필치로 신선도와 산수도를 잘 그렸다. 금벽산수(金碧山水)의 원조(元祖)이며 북종화(北宗畫)의 비조(鼻祖)이다.

이색(李穡, 1328~1396). 자는 영숙(穎叔), 호는 목은(牧隱), 시호는 문정(文靖). 삼은(三隱)의 한 사람. 1354년 서장관으로 원나라에 가서 회시(會試)에 장원, 전시(殿試)에 차석으로 급제하였고 국사원편수관(國史院編修官) 등을 지내다가 귀국하였다. 조선 개국 후 태조가 한산백(韓山伯)에 책봉했으나 사양하고 이듬해 여강(驪江)으로 가던 중 죽었다. 저서에 『목은시고』(牧隱詩藁), 『목은문고』(牧隱文藁)가 있다.

이송(李淞). 자는 무백(茂伯)·고청(孤靑), 호는 노초(老樵)·서림(西林). 서산에 은거하며 실학 연구에 전념하였다. 실학자인 홍대용·박지원·박제가·이덕무·유득공 등과 교류하였고, 수차례 임관되었으나 사양하였다. 저서에 『노초집』(老樵集)이 있다.

이식(李植, 1584~1647). 자는 여고(汝固), 호는 택당(澤堂). 대사헌·형조판서·이조판서에 이르렀으며, 한문 4대가의 한 사람으로 꼽힌다. 저서에 『택당집』(澤堂集), 『초학자훈증집』(初學字訓增輯) 등이 있다.

이언적(李彦迪, 1491~1553). 호는 회재(晦齋)·자계옹(紫溪翁), 자는 복고(復古). 1530년 사간원 사간에 임명되었는데, 김안로(金安老)의 재등용을 반대하다가 관직에서 쫓겨나 귀향한 후 자옥산에 독락당(獨樂堂)을 짓고 학문에 열중하였다. 기(氣)보다 이(理)를 중시하는 그의 주리적 성리설은 이황에게 계승되었으며, 조선 성리학의 한 특징을 이루었다. 문집인 『회재집』(晦齋集)과 『봉선잡의』(奉先雜儀), 『속대학혹문』(續大學惑問) 등의 저서가 있다.

이여송(李如松, ?~1598). 명나라의 무장. 자는 자무(子茂), 호는 앙성(仰城). 임진왜란이 일어나자 제2차 원군으로 4만의 군사를 이끌고 조선에 들어와 평양성에서 일본군을 격파하여 진세를 억진시키는 데 큰 공을 세웠다.

이연평(李延平, 1093~1163). 송나라의 성리학자. 이름은 동(侗), 자는 원중(愿中). 주희(朱熹)를 제자로 두었으며, 정자학(程子學)의 실행에 힘썼다. 주희와 오간 편지를 모은 『연평답문』(延平答問) 등이 전한다.

이옹(李邕). 당나라 때의 문인·정치가. 현종(玄宗) 때 북해(北海)의 태수(太守)가 되었고, 뒤에 이임보(李林甫)에게 피살당하였다. 재예(才藝)가 뛰어나고 글씨로도 유명하다. 저서로 『이북해집』(李北海集)이 있다.

이이(李珥, 1536~1584). 자는 숙헌(叔獻), 호는 율곡(栗谷)·석담(石潭). 호조·이조·병조판서와 우찬성을 지냈다. 서경덕의 학설을 이어받아 주기론을 발전시켜 이황의 주리적 이기이원론(理氣二元論)과 대립하였다. 저서로 『동호문답』(東湖問答), 『만언봉사』(萬言封事), 『성학집요』(聖學輯要) 등이 전한다.

이필(李泌, 721~789). 당나라의 정치가. 섬서(陝西) 사람. 자는 장원(長源). 당나라의 정치가 장구령(張九齡)의 사랑을 받아 현종(玄宗)·숙종(肅宗)·대종(代宗)을 내리 섬기며 조정에 봉사한 공신이다.

이황(李滉, 1501~1570). 자는 경호(景浩), 호는 퇴계(退溪)·도옹(陶翁). 예조판서와 양관 대제학의 벼슬을 지냈고, 정주의 성리학 체계를 집대성하여 이기이원론과 사칠론(四七論)을 주장하였다. 저서에 『퇴계전서』(退溪全書)가 있고, 시조 작품에 「도산십이곡」(陶山十二曲), 글씨에 『퇴계필적』(退溪筆迹)이 있다.

일행(一行, 683~727). 당나라 승려. 속성은 장(張)씨이고 이름은 수(遂). 불경은 물론 역수(曆數)·산법(算法)에 밝아 현종의 명을 받아 『대연력』(大衍曆)을 펴냈다.

임화정(林和靖, 967~1028). 송나라 때의 시인·은사(隱士). 이름은 포(逋), 자는 군복(君復). 서호의 고산(孤山)에서 매화와 학을 벗삼아 은거 생활을 하였다.

자사(子思). 춘추시대 노나라의 유학자. 공자의 손자. 이름은 급(伋), 자사는 자이다. 증삼(曾參)에게 학업을 배웠고 『중용』(中庸)을 지었다.

장유(張維, 1587~1638). 자는 지국(持國), 호는 계곡(谿谷). 양명학을 익혀 기일원론(氣一元論)을 취하였으며, 문장에 뛰어나 조선 중기 4대가로 꼽혔다. 『계곡집』(谿谷集), 『계곡만필』(谿谷漫筆) 등의 저서가 전한다.

장자(莊子, B.C. 369~B.C. 289). 성은 장(莊), 이름은 주(周). 평생 벼슬길에 들지

않고 10여 만 자에 이르는 저술을 완성하였다. 장자의 사상은 대부분 우언(寓言)으로 풀이되었으며, 무위자연(無爲自然)을 내세웠다.

장자방(張子房, ?~B.C. 168). 한나라의 공신 장량(張良). 한나라 귀족의 아들로 태어나 한을 멸망시킨 진시황제를 하남에서 저격하였으나 실패하여 은둔하였다. 한신(韓信)·소하(蕭何)와 함께 한나라 창업의 3걸로 불린다.

장형(張衡, 78~139). 후한(後漢) 사람. 자는 평자(平子). 오경(五經)과 육예(六藝)에 정통하고, 혼천의와 후풍지동의(候風地動儀)를 만들었다.

장횡거(張橫渠, 1020~1077). 북송의 유학자. 자는 자후(子厚), 이름은 재(載). 유가와 도가의 사상을 조화시켜 우주의 일원적 해석을 설파함으로써 이정과 주자의 학설에 영향을 끼쳤다. 『경학이굴』(經學理窟), 『정몽』(正蒙), 『서명』(西銘) 등의 저서가 전한다.

전겸익(錢謙益, 1582~1664). 명 말, 청 초 때의 시인. 자는 수지(受之), 호는 목재(牧齋)·어초사(漁樵史). 여러 학문에 통달하였고 시부(詩賦)에 뛰어나 오위업·공정자와 함께 '강좌 3대가'로 불렸다. 저서로 『초학집』(初學集), 『유학집』(有學集) 등이 있다.

정몽주(鄭夢周, 1337~1392). 고려 삼은(三隱)의 한 사람. 자는 달가(達可), 호는 포은(圃隱). 오부학당과 향교를 세워 후진을 가르치고, 유학을 진흥하여 성리학의 기초를 닦았다. 명나라를 배척하고 원나라와 가깝게 지내자는 정책에 반대하고, 끝까지 고려를 받들었다. 시문에 뛰어나 시조 「단심가」(丹心歌) 외에 많은 한시가 전해지며 서화에도 뛰어났다. 문집으로 『포은집』(圃隱集)이 있다.

정여창(鄭汝昌, 1450~1504). 자는 백욱(伯勗), 호는 일두(一蠹). 1498년 무오사화로 종성(鍾城)에 유배되었으며, 1504년 죽은 뒤에 갑자사화에 연루되어 부관참시되었다. 성리학의 대가이며, 문집으로 『일두유집』(一蠹遺集)이 있다.

조광조(趙光祖, 1482~1519). 자는 효직(孝直), 호는 정암(靜庵). 사림파의 절대적 지지를 바탕으로 도학정치(道學政治)의 실현을 위해 적극적으로 활동하였으나, 기묘사화(己卯士禍) 때 능주에 유배되었다. 문집에 『정암집』(靜庵集)이 있다.

조맹부(趙孟頫, 1254~1322). 원나라의 문인. 자는 자앙(子昻), 호는 집현(集賢)·송설도인(松雪道人). 서화와 시문에 모두 능하였고, 그림에 있어 오진(吳鎭)·황공망(黃公望)·왕몽(王蒙)과 더불어 원대의 4대가로 꼽힌다.

조식(曺植, 192~232). 삼국시대 위나라의 시인. 자는 자건(子建). 조조(曹操)의 셋째 아들로 문재(文才)에 뛰어나서, 남북조시대의 산수 시인인 사령운(謝靈運)이 평하기를, "천하의 문장이 한 섬이라면 조식은 여덟 말이라" 하였다.

종병(宗炳, 375~443). 남송 때의 남양(南陽) 사람. 자는 소문(少文). 금(琴)·서(書)·화(畵)에 모두 능했고, 형산(衡山)에 숨어살며 벼슬하지 않았다.

주돈이(周敦頤, 1017~1073). 북송의 유학자. 자는 무숙(茂叔), 호는 염계(濂溪). 과거에 합격하였으나 벼슬길에 오르지 않고 오로지 학문에만 전념하였다. 송학(宋學)의 시조가 되었으며, 정호·정이 형제가 그의 학문을 이어받았다. 저서로는『태극도설』(太極圖說), 『통서』(通書) 등이 있다.

증자(曾子, B.C. 506~B.C. 436). 노나라의 유학자. 이름은 삼(參), 자는 자여(子輿). 공자의 도를 계승하였으며, 그의 가르침은 공자의 손자인 자사를 거쳐 맹자에게 전해졌다. 『증자』(曾子) 18편(篇) 가운데 10편이 『대대례기』(大戴禮記)에 남아 전하는데, 효(孝)와 신(信)을 근본으로 한다.

차천로(車天輅, 1556~1615). 자는 복원(復元), 호는 오산(五山)·난우(蘭嵎). 명나라에 보내는 대부분의 외교 문서를 담당하여 명나라에까지 이름을 떨쳤고 '동방문사'(東方文士)라는 칭호를 받았다. 한시에 뛰어나 한호(韓濩)의 글씨, 최립(崔岦)의 문장과 함께 '송도삼절'(松都三絶)로 불렸으며, 가사(歌辭)에도 조예가 깊었다. 문집으로『오산집』(五山集)이 있고 작품으로「강촌별곡」(江村別曲)이 있다.

최립(崔岦, 1539~1612). 자는 입지(立之), 호는 간이(簡易)·동고(東皐). 시에 탁월하고, 송설체(松雪體)의 글씨로 유명하며, 의고문체(擬古文體)의 문장이 뛰어나다. 저서로『간이집』(簡易集), 『한사열전초』(漢史列傳抄), 『십가근체』(十家近體)가 있다.

최치원(崔致遠, 857~?). 자는 고운(孤雲)·해운(海雲). 869년에 13세로 당나라에 유학하여 과거에 급제하였다. 879년 황소의 난 때「토황소격문」(討黃巢檄文)을 지어 문장가로서 이름을 떨쳤다.「진감국사비」(眞鑑國師碑),「지증대사적조탑비」(智證大師寂照塔碑) 등의 글씨를 썼고, 『계원필경』(桂苑筆耕) 등의 저서가 있다.

탕빈(湯斌, 1627~1687). 하남(河南) 수주(雎州) 사람. 상서(尙書) 벼슬을 하였고, 『사서강의』(四書講義)를 지었다.

탕약망(湯若望, 1591~1666). 아담 샬(Adam Schall)을 말함. 녹일 제수이트파의 선교

사이자 천문학자. 1622년 중국으로 건너와 명나라의 벼슬을 받았고, 역서의 개정과 대포 제조 등을 지도하였다. 1644년 병자호란 이후 볼모로 잡혀 있던 조선의 소현세자와 사귀면서 천문 지식과 천주교의 교리를 전하였다.

허난설헌(許蘭雪軒, 1563~1589). 본명은 초희(楚姬), 자는 경번(景樊), 난설헌은 호이다. 허엽(許曄)의 딸이자 허균의 누이로, 허균이 그의 작품 일부를 명나라 시인 주지번(朱之蕃)에게 줌으로써 중국에서 시집 『난설헌집』이 간행되어 격찬을 받았다. 「빈녀음」(貧女吟), 「망선요」(望仙謠) 등의 작품이 전한다.

허봉(許篈, 1551~1588). 자는 미숙(美叔), 호는 하곡(荷谷). 허엽의 아들. 1574년 서장관으로 명나라에 가서 『하곡조천기』(荷谷朝天記)를 썼으며, 시를 잘하고 문장에 능해 저서를 많이 남겼다. 『하곡집』(荷谷集) 등의 저서가 전한다.

호안국(胡安國, 1074~1138). 송나라의 학자. 자는 강후(康侯), 시호는 문정(文定). 정이천(程伊川)을 사숙(私淑)하여 주자학의 학문 수양법인 거경궁리(居敬窮理)를 중히 여겼다. 저서로 『춘추호씨전』(春秋胡氏傳) 30권, 『자치통감거요보유』(資治通鑑擧要補遺) 100권 등이 있다.

홀필렬(忽必烈, 1215~1294). 몽고의 제5대 칸(汗)인 쿠빌라이를 말함. 송나라를 멸하고 전 중국을 통일해서 연경에 도읍한 뒤 일본·중앙아시아·유럽에 이르는 대제국을 건설하였다.

홍익한(洪翼漢, 1586~1637). 조선시대 삼학사의 한 사람. 자는 백승(伯升), 호는 화포(花浦). 병자호란이 일어나자 척화론을 폈으며, 청나라 심양에 잡혀가 끝내 뜻을 굽히지 않고 죽임을 당했다. 저서에 『화포집』(花浦集), 『북행록』(北行錄), 『서정록』(西征錄) 등이 있다.

찾아보기

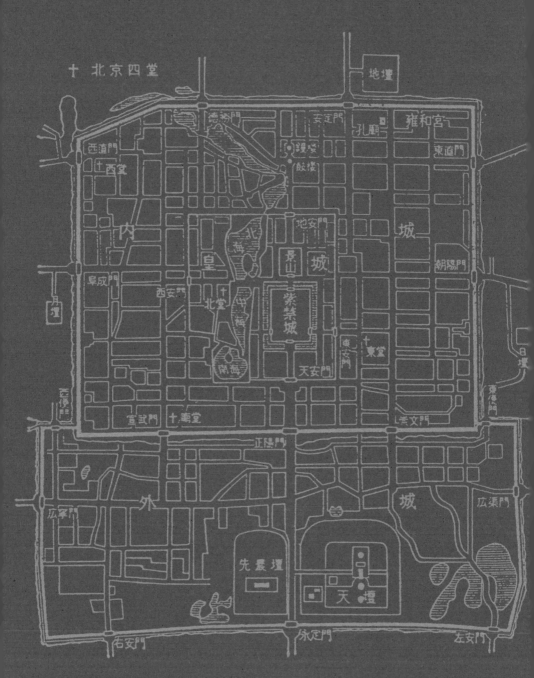

청대의 북경성도